糟糕，是心动的感觉

上册

梓榆
ZIYU WORKS

著

台海出版社

图书在版编目（CIP）数据

糟糕，是心动的感觉：全 2 册 / 梓榆著． -- 北京：
台海出版社，2020.6

ISBN 978-7-5168-2589-1

Ⅰ．①糟… Ⅱ．①梓… Ⅲ．①长篇小说－中国－当代
Ⅳ．① I247.5

中国版本图书馆 CIP 数据核字（2020）第 076873 号

糟糕，是心动的感觉 ： 全 2 册

著　　者：梓　榆

出 版 人：蔡　旭　　　　　　　　责任编辑：俞滟荣

出版发行：台海出版社
地　　址：北京市东城区景山东街 20 号　　邮政编码：100009
电　　话：010-64041652（发行，邮购）
传　　真：010-84045799（总编室）
网　　址：www.taimeng.org.cn/thcbs/default.htm
E － m a i l：thcbs@126.com

经　　销：全国各地新华书店
印　　刷：大厂回族自治县德诚印务有限公司
本书如有破损、缺页、装订错误，请与本社联系调换

开　　本：710 毫米 ×1000 毫米　　　1/16
字　　数：526 千字　　　　　　　　印　　张：35
版　　次：2020 年 6 月第 1 版　　　　印　　次：2020 年 6 月第 1 次印刷
书　　号：ISBN 978-7-5168-2589-1

定　　价：75.00 元（全 2 册）

Contents

Contents

第一章

相逢是一切的开始

Chapter1 你是大佬你说了算

#郭氏甜汤情人节甜蜜来袭#

1楼：哇，小姐姐，果然没有让我们失望，大片一样的制作，务必收下我的膝盖。

2楼：终于不用忍受被人硬塞狗粮了，动手做一碗百年好合汤，多放点糖，秒杀一切狗粮！

3楼：楼上，你确定自己不是在做黑暗料理？单身没这么可怕，狗粮也没这么可怕，乐观点，乐观点。

4楼：好想知道小姐姐明天给谁做甜汤，透露一下呗！

……

99楼：手残党，求小姐姐在TB店上配好的食材，我要下单！

100楼：陵水真美啊，难怪小姐姐长得这么水灵，期待下一期视频上线！

新鲜出炉的情人节特别视频——郭氏百年好合汤，刚刚放上微博，郭悦的粉丝就沸腾了。两个月没看见郭悦更新，一个个都饥渴得宛如破壳的小雏鸟，张着嘴巴，啊啊地叫，这会看到期待已久的视频，疯狂地转发，点赞不过瘾，还特地建了话题，聊得不亦乐乎，瞬间将郭悦推上了热搜。

郭悦乐得飘飘然，觉得挺神奇的，当初不过是拍了几段视频，记录生活，放在微博上，没想到会火，成了炙手可热的、拥有千万粉丝的美食博主，每天收到不同粉丝催她更新的私信，又或有人看中她的人气，想谈商业合作。

这次的百年好合汤，应情人节的景。视频依旧沿袭了以往的风格，画面色调清新，背景音乐是悠扬婉转的古风音乐，剪辑的手法虽然不能跟大师相媲美，但也相当有水准。而出镜的她，仍然穿着棉麻做的衣服，穿梭在别致的小院子里，山间地头，美好得像是不食人间烟火的仙女。尽管粉丝们没有口福品尝她做的佳肴，也不妨碍他们享受精美绝伦的视觉盛宴。

她火了以后，不少人仿照她，更有人直接复制她的内容，却没有一个像她这样火的。

用好友田娇娇的话来解释，仿得再像，也只能是仿照。现代人的审美挑剔得很，郭悦之所以这么火，除了她的拍摄、制作功底好外，更重要的是人长得漂亮，又不做作，不是纯粹靠脸蛋吃饭的人，一个人能搬木头搭秋千，能利索地挥舞菜刀剁排骨，做美味的菜肴，又能拿起针线缝制小荷包，朴实而美好。

再者，这年头压力大，在城市里打拼的年轻人，看到郭悦在如诗如画的小乡镇里悠游自在的生活，无不向往羡慕。

再后来，心细的郭悦还发现自己粉丝群体的特点，便不断学习地方菜，借助食物和粉丝进行情感交流。

她也曾在外面漂泊过，知道思念家乡味道是什么感觉，既然老天给了她做美食博主的机会，就要好好把握，于是，她特意将视频的主题锁定在"食物与人"的情怀上，牢牢扣住粉丝的心。

而这次的百年好合汤，是陵水婚宴上必备的压轴菜，也符合情人节的主题。

郭悦正要告诉因为自己长时间没更新，差点要跟她绝交的田娇娇已经更新了，就收到了她的微信。

悦悦的小闹钟：你可算更新了啊，知不知道，我都准备好刀片要寄你家去了[生气]。

悦悦的小闹钟：我跟你说，你再这样懒下去，迟早会掉粉的[傲娇]。

郭悦笑笑，快速在对话框里输入一行字：这不是前段时间忙着过年，店里的订单太多，忙不过来了嘛。

田娇娇就知道郭悦会用忙当借口，愤愤地回复：得得得，你是大佬你说了算。

田娇娇十分后悔，郭悦回老家后建议她开土特产店，生意忙起来，两个人聊天的机会就少了。很多时候，郭悦有时间，她在上班，她休息，郭悦又忙着寄快递，或是去收购当地的土特产。

每当她一个人坐在出租屋里，看着冷冷清清的一切，甭提多怀念一起拼搏的日子。

田娇娇又看了一遍郭悦的新视频，视频里白衣红唇的郭悦镜头感十足，红枣、桂圆、枸杞、莲子、银耳、冰糖，六种简单的食材经过她灵巧的双手，变成晶莹剔透、浓稠香甜的羹汤，出锅后往土陶碗一装，田娇娇忍不住咽了咽口水。

悦悦的小闹钟： 算了算了，看在这期视频还不错的份上，我就原谅你了。别偷懒啊，三月的视频准时上。下次我去找你玩，记得给我做好吃的，要不然你就死定了。

"好好好，你快来，给你做十大碗。"郭悦连忙回复，只要她高兴，怎么做，都无所谓。

随后又扯了几句，郭悦就又去忙了。今天店里的订单还没发货，她得去发货。

田娇娇不满地抱怨了几句，最后威胁郭悦，让她明天一定要抽时间陪同样身为单身狗的她视频。

郭悦没犹豫，同意了。

田娇娇是郭悦的大学学姐，当年在社团里，身为部长的田娇娇看中了郭悦的才能，换届时推举她为部长。毕业之后又向公司推荐她，她顺利进入了国内著名的广告公司，两个人还一起合租，一起上下班，逛街压马路。一路过来，田娇娇帮了郭悦太多太多，在郭悦心里，早就把田娇娇当成自己的亲姐姐了。

姐姐的要求，她怎敢不满足？

第二天，情人节。郭悦一大早打开微博就看见不少粉丝晒出了自己做的百年好合汤，卖相虽然没有她做得好看，但在这种特殊的节日里，也颇甜蜜。

然而，谁都没有料到，在这种甜蜜的日子里，以约会圣地著称的香港39°西餐厅竟然做了一个与节日情怀背道而驰的"怀恋前任"的活动。

活动一上线，网民就沸腾了，不少预约了餐位的情侣，纷纷退订。还有人指责39°节前放出消息，说要给大家一个不一样的情人节。不少人本着对品牌的信任，加上好奇，花高价预定，打算给心上人惊喜，谁都没料到活动的主题居然是"怀恋前任"。

情人节带现任来怀恋前任，不管怎么解释都说不通，所以，当天在39°西餐厅门口没少上演因为误会闹分手的戏码。

于是，39°首次受到民众的抨击，迎来开业以来最坏的业绩。

在坏消息传到老板耳朵里后，官方微博当即公开道歉，并快刀斩乱麻解雇了这次活动的总策划人——常亮，直接把这次的失误全推到常亮身上。

这都不是最劲爆的，最劲爆的是，常亮被解雇没几个小时，39°的竞争对手士林餐饮集团又放出消息，即日起，常亮任士林集团总经理一职。

这下子，网民和媒体都沸腾了。

什么？这年头，竞争者和对手怎么这么会玩？

因为"怀恋前任"的活动，39°受到热议，而因为常亮，士林集团也受到大家瞩目，言论好坏各占一半。

39°和士林势均力敌，是多年的竞争对手。不少人猜测，常亮早就被士林收买，在39°潜伏多年就是为了找机会捅个篓子，超越它。

又有人猜常亮是被人黑的，他要是士林派来的卧底，为何待了这么多年才动手？虽然大家不知道他为39°创造了多少价值，但他绝对是39°的中流砥柱。

钟硕看到网上一些黑常亮的评论，气得茶饭不思，整个人瘦了一大圈。让他更气愤的是，当事人常亮满不在乎的态度。

他拿着平板站在常亮的旁边断断续续唠叨了好一阵子，常亮头也不抬，靠在旋转椅上悠闲地打游戏，似乎大家议论纷纷的另有其人。

"亮哥，你看看这些都什么人啊！说你见钱眼开，不择手段，气死我了。"钟硕气呼呼地将平板递到常亮的面前，挡住他的手机。

常亮浓眉微微一皱，轻飘飘地瞟了一眼屏幕，抬头慵懒地看了一眼钟硕，没有搭话，双腿撑地，往右边转了转，继续打游戏。

"亮哥，难道你一点都不在乎？辛苦了这么多年，就因为一次失误被解雇，为什么不解释，那个破'怀恋前任'的活动根本就不是你原来的方案。"钟硕气结，跟着转了个方向，咬牙切齿地发泄内心的不满。

他实在不知道常亮是怎么想的，不解释就算了，在这种关键时刻还跑到士林任职，这不是故意给人留下话柄吗？要火一把也不带用这种方式的。

被钟硕一搅和，常亮有些烦躁，叹了口气，收起手机，看着他一本正经地问："工作是为了什么？"

"当然是吃饭。"钟硕想都没想。

常亮挑眉一笑，打了个响指："非常好，理智还在。"钟硕一脸迷茫，不知道他想表达什么，常亮又说："如果有人存心想黑你，你觉得解释有用吗？没准最后解释还成了掩饰，再说了，换个环境，换个老板没什么不好。"与其跟小人周旋，还不如把心思放在如何挣钱上呢！再者，士林的老总把他当成千里马，在关键时刻抛出橄榄枝，各种条件待遇又不错，他干吗不为士林服务？

"这……"钟硕语塞。似乎还真没有什么好解释的，他家亮哥太出色，时间久了，难免会有人心生嫉妒在背后耍阴招。

常亮镇定自若地起身，拍拍钟硕的肩膀，安慰道："行了，收拾收拾准备去陵水吧。"钟硕跟他两年了，他被老板解雇后，这小子二话不说就递了辞呈，跟他跑到了士林，继续做他的助理。

撇开复杂的人际关系，39°是个不错的地方，他曾为钟硕不理智的举动骂了他一顿，但细细一想，有如此信任自己的人，似乎也不错。

就像网民对常亮的评价好坏各占一半外，士林的员工对他也有不信任，对他的能力和目的表示怀疑的。

于是，老板特地派他去陵水执行任务，以证明自己的实力。

但常亮没想到，老板指派他去陵水，竟然是为了邀请网红美食博主郭悦？

他一个总经理，去邀请一个美食博主？一个小网红？

Chapter2 亮哥，形象掉线了

得知这个消息，常亮心里极度不平衡，甚至有点藐视老板大材小用。然而，在他看到郭悦的相关资料、她做的视频后，他忽然对她产生了兴趣。想起之前自己帮了不少顾客成功博取心上人欢心，成功走到一起，他信誓旦旦地向老板承诺，一定提前、保质完成任务，却没想到会在郭悦这里栽跟头，还连续栽三次！

"亮哥，你今天还要去见郭小姐吗？"在陵水待了两周，没有一点进展，常亮还丢了面子，钟硕看着常亮的脸黑得跟锅底一样，小心翼翼地问。

坐在酒店阳台小憩的常亮狠狠地剜了钟硕一眼，真是哪壶不开提哪壶，明明知道他在郭悦那里吃了亏，丢了面子，还提这个人，真是缺心眼！

他不耐烦地摆摆手，恼怒地说："不去不去，看见她就烦。"一提到她，他就想起自己刚到陵水的那天被老奶奶嘲笑。

当时他不过是想套近乎，计划假装在桐巷里和郭悦巧遇。因为航班晚点，抵达桐巷时，眼看着郭悦就要消失在自己的视线里，他一着急就忘了之前的计划，冲上去就问郭悦附近哪里有客栈，完全没想到客栈就在自己的背后。而站在离他不远的老奶奶听到他的话，以为他是要追求郭悦，取笑他举动唐突，会把郭悦吓跑。

像常亮这种骄傲得不可一世的人，自然是受不了这种屈辱。钟硕没想到一向处事不惊的常亮在那之后居然做出更荒唐的事情来。他在郭悦的淘宝店里买了一包竹笋，绞尽脑汁写下差评，用差评威胁郭悦，让她答应自己和士林集团合作。

这是他家亮哥的作风吗？根本不是。

看着眼前秀丽的山色，常亮从来还没像现在这么挫败过。别人看风景心情舒坦，他却是越看越愁，就差没学古人写一两首诗抒发内心的烦闷了。

"亮哥，要不你给郭小姐打个电话，再跟人家说说？"最近他浑身都是暴力分子，钟硕冒着被揍的风险，再次提议。

常亮斟酌了几秒，觉得钟硕说得对，这样消沉下去不是办法，他欣喜地掏出手机，还没进入拨打界面，笑容就消失了。他没有郭悦的号码，就此前和郭悦交涉的情况来看，现在在旺旺里给她留言，她也不一定会看，没准早就把他拉黑了。当初寄到姑姑家的竹笋还是随意写的号码，现在好了，自己挖的坑，把自己埋了。

常亮望着天空一阵长叹，以前他从来不信什么流年不利，现在，信了。

郭悦并没有把常亮放在心上，不过，他在店里写下的差评确实让她不爽。郭悦反复提醒自己，不要跟小人计较，田娇娇又反复提醒她早点拍下一期视频，一忙起来，她就忘记了，如果不是后来常亮又玩新花样，她就真的忘了。

三月，陵水正是春暖花开，万物生长的季节，遵从季节的规律，结合春天养生理念，郭悦打算做艾草青团，她前前后后拍了五天，剪完后回头发现外景有一小段不是很满意，又一大早爬起来拍日出，露水沾在艾草上，折射晨光的细节。

忙完回来，她惊讶地发现往日来收快件的小哥在她家门口东张西望。

见到她回来，小哥微笑着打招呼："小悦回来啦。"

郭悦点点头，平时寄快递都是下午，而她最近又没买东西，看到快递小哥抱着快递盒，她一脸疑惑："刘哥，这是？"

"你的快递，麻烦签收一下。"小刘见到郭悦差点忘记此行的重任，笨手笨脚地将盒子递给郭悦。

"什么东西？"她不记得最近自己有买东西啊，郭悦把摄影器材放在一旁的石桌上，坐在石凳上，招呼小刘过来坐。

"请验收。"小刘神秘兮兮地笑。委托人可是千叮咛万嘱咐，让他一定要帮这个忙。

郭悦皱着眉头，三下两下拆了包装，居然是一个对讲机，她拿在手里端详，一脸摸不着头脑，试探着打开开关，对讲机发出"嚓嚓"两声后终于接通了，随即干净清冽的声音响起："郭小姐，是我，常亮。"

什么鬼，才清静几天又来玩新花样？这么会玩？

"常先生，您这是？"又要拿差评威胁她吗？郭悦不悦地皱了皱鼻子，显然没有料到他的战斗力这么强。

她停顿了几秒，又继续补充说道："如果你还是想用差评威胁我的话，劝你还是算了。"大众的眼睛都是雪亮雪亮的，一条差评算什么。

"郭小姐，我是真心需要您的帮忙，如果……"常亮也不想用这么卑劣的手段。

"如果什么？如果我不答应，你就要继续威胁我咯？是这个意思吗？"郭悦的声音陡然提高了一个调，有种咄咄逼人的感觉。

常亮眸子一转，慵懒地倚靠在阳台的栏杆上。他也想将威胁进行到底，但他忽然想起了讨女生欢心第三十七计，当一个女生生气的时候，千万不要刺激她，撒娇，卖萌，装可怜，走为上策！

于是，为了让自己更入戏，他干脆蹲在阳台上，一手握着对讲机，一手抱着栏杆，假装自己抱的是郭悦的腿，不断抖动，可怜兮兮地说："郭小姐，郭小悦，小姐姐，你就行行好吧！要是你不帮我，我就要被老板解雇了，之后就会没饭吃，我家里还有五十的老母要养……"

哈？这又是唱的哪出戏？

郭悦眉头紧蹙，瞬间感到很头大。这人是戏精转世吧，这么爱演戏怎么不去剧组走走，没准还能捞个路人甲把瘾。

她一边愤怒地拍桌子，一边气愤地吼："停停停停……"她也不知道自己一口气说了几个"停"字，反正喘不过气来了才停下来，缓了口气，又嘲讽道："接下来是不是要说家里还有一个嗷嗷待哺的婴儿？"

"昂，你怎么……""知道"两个字还没说出口，常亮就迅速改口："没有没有。"

要演戏也不演高级点的桥段，郭悦觉得他简直是在藐视自己的智商，一阵冷笑，说："常先生对吧？很抱歉，我对你们的项目不感兴趣，不要再打扰我好吗？"

"郭小姐，您不能见死不救，救人一命胜造七级浮屠啊。"常亮不死心，一边说一边假装哽咽抽泣。幸亏阳台上没有别人，要不然形象就毁了。

郭悦的脑子嗡嗡的，内心极度崩溃。

这是演戏演上瘾了？

"有意思吗？"郭悦怒吼。

常亮果然瞬间停止抽泣，幽幽地开口道："那……差评也不管了？"

"你！"郭悦气得咬牙切齿，拿着对讲机的手越捏越紧，手掌的筋骨清晰可见，看那模样仿佛是要将这破玩意捏碎。好样的，杠上了对吧！

小刘亲眼看到了她脸色的变化，才发觉这个平时看上去和和气气的姑娘，生气起来也很可怕，他开始后悔帮常亮的忙了。不过，人家给了他一百块跑腿费，而且之前也不知道会发生这样的事情，不能怪他，不能怪他。

咦，不是说好的撒娇，卖萌，装可怜的吗？怎么又惹她生气了？

意识到这一点，常亮立马恢复常态，用正经的口吻说："要不这样吧，你过几天给我当一天导游，我到这边这么久还没好好玩过，要是服务满意，我就删掉，这事就这样算了。"毕竟这事是他的不对，还有求于人，把关系闹得太僵，对彼此都没有好处。

郭悦闻声，眯了眯眼睛，这么简单？不会有诈吧。

她实在是怕了这人了，跟他过招，比玩脑筋急转弯还刺激，她这脑袋瓜永远猜不到结局。

"真的？没有坑我？"郭悦半信半疑，停顿几秒，她又理智地说："不好意思，我很忙，你找别人吧。"戏一出一出的，谁知道这背后藏着什么阴谋？一个差评而已，她不管了！

"郭小姐，我的祖宗……"常亮哀号，这哪里是粉丝们口中温柔可人的小姐姐，明明就是恶毒的女巫。

"抱歉，常先生，我还有事情要忙。"说完利索地按掉对讲机，扭头盯着看到情况不妙，一脸心虚的小刘。

"呃……那个，"小刘连忙从凳子上站了起来，支支吾吾，"我……还有快递要送，先走了。"再不走，常亮收买他的事情估计就要暴露了，他可不想以后来郭悦家都提心吊胆的。

快步走出了院子门，小刘忽然想起了什么，又回头趴在门框上，冲郭悦嬉皮笑脸地说："盒子里还有小惊喜哟。"

闻声，郭悦大惊失色，呼了一口气，惊喜？什么破玩意。

欲开口，无奈小刘已经没影了。

她盯着那个小盒子，想拆又不想拆，犹豫了很久才下定决心，抱着大不了同归于尽的想法，拆了包装，却发现里面是一个精致的小盒子，还系了一根小丝带，她小心翼翼地将它打开，丝毫不敢放松警惕。

然而，当她看到那是一小包种子时，整个人都愣了，以至于差点忽略了盒子底下还有一张小卡片，上面是清秀的钢笔字：种在你的院子里很合适。

郭悦猛然抬头，环视了一周自家院子，有种被人暗中监视的恐惧感。

确定周围没有异样，她又低头看装在小袋子里的种子，发现那是日本原装进口的绣球花种子。前些日子，她想给自己的院子再种一片花，不知道种什么好，就发微博问大家。大家推荐日本进口的绣球花，不仅花苞大，颜色种类还很丰富。郭悦看了几张图，也觉得不错，正愁要不要找代购，常亮就送来了。

郭悦盯着那一小包种子百感交集，心想：这是惹恼她之后给点糖做补偿？

神经病！

Chapter3 我以为你撞桃花了

隐忍了许久，郭悦实在没办法忽视这段时间频繁介入她生活的常亮，烦躁地和田娇娇开了视频，开启吐槽模式。

"哈哈哈，我还以为你撞桃花了。"田娇娇毫无形象地笑出了声，看着郭悦发来的差评截图，在床上滚来滚去。

歪？挑觅歪！（Why？Tell me why！）

你说你是上等货，鲜嫩多汁包不错。

众里寻你千百度，回家煮了很想吐。

天若有情天亦老，此货老得像扫帚。

千山万水总是情，不要坑我行不行。

问君能有几多愁，脱发何时是个头。

确实够另类的，难怪士林集团会不顾风险，在他被39°解雇后第一时间拉拢他，田娇娇想。

一开始听到郭悦和常亮在古巷里相遇，她的脑子里就浮现各种浪漫的情节，没想到剧情反转速度这么快，结局这么溜。

"喂喂喂，娇姐，没你这样的。"郭悦不满地嚷嚷。拿别人的痛苦寻开心，不道德。

"好啦好啦，不逗你啦！有一群小姑娘特别喜欢常亮，没想到他这么变态。"

田娇娇一边安慰，一边用手指点了点下巴。印象里有同事说过他浪漫，长得好看，这辈子不能和他结婚，被求婚的方案是他策划的，也不错。

"何止变态。"简直就是神经病重症患者，她说得清清楚楚，对代言不感兴趣，还纠缠不清，他真当自己是苦情戏的男主角啊，不断纠缠结果就会改变。郭悦气得拍桌子。

"别气别气，不理他就是了，气坏身子以后就看不到你的视频了。"田娇娇快嘴安慰道。

郭悦一听，这话不对啊，朝田娇娇生气地扬了扬下巴："原来视频比我更重要啊！"哼，终于看清楚你的真面目了。

"呸呸呸，胡说什么呢？当然是你最重要，没有你哪来的视频对吧？"田娇娇讨好般拍了拍自己的嘴，斟酌半晌，又说："我总觉得这人不简单，前几天热搜都是他，白的黑的都有，在这种情况下还有心情挖你，心可真够大的。不过，你还是要小心点，毕竟你看起来单纯好骗。"

"不，我觉得他是电影电视剧小说看多了，肯定是看了《前任3》。"郭悦断定常亮就是那种披着文质彬彬外表的无聊男，气得连忙反驳。

"好好好，你说的都对。"郭悦的脸色不好看，田娇娇也不敢再多说什么。但她又觉得常亮是个有能力的人，擅长谋略和策划，这次失误，背后肯定大有文章，39°就这样放他跑了，将来肯定会后悔。

郭悦也不在意田娇娇有没有在敷衍，只是一个劲地吐槽，没注意已经到饭点，该做饭了。等到她反应过来，外婆已经把饭做好，喊她吃饭。

"阿妹是不是有心事？"郭悦是老人一手带大的，知道她习惯把事情藏在心里，尤其是不想让她老人家担心。这几天她烦躁不已，老人都看在眼里。

"啊，没有啊。"郭悦猛然抬头，一笑而过。

她不想说的，不管怎么问都问不出来，所以外婆也就不再追问，一边吃饭一边说最近镇上发生的趣事。

她尽可能让自己每天看起来都神采奕奕的，生怕成为郭悦的负担。

她清楚地知道，郭悦是个有才华的孩子，毕业之后在帝都工作一年，好不容易稳定下来，却因为父亲过世、继母改嫁放弃了喜欢的工作，回到陵水这个小镇照顾她。

饭后，郭悦的手机频繁地发出提示音，原本正在继续完善艾草青团视频的她不得不放下手里的活，看看到底发生了什么事。

"不知道为什么，我按照小姐姐的方法做出来味道好奇怪。"

"你看，还是糊糊的。"

"第一张图是第一次做的，后面两张是这几天做的，似乎区别不大。"

……

郭悦细细地看了每一条私信，还点开了对方发过来的图片，看着黑乎乎的百年好合汤，不知道要用什么词形容自己的心情。

如果她没记错的话，这是这个人第三次找自己，一开始是因为对方心虚，说自己对厨艺一窍不通，但又很想给喜欢的人做一碗甜汤。对方态度好，早在对方第一次找她，她就写了详细的步骤，结果第二天对方告诉她，失败了。

于是，她又发了一个没有经过剪辑的视频给对方，心想跟着做，肯定能成功，结果她高估了对方的能力，甚至怀疑，这人是不是未成年的小朋友。

平时粉丝发来的私信太多，郭悦并不能每一个都回复，但如果对方问跟做菜有关的问题，只要是她知道的，她都会说。可她从来还没有遇到过这么……难搞的粉丝，好奇心起，她进入了对方的主页，发现那个号是一个小号，随便翻了几页，看到一张手写的小纸条，郭悦勾了勾唇角，冷笑一声，果断将手机调成静音，假装什么都没看到，继续处理视频。

明明私信标注了"已读"，郭悦却久久没回消息，常亮想自己是不是已经暴露身份了。苦恼不堪的他失眠了，躺在床上翻来覆去，反复琢磨自己到底做了什么，让郭悦起疑。

果不其然，第二天，常亮就看见郭悦回了三个字：常先生。

没有多余的话，与其说她在试探，还不如说她很聪明，如果她猜错了他的身份，这消息就当发错对象了；如果她猜对了，她又没有说什么得罪的话，想要截图揭穿她的伪善的面具也无从下手。

常亮一阵惊颤，深深地感受到对手的强大。原本睡眼蒙眬的他，顿时清醒，哀号一声，烦躁地将枕头扔了出去。

想起当时自己在老板面前信誓旦旦，一阵惭愧。为什么没有人提前告诉他，郭悦这么难搞？

一大早，钟硕接到老板询问进展的电话，本来是给常亮打的，不过，他关机。

吃早饭的时候，钟硕简单向常亮传达了老板的意思，见他一直愁眉苦脸，又忍不住多说了两句："亮哥，不是我说你，真的，换个角度思考，如果一个人带着目的接近你，然后还搞出很多小花样，你不会对这个人产生戒心，又或者越来越讨厌他吗？"生怕常亮生气，"讨厌"二字，钟硕说得很小声。

常亮冷不丁地抬头剜了他一眼，淡淡地开口："是谁前几天让我买对讲机送到人家家里去的？"他之所以能做出这么多无厘头的事来，还不是看了某人收集到的、经过个人情感加工的资料？他可是清清楚楚地记得，某人在向自己提建议的时候，手舞足蹈地描绘，郭悦收到对讲机之后会上演哪些浪漫的桥段。

当时常亮也不知道自己哪根筋不对，真的买了对讲机，尔后又找朋友代购了一包绣球花的种子。

"这……"钟硕尴尬地挠挠头，"不是有句话说，失败是成功之母嘛，咱多试几次才能更了解郭小姐不是嘛？"

那你干吗不去多认几个妈，拖我下水做什么？常亮愤愤地想。他的形象可是花了好几年才建立起来的，是吃饭的工具，怎能说毁就毁？

钟硕被常亮想杀人的眼神吓得小心脏一颤一颤的，不敢再多说什么，十分畏缩地低头吃早饭。

他家亮哥就这样，不生气的时候像个温润如玉的翩翩公子，大怒的时候简直就是暴君！

"外婆，我……"郭悦推开院门，"回来了"三个字正要脱口而出，就看见常亮正坐在织布机前，拿着梭子笨拙地穿梭，和外婆有说有笑的，她的声音戛然而止，盯着常亮看了好一会，确定自己所看到的人是那个讨厌鬼没错，又转口问：

"你怎么在这里？"

外婆笑眯眯的，正要跟郭悦说，有人找她，就注意到郭悦的神情不太对劲，她扭头看了一眼常亮，又看向郭悦提醒道："阿妹，过门是客，你们先聊。"然后起身进厨房备茶水。

郭悦还没回来之前，常亮就向外婆坦白了自己的身份，还告诉她，如果加入士林集团会给郭悦带来什么好处。外婆对郭悦抱有惭愧，总觉得自己拖累了郭悦，要不然她在大城市里会有更好的发展。加上凭自己多年察言观色的能力来看，常亮也不像个坏人。

郭悦倒不这样认为，她觉得，坏人又不会把"坏人"两个字写在脸上，从她的立场来看，常亮就是一个不折不扣的坏人，跟魔鬼一样难缠。

在门口僵持了几分钟，郭悦从他身边经过，走向大门前的石凳坐下。仅是擦肩而过，常亮就深深地感受到郭悦的不屑与淡漠。

"私信的事，我道歉，不过我真没有捉弄你的意思。"常亮一脸惭愧，即便当时有那个心，也不能坦白。

郭悦不满，心想：搞个小号接二连三地骚扰她，不是捉弄她是什么？

"不过，我今天不是为了说服你而来的。"常亮又说。

"哦？"郭悦抬头饶有兴致地看着他。换招式了这是？郭悦不解。刚刚看见他出现在自己的视线里，她就不自觉提高了警惕，就怕他在外婆面前做出无法预料的事情来，毕竟，这个人上回还跟她哭喊说自己有五十岁的老母亲要养，演戏的天赋极高……

"你不是硬盘坏了吗？我过来看看能不能帮上忙。"常亮也走到石凳前，在郭悦的对面坐下。

霎时间，郭悦瞪大眼睛，一脸愕然："你怎么知道？"她早上急匆匆出门，就是跑到镇上，去看看电脑维修店里的师傅能不能修硬盘。艾草青团那期视频剪辑好的、没剪辑过的视频全都在硬盘里，也不知道硬盘怎么了，就那天摔了一下，之后就不能用了，资料全都没了，自己倒腾了老半天，各种百度、咨询也没有效果。

更要命的是，修电脑的师傅也没办法！

Chapter4 我可是你的小可爱

"你要信我的话，给我看看，我找朋友帮帮忙。"常亮自然不好意思告诉郭悦，他关注郭悦之后，设置了特别关心，早上看到她发微博说硬盘坏了，估计新视频得延期上线，没多想就找到她家里来了。

她当然信不过他！

可眼下又没有别的办法，郭悦一番犹豫下，抱着死马当成活马医的心态，将硬盘递给了他，又假装很随性地说："不行的话就算了，我重新拍。"她并不想欠他人情，虽然很希望硬盘能修好。

"嗯，也不麻烦，我有朋友是这方面的高手。"常亮说的高手就是钟硕，之前他丢失过资料，是他找回来的。

郭悦点点头，说了谢谢，尽管不太喜欢他，在这种紧迫时刻，也只能让他试试，毕竟重新拍的话，工作量不小，而且每一次拍心情都不一样，出来的片子不一定有之前的好。但郭悦没有想到，就因为自己给了常亮一次机会，让他钻了空子，后来就被他吃得死死的。

常亮拿了硬盘，急匆匆赶回酒店，一把把钟硕拖起来修硬盘。

"亮哥，不行啊，这连了电脑老半天都没有反应，格式化可能还能用，但原来的文件就没有了。"钟硕被常亮盯着在电脑前倒腾了两小时，移动硬盘就是没反应，他又不敢格式化，他清楚地知道，格式化后，郭悦想要的东西肯定都没了。

"废话，我当然知道格式化后什么都没有了。"常亮愤愤地拍了拍钟硕的脑袋，疼得他哇哇大叫，委屈巴巴地说："亮哥，拍傻了，就没有人愿意为你赴汤蹈火了。"他望着常亮，可怜巴巴地眨眼睛。

这是在撒娇吗？一个大男人在向他撒娇？

常亮的额头爬满了黑线，皱着眉，努力控制自己的情绪，扯开话题："那怎么办？我还想让她欠我一个人情呢。"好不容易有了机会，他可不想灰溜溜地告诉人家，很抱歉，没能帮上忙，多没面子。

"亮哥，你这想法非常好，只不过，这硬盘真的恢复不了了，下回再找一个能体现英雄救美的机会吧。"钟硕宽慰道："记住，一定是要你十分擅长的，而且有把握的。"他十分认真地补充，可这在常亮看来，更像是调侃，他又重重地拍了一下他的后背："英雄救美，英雄救美，你脑子里装的什么？快点给我想办法，搞不定过两天你就回集团去。"省得看到他心烦，一天天给他出馊主意，破坏他的思路。

他记得以前的钟硕不是这样的啊，刚刚带他的时候，可机灵了，现在怎么变得这么笨，脑子经常不在线？

钟硕有苦说不出，他不过是实话实说，怎么就又挨打了呢？

他家亮哥没准早就被郭悦磨掉了性子，现在浑身都是暴力分子！

钟硕心里极其委屈，但继续在电脑前折腾了几个小时，请教了一些朋友，结果还是改变不了悲催的现实。常亮不得不放弃，拿着硬盘，灰头土脸地朝郭悦家走去。

郭悦原本也没抱什么希望，所以见到常亮，注意到他的神色，也没多伤心。不过还是亲手沏了陵水西山风景区产的绿茶，向常亮道谢。

去年春天，她偶然在山上遇见一个做茶的老师傅，求了老师傅好久，才从他那里学到了些炒茶、制茶、泡茶的手艺。

陵水不少山上种有茶树，但最好的产茶地还是她家附近的西山风景区，那里常年云雾缭绕，土壤呈酸性，有山泉水滋润，又是著名的佛教圣地，得天独厚的生长环境，使得那里生长的茶天生就比别的产区的茶要高几个档次。

"我能跟你一起去拍素材吗？"知道郭悦要重新拍艾草青团的视频，常亮小心翼翼地开口。他几乎把她录制的视频都看了一遍，很好奇她一个人怎么把视频拍得这么好的，不管是取景构图，还是后期制作都很有想法。

回想起上次偶然看见一期视频做的是他老家的特色小吃鱼糕，光是看着封面图，他就忍不住咽了咽口水，当即给母亲打了电话，问她下回他回家能不能做鱼糕。

鱼糕的传统做法繁琐，要挑选新鲜的鱼，将鱼肉一片一片剔下来，然后剁成肉泥，之后加入猪肥肉，一同剁成糊状，不断摔打增加韧劲，最后加入鸡蛋清和淀粉搅拌上锅蒸，搅拌多久，完全凭经验。

视频里郭悦并没有完全将整个制作过程展现出来，不过，该有的步骤，都给了镜头。也只有像他这种当地人才知道，要用传统的手法做鱼糕需要费多少功夫。小时候，他们家也只有逢年过节才会做。后来，他又在外地工作，能吃到正宗鱼糕的机会就更少了，与其说他馋，还不如说那种味道藏着家的味道，家的温馨。

再后来，他又特地查了不少她做的菜肴的相关信息，忽然明白为何在这个快速发展的、网红更替飞速的时代里，她能保持长久不衰的热度。

见郭悦没说话，常亮又低声说："你放心，我不会把你的秘籍告诉外人的，我保证。"他想能把视频拍得像大片，郭悦应该有秘密，比如说她一直对外界称视频都是自己拍，自己剪的，没准背后有……帮手。

见她不语，常亮双手合十，望着郭悦的眼睛，十分虔诚地说："拜托了。"

郭悦压根没搞清楚常亮到底是几个意思，一会说自己对做汤感兴趣，一会又说对拍摄视频的过程感兴趣。

兴趣多没错，但郭悦觉得他最大的兴趣还是搞怪，恶作剧！谁知道这会他脑子里又有什么鬼主意？人见得多了，唯独没见过像他这样能折腾的。

"我保证不会给你添乱。"常亮从郭悦的眸子里看到了犹豫，又诚恳地保证。

郭悦还没开口，一个熟悉、亲切的声音从背后传来："小亮你来啦。"

她扭头看向后方，发现外婆正笑眯眯地看着常亮，端着一盘还挂着水珠的新鲜草莓朝自己走来。

哈，什么时候这混蛋把她最可亲可敬的外婆给收买了？外婆居然还叫他小亮？

怎么听着这么刺耳？

"外婆。"常亮闻声，立马转过身去笑脸相迎，一口一个"外婆"，郭悦听着实在扎心，不由地抬头多看了常亮几眼。

难道第一次见面，这混蛋就成功骗到了老人的信任和欢心？

郭悦漫不经心地吃着桌上的草莓，听二人聊天。两个人你一言，我一语，看上去其乐融融的，跟亲婆孙差不多，她根本插不上话。

郭悦越听越烦躁，没头没尾地来了一句："我要去山头拍晨曦。"

常亮敏感地接收到信息，微怔，定定地看着郭悦好一会才反应过来，满心欢喜地问："你的意思是同意我跟你一起去拍对吗？"常亮高兴地站了起来，激动地伸出双手，正要握住郭悦的双手，就被她淡漠的眼神给吓住了，双手置在半空，表情微囧。

外婆虽然不知道他们要做什么，不过看常亮的神情，她猜一定是高兴的事，冲着他说："那小亮明天早点过来，我给你们做早饭。"

常亮一听，更加高兴了，转而握着外婆的手，笑嘻嘻地说："好呀，谢谢外婆，怎么办，我要激动得睡不着了。"他一边说，一边偷偷瞥了郭悦一眼。她脸色不太好，也在用眼角的余光偷看他，两个人的目光撞到一起，她干脆光明正大地给他记了一个大白眼，闷哼一声，气呼呼地朝小水池的方向走去。

她就不明白了，剧情的发展路线怎么会变成这样子？明明她是不想给他和外婆过多接触的机会，没想到外婆竟然打算亲自给他做早饭。她的视频起码要拍三天，也就是接下来三天，她每天吃早饭都会看见那张讨厌的脸？

这什么跟什么？郭悦一阵惆怅。

第二天，她刚醒就听到常亮和外婆的声音从厨房里传出来。

他们家的厨房还是农村老式的，需要燃烧柴火的厨房，郭悦洗漱完，换好衣服就看见外婆拿着勺子在搅动小砂锅里的粥，而常亮拿着吹火筒，一边抹眼泪，一边鼓着腮帮子吹气，轮廓英气的脸上有几道深深浅浅的锅灰印记。

郭悦看着，忍不住"扑哧"笑出了声。

二人被她的笑声吸引，不约而同扭头看向她，注意到二人的目光，她略显尴尬，敛了嘴角的笑意，和外婆打招呼，然后看着常亮，淡淡地说："我起晚了，不吃早饭了，要不然拍不到晨曦了。"说完就朝外面走去。

"诶……"外婆正要叫住她，她已经消失了。外婆一脸无奈，眼里的溺爱又藏不住，叹了口气说："这孩子也真是的，工作再忙也不能不吃饭啊。"

听老人这语气，常亮悟出点什么。难道她经常不吃早饭？

太乱来了。常亮也顾不上小米粥还没熬好，将吹火筒丢到一边就跑了出去。

郭悦个子也不高，没有大长腿，常亮就不明白她提着那么沉的摄影器材怎么还能走这么快。

"你就不能走慢点啊？"好不容易跟上她，常亮已经有些上气不接下气了。

郭悦并没放慢脚步，漫不经心地说："又没让你跟。"对于要拍摄晨曦的她来说，时间就是一切，上一次拍出来的效果不错，遗憾的是片子没了。

常亮语塞，心想：算你狠。

谁让自己有求于她呢？常亮不断反复提醒自己要注意态度，省的一不小心气上头了，又跟她发生冲突。破坏了形象不说，老板交代的任务完成不了，那就真的完了。

不过，想想这么多年来，除了情窦初开的那年比较憋屈外，他还真没像现在这样委屈过。

第二章

我热爱这个地方

Chapter1 男神和女神的关系

"我帮你拿。"常亮嬉皮笑脸地夺过郭悦手里的单反，想了想又说，"你都是自己一个人拍吗？"他左看右看也没发现有帮手。

"嗯。"郭悦淡淡地应了声，再无后话。

常亮跟着郭悦爬了好一会的坡，来到高处的田埂。站在高高的田埂上，微风清爽，常亮不由多吸了两口清新的空气。这个季节田里灌满了水，禾苗刚刚插下不久，娇小嫩绿的身姿迎着晨风摇摆。从高处往下看，清澈的水倒映着蔚蓝的天空，置身其中，宛若在画中游。

郭悦利索地选好拍摄地点和角度，然后将单反架在上面，身子微弓着，一边注视取景器，一边轻轻调动镜头，反复调整了几次镜头，就进入了拍摄状态。

太阳初升，阳光一点一点洒在稻田上，她要拍摄阳光刚好照在稻田上，到阳光完全覆盖在稻田上的场景，所以，她从不到七点，一直拍到十点多，田埂都被她踩出印子来了，还有一个镜头她反复拍了好几次都没拍出想要的效果，持续一个姿势太久，手臂都麻木了。

常亮看着她专心致志的模样，整个过程都不敢说话，一直小心翼翼地待在她的身后，一边惊叹，一边思考，她到底是什么样的人，怎么什么都会？

田埂比较窄，郭悦每次转动镜头，调整三脚架的方向都是小心翼翼的，也不知道是不是因为拍完了，放松了神经，她在收拾东西的时候，一个不留神，一脚踩到了水里，发出"啊"的一声惊叫。没搞清楚状况的常亮，潜意识伸手拉了郭悦一把，没想到郭悦没站稳，扑到了他的身上，一个趔趄，直接坐在水里，白色的上衣瞬间溅上了泥浆，变得脏兮兮的。

两人惊魂未定，郭悦以一手举单反，一手撑在田里，狼狈地抓了一手泥巴，以弯腰嵌在常亮双腿间的奇怪姿势僵持了好一会，才发现常亮的手正扶着自己的腰！

脑子里忽然闪现某些不可描述的画面，她猛地弹开，转过身去，不让常亮看见自己通红的双颊。

常亮的思维没郭悦的活跃，从地上站起来，瞅了瞅脏兮兮的衣服，一阵惆怅。

"你有没有怎么样啊？"常亮转到了正在收拾东西的郭悦跟前，一低头，就看见郭悦红扑扑的脸蛋，不等郭悦开口，像是发现新大陆一般惊呼："哇，你怎么了，脸这么红？"

红你个大头鬼！郭悦打心里暗骂，头也不抬地来了一句："被你气的。"非得装好人拉她一把，他不拉她的话，会发生这么尴尬的事情吗？还都湿了身。

呸呸呸，是弄湿了衣服。

接下来的几天，只要常亮出现在郭悦的面前，她的脑子就情不自禁浮现那个狼狈的场面，还有她一不小心对上的，那双澄澈的眼睛……

郭悦每次录到制作食物部分都会在院子里那张石桌上，石桌的一侧靠墙，上面摆着几个土陶罐。

今天要重新录制制作青团的过程，她一大早去田里采了新鲜的艾草，拍了一段摘艾草的视频，回来的路上又折了几枝花插在罐子里，简单而又不失格调。

之后她就用热水把洗干净的艾草焯一遍，紧接着放入冰水里浸泡，去掉艾草苦味的同时，还能保持它原本翠绿的颜色。反复揉搓浸泡几次后就将艾草剁成泥，加入糯米粉，少量粘米粉、糖、水搅拌，和匀成团。

常亮赶到郭悦家时，郭悦已经开始录制包馅料的部分了。

他一直不知道，一个人拍视频，又要兼顾食物制作竟这么麻烦。三脚架立在石桌前面，镜头冲着郭悦，为了多展示几个角度，她常常包好一个，或者刚刚完成一个动作，就要放下食材去调整镜头。有时候甚至为了把画面拍得更美，她常常反复同一个动作。

常亮忽然对她肃然起敬，想来她是一个对待生活特别认真的人，认真到每一件事都会尽最大努力，做到极致。想必也就是因为这样，她才会从千千万万的微博用户中跳出来，成为网红。

待所有的青团都包完，郭悦的拍摄场地挪到了厨房，不过这次简单一些，给个把青团放上蒸笼，蒸笼上汽，出锅的镜头就可以了。

常亮看得目不转睛，好几次想夸郭悦，却在看见她过分认真的表情后一句话也不敢说，生怕给郭悦增添麻烦。

忙完一圈，郭悦看了常亮一眼，忽然提议："一起尝尝？"

"可以吗？"常亮欣喜若狂。

郭悦点点头，进厨房给常亮多拿了一双筷子和一只陶碗："这两只是豆沙馅的，这两只是春笋猪肉馅的。"她用手指指了指已经装在别致的小盘子里的绿油油的小团子。

忽然想到点什么，她站了起来，将架着单反的三脚架挪到了石桌的左边，一边调整镜头，一边说："不好意思，我想补一个吃青团的镜头，你不介意吧？"

"不介意。"常亮扭头冲着她笑。

常亮看着眼前的青团就食欲大开，只不过，听到郭悦说有两个是春笋猪肉馅的，他便不禁皱起了皱眉头，就像面对咸口味的猪肉板栗粽子一般抵触。

许是郭悦发现了常亮的小表情，轻笑道："你应该没尝过咸口味的青团吧，这是陵水的特色小吃。"说着，往常亮碗里夹了一个咸口味的，单手撑着下巴，冲他故意笑得很狡猾。

常亮捉摸不透郭悦的笑容里是不是有更深层次的意思，又想起之前自己做的种种离谱的事，心想：难怪刚刚她会忽然问自己要不要尝尝，这是存心想报复他啊！他皱着眉，极不情愿地夹起青团，送入嘴里。

"哈哈哈，你那什么表情，这又不是毒药。"郭悦被他那张苦瓜脸给逗笑了。

"额？"春笋的鲜甜，猪肉的醇厚甘香，和着艾草的清香在舌尖上慢慢扩散，常亮不由瞪大了眼睛，味蕾像是开辟出了一片新大陆。

天，怎么这么好吃！常亮竖起拇指的同时还不忘舔舔唇瓣，夸赞道："还真不错。"因为嘴巴里还有食物，他的声音有些不清晰，沙沙的，似乎还有些小性感。

后来，郭悦剪这段片段，看见常亮吃得很香，一边吃，一边抬头冲她笑，夸她手巧，在她要夹起盘子里另一只咸口味的青团时，常亮比她快了一步，夹起青团快速咬了一口，得意地朝她挤了挤眉毛说"这是我的青团"，她忽然不知道要怎么形容自己的心情，拍了这么久的视频，夸赞的话她听了不少，唯独这次，她心底不再是单纯的喜悦。

"哇，视频里的小哥哥好帅，这是情人节那天吃到小姐姐做的百年好合汤的小哥哥吗？"

"天啊，片尾居然有彩蛋！小姐姐调皮了，学人家撒狗粮，呜呜……"

"这里是冬冬，小哥哥微博叫什么，我要关注你。"

……

因为常亮出现在片尾，艾草青团的微博刚上线，郭悦的粉丝就沸腾了，一个个跟饥渴的狼一样，恨不得钻到视频里，把奶油小生似的、眉眼间又藏着一丝邪魅的常亮生吞活剥。私信、评论刷了一把不能满足他们的好奇心，他们干脆从视频里截了一张图，挂网上，开启寻人启事模式，很快就有人认出来他是常亮，前不久被39°扫地出门的常亮。

田娇娇看见视频，当即给郭悦打了电话，电话一接通，就气呼呼地问："郭小悦，你最好给我解释一下，那个常亮怎么回事？"如果她没记错的话，前些日子，这个人还跟她哭诉自己有多讨厌那个男人，那个男人有多烦人。

现在，这两个人居然一同出现在视频里，还面对面一起吃青团？

郭悦的视频向来听不到人物对话，她习惯用给视频添加背景音乐，然后在片尾列上需要的食材。两个人笑嘻嘻的，郭悦往常亮的碗里夹青团的一幕，田娇娇不管怎么看都觉得扎眼。

气人，真气人。

女人啊，果然善变。

"昂……"田娇娇这么生气，完全在郭悦的意料之外，她停顿了几秒，挣了挣思绪，不以为然地说："也没啥，就他一直缠着我，一会提这要求，一会提那要求，我实在没办法了，就让他跟我一起拍视频。话说，我说硬盘坏了，你怎么不吱一声？"如果她吱声的话，她还用得着让常亮修硬盘吗？虽然最后也没修好。

"你不是也没跟我说吗？"田娇娇气理直气壮地反驳。平时她还挺忙的，自然不能每时每刻都关注郭悦。

"等等，郭小悦，别转移话题，老实说，你跟常亮现在是什么关系了？"差点就被郭悦扯到别的话题上，田娇娇及时掰回来。

什么叫现在是什么关系？他们啥关系都不是，好吗？

田娇娇吭哧了老半天，郭悦就一句没关系。这是事实，她没说谎，对得起天地良心。

除了田娇娇，钟硕看见他家亮哥又一次被各大网友八卦，而且这次是八卦他和郭悦的关系，当场就懵了，拿着手机屁颠屁颠地跑到常亮的跟前，惊呼："亮哥，你把郭小姐搞定啦？"

常亮不明所以，他在梦里把郭悦搞定了，可现实呢？甭提多残酷。他现在根本不敢向郭悦再次提代言的事情。

见他一脸迷茫，钟硕又歪着脑袋，神秘兮兮地说："你和郭小姐在一起了？"他的声音很小，像是在说悄悄话，也不知道是不是担心从常亮口中得到肯定的答案，把自己吓一跳。

可这在常亮看来，他更像是在确认他是不是做了什么见不得人的事！常亮不客气地戳了一下他的脑门，没好气地说："说什么呢？是不是脑子抽了？"

钟硕摊手，表示很无辜："网友们说的啊，你都不知道他们在八卦你和郭小姐的关系，我看你们在视频里很登对，我以为你们……"说到关键的地方，钟硕不由停了下来，小心翼翼地瞥了眼常亮。

"什么鬼，我看看。"一阵不祥的预感涌上脑门，常亮连忙夺过他的手机。

"啊啊啊，原来是前39°的经理常亮！哇哇，什么时候常男神跟我们小姐姐关系这么密切了？求曝！"

"天啊，好想知道常男神用什么方法把小姐姐给感动了，两个人好般配！"

"妈呀，常男神居然关注了小姐姐，我居然不知道！"

……

Chapter2 一只来捣乱的猴子

常亮看着一条条透露着强大八卦气息的评论，哭笑不得。

他似乎没有要承认自己和郭悦的关系的意思，钟硕有些惶恐："怎么办，亮哥，我们需要澄清一下吗？"他家亮哥才上热搜被人扒不久，现在又闹绯闻，这样下去形象是不是要成渣渣了？

常亮抬手揉了揉太阳穴，做了个深呼吸，忽然想到点什么，愉悦地勾了勾唇角，说："不用。"比起这个，他更好奇发视频的人——郭悦，看到这些八卦什么反应。

那天她忽然态度一百八十度大转变，邀请他品尝青团，然后又说要补个镜头，又给他夹团子，一切看起来没有异样，但现在想想，似乎内藏玄机。

真是一个心机满满的女人。常亮不禁摇了摇头。

第二天，郭悦惊讶地发现微博粉丝涨了好几千，而底下还有一大波私信，猜到他们是问她和常亮的关系，她也就懒得看，和外婆打了一声招呼，就出门了。

前几天和镇上的农户约好了，今天要去收购他们新做的笋干等农产品，趁着早上不太忙，她想着收完回来还可以去发货。

从北京回来之后，她的收入几乎就靠这家小店。陵水虽然是旅游城市，但物价并不高，像郭悦家周围的邻居，收入均来自农产品销售。以前是卖给镇上一些贩子，后来随着经济的发展，还有不少像郭悦一样开网店的，帮他们销售，给他们增加了不少收入。

然而，她没想到，收完货回来，常亮又出现在她家里，一推开院门，就听到他在和外婆聊天。

"哎呀，我们家这边还有一间房间空的，你要喜欢就住。"外婆坐在竹椅上，一边挑拣箩筐里的花生，一边说。

"不不不，我还是租您家对面的那间吧。"常亮想，要是就这样住进来了，郭悦非得杀了他不可。

早上他接到了老板催促的电话，说是实在不行就别耗着了，重新寻找目标，在郭悦身上浪费太多时间就是浪费金钱。

老板说这番话的时候语气不是很好，常亮也能理解，毕竟他在这边待了也有三四周了，还没有好消息。不过，就最近相处这段时间来看，常亮觉得还有戏，于是便跟老板说再给他一些时间，他再努力努力。

后来，老板就再给他一个月的时间。

钟硕知道，如果他家亮哥一个月内不能搞定郭悦的话，回到北京估计就是递辞呈了。

所以又脑洞大开，建议常亮在郭悦家附近租半个月的房子，经常出现在她面前，没准时间长了，不仅能增进二人感情，还能更进一步了解郭悦，没准，代言的事情就水到渠成啦。而且，他始终觉得郭悦和他家亮哥有戏。郭悦是外冷内热的姑娘，处理事情从容不迫，他家亮哥嘛，脾气稍稍有点儿急躁，一个冷，一个热，正好。

毕竟之前因为钟硕提的无厘头建议栽了好几次跟头，这次常亮在他提完建议后，又狠狠地将他训了一顿。比起这个更让人无语的是，训完钟硕，他还是拎着行李箱去了郭悦家，准备在她家对面住下。

"常亮你又搞什么鬼？"郭悦气势汹汹地朝他们走去，也不顾自己走得太快，有些货物从自行车上掉下来。她没完全听到他们的对话，不过，就外婆那一句让他在自己家住下，他那句要在自己家对面租房子，两句话加上联想就足以引爆她的脾气。

"阿妹……"外婆不知道他们之间有什么误会，但前几天看常亮经常来自己家，他们虽然话不多，但相处得还挺好的，她以为他们关系缓解了，没想到……

"你别怪外婆，是我想在这边住一段时间的。"常亮也没想到郭悦会有这么大的反应，连忙站起来道歉。

郭悦恶狠狠地瞪他："外婆外婆，谁是你外婆，她明明是我外婆，跟你有什么关系？"为了达到目的，乱攀亲戚，她从小就讨厌这种人，尤其是当田娇娇揭穿了她前男友为了满足自己的欲望，变着花样糊弄她的虚伪面目之后，对于动机不单纯的人，特别反感。

"我……"头一次遇见一个能多次让自己说不出话来的女人，常亮十分挫败。

"请你出去。"郭悦愤怒地用手指指着院门的方向。

"阿妹……"外婆左右为难，抬头看看郭悦又看看常亮，不知道说什么好。

郭悦正在气头上，她自己也说不清楚为何对常亮发这么大的脾气，确实前几天两个人相处还是好好的，虽然不能说很好，但也不像现在，看见他就控制不住自己的脾气。

常亮尴尬地站在那里好一阵子，说了句"抱歉，打扰了"就拖着行李箱走进了郭悦家斜对面的房子。他过来的时候，钟硕已经替他收拾过了，本来是想跟外婆打个招呼，没想到最后莫名其妙地就把郭悦惹恼了。

女人啊，真是奇怪的生物，一会高兴，一会暴怒。

外婆捡起散落在地上的竹笋，放好走到郭悦旁边坐下："阿妹啊，你真的误会小亮了。"认识他的时间不长，但常亮跟之前来找郭悦谈合作的人不一样。他没有架子，不说能给多少钱，而是告诉她这是一个什么样的机会，他们需要一个像郭悦这样的，追求食物本身味道，遵从自然规律、节气法则的人。

常亮也是反复看了许多次郭悦的视频，才发现，郭悦红了以后，每一个视频都花了不少心思，不仅囊括了充满温情的地域美食，比如说，他老家的鱼糕，还有一些是节气养生美食，比如说，艾草青团。

他不知道别的公司对郭悦有什么看法，但在他眼里，郭悦就是一个巨大的知识宝库。

"外婆，我就想在这里安安静静地过日子，大城市压力太大了。"知道外婆又要劝说自己，郭悦先表明立场，"而且现在的生活也没有什么不好的呀，种种花，种种草，外婆你都不知道，好多粉丝都羡慕我的生活呢。"说到这个，郭悦有些得意。

一百个人，一百种活法，郭悦觉得自己现在这种生活很惬意，她暂时没有别的想法。尽管小店的收入不是很高，但她过得随心，也不需要像在职场里那样，时刻小心谨慎。

"你呀！"外婆无奈地摇摇头，郭悦长大了，有了自己的想法，她也不好对她的生活指手画脚。

"所以啊，外婆你就别替常亮说话了，我暂时不会考虑接受他们的提议，就想好好和外婆种菜、种花。"说着，郭悦还蹭到外婆的怀里，撒起娇来。

"好好好，不说就不说，你开心就行。"外婆彻底败给她了。郭悦是她从小看着长大的，她这一生就只有郭悦母亲一个孩子，但郭悦的母亲去世得早，而郭悦又长得极其像她母亲，于是，她把原来对女儿的爱加在郭悦身上，双重厚爱下，郭悦的童年比很多孩子都幸福。

"不过……"外婆揽着郭悦的肩膀，忽然想到了点什么，"你们在工作上不能合作，但你可以考虑一下和小亮在一起啊。"郭悦不解，视线对上外婆慈爱的双眸，满脸疑惑。

在一起什么意思？郭悦有点蒙，她怎么跟不上外婆的思维了呢？

"我觉得他人挺好的，很会照顾人，长得也不错……"外婆数了一堆常亮的优点，而每一句好话对郭悦来说就是一把刀，外婆还没说完，她就倒在血泊里了，咬着牙，打心里呐喊：常亮，算你狠！

郭悦以为那天自己冲常亮发脾气之后，常亮就能消停点，至少不会像之前那样动不动就出现在她的面前，各种搞怪。

然而，她还是低估了常亮的战斗能力。

一天，大早上的，她还没起床，就听到有人很着急地在敲门，随后是一阵窸窸窣窣的对话声。

担心发生了什么事，她迷迷糊糊地从床上爬了起来，随便收拾了一下就走到院子里，然后，全身湿漉漉的常亮就闯进了她的视线里。她一个激灵，睡意就没了，视线在常亮身上来回转了两圈，定格在他那张还挂着水珠的脸上，不由笑出了声，指着狼狈不堪的常亮调侃道："一大早来我家表演杂技啊？"

常亮脸颊微红，确实，活了这么多年，从来没有这么狼狈过。他不过是想洗衣服，谁知道，那房子太久没住人，设施比较脆弱。水龙头被他拧坏了，他本想着关总阀，结果总阀太久没用，他用力过度，总阀也坏了。他想拿抹布先堵一下，没想到水没堵住，还溅了一身，从上到下浇了个透，倒霉透了。

"外婆，能不能借条毛巾？"他张了张嘴，低声说。一滴水珠就沿着他的头发从额头向下滑落，正好从他的眼角滑下，像是哭了一样，委屈极了。

让郭悦更没想到的是，常亮借了毛巾没几天，有一天她正做饭，常亮又举着锅铲出现在她家厨房，嬉皮笑脸地问她能不能借点酱油，他忘记买了。

郭悦倒。这人在她家隔壁的房子也住了好几天了，没有酱油，谁信？

郭悦虽然不情愿，还是给他倒了半碗酱油。

次日，常亮还碗的时候，又跟外婆说，他家卫生间堵了，想借用一下卫生间洗澡。

外婆自然不会拒绝常亮，她懂常亮的小心思，私底下偷偷跟他说加油。

Chapter3 你有长辈的样吗

郭悦一个人太久了，外婆虽然不像别家长辈一样，催孩子结婚，不过，她还是很担心，如果将来某一天她走了，郭悦一个人该怎么办，生病了，或者遇到困难没有人帮忙怎么挺过去。常亮这个孩子，她一直都挺看好的，但究竟要怎么选择，还是看郭悦自己。

常亮拿着衣服喜滋滋地在郭悦家的浴室里洗了个舒服的澡，却没想到郭悦从他进了浴室后，就站在不远的地方，等他出来。

常亮哼着小曲，心情好得不得了。从浴室里出来，突然对上郭悦的眸子，她正用一种看猎物的眼神盯着他，他潜意识伸手捂住胸口，吁了一口气："妈呀，你吓死我了。我的东西都拿完了，你要现在洗吗？"他不确定郭悦要干吗，但他可以确定，她应该不是在等他出来去洗澡。

郭悦一只手横在腰间，用另一只手朝他勾了勾手指，似笑非笑地说："你过来，我们谈谈。"

常亮的心脏咯噔了一下，心虚地看了一眼笑得人畜无害的郭悦，点了点头。

郭悦将他领进了自己的房间，自己坐在床上，又指了指梳妆台前那张凳子，朝他扬了扬下巴，示意他坐下。

"说吧，隔三岔五往我家跑想干什么？"又是借酱油，又是借毛巾，借浴室的，没见过理由这么多的人。

"没有，我家卫生间真的堵了。"气氛不太好，常亮连忙解释。活了这么多年，他还是第一次发现自己的气场输给别人，还是一个女人。

"哦！"郭悦轻笑，不由挑了挑眉，斜视着他，不紧不慢地补充："那你现在洗完了，赶紧走吧，以后都不要来了，我家不是收留所，我也没这么好心。"她又不傻，自然不会相信隔三岔五就上演的悲剧。

"啊，你别生气，我就是想见你。"常亮故作惊慌，红着脸解释。

郭悦呵呵两声，真想怼一句：你是在藐视我的情商吗？

郭悦不说话，用手撑着下巴，目不转睛地看着他，就想看看他接下来会不会唱一出哀感天地的戏，让她潸然泪下。

"上次吃了你做的青团，特别想再吃一次，或者做点鱼糕也行。"常亮望着郭悦，回想起青团的味道，眼睛在发光。

面对不要脸的常亮，郭悦的心中腹诽不已，心想：这是不打算说实话啊。

其实她很清楚，常亮无非就是想打感情牌，最后说服她，完成任务。也正是太清楚他的目的了，所以她一直小心翼翼的。

一个男人，总是出现在一个女人面前，总是想献殷勤，无非就两个理由，一个是喜欢那个女人，另外一个就是为了利益。

"喜欢"这词在她和常亮身上显然不可能。郭悦打心底冷笑：真是一个为了利益，什么事情都做得出来的人。

"抱歉，常先生，我没有必要做东西给一个虚伪的人吃。"郭悦耸耸肩，语气一点都不客气："还有，你也不需要再跟我绕弯子了，我说过，我对你们公司不感兴趣，所以，请你不要再来骚扰我和我的家人了。"她把"家人"两个字咬得极其重，言外之意很明显。外婆年纪大了，容易犯糊涂，她可没糊涂。

顿了顿，她又补充一句："要代言的话，其实常先生完完全全可以胜任，没必要浪费一笔广告费。"

屋子里的气氛十分微妙，郭悦就是那种人，除了对外婆和田娇娇外，对谁都是冷冷的，为了避免不必要的麻烦，她总是拒人于千里之外。

面对把一切看得如此透彻的郭悦，常亮如坐针毡，又不太明白，郭悦后面那句话是什么意思。事实上，郭悦的猜测也并不完全对，至少他是真的想再吃一次她做的青团，想尝尝她做的鱼糕的味道，要他给钱也行，就想再吃一次。

常亮还想说点什么，郭悦却没再给他机会，站了起来，径直地往屋外走去。

他在郭悦家附近租下房子这些日子，钟硕一直待在酒店里，不是他不想过来，而是常亮怕他碍事就让他住酒店里，但眼看着离老板给的期限越来越近，他还是把钟硕喊了过来，也顾不上钟硕会不会脑筋短路，给他出馊主意。

"哇，亮哥，你还真惬意啊。"接到命令的钟硕马不停蹄地拖着行李箱搬到常亮家，一进门就被屋子里的一切吸引住了。虽然常亮搬进来之前，他有过来收拾，不过那会儿屋子还没沾上常亮的气息，对他来说没什么特别的。

"得了，洗洗睡吧你。"常亮一脸嫌弃，惬意倒是惬意，但现在可不是享受惬意的时候。有时候他还挺烦他的，但似乎少了他，又少了很多乐趣。

钟硕的心情丝毫没有受到常亮的嫌弃影响，乐呵呵地掏出手机，走到他跟前，贼兮兮地说："亮哥，最近你的微博粉丝大涨啊，都突破百万了。有一群小迷妹天天在你的微博下刷评论。"

"哈？"常亮眉毛一拧，好奇地问，"什么情况？"

钟硕耸耸肩："我也不知道，不过亮哥本来就很有魅力，涨粉丝很正常啦。噢噢，想起来了，可能是因为上次你在郭小姐的视频里露面，圈了一大波粉吧，郭小姐真是厉害啊……"钟硕不由感叹，难怪他们家老板会看上郭悦，仅是一个代言就让他家亮哥亲自出马。

常亮连忙拿起手机，翻了翻自己的微博，发现果然涨了不少粉丝，想起了郭悦刚刚说的话：要代言的话，其实常先生完完全全可以胜任，没必要浪费一笔广告费。

忽然明白了她的意思。

难怪，她会同意他和她一起去拍视频，会忽然对他那么好，会让他品尝她做的青团。原来一切都是预谋好的，她让他在她的视频里露面，给他涨点人气，让他给自己家的集团做代言……

搞了老半天，倒反是自己被绕进了别人设计好的圈套里。

清明节临近，郭悦忽然收到一个客户发来的消息，问她能不能采摘点新鲜的艾草出售给他，他离开老家陵水十多年，十分怀念青团的味道。

许是有在外漂泊的经历，又或是她其实就是一个感性的人，每每面对这种人，郭悦心里总是涩涩的，不忍拒绝。

她想了想，答应了，大概估量了运费，让买家拍下店里的运费链接，和外婆打了声招呼，她就提着篮子出门了，打算一会摘完就寄出去。

出门时，她有意无意间瞟了瞟常亮家，发现大门开着，却没看见人，晾在简易晾衣架上的几件名牌衣服和周围的环境格格不入，郭悦不由嗤笑一声，心想：像常亮这种光鲜亮丽的人，天生就和这安详朴素的小镇不符，等新鲜劲一过，肯定待不下去了。

想到这个烦人精终于要走了，郭悦倍感愉悦，脚步也轻快了不少。

常亮比之前任何一个来找她合作的人都要难搞，之前那些人被她冷冷回绝之后顶多骂她清高，不识好歹，或是发些不痛不痒的言论，但她从来不在乎。田娇娇也说，有人议论，证明你还活在别人眼里，毕竟是网红，有议论比没议论好。

郭悦从没靠名气吃过饭，也没想过要红，不过既然老天给了她这个机会，她就不会浪费，但她并没有被利益蒙蔽眼睛，没有忘记初心——记录生活，寻找最真实的自己，陪在最重要的人的身边。

陵水这个小镇之所以成为很多游客热捧的地方，除了山美水美，更重要的是，城市的发展并没有破坏掉这里的风土人情。就好比郭悦家周围，以前是农田的地方，现在还是农田，这个季节放眼望去绿油油的，古老的建筑在青山绿水间影影绰绰，那种宛如世外桃源的美景是如今很多城市里所没有的。

郭悦在自己家的菜院子逛了一圈，没多久篮子就满了，她哼着小曲，提着篮子正要往村口的快递站点走去，就隐隐约约听到有一个熟悉又陌生的声音从她家的方向传来，一股不祥的预感涌上心头，她抱紧篮子，快速地往家里跑。

"那是她弟弟，难道她没有义务照顾吗？她小的时候我为她付出那么多……"

大老远的，她就听见那个讨厌的声音在咆哮，更没想到她还有脸出现在她的面前，冲外婆大呼小叫。

她奋力地用脚踹开自家的院门，"哐当"一声巨响，林淑媛吓得整个人都怔住了，扭头一看，对上了郭悦愤愤不平的双眸，她看她的眼神，恨不得将她生吞活剥。

她说："林淑媛，你来做什么？"

林淑媛缓神，莞尔一笑，漫不经心地开口："郭悦，好歹我也曾是你妈妈，照顾你这么多年，这就是你对待长辈的态度吗？"

郭悦没接话，走到外婆身边，握着她满是岁月痕迹的手，担忧地问："外婆你没事吧？"

外婆摇摇头，眸里满是心疼："没事。"

林淑媛见郭悦没有搭理自己的意思，恼怒地走到她跟前，拽了她一把，厉声嚷嚷道："我跟你说话呢！"

林淑媛是东北女人，生得高大，身板要比郭悦大上一圈，她这样一拽，郭悦险些跌倒。

本来就对她不待见的郭悦瞬间勃然大怒："你有半点长辈的样吗？"郭悦忍了她许久，母亲过世后，父亲在工作的地方认识了死了丈夫、拖着儿子的她，慢慢地，两人就走到了一起。她确实吃过她做的饭，但她在她那里从来都没感受过半分母爱，她表面上对自己好，也是看在父亲的面子上给的，以至于她对她，只有厌恶。父亲过世之后，她二话不说就把房子卖了，拿着钱就走了，不管她的死活。这种人，要怎么以礼相待？

Chapter4 吃炸药了吗

郭悦确定，林淑媛一定是有事才会出现在这里，而且还不是什么好事。

果不其然，见郭悦不给自己好脸色看，林淑媛也懒得跟她拐弯抹角，直接进入正题："你弟弟病了，你爸爸活着的时候就说让你多照顾弟弟。"知道郭悦不好对付，她一上来就把她爸爸搬出来。

这是求人的态度？郭悦冷冷地瞟了她一眼，瞥见那张盛气凌人，似乎自己是这个世界的主宰的傲娇脸，不由地冷笑。

人，她见多了，这么不要脸、蛮不讲理的人，她还是第一次见。

"没钱，你走吧，别来骚扰我。"郭悦转过身去，拿了一个袋子把刚刚采摘回来的艾草装到袋子里，一副爱答不理的样子着实让林淑媛上火。

她上前几步，拽住郭悦的手臂咆哮："那可是你弟弟。"她不能眼睁睁看着自己的儿子躺在医院里没有人管，最后被轰出去。郭悦的父亲离世之后，她带着钱嫁给了镇上一个小富小贵的鳏夫，没想到这男人没多久就暴露了本性，整天吃喝嫖赌，二老在的时候还好，二老走了以后越发肆无忌惮，最后还把她的钱赔进去了，她恨铁不成钢。儿子又病了，她只能来找郭悦。

现在知道她是亲人了？当时把房子卖了，走得那么干脆，怎么不考虑一下她刚毕业，没有钱要怎么过日子？郭悦嘲讽般笑了笑，轻蔑地说："我妈就生了我一个，我没有弟弟，林阿姨，你是不是糊涂，连血缘关系都能搞错。"她故意强调

"血缘"二字，撇清关系的同时也表明了自己的立场。

其实郭悦并非冷血的人，刚毕业的时候没什么钱，大冷天在地铁口看见乞讨的老人都忍不住给他们买一份饭的钱，她对自己的母亲没有什么印象，但外婆一直教导她，人，要有一颗善良的心。

这点她没有意见，但她并不能忍受坏人利用自己的善心。

"你……"林淑媛被事不关己高高挂起的郭悦气得说不出话来，但转念一想，今天不管用什么方法，也得让她给点钱。她看着她，颐指气使地说："别以为我不知道你在网上发视频赚了不少钱，再说了，你的特产店怎么说一个月也有一两万吧？"

知道的还真多，不知道的，还以为她有多关心自己，她们关系有多好呢。郭悦冷哼一声："借钱是要走正规程序的，再说了，我不记得我们有熟到能借钱的地步。"若是小时候她对她好点，借了也就算了，问题是眼前这个女人根本就不是什么好东西。

"你！"林淑媛伸出食指，颤抖着指着她，咬牙切齿地说，"你……你就不怕我曝光你吗？这么红，肯定是被人包养了吧。哼，长得一张狐媚子的脸，谁知道私底下跟谁做了什么见不得人的勾当，跟你妈一个样。"

外婆听到这话，立刻敏感地望了郭悦一眼，她没读过书，也没见过陵水镇以外的世界，更对外面的世界一无所知，在她眼里，赚钱就只能靠勤勤恳恳地工作。

林淑媛和外婆都没有想到郭悦会突然发狂，猛地冲上去扇了林淑媛一个巴掌，瞪着猩红的眸子，叫道："让你狗嘴里吐不出象牙，我今天就撕烂你的嘴！"郭悦有听过一些关于母亲和父亲的传言，据说当年外婆和外公并不同意她父母在一起，但郭母还是扎进了爱情里，背着二老有了郭悦，遗憾的是，生她的时候大出血，没多久就走了。郭悦从没见过她，可母亲在她心中仍然是圣洁的，她不容许别人——尤其是像林淑媛这种肮脏的人玷污她。

林淑媛本来脾气就暴躁，自然是不能忍受郭悦打了自己一耳光，猛然伸手去揪郭悦的头发，对郭悦拳打脚踢。

郭悦也并不甘心自己被打，忍住疼痛反击，张牙舞爪的，仿佛斗兽场上的野兽。可到底还是高大的林淑媛占了上风。

外婆看着郭悦受伤，彻底慌了神，苦苦哀求道："别打了，别打了……"然而，林淑媛就像发疯的野狗，又撕又打，根本不把老人的话放在心上。

在厨房里做饭的常亮听到动静，感觉不太妙，连忙放下东西，顾不上换鞋就往郭悦家跑，钟硕见状，也跟着跑了出去。

二人看见郭悦被林淑媛按在地上，撕打成一片，狼狈不堪，整个人都蒙了，手忙脚乱地将二人分开。常亮扶郭悦，钟硕按着林淑媛，但林淑媛依旧情绪激动，对郭悦破口大骂，差一点就让她挣脱了钟硕的禁锢。

常亮将郭悦扶到一边安抚，见林淑媛还在挣扎，又厉声警告："你再动手，我就报警。"

"你报啊，你倒是报啊，让警察把郭悦那个小贱人关监狱里去，对长辈出手，有娘生没娘养的贱丫头！"林淑媛瞪着那双小眼睛，冲着他们嘶吼，十足一个泼妇。

"你说谁呢？"郭悦勃然大怒，欲站起来，却被常亮按住，然后，她听见一个威慑力十足的声音："我们都可以为郭悦作证，是你对郭悦出手，你有证人吗？"

郭悦稍稍偏头，怔怔地看着他，他的眼睛很好看，亮晶晶的，犹如阳光底下清泉撞击石头迸溅出来的水花。

常亮原本不想跟她废话，但被她吵得不耐烦，想了想，又说："钟硕，把她拖出去，太吵了。"

钟硕会意，拖着还在挣扎，不断谩骂的林淑媛踉踉跄跄地往院子门口走，见他们走出了门口，常亮趁机把院子的小门锁上，然后扶着郭悦进屋，也不顾钟硕松开林淑媛后，她像条疯狗一样砸门。

外婆看着被打得鼻青脸肿的郭悦泪眼汪汪，伸手理了理她凌乱的头发，整颗心都揪到一起："阿妹，疼不疼？"

郭悦强行忍着疼痛，微微一笑，摇摇头，轻轻说："我没事，外婆别担心。"幸亏林淑媛没对外婆出手，要不然她就跟她拼命了。

常亮分明看到她眼睛里有眼泪在打转，还有刚刚把她和林淑媛分开时听到她疼得发出嘶嘶的声音，此刻面对老人，却还能笑。他对她越发好奇，她看起来比一般女生都要坚强，总给人一种是个厉害的角色的感觉，没想到竟然是个纸老虎。

　　"外婆，家里有没有消毒水之类的，伤口要清理一下，要不然容易感染。"常亮的声音打破了屋内沉闷的气氛。

　　只顾着关心郭悦疼不疼，倒是忘了伤口要处理，外婆实在惭愧，一连说了几个"有"，便迈着不怎么灵活的步子去找消毒水。

　　郭悦的脑袋还是混沌的，她舔了舔干涩的嘴唇，用沙哑的声音说了声谢谢，顿了顿又补充说："别以为你帮了我，我就会答应帮你的忙。"

　　常亮有些哭笑不得。都伤成这样了，还逞强，惦记着别的事情，到底是有多害怕欠别人人情？郭悦不仅到处是伤口，身上还沾了不少泥土，脏兮兮的，常亮看着她狼狈的模样，再想到视频里恬静美好的她，不忍直视，却又满是心疼。找来毛巾，端来清水，帮她清理。

　　毛巾刚碰到郭悦的脸，郭悦就忍不住往后缩，拧着眉头嚷嚷："嘶嘶，轻点轻点，疼……你是不是故意报复我！"郭悦一点儿也不给常亮面子，犹如小兽一般瞪他。一开始她说要自己来，常亮说她伤口太多，不方便，硬是要帮忙，结果，一上来就弄疼她了。

　　常亮轻笑一声，缓缓开口："怕疼还跟人家打架？也不看看自己细胳膊细腿的，哪点能比得上人家。"想起刚刚看见林淑媛将她压在地上的场面，他就觉得可怕，要是他没赶过来，也不知道最后会发生什么。

　　"要你管！"郭悦皱了皱鼻子，极为不满地哼气。虽然说他帮了自己，但这并不代表着他走进了她的心里。

　　常亮拿她没办法，有些宠溺地点了点她的额头："你啊……"真是不知道要说什么好了，平时在他面前凶巴巴的，一副你再过来我就咬你的面孔，现在好了，被别人弄得一身伤。

　　郭悦没搭理他，从他手中抢过毛巾："我自己来吧，你出去吧，我准备换衣服。"

常亮点点头说好，看见郭悦跟跟跄跄地往房间走，又担忧地多问了一句，是不是真的不需要他的帮忙。

明明他的语气很正经，钻入郭悦的耳朵里，硬是悟出调侃的意味，她随手从沙发上抓起一个抱枕，凶巴巴地朝他扔去，骂他流氓。

也不知道为何，看着她那副喷火小恐龙的表情，常亮突然就不怀好意地笑了，脑子里蹦出一只小兔子，仿佛此刻的郭悦就是一只被逼急了的小兔子，很凶却也很可爱。

郭悦伤得不轻，常亮还劝郭悦最好去医院看看，但她不愿意，还说去了让人看笑话，这点伤她还是能忍的之类的话。

事实上，郭悦不仅是纸老虎，还是极其爱美的人。跟客户约定好了今天会把艾草寄出，处理完伤口，她就开始琢磨着要怎样出门。在家里倒腾了好久，最后戴上口罩和墨镜，滑稽又搞笑。

常亮这才发现她的小秘密，一边打心底取笑她，一边提出要帮她寄快递。在被别人看到自己鼻青脸肿，和欠常亮人情两者之间衡量了好久，郭悦还是狗腿地选择了欠他人情。

人要脸，树要皮。她要是没了形象，或是被粉丝们看到这副模样，估计要集体崩溃了。

郭悦整整休息了一周，伤口才完全消肿，结痂，这期间，常亮天天打着探病的幌子出现在她的家里。郭悦一见到他，还是老样子，面无表情地来一句，你怎么又来了。

这些日子以来，常亮对郭悦的脾气多少有些了解，知道她是那种表面冷漠，实则心地善良的人，每每这时，他总是冲她嬉皮笑脸地说："来看你呀。"

而郭悦总是白他一眼，甩他一句"无聊"。久而久之，他一出现，她就说"你怎么来了"，而他的下一句必定是"来看你呀"，她表示很无奈，甩他一句"无聊"。

第三章

我是为你而来的

Chapter1 哪有免费的午餐

　　然而，有一天，常亮一大早拎了水果过来，却没见着郭悦，问外婆，她只是说她一大早就出门了，估计得中午才回来。

　　常亮很好奇，她的伤口结痂还没有掉完，她竟然会出门，想必是有很重要的事情要处理，他也就不好意思继续追问，正要回家，外婆就端着一锅小米粥出来，问他要不要一起吃。

　　常亮原本不饿，但闻到粥的香味，情不自禁点点头。在39°待了好几年，可以说是山珍海味都尝了个遍，但他唯独对外婆做的，散发出食材本身香味的，简单的小米粥难以忘怀。

　　"尝尝这萝卜干，去年晒的，比你们在外面吃的好，外面的都是各种添加剂，这个什么都没加。"外婆喝着粥，还不忘给常亮介绍。记得郭悦刚刚从北京回来的时候，肤色那是一个难看，黄不拉几的，外婆看着就心疼。后来，她特地用家里的老石磨磨了几斤五谷杂粮粉，持续吃了几个月，气色总算好起来了。

　　常亮不客气，尝了几粒，直夸好吃。他忽然很羡慕郭悦，生活在这么美的地方，有爱的人，有一大群粉丝，还有那么多好吃的。换作是他，他也不愿意离开这里。

　　两个人一边吃，一边聊天，提到郭悦的时候，外婆还说了一些她小时候的事。有很长一段时间，郭悦都和外公外婆待在一起，直到父亲再婚，她上小学才被接回去。

有外公外婆陪伴的日子，几乎可以说是郭悦最快乐的日子，每天都无忧无虑的，跟着外公到处跑，外公虽然不是医生，但认识很多草药，在他的熏陶下，小小年纪的郭悦便认识了不少草药。再后来，郭悦趴在厨房里看外婆做饭，也没怎么动手，就从她那里学会了不少东西，尤其是陵水当地的特色小吃，郭悦几乎都会做。

不仅如此，她还学用院子里的亚麻做衣服，而且还有模有样的。

"难怪总见她穿亚麻做的衣服。"常亮了然地点点头，佩服得五体投地。起初他以为郭悦跟别的网红一样，就靠一张好看的脸吃饭，没什么内涵，慢慢接触之后，他越发觉得她是一个很有趣的人，听了外婆的话，他发现，似乎没有郭悦不会的东西。

真是一个可怕的女人。常亮只感觉压力越来越大。

二人吃完，收拾完碗筷，常亮就帮忙处理院子里的草，外婆说，郭悦之前一直说要再种一片绣球花，但是太忙，都没顾上。

是要种他送的绣球花吗？常亮微微露出惊愕的表情，环视了一周院子，来了很多次，但他从没仔细看过这颇有意境的院子。

门前有栅栏，一条弯弯曲曲的鹅卵石小路直铺到家门口的台阶上，小路两旁种了不少花草，现在正是春暖花开的季节，繁花簇拥下，这条路美得像通往天堂的甬道。

房子的左边有一个小秋千，右边是一张一米多宽的石桌，上面摆了两只插着玫瑰和几支他喊不出名字的花的土陶罐，而在石桌正对面是一个用竹子构造，引流的小水池，旁边还摆了几块形态各异的石头，石缝间有几丛绿油油的草，诗情画意兼备。

"你怎么又来了？"

"我来看看你。"

郭悦拎着大包小包进门，看见常亮就开口，但没有想到两个人居然会异口同声，仿佛心有灵犀一般。

霎时间，带着花香的空气里飘着一丝尴尬，郭悦目光闪烁不定，常亮倒是没注意她的奇怪神情，看见她拎这么多的东西，忍不住皱了皱眉头，丢下手里的除草工具，接过她手里的东西，埋怨道："伤还没完全好呢，拎这么多东西，不怕伤口裂开吗？"他的语气里似乎流露出一丝关心。

这种感觉让郭悦有些慌张，不清楚是不是自己会错意，毕竟常亮是一个善于伪装的人。

"不重，就袋子多。"郭悦假装漫不经心地接一句。

外婆偷偷瞄了眼，不禁发笑，似乎看到了将来常亮宠爱郭悦的模样，心里很是踏实，也不知道这两个人，什么时候才能迈出那一步。

"你的伤怎么样了？还疼吗？"常亮一边将东西摆在石桌上，一边问。

郭悦皱眉，没好气地说："这问题你不是昨天刚刚问了吗？我说不疼了，已经好得差不多了。"郭悦严重怀疑常亮的记忆力很差，要不然就是很唠叨，比外婆还要唠叨。

事实上，常亮只是情不自禁想要问问，图个安心。

"火气这么大，你的粉丝知道吗？"常亮忍不住吐槽，他发现郭悦这几天脾气特别臭，更准确来说，除了在视频里，他几乎没在现实生活中见过温柔可人的她，但很矛盾，比起温柔似水的她，他似乎觉得，这个性情多变、生气十足的她更实在。

"怎么，你也想像林淑媛一样威胁我吗？"郭悦微微昂头，反问道。她最受不了，别人说话三句两句就扯上她的粉丝，拿她的粉丝威胁她。

"不不不，我不是这个意思。"常亮慌忙解释，大幅度地摆摆手。也不知道是郭悦天生就是那种没办法开玩笑的人，还是她对他有偏见，每次两个人没说几句话，火药味就窜出来了。

郭悦翻了个白眼，像是在说，算你识趣。然后没再说什么，低头收拾桌子上的食材。

"你要拍新视频了吗？"常亮借机转移话题。仔细一看，这才发现，郭悦买回来的全是食材，有鱼有虾有排骨。但又看到她脸上还有结痂，她这么爱美，又觉得不可能是拍新的视频。

脑子里出现各种各样的菜色，他忍不住咽了咽口水，又多问了一句："有客人啊？"也不知道这些食材在郭悦手里会变成什么味道，他倒是想知道，就不知道郭悦给不给他机会。

客人？算是吗？郭悦用手指点了点唇，略作思考，勉为其难地说："算是吧。"

"哦哦。"常亮说不出自己心里是什么滋味，反正不太好受，让他更郁闷的是，自己莫名其妙地就不舒坦："那我先回去了。"

"诶，等等。"郭悦一着急，一伸手就抓住他的手腕，"反正都来了，就留下来吃饭吧。"

常亮立马回头，双眼放光："真的吗？"郭悦主动邀请他留下来吃饭，他总感觉不踏实，会不会像上次一样，抱着别的目的？

这样一想。常亮的小心脏不禁抖了抖。郭悦嗤笑一声，她看起来像捉弄人吗？要说演戏什么的，他称第二，没人敢称第一。

"骗你干吗？"郭悦心情不错，也就懒得跟他计较。

常亮一激动，就反过来握住郭悦的手，他正要开口，却被郭悦奋力甩了，他这才反应过来刚刚自己做了什么。

郭悦打心底暗骂：说话就说话，还动手动脚的。不过看在上次他帮了自己的份上，就懒得跟他计较了。

停顿片刻，她又补充："不过……"

常亮不禁叹了口气，他就知道，白吃白喝这种事是不会发生在他身上的，于是战战兢兢地说："说吧，又让我干吗？"他紧张地抱紧双臂，一副"来吧，我拼了，让我死得痛快些吧"的样子。

"嘿，你这啥表情？"郭悦蹙眉，看着常亮前后对比反差太过强烈的脸，一阵嫌弃，"天下哪有免费的午餐，快来帮忙。"郭悦神气地朝他扬了扬下巴。

拿人家的手短，吃人家的嘴软。常亮发现自己在郭悦面前真是越来越没有形象了，他堂堂一个米其林餐厅出身的经理，怎么会落得任人摆布的地步？更何况，这个人还不是他的客户！

郭悦给常亮详细说了收拾鱼虾、排骨的方法，看似十分客气地让他挑选一种来收拾，实则一点都不客气地使唤他，仿佛是借这次机会报之前的仇。见他犹犹豫豫的，最后剥夺了他选择的机会，直接把腥味最重的鱼虾交给他，自己则利索地剁起排骨来。

常亮甫提心里多委屈，一来是郭悦不把自己当客人看，二来是他在餐饮行业工作这么多年，还从没被当厨师使唤过，更没有给厨师打过下手，他哪一次不是穿着制服，光鲜亮丽地出现在餐厅里？又或是餐厅出了新菜品，请他试吃？

郭悦挥着菜刀有节奏地将排骨剁成小块，又将排骨前端的大骨挑出来，用来熬汤。南方春天湿气重，陵水有往汤里加茯苓、芡实、赤小豆等中药食材排湿气的惯例。

"怎么没见你的小伙伴？"郭悦没一会就将排骨收拾完了，而大骨已经在砂锅里去血水。

郭悦这没头没尾的一句，让正在埋头去虾线的常亮一下子没反应过来，思忖了半晌，才反应过来郭悦指的是钟硕，他弱弱地说："估计还在家里躺着呢吧。"一提钟硕他就生气，本来把他叫过来就是为了他们伟大的计划的，谁知道他不仅没帮上忙，还加重了他的负担，他做饭需要多做一份。

他有些漫不经心，本来用来挑虾线的牙签忽然扎了一下手指头，疼得他忍不住发出嘶嘶的声音。

"怎么了？"郭悦敏锐地捕捉到那一丝声音，扭头问。常亮还没来得及开口，郭悦就注意到他正蹙着眉头，盯着自己的手指看，又问："没伤着吧？去休息吧，我来弄。"本来也没多少东西需要处理，她就是想捉弄他一下，没想到一个大男人竟然这么脆弱，有点……矫情了啊。

"不碍事不碍事。"常亮连忙摆摆手。再痛他也得坚持下去，这可是关乎形象的大问题。

"还是我来吧，你本来就是客人。"郭悦二话不说就蹲在了常亮的面前，麻利地给虾去虾线，她一边处理，一边让常亮去休息。

常亮木讷。她说他也是客人？难道她今天准备这么多食材都是为了自己？还是他虽然是客人，但并不是她今天要宴请的客人？

他特别在乎自己的身份，拿着一只虾一动不动。在他发呆的片刻，已经处理掉三只虾的郭悦十分好奇地用手肘捅了捅他："怎么，疼傻了？"话音刚落下，她就抢过他手里的虾："你这样的速度，虾都不新鲜了，赶紧收拾收拾，晚点叫上钟……钟硕来吃饭。"她就见过一次钟硕，就上回林淑媛来她家捣乱的那次，隐隐记得常亮叫那个小伙子钟硕……好像长得还挺好看的。

"啊？"常亮的脑袋瓜忽然冒出一个大问号，这是要请他吃饭的意思？她亲自下厨？

幸福来得太突然，常亮一脸不敢置信地看着她，还傻乎乎地掐了自己一把，看看是不是在做梦。

Chapter2 客人还是用人啊

陵水所处的省市东南面靠海，而陵水人的饮食清淡，比较喜欢原汁原味，烹饪海鲜的手法也是最简单的清蒸或白灼。

忙活了几个小时，菜终于上桌了，期间钟硕时不时去厨房溜达，均被郭悦请了出去。不过是对他以礼相待，却被他误以为她要和常亮单独相处，离开厨房之前，趁着郭悦转身拿盘子不注意，他笑得贼贼的，朝愁眉苦脸的常亮挤眉弄眼，冲他做了一个表情："亮哥，郭小姐大概是看上你啦，要抓住机会早点把她拿下哟。"

胡说八道！

常亮气得一句话都说不出来，差点没把手里的火钳朝钟硕砸过去。同样是客人、恩人，为什么钟硕就可以坐着等饭吃，他却得做苦力，又是帮忙收拾食材，又是帮忙烧火。反正，打下手的事都有他的份就对了。

他到底是客人，还是用人呢？

最后，他只能自我安慰，帮忙能见识郭悦的厨艺，没准将来还能显摆一两回。

郭悦入座，隐约觉得少了点什么，又站了起来："你们先吃，厨房里还有点东西。"四菜一汤上桌，还冒着热气，郭悦是注重配色的造型的人，买回来的食材，加上自己家菜园子种的蔬菜瓜果，经过她灵巧的双手，变化出一道道色香味俱全的佳肴。

常亮和钟硕看着清蒸鲈鱼、白灼虾、清炒空心菜、红烧排骨、芡实排骨汤，咽了咽口水。虽然郭悦发了话，但出于礼貌，他们还是没有动筷。

"外婆，悦悦学过做菜吗？"在没有见识过郭悦的手艺之前，常亮一直以为郭悦就像某些综艺节目，几个明星在节目里做菜，做出来的菜很漂亮，味道却不咋的。

钟硕一听，常亮"悦悦，悦悦"叫这么顺口，这么亲热，脑细胞一下子就活跃起来了。他单手撑着下巴，细细地审视常亮，满脑子都是粉色泡泡。

莫非他们家亮哥像小说写的那样，两个人从互相看不顺眼，经历一堆破事，现在慢慢有了好感？那是不是说，最后两个人会走到一起？

"没有，很多都是她自己琢磨的，阿妹小时候命苦……"莫名地，外婆又提到了伤心事，声音渐渐有些哽咽，她不由叹了口气，眸子里都是心疼："别看她看起来冷冰冰的，其实是个很敏感的孩子，是我和她外公对不起她，要不是当年我和老头子不同意，事情也不会变成今天这样。"更让老人惭愧的是，郭悦从来都没怪过她，还为了照顾她，放弃了很多喜欢的东西。

"外婆，别担心，悦悦她挺开心的……"常亮安慰道，他还想说点什么，却总感觉旁边有人在盯着自己，他以为是自己又说错了什么，被郭悦听到了，忐忑不安地向右边扭头，却发觉钟硕正一动不动地盯着自己，笑容十分诡异。常亮擦了一把汗，没好气地问："你一直看着我干吗？"钟硕看他的眼神，让他心里毛毛的，像是做了什么亏心事被他发现，又像是他手里抓住了什么把柄，正寻找合适的机会曝光。

未等钟硕开口解释，郭悦就端了一笼子青团出来，看见他们都没动筷子，好奇地问："你们聊什么呢，聊得这么起劲，怎么不吃？"刚刚在厨房，还有人埋怨说自己跟着忙活都快饿扁了。

"昨晚做了点青团，有豆沙馅的，还有春笋猪肉馅的。"郭悦把青团往上一摆，墨绿色的青团，颜色虽然不华丽，艾草独特的香气却快速地让它在几道菜里跳脱出来："谢谢你们。"郭悦没有把话说得很明白，就是不想再提到伤心事，大家也都了然，没说什么。

只有常亮陷入震惊，想起上回他跑过来求郭悦，让她再做一次青团，或者鱼糕。不知道这次的青团是不是特意为他准备的。

他越发不懂郭悦的心思，忽冷忽热的，让人捉摸不透。就像上回，林淑媛伤了她，那晚她去找他，两个人在他家楼顶聊了好长时间，仿佛两个许久未见的老朋友，总有说不完的话。

那是郭悦第一次向常亮坦白她的过去，她的家庭。

那也是常亮第一次看到郭悦脆弱的一面，她就像一只受了很重很重的伤的小猫，每说一句，都像是最后哀鸣。

一开始还好，说到最后，她竟哭了，泪流满面。她说，她继母和他父亲在一起之后，她每天都过得很辛苦，原本就缺爱，继母还带来了小她十多岁的儿子，父亲理所当然地将很多的爱、很多的注意力放在了她弟弟的身上。

但那时候她并不恨他们，自我安慰，她是姐姐，要有姐姐的样子。让她彻底记恨继母的是她父亲生病。那会她还在实习，继母找她要钱，她几乎把所有的工资都给了她，结果却没料到继母只把一部分钱拿来给父亲治疗，很大一部分攒了起来，打算将来给她的儿子上学用。这一切的一切是父亲病逝，继母把房子卖掉，不给她留一分钱，不管她和她外婆的死活，她才知道这个女人一开始就筹划好了，虽然他们家不富裕，但可以让她儿子长大成人，不至于落魄到流落街头的地步。也就是这样，她才对谁都冷冷淡淡的，生怕因为自己心软，最后像父亲一样被欺骗，被利用，被伤害……

"哇，郭姐这手艺真赞，要是开店的话，肯定生意红火。"吃饱喝足的钟硕，毫不吝啬自己的夸赞。

"真有这么好吃吗？"郭悦看着靠着椅背，腆着肚子的钟硕，又看了看桌上吃得一点都不剩的盘子，打趣道。

"那是当然，要是以后每天都能吃到郭姐做的饭，不出一周准保胖三斤。"钟硕乐呵呵地伸出三根手指，不想却被常亮狠狠地拍了拍脑门："就知道吃，赶紧帮忙收拾碗筷。"他可是跟着忙活了一早上，现在吃饱了，可不能便宜了钟硕。

"没事，我来就行。"郭悦说："还有，以后叫我小悦就行，老叫我姐啊姐的，不知道的人还以为我多老呢。"见她对钟硕这么客气，常亮的心头五味杂陈。都是人，这差别对待也太明显了，不服，严重不服！

钟硕眉开眼笑地点点头，心想，其实郭悦也不像他家亮哥说的那么难接近吧，至少在他看来，郭悦像一个和蔼可亲的小姐姐呀！

然而他没料到，吃饱喝足后，回家有一顿胖揍等着他。原本这一切是可以避免的，要怪就怪钟硕自己察言观色的能力太差，哪壶不开提哪壶，回到家，躺在竹椅上就夸郭悦做的饭好吃，还说她人不错，巴拉巴拉的，说了一堆，也不知道哪句话惹得常亮炸毛，他二话不说就朝钟硕喷火："你说你这脑袋瓜，天天也不知道想些什么乱七八糟的。"常亮气得不行，但也不知道自己是因为什么而生气。

"亮哥，你又打我，我……"钟硕憋屈得不行。自从来了陵水，他总是莫名其妙地成为常亮的出气筒，而且还是没有由来的，他根本没有做错什么。

常亮并不觉得自己有错，理直气壮地说："让你过来，是帮忙的，不是来享受生活的。"眼看老板给的期限就要到了，他不想办法就算了，还有心思想些乱七八糟的。

"我当然知道啊，但是着急也解决不了问题不是吗？"钟硕第一次看见他家亮哥这么没有定性。他忍着心里的委屈，又给常亮分析了一下，说，现在他和郭悦的关系已经得到了一定的缓和，接下来只要说服外婆，让外婆帮忙就行。

钟硕的话确实有一定道理，于是第二天一大早，常亮又往郭悦家跑，正好郭悦不在，外婆还在给郭悦准备种花的土地除草，他就又开始新一轮献殷勤，期间时不时向外婆问一些跟郭悦有关的问题。而外婆则问他家里有几个人，有没有兄弟姐妹，父母是干什么的。

兜了一大圈，常亮才恍然大悟，十分窘迫。外婆这是变相在问他的家庭底细，按照钟硕的话来说，就是老人家真的看上他了。

要为了工作，为了事业欺骗一个老人吗？这种缺德的事他自然是不能做的，但是如果不这样做的话，怎么才能把郭悦说服呢？

常亮又陷入了两难。一个不留神，踩到了放在地上的锄头，忽然翘起来的竹竿直拍他脑袋，疼得他惨叫连连，这可吓坏了一旁的外婆。外婆连忙丢下手里的工具，着急地问："怎么了，小亮你没事吧？"

常亮疼得全身的细胞都在颤抖，捂着额头，强行忍住在眼眶里打转的泪水，说："没事没事。"

外婆心疼，推开他的手，看见额头肿了起来，惊呼："哎哟，肿得这么厉害，得上药才行，不不不，先冷敷。"外婆有些手忙脚乱，而郭悦却在此时，拎着一篮子蔬菜回来了，外婆连忙朝她招手："阿妹啊，你快帮小亮处理一下伤口，被竹竿砸了，都肿了……"

Chapter3 都这么大个人了

听了外婆的解释，郭悦不禁皱眉。这人到底是有多笨，踩到锄头还能让竹竿砸自己的脑门？故意砸伤自己装可怜，骗取同情心呢？郭悦不怀好意地想。

但看到常亮额头肿得老高，两只眼睛红红的，看着他那可怜兮兮的模样，郭悦又觉得自己心太狠了。

"回头擦点这个药酒，可以消肿。"用冰块敷完之后，郭悦又从抽屉里拿出一瓶黑乎乎的东西递给常亮："不过，这个味道有点重，最好是晚上用。"郭悦又拿出消毒水，用棉签小心翼翼地擦拭伤口。

郭悦离常亮有点近，他能清晰地听见她轻而缓的呼吸声，之前一直没有细看，现在一看，他才发现，郭悦的睫毛很长，很密，像极了毛茸茸的合欢花。逆着光，她整个轮廓都在发光，柔软得恍如一团云。

叮嘱完老半天也没见他吱个声，郭悦瞥了一眼在神游的常亮，十分无奈地问："我刚刚说的话你听到没？"

"啊？听到了。"常亮万分尴尬地扭过头去。

郭悦嗯了一声，心想听不到就算了，反正到时候留疤也不关她的事。

"昨天的菜真好吃。"不知道怎么了，常亮忽然又想起昨天的菜来。这些年他没少吃山珍海味，可像这样总惦记着的却没有几道。

后来，常亮才恍然大悟，他不仅惦记着菜的味道，而是郭悦的菜里有家的味道，那种温馨的味道是别的餐厅所没有的。

"是你山珍海味吃多了，忽然吃家常菜才觉得这样的吧。"郭悦不以为然地说。她不敢确定，常亮夸赞的话里有没有恭维她，然后又打算跟她谈代言的事。但是细细一想，又觉得自己有点坏，太敏感，没准他真的只是纯粹夸她呢？

郭悦越发觉得自己变得很矛盾，这种情况已经持续一段时间了，也不知道是不是因为常亮，她才变成这样子的。

"不是，虽然做法简单，但是食物本身的味道保存得很好。"常亮严肃认真地辩解。他忽然很后悔，一开始接近郭悦的时候搞了很多花样，导致现在郭悦总是会怀疑他的动机。

沉默了片刻，常亮又鬼使神差地补充："除了食材好之外，你做的菜让我想到我妈，有家的味道。"

郭悦微怔，眼角的余光瞥见常亮安详的脸，没有发现里面有一丝异样，反而是她的心里多了一丝不可描述的感觉，动了动唇，低声说："这里的人很好，环境也不错，也不用担心吃的会不会有各种添加剂、激素，这也是我为什么不想离开的原因之一。"

这是拒绝他的意思吗？

常亮面露惊讶，但似乎又可以理解。如果他生活在这么好的地方，他也不愿意离开。

和郭悦相处一段时间，他忽然想，要是将来有一天，能和自己喜欢的人在这么美的地方生活一辈子，日出而作，日落而息，也很惬意。

许是因为从郭悦身上感受到了她对家的眷恋，对亲人的依赖，常亮想到自己的母亲。忽然做了一个大胆的决定——回老家看看他的母亲，尝尝母亲做的鱼糕。

"哇，亮哥，你真要把我一个人丢在这啊？"得知常亮要回家几天，钟硕就像是听到了彗星撞地球的消息一样惊恐。他不会做饭，常亮回老家就意味着他要自己做饭……

不不不，他没有这么多钱赔偿厨房维修费。

"要不然呢？你跟我回去？"常亮白了他一眼，也不知道这个傻货什么时候能成熟点，都这么大个人了。

"可以吗？"钟硕抓住常亮的手臂，不停地朝他抛媚眼。

霎时间，常亮起了一身鸡皮疙瘩，惊慌失措地撇开钟硕的手，一字一顿地说："当然不可以！好好待着，等我回来，要是最后没能说服郭悦，我们就回去吧。"一提到她，常亮的语气不由自主地软了几分，就连眼神也跟着变得温柔，脑子回想起她说不想离开这里的原因。

常亮要回家这个消息对他来说已经够劲爆的了，没想到后面还有更劲爆的，简直就是晴天霹雳，他惊讶地张大嘴巴，一句话也说不出话来。

刚刚他听到什么？他家亮哥居然说要是没能把郭悦说服就回去？

这是要放弃的意思吗？

不对，他们不是相处得挺好的吗？为什么说不干就不干了呢？那他们之前的努力不都白费了？

常亮也不给钟硕问为什么的机会，拎着包就走了，路过郭悦家门口时，情不自禁地抬头多看了两眼，很遗憾，他没有看见郭悦，也没有看见外婆，门口开着，屋里却空荡荡的。总感觉走之前没能见上她一面，心里空空的。

清明放假前夕，田娇娇提前完成了手上的项目，还拿下了另一家公司新项目的标书，领导特意给她多放几天假，让她好好休息。

田娇娇想也没想就订了前往陵水的机票，她实在是太久太久没有见到郭悦了，总在视频里见到她，只会让她更想念她。

来之前，她并没有向郭悦透露半点消息，下了飞机才给她发微信。

而郭悦看到消息时，整个人都愣了，惶恐不安地给田娇娇打了电话，确认她真的来了陵水之后，马不停蹄地跑去接她。

推开院门，最先映入眼帘的通往里屋的鹅卵石小道，然后是正在盛开的山茶花，田娇娇不由惊叹："哇，这是你家啊？"和自己待的小出租屋相比，郭悦家简直就是世外桃源！

"嗯嗯，最近花开得比较多，不过绣球花刚刚种下，还没长出来呢。"郭悦推着田娇娇的行李箱往里走。田娇娇跟在她后面，慢悠悠的，目不暇接，有种刘姥姥入大观园的感觉。

将行李箱置在厅堂内，郭悦又说："你先坐会，我去给你拿点水。"

田娇娇点点头，索性就坐在外面的石凳上，仔仔细细打量着这别致的小院。她所看到的东西之前在视频里都见过，不过，她之前以为那是郭悦布的景，或者是从别的地方取的素材，没想到她看到很多实景都是郭悦家！

"外婆不知道去哪里了，你先喝点茶吧，这是去年剩下的西山茶，口感还不错。"郭悦一手拿着小茶壶，一手端着几个装着茶杯的小托盘。

"嗯嗯，好。"田娇娇点点头，见郭悦坐下，她忽然抓住她的手腕，眨巴着大眼睛，有些激动地说："郭悦，你简直就是富婆啊，快包养我吧！"眼前这片景象，简直就是她梦寐以求的小别墅，这房子要是在北京，起码得上千万。

郭悦轻笑，撇开她的爪子，不以为然地说："少来，想包养娇姐的人多的是，就算是排队也未必能排到我。"说着，她的嘴角露出一丝邪魅的笑意，视线在田娇娇凹凸有致的身上来回移动。

田娇娇不禁翻了个白眼，伸手略带生气地推了推她的额头："看不出来啊，郭悦你竟然变成了这个样子。"田娇娇的视线在她身上停留了片刻，一脸嫌弃。

"嘿嘿，我说的是实话啊……"想想以前在公司，闲着的时候一群男同事准是在议论她，可郭悦的话还没说完，就硬生生地被田娇娇凶巴巴的目光给吓住憋回去了。她不得不转移话题："你没回家看看阿姨就自己出来撒欢啦？"田娇娇家在天津，回去也就半个小时一个小时的事。

一提到她家皇太后，田娇娇就立刻换了一张脸，瞬间从高贵的波斯猫变成一只流浪猫，哭丧着脸说："甭提了，我还没放假，我妈就嚷嚷着要给安排相亲，说趁着假期，多见几个。你都不知道啊，我就三天假，她给我安排了六个对象！别人放假是休息，我却要去见一些比客户还难搞的人，受不了受不了……"田娇娇夸张地一手扶额，一手摆摆手："你说啊，这大清明节的，谁不是去扫墓、踏青，我却去相亲，她也不怕我们家那些老祖宗怪罪。"说到最后，田娇娇一声哀号，急得口无遮拦了。

"哈哈哈哈，你之前不是说阿姨不着急吗？"郭悦幸灾乐祸地笑起来，不想，笑声还没落下，就被田娇娇狠狠地掐了一把："啊啊啊，疼疼疼，娇姐，我错了。"郭悦委屈巴巴地求饶。

田娇娇个子高挑，相貌也生得不错。眉眼细长，皮肤白皙，要是去混娱乐圈，没准也能像在广告圈里一样混出个不错的名头来。而她家里条件也不错，年薪也令人羡慕。唯一缺的就是一个对象，这把田妈妈急得，恨不得天天给她张罗相亲。可田娇娇却不这么认为，她觉得现在这个社会这么开放，离婚率这么高，还不如单身来得爽快。

但到底田妈妈还是不能接受她的想法，明着说不行，就来暗的，硬的不行，就来软的，可惜啊，田娇娇太有个性，太有想法了，总能想出一堆应付的办法。

就像这次，田妈妈早早就做了安排，田娇娇却不声不响地跑来陵水找郭悦玩，怎么尽兴怎么来。

"我跟你说，这几天少提我妈，我可是专程来见你的，翻山又越岭，你要是敢背叛我，我就削了你！"田娇娇毫不客气地警告。

"知道啦，知道啦！"郭悦乖巧地点头，脸上笑嘻嘻的，实在心里早就泪奔了，明明是自己贪玩，非得拖她下水，真是交友不慎啊。

Chapter4 看两眼又不会怀孕

中午吃饭时分，郭悦随意做了几个小菜。一个腊肉焖豆角，一个番茄炒鸡蛋，还有一个清炒空心菜。简简单单的几个菜一端上桌，田娇娇就开始忍不住流口水。

"娇姐，不要露出这么夸张的表情行不？"郭悦一脸嫌弃。以前公司里的人私底下都把田娇娇称为女神，平时总是温温柔柔的，项目出现问题时，又能很稳妥地将事情处理好，简单来说就是时而温柔似水，时而雷厉风行，把公司里上至三四十岁的老油条，下至即将走出校园的实习生迷得七荤八素。

然而，又有几个人见过她"粗鲁"的一面？反正郭悦是服了，长得好看也不带这样不爱惜形象的。

"你快点行不行，我快饿死了。"田娇娇丝毫不给郭悦面子，摸了摸已经饿得扁扁的肚子，大吐苦水："飞机餐太难吃了，我一口都没吃，我这么着急地跑来见你，你对我却是这种态度。"田娇娇还故意扁扁嘴，看上去委屈极了。

"呐呐呐，给你饭，吃吧。"其实郭悦很想说：明明是不想回家相亲，来我这避难，非得说成专程来看我，嗯哼！

不过想想还是算了，她可不能像田娇娇那样，不积口德。

"谢谢。"田娇娇快速地夺过饭碗，开启狼吞虎咽模式。

郭悦看着她这副样子，无奈地摇摇头。不知道的人，还以为她被饿了好几天了呢。

外婆还没回来，郭悦给她留了一份菜，正要坐下吃饭，院子门"砰"的一下被打开了，随后一个身影，以光速出现在她的面前，她还没搞清楚状况，就听到那个人慌慌张张地说："悦悦，我家厨房着火了怎么办，怎么办？"

郭悦没搞清楚状况，不过听到"着火"一词就觉得事情挺严重的，二话不说就站了起来，边跑边问："怎么回事，快带我去看看。"她火速冲进钟硕家的厨房，看见一片狼藉的厨房和还在冒烟的铁锅，郭悦的额头爬满了黑线……

她一盆水扑灭了火，然后盯着钟硕冷冷地问："怎么回事？"做个饭而已，至于把厨房烧了吗？

钟硕支支吾吾老半天，也就只能承认自己不会做饭。

"那常亮呢？"郭悦又问。平时不都是他做的饭吗？烧了房子是小事，闹出人命怎么办？

"亮哥回老家了。"

正当郭悦要问他什么时候回来时，田娇娇的声音忽然从背后传来："发生什么事了吗？"

"没啥大事。"郭悦随口说。确实，也就是一个不会做饭的人，把厨房烧了，就这么简单。

田娇娇看着狼藉不堪的厨房出了神。地面湿漉漉的，调料洒了一地，最耀眼的要数锅里被烧焦了的青红椒。

都这样了还说没事？

田娇娇开始觉得郭悦变强大了，内心十分强大。

视线一转，她一扭头就看见正盯着自己看的钟硕，她看看他，又看看地面，注意到他的衣服上溅的油渍，忽然明白了什么，掩面笑道："原来是他啊。"

顿时，钟硕的脸红了一片，目光发虚，低下头，不知所措地捏自己的手指。

"没事，这不还好好的嘛，收拾一下就可以了。"田娇娇上前一步，抬手就揉了揉钟硕的脑袋，弄得钟硕受宠若惊，登时感觉田娇娇就是上天派来的暖心小天使！他望着她，一阵感动，动了动唇，小声道歉。

田娇娇安慰了钟硕好一阵，然后又帮忙把厨房收拾好，郭悦虽然也在帮忙收拾，注意力却一直在田娇娇身上。真不愧是颜控啊，她记得很清楚，当年公司来了一个实习生，领导本来安排田娇娇带他，田娇娇却用她当挡箭牌，说什么带她一个就够累的了，再带一个估计要疯了。那时候她在公司才工作一年多，业绩却和在公司里待了两三年的老员工业绩相当，领导也就随了她的意。当天一起吃饭，她就又埋怨了一句，都说和胖子在一起容易变胖，我才不带长得这么土的人呢！

　　后来，经过观察，郭悦认定田娇娇就是一个颜控，有一次开玩笑问她，要是她长得丑，她还会不会和她做朋友。

　　田娇娇毫不掩饰地给了她否定的回答，把她气得半死。

　　再后来，郭悦又想，像田娇娇这么坦诚直白的人太少了，这辈子能遇见，还能成为好朋友，除了好好珍惜，也只剩下好好珍惜了。

　　也不知道是什么触动了田娇娇的母性，收拾完厨房后，她竟然不问郭悦意见，直接让钟硕去她家吃饭，直到常亮回来。

　　钟硕还算懂礼数，吃完就帮忙收拾碗筷，主动洗碗。

　　"那个小伙子是那个讨厌鬼常亮的助理啊？"田娇娇看着钟硕在小水池旁专心致志地洗碗的一幕，眉开眼笑的，靠近郭悦小声问道。

　　"是的。"郭悦应和，忽然觉得今天她似乎问了不少关于钟硕的问题，又稍稍扭头好奇地看了看田娇娇，沿着她的视线往前看，发现她的视线正不偏不倚地落在钟硕的身上。

　　郭悦立刻敏锐地察觉到其间有猫腻。那种感觉很迷，像是妻子看着丈夫为他们的小家忙碌流露出的幸福。

　　郭悦不知道自己这样形容对不对，用手肘捅了捅田娇娇，打趣道："原来你喜欢这种类型啊？"

　　"什么？"田娇娇一脸迷茫。

　　郭悦嗤笑："别装了，口水都要流出来了。"

　　田娇娇恍然大悟，不以为然地"切"了一声："好看的人谁不喜欢啊。"再说了，多看两眼又不会怀孕。

"我看你是看多了眼花缭乱，所以才单身。"郭悦反驳。

"那你呢，不也单身吗？"田娇娇翻了个大白眼，不乐意了。明明两个人都单身，凭什么给她贴这么多标签。

郭悦轻哼一声："懒得理你。"她单身，可外婆没有催她啊，她单身得自在，有底气。不像某人，浑身都被贴了催命符，过个节，放个假，跟逃命似的。

"哼，我也懒得理你！"田娇娇气呼呼地朝她哼气，转而又撑着下巴，笑眯眯地看着钟硕，越看，心里就越欢喜。

郭悦也懒得跟她计较，向屋里走去，准备收拾一下房间，要不然晚上这女魔头又该吼她，埋怨她，不好好招待大老远跑来看她的小傻瓜。

清理垃圾时，发现上次为常亮清理伤口时太着急，弄掉在角落里的棉签，她又想：这人不打一声招呼就走了，真没礼貌，还把钟硕一个人丢在这里，太不够意思了。都是放假，为何不给自己的助理也放个假呢？是不是家里出了什么事？要不要给他打个电话问问呢？

郭悦忽然停了下来，瞥了眼放在梳妆台上的手机，转而又想：郭悦啊，你家住海边啊，竟然担心一个变态，肯定是最近太闲了。

常亮下了飞机，在行李盘拿了自己的行李箱就往出口走，路过那家叫作"TA说"的咖啡店时，脚步不由自主地停了下来，站在原地愣了几秒，还是转身朝店内走去，点了一杯咖啡，坐在角落里静静地等着。

不一会，手机忽然响起了来电提醒，他瞄了瞄，看见是熟悉的号码，毫不犹豫地划过接听键："妈，我到了，先见个朋友，一会就回去。"顿了顿，他又补充一句："不用等我吃饭，你们要是饿了就先吃，我在飞机上已经吃过一些了。"

"行，那你早点回来啊。"电话那边传来亲和的声音。

"好的，一会见。"撂了电话，常亮就看见一个熟悉的身影站在门口四处张望，直到目光落在他身上，才抬起脚步笑脸盈盈地朝他走来。

"不好意思，等很久了吧。"陈欣怡拉开座位，轻松自然地坐在常亮的对面，然后又点了和常亮同样的咖啡，转而又故作熟络地与常亮攀谈："我都有很长一段时间没见到学长了，一开始还不敢相信是你。"提到这个，陈欣怡有些羞涩。常亮毕业之后很长一段时间里，她都没有关注过他，也不是不关注，而是觉得没必要，毕竟当年的常亮，不管怎么看也就是一个土得掉渣、丢进人群里根本分辨不出来的路人甲。

后来，有同事去香港旅游，在39°西餐厅里吃饭，正好遇见现场有人求婚，而求婚的策划人就是常亮，同事拍下了当时的场面，回来跟大家分享行程时，特意提到了那家餐厅，听到那个既熟悉又陌生的名字，陈欣怡当即查了餐厅的资料。之后就发现，那个常亮就是当年被她伤害过的学长……

常亮抿了一口咖啡，抬头看了她一眼，说："确实是有很长一段时间没见着了。"更准确来说，自从那次屈辱的分别之后，他就再也没有关注过她的消息，偶尔有朋友提起她，他都刻意避开。

可逃避毕竟是年轻人才会做的事，现在的他，早就不是当年那个青涩的少年了，要不然，当他发现陈欣怡是自己乘坐的航班的乘务员时还能这么淡定，接到她递来写有"能在出口的TA说咖啡店等我一下吗，好久没见到学长了"的便利贴后，下了飞机，犹豫了片刻还是走进了这家咖啡店等她。

第四章

有一点点心动

Chapter1 朋友是男的女的

在飞机上时，见到常亮，陈欣怡神情有些恍惚，觉得眼熟，又不敢确定眼前这个器宇轩昂的男人到底是不是当年被自己伤害了的常亮。确定后又有很多话想说，可现在面对面，她又欲言又止。看常亮的表情冷冷的，似乎没有半点欣喜，她有些失落，沉默了片刻，实在想不到什么可以聊的话题，她又十分牵强地问："学长是回家吗？我好像记得学长的老家是徽州。"

"嗯，回家看看我妈。"常亮波澜不惊地说。淡然的模样，仿佛他们之间只不过是普通到不能再普通的朋友。

至于陈欣怡当年做过的伤害他的事情，似乎已经随着时间流逝，像烟云一样，消散了。

陈欣怡琢磨不透常亮的心思，看着如今这个穿着考究、言行举止都透着绅士风度的常亮，又想到自己被那个口口声声说很爱她、把她当成全世界的男人给甩了，苦不堪言。

偶尔她还在想，是不是真的有因果轮回，报应这种东西。要不然她怎么会被人甩，要不然被人甩之后，她怎么还遇见曾经被自己戏弄、脱胎换骨的常亮。

陈欣怡被二人之间那种可怕的沉默压得喘不过气来，想了许久，下了很大的决心又开口说道："对不起，当年我不应该玩弄学长的感情……"如果说有什么事情是她陈欣怡最后悔的，那非当年跟着朋友一起捉弄常亮莫属。

陈欣怡比常亮小一届，当年常亮负责接待新生，可以说是对她一见钟情。他知道自己除了学习成绩好点，没什么优点，又不像其他男生那样小心思多，会给心仪的女生浪漫，但他始终相信真心可以感动一切。于是，接连不断地给陈欣怡送早餐，偷偷查了她的课表，制造各种偶遇。有一天，陈欣怡忽然答应了他的告白，他天真地以为陈欣怡是被他的真心感动，没想到，这一切都是陈欣怡和朋友们开的玩笑，直到撞见她和异地恋的男友在宿舍楼下接吻，听到了其他女生的对话，他才知道自己被耍了……

"都过去了，不要想太多。"常亮轻声安慰。谁都年轻过，也疯狂过，他早就不记恨她了，相反还得好好感谢她，自己能成为一个出色的餐厅策划人，在39°有出色的成绩，当上经理，很大一个原因就是受了陈欣怡的刺激，下定决心要改变自己，改变自己的形象，提高自己的品位。没有人知道，他之所以变得这么出色付出了多少努力，更没有人知道，他曾经受过的屈辱，所以，他觉得过去都不重要，最重要的是现在和将来。

"啊，真的吗，谢谢学长。"听到常亮的话，陈欣怡舒了一口气，在飞机上碰到他时，一直提心吊胆的，她还以为他会恨她，各种刁难她，就连给他递便利贴也是抱着试一试的心态。

为了早点见到他，和他道歉，她早早地就和乘务长打了招呼，飞机着陆没多久，制服都没顾上换就往这边跑。

像是暂时没找到可以聊的话题，陈欣怡故意借口说自己还有事，顺便向他要了微信，说等哪天她不忙的时候，请他吃饭。

常亮没考虑太多，也就同意了。

大概对于他来说，陈欣怡不过是促进他成长的催化剂，两人也没有经历什么惊天动地、刻骨铭心的恋爱，所以加了好友，常亮也没主动和她说过一句话。

倒是陈欣怡，好几次进入聊天界面，写了一大段话，又删掉，怕自己说错话，又破坏掉好不容易建立起来的形象。为此，她还一连好几天吃不好睡不好，被同事以为生病了，要替她请病假。

晚上，在郭悦家吃完饭，钟硕独自一个人待在屋子里，太过无聊，就给常亮发微信，问他到家没，还跟他说了今天自己下厨造成的惨况。

常亮看到消息，当即给他回了电话，一上来就问："厨房没事吧？不是说了，你要不会做就到外面去吃吗？去找郭悦也行。"早知道这样，离开的时候就应该跟郭悦打个招呼。

钟硕听到常亮责怪自己，心里委屈得不行："亮哥，你怎么不关心关心我有没有事，我……"要是个女人也就算了，他认，毕竟那是嫂子；可，那是厨房啊，厨房的地位竟然都比他高，他简直不想活了。

他的话还没说完，常亮就十分不耐烦地反问："你要是有事，还会有心情给我打电话？"

钟硕欲哭无泪，他家亮哥怎么这么毒舌？说话不留一点余地，再怎么说，他也是闪亮亮的小可爱啊，怎么可以这样对待小可爱？

"行了，没事就好，郭悦怎么样了，有没有去找她？"常亮又问。

"挺好的，好像有个朋友来找她玩。"钟硕想了想，脑子里浮现田娇娇的身影。田娇娇是十足的大美人，皮肤白得发光，光是站着就能秒杀众人，用流行语来形容她，那就是——气场女王。

钟硕想想，又觉得"气场女王"这个词似乎不够贴切，白天她出现在他家厨房，安慰他时，还有几分温柔的大姐姐的感觉，尤其是她摸他脑袋的时候，简直温柔爆了。

"喂喂喂，你神游呢？有在听我说话吗？"常亮在一旁唠叨老半天，钟硕也不吱一声，不相信是信号不好，吼了几句。

"啊啊啊，有在听，怎么了亮哥有什么吩咐？"钟硕甩甩脑袋，妄图甩掉脑子里关于田娇娇的种种，着急问。

常亮无语透了，满头黑线，感情刚刚自己说了一大堆，是说给自己听的。骂人的话刚到嘴边，又憋了回去。他猜，估计钟硕还没有从厨房失火中缓过神来，到底他年纪还小，也不能对他太凶。

"算了，没事，你好好照顾自己，我过几天就回去。"他也不求等他回去的时候钟硕已经把郭悦搞定了，只要他不闯祸就万事大吉了。

挂了电话，他还是有点不太放心，又转而给郭悦打了电话，问了情况。

郭悦说没多大事，让他不用担心。

两个人也没聊几句就挂了，本来两个人共同话题就不多，而且很多时候还是他问一句，她答一句。自己竟然还期待着她能多说几句，哪怕是跟他没有关系也好……

这一切似乎有些莫名其妙，等常亮回神，他忽然发觉自己做了一个很荒唐的举动——拜托郭悦，让她多照顾着点钟硕，不就代表着他要欠她人情了吗？

以她那性格，该不会让他做特别荒唐的事来报答她吧？

哼，要怪只能怪钟硕那个蠢货，这人情记他头上。常亮自我安慰。

夜里，同事给他发了微信，询问找郭悦代言的进展，还说领导今天又提到这事了，似乎对他有些不抱希望，还有人落井下石，再次提前他之前被39°扫地出门，跑到士林来，会不会是39°故意要的小手段，其实他就是39°派来的卧底，是来窥探士林的情况的。

常亮听完这些杂七杂八的消息，忽然觉得在说这些话的人不去当侦探真是可惜了。但他毕竟管不住别人的嘴，当初是他接下这个任务的，不管结果怎么样他都会接受，最坏的结果就是离职。

和郭悦相处了一段时间后，他忽然也爱上了那种慢生活，自由自在的，想做什么就做什么，怎么开心怎么来。不像他，时时刻刻都受限制，担心这，担心那的，很多人都只是看到他光鲜亮丽的一面，却不知道这光鲜亮丽的背后，承受多大的压力，如果他离职之后，能过得跟郭悦一样好，那未曾不是好事。

睡前习惯性刷了下朋友圈，看到鲜少发朋友圈的郭悦更新了几张照片，都是菜。他想了想，又跑去戳钟硕，问：你们今天吃豆角炒肉、栗子炖鸡了？

正要入睡的钟硕听到手机提示音，迷迷糊糊地摸手机，半睡半醒地给了他肯定的回答，然后就睡着了，剩下常亮一个人盯着那几张图发呆。

三个人怎么吃那么多？又是豆角炒肉，又是栗子炖鸡，还做有鸡汤和小油菜……

常亮的记忆像是断片了一般，良久才想起来钟硕之前跟他说今天有朋友来找她玩。

应该是个男的吧，要不然怎么做这么多菜，女孩没这么能吃。常亮妄自下定论。

一个男的，大老远跑来找她玩，那得关系多好啊？

在她家吃饭，不会在她家住下了吧？早上一个早安，晚上一个晚安？

……

莫名其妙地，常亮的脑子里跳出一堆乱七八糟的问题，他想到一个就想向钟硕求证，无奈钟硕已经睡着了，他以为钟硕正看着这些奇奇怪怪的问题准备取笑他，又立刻把消息撤了回来，将手机丢到一边，抱着被子烦躁地滚来滚去，自言自语道："啊啊啊，常亮，你是不是疯了，胡思乱想什么，她跟谁在一起关你什么事？"

"再说了，她这么讨厌，被人骗了，给点教训才好！睡觉睡觉……"

Chapter2 谁老牛吃嫩草呢

常亮出乎意料地失眠了。被关于郭悦和她那个神秘朋友的关系搞得辗转难眠，他躺在床上，多次提醒自己不要胡思乱想了，好好睡觉，结果还是事与愿违，脑袋根本不受他控制，不管是睁眼还是闭眼，郭悦的脸就会出现在他脑子里，跟魔鬼一样，怎么甩都甩不掉。

好不容易有了倦意，迷迷糊糊入睡，结果六点多又醒了，比常妈妈还醒得早。

常妈妈起床做早餐看见自己儿子坐在客厅，顶着黑眼圈，像大熊猫一样有点蒙，心疼地问："阿亮没睡好啊？"

抱着头蜷缩在沙发的常亮无精打采地抬头，随意扯了一个可能太久没睡家里床，有些不适应的借口。

常妈妈摇摇头，心疼不已，又让他回去再睡了，早饭好了再叫他。

为了不让母亲担心，常亮果真回去躺着，只是，他只能装睡。

而钟硕起床之后发现常亮给自己发的消息都撤回去了，没犹豫，很好奇地给他回了消息，问他怎么了，发生了什么，他撤回了什么。

常亮烦躁不安，自己跟自己怄气，回了两个字：没事。

有点摸不着头脑的钟硕忽然发现已经七点多了，就没再继续追问，连忙爬起来洗漱换衣服，去郭悦家吃早饭。

昨天田娇娇说今天要出去走走，四处逛逛，钟硕虽然来这边也有一段时间了，但还没好好玩过，就鼓起勇气问田娇娇能不能带上他一起，田娇娇没犹豫就答应了，还说多个人更热闹。原本郭悦对常亮就有偏见，换作是平时，她肯定不会同意的，不过田娇娇已经开口，尽管心里不太乐意，她也没拒绝。

那一瞬间，钟硕觉得田娇娇简直就是天使。

"娇姐早，外婆早，悦悦早。"钟硕推开院门，看见郭悦，外婆还有田娇娇已经围在石桌面前了，有些不好意思地挠挠头。他睡得可香了，睡前还用热水泡了脚，就为了今天精力充沛。

"快过来吃早饭。"田娇娇笑眯眯地朝有些腼腆的他招手，颇有大尾巴狼在向小白兔招手的感觉。

郭悦瞥了一眼，不屑地哼了一声。明明她才是主人，按理说，跑来吃饭不应该先跟主人打招呼吗？她辛辛苦苦忙了一早上，爬起来就去集市买棒骨，然后又在厨房里蹲了一个多小时，才把极具陵水特色的棒骨粥熬好，怎么说也得先跟她打招呼才对。

郭悦也不知道自己怎么了，常亮不在，她总是看钟硕不顺眼，也不知道是习惯了跟常亮抬杠，他不在，她就把目标转移到钟硕身上，还是总觉得田娇娇和钟硕两个人会发生点什么，她心里不安。

吃完早饭，郭悦背了昨晚准备好的登山包，打算带他们前往陵水著名的西山风景区。

她也有很长一段时间没有真正意义上地出门放松了，大多数时候都是带着摄影器材取景。不过她也没觉得多累，相比在北京工作，现在的日子甭提多惬意。

一路上，她在前面带路，钟硕则和田娇娇肩并肩走，还主动帮田娇娇拎包。本来郭悦想向他们两个人介绍西山的历史，然而扭头好几次都发现两个人聊得热火朝天。

"哇，娇姐你真厉害，连都已经谈崩了的合作也能挽回来。"钟硕听了田娇娇在公司里的事，肃然起敬。

一开始，钟硕只是问她在哪里工作，做的什么，聊着聊着，就聊到去年的给某个品牌做广告方案的项目上去了。

那会田娇娇还只是部门的小组长，主要是给总监提供广告方案，不过大家都很清楚，当时总监之所以坐上那个位置，不过是因为在公司里待久了，熬出来的。

她之所以能稳坐，很大的原因是底下的人能干，她是光有总监的头衔，没有总监的实力。为此，不少员工对她有意见，但她生了一张会拍马屁的嘴，有事没事把总经理哄得妥妥的，直到去年总经理离职，她才感到危机。

田娇娇说当时他们要为某个汽车公司提供广告方案，一开始总经理和对方谈得好好的，总经理一离职，把这事转接到总监手里就开始出现了问题。总监和自己家的法务针对某条款吵了起来，总监自己搞不定，坚持觉得法务不懂法律，太过死板，然后把锅甩给她，说这个项目她不管了，爱咋咋地。

田娇娇一直以来都是在底下做方案，几乎没接手过合同条款洽谈的事情，所以接到这个任务时，整个人都是蒙的。有同事提醒她，总监是故意的，因为上一次开会，她抢了总监的风头。

向来做事沉稳的田娇娇自然不会把个人情绪带到工作上来，她冷静思考后很快就做出了决定，先是跟自己家的法务沟通，然后跟对方沟通，同时还找了老板帮忙出谋划策。

算是比较幸运，这个合作最后还是谈下来了，汽车公司用了他们的方案。之后她就顺利升上了总监的位置。

"我是比较幸运而已，加上有同事帮忙。"田娇娇十分谦虚地回话。事实上，刚刚接到那个烫手山芋时，她被总监给气哭了，好几天都没休息好，给郭悦打了好几次电话，是郭悦让她冷静下来，用最简单的方式解决了这个问题。

"喂喂喂，你俩能走快点吗？早点爬完好回家做饭啊。"郭悦一个人走在前面，等她反应过来，扭头一看，田娇娇和钟硕竟然被自己甩在很远很远的后面。她坐在旁边的石凳上等了好一会，有点不耐烦，冲着离自己大概有五十多米的两人不满地喊。

田娇娇双手叉腰，抬头昂视，笑嘻嘻地说："你饿啦？我包里有面包你吃吗？"说着她还扯了扯被钟硕拎在手里的包。

郭悦有苦说不出，面无表情地看着两人，没好气地说："不饿。"原本她是陪她出来玩，现在好了，她成了电灯泡，他俩却聊得不亦乐乎。

后来，上山的路上郭悦再也没有回头打扰过他们，一路上走走拍拍，努力克制着心头的不悦。

下山的时候还顺手摘了点枫香叶，打算做点清明节特色美食——五色糯米饭。

夜里，在床上翻来覆去睡不着的郭悦，忽然翻身面对着田娇娇问："喂，你是不是对钟硕一见钟情了？"她用手捧着她的脸，紧紧地盯着她的眼睛，不给她逃避的机会。

"哎呀。"田娇娇有些烦躁地拍掉她的手，别过头去，不去看郭悦的眼睛，没好气地说，"你是太久没谈恋爱了，都已经忘了谈恋爱的感觉了吧。"

郭悦自然不会轻易放过她，伸手去掐她的脸，气呼呼地："不要把话题扯到我身上，快说，是不是准备老牛吃嫩草？"

田娇娇一听，不乐意了，立刻扭过头来，不客气地掐郭悦的脸："谁老牛吃嫩草啊！说得我好像七老八十了似的。"她狠狠地朝她翻了个白眼，还顺势加大了手上的力度，疼得她哇哇大叫："啊啊啊，放手放手，田娇娇，田大力，你放手。"郭悦不顾形象的，又拍又叫，两个人仿佛瞬间变成了又打又闹的小孩。

"哼，知道错了吧？"她挑着眉角，朝郭悦挤眉弄眼，她一松手，郭悦就躲到了床的一侧没好气地责怪："坦白了，我又不会取笑你，下手这么狠，小心嫁不出去，哼！"

"你还说，你还说！"田娇娇威胁般靠近，吓得郭悦一边尖叫，一边害怕地用被子捂住脑袋，闷在被子里说："你看你，还是像以前一样凶巴巴的，小心露出本性把小弟弟吓跑。"她捂着被子，既害怕田娇娇再次祸害她，又不甘心把话憋心里，总想看看她气得跳脚的样子。

"你还说，你还说！"田娇娇觉得郭悦是胆子肥了，三下两下把被子掀开，伸手去挠郭悦的痒痒，搞得她笑得上气不接下气，哭着喊着求饶。

霎时间，两个人像是回到了刚刚毕业，住在一起的时候，虽然上班很累，但是每每回到温馨的小窝，一起做饭，吃饭，睡觉，就不觉得那么累了。

折腾了好一会，田娇娇总算是停手了，没头没尾地来了一句："你说，我俩要是真的在一起了，会不会有人议论纷纷？"

郭悦还在气愤中，不过听到她这话，显然愣了一下，稍稍沉思片刻才望着她，认真地开口："你真的看上他了？"跟她一样单身了好多年的田娇娇居然春心萌动了？她有没有听错？

"不知道。"田娇娇摇摇头，"说不上喜欢，也不能说是讨厌，不过比起别人介绍的相亲对象，和他说话聊天让我觉得很开心。"她细细地回想，十分认真地说："如果，我说如果，我们真的在一起了，你觉得我们会得到祝福吗？"

"呵呵。"郭悦干笑两声，"爱情这种东西太深奥了，我思维简单，不，我思维进化得太快，地球人跟我不是一个级别的，听不懂，听不懂，睡觉睡觉。"郭悦又重新扯过被子，将自己盖住，故意避开田娇娇。

"喂喂喂，郭小悦，我问你话呢，你居然敢不回答！"田娇娇愤愤地拍郭悦的后背，但她还是一动不动的，良久才听见她说："姑奶奶，我真的困了，求放过……"田娇娇这才放了她。

其实，郭悦并没有睡着，而是想起了曾经。关于两个人在一起会不会幸福这种问题，她觉得自己没有权利回答，因为爱情这条道路上，她几乎没有辨别能力，害怕自己说错话，会让田娇娇误入歧途，像她一样受伤。

Chapter3 看到我不高兴吗

　　常亮到底还是按捺不住，在家待了三天就又回了陵水。他给自己找了一个冠冕堂皇的理由，做最后的挣扎，要是郭悦再不同意的话，就回公司复命，辞职也好，降职也罢。

　　但实际上，他这么着急，还是想知道来探望郭悦的朋友是谁，他们什么关系，当他意识到自己最真实的目的之后，又想，我不过是借助她朋友的帮助完成自己的任务。

　　原本他可以通过钟硕了解一切，可他就是死活不愿意开口，更不愿意承认自己似乎因为郭悦变得不一样了。

　　他选了最早的航班，起了个大早回到陵水镇，到家时，不过上午十点多。因为和田娇娇玩得太嗨，钟硕这几天累得不行，头发乱糟糟的，从房间里走出来看见客厅沙发坐着一个人，吓了一大跳，情不自禁地捂着自己的心脏，惊呼："啊呀，吓死我了，亮哥你这么快就回来啦？"不知不觉，他竟然和田娇娇玩了三天，田娇娇今天也要回去了。

　　常亮看到他这副表情，显然有些不乐意："怎么，看到我不高兴啊？"

　　钟硕茫然，这是一大早吃炸药了还是怎么了？

　　"郭悦呢？"钟硕还没搞清楚一切，常亮又问。

　　"应该在家吧。"钟硕不太确定。那天从山上下来之后，接下来的两天，都是他陪着田娇娇四处溜达，至于郭悦在做什么，他还真不清楚，不过每天早饭和晚饭还是在她家吃。

走之前明明交代好了，让他多上点心，献献殷勤也好，这一问三不知，常亮简直不知道要怎么表达自己此刻的心情，十分无奈，将行李丢到一边，就往郭悦家走去。

院门开着，之前种下的绣球花已经长出来了，但屋里屋外转了一圈都没发现有人。

"奇怪，人都哪去了？"常亮坐在石桌前，自言自语道。发现桌子上的土陶罐插的花也是新的，就更好奇了。

难道是跟那个人出去玩了？

脑子里忽然蹦出奇怪的想法，常亮瞥见桌子上有杨桃，就随手拿起一个大口地啃，像是拿杨桃出气。

直到他啃完，才听见窸窸窣窣的声音，从院门外传来，他赶紧把果核丢一边，擦了擦嘴，单手撑着下巴，看着离石桌不远的小水池，假装出了神。

"这个红色还是挺好染的，把这个红蓝草煮了，泡一会就行了。"郭悦手里拿着两把看上去很相似的植物，对田娇娇说，压根没注意到常亮正坐在石桌前。

"哎呀！"扭头看见常亮的瞬间，她也被吓了一跳，潜意识抬手捂着心脏的地方。

常亮听见声音，故意装作什么都不知道，良久才缓缓扭过头看向门口。他先是打量郭悦旁边的田娇娇，确定田娇娇是女孩之后脸上立刻浮现一丝笑意，站了起来，朝她们走去，和颜悦色地说："你回来啦。"然后，又朝田娇娇点点头，热情地自我介绍："你好，我是常亮。"

面对自来熟的常亮，田娇娇有点蒙，一早她就从同事那里听说过他，后来郭悦又找她吐槽，可以说是早就认识他了，只不过他不认识自己。

她怔了怔，礼貌地伸出手，握了握常亮的手，轻笑说："你好，我是田娇娇，悦悦的学姐，久仰常先生大名。"她细细地掂量着衣着得体、身姿挺拔的常亮，觉得他本人比照片好看多了，而且也不像郭悦之前说得那样粗鲁无礼。

"你怎么来了？"似乎意识到情况不太妙，郭悦翻了个白眼，也不等他回话，就拎着装着红蓝草的篮子往水池边走，边走边恼怒地补充："没有人你还敢进来，私闯民宅啊。"想想刚刚看见他那欠扁的小表情，还有那语气，熟稔的样子仿佛这是他家，他才是这个家的主人。

"嘿嘿，有点饿了，刚下飞机就过来了，想看看有没有吃的。"常亮自然不好意思坦白自己心中的小九九，随意扯了一个理由，走到郭悦的旁边蹲下身子帮忙清洗红蓝草："这是什么，要做什么用的？"常亮看着郭悦小心翼翼地清洗两种几乎长得一样的植物，好奇心大发。

郭悦压根没思考就识破了他转移话题的小心思，冷笑道："哼，你当我家是你家啊，饿了就过来，没有水了就来我家洗澡？"走的时候一声不响，回来了就跑她家蹭吃蹭喝，这什么人啊？

"这不刚刚回来嘛，家里什么都没有。"常亮处境十分尴尬，最要命的是，他摸不透郭悦的心思，也不知道该说什么比较好。

郭悦不搭理他，自顾自地清理篮子里的红蓝草。坐在石桌前的田娇娇看着郭悦在跟他闹脾气，不禁抿唇偷笑。没想到被大家称为撩妹专家的常亮，居然在她家悦悦这里吃了瘪，她怎么越看越想笑呢？

"娇娇姐，你回来啦？"钟硕在家听见郭悦的声音就立刻换了一身衣服，出门前发现头发太乱了，他又用定型液重新打理了一下。

听到这甜甜的声音，田娇娇的视线不由自主地转向门口，看见钟硕，微笑点点头。

原本一直在想办法逗郭悦开心的常亮忽然被钟硕的声音吸引了过去，不是他对两人的关系有所怀疑，而是，他刚刚明明问过他，郭悦去哪了，他竟然说不知道！

刚刚一进门见到田娇娇，他说什么来着？"你回来啦！"

这潜台词不是他知道她们去哪里了吗？

常亮简直要被自己过分聪明的脑袋给气到了，更让他不能忍受的是，钟硕这个蠢货。

许是太过生气，常亮都没发现郭悦已经把红蓝草清理完，提着篮子进了厨房。

"亮哥，你在发什么呆呢？"钟硕好奇般向他靠近，戳了戳他的肩膀。

常亮这才回过神来，气哼哼地说："没什么。"然后也跟着向厨房走去。

钟硕本来也想跟着进去的，但刚要走进去，就瞥见田娇娇在朝自己使眼色，他立马在她面前坐了下来，眉开眼笑地说："娇姐，你明天几点的飞机啊，我送你去机场吧。"

"十点多吧，起床吃完早饭就得过去了。"田娇娇说。

"那得调个闹钟早起。"说着，钟硕就掏出手机。

"这样不好吧，你还是好好陪着你家领导吧。"田娇娇顿了顿，朝钟硕凑近了些，抬起左手捂住半边脸，低声说："我感觉他好像在生你的气。"

钟硕哭笑不得，就连一个认识不久的人也能看出来，他最近过得很不好，一直被常亮批斗，心里那是一个憋屈，又有些感动田娇娇为自己着想。

"那等我回北京，请你吃饭。"钟硕又说。相处几天下来，他了解到不少关于田娇娇的消息。两个人都在北京，以后见面的机会多得是。

"没问题。"田娇娇应道，她想了想又问，"你家亮哥是不是对悦悦图谋不轨？"

"啊？"钟硕不太明白，图谋不轨？他家亮哥不是只想把代言的事情搞定吗，怎么变成图谋不轨了？

看着他傻乎乎的样子，田娇娇也不知道是该说他可爱还是傻好。

"不过，以我对郭悦的了解，要是她不愿意做的事情，即便是下再大的功夫，她也不会答应的。"想想常亮还挺可怜的，一直在一个不会动摇的人身上下功夫，田娇娇有意无意提醒道。

钟硕若有所思："亮哥上次回家之前就说，如果再谈不妥的话就回去了，大不了离职。"他耸耸肩。也是，离职而已，没多大的事。

田娇娇摇摇头，打心底里祝他们好运。

此前郭悦是打算下一期视频就做五彩饭的，不过田娇娇过来那天就跟她说特别想吃，正好现在也是季节，她就先给她做了，之后考虑找材料再拍摄一期。

"哇，这个怎么这么神奇？"常亮看着锅里的绿色植物，煮沸后汤汁变成红色，瞪大了眼睛，好奇地问。

"这两种植物虽然长得差不多，但是一个煮出来是紫色，一个是红色，一个叫紫兰草，一个叫红蓝草。"每次提到跟食材有关的话题，郭悦的声音就会变温和，面色平静，却很耐心地解释，还告诉了他五色饭的来历及功效。

常亮似懂非懂地点点头，若不是亲眼所见，还真不敢相信，古人如此聪明，一个节日做的饭，既能包含对生活的期待，还有药用价值。

"那还要多久才能吃呀？"看着眼前各种颜色的染料，常亮又问，就像一个迫不及待的馋小孩。

"晚上吧。"枫香叶做的黑色她前几天就捣碎泡上了，这会颜色应该是染上了。不过，黑色在五种颜色里最难染，所以很早以前外婆就跟她说，黑色要比其他四种颜色提前准备。

郭悦把已经熬好了的红染料倒出来，准备熬紫色，她在灶台上摆了四个大碗，端起小锅的她，忽然发现灶台太小了，没地方放锅，只能端着，她想了想，对常亮说："能帮我把那几个碗叠起来吗？地方太小了，怕碰到。"

闻声，常亮立刻站起来，照做。郭悦说了声谢谢，小心翼翼地把汁液倒进碗里，然后又拿筷子将锅里面的植物残渣夹出来，没想到还冒着热气的植物枝条会甩了她一手水，她一惊慌还踩到了脚底下的木棍，一个重心不稳，眼看就要往后倒下去，她惊呼般发出"啊"的一声，常亮见状，立刻伸出双手。

Chapter4 不住海边，住你家旁边

常亮好不容易接住了郭悦，郭悦手里的锅却掉在了地上，哐当一声，引起了在外面闲聊的田娇娇和钟硕的注意，他俩惊慌失措地跑进来，然后看见常亮正抱着郭悦，已经煮过了的红蓝草撒了一地，狼藉中又透着一阵暧昧，相互看了对方一眼，默契地开口："打扰了。"然后纷纷捂着眼睛，溜了出去，仿佛是在逃离犯罪现场。

"诶……"怕他们误会，郭悦连忙挣脱了常亮的怀抱。可惜还没开口，两个人已经不见踪影了，猜到他们估计已经开始胡思乱想，不由叹了口气，转而看向罪魁祸首，怒目圆睁："你为什么要抱？凭什么抱我？"不就是踩到了木头么，她明明可以站稳的。

"……"常亮一脸茫然，感情好心又被当成驴肝肺了。

"怕你摔倒啊。"这还用说吗？常亮觉得这个解释没毛病，他可是记得清清楚楚，上次林淑媛那事，她额头破了，她为了隐藏伤口，做出了多疯狂的事，就差没亲手给自己做一个人皮面具。

"谁让你多管闲事了？"郭悦的声音提高了一个调，根本不想听他的解释。

"这还得经过人同意吗？潜意识啊！"常亮丝毫不能理解郭悦的思维。这种时候，换成是别人，他也会这样做，他相信，要是郭悦遇到这种情况，她也不会不出手相助的。

"你家住海边啊，管那么多？"

"我家不住海边，住你家旁边啊。"常亮摊了摊手，这怎么又扯到他家和海边去了。

"你……"郭悦差点没被他噎死。他怎么不明白呢？明明落荒而逃的钟硕和田娇娇就是误会他们了，他怎么不解释，还抱着她不放。这是要故意让他们误会，让她难堪吗？

郭悦看着一脸懵懂的常亮，气得七窍生烟。转过身，弯腰去捡锅，闷声呵责："你出去，别给我添乱。"

常亮定定地站在原地几秒，原本不想走的，可郭悦立刻扭头狠狠地瞪他，仿佛在说，再不出去，一会平底锅伺候。他不得不快速溜走，临走前还小声嘀咕："救你还有错了……"

钟硕见他灰头土脸地出来，立刻停止和田娇娇窃窃私语，结结巴巴地开口："亮哥，你没事吧？"他侧着脑袋打量着他，除了发现他表情有些委屈，也没看出端倪来。

"没事。"常亮摇摇头，"我先回去了。"然后朝自己家走去。

田娇娇和钟硕看着他一愣一愣的，直到他消失在视线里，两个人又默契地看着对方，露出一丝诡异的笑容，然后又开启新一轮窃窃私语。

"你说，你家亮哥是不是情商有点问题，智商也不行？"田娇娇说。

"怎么可能，我家亮哥可聪明了，情商更不在话下。"怎么说他家亮哥曾经也撮合不少小情侣，别的不敢说，情商这问题，钟硕从来不敢怀疑。

"那他为什么被郭悦赶了出来？"田娇娇翻白眼，除了情商低，她实在想不出什么更合理的解释。

"肯定是小悦悦的问题。"钟硕快嘴说道。

"你说什么？"田娇娇立刻翻脸，目光犀利地瞪他。她家悦悦，只能她说她的不是，别人不允许。

"没没没……我什么都没说。"钟硕紧张地做了一个拉锁的动作。田娇娇虽然有时候很温柔，但她是性情耿直的人，就前天她说当时总监甩锅那事，钟硕就意识到了。他不由打心里感叹：女人啊，真是善变。

可奇怪的是，即便是这样的田娇娇，在和她相处的这几天，他都感觉很快乐，而且时间也过得很快，快到他有点害怕。要不然也不会提出送她去机场的建议，虽然被拒绝了。

"你去看看你们家老大，我去看看郭悦。"有点不太放心，田娇娇又说。

"好。"钟硕点点头，起身朝家里走去，然而回到家却没有发现常亮的身影，他喊了几声，没有人回应，跑进卧室也没有发现他的踪影。

"奇怪，又跑去哪里了？"钟硕站在屋子里自言自语。

他家亮哥，果然是越来越奇怪了。

又想起刚刚田娇娇说的，他家亮哥是不是喜欢郭悦，估计刚刚是想对郭悦做点什么，结果郭悦生气了，被轰出来了。

钟硕自然不相信他家亮哥是这样的人。不过，如果他不是喜欢郭悦的话，为什么出来的时候脸这么红呢？

郭悦在厨房里忙碌了好一阵子，终于把所有的染料煮好了，她掏出手机拍了一组照片，待染料温度降到常温时，又往里面添了雪白雪白的长粒糯米，轻轻晃动几下就用盖子改好。

"这样就可以啦？"田娇娇好奇地问，"感觉也没多复杂嘛。"之前她听郭悦说，做五色饭有多少多少工序，多麻烦，现在看着也没多麻烦嘛。

郭悦横了她一眼："站着说话不腰疼，就知道偷懒，也没见你帮忙。"那天为了将枫香叶捣碎，她手都磨起泡了，就是没好意思告诉她。

田娇娇嘿嘿地笑了："我们家悦悦能干，我来没准就帮倒忙了。"

"这样泡着，晚上就能吃了吗？"透过玻璃盖，田娇娇不由咽了咽口水，五色饭她只在美食纪录片里见过，却从没品尝过。不过看着这卖相这么好，味道就更不用说了。

"太着急了就不能。"对于田娇娇的恭维，郭悦压根不领情，把厨房收拾好就走了出去。

"哦哦。"田娇娇跟在她后面，似懂非懂。以前郭悦还在北京的时候，大多数都是郭悦做的饭，她打下手。郭悦走了之后，她开始尝试自己做，估计是看得多了，味道还可以，能吃，不过跟郭悦比起来还相差一大截。

郭悦坐在沙发上小憩，田娇娇凑了过去，靠在她旁边，忽然八卦心起，又问："你跟常亮……"

"我跟他什么都没有。"她的话还没说完，郭悦就打断了她的话，语气有点冷，又透着几分严肃。

田娇娇不禁蹙了蹙眉。她什么都没说呢，她怎么这么着急解释？肯定是心里有鬼。她断定，在郭悦的心里常亮肯定不像之前那么讨厌。

"你还没从当年章佩纶的事情中走出来啊？"田娇娇放柔了声音，小声说。

郭悦微微张开眼睛，瞥了她一眼，淡淡地说："听不懂你在说什么。"她还想说章佩纶是谁，她不认识，又怕画蛇添足。

章佩纶啊，多么遥远的一个名字。郭悦闭上眼睛，静静地想。

即便是郭悦闭上了眼睛，安静地躺在摇椅上，田娇娇还是能感受到她情绪里发生微妙的变化，微不可闻地叹了口气，又像当年一样，耐心地开导："世界还是美好的，并不是每一个人都像章佩纶那么坏，虽然那时候我一直叮嘱你要小心身边的男人，但并不是说让你像防病毒一样防着他们。"这样下去，她还真担心，郭悦会单身一辈子，一辈子多长啊，即便是活到七十五岁，也有两万七千三百七十五天，即便减掉已经逝去的九千多天，也还剩下一万八千多个日子，一万八千多个日子要一直一个人待着，田娇娇不敢想象那是什么样的画面。

"你是不是太闲了？"在田娇娇说完的瞬间，郭悦云淡风轻地问。对她来说，章佩纶不过是一个让她长教训的人，她从他身上深刻地体会到，这个世界上并不是每一个人都是善良人，那些无条件对你好的人，往往动机不纯，时时刻刻都在算计着什么。

和章佩纶在一起的时候，她还是一个懵懵懂懂的实习生，什么都不懂，还很害怕做错事。章佩纶和她一个部门，每逢她遇到困难都会帮忙，平时也会跟她说一些注意事项。

记得有一次她感冒了，一直在办公室里打喷嚏，章佩纶听到之后立刻给她送了感冒药，为了避嫌，他还特意拿纸把药包起来，然后放在了茶水间的小柜子里，给郭悦发了微信让她过去拿。再后来，郭悦加班，有同事约他一起回家，他却扯了借口，等郭悦忙完送她回学校。他几乎是无微不至地照顾她，久而久之，郭悦以为章佩纶是真心待自己好，渐渐地，就跟他走到了一起。

入社会不深，太过天真的郭悦丝毫没发觉章佩纶的异样。

他背着她，还在撩别的女人，而且都是用的同一手法。先是在生活中各种帮忙，给予关心和照顾，让女生产生错觉，之后开始以各种理由借钱，给自己的游戏账号充钱，买装备。

幸好有田娇娇在，要不然郭悦就掉进他温柔的陷阱里了。

郭悦还清楚地记得，章佩纶一大早给她打电话，十分慌张地告诉她，自己的姐姐出了车祸，被医院下了病危通知，现在急需一笔钱。

一听是姐姐出了意外，郭悦就慌了，想起前不久，章佩纶说过年带她回家见家长。当时她想，要是按照这个速度发展下去，她和他很快就要步入婚姻殿堂了。未来的大姑子出了意外，她怎么可以眼睁睁地看着，当个铁公鸡？

第五章

避免结束，避免开始

Chapter1 喂，秀恩爱死得快

在屋里慌慌张张找银行卡，准备东拼西凑的她把田娇娇吵醒了，田娇娇问她发生了什么事。那会她急得像热锅上的蚂蚁，见田娇娇妨碍到她，还凶了她几句，断断续续说了一些。田娇娇越听越觉得不对劲，强行把她拉到一边，让她冷静，还很明确地告诉她，她可能被骗了。

郭悦听了，还觉得田娇娇不可思议，谁会拿人命开玩笑？

田娇娇一字一顿地告诉她，如果她不信，就跟她打赌，如果连打赌都没必要的话，那就把钱都转过去，反正到时候吃不上饭，流落街头的也不是她。

"他怎么会骗我啊，我感冒的时候还给我送药，我加班又等我下班，有时候我被领导骂，还帮我说话，安慰我……"郭悦一个一个地数章佩纶的好，她不相信一个对自己这么好，这么真实的人，会图谋不轨？

"不信算了。"田娇娇双手抱臂，满不在乎地说，"或者你还可以给他打电话，说你在外面出了意外，让他马上赶过来，看看他什么反应。"陷入爱情的女人，往往智商为零，这句话果然没错。

田娇娇对自己的好，郭悦很清楚，但那可是她的恋人，她很犹豫，手里紧紧地攥着银行卡，小心翼翼地瞥了瞥田娇娇。

不料小眼神被田娇娇逮到："你不用看我，你看，你连你自己都有怀疑，在犹豫，为什么不愿意去证明一下？"她一针见血。

郭悦咬了咬牙，为什么犹豫呢？因为这些年来她几乎没有感受过那种像家一样的温暖，而章佩纶恰好给了她这种感觉，她不愿意去验证，就是害怕一切都像田娇娇说的那样，章佩纶就是在骗她，他对她的好，都是带着目的。

"郭悦，真的假不了，假的真不了，你为什么不愿意去证明一下，非得麻痹自己，自欺欺人呢？"田娇娇实在不明白，也不忍心看着郭悦一头栽在爱情的漩涡里，被戏弄。

郭悦埋下头，紧紧地咬着嘴唇，沉默了许久，像是下了很大的决心，才掏出手机，缓缓拨了章佩纶的电话。

电话一接通，章佩纶就问她钱打了没有，他这边没有收到钱，然后又叽里呱啦说了一堆。

郭悦的心瞬间跌入谷底，久久说不出话来，章佩纶居然没有发现她的异样，直到自己装完可怜，才问："悦悦，你怎么了？"

田娇娇抬头瞥了她一眼，像是在给予暗示，她才缓缓开口："抱歉啊，我昨天刚刚把钱转给我爸了，现在手里的钱不够……"她的话还没说完，田娇娇就横了她一眼。郭悦知道，田娇娇是看不惯她懦弱，没有勇气面对一切，还抱有幻想。

事实上也是，她还没做好心理准备，如果连这种无微不至照顾自己的人都不可信，戴着虚伪的面具，那她还能相信谁？

郭悦想到了自己的继母林淑媛，一开始为了进他们家门，对她很好，等到真的进了门，就暴露了本性，只要她儿子一哭，她就觉得是郭悦欺负他。

"郭悦，你怎么可以这样呢，那是我姐姐啊……"章佩纶一听郭悦没转钱，他立马就翻脸了，冲着电话大吼，难听的话说了一堆，直到觉得自己有点过了，才很生硬地转口："对不起啊，悦悦，我刚刚太冲动了，我……"

郭悦冷冷地抿了抿唇，云淡风轻地说："没事，我能理解，你先去忙吧，晚点我再找你……"

挂了电话，她几乎瘫坐在地上。

她可以理解，如果章佩纶的姐姐真的出事了，他很慌张，才会说出那些难听的话，但，她说得很清楚，她的钱寄给父亲了。他的亲人是亲人，难道她的亲人就不是亲人了？

田娇娇一声叹息，走到郭悦身边拍了拍她的肩膀，轻声安慰道："走吧，请你吃饭去。这个世界还是很美好，也很现实，钱很重要，爱情而已，可有可无。"那时候的田娇娇已经被母亲催婚催疯了，但她依旧坚持自己的想法，丝毫没有放低要求，用她的话来说就是宁可高调单身，也不会放低自己的要求，为了结婚而结婚。

"实话实说而已。"田娇娇耸耸肩，面不改色地说。见她还是无动于衷，田娇娇挪了挪身子，拉起郭悦的手："照我说，恋爱可以谈，结婚嘛，需谨慎。"

郭悦闻声，猛然睁开双眼，瞟了瞟她。

这还是她所认识的田娇娇吗？郭悦想，以前的田娇娇可认真了，根本不会拿感情开玩笑，如果不对眼，根本不会浪费时间。郭悦真不敢相信"恋爱可以谈，结婚需谨慎"这样不负责的话是她说出来的。

"算了算了，当我什么都没说，你就等着孤独终老吧。"面对孺子不可教也的郭悦，田娇娇说得口水都干了，果断放弃继续治疗。没准哪天会来一个转角遇到怦然心动的人呢！

"我说你该不会真的看上钟硕，开始吃嫩草了吧？"郭悦冷不丁地来一句。

刚松开郭悦的手的田娇娇，又立刻紧拽她，侧着脑子，严肃认真地问："哎，你这话说的，我就不爱听了，我就要老牛吃嫩草怎么样，谁规定我还不能吃嫩草了？"

"得得得，你说的都对，祝福你，早点发喜糖啊。"郭悦有点不耐烦地甩开她的手，直起身子，向外走去："我去找外婆。"

明明是自己春心萌动，非得拉上她一起，无不无聊？

外婆在菜园翻土播小白菜种，郭悦想着过去帮会忙，顺便摘点新鲜的蔬菜晚上做菜，没想到走到菜园却发现常亮也在。他挥着锄头，正帮忙翻土。

"你怎么在这里？"不是一大早的航班吗？怎么没发现他有一丝疲倦？郭悦不屑，又来这一套，无事献殷勤，非奸即盗。

"小亮看见我在播种，非得过来帮忙。"外婆欣慰地笑了笑，解释道。这些天，常亮没少帮她的忙，说句心里话，她还是很喜欢常亮的，就不知道郭悦有没有那个意思。

郭悦"哦"了一声，低头瞥见常亮白得发光的脚，往上一点，又发现他光洁的额头上蒙上了细密的汗珠，不由嗤了一声，暗暗讽刺，不知道的，估计还以为他多孝顺呢。

"我来吧，你回去休息吧。"郭悦夺过他手上的锄头，想了想，又补充道，"晚上过来吃饭。"至少他帮忙了，人情总是要还的，她不想欠他一分一毫。

外婆看了看郭悦，又看了看常亮，笑眯眯地说："去吧去吧，回去好好休息，辛苦你了。"

常亮点点头，提着鞋子往家的方向走去。

事实上，他很想向郭悦坦白，他就是想早点见到她，看她一眼，吃她做的饭。但要向一个这么淡漠的人坦白自己的心声，他能猜到，郭悦要么是骂他神经病，要么就取笑他。

想想就觉得没面子。

次日，钟硕还是跟着郭悦去机场送田娇娇。钟硕和田娇娇从出门到机场嘴巴几乎没停过，话题一个接一个，郭悦几乎没有插话的机会，看着他俩聊得热火朝天，又想起昨晚田娇娇说不让钟硕送她，现在又强行塞她一嘴狗粮。

真是表里不一的女人。

"那我走啦。"办完托运手续，在安检区前，田娇娇朝二人挥挥手，恋恋不舍地说："下次有假期我再来找你玩，这次没给我做十大碗，下次必须做。"

"得了吧，我觉得你不会再来找我玩了。"郭悦漫不经心地说。要是以前，她还相信，现在的话，概率几乎为零，她已经不抱期待了，有意无意抬头瞥了钟硕一眼，又看了看田娇娇，一脸"你懂的"的表情。

钟硕立刻红了脸，娇羞的模样惹得郭悦笑出了声，搞得田娇娇十分不自在，伸手捏了捏钟硕的手臂以示惩罚。

"我就不应该过来。"郭悦小声嘀咕了一句，转过身去，又说，"我去下卫生间，钟硕，一会出口见。"说完光速一般溜走，她才没有不识相，要是不给田娇娇和钟硕腾点私人空间，估计回头田娇娇要扎小人了。

在出口等钟硕时，她忽然忍不住给常亮发了微信，问：钟硕人怎么样，靠谱吗？

看着也不像坏人，但坏人也不会在自己的脸上贴"坏人"两个字啊，就比如章佩纶那种渣男。

可她发完消息，又后悔了。常亮自己都不是好人，怎么会向她坦白？

不悦地甩甩脑袋，郭悦又把消息清空了，站在原地静静地等钟硕出来。

忽然手机震了一下，她以为是常亮回自己消息，掏出手机又发现，是推销广告，又有点失落。

她又开始后悔，刚刚就不应该清空消息，应该撤回来才对。也不知道常亮看到那条消息，会不会胡思乱想，脑洞大开。

回到镇上时，一辆救护车从通往她家道路的方向朝她驶过来，她好奇地瞥了眼，心里有些惶恐，她家这小镇上很大一部分居民都是老人，年轻人都在外地打工挣钱，也不知道是哪个老人又病了。

想到这里她又不由加快了脚步往家里走，回家发现外婆不在，常亮家门开着，却没有人，又想起刚刚的救护车，忽然生出一丝不祥的预感，诚惶诚恐地掏出手机给常亮打电话。

Chapter2 乖，别给医生添乱

"常亮，你和我外婆在一起吗？"电话一接通，郭悦就迫不及待地问。这话不太像是从向来沉着冷静的她的口中说出来的，毫无预兆地直呼其名，没有使用尊称，给人一种在她的心里常亮并不是陌生人的感觉。

常亮正要打电话告诉她，外婆晕倒了，刚送到医院。

"在人民医院吗？我马上过来。"她也顾不上和钟硕说一声，拿着钱包，推着自行车就往外跑。她忽然后悔没学电动车或者摩托车，在这种关键时刻，只能干着急。

好不容易到了快递派送点，看见平日帮她寄快件的小刘，也不顾人家是不是在忙，简单说明情况就让小刘送她去医院。

外婆有高血压，但此前也没严重到晕倒，郭悦有一种不祥的预感，外婆必定是发生了什么。

一路上，她反复催促小刘开快点，再快点，见不到外婆，在不确定她是不是安好之前，她就像是陷入了沼泽里，使尽浑身解数也出不来一般，备受煎熬。

她不敢相信，要是这个世界上唯一的亲人离开了她，自己是否还能有勇气活下去。

据外婆说，她的妈妈和她长得很像，而她的母亲，又是一个长得像母亲的人。这些年来，郭悦不仅仅把外婆当成外婆看待，很多时候，她通过外婆了解母亲的过去，妄图从中找到一丝和自己的联系。

记得有一次，她从山上随手扯了几根藤蔓，一边把玩，一边下山，没想到到家时，几根藤蔓竟然已编成了一个小篮子，外婆见到后，惊讶不已，连忙问她是谁教她编的，她想了想，摇摇头说没人。后来，外婆告诉她，她编的和她母亲小时候编的几乎一模一样。那会她听了，一连高兴了好几天。

虽然母亲离开了她，她也从没见过母亲，但在这浩瀚的宇宙间，她们之间隐隐约约有着某种联系，或是长相，或是某种习惯……她并没有真正离开她。

"外婆呢，外婆怎么样了？"这家医院她很熟，几乎每个月都会定时陪外婆过来。所以，她没花多长时间就找到了常亮。

看着满头大汗，说话上气不接下气的郭悦，常亮连忙安慰道："医生现在还在做检查，要等会，别担心，不会有事的。"他看了眼病房，又看向郭悦："你先坐会，我去给你倒点水。"

"不用了，我进去看看外婆。"高血压病人最害怕的就是引起脑出血，之前医生就叮嘱过她，不要让外婆生气，要让她保持乐观。

"不行，医生说要安静，你进去只会妨碍他们。"常亮伸手拦住了欲推开病房门的郭悦，强行将她拉回来，说："听话，别给医生添乱。"

郭悦一扭头，对上了常亮满是坚决的眸子，心里咯噔一下，常亮已经不是第一次抓住她的手腕，但她还是第一次发现，他的手掌，那么宽大，那么温暖，仅是那样握着，就让她冷不丁地冷静下来，莫名觉得安心了许多。她不由自主地点点头，轻轻抽回自己的手，正要坐下，医生却忽然开门了，她又立刻站了起来，迎上去慌慌张张地问："医生，我外婆怎么样了？"她向右倾了倾身子，朝病房里看了看，看见外婆还没醒，又担忧地看着医生，似乎已经做好了从医生那里听到坏消息的准备。

"病人暂时没有生命危险，也没有出现脑出血的迹象，这次比较幸运，先住院观察几天，等病人醒来，要是没有不舒服的地方，好好回家休息就行。"医生一边说，一边低头写单子，说完就撕下两张单子，递给郭悦："拿单子去交一下住院费。"

郭悦接过单子，说了声谢谢，准备去交费，常亮又说："你进去吧，我去交。"

郭悦怔了怔，将单子交给他，说了声谢谢，心里暖意顿生。走进病房，看着外婆睡得很安详，她悬着的心终于回到了正常的位置。她轻轻将被子扯上了些，拨了拨外婆花白的头发，忽然感慨：外婆越来越老了，这些年，她都没有好好孝顺她老人家，倒是外婆，不管她有什么想法，都会支持她，在她遇到困难时，还会不停地鼓励她。

常亮再次回来时，手里拎了两份外卖，将刚刚交完手续费的单子递给郭悦，又对她说："你还没吃午饭吧？来吃点东西。"不知道是因为太过担心老人的病情，还是最近没休息好，常亮发现郭悦有些憔悴，一点都不像第一次见到她时，尽管没说上话，还是能从她青春洋溢的面孔里感觉到满满的活力。

郭悦动了动唇，拒绝的话还没说出口，他似乎读懂了她的心思，又说："不吃点东西补充体力，怎么照顾外婆？"她这才愿意打开外卖。

后来，郭悦才发现，常亮是个极其霸道的人，总是喜欢用先发制人这一招，每次都让她哑口无言。

她吃了两口，忽然抬头问："外婆为什么会晕倒？"虽然说老人有高血压，但她平时很注意照顾她，一般情况下不会出现什么问题。

早上她送田娇娇去机场，外婆说她去地里再种点菜，顺便摘点菜，中午回来做饭。

常亮微愣，目光闪烁不定。他没跟外婆出门，但他后来确实是去了菜地找外婆，也幸亏他去了菜地，才目睹了一切。

"估计是……"他咬咬唇，忽然不知道要怎么说，又改口道，"不太清楚。"他想，外婆一定不想她知道今天菜地里发生的一切。

"是不是林淑媛？"郭悦敏感地捕捉到一丝信息，放下手中的勺子和筷子，严肃地问。

她猜不到，除了林淑媛，还会有谁能把外婆气倒。

"不是，她没出现。"常亮快嘴道。

"这么说，你知道一切咯？"见他这么肯定，郭悦猛然抬头，死死地盯着他的眼睛。

常亮哑然，双手撑着下巴，一副心事重重的样子，思忖了片刻才说："你先吃吧，吃完再和你说。"

"我现在就要听。"郭悦的态度十分坚决，这个问题得不到答案，她根本没办法安心。

"好吧。"常亮呼了口气，没得选择，只能顺了她的心。

他也是在屋里听见菜地那边有人在骂人，但他听不懂当地人说的话，只是隐约听见那人似乎提到了郭悦，感觉不对劲，才匆匆跑过去的。没想到会看见一个妇女，单手叉腰，气势汹汹地开骂，他听得不完整，也不是很懂当地的方言，但是能听懂那妇女说郭悦是克星，克死母亲又克死父亲，下一个要克死的就是外婆她老人家。

那妇人还说，郭悦不要脸，长着一张妖媚的脸，年纪这么大了，不结婚，就知道勾引男人，也不知道在外面做了什么见不得人的事，被谁包养，不用干活也有钱，收购镇上的农产品不过是为了掩盖她肮脏的面孔……

常亮听到时，气得脖子都粗了，他甚至差点像外婆一样失去了理智，要跟那妇人辩论，却在那瞬间，外婆气倒了，那妇人见情况不妙，拔腿就跑。

郭悦平时并没得罪过谁，不像镇上其他闲人一样在背后说谁谁谁的坏话，她猜不到那个把外婆气晕了的人是谁，但是，要让她知道了，她绝对不会放过她。说她闲话她可以忍，但不能忍受有人拿她侮辱外婆。

"不要在意别人的眼光，其实你很好，或许就是因为你太好，所以别人才会看不惯你。"常亮看着郭悦脸色阴沉沉的，好似在酝酿一场暴风雨，压得人喘不过气来，轻声安慰道。

郭悦点点头，示意她什么都知道。只是隐隐一想，又不禁抬头看了常亮一眼。

她没想到常亮会这样安慰自己，话里没有半点调侃或者应付的意思，这越发让郭悦感到困惑，她是不是误会了什么，其实常亮也是个不错的人？

钟硕并不知道外婆出了意外，他回到家后休息了一小会，没看见常亮，就往郭悦家去，以为他会在郭悦家，却没见到人，后来是给常亮打了电话才知道外婆的事。

"外婆怎么样了？"钟硕行色匆匆地赶到医院。

"没事，估计再睡会就醒了。"常亮最先开口。

钟硕舒了口气，看了看外婆，又看看郭悦说："要不悦悦你先回家休息会吧，我在这守着就好。"

郭悦摇摇头："没事，我等外婆醒来，你们先回去吧，我一个人可以的。"

"我陪你，钟硕你先回去吧。"听见常亮这样说，郭悦不禁朝他投去感激的目光。

钟硕有点懵，明明是他建议他们回去休息，怎么绕着绕着，最后变成他要回去了？他左看看，右看看，说："我不累，留下来陪你们吧。"老大在哪他就在哪。

郭悦平日里并不是感性的人，也可以说是刻意隐藏本性，让自己看起来刀枪不入，避免很多麻烦。然而，此刻看着二人因为外婆忧心忡忡，鼻子酸溜溜的，露出了鲜少呈现在她身上的脆弱的一面，忍不住吸了吸鼻子，低声抽泣起来，吓得常亮和钟硕慌张地问她怎么了。

她抽泣了好一会，泪眼汪汪地摇摇头，良久才挤出一句："我没事。"

Chapter3 好久不见甚是想念

外婆在医院里住了三天，郭悦反复向医生确认她的身体状况，确定没事，才肯让外婆出院。

"哎呀，外婆没事，阿妹你要做什么就去做，快去快去，外婆好着呢。"从医院回来，郭悦总是小心翼翼的，担心这，担心那，看见外婆拿锄头翻院子里的土，怕她累着，果断夺过锄头，很严肃地告诉她，让她好好休息。

"外婆……"郭悦沉声唤她，板着那张脸，简直就像教导处里死板的教导主任。

"好好好，我不弄了，不弄了。"外婆简直是怕了郭悦了，放下锄头，在石桌前坐了下来。她劳作多年，忽然让她闲着，什么都不做，她还真有些不习惯。

"那我去买点骨头回来炖汤，你好好休息哦。"郭悦不放心，再次叮嘱。

"去吧去吧。"外婆摆摆手。小时候她对郭悦很好，但该严厉的时候也不会任由她胡来，想想她刚刚对自己说话的模样，还真有点当年她管教她时的样子，老人的眼中全是慈爱的亮光。

等郭悦一出门，她又拿着扫把在院子里扫扫地，没想到常亮忽然来了，看见她正忙活，又说："外婆，你怎么没好好休息，干起活来了。"话还没说完，就夺过她手里的扫把，把她扶到了石桌前坐下。这让外婆有些哭笑不得，打趣道："我没事，好着呢，你怎么也变得跟阿妹一样了，我真挺好的。"外婆再次强调，她年纪是大了点，但除了高血压，身体一直挺好的。

常亮莫名地笑了："这不是怕悦悦又唠叨嘛，外婆你坐着，我来就好。"说着就挥动扫把，有模有样地扫起地来。

"哎呀，看到你，我就高兴。"外婆一脸欣慰，她其实很想知道常亮对郭悦什么感觉，有没有喜欢，但想想，现在的年轻人都不喜欢长辈过问太多，她也就一直没说出口。

"我也是，外婆总能让我想起奶奶。"都说隔代亲，常亮的奶奶待他也极好，很遗憾的是，他上大学那年她就去世了，算起来，要是她还在世的话，估计跟外婆差不多。

常亮一边扫地，一边和外婆聊天，等到他扫完，又坐在石桌前。外婆还是藏不住心思，打心里掂量了许久，还是问出了一直困扰着她的问题："小亮啊，你是不是快要回去了？"外婆记得常亮是带着任务来的，算算也有一个多月了。

常亮点点头，蓦然想起很快就要到老板给的最后期限了，但他还是没有完成任务，反而因为郭悦的缘故，他曾经坚信的一些东西慢慢发生了变化。

郭悦也不知道她不在的时候，外婆和常亮说了些什么，反正回来看见二人总感觉很奇怪，但也说不出哪里奇怪。

郭悦一直很在意到底是谁把外婆气晕了，好几次想开口询问那天的情况，犹犹豫豫的，又担心外婆想起那天的事会加重病情，便不敢开口。

那天晚上吃饭，外婆忽然主动提到这件事情，郭悦才知道，原来把外婆气晕了的人，是镇子上一个叫吴婶的人。郭悦这才想起，此前她一直都在收购镇上的农产品，但是对产品的质量要求极其严格。前不久，她按照约定的时间上门收购笋干，却发现吴婶家的笋干有些霉点，质量没有之前的好，就给拒绝了。

但吴婶却说，用水洗洗，再晒晒就行，看不出来，一样能卖，大不了就便宜一点，吃不死人。

对于吴婶这种不负责的态度，郭悦恼羞成怒，一气之下，说出了以后都不会再收购他们家竹笋了的话，没想到，吴婶这么记仇，跑去找外婆泄愤。

外婆自然不会相信吴婶说的郭悦被人包养了之类有损郭悦名声的话，郭悦是她从小看着长大的，她比任何一个人都要了解她。并不是说她很在乎别人的眼光，就是她也觉得，郭悦在外面会有更好的发展，她不应该一辈子都局限在这个小镇子里。于是，她再次向郭悦坦白了自己的心声，希望郭悦能不再因为她，放弃展翅高飞的机会。

"外婆，我……"郭悦全然没想到外婆会再次提到这件事，"是不是常亮他对你说了什么？"郭悦警觉地问。

"没有，你误会了，虽然小亮一开始接近你的动机不单纯，但他并没有做坏事，他骨子里是个好人。"或许连郭悦自己都不知道，其实一直都是她太过敏感，总是小心翼翼地提防着周围的人，生怕自己或者自己最在乎的人受到伤害。外婆活了大半辈子，见过的人，经历过的事，比她要多得多，早就看透了一切，更加明白郭悦对外面世界的渴望，只是她也很自私，一直没有说出口。

"那我要走了，你怎么办？"她最不放心的就是外婆了，尤其是她刚刚出院不久，她担心她不在没有人照顾她。

"我好着呢，活到你结婚生孩子完全没问题。"外婆打趣道，隐约似乎又在提醒着些什么，让郭悦不禁红了脸，结结巴巴地说："我才不要结婚呢，生孩子带孩子太累，我受不了。你都不知道，我那些结了婚的同学天天抱怨晚上不能睡觉，两个小时起来给孩子喂一次奶……"

"好好好，我不说了，你自己决定吧。"见她着急害羞的模样，外婆笑得合不拢嘴。

郭悦从来没像现在这样纠结过，从北京回来时，她就对自己，对北京永远说了再见，暗暗下了决心，要在家里陪着外婆，也时不时暗示自己，很多人都羡慕她每天与青山绿水为伴，日子过得闲适惬意。但有时候，她总是在想，要是自己没有离开北京，是不是也能像田娇娇一样，能得到老板的赏识，做出一番业绩来。

她自己拿不定主意，又找田娇娇吐槽。

田娇娇很是震惊，没想到郭悦又产生了要不要回到北京工作的想法，她想了想，问她，如果撇开外婆，你会不会回来？

郭悦几乎没犹豫，给了她肯定的回答。

田娇娇告诉她，那就是她心底最真切的声音。

郭悦惶恐。原来自己真的像外婆说的那样，是非常渴望到外面施展能力的。可是，她要是离开了，外婆怎么办呢？

绕来绕去，又回到这个问题上。郭悦苦恼不堪。让外婆跟着她去北京，显然是不可能的，不是她不想带老人家过去，而是老人家不适应那边的生活。

"这个问题我就不知道要怎么回答了，你还是先自己好好想想吧。"田娇娇叹了口气，表示无能为力，沉默了半晌，又补充了一句："舍得舍得，有舍才有得，不管你做什么决定，都会失去一部分东西，我只能聆听你的诉说，最后做决定的那个人还是你。"

郭悦"嗯"了一声点点头，结束视频通话，一个晚上都没睡好。

第二天，她照常去寄快递，没想到会遇见许久未见的小学同学杨秋山。

他还是和当年一样，留了一个寸板头，穿着简单的衣服守着自家的小摊。郭悦并不知道那是杨秋山的水果摊，只是看见有黄桃，就挑了几个，发现没人喊了几声，杨秋山就从屋子里走了出来。

"咦！你怎么回来了，之前我听阿姨说你在外地工作呀？"郭悦惊讶地问。杨秋山高考没发挥好，家里没有钱给他上三本，他又不想复读，犹豫之下上了个大专，毕业后就在外地工作，一直没回来过，她还以为他要在外面发展了。

杨秋山有些不好意思地挠挠头，说："我再不回来，我妈估计要着急了。"郭悦隐约悟出了杨秋山的言外之意是杨秋山被家里催婚了，有些尴尬地笑了笑。

好不容易再次见面，杨秋山热情地招呼郭悦到店里坐坐，还跟她说，店铺刚刚开起来没多久，又听郭悦说她在做网店，忽然又萌生了做网店，卖镇里的水果的想法。

郭悦觉得他这想法不错，可行，连连称好。二人聊着聊着，郭悦又聊到了自己的困惑，要不要回北京，还是就这样一直待在这里。

杨秋山思忖片刻，忽然开口："郭悦。"

"嗯？"他的神情有些凝重，郭悦有些不解，狐疑地看着他："怎么了？"

"没，就是想告诉你，从小我就觉得你不属于这个小镇，被困在这里你一定不舒服吧。"杨秋山想起小时候郭悦被继母欺压，她总是说长大之后一定要离开这个破地方，再也不会来了。小孩子的话自然不能当真，但那时候郭悦的眼睛里已经流露出超出了同龄人的坚毅和决心，那时候他想，他也必须很努力很努力，才能永远跟在郭悦的身边。

很多人都觉得他成绩好，羡慕他聪明，但没有人知道，他成绩这么好的原因是为了郭悦，他总想着和她近一点，哪怕是考了年级第二，能和郭悦站在领奖台上，他也能很开心。

郭悦似懂非懂，低声喃喃："我再想想。"

"嗯嗯。"杨秋山点点头，虽然他很希望郭悦留下来，这样他又可以像以前一样离她近一点，可他不能这么自私，也做不到这么自私，也清楚地意识到自己跟郭悦的差距，郭悦就像是天边的云朵，而他是山峰，云朵会动，偶尔还会环绕山间，但山不会动，即便再喜欢，也只能仰望。

Chapter4 我心目中的大厨是你

郭悦没想到在外婆生日那天，杨秋山会登门拜访。外婆也还记得他，他一进门，外婆就跟他聊了起来，郭悦则在厨房里忙着。

往年外婆过生日，也是郭悦一个人在忙活，虽然外婆那边也有一些亲戚，不过要么离得很远，要么就是隔了好几代的远亲。

陵水给老人过生日都比较隆重，要做八个菜，至少四个小菜，四个大菜，还有一种必备的糕点——发糕。这个发糕和北方的不一样，主要食材是大米，用大米磨成浆，加入酵母自然发酵两天，放在磨具里蒸上一个小时，以口感松软为佳。

制作大米发糕需要花很长的时间，以往陵水人大摆寿宴时，都会给客人送一些发糕，寓意年年大发。客人们也喜欢老人的发糕，想沾点老人的福气。

郭悦今年没准备发糕，打算把食材处理完，去镇上买点。自己可以不做，但这些必备的东西，还是得准备。

大菜郭悦准备了鲈鱼、盐焗鸡、香芋扣肉，还有烧排骨。小菜有上汤娃娃菜、焖香菇、八仙豆腐和拌黄瓜，七八个盘子摆在灶台上，装着各种各样的食材，光是看着就让人很期待。

和以前一样，每道菜的分量不多，就一点点，怕吃不完外婆又说浪费，可毕竟好几道菜，要做完也不容易，这边刚把鸡处理完，包好放进烧热的盐里，郭悦马上又去看看之前放在蒸笼上的扣肉。一个人忙着几个人的活，郭悦很快就汗流浃背，还出现了幻觉，说了一句"常亮帮我清理一下葱姜蒜"。猛然回神却发现在厨房里忙碌的只有自己一个人，她有些失落，又有些庆幸。失落是常亮今天一天都没出现，而又很庆幸没有人听到她刚刚说的话，要不然不知道要怎么解释好。

"悦悦，需要帮忙吗？"杨秋山和外婆聊了一会，走了进来。

"不用不用，都快处理完了。"郭悦扭头冲他笑笑，"一会留下来吃饭。"

"好，难得有机会尝尝你的手艺。"杨秋山说。这次回来，杨妈妈就跟他说，郭悦变成了名人，不仅在镇上有名气，网上也很有名气。也就是这样，他才知道郭悦有上千万的粉丝，他把她的视频仔仔细细都看了一遍，替她高兴，替她骄傲，又感慨万千。

只不过，他所认识的郭悦真的离他越来越远了。

"你要是想吃出米其林或者星级大厨的味道来，估计要让你失望了。"郭悦一边切葱姜蒜，一边笑着说。

杨秋山随口就接了一句："米其林、星级大厨没吃过，但你就是我心目中的星级大厨。"

郭悦有些震惊，微张着嘴巴一下子不知道要说什么好。似乎感觉到有些尴尬，杨秋山又腼腆地补充："我的意思是，你做的菜肯定很好吃，星级大厨比不了。"

"哈哈哈，谢谢夸奖。"郭悦干笑两声，妄图用笑声化解尴尬，之后就以厨房太小，让他到外面陪陪外婆为由，将他支了出去。

待忙完厨房的种种工作，郭悦就骑着自行车去镇上买发糕。平日里镇上卖发糕的就一个大婶，结果那个大婶生病了，最近都没做发糕。郭悦站在空荡荡的小摊门口前，叹了口气，寻思着该找什么东西来代替，反正现在做也来不及了。

在镇上兜了一圈无果，郭悦垂头丧气地回到了家。不想，竟看见外婆和杨秋山、钟硕还有常亮正围着石桌吃发糕，一时之间她还以为自己眼花了，甚至不敢确定他们吃的是不是发糕。

"这……"郭悦指了指桌上切成菱形的焦糖色发糕，好奇地开口："谁带来的？"

"小亮做的。"外婆眉开眼笑地解释，"味道还不错，阿妹快来尝尝。"外婆拿起一小块，递给她。

她怔怔地接过，看了看发糕，又看了看常亮，弱弱地问："真是你做的？"其实她想问，你怎么会做，能吃吗？

常亮还没接话，外婆又说："千真万确。"

"你快尝尝，不知道味道对不对。"常亮说。

上次外婆晕倒，常亮去交住院费时无意间发现外婆生日快到了，那天又和外婆聊了一下午，他知道外婆也在帮自己，就想做点什么来报答外婆，于是查了很多资料，发现陵水人给老人做寿，都会做发糕，他就萌生了做发糕的念头。

郭悦半信半疑，战战兢兢地尝了一口，不是她不厚道，是她真不敢相信这种复杂的糕点，常亮能做出来。

到底她还是低估了常亮，这发糕味道确实不错，虽然没有镇上大婶做得好，但对于初学者来说，还是不错的。

她又想，难怪当年他在39°能快速从一个小职员晋升为经理，并且俘虏那么多顾客的芳心，现在更是把外婆哄得妥妥的，之前她还真是小瞧他了。

郭悦对他越发好奇，吃完饭，送走杨秋山，和他收拾碗筷之际就答应了他做代言的事。

常亮简直不敢相信自己的耳朵，眼睛瞪得圆溜溜的，看着她一动不动，良久才欣喜地问："真的吗，你真的同意了？"

郭悦皱着眉，横了他一眼，没好气地说："这话你都问好几遍了，你是不是耳朵有问题，还是哪里有问题啊？"

"不不不。"常亮夸张地摆摆手，眉开眼笑地说，"我是不敢相信自己，哈哈哈，郭悦，谢谢你。"他一激动，放下手里的碗筷，猛然把郭悦抱了起来，一连转了几个圈，吓得郭悦啊啊大叫："喂喂喂，你干什么，你干什么，快放我下来。"郭悦慌张地叫嚷，双手不停拍打常亮的后背，却还是没能避免引起在屋里收拾东西的外婆和钟硕的注意。

钟硕最先冲了出来，发现二人有些暧昧的画面，立马缩了回去，捂着眼睛，低声反复念："我什么也没看见，我什么也没看见，不会长针眼……"后来又从窗户偷偷观察二人，一边扫地，一边傻笑，心想，改天得好好向他家亮哥请教，他是怎样搞定郭悦的，没准哪天他还能用同样的方法拉近和田娇娇的距离。

三天之后，郭悦和钟硕、常亮踏上了前往北京的航班。临走前，郭悦抱着外婆抽泣，她最放不下的就是外婆，生怕自己不在，外婆不能照顾好自己。

"没事，阿妹不用担心，外婆好得很。"外婆轻轻拍打她的后背以示安慰，"不忙的时候给我打打电话就行。"外婆心里其实也很舍不得郭悦，以前她在外面，总会担心她有没有吃饱，吃得好不好，但她又很清楚，她不能这么自私，把郭悦困在这里。

郭悦点点头，好长一段时间都说不出话来。

"快去吧。"外婆催促道，"到了给外婆报平安。"

"好，外婆你也要好好照顾自己。"郭悦抹了抹脸上的泪水，哽咽着说。

这次分别，郭悦不知道什么时候才能见上外婆一面，心里有很多不舍，但既然下了决定，她又不想让外婆失望。

登机之前，郭悦还是没忍住给杨秋山发了短信，请求他不忙时帮忙照看照看外婆。

杨秋山很快就回了她短信，让她放心。她这才安心些。

士林的老总听说常亮把郭悦带回来了，而且她已经答应了代言的事情，高兴得在自家餐厅里为二人接风洗尘。席间他对郭悦嘘寒问暖，又是问郭悦有没有住的地方，又是问她有没有需要帮忙的地方，还把她夸了一顿，说什么年纪轻轻就这么有作为，将来一定会比他更厉害。

北京对于郭悦来说，可以算是第二个家，她打算先去找田娇娇，在她那里住一段时间，等代言的事情结束就回家继续陪外婆。

"你住哪，我送你过去？"常亮猜到郭悦会去找田娇娇，就不再问她需不需要帮忙找房子，或者住酒店之类的话："抱歉啊，齐总他一听说你答应了，就让我带你过来，都没让你休息休息。"

"没事，我给娇姐打个电话，看看她什么时候到家。"郭悦笑笑。席间被很多人敬了酒，菜没怎么吃，酒却喝了不少，好在她酒量还可以，没醉倒。

此前郭悦并没有告诉田娇娇她回了北京，一接电话听到她说她回来了，能不能去她家住，她激动地一连拍了好几下桌子，引来同事的注意，才知道刚刚自己的举动有多不妥，假装什么事情都没有发生，板着一张脸，压低了声音告诉了她自己大概几点能到家，还说，晚上一定会让她好看。

似乎隐约感觉到暴风雨要来，郭悦不禁打了个寒战。

不就是没提前告诉她而已，至于吓唬她吗？

上回她不也是偷偷过来，下了飞机才给她发的定位吗？自己也这样，还好意思威胁她。郭悦简直不知道要吐槽点什么好。但还是很开心能重新站在这片熟悉的土地上，这里有她的青春，也见证了她的成长，更重要的是，这座城市无时无刻不在给她压力，让她变成更好的自己。

第六章

再靠近一点点

Chapter1 回来也不告诉我

田娇娇现在住的房子还是当年和郭悦一起租的房子，得知郭悦回来之后，她一下班就往家里赶，看到郭悦在小区门口的长椅上等她，大老远地就朝她招手，故作生气地说："郭小悦，你可以啊，回来这么大的事也不吱一声。老实说，是不是常亮做了什么事情，比如说给你灌了迷魂汤之类的，你才跟他回来的？"她一边说，一边不客气地拍郭悦的后背。

郭悦疼得龇牙咧嘴，连忙求饶："娇姐轻点，轻点，肺都快被你拍出来了。不怕有人看到，形象碎一地吗？"她知道，田娇娇以前在公司被大家称为温柔的小姐姐，虽然有时候很严厉，不过从没有人见过疯子一样的她。

"管他呢，老娘我高兴，我乐意，怎么着？"田娇娇傲慢地抬了抬下巴，牵着郭悦往电梯的方向走去。

"好好好，你高兴就行。"郭悦讨好道。

"当然不高兴，你竟然瞒着我，胆子真肥，等着，一会进去再收拾你。"田娇娇气呼呼地拖着郭悦往里走，像是吃定了这个主动送上门的小肥羊。郭悦走后，她都没换过房子，那些熟悉的东西似乎变成了她想念郭悦的慰藉。

郭悦忍不住打了个寒战，诚惶诚恐地说："那我可不可以不去了，我住酒店就好了。"上次她可是见识到了田娇娇挠痒痒的功力，她可不想再体验一次了。

田娇娇翻了个白眼，一字一顿地说："当！然！不！可！以！"然后迅速关上电梯门，直勾勾地盯着郭悦，仿佛是在思考要从哪里下手，吓得郭悦不得不躲在电梯的角落里，结结巴巴地说："娇姐，你别乱来，电梯里有监控，那个……我给钟硕打个电话。"

田娇娇看着她的怂样，毫无形象地笑出了声。不得不承认，因为有郭悦，她一天的疲惫一下子就消失了，整个人轻松了不少。

收拾完，两个人还是像以前一样躺在一张床上，聊聊工作，谈谈生活，许是旅途太过劳累，郭悦没多久就睡着了。第二天醒来时，田娇娇已经把早餐做好，喊她起来吃早饭。

士林办公的地方在东单，距离郭悦住的地方比较近，而田娇娇相对远一些，她吃完，换好衣服和郭悦说了声就出门了。

常亮昨天晚上给她发了微信，说她可以在家多休息一会，晚点再去公司，到时候会和公司的运营部门一起商量看看要怎么做代言。她这个代言跟一般广告代言不太一样，之前运营部门的领导说过，想从郭悦录制的视频入手。但具体要怎么做，他们还是想听听郭悦的想法，也尊重她的意见。

早餐是简单的小米粥和水煮蛋，以前郭悦总是觉得外面卖的早餐太油腻，光是闻着那股油腻腻的味道，她就不想吃了，所以那会她一直自己做早饭。也不知道田娇娇是被她的习惯传染了，还是因为她特意早起做早饭，但不管是什么原因她都很感动。

昨晚的接风洗尘宴有部分员工没有出席，她一去公司，常亮就带着她去了老总的办公室，路过一些工位，女同事们看见常亮和她有说有笑的，一脸花痴八卦模样，目光随着两个人走动而移动，像是偶然在大街上碰巧遇见自己喜爱的明星，不敢置信一般。

"哇哇哇，那个女的是谁，好好看啊。"二人退出视线后，某女员工立刻跟旁边的同事打听："常经理的女朋友吗？"

在公司里待了很长一段时间的单身员工，几乎要放弃治疗，打算单身一辈子的时候，常亮忽然闪亮登场，让一大波大龄未婚女青年重新燃起了希望。可当她们在苦恼怎么把常亮搞定的时候，仙气恬淡的郭悦出现了！两个人还有说有笑的！

被提问的男同事似乎还没从幻想中回过神来，某女同事看到他一副春心荡漾的模样，心里很不爽，用手肘捅了捅他，嫌弃地说："口水都要流出来了。"某男同事这才回过神来，尴尬地打着哈哈。

"哈哈哈，你昨天没来吗？这就是老总一直想请过来的人气博主郭悦。"郭悦红了之后，不仅收获了一大波女性粉丝，还成为了不少男性谈论的对象。郭悦长得秀气，总是穿着棉麻做的衣裳，一头乌黑发亮的长发，以不食人间烟火的形象闯入浮躁的社会，自然会成为大家关注的焦点。

"是她啊……"某女同事感叹。请郭悦做代言这件事公司上上下下都知道，都说郭悦是个性情寡淡的人，此前还拒绝了不少公司，没想到最后被常亮搞定了，想到这里，某女同事再次露出崇拜的表情，尔后想起刚刚他和郭悦有说有笑的画面，心里又有些不悦。

她窥伺已久的常经理居然被一个外来者强行霸占了！

郭悦和齐总打完招呼，他立刻吩咐常亮让他和运营部门对接一下，准备和郭悦聊聊他们之前做的方案。

郭悦对士林了解并不是很多，但知道他们在很多地区都有分店，他们和别的餐饮公司最大的区别在于士林的餐厅除了自己家的招牌菜之外，进入地区，还会根据餐厅落脚的区域做一些带有当地特色的菜。

运营部门的同事觉得，他们的特点和郭悦后期做的视频规划有些不谋而合，为了增加地区消费者或者说粉丝对他们品牌的粘性，做了菜单上的调整。

所以，他们想让郭悦转换一下拍摄视频的地方，改成他们的后厨，一来可以让消费者看见他们厨房的卫生；二来，还能借着郭悦的名气，加速他们品牌的传播。

可郭悦却认为这个方式有些不妥，她觉得之前自己拍的视频取景都是风景优美的陵水，而厨房就是他们家简单的厨房，一切都透露着浓烈的生活气息，这一点和极具商业化的餐厅后厨截然不同。

她还说，其实她之所以能收获一大波粉丝，很大的原因在于视频的取景优美，能很大程度缓解生活在大城市里，压力过大的群体，硬是把拍摄地点换成餐厅后厨，广告太明显，还不讨粉丝喜欢。

"那怎么办？"运营部门的康宇问。士林的餐厅虽然档次不错，但布局大多数都在城市里，要是在风景区度假区里有分布还可以借一下风景区的光。

郭悦这样一说，常亮也陷入了沉思，之前大家只考虑了郭悦的人气，并没有真正深入思考过郭悦为什么会红，除了她长得好看、有气质之外的原因。这回听她这样一分析，他忽然更崇拜郭悦，甚至有些佩服。

郭悦想了想，又说："餐厅里不是有特色菜吗？我们可以做一些联合订制，比如说糕点的订制，我可以做包装的设计，也可以亲手做这些点心，然后还可以找一个最能代表士林的餐厅进行拍摄，当然，这个餐厅必须跟我的形象相吻合。"

康宇不禁点点头，对这个提议表示肯定，同时又忍不住多看了郭悦几眼。长得眉清目秀，一副小姑娘的模样，没想到说起话，分析起问题来倒一点都不像新人，一针见血，个性十足。

"行吧，回头我们再重新拟一个方案，到时候还希望郭小姐多提提建议。"康宇客气地说，在职场混迹多年，他还是第一次看见这么有意思的小姑娘，难怪红了之后一直都没有人超越她，原来背后隐藏了这么多的心思，难怪那些靠脸吃饭的网红这么快就被取而代之。

郭悦笑笑，谦虚地回话："康总监叫我小郭或者小悦就好。"

"那之后就麻烦小悦了。"康宇点头微笑应和。他知道，老总对这次的合作抱了很大的期待，而郭悦又是这次合作的关键，所以他对她不得不客气些："如果小悦下午没什么安排的话，我让人陪你到咱这边的餐厅转转吧，你也可以找找灵感。"

"听康总的。"郭悦点点头。可她话音刚落，在康宇思考要谁带她去转转时，常亮就说："我带她去吧。"

"常经理方便的话自然是最合适不过了，不过齐总刚刚跟我说，让我和你好好碰一下方案的事情。"康宇一早就听说常亮也是个厉害的角色，只不过一直没有机会和他共谋，现在机会来了，他自然不会错过。

"那就让钟硕去吧，这边他也挺熟的，开我的车去就好。"其他人陪郭悦他还不放心了，而钟硕和郭悦也熟，和陌生人在一起多少会有些尴尬。最重要的是……他不想她和别的异性待在一起。

士林有自己的员工餐厅，中午员工们一般都在办公楼底下的餐厅就餐，常亮想带郭悦多转转，熟悉熟悉，于是就带她到楼下的餐厅吃饭。

两个人肩并肩走，从办公区域到楼底下，只是安静地走过，也引来了大家的注目礼。

要知道，不仅常亮是公司里不少女同事幻想的对象，郭悦也是不少男同事喜欢的对象，男的帅气，女的优雅，两个人看上去宛如一对璧人，一行人强行被二人塞了一嘴狗粮。

更有男同事抱怨，当初就应该主动接下邀请郭悦的任务，没准现在站在郭悦身边的就是自己了。女同事则吐槽了一句活该，难怪现在这么多光棍，原来是女生变得越来越优秀，而男生却越来越懒。

Chapter2 呀，原来我当过红娘

"和粉丝近距离接触，有没有很开心？"常亮带着郭悦挑了几个菜，端着餐盘在一旁就餐，笑嘻嘻地问，细细地打量着眼前一身藏蓝色亚麻衣裳，用红色丝带系着乌黑长发的郭悦。

难怪她走到哪里都这么引人注目，撇开这张清秀的脸不说，光这身"另类"的衣裳就能引来大家的注目礼。不过，这也是她的风格，丝毫不受汹涌人潮的影响，超凡脱俗的样子仿佛走到哪都能让周围的环境跟着发生微妙的变化。

"粉丝？谁啊？"郭悦并没有感觉到公司里有自己的粉丝，倒是发现有不少女同事对常亮很感兴趣，他走到哪里，女同事的目光就挪到哪里。她想了想，满不在意地补充道："沾了你的光罢了。"

"少来，你没发现男同事看着你眼睛都直了吗？"常亮"切"了一声，也不知道是不是想到那些男同事贼兮兮的目光，他竟然有些生气。

被常亮这么一夸，郭悦有些不好意思，埋低头，小口小口地吃餐盘里的菜，可没多久，常亮话锋一转，贼兮兮地盯着她，狠狠地补了一刀："不过，要是他们知道你的真面目，不知道会不会对你刮目相看，哈哈哈哈。"郭悦瞬间满头黑线，她就知道，常亮这种人肯定不会夸她，她狠狠地剜了他一眼，呢喃了一句"狗嘴里吐不出象牙"就再也没搭理过他。

下午，钟硕带着郭悦最先来到士林旗下的杏林苑餐厅，士林旗下的餐厅不少，

钟硕觉得杏林苑的格调跟郭悦的气质最搭调。

钟硕一边走，一边对郭悦说起了士林的过去。他说，士林的根在浙江，旗下有大大小小数十个品牌，但每一个品牌都有自己的特色，杏林苑是最原始的士林，也可以说杏林苑就是士林的前身，在装修上多多少少有些江南的味道，就连名字也起得诗情画意。

郭悦点点头，示意自己有在听。

从上了商场餐饮楼层开始，她就被挂在天花板上的、杏林苑极具江南特色的镂空雕花广告牌吸引。走到餐厅之后，郭悦最先被门口别致的景致给吸引住，扇形的窗户和粗细不均的桃枝营造出强烈的空间感，与其说那是一扇窗，更不如说那是一副3D立体画。

再往里走，又能听见流水淙淙声，每个餐桌的顶头挂着一个红彤彤的灯笼，木质的家具在昏黄的灯光下散发着古朴的气息，加上在不断回荡的、空灵婉转的民乐曲子，让人仿佛置身于精心设计的园林，心情瞬间放松，舒坦。

郭悦忽然萌生了一个念头，若是将来自己能有一家别致的小餐厅，开在风景优美的地方该多好。

"餐厅的布局是很有特色，但是后厨还是现代的，跟我平时拍的不太一样，如果厨房的布局和外面的餐位也一样就好了。"郭悦用手指点了点嘴唇，自言自语道。但这显然不可能，因为如果厨房的布局和餐位一样就不方便厨师做菜了。

不过，要是以餐厅为背景的话，也可以考虑临时将厨房挪到外面来，做一些简单的食物。

二人在餐厅里转了一圈，郭悦没想到会被餐厅里的客人认出来，还是一个女生，她看到郭悦，猛然从座位上站了起来，惊呼道："郭悦悦？"她似乎不敢相信自己的眼睛，声音带着不确定，却又透着很明显的激动。

郭悦闻声，疑惑地扭头，看了眼周围，又看了眼钟硕，一脸迷茫。

"啊，真的是小姐姐啊。"女生看清楚了郭悦的脸，激动地迎了上去，握住郭悦的手："我就看着背影感觉您很像郭悦小姐姐，没想到真的是你呀。"

"你是？"忽然被人拽住，郭悦有些惶恐，怔怔地望着眼前一脸惊喜，眼睛扑闪扑闪的姑娘，沉思了几秒，确定自己不认识她。

"我是你的粉丝啦，小姐姐的视频我每次都有看哟，还学着做了一些菜，不过没做好。"小姑娘看上去十分兴奋，拉着郭悦的手不放，丝毫没有觉得这样会不会不礼貌，说到自己做菜没郭悦做得好，又有些羞涩。

"对啦，小姐姐能给我签个名吗？"小姑娘一激动，滔滔不绝，郭悦几乎插不上话，而站在一旁的钟硕也是捋了好一会思路才反应过来。

郭悦有些受宠若惊，小姑娘一脸期待地看着她，眼睛亮晶晶的，她还是第一次遇见粉丝，还是找她要签名的，她愣了愣，笑得甜甜地说："可以呀，签哪里？"

小姑娘左顾右盼，最后目光落在自己座位对面的男生身上，盯着他头顶灰色的棒球帽，兴致勃勃："签帽子上吧。"于是，一把从男朋友的头上摘下帽子，递到郭悦面前。

钟硕识相地找店里的服务员要了签名笔，郭悦签完名，小姑娘又问她能不能一起拍张照。

郭悦并不是那种有架子的人，她很清楚，自己之所以能有今天，离不开粉丝的支持，所以，只要粉丝的要求不过分，她都会满足。

拍完照，小姑娘依旧拉着郭悦的手舍不得放开："小姐姐你知道吗，我按照你情人节那期视频给他，"小姑娘指了指座位上的男生，面带羞涩，有些扭捏地说，"做了百年好合汤，才知道原来我们两个一直都是互相喜欢，但是我们都不敢坦白，就怕破坏了原来好朋友的关系，多亏了你，我们才在一起的。"说起和恋人之间的小甜蜜，小姑娘的脸上满是幸福的神色。

郭悦没想到自己做了一个百年好合汤，居然成了红娘，稍稍有些震惊："那，祝你们百年好合。"

"谢谢小姐姐，你比视频里面还要温柔，还要美丽！对啦，这个月的视频还没有更新哟，小姐姐什么时候更新呢？"

呃，这是变相催更吗？郭悦头疼地扶了扶额。之前是打算做一期五色糯米饭的，但是后来发生了太多事情，尤其是外婆晕倒之后，她几乎都在照顾外婆，根本没有时间拍摄，现在又接了士林的活，估计一时半会是没办法更新了，但她不能这么直接跟粉丝说，让粉丝失望，眉开眼笑地说："保密哟，一起期待吧。"

"哈哈哈，我把小姐姐设置了特别关心，你一更新我就能收到消息。"小姑娘并没有感到失落。

郭悦向她道谢，最后还从包里拿出一个她自己做的亚麻小零钱袋送给了她，十分抱歉地跟她说还有事情要忙，就先走了，祝他们用餐愉快。

出了餐厅，郭悦舒了一口气，用手顺了顺气，钟硕发现她额头上有些小汗珠，忍不住偷笑，学着刚刚小姑娘的语气说："小姐姐你慌什么，我又没对你做什么？"

郭悦的额头瞬间爬满黑线，扭头白了他一眼，没好气地说："你怎么跟常亮一个样？"果然是同一类人，要不然就是被常亮带坏的，多好的苗啊，竟然被常亮祸害了。

"嘿嘿嘿，我可没亮哥厉害，也没悦悦你厉害。好羡慕啊，有粉丝，我好崇拜你呀。"钟硕捧着脸蛋，朝她眨眼睛。

"我看你是跟常亮待久了，被人污染了吧？说话一套一套的，也不知道哪句真哪句假。"郭悦早就见识过常亮的厉害了，想起之前外婆还替他说话，她还有点生气。

"没有没有。"钟硕快速地摆摆手，"都是真话，不信你看我的眼睛。"钟硕特意走快两步，走在郭悦面前，倒着走，嬉皮笑脸地指了指自己乌黑的双眸。

郭悦扶额，这是常亮最惯用的卖萌必杀技没错，她嫌弃地摆摆手，说："得了得了，我们现在去哪里？"再继续那个话题，估计要没完没了了，郭悦赶紧扯开话题。

钟硕稍做思考，忽然神秘兮兮地说："好像亮哥也没说有别的安排，要不要去别家餐厅转转，窥探一下商业机密？"他看上去特别小心谨慎，说到最后还警惕地看了看四周。

郭悦不知道要用什么词语来形容自己此刻的心情，常亮演的一手好戏，没想到钟硕也不赖，这也难怪，物以类聚嘛。

"原来你们以前就是这样窥探情报的。"她抿了抿唇，笑容里夹着一丝邪魅。

"嘿嘿，也没有啦，去别人家尝尝味道也不错呀，没准还能挖人。"

郭悦更加无语，吃个饭都不消停，不是窥探商业机密就是想着挖人，累不累啊？

"我现在还不饿，再晚点吧，我问问娇姐看看她有没有时间。"说着，她掏出手机给田娇娇发了微信。钟硕一听到郭悦要找田娇娇出来，浑身跟打了鸡血一样，兴奋地看着她说："我知道这边商场有一家特别好吃的牛排，一直想吃，但是没机会，我请你们呀！"

郭悦笑笑，他一句话，就暴露了内心的小九九。想来这小伙子是真的被田娇娇给吸引了，她要是强行拆散他们，或者插足他们的感情，不太道德，于是应下了，也不问田娇娇有没有时间，直接说了地点，让她下班过来吃饭。

Chapter3 给你们制造机会呀

田娇娇倒也没起疑，只是觉得有些奇怪，那家餐厅并不是士林旗下的，她既然要加入士林，居然不带她到自己家的餐厅吃饭，直到在餐厅里见到钟硕，田娇娇才恍然大悟。

"娇姐，你看看有没有什么想吃的。"郭悦把菜单递给她，她还没来得及翻阅，钟硕就热情地向她推荐："他们家牛排据说不错，配干红非常好。"

"那就牛排吧。"田娇娇也懒得看，又将菜单推给了郭悦，"话说，你们今天都不用上班吗？"田娇娇细细地打量二人，感觉也不像刚刚从公司过来的。

钟硕抢先开口："上啊，早上在公司里开会，下午亮哥让我带悦悦来这边餐厅转转。"

田娇娇点点头，她可是忙了一天，要不是郭悦给她发微信，估计她下班就直接回家了。

田娇娇有一些日子没搭理钟硕，除了忙之外，她忽然有点迷茫，许是年纪大了，不知道自己想要什么，又担心自己会妨碍到钟硕，所以对他忽冷忽热的。

但是现在看着钟硕这么热情，不断找话题，活跃气氛，她忽然有些心酸和不舍，也不知道母亲要是知道她和一个小弟弟谈恋爱会是什么反应。

郭悦看着二人，忽然感觉回到了当初陪二人爬西山的时候，杵在中间当电灯泡，尴尬极了。

于是，她偷偷掏出手机给常亮发了微信，让他找个理由过来一趟，或者给她想一个不牵强的理由让她脱身，做什么都行，只求不当电灯泡。

常亮收到微信，差点笑岔气了。这还是郭悦第一次这么明着向他求助，而且还是因为钟硕这个浑小子。之前他就觉得他似乎有些不太一样了，总是问类似"女生不理你什么原因""女生喜欢上一个男生有哪些表现""怎么才能让女生心动"这些问题。

一开始他以为钟硕是为了工作而问，后来觉得不对劲，之前没心没肺，整天乐呵呵的浑小子居然动不动就唉声叹气，时不时自言自语"她是不是在忙""又没回我消息"，整个人看上去状态非常不好，就跟失恋了一样。

现在，他总算知道原因了。

"喂，怎么了？"菜刚刚上齐，常亮就打来了电话，之前他已经在微信里和郭悦说好了，他找个借口，让她出来，一会她只管装得很惊讶就行。

"现在？"郭悦忽然提高了一个声调，像是故意让田娇娇和钟硕听见，为了让他们深信不疑，她的表情还极其惊讶。

"好的吧，我这就过去，你等我会。"郭悦匆匆挂了电话，又向二人解释，齐总忽然找她，现在还在公司里，她得过去一趟，最后还让钟硕吃完饭送田娇娇回去。

"喂喂喂，哪有这样的，拉我来吃饭，自己却走了。"田娇娇不满，拉着郭悦的手。

郭悦耸耸肩，一脸无奈地说："我也没办法，谁让我现在缺钱，要靠老板发工资过日子。"她拍拍田娇娇的肩膀，笑嘻嘻地说："好好吃饭，别浪费，回头我再请你吃。钟硕，娇姐就麻烦你了，回头给你做好吃的。"她朝钟硕使了个眼神，钟硕会意，格外认真地点点头："放心呢。"

"不说了啊，常亮在下面等我呢，拜拜。"她朝二人挥了挥手，尔后脚底跟抹了油一般，快速跑到了电梯口，看上去真像是有什么急事，只有她心里明白，她不过是想逃离现场，逃离电灯泡这一尴尬的身份。

出了商场大门，郭悦也不知道接下来要去做什么，不过除了有点可惜没能吃牛排外，她并没有什么遗憾，循着马路朝地铁口的方向走，打算回家休息。

可还没走到，就有人一直在按喇叭，她扭头一看，就看见摇下车窗，露出整个脑袋的常亮，她惊呼："你怎么来了？"她明明记得刚刚在微信里和他说，帮她找个借口离开就行，没想到他会过来接自己。

"先上车吧。"清冽醇厚的声音响起，郭悦犹豫了几秒，像是被施了法术一般，果真伸手去开车门，自然地坐在了副驾驶上。

"去哪里？"常亮发动车子，开往的方向并不是公司的方向，郭悦惊讶地问，扭头好奇地看着他。

这个点，正是夕阳西下，和煦的阳光透过建筑之间的缝隙洒落在他脸上，勾勒出弧度几近完美的轮廓，隐约透着一股蛊惑人心的气息，那浓密的睫毛根根分明，长得令郭悦羡慕不已。

这个男人怎么这么好看？

郭悦的脑子里莫名跳出这个奇怪的问题。

"去吃饭。"

"啊？"郭悦有些不解，慌张地问，"和齐总吗？你刚刚没有在说谎啊？"不是为了帮她，才随意扯的借口吗？

"没有说谎啊，就是去吃饭。"常亮瞥了眼慌张的郭悦，眼里闪过一丝几不可察的笑意，并不觉得自己的解释有任何问题，"难道你不饿吗？"

"我……"郭悦正要说自己不饿，就想回家睡觉，肚子却非常不配合地叫了一声，搞得她十分尴尬，不得不将视线转到车窗的一侧。

"有没有想吃的？"抿着唇，打心底偷着乐了好一会，常亮又问。

"你决定吧。"郭悦小声说。似乎认识这么久，她还是第一次和他在外面吃饭，想问是不是还有别人，又怕常亮笑话她就知道胡思乱想之类的。

"有两个选择，一个是买菜去我家做，一个是去餐厅。"

去他家？郭悦听到这个字眼，瞬间挺直了身子，满脸惊愕，他该不会是在谋划什么吧？

不不不，虽然平时他看上去坏坏的，但不至于会做出那种事吧？

常亮就说了一句话，郭悦的脑子却浮现了一堆乱七八糟的画面，像是受了什么刺激一般，就连表情也变得很怪异。

她努力让自己看起来很镇定，殊不知，常亮早就把她那些细微的小表情尽收眼底，自个打心底一阵乐。平时看着郭悦挺沉着冷静的，尤其是不说话的时候，看着那冰冷的眼神，恨不得离她三米远，没想到这么一个冷冰冰的人，还有这么可爱的一面。

"去……餐厅吧。"在心里挣扎了很久，郭悦小声地回话，像是底气不足，她的语气听上去更像是建议。

"好。"

常亮把郭悦带到了一家韩国料理餐厅，并告诉她，这家餐厅的奶油南瓜浓汤非常好喝，泡菜味道也很正宗。

郭悦听了常亮的建议，要了奶油南瓜浓汤和一个泡菜拼盘，主食是一份拌饭。

她忽然发现常亮和钟硕的共同点太多了，比如说，说话油嘴滑舌的，还非常会演戏，又比如说，他们似乎对每一家餐厅的招牌菜都很了解。虽然刚刚没能吃上牛排，不过，她记得田娇娇吃了一口，她一个嘴巴这么挑的人没说不好吃，那就绝对是好吃。只是可惜了，她一口都没吃。

"钟硕是哪里人啊？"郭悦终于问出了一直想问的问题，她故意说得委婉些，不让常亮知道她是在为自己的好闺蜜把关。

"听他说他爷爷那一辈是在长沙，但父母这一辈在上海。"

郭悦点点头。难怪，长沙是个有文化底蕴的城市，上海的男人又比较擅长照顾女生，心思细腻。

"那他平时都喜欢做什么？"郭悦又问。

常亮微微蹙眉，抬头看着她，调侃道："怎么，你喜欢他啊，问这么多？"

郭悦的表情瞬间凝固，翻了个白眼，没好气地说："问问都不行啊，真小气。"

常亮明明知道她是在替田娇娇打听，却还是故意戏弄她，看着她气呼呼的，大口大口地吃饭，像个在赌气的小朋友一样，心头一阵愉悦："开玩笑啦，快吃，回头我把他家祖宗十八代的资料都交给你，绝对让你满意。"他拍了拍胸膛，一本正经地保证。

郭悦"切"了一声，咬牙切齿地说："没兴趣。"

一个人靠不靠谱，随着接触，慢慢就知道了。郭悦就不信，凭自己的眼光还有看错人的时候。她信誓旦旦，可一想到之前被章佩纶骗的事，整个人又虚了。

她看人的眼光确实不怎么样，不过那都是以前，年少不懂事，跟现在可不一样。

她自我安慰。

晚上，田娇娇回到家时，郭悦已经洗完澡，坐在客厅的沙发上看电视，看见田娇娇，她身体里的细胞一下子就活跃起来，笑眯眯地看着她，和颜悦色地说："回来啦。"

田娇娇随手将包往沙发上一扔，也不知道是故意的还是什么，反正包不偏不倚的，正好砸到郭悦，疼得她原本笑嘻嘻的脸，皱成一团，哭丧着脸说："娇姐，我要成了瘸子怎么办？"

"活该！"田娇娇丝毫没有抱歉的样子，凶巴巴地瞪她："你是故意逃跑的吧，让我跟钟硕单独吃饭，你竟然敢骗我！"田娇娇三步两步走到郭悦身边，一把掐住她脸上的肉，虽然力度不是很大，郭悦却吓得不轻。

难道钟硕欺负她家娇姐了？

Chapter4 你俩是不是在谈恋爱

"怎么了娇姐，钟硕欺负你了？"郭悦敏锐地捕捉到一丝异样，顾不上脸上的疼痛，慌张地问。

田娇娇闷哼一声，提高了声调，不答反问："就他还敢欺负我？"

也是，田娇娇是那种看上去柔柔弱弱，实则强悍无比的主，虽然平时会把自己装成温柔可人的小姐姐，但毕竟认识她这么多年，郭悦对她还是挺了解的。田娇娇曾经可是学校排球队队长，长期训练，体力比一般小姑娘、二般男生都要好，加上她身高优势，往边上一杵，即便是真的要对她做点什么，也未必能达到目的。

"那你为什么这么生气？"郭悦甚是不解，她不过是想帮她一把，又没干坏事。

见她一脸迷茫的样子，田娇娇越发恼火："你骗我，我能不生气吗？"这下郭悦终于搞明白了，她不是生钟硕的气，而是她的气。

"我……"要怎么解释，郭悦已经不知道了，骗她是事实，但她觉得田娇娇不至于没看出来她是在帮他们吧。既然两人没有发生不愉快的事情，那她不是应该感谢自己才对吗，怎么能这样对她？郭悦十分不能理解田娇娇的逻辑思维。

"我什么我？我告诉你，下次再这样，我就不理你了，哼！"田娇娇松开手，从郭悦的身上拿起自己的包，朝房间走去，故意发出很大的声响，告诉郭悦，她现在很生气。

她本来想发微信问问钟硕，他和田娇娇是不是发生了什么，她回来对她发了脾气，但想想又放弃了，感情的事情太复杂，每一个环节都很重要，还是让他们慢慢磨合，才能知道彼此适不适合。

女人啊，果然是这世上最奇怪的生物。

第二天，郭悦准点到公司。此前常亮告诉过她，她不算坐班员工，所以公司没有把她安排在坐班员工的工位上，而是让她跟常亮一个办公室，说是他们两个比较熟，这样安排也比较方便，没准能碰撞出不一样的火花。

这可把公司里的单身男员工给急坏了。公司里好容易来了一个单身，长得好看，条件不错，又有能力的姑娘，竟然给安排到同样优秀，要颜值有颜值，要能力有能力，二人实力相当的常亮的办公室里，明显是不给他们接近郭悦的机会，断了他们追求女神，摆脱光棍的希望。

"你昨天遇见粉丝了？"常亮一进办公室，看见郭悦就问。

"你怎么知道？"郭悦放下手中的平板电脑，抬头惊讶地看他。

"粉丝发微博了。"常亮一大早上在微博就看见一条名为"餐厅里偶遇郭悦小姐姐"的热搜。他好奇点了进去，果然看见了郭悦跟一个女孩的合影，微博下面是一群人在讨论，有人羡慕，有人问小姐姐明天会不会还去餐厅，还有人好奇郭悦出现在士林的餐厅，是不是意味着什么。让常亮最不舒服的是，有人八卦，站在郭悦背后那个小哥哥是不是郭悦的男朋友！

常亮看到这句话才发现，站在郭悦旁边，那个有点模糊的身影是钟硕。他们居然说那个浑小子是郭悦的男朋友？！

根本不是好吗？常亮的脑子里毫无预兆蹦出这么一句话。但后来想起郭悦昨天频繁地问他关于钟硕的种种，他又不太确定现在是什么情况。昨天他还以为她是在帮田娇娇打听消息，看到这条评论后，又觉得郭悦像是在为自己打听，矛盾心理霸占了他的思维，智商急速下降，以至于他忘记了昨天郭悦为了不当电灯泡，让他帮忙的事。

"是吗，我都不知道，不过昨天确实在杏林苑遇到一个粉丝。"郭悦丝毫没有感觉到常亮的语气里有些异样的情绪，还有点儿开心，沉浸在昨天和粉丝交谈的快乐中。

"那你有什么新想法吗？"常亮扯开话题，不让自己继续沉浸在郭悦和钟硕的关系的猜想中。

"新想法？"郭悦用手指点了点唇，沉思片刻，摇摇头："暂时没有。"

"好吧。"常亮走到工位上，坐了下来，低头整理资料。昨天郭悦去餐厅之后，他和运营、市场部门的同事又碰了一次面，思考用最简单、最省事的方法利用粉丝效应，让士林更快速地成长。但他们在会议室里做了一下午的头脑风暴，也想不出满意的方案，所以，在郭悦请他帮忙的时候，他才会忽然想跟郭悦吃饭，出去走走，没准就能从她身上找到灵感。

郭悦其实不用过来坐班，不过她觉得既然要为士林做点什么，那就要做到最好，所以她让钟硕给她准备了一堆关于士林的资料，打算仔细研究研究，找点灵感。

她坐在常亮的对面安静地翻阅资料，或许是因为她在的缘故，又或者是受到热搜的影响，常亮总是忍不住抬头看她一眼。

郭悦的脸不大，小小的，还剪了齐刘海，一低头，常亮能看见刘海弯成一个漂亮的弧度，静静地搭落在光洁的额前，眉毛的上方，酒红色的上衣将她的肤色衬托得极好，白里透红的，仿佛盛开在白雪中的一朵红梅。

她安安静静地坐着，脑袋微微倾向一侧，神情专注地翻阅资料，猛地一看，恍若从民国时期出来的女子，柔柔的，恬静且唯美。

"亮哥……"钟硕没敲门，忽然推门而入，吓了常亮一跳，他惊慌失措地收回自己的视线，扭头看他的眼神有点埋怨的气息，问："怎么了？"难道谈恋爱之后，连最基本的，要敲门才能进办公室这种最基本的礼貌都不懂了吗？常亮忍不住打心底吐槽，似乎现在不管怎么看钟硕都不顺眼。

"呀，悦悦也在呀！"钟硕看见郭悦，一脸喜色，直接忽略了常亮的问题，走到她旁边，发现她在看资料，叹了口气，一副很心疼郭悦的样子："早知道我把资料送你家好了，你就不用跑来公司这么累了。"

常亮微张着嘴巴，看着钟硕在说自责的话，而郭悦笑着说没事，两个人你一言，我一语，似乎很融洽。

这是赤裸裸地把他当成空气？

他的心怎么这么难受呢？看着他们，怎么眼睛这么疼呢？

"现在是上班时间。"常亮有些恼火，阴阳怪气地蹦出一句，着实让二人大吃一惊，一脸莫名其妙，尤其是钟硕，盯着常亮看了好一会还是蒙的。

他家亮哥以前在办公室里可是最爱搞怪的人啊，现在怎么说起正经话来了？

"噢，对了，亮哥有个好消息。"只顾着跟郭悦搭话，钟硕差点忘了正事。

"什么？"常亮轻飘飘地问。十个好消息，也不能挽回他的心情，他也不相信钟硕能给他带来什么好消息。

"昨天悦悦不是去了杏林苑么，刚刚那边的餐厅经理打电话过来说，今天的客人莫名多了起来，而且似乎大家对那道杏仁豆腐十分感兴趣，几乎每桌必点。"这可是一个好兆头，钟硕说着说着，越发的激动，保养得比女生还好的皮肤竟然笑出了褶子："而且，那家店制作杏仁豆腐的材料已经不够了，说是如果不能及时调来原材料，只能挂售罄了。"

"那我在餐厅里拍一期做杏仁豆腐的视频怎么样？"常亮还没开口，郭悦就率先搭话，虽然她也不确定是不是自己带来的流量。

"这个可以有，最好是趁着餐厅营业的时候，当着客人的面做。"钟硕显得异常兴奋，手舞足蹈的，倒是把一旁的常亮衬得有些落寂。他的心思都不在好消息和二人的策划上，总是情不自禁地在琢磨钟硕和郭悦的关系，他明明不断提醒自己不要胡思乱想，即便是他俩真的有什么，也跟他没关系，就是控制不住自己的思维，胡思乱想。

"亮哥，你有在听吗？"常亮全程没搭话，从喜悦中回神的钟硕发现了他的异常，惊诧地问。

"哦，在听。"常亮神色略显尴尬，故意端起放在桌子上的水杯，转到一边假装渴了，喝完水才说："我觉得先观察，注意一下网上的舆论，看看琢磨一下大家的心思比较好。"

钟硕点点头，觉得有道理。这种时刻还能保持头脑清醒，这也是钟硕为何如此崇拜常亮的理由之一。

"那我回头让运营部门的人先收集一下资料，然后再和市场部的同事确认一下这个方案可不可行。"

"嗯。"常亮点头，面色平静。他想了想，最终还是忍不住，说："走，和我去一趟资料室，找点东西。"一直这样自行猜测也不是个办法，他非得好好问问钟硕，他是不是喜欢郭悦，或者说，郭悦是不是对他有好感。这个问题要是得不到答案，估计接下来他都没办法好好工作。

"什么资料？"钟硕苦恼，毫不犹豫地问。

常亮没说，直接丢给他一句："跟我来就知道了。"

钟硕看到他面色有些阴沉，内心惴惴不安，也不知道自己做错了什么，反正感觉常亮很不高兴，甚至刚刚他还发现常亮的眼神很可怕，有些瘆人。

他不禁拽了拽衣角，战战兢兢地跟在常亮身后。

第七章

想走近你的世界

Chapter1 是不是对她有意思

"亮哥……"不祥的预感始终围绕着他，钟硕咽了咽口水，小心翼翼地叫常亮。话说他也没做亏心事啊，怎么常亮一个小眼神就让他怂成这样？

常亮没搭理他，也没有放慢脚步的意思，顺着走道七拐八拐，带他来到一间存放资料的小会议室，身子微微倾斜，双手撑在桌子上，墨色瞳孔里带着一股令人发颤的冷意，一动不动地盯着钟硕，让钟硕觉得此刻自己仿佛是被恶狼盯上的小羊，他再次颤颤巍巍地开口："亮哥，我……是不是做错什么了？"他绞尽脑汁也没能从常亮的威严的神情里找到一丝线索，却又感觉此刻的常亮很想把他从窗台丢下去。

常亮蠕了蠕唇，收回视线，霎时间神情又变得纠结、彷徨，一想到这关乎自己的面子，忽然不知道要怎么开口，又强行让自己看上去很严肃，妄图用自己的气势镇住钟硕，让他自己坦白。

钟硕自然是猜不到常亮的目的的，他惶恐不安地站在他的面前好一会后，再次诚惶诚恐地开口问他，自己是不是做错了什么，气得常亮差点没当即拿起桌子上的文件砸他的榆木脑袋。

琢磨了老半天，常亮才勉强绕着弯挤出一句："你和郭悦昨天干什么去了？"他的声音听上去像是审问，似乎希望他能明白自己的话里更深层次的意思。

钟硕挠挠头，一脸迷茫地看着常亮。他家亮哥这是怎么了？昨天不是他让自己带郭悦去餐厅转转的吗，怎么转眼就忘记了？

钟硕原原本本地将昨天他跟自己说的话再次说给他听，常亮一听，气得脖子都粗了，火气一上来，嘴巴竟然不听使唤，冲着钟硕大声说出了藏在心里的话："你是不是对郭悦有意思？"

他话音一落，整个小会议室的空气都凝滞了，钟硕瞪着眼睛，怔怔地望着他，嘴巴微张，犹如亲眼看到了钱塘江的大潮吞噬了观景台。

过了好一会，常亮才反应过来自己犯了多大的错误，慌忙别过头去，避免四目对望的尴尬，他扯了扯嘴角，想着说点什么解释一下，却不知道要如何解释，更怕越描越黑，干脆就任由钟硕胡思乱想，自我安慰，钟硕那榆木脑袋不会想到这么多。

"啊？不不不，我们是好朋友。"钟硕慌张地摆摆手，辩解。郭悦虽然也很优秀，但是是那种典型的古典美女，用现在流行的话来说就是文艺复古小清新，他还是比较欣赏田娇娇这种大姐姐。

闻言，常亮舒了一口气，表情柔和了些许。钟硕看着，隐约想起之前在陵水发生的种种，他倒抽一口冷气，惊讶地捂住自己的嘴巴，然后又偷偷瞄了瞄陷入遐想，嘴角微微翘起，一脸柔和，就像情窦初开的少女似的常亮，心中忽然有了肯定的答案。

常亮的心思他再了解不过了，和他做搭档这么多年，他还没见他对那个姑娘上心过，虽然喜欢他的女生很多。

"亮哥，那个我想起来还有资料没整理完，我先去整理了，要有事你给我打电话，我就过来。"钟硕挠挠头，纠结了老半天才扯出一句。他一边说，一边用眼角偷偷打量着他，心想，我什么都不知道，我什么都不知道，亮哥行行好，放我走吧，我保证出了这个会议室就统统忘掉。

"去吧。"常亮背过身去，低声应道。他的声音虽然很小，钟硕却听得清清楚楚，他话音还没完全落下，钟硕就跟脚底抹了油一般，迅速消失在会议室里，有种逃命的既视感。

也是，发现了他家亮哥这个秘密，还能活着出来，简直就是万幸中的万幸。

确定自己安全后，钟硕又给自己泡了一杯咖啡压压惊，细细回想今天早上所发生的一切，如果是因为他家亮哥喜欢上郭悦的话，那他种种奇怪的迹象也就说得过去了。

不过，他家亮哥是什么时候喜欢上郭悦的呢？

钟硕单手撑着下巴，看着窗外的车水马龙，苦思冥想。

难道是传说中的日久生情？

有意思！

钟硕陷入自己的遐想中无法自拔，自行脑补了一大波青春偶像剧，嘴角微微向上翘起一个弧度，好似一只看透了一切、得意的小狐狸。

不料，正当他想得入神，来茶水间接水的郭悦忽然拍了一下他的肩膀，吓得他不由尖叫了一声，还跳了起来，若不是郭悦及时捂住了他的嘴巴，估计就引来办公室里八卦员工的围观了。

钟硕瞥见是她，才吁了口气，可一想到常亮，又立马蹦离她一臂之远，生怕常亮忽然出现，看到他俩靠这么近误会些什么，然后又拿他开刀。

郭悦为他的举动感到莫名其妙，没好气地问："喂，想什么呢？"她向他走近了些，却发现钟硕情不自禁地往后退了几步，一副很怕她的样子。这让她更加疑惑，目不转睛地盯着他，问："怎么了，发生什么事了，这么怕我？"昨天不是还好好的吗，还挽了她的手臂过马路，像个贴心的小弟弟。

钟硕故作镇静地摆摆手，扯着嘴角，佯装笑嘻嘻地说："没没没，我还有事情先去忙啦，悦悦姐，你慢慢喝哈。"

"喂……"郭悦剩下的话还没说出口，钟硕就已经消失了，看着他消失的那个方向，郭悦的额头渐渐爬上了黑线，这都怎么回事，怎么看到她跟看到鬼一样，她有这么可怕吗？

郭悦百思不得其解，拿着水杯回到办公室里继续看士林的资料。

这一天，钟硕是能避开郭悦和常亮就绝对不会出现在他俩面前，就连中午吃午饭，常亮想拉上他一起，他也找了一堆借口不去。他的举动太过奇怪，再次引起了郭悦的注意，在公司楼下的食堂吃饭时，她特意问了常亮，钟硕怎么了。

常亮自然没有坦白，摇摇头，佯装什么都不知道。演戏而已，他最在行了。

郭悦倒也没怀疑，就猜他是不是和田娇娇发生了点什么，他才变成这样的。

自从接下了士林的活，她的心思也都在工作上，加上她也没有八卦和揣测别人心思的喜好，也就没把举止奇怪的钟硕放在心上。自然也没发现常亮自从暴露了自己内心所想后，看郭悦的神情总是怪怪的，目光明显比之前要温柔许多。不仅如此，偶尔还会给她泡健康的花茶。

若不是有一天下班回家，田娇娇发现她的杯子里装有玫瑰花和枸杞子，她自己都没反应过来。

田娇娇拿着她的玻璃杯，朝她晃了晃："你从老家带玫瑰花了？"她看着她，目光有些锐利，仿佛是在说，带了玫瑰花也不分我点！

郭悦手巧，田娇娇很清楚，以前她时不时就能收到郭悦亲手做的东西，什么花果茶啦，什么藕粉啦，总之都是一堆养生的东西。

曾经她还嫌弃她让自己提前进入了老年期，过上了保温杯泡枸杞子的生活，后来公司里同事夸她气色好，仿佛问她用了什么保养品，她回想起自己并没有什么特殊的保养品，就猜到是郭悦给自己寄的那堆东西的功劳。

"没有啊，走得太匆忙，忘记带了。"郭悦正在清洗蔬菜，也没回头看她就说。

"那你的玫瑰花哪来的？"田娇娇觉得这跟之前她送给自己的那包特别像。

"公司里的。"郭悦快嘴道，想想似乎不太确切，好像公司里只有咖啡，又补充道："不对，好像是哪个客户送的吧。"她甩甩脑袋，自己也不是很确定，因为她每天到了办公室就是在看资料，偶尔去卫生间回来也没注意桌子上的水杯被人灌入了热水，泡上了花茶。

"什么？"田娇娇仿佛听到了什么惊人的消息，飞速跑到郭悦的身边，双手激动地抓住她的手腕，激动地说："你说这花茶是常亮给你泡的？"

郭悦丝毫没有料到田娇娇会忽然冲过来抓住自己的手腕，动作幅度大到洗菜的水溅了她一身。

"是不是啊？"田娇娇急不可耐。

郭悦点点头，又摇摇头。

田娇娇实在不明白她的意思，蹙着眉头，问："到底是不是啊？"

"我也不知道。"郭悦撇开她的手，耸耸肩，还没够着田娇娇关注的点，把她当成神经病一样看待，说："你怎么了，一杯花茶而已，用得着刨根问底吗？"

"当然！"田娇娇十分肯定地说。

郭悦从来不喝咖啡、汽水等饮料，就连奶茶店里的奶茶之类的饮品都不喝，她的杯子里，要么是白开水，要么就是各种茶，花茶，绿茶，红茶，就是没有饮料！

常亮居然贴心地给她准备了花茶，说明他对郭悦很上心，连她这一习惯都发现了，还记在了心上！

田娇娇激动地将自己猜到的全部向郭悦吐露，郭悦却翻了个白眼，说她想太多了。常亮是什么人她还不知道吗？

这个人最擅长用关心制造假象，让人误以为他是真的关心自己，以便达到自己的目的。

哼！田娇娇不说，她还没想这么多，她这样一说，原本对常亮的一丝好感又泯灭了。

去你大爷的花茶！郭悦瞟了瞟田娇娇手里的玻璃杯，打心底狠狠骂了常亮一句。

Chapter2 什么是喜欢的感觉

常亮猝不及防地打了个喷嚏，这几天为了郭悦的新项目不断进行头脑风暴，他常常加班到公司里只剩下他自己一个人。

他随手抽了一张抽纸，象征性地擦了擦鼻子，自言自语道："要感冒了？"不能吧，他觉得自己的身体一直很好，尽管很忙，也会坚持健身，这也是工作这么多年来，他还能保持身材的秘诀之一。

他从座位上站了起来，慵懒地倚在窗台的栏杆上，伸了伸懒腰，做了个打哈欠的动作，看着长安街上一片灯火璀璨，车水马龙，才恍然发觉此刻已经是晚上九点多。他吁了口气，瞥了眼电脑屏幕，又转头看向窗外，脑子里忽然蹦出郭悦的脸，潜意识伸手摸了摸口袋掏出手机，竟然想知道郭悦此刻在干什么，更要命的是他还真的给郭悦打了电话！

听见手机发出嘟嘟的声音，他才回过神来，惊慌失措的他，冒了一头冷汗，握着手机的手不住颤抖。

"喂！？"郭悦在另一头喂了好几声，常亮也没出声，她将手机拿到眼前看了眼，发现通话并没有挂掉，只是没有声音，她更好奇了，再次惊讶地开口："常亮？"这大晚上给她打电话，又不出声，该不会是出什么事了吧？郭悦顿时有些担心。

听见自己的名字清晰地从手机里传来，常亮攥了攥拳头，深吸一口气，努力让自己镇定下来，良久才假装很平静地说："抱歉，我在开车，估计是不小心压到手机了。"

"哦，我还说呢，怎么会没有声音。"郭悦嘟了嘟嘴，喃喃道。不过，得知他没事，似乎莫名的心安。

谎言没有被戳穿，常亮像小鹿乱撞的心渐渐平静了下来，恍惚间不知道要说什么，二人沉默了好一会，不想，再次开口时，二人会异口同声。

"你在干吗？"

"你这么晚怎么还在开车？"

二人一听，默契地笑了。常亮换了个轻松的姿势，单手撑着下巴，推开玻璃窗，清凉的晚风瞬间窜了进来，似乎一瞬间一整天的疲惫都消失不见，整个人都身心愉悦。

"我……"

"我……"

今天异口同声的次数有点多，郭悦的脸上不知不觉浮现了一丝羞涩的神色，屋子里开着空调，想到田娇娇刚刚说的话，常亮没准真的就是喜欢她，要不然谁会去记另外一个人的生活习惯，还悄咪咪的，按理说，她已经答应了要代言，那他就没有必要再献殷勤了。

这样一想，她竟觉得脸蛋热乎乎的，有种火烧的感觉。

"你先说。"一阵尴尬的沉默过后，常亮抿唇笑着说。

"没事，我就在家看电视，刷微博。"郭悦故作轻松地说，"那你呢？"忽然想到点什么，她又皱着眉补充："怎么这么晚还在外面，开车接电话很危险吧。"

隐约从她简单的话语中感觉到一丝关心的气息，常亮竟然再次兴奋无比，笑得像个拿到了糖果的小朋友，他看见另一扇玻璃上倒映着自己喜悦洋溢的脸，不知道要用什么词语来形容此刻的心情。

是幸福吗？有一点，但这个词并没能将他的心情展现得淋漓尽致。

"加班来着，马上就到家了。"以往两个人说话总是说不上几句就聊不下去了，要不然就是郭悦不想和他多说，今天竟能从她的话里听到关心自己的味道，也不知道是不是因为早上从钟硕哪里得知他对郭悦并没有那种意思，经松了之后，思维有些控制不住，十分活跃。

"郭悦在和谁打电话呢，面膜要干了。"从浴室出来的田娇娇发现郭悦脸上的面膜纸已经干成抽纸，一边惊呼，一边飞奔到她的身边，一手掀掉她的面膜，吓得郭悦不由地尖叫了一声，还险些从沙发上滑了下去，惊慌之下，用手肘撑住身体，不想还是滑了一下，整个身体趴了下去。

田娇娇在慌慌张张扶她起来时，不知道情况的常亮一阵惶恐，连忙问："怎么了？郭悦你还好吗？"

田娇娇一怔，确定自己刚刚听到的是一把男声没错，又瞥了一眼掉在地上的手机的屏幕，赫然发现屏幕上显示的是"常亮"二字，再回想起刚刚郭悦的温柔恬淡的神情，她情不自禁地用手捂住了嘴巴，瞪大眼睛望了眼郭悦，又望了眼掉在地上的手机，一脸诧异："郭悦，你们……该不会……"田娇娇着实不敢相信，狠狠地甩甩脑袋。

好不容易才从地上爬起来的郭悦，幽怨地瞪了田娇娇一眼，重新坐回沙发上，揉了揉钝痛的手肘，没好气地埋怨道："你干吗，大惊小怪的。"

"没没没……"田娇娇连忙摆摆手，弯腰捡起手机递给郭悦，然后十分狗腿地说："你继续，我什么都没听见。"随后风一般溜进卧室，砰的一下关上了门。

"郭悦你怎么了？"常亮问。他看不见刚刚发生的一切，却听到那边有很大的动静，最让他担忧的是郭悦的尖叫声。

郭悦瞥了眼发红的手肘，悄悄叹了口气，这田娇娇也真是，突然发什么疯，大惊小怪的，她皱了皱眉，假装若无其事地说："没事，你快回家吧，明天见。"

"真没事？"

"没事，你快回去吧，路上小心，拜拜。"手肘疼得厉害，说完郭悦果断挂了电话，心想：不礼貌就不礼貌吧，反正她本来就不是什么名媛淑女，粗鲁一点又怎样？

好不容易才和郭悦心平气和地聊上几句，最后却没能好好地说声再见就被挂断了，常亮看着发出急促的"嘟嘟"声的手机，一脸忧郁，随便收拾了一下办公室，拿着车钥匙便向家奔去。

然而，他这一晚都没睡好，一方面是担心郭悦是不是真的发生了什么，另一方面又想，如果搬到郭悦家的小区，那他们是不是每天都可以一起上下班了？想到这个，他又迅速掏出手机，在租房网站上查了郭悦所在的小区有没有适合的房子，但他还没有找到，又觉得自己这一举动很奇怪。

他怎么会喜欢上郭悦呢？这种感觉算是喜欢吗？应该不是。

怎么这种感觉跟当初喜欢陈欣怡的感觉不一样呢？乱七八糟的问题没完没了地冒出来，常亮倍感烦躁，将手机丢一边，两手不安分地将头发揉得乱糟糟的。

睡前，郭悦将田娇娇好好收拾了一顿，直到她不住求饶，才放过她。

但田娇娇还是不服气的，因为郭悦一口咬定是她胡思乱想，否定自己对常亮有好感。她觉得常亮虽然看上去像花心大萝卜，但也没有想象中的不靠谱，劝说郭悦试试看无果，她果断放弃治疗，气愤地吼："不管了不管了，以后都不管了，我就静静地看着你成为孤家寡人！"然后一扯被子盖住了脑袋。

看着她气呼呼的样子，郭悦哭笑不得，无奈地摇摇头，关灯睡觉。

经过一番数据分析，市场部门的同事得出一个结果，这些日子杏林苑的顾客有了明显的增幅，最大的原因就是因为那天郭悦的粉丝在餐厅里遇见了郭悦，二人还合影，后期那个姑娘还发了微博，相当于进行了二次传播。

霎时间，那天姑娘随口向郭悦推荐的，杏林苑的杏仁豆腐就火了一把，成了顾客必点的菜品。更有人期待，郭悦能给他们展示一下这道甜点的做法。

杏林苑的名气并不差，有了郭悦更是锦上添花，听完市场部的分析，大家对郭悦这个看上去并没有什么阅历的女孩肃然起敬，不少员工看见她更是客气地喊她一声"悦姐"。

郭悦比较谦虚，至少她觉得自己并没有这么大的能耐，谦逊地解释说这一切都是因为杏林苑的师傅手艺了得。

在粉丝的迫切期望下，和士林各个部门商量之后，他们总算决定把郭悦上回去的那家杏林苑改一改，搭个临时的厨台，拍一段郭悦制作杏仁豆腐的视频。

杏仁豆腐算是北京一道比较典型的小点心，虽然在很多地方也有，但北方地区最典型的还是老北京杏仁豆腐。各个地方的杏仁豆腐做法不一，食材也有一定的区别，而杏林苑的杏仁豆腐是典型的老北京杏仁豆腐。杏林苑制作杏仁豆腐的老师傅是个老北京人，据说祖上是清朝的御厨，杏林苑的杏仁豆腐的做法正是出自他们家祖传的菜谱。

一般来说这种菜谱属于商业机密，但老师傅一直没找到适合的人继承这些手艺，又看郭悦很是喜欢，虽然是个女娃娃，但那种求学的劲却像极了当年的自己，于是再三考虑后，决心要将祖传的杏仁豆腐的做法教给她。

为此，在录制视频之前，郭悦一连好几天都是和老师傅待在厨房里，也没去公司，在公司里忙碌的常亮一连好几天一个人待在偌大的办公室里，抬头看不见郭悦，心里总觉得空空的，变得异常烦躁。

甚至有一次钟硕进来看见他愁眉苦脸，唉声叹气的，开了他一句玩笑，说，亮哥你是不是来大姨妈了？

气得常亮脸都绿了。

Chapter3 豆腐还是你家的好吃

现在市面上不少杏仁豆腐都是用饮品杏仁露加琼脂做成的，但杏林苑家一直坚持用现磨的甜杏仁磨成浆，用多层纱布过滤，滤出细滑的杏仁浆，然后加上牛奶，冰糖，煮至黏稠，最后将化好的琼脂或者鱼胶片混入杏仁浆里，倒入小碗晾凉，切成菱形装碗，在碗面上撒上纯手工制作的桂花糖即可。

老师傅说，别看这几个步骤很简单，要把杏仁豆腐做得细滑，磨杏仁浆和火候都很关键。传统的杏仁豆腐用的石磨，后来他们也有尝试过用现代的机器料理机，试了好几次，口感还是没有石磨磨出来的好，为了保证品质，他们又换回了石磨。但石磨效率比较低，每天就限定两百碗，远远不能满足顾客的需求，尤其是郭悦到他们店里转了一圈之后。

"小悦啊，这个还是不行，肯定是刚刚磨杏仁的时候石磨推得时快时慢，这个口感不对。"老师傅出了名的严厉，厨房里其他师傅都知道他曾经做一道盐焗鸡，因为当天的调料忘记放沙姜粉，顾客没吃出来，他自己回想起来之后主动出来道歉，然后买了客人的单。当然，他这一举动也不是每个人都认可，有些人觉得他做作，说他摆御厨后代的架子。

可不管别人的话多难听，他都没有理会，对他来说，做好食物就是一切，你用心做菜，顾客是能感受到你的用心的。

被批评的郭悦一脸窘迫，她调皮地吹了吹刘海，不得不承认刚刚推石磨时确实没沉下来心来，同时又打心底佩服老师傅，就尝了一口，就能知道她哪个环节出了问题。

"赶紧的，再去磨点，心急吃不了热豆腐。"若是换作别人，老师傅早就发脾气了，定不会像现在这样温和地和她说话。

"好，这就去。"郭悦没有推脱，脸上也没有生气的迹象，事实上，这已经是她今天第三次推石磨了，明明前两次老师傅已经叮嘱了她一堆注意事项，她也记得清清楚楚，就是不知道为何，推着推着，就把老师傅的话当成了耳边风，自己干起来了。

好在老师傅一大早就把今天需要用的杏仁浆都磨好了，要不然被郭悦这样一耽搁，生意都不用做了。郭悦还是头一次发现一个小小的杏仁豆腐都这么难，那以前田娇娇老说她做的菜好吃，难道是哄她开心？

她从早上九点多过来，连着忙了两个多小时，这个点正是午饭用餐高峰期，厨房里的师傅都忙得不可开交，老师傅还是走到她旁边，看着她推石磨。

"再慢点，快了一会不够细。"郭悦原本人就长得娇小，尽管这个石磨不大，她推起来还是有点费劲，更何况，她要一边推，一边往里面加杏仁。

"好。"郭悦丝毫不敢松懈，右手握着推石磨的杆，左手拿着勺子，左右开弓确实是个考验。

因为明天录制视频时，全程还是她一个人，所以，老师傅即便是想帮她也没办法，只能站在一旁看着，偶尔提醒一下。不过老师傅觉得郭悦还是很有天赋的，也聪明，要点都能领悟到，就是偶尔有些浮躁。

"下回要是不确定杏仁浆够不够细，磨完一轮之后可以用手指沾点试试，捏一捏，感受一下颗粒粗细，要是你能感觉到很明显的颗粒，那这个杏仁浆就是不成功的，要返工。"说到后面两个字，老师傅的神情忽然变得严厉，像极了拿着戒尺的教书师傅，吓得郭悦只知道点点头。

费了不少时间，郭悦最终还是将磨好的杏仁浆再次返工，再次将浆水倒在石磨里过了一遍。差不多一个小时下来，总算滤出了合格的杏仁浆。她拿着小奶锅，将杏仁浆和牛奶按比例混合好，在老师傅的指点下，终于做了一碗成功的杏仁豆腐。

"这回好。"老师傅尝了一口，不由竖起了大拇指，朝郭悦笑了笑，"切记，做豆腐不能心急。"

"嗯嗯，谢谢师傅。"郭悦舒了一口气，心里有些小得意，感觉有个师傅就是不一样，之前即便自己做得再不好，也没有人知道，剪视频的时候剪掉就行了，而且呈现在视频里面的东西尝不到，好看就行。所以，偶尔她偷懒的时候也就放低了对自己的要求。

"行吧，一会吃完饭回去休息吧，明天好好发挥就行。"老师傅伸手拍了拍她的肩膀，那双看遍了人间世事的眸子都是期待。

"会的，绝对不会给师傅丢脸。"郭悦信誓旦旦地保证。

"去吧。"

郭悦点头，朝老师傅挥了挥手，正转身朝厨房的另一个小门走去，却撞到了常亮。

"你怎么来了。"郭悦吓得往后退了一大步，夸张地捂住了自己的心脏。忙了一个早上，实在饿得不行，她也就没注意有没有人进来，一股脑地就朝厨师的小餐厅去了。一般情况下，厨房这种地方除了里面的师傅，也不会有谁进来。

常亮神色也略有些尴尬，他东张西望，看到厨房的师傅都在忙，也没有人搭理他，才将视线转到郭悦身上，假装若无其事地说："哦，没事，刚好路过这里，就进来看看。"

郭悦半信半疑，盯着他的眼睛看了好一阵子，看得常亮都有些发虚，慌张用手挠了挠头，妄图掩饰不安。

"准备得怎么样了？"郭悦的目光太过锐利，常亮有些招架不住，不得不扯开话题转移她的注意力。

"还好。"郭悦饿得不行，也就没再往下细想，直接伸手将他推出一条自己能走过去的小道，然后向厨师餐厅走去，开启狼吞虎咽模式。

常亮也跟了进去，他特意找了个借口，说是来看看这边会场的准备情况，实际上是想看郭悦一眼。郭悦以往饭量挺小的，曾经在她家蹭饭时，常亮一度以为郭悦是一只小猫，饭就吃那么一点点，肉的话从来不会超过五块。当时他想，难怪长得这么瘦小，感觉一阵风就能吹走。今天却发现她的饭量一点都不小，三个小碗菜，一碗米饭，还有一碗汤，咔咔两下没了！

常亮目瞪口呆，站在她的小桌子前一动不动。

这还是他认识的郭悦吗？

许是感觉到了他异样的目光，郭悦悄悄地将头抬起一些些，妄图用眼角的余光偷偷瞥他一眼，没想到却被常亮逮个正着，她尴尬得红了脸，慌张低头，注意到已经吃个精光的餐盘，又支支吾吾地解释："这几天比较累，胃口大开。"她的样子看上去像极了做了亏心事，她说完就后悔了。

她又没吃他家大米，吃多少，怎么吃，关他什么事？

郭悦狠狠地瞪了他一眼，收拾碗筷时像是故意弄出很大的声响，以表自己的不满。

常亮抿了抿唇，不由笑出了声。他可没说什么，不过是好奇而已，怎么又惹到她了？

小餐厅的气氛有些尴尬，郭悦背着他在刷碗，而他静静地站在她的后面，不知道说什么，又怕说错话惹她不开心。他还是第一次这么小心翼翼地和一个人相处，用钟硕的话来说，他最近似乎变得神经兮兮的，还有些患得患失。

"那个……需要我帮什么忙吗？"常亮忽然没头没尾地冒出一句。

"啥？"郭悦不太明白他的意思，扭头好奇地看着他。

"就明天拍摄的场景布置什么的。"常亮解释。

"哦，不用，都准备好了。"郭悦说。

餐厅里本来就是复古的装修，她很喜欢放在餐厅一侧的古筝，之前也跟餐厅的负责人说过，场景选那个有树枝的窗户就行，然后后面可以加屏风，再把几张桌子拼到一起就可以。用石磨磨杏仁的场景她想来想去还是觉得把石磨从厨房里挪出来，保持场景风格一致。

一瞬间，常亮竟然不知道要扯什么话题了，他感觉自己的嘴巴越来越笨了，以前总是给客户出谋划策，鬼点子一堆一堆的。然而如今面对郭悦，脑子就跟生锈了似的，看着她，脑子就停止了转动，跟木头没什么两样。

　　最后还是老师傅进来吃饭，看见二人，让郭悦去厨房帮忙，才化解了尴尬，而常亮只能灰溜溜地回公司，不过走之前他偷偷尝了一小碗郭悦做的杏仁豆腐，细滑的杏仁豆腐在口腔化开的瞬间，他感觉身体里所有的细胞都活了，有种飘飘欲仙的感觉。

　　他也不懂是因为杏仁豆腐好吃，还是因为杏仁豆腐是郭悦做的，他的心情才会发生这么大的转变。次日，他起了个大早，赶到杏林苑帮工作人员一起布置场景，郭悦也来得比以往要早一些。

　　昨天走的时候，郭悦特意观察了一下这边的灯光，最后选了一条大摆红色的复古吊带裙，腰间的立体绣腰封不仅凸显出她优美的曲线，还拉长了她腿部的长度，给人一种高挑的假象。吊带裙是v领，红色又是一种特别妩媚的颜色，然而穿在她身上，却给人一种清水芙蓉的既视感，和复古的场景融在一起，仿佛跨越千年而来的仕女。

　　常亮望着她，情不自禁向她走去。

Chapter4 亮哥你好酸呀

虽然餐厅还没正式开门迎客，不过上头对郭悦今天要录制视频的事格外上心，所以派了不少员工过来帮忙，小小的几张桌子前，围了一大圈人，密密麻麻的，焦急而又耐心地等着，仿佛是在期待一场盛大的演出。

常亮向厨台走去时，郭悦正在试镜头，挑选最好的角度，她在画面里好看，布景也好看的角度。常亮这一进来，周围的人都惊呆了，瞬间默契地停下议论，木讷地望着他，很好奇他接下来要做什么。

常亮并没料到自己会做出如此惊人的举动来，好在，他及时回过神来，发觉周围人的异样目光，及时停下了前行的脚步，站在原地愣了几秒，动作生硬地伸手去转了转放在炉子上的小奶锅，沉声道："锅没摆正。"

钟硕和众人吁了口气，大家都觉得今天的常亮十分奇怪，不用动脑子也能看出他刚刚十分尴尬，借口很烂。那锅明明摆得很好，郭悦早就在他来之前调整了位置，那个摆法从镜头上看正好能看见锅柄，很协调。

郭悦皱了皱眉，对于行为诡异的他感到疑惑，原本想伸手去把锅摆回原来的位置，最后还是给了他面子，没再重新调整锅的位置。

一切准备就绪，过来帮忙的员工也就渐渐散去，尽管他们很想亲眼看到郭悦边做杏仁豆腐，边录视频的场景，不过上头说了，不能妨碍顾客用餐，这一切看上去都要跟平常没什么两样，不能给大家很强烈的做广告的感觉。

此前，士林并没有放出消息郭悦今天会在餐厅里现场制作杏仁豆腐，所以，到了营业的时间，当眼熟她的顾客进店用餐，看见她，先是不确定，确定之后既惊喜又兴奋，为了能离郭悦更近，纷纷要求坐在郭悦周围的桌子上用餐，菜也顾不上点，倒是先拿出手机拍照，录视频，发微博，激动地和自己的小伙伴分享。

　　由于郭悦正在专心制作杏仁豆腐，所以她并没有上前和大家互动，神情专注得就像曾经在陵水老家的院子里拍摄。

　　她看上去并不是那种很有力量的人，掌握技巧后，推起石磨来丝毫不费劲，有节奏低沉的摩擦声在餐厅里伴着古筝的声音回响，给人一种安静祥和，仿佛来到古朴清幽的小镇，正亲手做最地道的美食的感觉。

　　不少人就是喜欢她看上去柔弱，实际很有力量，柔美，却不做作，很真实的一面。不像有些女生，遇到蟑螂就尖叫，遇到困难就哭。郭悦是能上树，能干脆利落挥菜刀的姑娘，怎么看怎么舒服。

　　制作杏仁豆腐的工序说简单不简单，说难也不难，也多亏了老师傅的提点，今天现场展示时她才这么顺利地完成了磨浆的工序。她手指纤细，本身又长得很上镜，每一个动作定格下来都美得像传世画卷一般。

　　在场的顾客也都很震惊，平时吃杏仁豆腐，并没想过制作工序这么繁琐。此次郭悦在现场展示，又像是当了一次介绍传统佳肴的老师。而那些原本不是郭悦粉丝的顾客，在看到她亲手展示制作过程后，纷纷露出欣赏的神色。

　　常亮更是看得目不转睛，尔后注意到大家盯着郭悦看的目光，看看顾客，又看看郭悦，心里颇不舒服，酸溜溜的，就像自己的珍宝被人窥视一般，郁闷地皱了皱眉。

　　事实上，第一次在这么多人面前录制视频，郭悦还是有些紧张的，她好几次手心冒冷汗，在转过身时，偷偷咬嘴唇，不断默念"冷静冷静"，给自己加油打气，最后顺利完成了杏仁豆腐的制作，然后很开心地将自己做好的杏仁豆腐送给幸运的顾客。被抽到的粉丝，高兴得跳了起来，甚至有个粉丝，郭悦还没把杏仁豆腐放在他们的餐桌上，他一兴奋，腾地一下从位置上站了起来，一把搂住郭悦，开心到尖叫，看得站在餐厅一角的常亮眼都红了，愤愤地瞪着搂着郭悦的男生，如果眼神能杀人，估计他早就灰飞烟灭了。

原本她还要继续抽幸运儿，不想，一堆粉丝却围了过来，纷纷要求签名，合照，郭悦来者不拒的态度更是让在大家心目中温文尔雅的常亮脸部越发的扭曲，紧攥着拳头，若不是理智还在，他早就冲出去把郭悦拽回来了。

钟硕瞥见他的异样神色，用手肘捅了捅他，好奇地问："亮哥，你怎么啦？"钟硕望望他，又望望郭悦，并没有发现郭悦有什么不妥，倒是常亮，脸快黑成炭了，瞳孔里仿佛有一撮小火苗在不断放大，好似要将他吞噬掉，吓得他不由往旁边挪了挪。

常亮危险地眯了眯眼睛，瞥了钟硕一眼。想起上一次在陵水惹恼了他受到的教训，钟硕以为他要拿自己出气，再次后怕地往旁边挪了挪，发觉常亮的脸色越发不好看，钟硕又赶紧挪了回来，尴尬地打哈哈。

常亮满头黑线，目光里满是嫌弃与不屑，不悦地哼了一声，转身向厨房的小门走去。

他不看不就得了，何必要跟自己生气？眼不见为净，眼不见为净……

当天，杏林苑接待顾客的数量比平时多了三倍，可把餐厅里的工作人员忙坏了，虽然有的人错过了郭悦现场展示杏仁豆腐制作流程，不过还是在餐厅里见到了郭悦，纷纷要求签名合影。

郭悦这才知道，原来在北京的粉丝这么多。比起上一次在餐厅里偶遇粉丝，这次她从容了许多，颇有明星大腕的感觉。

后来，也不知道是那个媒体的记者闻讯赶到了杏林苑，看见郭悦就上前采访，问她是不是跟士林有合作，郭悦还没有回话，记者又有些强势地补充说，此前就听说她拒绝了很多公司合作的请求，这次为何又改变了主意。

郭悦不是很喜欢这个记者，尤其是那种专门写八卦新闻的记者，不过后来想想，每个人都有自己的职业，也并不是任何一个人都这么喜欢听八卦，但是碍于生活，他们不得不从事自己不喜欢的职业，做被人讨厌的事。

她想了想，冲着记者微笑，轻声细语地问："请问您最怀念的味道是什么？"

记者微微一怔，如实道："妈妈做的菜的味道。"

郭悦点点头，表示理解："我原来确实不想踏入这个圈子，只想好好记录自己的生活，有人喜欢很好，不喜欢我也不勉强，我就是我，这个世界上只有一个我。但后来，我遇见了士林，吃到了老师傅做的杏仁豆腐，不管是杏仁豆腐，还是老师傅都让我的世界发生了剧烈的变化，怎么说呢？那种感觉就像是在一个世界里发现了新的东西，加上后来老师傅跟我说了这道甜点的来历，包括杏林苑这道甜点出自清朝御厨的菜谱，多年来，老师傅一直坚持古法，让更多人吃到最原始的味道，这种精神让我很感动。相对地，您也说，您最怀念的是妈妈做的菜的味道，我想这其中一定是因为'妈妈'这个人在你心目中的地位非同一般……"

晚上，田娇娇数了数，当天跟郭悦有关的热搜竟然有三个。

一个是美食博主郭悦和士林合作，说的是郭悦正式公开与士林合作。

一个是长得娇小，志向不小，说的是郭悦对传统文化的传承和保护。

还有一个是大家对郭悦录制视频和制作杏仁豆腐认真态度的评价。

"行啊，郭悦还是你厉害。"田娇娇捧着平板，乐呵呵地递到郭悦的跟前，指着上面的舆论，明明主角不是她，却比主角还要开心，笑得眼睛眯成了一条缝，把一旁平静的郭悦衬得有些闷闷不乐。

"给我也签个名呗。"田娇娇谄媚地说，用肩膀碰了碰郭悦的肩膀。

郭悦"切"了她一声，没好气地说："少来。"

"你怎么这表情，不开心吗？"田娇娇实在不能理解郭悦在想什么，郁郁寡欢给谁看？田娇娇皱了皱眉头，略做思考，忽然抿唇笑了笑，眼珠子溜溜溜地转，一副古灵精怪的模样。

她将平板放到一边，撸了撸袖子，然后伸手就掐住了郭悦的脸颊，不顾郭悦瞬间瞪大眼睛怒视着她，嬉皮笑脸地说："你看看你这张脸啊，都皱成梅干菜了，对得起你的粉丝吗？"

"喂喂喂，田娇娇，说话就说话，动手动脚的想干吗？"郭悦气得直呼其名，因为被掐住脸颊，她的声音模糊不清，加上她眼睛瞪得老大，嘴角被强行撑开，明明有些生气的脸，看上去却很是滑稽。

挣扎无果，郭悦不得不伸手去掐田娇娇的脸，无奈田娇娇有身高优势，手臂也比郭悦长许多，郭悦伸直手指也只能碰到田娇娇的脸颊，根本掐不住，她恼羞成怒地开始挠田娇娇痒痒，田娇娇立马松手，畏惧地往后撤退，不过看见郭悦气呼呼的，她双手叉腰，得意扬了扬下巴，看着认清身高差距现实，很恼火，却又拿她没有办法的郭悦不由笑出了声，指着她嘲笑道："郭悦，你个傻货。"

第八章

有暖风路过冬季

Chapter1 找找灵感，吃吃狗粮

常亮虽然早早就离开餐厅回到公司，但他一下午都没能把心思放在工作上，一想起郭悦和那群粉丝的亲密的样子就烦躁，女粉丝就算了，男粉丝是个什么情况？还和郭悦靠这么近，是故意的吧！

后来，去茶水间冲咖啡，又听见市场部的同事在讨论郭悦，还好他们讨论的是这次活动给公司带来的正面影响，要不然，他也不知道自己会不会做出什么荒唐的举动来。

临睡前，他忍不住上了微博，还没来得及去看今天的热搜，就看见消息提示有私信，他点进去一看，发现竟然是陈欣怡发来的。

她问他，最近在干什么，忙不忙，有没有时间一起吃顿饭，她刚好调整了飞行路线，这几天在北京。

常亮犹豫了几秒，简单回了两个字：还好。

忙吗？说不上特别忙。

不忙吧，也有点忙，就像前几天为了策划的事情，几乎都在加班。

之后，他就翻了一下微博动态，发现郭悦自己发了一条，也不知道谁给她拍的照片，她站在一群粉丝中间，微微侧着身子，长及脚踝的吊带裙将她的身高拉得老长，那双炯炯有神的眼睛，在那张巴掌大的脸上尤为引人注目，巧笑嫣然的模样甚是惹人喜爱。

他看着她，微微有些出神，忍不住点了个赞。正要往下翻，页面又提醒有私信。

"我明天休息，请你吃饭怎么样？"陈欣怡还在末尾加了一个可爱的表情。

明天正好周末，之前也没做什么安排。以前的话要是忙了一段时间，每到周末他就想在家睡觉，睡够了才起来溜达，逛逛情侣常去的地方，找找灵感，吃点狗粮。

不如这周出去透透气？

常亮微微思忖，便答应了。

陈欣怡兴奋得跳了起来，连忙翻行李箱拿着衣服在身上比来比去，一会觉得这个好，一会觉得那个好，挑来挑去也挑不出哪个好，又是一阵愁眉苦脸。

毕竟是在外出差，就一个行李箱，衣服就这么两件。不像在家里，什么款式都有，她们常常飞到一个地方之后，航空公司都会给她们安排酒店，之前知道常亮回了北京，她就早早计划好要去见见他，上次见面比较仓促，这次她特意申请调整飞行航线，就是想见见常亮。

她忽然变得患得患失，既渴望见到常亮，又担心自己出现在常亮面前不够完美。

可要是不去见她，又不甘心，于是她又给常亮发了私信，告诉他明天早上十点雍和宫见。

听说雍和宫很灵验，尤其是求姻缘，她想和常亮去走走，沾沾这边的灵气，没准他俩又重归旧好了。

常亮没犹豫，答应了，说了句"明天见，早点休息"就去洗漱。

也不知道是女生天生喜欢遐想还是什么，陈欣怡看着常亮回复的消息，硬是从里面悟出一点关心的意思来，对着手机傻笑，喜滋滋的，比起当初和常亮在一起时，他无微不至地照顾自己还要高兴。

陈欣怡在犹豫，是不是要直接告诉他，她还喜欢他，一直没忘记过他呢？

但是仔细一想，又觉得那样太不矜持了。她天生丽质，从上幼儿园开始就有不少男生喜欢她，不是把自己的牛奶给她喝，就是送她糖果和饼干，再大一点，会收到小男生的情书，再后来，更有大胆的男生把她堵在路上向她表白，而最能感动她的，是她的前任在高考结束之后在宿舍楼下摆了一圈蜡烛，手捧鲜花向她表白。

年少的时候女孩子都喜欢浪漫，总想着浪漫就是一切，浪漫就是爱情的本身。这个男孩太会讨女生欢心，成功俘虏了陈欣怡的欢心，两个人理所当然地在一起，男生时不时给她制造惊喜，她也成为所有女生羡慕的对象，宛如众星拱月的公主。

只是谁都没想到异地恋的结果是分开，还是男生劈腿。

而她，之所以当初会接受常亮，除了因为爱慕虚荣，很享受被男生捧在手心的感觉之外，还因为那段时间她跟她的前任闹小别扭，和常亮在一起主要的目的是为了气他。她也没想到，那个男生会跑来找自己，还被常亮撞见他们在一起，深深地伤害了常亮。

那时候她并没有罪恶感，让她觉得很后悔的是在网上看到了常亮这些年取得成就，蜕变成大家追捧的男神，尔后又在飞机上巧遇常亮。

她曾经不止一次看见过这样一句话：千万不要小看身边任何一个人，很有可能将来他就会成为你最羡慕的人。

她是再次见到常亮，才真正明白这句话的含义。

次日，陈欣怡一大早起床化妆，在两套衣服间犹豫不决，最后不得不用抛硬币的方式换上了白色的蕾丝裙，看到镜子里面那个清新可人的自己，她有些小得意，仿佛是看到了当年还在上大学时的自己，她自己给自己打气，暗暗地告诉自己，常亮一定会喜欢这样的自己的。

一番精心收拾完毕，陈欣怡在酒店里吃了早餐就打车前往雍和宫。怕吃太多显肚子，她就喝了一碗豆浆，吃了一个水煮蛋，不断提醒自己一定要笑容得体，就像之前加入空中乘务员时，老师教她们面对乘客那样。

郭悦在家剪视频，原本田娇娇想和她一起去逛商场，却被她残忍地拒绝了，说再不把视频剪出来，估计就被粉丝打死了。

"他们不给安排帮手吗？什么事情都让你自己来，给你钱了吗？"田娇娇不悦地皱了皱眉。好不容易才能有一个闲下来的周末，想出去走走，郭悦竟然还敢拒绝她，真是胆子越来越肥了。

"没有，但是别人剪的话我不放心。"更重要的是，她一直都是自己剪的，也曾对外说过，片子都是自己剪的，已经形成了自己的风格，要是现在换成别人剪，是不是相当于骗了粉丝？这种事情她可做不到。

"哼，成天就知道操心，也不怕把自己累死。"田娇娇最看不惯她把执着的精神用在这件事情上，明明可以不让自己这么累，非得把自己搞得这么累。

"你之前不也一直催我更新吗？"郭悦停下手上的活，侧着脑袋，似笑非笑地看着她。

田娇娇哑言，这能比吗？

真是要气死她了。

见她气鼓鼓的，郭悦连忙讨好："好啦，好啦，我尽量今天弄完，明天陪你去逛行吧，去哪里？西单还是老佛爷？"

"哼，再说吧，你忙吧，我去买菜。"

"好好好，你买回来我给你做好吃的，绝对好吃！"郭悦可爱地竖起两根手指，小兔子般朝她笑笑。

田娇娇翻了个白眼，傲娇地昂起小脑袋，哼了哼气，一脸"你别讨好我，没用"的神情，拿着钱包就关门下楼。

万万没想到，下楼之后，田娇娇竟然发现钟硕在她们家小区门口徘徊，时不时嘀咕些什么，看上去形迹可疑。

她站在他后面，稍稍停留了片刻，想听听他在嘀咕什么，但老半天过去了也没听出来，于是上前几步，伸手啪的一下，拍了拍他的肩膀，在钟硕惊恐万状地发出叫声的同时，她好奇地问："你在干吗？"她左右看看，也没发现周围有什么奇怪的东西，就更加好奇了。

钟硕一看是田娇娇，思维停顿了好一会，望着她，目光有些呆滞。田娇娇伸出手，在他面前晃了晃，说："喂，傻了还是？"

"嗯？！没没没，没有……"钟硕傻傻地甩脑袋。

田娇娇往后退了两步，上身微微向后倾，上下打量着他："那是？"

"娇姐今天也休息吗？"钟硕尴尬地挠挠头，他本来就是过来找她的，一直不知道要怎么跟她说，不敢打电话，又不敢发微信，到了楼下想走，又不甘心，徘徊了好久，没想到会忽然遇见她。

田娇娇点点头，试探性问道："你过来找郭悦？"自从那天吃牛排尴尬分离之后，她就没联系过他。

说起来也够郁闷的，她原以为是郭悦要请她吃饭，没想到是郭悦给他俩制造机会，不是她排斥小弟弟，只是没有信心能和小弟弟好好过日子，毕竟这个社会流言蜚语比什么都可怕。她习惯吃完饭之后喝点白开水，那天吃完饭，她找服务员要开水，在等开水的片刻自己去了卫生间，没想到回到座位上时会撞到服务员，导致开水洒了自己一身，将她白色的上衣浇了一片，内衣若隐若现，瞬间就尴尬了。

钟硕看到之后硬是盯着愣了好一会才反应过来，把自己的西装外套给田娇娇披上。

在送她回去的路上，两个人也极为尴尬，她坐在副驾驶上，一直盯着窗外的夜景，根本不敢去看钟硕，脸颊红了一片，想到之前钟硕盯着自己湿了的地方看，更是无地自容。

这会见到他，便想起了那天尴尬的场面，甚至有点后悔在看到那个熟悉的背影时，没有立刻扭头上楼去，避免一切尴尬。

Chapter2 白萝卜炖牛腩

钟硕的脸颊微微发热，泛红，想开口，又不太好意思，站在原地好一会才羞涩地坦白："我是来找你的。"他声如蚊呐，却清晰地钻入了田娇娇的耳朵里。

田娇娇受宠若惊地望了望他，四目对视的瞬间，田娇娇情不自禁地用手拨了拨头发，妄图用头发挡住面上的羞涩，不想，这一动作闯入钟硕的视线里硬是飘出一股性感的味道来，加上田娇娇今天穿的是一字肩的小上衣，她的撩头发的瞬间还微微转了转肩膀，圆润的肩膀正好在钟硕的视线里平行划过，再往上一点是她那张涂着酒红色口红性感的脸，被乌黑的头发遮住一部分，宛如含羞戴着面纱的女子。

他望着她，又想起那天在餐厅里的小意外，某个场景突然冲击他的神经，他不禁咽了咽口水，慌张地别过头去。

田娇娇动了动唇，手不知所措地拽了拽衣角，努力让自己镇定下来，清冷的声线响起："我没时间陪你，要去买菜。"

"那我陪你去呀，我帮你提东西。"菜市场是日常生活必须去的地方，怎么说呢？钟硕总觉得陪她去菜市场，能提前体验两个人在一起后的平凡生活。手牵手去买菜，他提篮子，她拿钱包，一起讨价还价，然后回家烹饪一顿美食……想想就很美好。

田娇娇的眼珠子快速地转了几圈，随后性感的嘴唇淡淡地飘出两个字：随你。

钟硕瞬间挺直了身子，眼珠子亮晶晶的，屁颠屁颠地跟在田娇娇的后面，过马路时，又快她两步，伸出一只手挡在她前面，小心翼翼地护着她，生怕车辆会碰着她。

可田娇娇毕竟是身高将近一米七五，钟硕尽管也不矮，可站在田娇娇这种大长腿美女面前，还是护着她，怎么看都有点滑稽。别人都是稍稍低头可以看见喜欢的女孩娇羞的模样，而他平视也未必能看见田娇娇娇羞的模样，甚至有时候会被她的气场镇住。

田娇娇看着他搞笑的动作，有些哭笑不得，内心感动，欣喜，又有些纠结。

钟硕跟田娇娇去菜市场转了一圈，看着她和菜摊小贩砍价的模样，忽然感慨自己真是太不了解她了。平日他最常见的是那个穿着通勤风，给人女王气场的田娇娇，没想到她踏入了菜市场，竟又颇接地气，很真实，但在钟硕看来又有些不现实。

郭悦全然不知田娇娇会带钟硕上楼，穿着居家服，没化妆，头发也是随意扎在一起，整个不修边幅的模样，和之前在陵水看到的她完全不一样。

"你回来啦？"听到开门的声音，郭悦也没抬头就说。

可田娇娇并没有马上应她的话，而是指挥钟硕："把东西放这就好。"她指了指厨房玻璃门的那个角落。瞬间，郭悦才意识到这个房子出现了第三个人，带着惊讶和惶恐，猛然抬头："钟硕！"郭悦完全不敢相信自己的眼睛，钟硕也不敢相信自己看见的蓬头垢面的女人会是他一直很崇拜的郭悦小仙女，两个人怔怔地望着对方，哑然无声。

田娇娇瞥了瞥二人，实在不知道要用什么词语来形容此刻的场景，冷不丁地冒出一句："郭悦，接下来交给你了。"打断了看着对方发愣的二人。

郭悦回神，点头如捣蒜，随后低头看见自己的衣着，腾的一下从地面上站起来，慌张向房间奔去。她怎么会做了如此损害自己精致小仙女的事情来？

在房间看见自己邋遢的模样，郭悦简直要崩溃了，烦躁地抓着自己乱糟糟的头发，过了很久才出去。

田娇娇买了鲜活的梭子蟹和生猛的海虾，郭悦挑了一只梭子蟹和几只海虾，打算用砂锅做一锅颇有广式风格的砂锅海鲜粥，剩下的海鲜用来清蒸。

郭悦翻了翻田娇娇买回来的食材，还真不少，除了海鲜，还有牛腩，各类蔬菜。除了清蒸的海鲜之外，其他都比较费时和繁琐，尤其是海鲜粥和炖牛腩。海鲜粥要注意粥的火候，同时去腥也很重要，而炖牛腩的话处理不好不仅会有腥味，还会有牛膻味。

看来，田娇娇是真的生她的气了，明明知道她这么忙，还买这么复杂的食材。

面对田娇娇幼稚地使小性子，郭悦颇是无奈，却又不敢惹她生气。

郭悦先把牛腩块放在清水里浸泡，清洗掉部分血水，又往锅里加清水、生姜、葱和陈皮，将洗干净的牛腩块放进锅里二次去血水和膻味，待水烧开，她又拿着筷子不断搅动锅里的牛腩，牛腩大约在锅里滚了五分钟，她又将锅里的血水倒掉，往里注入冷水不断晃动，然后将污水倒掉，如此反复三四遍后，便将牛腩倒在网筛上沥水，同时从柜子里找出一包自己从陵水带过来的香料包丢进高压锅里。

待牛腩块沥干水，郭悦又往里面加入盐、料酒、酱油、葱、姜、蒜等常用的调料，拌匀放在一边腌制。

但是这些基础的调料并不能让牛腩的味道发挥到最好，最重要的还是那包多达二十种香料的香料包。这个香料包是郭悦在陵水一些做流水席的老师傅的配方上做的改良版，多加了沙姜、香茅草等好几种东南亚常用的香料。

牛腩上锅开火没多久，整个屋子都弥漫着香料的味道，诱得田娇娇兴冲冲地跑到厨房眨巴着眼睛，一脸期待地问："哇，好香好香，快好了吗？"她扶着门框，向郭悦探脑袋的样子像极了过年时，小朋友眼馋厨房里做好的美味佳肴。

郭悦没好气地白了她一眼："大姐，这才刚上锅好吗？"如果她没记错的话，她们是早上八点吃的早餐，现在还不到十一点。

"嘿嘿嘿，谁让你搞得整个屋子都香了，用我帮忙吗？"看在她做得这么认真的份上，田娇娇决定原谅她了。

"不用。"郭悦直接拒绝，她还没来得及问她钟硕怎么回事呢，把人带回来也不提前说一声，搞得她竟然乱糟糟地出现在他的面前，万一他把这件事告诉常亮怎么办？

常亮会不会笑话她？或者拿她的形象威胁她？

这还真没准，就她对他的了解来看。

末了她又补充一句："把人家带回来，又把人家晾在一边不好吧。"

田娇娇以为她生气了，假装不在意地说："是他自己要跟上来的。"她可没邀请他，只不过是他一直跟着自己。

郭悦无语地翻了个白眼，轻轻"切"了一声，一脸"别装了，我都明白"的不屑表情。

"赶紧出去，别妨碍我。"郭悦不客气地说。也不知道这快要三十的老阿姨想什么，明明就喜欢人家，对人家有好感，还故意给人家脸色看，爱答不理的，也不怕小伙子跑了，将来自己会后悔。

"哼！"田娇娇愤愤地哼了一声，气呼呼地转身向客厅走去，在面向钟硕的瞬间，又立刻换了一副面孔，眼神淡淡的，并无过多的表情。郭悦不止一次吐槽过她，她这表情吓唬下属就算了，平日里别随便吓唬无辜的人，真的很可怕，看着她就跟上学时看到教导主任一般，让人哆嗦。

"那个……我是不是来得不是时候啊？"牛腩的香味或者客厅里紧张的气氛有些诡异，钟硕忐忑不安地开口。进门时郭悦看到他，跟看见怪物一样。他昨晚问常亮今天要不要一起去打网球，常亮拒绝了他，说有约，他以为常亮是和郭悦有约，可郭悦并没有出门……

现在田娇娇脸色又不太好，他表示非常惶恐："要不……我先走了。"在田娇娇的面前，他总是容易没有底气，就连说话的声音都有些颤抖。

"没事，你坐着吧，反正菜买了很多。"田娇娇也不想这么冷冰冰，但她就是做不到像第一次遇见钟硕，他差点把厨房烧了那会那么温柔。这种感觉像是故意和钟硕拉开距离感。

郭悦说得没错，她就是一个很矛盾的人，明明对钟硕有一点点喜欢，却又故意装作不在乎的样子。什么时候变得这么矛盾她也不知道，也控制不住自己。

"那，我去厨房帮忙。"再和她单独待在一块，钟硕不确定自己能不能撑到吃饭，找了个借口跑到厨房给自己补充能量。

"悦悦，需要我帮忙吗？"

郭悦皱眉，扭头一脸无奈地看着有些慌乱的钟硕，刚刚支走了一个，又跑来一个？

这两人还真像。

"那你帮我切萝卜吧。"郭悦指了指袋子里的白萝卜，同意他留下来。也是，换成是她，面对那样的田娇娇也会受不了这么强的压迫感，可怜这么可爱的小伙子啊，也不知道什么时候才能征服这强势傲娇的御姐。

"常亮呢，今天怎么不去找他？"之前不管常亮去哪里，钟硕都会跟着，今天看到他单独出现，郭悦很好奇。

Chapter3 死灰复燃，重拾旧爱

"嗯……"钟硕略做思考，像是故意拖延，悄悄观察郭悦的神色变化，吊她胃口，良久才摇摇头，"不知道，本来想约他打网球的，但是他说今天有约，我以为他约了你。"没想到他家亮哥居然约的不是郭悦，有猫腻！

被他盯得头皮发麻，郭悦的身子冷不丁地往后缩了缩，不答反问："看着我干吗？没事他约我干吗？"开玩笑。

"因为我觉得他除了找你，不会找第二个人啊。"钟硕实在猜不出来常亮约了谁。

郭悦汗颜，这什么情况？常亮这么会讨人欢心，应该很多朋友才对。即便没有真心的朋友，也有一堆女粉丝啊。

"切，我们的关系没你想象的好。"撇开雇主与被雇的关系，郭悦还真不知道自己和常亮能是什么关系，最重要的是，她不想和别人有太过复杂的关系。

就像顾城写的《避免》：

你不愿意种花

你说："我不愿看见它，一点点凋落。"

是的

为了避免结束

你避免了一切开始。

她不敢拿自己和顾城相比，但从某种程度来说，她确实不愿意，也不喜欢为琐事浪费时间，最重要的，她觉得现在的自己很好，好到不愿意为了任何人改变，也不愿意让别人为自己改变。

"好吧……"钟硕稍稍有些失落，替常亮遗憾。毕竟，他一直觉得他们家亮哥会和郭悦日久深情。

待一切都收拾完毕，郭悦去客厅找水喝，瞥见放在桌子上的手机呼吸灯在亮，便拿起来看了一眼，发现是垃圾短信又快速地删掉，然后顺手刷了一下朋友圈，不巧看见常亮发了动态，定位在雍和宫，照片是雍和宫门口绿油油的银杏树，文案只有简单的几个字：许久未打卡。

猛然想起钟硕刚刚说常亮今天约了人，浮现在脑子里的第一个猜想就是他约的这个人是个女的，心头忽然飘过一丝奇怪的感觉。

回神的瞬间她觉得一切都不可思议，又猛烈地摇摇头，打心底暗骂，郭悦你就知道胡思乱想，这关你什么事？

和常亮绕了一圈雍和宫，陈欣怡感觉整个人都轻松了不少，也不知道是因为常亮在身边的缘故，还是佛门净地走一圈都会有这种感觉。

她十分虔诚地在每一尊佛像面前祈祷，乞求佛祖能赐她一段良缘，虽然没有直接说出常亮的名字，但她每次叩首，脑子出现的都是常亮。

"以前老看到网友吐槽北京的雾霾天，我看也没这么可怕吧，你看今天的天真好。"走出雍和宫，陈欣怡兴奋地指着蔚蓝的天空，朝常亮笑得春风满面。工作后，她已经很久很久没有这么放松过了，不少人都羡慕空中乘务员这个职业，但很少人关心她们付出了多少努力，每天承受多大的压力。

"那是因为这几年北京对环境保护方面做了很大的调整，关闭了不少工厂。"常亮解释。

"原来这样啊。"陈欣怡点点头，恍然大悟，"诶，不对，你不是今年才来这边工作的吗？怎么知道这么多？"陈欣怡好奇地看了他一眼，分开几年而已，她越发觉得他们之间的距离越来越远，以前是常亮追着她跑，现在变成她努力追着常亮跑，还很害怕追不上他。

"新闻啊。"以前在39°工作非常忙，但这并不代表他的眼里只有工作，即便是很忙，他也会忙里偷闲，虽然那时候并没料到有一天自己会在北京工作，但多少也听说了些北京的消息。

听他这样一说，陈欣怡微微有些尴尬，仿佛从这简单的对话里就能反映出两个人的空闲时间不在一个频道上。

"我们去吃饭吧，听说簋街这边的小龙虾很好吃。"为了化解尴尬，陈欣怡特意把话题扯到别的事情上。

常亮在陈欣怡不注意时看了看手机，发现并没有人找自己，稍稍有些失落，这种本不该出现在他身上的，对别人抱有期待、渴望得到别人关注的感情忽然出现在他身上，让他觉得自己很奇怪，不想深入思考，徒增烦恼，也就同意和陈欣怡去胡大吃小龙虾。

这家餐厅太出名，即便不是节假日，食客也络绎不绝，两个人足足排了一个多小时的队才吃上饭。期间，陈欣怡拿着手机不断自拍，常亮也没注意，根本不知道陈欣怡把自己也拍了进去，还发了朋友圈。

因为曾经在一起过，常亮的一部分同学也是陈欣怡的朋友，所以，陈欣怡刚刚发了朋友圈就引来了一大群人围观，点赞的点赞，八卦的八卦，更有大胆的，直接评论问陈欣怡，他们是不是又重新在一起了，她没有回复任何一条评论，像是故意给大家制造谜团让大家误解。

事实上也是，她很清楚，她和常亮有不少共同好友，常亮肯定能看到部分评论，她不回答无非也是想知道常亮看到这些评论后会是什么反应，是站出来澄清，还是重新对她表态，又或是默认了大家的猜测。

时至今日，她早就忘记了当初是因为和前任怄气和常亮在一起，还是想更多人认可她女神这一称号，才和常亮在一起，又或是纯粹地想玩乐。

可常亮并不是这样想的，当他知道陈欣怡有对象，并且在一起很久了，撞见他们拥吻，第一反应就是陈欣怡欺骗了自己。只不过事情已经过去了这么多年，他已经不再是当年那个懵懂的少年，觉得真相是什么，已经不重要了。

陈欣怡并不知道，上回她加常亮微信的时候，他不小心点了"不看她的朋友圈"的按钮，若不是后来有同学问起，他根本不知道陈欣怡竟然做了让大家误解的事。

相对地，常亮一直没站出来解释，她就误以为他默认了大家的猜测，心里还有自己，并且还高兴了好一阵子。

原本陈欣怡还想和常亮一起去看电影，然后让他送自己回酒店。她早早安排好了一切，一整天的行程就像小情侣在谈恋爱，然而，常亮因为忽然吃了太辣的小龙虾闹肚子，不仅破坏了后面的行程，还让她有些尴尬和自责，只顾着自己开心，都没有询问过常亮的想法。不过，一想到常亮也许是为了迁就她才什么都没有说，这是不是代表着他还是喜欢自己呢？毕竟，只有喜欢一个人才会无条件地迁就自己。

最后常亮自行打车回家，吃了药蒙头睡了一觉，醒来已经是晚上了。

想知道郭悦在做什么，拿起手机想给她发微信，却发现钟硕发了朋友圈，看着上面的菜色，常亮大胆地猜测那是出自郭悦之手的菜，再看看餐盘和桌子，常亮的眉头瞬间拧到了一块，眉心硬是挤出几道痕来。

这浑小子居然敢瞒着他去郭悦家蹭吃蹭喝！

还是他一早就预谋好了，要去郭悦家？

他都还没去过呢，居然被他捷足先登了。

"今天去哪里了？"常亮强行忍着怒意，假装什么都不知道，给钟硕发了条语音。觉得自己态度太过冷漠，有逼问的嫌疑，他又强行加了一句关心的话："吃饭没？"

面对亮哥突如其来的关心，钟硕有些受宠若惊，快速回了他的消息，如实告诉他去了郭悦家。

果然，还真是去了郭悦家，不是说了不喜欢郭悦的吗？怎么还跑去她家，还蹭吃蹭喝？一想到二人在一起吃饭，常亮的智商就急速下降，根本没有想起田娇娇的存在，着急上火地回了他一句："去她家干吗？"

常亮的语气非常不好，钟硕还是能感觉到的，连忙解释自己是去找田娇娇的，后来帮郭悦剪了会视频。

与其说帮忙剪，还不如说他拖着郭悦教自己，为此还耽误了郭悦剪片子。

"那片子剪完了吗？"他本想问郭悦怎么样了，但又觉得这话太矫情，他说不出口，便绕着弯子问。

钟硕简单回了几个字："应该快了吧。"他也不确定，倒是很确定，要是他剪的话早就放弃了。那玩意简直比他家亮哥还难搞，虽然片子和他家亮哥不是一个类别的，放在一起并不好做对比。

中午和郭悦吃饭时，钟硕再次提到自己不知道常亮去哪里，没想到郭悦快嘴说了一句"好像是雍和宫"，这会和常亮聊天，钟硕又想起这事来，好奇地问他今天和谁一起去雍和宫了。

难道他家亮哥，除了他和郭悦之外，在北京还有第三个可以一起吃饭愉快玩耍的人？

钟硕被自己这样的想法吓了一跳，单手惊讶地捂住了自己的嘴巴。

难道他之前会错意，他家亮哥并不是喜欢郭悦小仙女？

"陈欣怡。"常亮简单回了三个字。他只是把她当成自己的朋友，并没有掩饰。

钟硕看见那三个字，惊讶地抽了一口气，眼睛瞪得老大，将手机稍稍挪远了些，一脸惊愕。

这什么情况，他家亮哥怎么会跟前女友搞到一起了？

钟硕的脑细胞瞬间活跃无比，出现了一连串类似"旧情复燃""死灰复燃""重拾旧爱"的词语。

那么，他家亮哥是哪一种呢？

Chapter4 戴着墨镜总行吧

　　新片子说难剪也不难，郭悦整整花了两天的时间，最后将一个多小时的片子剪成了五分钟二十秒，片子的开头依旧是沿袭了以往的风格，悠扬婉转的古风曲子先传出，尔后黑幕上跳出"杏仁豆腐"四个字，页面的右上方是她自己设计的专属古风文字logo——郭小悦。

　　郭悦前期观察过，大家对她加入士林，开始做盈利性广告并没有出现明显的抵抗，喜欢她的依旧很喜欢，不喜欢的，好比陈欣怡这种，依旧看她不惯。

　　郭悦也没在意，毕竟，生活是自己的，这个世界上不可能所有的人都喜欢你，但你必须喜欢你自己，发现自己的好。偶尔田娇娇说的性格太特立独行，她也没反驳，并没有觉得有什么不妥。

　　上次在微博上给常亮私信时，陈欣怡就发现，几乎郭悦发的每一条微博，他都会点赞，有时候还参与到粉丝的话题活动中，凭女人的直觉，她感觉，常亮似乎对郭悦的关注有点过，之前郭悦有一期视频常亮曾露脸，成功引起了大家的注意，粉丝们不断八卦他和郭悦的关系，不过当时他俩谁都没有站出来解释，时间久了，这个舆论的热度也就散了。

　　再后来，郭悦又和钟硕出现在杏林苑，被粉丝拍到也导致了粉丝对二人关系的揣测。郭悦漠不关心，倒是田娇娇比较着急，也曾像常亮询问钟硕二人关系一样，询问过郭悦她和钟硕二人的关系，这把郭悦搞得哭笑不得，更加不解，这个年长她几年的御姐什么时候变得这么敏感和幼稚，惶恐不安。

郭悦把视频发布到微博上没多久，常亮就点了赞，陈欣怡看着，心里很不是滋味。上一次分别之后，陈欣怡时不时就给常亮发微信，常亮虽然有回复她，可似乎言语之间并没有流露出对她的关心，那次发了引起大家好奇的朋友圈也没有回复，她着实不知道常亮是怎么想的，又或者说，心里有了很明确的答案，只不过这个答案不是她想要的，不想承认罢了。

从郭悦出现在杏林苑开始，杏林苑的营业额就比同期增长速度翻了一番，这对正筹备上市的士林非常有利。后来，她在餐厅里制作了杏仁豆腐，杏林苑的杏仁豆腐更是成了来店里用餐的客人必点的菜肴，老总看着这大好的形势，不仅在会议上对郭悦进行了言辞上的表扬，还给予了现金嘉奖。

此外，也因为这个缘故，郭悦的网店销售额也翻了几倍，杨秋山为了备货、发货，忙得不可开交，最后不得不把自己的老母亲请过来帮忙照看水果店，自己则全心全意地帮郭悦照看网店。虽然和郭悦交谈不是很多，而且即便找她聊，很多时候也是在聊货物和销售的事，杨秋山依旧觉得很开心，可同时也有些自卑。郭悦是越来越优秀了，但也渐渐地，离他越来越远了。

"郭悦小姐姐，拿了奖金要请吃饭。"会议一散，待人散去，钟硕蹦蹦跳跳地跑到郭悦跟前，嬉皮笑脸地说。

拿了奖金，郭悦心情不错，一口答应："好呀，想吃什么？"

"吃什么都可以。"钟硕毫不犹豫地回答。

不想，郭悦还没接话，一个清冷的声音就窜了进来，常亮不满地呵斥："吃吃吃，一天天的就知道吃。"想到上次他偷偷跑去郭悦家蹭饭，常亮就来气，不客气地拍了拍他的脑门，疼得钟硕哇哇大叫，幽怨地问："亮哥，你干吗打我？"他撇撇嘴，极其委屈地看了眼常亮，又看了眼郭悦，眼睛红彤彤的，仿佛受了莫大委屈的小兔子。

郭悦也不明白常亮为何平白无故生气，脸臭烘烘的，跟有人欠他钱似的。

"就是，没事乱打人干吗？"郭悦看过去，为钟硕抱不平。

"犯了错就该受罚。"常亮没想到郭悦会帮他说话，更来气了。

郭悦皱眉，钟硕对工作的态度她都看在眼里，虽然合作不久，可他对工作的用心她也还算了解，记得之前有几次常亮让他准备资料，常亮没想到的，他全都列入范围内。不管从哪个方面来说，在她看来，钟硕都是一个想问题、做事情比较周全的人。

"常亮，别把自己受的气发在别人身上。"郭悦看着他，面无表情地说。

还替他说话？常亮瞟了瞟两人，心中的不快愈演愈烈，冷哼一声，恼怒地说："什么意思，你的意思是我没事找事，故意找钟硕的碴咯？"他故意往前走了两步，站在郭悦跟前，居高临下地盯着她。霎时间，偌大的会议室浮现了一股强烈的火药味，钟硕看着剑拔弩张的二人，脊背发凉。

"难道不是吗？"郭悦丝毫不畏惧额头青筋暴起的常亮，抬眸对上他的眼睛，不答反问，在他还没有开口之前，又补充道："你要是精力这么充沛，不如去跑个十公里八公里，消消火，别逮住一个人就拿人家出气。"

郭悦也不知道自己为何这么肯定钟硕没有犯错，是常亮乱发脾气，说完随手拿起放在自己跟前的笔记本，忽然拉起钟硕的手腕，对他说："走，姐姐请你吃饭去。"然后拉着钟硕离开会议室，留下常亮一个人站在原地，眼睁睁地看着他们消失在自己的视线里，气得牙痒痒，咬牙切齿地抱怨："什么情况，气死我了。"他愤愤地攥起拳头，捶了几下自己的胸膛不解气，最后狠狠地摔了桌子上的文件。

"那个……悦悦，这样不太好吧，亮哥他……"被郭悦强行拽出会议室的钟硕回想起刚刚的场面还心有余悸，一边跟郭悦走，一边担忧地看着会议室的门口。

他就不明白了，常亮怎么会忽然对自己生气，他纠结了老半天也没得出个所以然来。

"没事，他就是闲的，管他呢，反正你什么都没做错就行，这种人啊，就不能惯着他，要不然就要飞到天上去了。"郭悦宽慰道，出了办公楼，拽着他直奔附近的餐厅。

后来，郭悦冷静下来之后也觉得自己很奇怪，帮钟硕说话是看上去没有什么不正常的，不管从哪个角度都能说得过去，但她细细回想当时的场景，她是因为想到了那天他可能和一个女生去了雍和宫才把话说重，然后一气之下拉着钟硕离开会议室的。

"诶，等等。"在郭悦即将踏入一家餐厅门口时，钟硕及时拽住了她。

郭悦扭头，疑惑地看着他："怎么了？之前不是说想吃烤肉吗？"她扭头看了一眼门店招牌，是烤肉店没错。

"不是，不是。"钟硕着急摆摆手，解释道，"我在想，上次你去杏林苑遇见了粉丝，之后杏林苑的营业额忽然就上去了，要是你现在跑去别家餐厅用餐，会不会之后他们家就火了……"

啊哈？郭悦瞠目结舌地望着钟硕。

这是说她接下来都不能随心所欲地去自己想去的餐厅吃饭了对吗？她只是签了做宣传的合同，可没签人身合同。

吃个饭还担心她让一家餐厅成为强有力的竞争对手。她的影响力真有这么大吗？

不见得吧。

"那怎么办？我戴墨镜进去？"郭悦夸张搞笑地将手比了个OK的手势挡住眼睛，通过两个圈圈看他。是他让自己请他吃饭的，现在又忽然冒出这么多顾虑，郭悦实在搞不明白生活为什么要这么累。

钟硕沉思了片刻："不吃了，咱回去吧。"

"你确定？"刚刚看他提议说让她请吃饭的时候，她可是看见他脸上写着"要坑你一顿"的字样。

"确定啊。"钟硕十分认真地点点头，他顿了顿，忽然笑嘻嘻地补充，"不在外面吃，但是我们可以自己动手做呀！"

郭悦不禁翻了个白眼，她就知道！

想到田娇娇，郭悦又想，也不知道这两人怎么样了。她虽然很久没有谈恋爱，不过还是能看出钟硕喜欢田娇娇，每次遇见田娇娇，他就变得特别笨，不仅说话磕磕巴巴的，就连思维也跟不上，就像上次在她家吃饭，切完萝卜，田娇娇忽然进厨房，问忙完了没有。

那会她还在忙，她理所当然地以为田娇娇是在和钟硕说话，就没接话，钟硕见她不说话，一慌张，竟然拿起放在一边的菜花，递到田娇娇跟前，说了一句"送给你"，田娇娇硬是盯着跟前的菜花愣了一分钟，反应过来之后整个人都不好了，黑着脸小声嘀咕了一句"你逗我呢"，钟硕瞬间陷入了尴尬，只有郭悦笑出了声。

下班之前，郭悦给田娇娇发了微信，告诉她，钟硕想晚上一起吃饭，下班之后他会开车去接她，自己则先去公司周围附近的超市买菜，买完菜就一起回家。

田娇娇虽然嘴上不乐意，心里却还是有点小欣喜，只是今天来大姨妈，她浑身不得劲，连字都懒得打了，去茶水间接开水时，用语音回了她一句她安排就好。

田娇娇的声音有些有气无力，郭悦担心她出了什么事，多问了几句。

田娇娇也没掩饰，直接告诉了她。

不想，郭悦播放语音时，细微的声音却被忽然从她身边经过的钟硕听见了。

第九章

你是我的诗与远方

Chapter1 天生一对呐

钟硕下班比田娇娇早半个小时，他开车到她公司楼下时，她刚好从楼上下来，看见眼熟的车就直接走过去，打开副驾驶的门，瞥见位置上有一个手提纸袋，好奇地问："这是什么？"她正要说这个位置是不是有人，就听见钟硕有些不好意思地说："给你准备的。"

田娇娇面露惊讶，拿起纸袋的手顿了顿，又看了他一眼，夕阳正好从车窗的一侧洒进来，也不知道是不是自己眼花，她竟然看到钟硕有些脸红，直到她打开手提纸袋，才明白，难得有些羞涩地说了声谢谢，又问他怎么会知道，是不是郭悦告诉他的。

郭悦是她和他之间最熟悉的人，除了她，田娇娇想不到其他人。但这种女生这么秘密的事，怎么可以随便跟男生说呢？

"没有没有。"钟硕单手握着方向盘，滑稽地甩甩另一只手，慌忙解释："是我不小心听到的。"他听见她的声音没精打采的，就在过来的路上买了暖宝宝。这大夏天的，买暖宝宝确实有些奇怪，还是一个男生来买，售货员很快就想到他可能是给女朋友买，就热情地向他推荐，说女生生理期用那款更好，保暖、安全、接触面积大、热度持续时间长。

后来在售货员的推荐下，他还买了红糖姜茶。他不知道姨妈痛什么感觉，不过刚刚田娇娇上车时，脸色有些苍白，精神状态也不太好，看上去有些痛苦，就贴心地提议："要不我这边停一下，你去卫生间贴一个应该会舒服点。"

田娇娇想了想，没拒绝他的好意，真的下车跑到附近商场的卫生间把暖宝宝贴上，随着温暖的触感在腹部蔓延，她不禁肚子暖暖的，心里也暖暖的，还有一些小感动。

知道田娇娇生理期不能吃太刺激、偏寒性的食物，郭悦也就避开了一切寒性的食物，买了小羊排和鸡翅，大概就两顿的量。

小羊排买的时候郭悦就让师傅一根一根切好了，她只需要简单出血水，多加几刀刀花，方便入味，再用从家里带过来的秘制香料包，加上葱、姜、蒜、洋葱、酱油、香油、花生油、孜然等香料爆香，晾凉，均匀地涂抹在羊排上，并反复揉搓，腌制一个小时用锡纸包好，放入烤箱烤制即可。

而鸡翅的做法是可乐鸡翅，这道菜她以前并没有做过，就是忽然很想尝试一下，就请教了之前教她做杏仁豆腐的老师傅，不过老师傅最擅长的还是宫廷菜，这种新式菜肴并不是很常做，后来又给她推荐了另一个做创意菜的师傅。

她按照师傅的配方给每一块鸡翅切刀花，去血水，然后用八角、香茅草、葱、姜、蒜、陈皮、料酒、酱油和胡椒粉进行腌制。在等待腌制的空隙里，郭悦又收拾了一下蔬菜。

北京的蔬菜种类虽然和陵水一样丰富，但因为产地不一样，有些蔬菜的味道还真不如陵水的好吃，就拿空心菜来说，北京的空心菜即便长得水灵灵的，口感也发柴，不似陵水的那般脆嫩。所以郭悦最后就买了两棵圆生菜和一个娃娃菜。圆生菜清炒，娃娃菜可以做上汤娃娃菜。

待她收拾完，羊排也刚刚好可以上烤箱，根据以往的经验，切开的羊排更容易烤熟，大概四十分钟就可以上桌。而可乐鸡翅的制作时间大概也就十五分钟，圆生菜五分钟，上汤娃娃菜最多也就十分钟，这样一算，她可以等羊排烤了十分钟之后再过来做其他菜肴。于是她便走到客厅找点小零食先垫垫肚子，却看见桌子上有一杯红褐色的液体，而客厅里又飘着一丝生姜的味道，忽然明白了点什么，假装什么都没发现，快速溜回厨房，给正在沙发上打游戏打得不亦乐乎的二人腾空间。

嗯……还能笑，还能玩游戏，说明姨妈痛已经缓解了。

钟硕这个人吧，虽然看上去年纪小，却不得不说他的贴心和周到已经远远超过了他的年龄，也不知道田娇娇这个大傻瓜什么时候才能放下心中的顾虑。

在厨房里待着无聊，也没有凳子坐，郭悦干脆开火，开始用小火煎鸡翅，煎了一小会就用筷子给鸡翅翻个面，待鸡翅两面金黄就往里面倒入可乐，又往里面加了两粒酸梅，碾碎，盖上锅盖焖煮，去给羊排翻个面。她没有去过新疆，没有吃过那边的烤羊排，一直想着有一天能去那边亲自尝尝新疆的烤羊排，最好是在繁星满天的夜空下。

她想得入神，放在口袋里的手机却忽然响了。掏出手机一看，是常亮打来的，她不禁皱了皱眉。上午在会议室闹了小别扭之后，下午在办公室里都没有见到他，也不知道去哪里了。和钟硕从餐厅回来之后，她一直在担心，下午要怎么熬，办公室里就他们两个人，刚刚闹完别扭，应该很尴尬吧，要是常亮控制不住脾气，忽然对她动手怎么办？

郭悦甚是惶恐，幸运的是，常亮一个下午都没出现，也不知道是不是太生气了，跟她一样，怕见面尴尬就自己溜了。

那忽然给她打电话，是几个意思？

郭悦不解，看着屏幕上跳动的号码，接也不是，不接也不是，最后还是硬着头皮按下了接听键："喂。"郭悦不知道说什么，只能生硬地应了一声，等待那边发话。

然而，电话那端过去了许久，郭悦都只是听见急促的呼吸声，一声紧接着一声，钻入郭悦的耳朵里，不由让她联想到某些危险的场面，胸口一紧，担忧地问："常亮你怎么了，怎么不说话？"

常亮弯腰，单手撑着膝盖，努力支撑着摇摇晃晃的身体，大口喘着粗气，缓了很久，才发出嘶哑的声音，上气不接下气地开口："我跑了差不多九公里，能上你家喝口水吗？"

哈？！郭悦一脸懵懂，她这是幻听了吗？她刚刚听见了什么？有人在和她说自己跑了差不多九公里，问她能不能给点水喝对吧？

恶作剧吗？

郭悦简直不敢相信自己的耳朵，定定地站在原地，消化刚刚自己听到的消息，良久才回过神来，推门向餐厅走去，木木地说："钟硕，你去接一下你家老大，他可能跑废了。"

"啊？"钟硕惊讶地望着她，就连田娇娇也觉得不可思议，不明所以地望着郭悦问："怎么了？"

郭悦摇摇头，要是她知道就好了。

"不太清楚，他好像在楼下，钟硕你下去看看吧，他好像跑了差不多九公里？"郭悦也不敢相信这话是不是真的，那可是将近五分之一马拉松啊！

钟硕从惊讶中回神，忙不迭地从沙发上蹦起来，因为太过慌张和惊讶，差点撞到了玄关上的柜子。

幸亏郭悦所在的小区有电梯，要不然钟硕还真不知道要怎么把他家一百二十斤，一米八，气喘吁吁，几乎站不起来，即将躺倒在地的亮哥扛上十六楼。

钟硕从楼上奔到一楼时，常亮已经瘫坐在地上，大口大口喘着粗气，脸色苍白得有点可怕，额头上全是密密麻麻的汗珠，穿在身上的T恤也汗涔涔的，也不知道有没有虚脱。

钟硕硬是盯着他看了好一会才从惊愕中回过神来，将他扶进电梯，小心翼翼地问他发生了什么事，怎么跑了这么长的路程。

常亮实在是没力气搭理他，刚刚给郭悦打电话已经使尽浑身解数，缓了很久才断断续续说出一句话，还好，郭悦还算有点良心，让钟硕下来接自己。

不过，话又说回来了。大晚上的，钟硕怎么会在郭悦家？

想起中午郭悦替钟硕说话，维护他，常亮心里的不快再次涌上心头。

等一会休息够了，他一定得好好问问他！

郭悦早早就给他们开好门，在门口等他们，见钟硕扶着常亮跟跟跄跄地从电梯里走出来便快速走了过去，将常亮的另一只手搭在自己单薄的肩膀上，不满地责问："怎么搞成这样？"平日里常亮的体力不错，他看上去也不像脆弱的人，要不是他自己作死，跑个八公里也不会有人逼着他。

精疲力竭的常亮抬起头，看了眼郭悦，又扭头看了看钟硕，愤愤地哼了哼气，没搭话。

想到今天中午在会议室里对他说的气话，郭悦恍然大悟，不由轻笑了一声："都多大的人，还学小朋友怄气，幼稚不幼稚，让你跑十公里你就跑啊？"将他安置在沙发上之后，郭悦又递给他一杯加了葡萄糖粉的水。

常亮一口气将葡萄糖水灌完，白了她一眼，没好气地说："还不是因为你。"若不是因为她中午那番话，他会冲动地从自己家里跑到她这儿吗？

郭悦一听，登时就逗乐了，她还真没想到常亮倔起来，比牛还倔，不过是一句气话而已，竟然当真了。什么时候他也这么较真了呢？平时不是挺能开玩笑，挺能搞笑的吗？

因为多了两个人，这一居室忽然显得有些拥挤。从常亮进来，郭悦开始"训斥"常亮，田娇娇和钟硕就特意坐到远一点的地方，静静地看着他们，蓦然觉得这两个人的脾气有点像，都一样爱面子，都一样脾气倔……果然是天生一对。

Chapter2 不打算坦白吗

　　郭悦和田娇娇的饭量都比较小，尤其是郭悦，小时候长得比较胖，好不容易瘦下来，现在很注重控制自己的饮食。常亮和钟硕毕竟是男生，饭量起码是郭悦的两倍，尤其是常亮，刚刚跑完将近五分之一马拉松，缓过劲后食欲大增。原本预计可以吃两顿的羊排，咔咔两下他自己啃了三根，还时不时用舌尖舔舔油滋滋的唇，一脸满足。

　　郭悦就坐在他的邻座吃饭，偶尔接一两句田娇娇和钟硕的话，但全程心不在焉，眼角的余光总是忍不住落在常亮放骨头的那块地方，看着那块地方的骨头慢慢叠成小山，郭悦不知道要如何形容此刻的心情，脑子里跳出一堆问题：今天是饿死鬼投胎吗？以前不是最注重形象的吗？现在这是受了什么刺激？

　　常亮是跑过来的，而且从刚刚两人的对话中，钟硕敏锐地感觉到常亮随便发脾气的真正原因。他很懊恼，一会吃完饭是要送常亮回去呢还是自己走，就怕自己说错话然后又惹来常亮一顿胖揍。

　　常亮冲动地从家里跑出来时，满脑子都是见到郭悦之后要问她为什么今天帮钟硕说话，那天钟硕来她家吃饭怎么不叫上他。可当他见到郭悦，看到她神色寡淡的脸，那些话又硬生生地憋回了肚子里，不知从何说起。

　　郭悦收拾碗筷时，常亮硬是要去帮忙，田娇娇和钟硕都不傻，这是他故意找个理由想和郭悦单独待一块。田娇娇虽然来大姨妈，浑身不舒服，但是为了郭悦的幸福，她还是牺牲了自己，和钟硕说下楼走走，消消食。

这可把钟硕乐开了花，屁颠屁颠地跑在前头开门，又叮嘱她要穿舒适的平底鞋。虽然满脸嫌弃，田娇娇心里还是暖暖的。

"去休息吧，我自己来就行。"碗筷也不多，郭悦看着人高马大的常亮非得挤进小小的厨房，十分不舒服，拿着洗涤剂和洗碗布，漫不经心地洗碗。

常亮的智商不在线，忽然不知道要怎么接话，看着郭悦纤细灵巧的双手在一堆泡沫里，情不自禁地伸手过去碰了碰，吓得郭悦立刻抽回手，警惕地看着他，惶恐地往后退了两步："你干吗？"

"没……没有。"常亮紧张地摇摇头，为自己唐突的举动感到震惊，结结巴巴地解释："我，我帮你。"然后一把抢过她手里的洗碗布，故作利索地洗碗，转移她的注意力。

郭悦动了动唇，欲言又止，望着他想说点什么，最后还是什么都没有说。

她原本想说有什么话不能直接说出来，扭扭捏捏做什么，可想想还是算了，爱说不说，不说她还懒得听了。

"那你收拾吧，我出去休息一会。"郭悦不客气地说，顺势洗干净手，然后转身向客厅走去。一个人准备四个人的饭菜，做完了才知道疲倦。

常亮本想借这个机会多和郭悦说几句话，没想到两个人待在这狭小的空间之后，竟然也会像钟硕一样智商急速下降，脑袋一片空白，这可不像他的风格。

郭悦一直在客厅里待着，常亮收拾完碗筷出来也坐在沙发上，两个人在客厅里待得越久，尴尬的气氛就越浓烈，好几次常亮想说点什么，却没好意思开口，两个人就这样僵持着，谁都不说话，就跟两个陌生人一样，压抑得他不得不说，我先走了，今天打扰了。

郭悦一点也不意外，淡淡嗯了一声，慵懒地看了神色尴尬的常亮，礼貌性说了句："慢走。"常亮不说话的时候，她一直在刷微博，回复粉丝的留言，即便是心不在焉，也没有把这种情绪很明显地表现出来。

常亮从沙发上站起来，点点头，跟她说了声再见，便开门向电梯走去。

下到楼下，正巧遇见在小区里遛了好一会弯，正纠结要什么时候才能上楼的田娇娇和钟硕。

田娇娇是个会察言观色的人，瞥见常亮一副垂头丧气的模样，就知道二人肯定没好好沟通。为了避免尴尬，她没犹豫，低声和钟硕说了句"我上去了"，又朝常亮点点头，以示打招呼，便转身上楼。

"亮哥……"常亮的心情都写在脸上，钟硕说话小心翼翼的，生怕说错了什么又惹他不高兴："我送你回去吧。"他实在做不出丢下跑了九公里的老大，不管不顾这种缺德的事。

常亮抬头淡淡地看了他一眼，嗯了一声，钟硕便速度去开车。

回去的路上，常亮坐在后面，明明隔了一排的距离，钟硕还是能感受到明显的低气压，好几次欲言又止，想着说点什么打破这死寂的空气都没有找到合适的话题。

同样憋得难受的常亮也是反复斟酌，纠结了许久，才肯开口，沉声问："你为什么今天会出现在郭悦家？"要是不把他俩的关系弄个明白，他感觉自己会把自己纠结死。

"我……"钟硕的脑子里忽然浮现田娇娇的面孔，脸上不禁露出一丝羞涩，有些扭捏地坦白，"我喜欢娇姐。"盛气凌人的她，温柔可人的她，雷厉风行的她，只要是她，他都喜欢。

"啊哈？！"坐在后座的常亮听到这个消息，忽然直起靠在后座上的上半身，双手按在驾驶和副驾驶的位置上，从两个位置中间的缝隙探出脑袋，一脸惊愕地看着他，不确定地问："你喜欢的是田娇娇不是郭悦？"

"对啊，我喜欢娇姐怎么了？"钟硕郁闷地看了他一眼。他什么时候说过自己喜欢郭悦了？而且，他刚刚不是也看到他俩为了他和郭悦特意给他们制造独处的空间，自己下楼去遛弯了吗？

他家亮哥这么聪明怎么会误解他和郭悦的关系呢？

钟硕一脸懊恼。

"那你为什么要往郭悦家跑？"常亮脑筋短路，非得跟他较劲。

"因为娇姐也住那啊。"钟硕实在不明白常亮的脑子里最近装的是什么。郭悦和田娇娇住在一起，两个人还是好朋友，但他认识郭悦在先，两个人也相对比较熟，经常跑去找郭悦自然是找她帮忙，通过她了解跟田娇娇有关的一切呀。

钟硕并不觉得自己的做法有何不妥。相比之下他家亮哥问这么多，脸跟包公一样，而且刚刚的话似乎有针对他的意思，似乎代表着什么。

他深吸一口气，鼓起勇气，又问："亮哥，你是不是喜欢郭悦？"

"哈？！"常亮的脑袋被"喜欢"一词深深炸了一下，顿时整个人都懵了。

这叫喜欢？他不过是看不惯郭悦和别的男生在一起，这是喜欢吗？

他怎么会喜欢上那个自以为是，清高，粉丝面前小仙女，粉丝背后灭绝师太，这个多副面孔的女人？

"没有。"常亮矢口否认。

"那你为什么关心我们什么关系？为什么会忽然因为她帮我说话就对我发脾气？为什么介意我来她家？为什么因为她一句话就跑了五分之一马拉松？"钟硕实在看不下去，一口气抛出好几个问题，狠狠地向常亮砸去，丝毫不给他中途辩驳的机会，一边开车，一边注视着后视镜里常亮的表情。

常亮一脸愕然，中途想辩解，无奈钟硕的语气太过笃定，像是咬定他就喜欢郭悦。听完他的话，瞬间感觉自己隐藏已久，又或者说一直在逃避的现实被赤裸裸地公布于世，恨不得找个地缝钻进去。

"那天你是故意和陈欣怡去的雍和宫吧。"钟硕又说，如果他没记错的话，前一天他们一起在杏林苑协助郭悦拍视频，中途不说一声就走了。

被揭穿了心事的常亮没吱声，故意将头扭向车窗的一侧，躲开钟硕的目光，看着车窗里倒映的自己陷入了沉思。

第二天，郭悦没来公司，回了母校，因为她不算是公司里的员工，也就不需要像其他员工一样准点打卡。上一个宣传项目目前算是完成了，接下来就是观察数据变化，以及保持联合士林做一些互动宣传就够了。

常亮之前还担心被揭穿心事之后和她待在一个办公室里会别扭，没想到见不到她比见到她更苦恼，那种迫切想要见到她的感觉，硬生生地消耗掉他原本花在工作上的注意力，搞得他一个上午都在看着郭悦之前坐的那个位置发呆，若不是钟硕来找他，他还差点忘记了吃饭这回事。

"亮哥，你真不打算向悦悦坦白？"钟硕去吃饭时，硬是拽上了常亮，看见他依旧是没精打采的，他就大胆猜测他一个晚上都没睡好。

"坦白什么？有什么好坦白的？"常亮没好气地翻了个白眼。想起之前在古巷里"相遇"，被老奶奶嘲笑的尴尬场面，郭悦明明知道民宿在背后，硬是不告诉他，害他丢了这么大一个脸。若是向郭悦坦白，先低下头，先认真，就输了。

他拉不下这个脸。

钟硕看着他故意装得很严肃，不屑一顾，却有些扭曲，憋得难受像是便秘的脸，不由嗤笑一声。

看惯了亮哥替顾客出谋划策，轻而易举就搞定顾客喜欢的对象的潇洒模样，钟硕倒是觉得他在郭悦这里栽跟头的模样很是新奇。

Chapter3 祝你好运常亮

"你就不怕喜欢郭悦小姐姐的男粉丝把她拐走？"钟硕阴阳怪气地补一刀，看着常亮的脸色越发难看，心里乐开了花，要不是怕挨揍，他早就捧腹大笑了。

最近这是翅膀硬了吗？硬是跟他过不去？常亮气得青筋暴起，恶狠狠地瞪他，发了狠话："你是不是最近太闲了，要不要下午和采购一起去大兴挖萝卜？"变相地发配边疆，钟硕听完识相地闭上了嘴，专心吃饭。

不说了还不行嘛，非得吓唬人家。

要知道，他什么都不怕，就怕毛毛虫，有一次跟同事们去一个庄园团建，和大家伙去采蔬菜，他一手抓在一条藏在菜叶子里的绿油油、胖乎乎、软绵绵、不断蠕动的毛毛虫上，那手感，至今想起来还毛骨悚然，脊背冒冷汗。甚至后来很长一段时间他都格外畏惧绿叶蔬菜，每次吃绿叶蔬菜非得用筷子挑啊挑，生怕吃着吃着，忽然吃出一条毛毛虫来。

但他到底还记得自己是一个男生，不能让女生取笑，尤其是不能让田娇娇知道自己这么胆小，所以好几次和田娇娇在一起时，他都很努力地让自己看起来很强大，能给她安全感。想到田娇娇，钟硕又给她发去问候的话，让她注意休息，别吃生冷的东西。还问她早上有没有收到快递。

田娇娇这才恍然大悟，早上一到公司，前台的小姑娘就跟她说有快递，她拿了，不过太忙忘记拆了。

悦悦的小闹钟：快递是你寄的啊，我还以为是寄错的，收到了，但还没拆，你买的什么？

钟硕不由抿了抿唇，露出浅淡的笑容，快速地给她回了两个字：秘密。末了，还加了一个害羞的表情。

田娇娇既无奈又期待，斟酌了一会，还是很镇定地回了他一句：好吧，那我一会就去拆。

昨晚在楼下遛弯，钟硕扯了一堆跟自己兴趣爱好有关的东西，同时又不停问田娇娇喜欢什么，似乎在秘密谋划着什么。

也不知道是不是因为真切地感受到钟硕的呵护，田娇娇竟然一一回答了他的问题，最后竟然还主动说出了心里的顾虑，还告诉钟硕自己的缺点，对工作看得很重，真心的朋友没几个，也不喜欢交际，宅……

钟硕不确定她是不是在变相告诉自己，和她在一起会很辛苦，她没办法无微不至地照顾他，是不是在说如果他可以接受这样的自己就可以在一起了？

钟硕没有直接问她这个问题，而是通过自己的实际行动告诉她，她没有办法无微不至地照顾他，但他会时时刻刻惦记着她。

所以昨晚回到家，他就不断请教身边的女同事，问她们生理期不舒服该怎么办。好几个热心的女同事秒回，他收到之后甜甜地回了人家一个谢谢，末尾还带了可爱的表情，惹得女同事心花怒放，回过神来之后又敏感地问他是不是有对象了。

女生的直觉，一般问这种问题肯定是为了照顾女朋友。

钟硕告诉对方，是喜欢的女孩，但是人家还没同意，然后就在网上下单买了一堆桂圆、大枣之类的养生小零食。

女同事意会后虽然很惋惜，公司里好不容易来了一个小伙子，竟然又名草有主了。不过惋惜归惋惜，最后还是祝他早日牵手成功。

以前在39°，钟硕就不乏喜欢他的女孩子，人长得阳光明媚，笑起来又很甜很治愈，尤其是蘑菇头，仿佛摸一摸心情会变好。

田娇娇初次见到他时也是这种感觉，尽管当时的场面有些不堪入目，钟硕的周围是一片狼藉的厨房，不过，一点都不影响她对他的初次印象，有点可怜巴巴，却又十分惹人怜爱。

晚上下班，田娇娇完全没想到钟硕又来接自己。她从办公楼的旋转门出来就看见熟悉的车停在门口的旁边，再往上一点是那张光是看着就能让人缓解一天疲惫、笑容满溢的脸。

注意到田娇娇在看自己，钟硕敛了敛嘴角的傻笑，猛然直起身子，朝她招手。田娇娇略微犹豫了几秒，警惕地看了看左右两边，确定没有熟人才上了钟硕的车，然后快速关上车门，问："你怎么来了？"她像是故意隐藏内心的欣喜，云淡风轻的脸看不出情绪。

钟硕丝毫不掩饰自己看见她的喜悦，愉悦地说："来接你呀！"然后十分自然地给她系好安全带，如此亲密大胆的动作倒是让田娇娇有些不好意思，尽管系安全带时，钟硕除了微微碰到她的衣服，几乎没有碰到她的皮肤，她还是忍不住往后靠，想躲，却没无处可躲，脸上一阵羞涩，不由往窗户的一侧扭去，良久都没敢出声。

钟硕看着她娇羞的模样一阵乐，但他知道田娇娇的性子，不能把她惹恼了，也就没有趁机逗她，体贴地放了清新悠扬的纯音乐缓解气氛。

夏天的北京天气十分炎热，白天很长，已经是下午六点半，四下还是一片明晃晃的，夕阳西下，洒下一片斑驳，攒动的人群正从高大的现代化建筑群里涌向地铁口、公交站。这是田娇娇最熟悉的景象，她也是这人群里的一员。

曾经也有不少人和她一样在这个快节奏的城市里奋斗，心怀美好的未来，不过，毕业两年之后，和她有共同目标的人越来越少，结婚生子回归家庭的朋友一波又一波。一开始，她自己觉得没什么，顺其自然就好。后来母亲着急了，三天两头就张罗着要给她安排相亲对象，她才对相亲越发抵触，以至于现在发展成不太敢接母亲的电话，放假也不想回家，也很清楚不少人在往她身上贴标签，嫁不出去，眼光高，年纪大，玩心重……

还好，她内心比较强大，除了畏惧母亲，不太敢回家之外，日子过得还算不错。这些年她努力升职加薪，各个方面都有很大的提高，从一个小小的职员到组长，再到现在的总监也还算顺利。

在遇见钟硕之前，也可以说是在钟硕还没有对她流露出明显的关心和呵护之前，她一直觉得自己一个人也过得很好，可遇见钟硕，感受到来自他的温暖和呵护之后，她竟然开始迷恋这种感觉，甚至无法控制自己对这种感觉的渴望与眷恋。

田娇娇不知不觉陷入沉思，看似盯着窗外的车水马龙，实际上就连她自己都不知道，自己是看着车窗上倒映着的钟硕模模糊糊的侧脸在发呆……

经过上一次宣传推广活动，大家对郭悦的关注度日益增加，同时，之前常亮出现在郭悦视频里的镜头又再次被大家翻了出来，揣测二人的关系，加上为了延长活动的效果，郭悦和常亮总是时不时出现在杏林苑，难免会遇见一些粉丝，和粉丝一见面，就会有流言传出。

这些琐碎的消息被老总知道后，他再次做了一个大胆的决定——士林集团要向情侣餐厅发展，必要的时候还可以让郭悦和常亮传点绯闻，引起大家对新餐厅的关注度，反正他看着二人也有那种苗头。

老总在会议上提出自己的想法，几乎所有的员工都认可这想法，原因是现在的消费主体是"90后"，他们的消费能力比较强，而且，消费观念跟老一辈人区别很大，老一辈人是能省就省，"90后"是怎么舒服怎么来，在旅游、美容、餐饮等方面对品质有着比较高的要求。

老总的话并不是没有道理，市场部的总监听完也表示赞同，加上常亮就是从著名的情侣餐厅出来的，他相信，有他在，这个情侣餐厅开起来应该是非常容易的。

可大家都没想到，正讨论得如火如荼，热情高涨时，十指交叠、双手撑在桌子上的常亮突然发言，毫无预兆地浇了一盆凉水，沉沉的目色绕着会议室转了一圈，才缓缓开口："我觉得单人餐厅更符合现在的市场需求。首先，我很赞同齐总您说的，现在的消费主体是'90后'，但是生活在一线城市的这群'90后'有很大一部分人是单身，他们有朋友，但大多数时候都是独处，他们对自己的生活品质有一定要求，尤其是衣食住行方面。但现下很多餐厅推出的各类菜品，套餐的分量都很大，甚至有时候在商场里转了一圈，都没能找到适合自己一个人就餐的餐厅……"

常亮顿了顿，咽了咽口水，发觉齐总的神色从原来的满怀期待变成双唇紧闭，咬紧牙关，他也并没有停止发表自己的见解："所以，我觉得如果我们的餐厅部署规划是一线城市的话，单人餐厅会比情侣餐厅更具有优势。但也并不是说我们做单人餐厅，顾客就不能和朋友过来一起就餐，只是给我们的餐厅贴上这样一个标签，在菜品的分量等方面做一些创新，达到吸引消费者注意力的目的。"说完，常亮朝齐总点点头，以示自己发言完毕。

大家都能看出齐总的神色不好，打心底为常亮捏了把汗，仅是静静地坐在位置上一言不发也能让人感觉到很明显的生气。

也是，齐总是老大，常亮竟然敢当着这么多人的面否定他的想法，不给他留一点面子，不是脑子短路了就是最近太过得意忘形，忘记了谁才是这家公司的老大，他拿谁的工资了。

会议室的气氛越发地紧张沉闷，大家的眼珠子转来转去，你看看我，我看看你，欲言又止，只能打心底里替常亮祈祷，祝他好运。

Chapter4 亮哥，我要虚脱了

死寂一般的会议室，压抑得连大家呼吸都小心翼翼的，这种紧迫的气氛犹如在高空上走钢丝，不光坐着的人如坐针毡，就连站着的小秘书也心惊胆战，有人想说点什么缓和气氛，憋了老半天也不知道从哪里入手。

最后还是齐总自己开了口，常亮是他挖过来的，现在这个人还当着这么多人的面一点面子都不给他，生气归生气，不过常亮的话也不是没有道理，如果今天没有常亮在，估计大家也就只会点头同意，按照他说的来做，要是项目成了最好，亏了顶多也就只能骂下属几句，毕竟一开始要做情侣餐厅的人是他，拍板的人也是他，能怪谁？

他轻轻咳了两声，清了清嗓子，沉声道："想法不错，常亮先出个方案，下周一进行复盘，要是可以就进行下一步。"

齐总言简意赅，他说完，在座的参会人员还处在惊诧中。

老总的意思是开单人餐厅？就因为常亮几句话就把自己的提议给否定了？

大家质疑地看看齐总，又看看常亮，两个人已经恢复了常态，面色平静，似乎刚刚并没有发生什么不愉快的事情。

这个常亮真是神了。这是这次会议之后大家对常亮的印象。

要知道，就凭几句话把齐总说服的人，士林营业以来也就常亮一个。

按照老板的要求，常亮必须得在一个星期之内把方案想出来，然后向大家汇报，时间紧迫，他也就没多想，简单罗列了自己的想法要点，便找来了钟硕一起完善，同时让他帮忙收集更多有关一线城市单身群体的资料。

短时间内要找到合适的资料，还要完善方案这个工作量确实有些大，钟硕忙得不可开交，不小心抱怨了一句"感觉自己快要虚脱了"被常亮听到，硬是被他盯了老半天。好在常亮并不是没有人情味，油盐不进的死板上司，最后主动给郭悦打了个电话，让她来帮帮忙，出出主意，分担分担。

郭悦接到电话时，正和杨秋山对最近的账目。常亮不给她打电话，她都没反应过来他们已经有好几天没联系了，自从那天他跑了五分之一马拉松，到她家蹭了顿饭之后就没再聊过。

"这是公司要请我做的新项目吗？"郭悦打趣道，想起之前他来找自己为杏林苑做宣传，兜了好大的弯才表露真正的目的，现在这种太过直白的方式不太像他的风格，她忽然有些不适应了。

常亮微微一怔。算是新项目吧，只不过现在这个项目还没成型，不是公司要她帮忙，而是他需要她的帮忙。

他想了想，说："是我请你。"

"哦？"郭悦的声调兀自提高了一个调，左腿自然地搭在右腿上，跷起二郎腿，以一个很舒适的姿势靠在沙发后座上，饶有兴致地问："我为什么要帮你？"之前谈合作的时候她可没答应要参与到这些项目上来。

"因为我需要你的帮助，我可以让你变得更红。"常亮不知道哪里来的自信。

郭悦轻笑："我并没有想过要红。"

"……那就没办法了，当我没说，打扰了。"常亮这一句算是彻底把天聊死了。

郭悦："……"亏大家还夸你是情圣呢，连句话都说不好，还求人帮忙。郭悦一阵哀叹，无奈地摇摇头。

之前是钟硕提醒了常亮，郭悦跟以前他遇到的很多女孩不太一样，她不喜欢花哨无用的东西，最好不要对她说谎，或者搞太多花样，所以这次他才会不做一点铺垫直接告诉她自己的目的，没想到结果却是以失败而告终。

算了算了，求人不如求己。

单人餐厅的方案他反复梳理了好几次，加上数据的支撑，看上去还不错，但隐约间，似乎还有一些不完美的地方，他琢磨了很久，也不知道到底要从哪里入手，直到周五当天郭悦忽然出现在公司里，来跟市场部的人反馈一下最近跟粉丝们互动的情况，以及接下来根据粉丝的反应联合订制一些产品，加深粉丝对杏林苑又或者说士林的印象。

和市场部的人沟通完，她犹豫了一会还是向常亮的办公室走去，见见他。

常亮的办公室是独立办公室，在公司的尽头向阳的一侧，郭悦走到尽头，看着门牌上挂着的名字发了一会呆，才轻轻敲了敲门。

常亮正埋头看数据，听见敲门声微微抬起头瞥了瞥玻璃门，隐约瞥见那玻璃门没有磨砂的小缝隙里透着的米色亚麻上衣一角，就猜到是郭悦，连忙应了声："进来。"他顿了顿，待人走进来之后又问："你怎么来了？"那天不是说不帮他吗，难道是他会错意了？

"就……过来看看。"郭悦用手摸了摸下巴，边说边走向她之前的临时工位，不巧眼角的余光瞥见他桌子上的资料，用手指指了指，问："这是？"郭悦也没看清，只是瞥见上面有好几个柱状图，下面是一排小字，想必是数据的结论。

"新方案的资料。"

郭悦会意地点点头，哦了一声，停顿了片刻，又问："什么新项目？"她怎么都看不惯摆着一张死人脸的常亮，之前他不是一副阳光大男孩的潇洒模样吗？怎么就几天不见一下子就变成了大叔？黑眼圈重得比动物园里的大熊猫都要明显。

"单人餐厅。"常亮淡淡应了声。

想法挺好的，可她什么时候得罪他了啊，问一句说一句，挤牙膏似的，郭悦不悦地皱眉，她快要被这种压抑的气氛给憋死了，有点不耐烦地说："我得罪你了？"

常亮抬头，十分认真地看了她一眼，眼神看不出情绪："没有。"

郭悦恼怒，就不应该过来看他，找罪受！

算了算了，不生气不生气，不要拿别人做错的事惩罚自己。郭悦打心底默念，左顾右盼，有些尴尬，正想要不要找个借口离开，忽然有人敲门，常亮应了一声之后前台的小姑娘就端着一个盒子笑眯眯地走进来，瞥见郭悦，又朝她点了点头，然后跟常亮说："常总，这是您之前要的花茶，给您送过来了，之前您说郭小姐不喝咖啡……"小姑娘嘴快，意识到什么，忽然又转过身去看了一眼郭悦笑着说："郭小姐您的花茶。"

郭悦看看她，又看看常亮，常亮却快速地别过头去，不让她看见自己尴尬的神色。

她愣了愣，木讷地从小姑娘手里接过包装精美的花茶盒子，礼貌地说了声谢谢。

小姑娘笑嘻嘻地说了声不客气，敏锐地发觉办公室里的气氛很诡异，转身就溜了。

郭悦转了转手里的小盒子，低头仔细看了看，发现那是陵水的特产组合花茶，里面有人参乌龙茶、苦丁茶和少许玫瑰花，这三种茶汇集到一起口感独特，芳香甘甜，同时还能祛火、降燥，非常适合夏日饮用。

这是常亮之前准备的，因为他发现公司里的花茶她似乎喝不习惯，于是找人买了陵水当地的，没想到郭悦的工作都结束了，才买到。他用眼角的余光瞅了瞅她，动了动唇，欲言又止，隐忍了许久才开口："之前怕你喝不惯这边的茶水，影响工作就买了。"说完才发觉自己的解释又太过牵强，脸颊微红。

怎么说郭悦也是在这边学习生活过，早就过了会出现水土不服的时期了。

郭悦抿唇轻笑，愉悦地说了谢谢，然后将盒子放一边，伸手轻而易举地拿走他面前的资料，若无其事地坐到工位上，专心致志地看。

常亮听到她的笑声，感觉自己的小秘密被发现了，面色微尴尬，扭头欲解释，却只看见郭悦低着头，齐刘海弯成半弧形，安静地搭落在光洁的额头上，洒下淡淡的阴影，整个人看上去恬静而美好。

郭悦花了半个小时，捋了捋这个方案的思路，整体上还不错，但是标签化还不够明显，她用笔边看边在关键的地方写下几个关键词，简单概括了这个方案。

不管怎么说她也是一个广告系毕业的学生，在专业方面还是可以的，加上她自己也在运营自己的微博，也有一些经验。在高速发展的社会里，她觉得消费者的方向很重要，只有定位明确，标签明显才能在短时间内，让定位人群快速捕捉到这一信息。

常亮的想法虽然不错，尤其是"单人餐厅"这一概念，但要怎么从千千万万的餐厅中跳出来，还得加一些更有特点的东西。

她将清楚思路之后，直接开口说："'90后'年轻群体普遍追求新颖和刺激，这个概念虽然不错，但缺乏支撑它的点，比如说，我们可以在菜单上增加一些新意，类似菜单不固定，顾客可以提前预约，根据顾客的性格、喜好精心准备，也可以在餐厅的布置上打情感牌，双人的位置上有一个位置放个可爱的小熊或者其他暖心的东西……总之，要突出一个人也可以过得很好，过得很温馨这些点。"

郭悦发表完见解抬头看了常亮一眼，才发觉他不知道从什么时候开始一直看着她，四目对望的瞬间，常亮神色微微有些尴尬，眼神里却满是崇拜，不好意思地挠挠头，嘀咕了一句："我怎么没想到？"

第十章

无论岁月有多长

Chapter1 你要对我负责哟

两个人琢磨到下班，公司员工走完，才准备离开。想到钟硕之前提醒他说要是郭悦被别的男生抢去了怎么办，常亮硬着头皮，打着感谢的幌子约郭悦去看电影。

郭悦震惊，有些犹豫，不敢置信地问："就我和你？"那不是情侣做的事吗？呸呸呸，郭悦你胡思乱想什么，朋友也可以一起看电影。

常亮微微思忖，故作镇定："应该是吧。"要不然叫个电灯泡一起还有什么意义？再说了，以前给顾客出点子，最常用的就是看电影。

在漆黑封闭的地方，几乎看不清对方的脸，却又有一群人盯着，气氛既紧张又热烈，很容易碰撞出火花。

"那看什么？"她许久未关注电影资讯，也不知道最近有什么大片。

"去看《触及真心》怎么样？"常亮提议，又稍稍介绍了一下这个故事，大概就是讲两个陌生男女因为工作的原因有了交集，一开始互相看对方不顺眼，到慢慢磨合，最后两个人不仅在工作上取得了成就，还收获了爱情的故事。

郭悦长长地嗯了一声，故事老套又套路，还不如去看歌舞剧，提高审美。但想了想她又放弃了这个想法，毕竟是别人的一番好意，她也不好意思做过多的评价。

因为是周五，公司周围的电影院好一点的场次几乎都满人，常亮开车兜了一大圈，最后跑到了西单大悦城，买票的时候他还顺势要了一桶爆米花递给郭悦。

郭悦一脸懵懂，不解风情地问："给我干吗？"她看起来像看电影要吃爆米花的人吗？

　　"他们都买了，我也买一桶吧。"常亮装傻地指了指周围你侬我侬，互相挽着手臂的小情侣。

　　别人是别人，干吗要学小情侣，和朋友一起看电影很丢脸吗？郭悦满头黑线，一脸淡漠，抽走他手里一张电影票，自顾自向影厅走去。

　　常亮看着她气呼呼的背影，懊恼得很，下午不是还好好的吗？在知道他给她精心准备了花茶的时候。现在怎么又变脸了？

　　常亮顾不上多想，急匆匆地跟了上去，郭悦稍稍有点近视，但不戴眼镜，他们过来比较晚，估计影厅的灯已经关了，怕她找座位不方便。

　　郭悦刚刚踏入影厅的阶梯，手腕就忽然被人抓住，一股力量传来；她不由往后倾了倾，心脏倏地紧缩，一慌差点踩空，脊背一凉，潜意识伸手搂住了某人的腰，猛然抬头对上了一双笑吟吟的眼睛，惊魂未定又听到一个温柔迷离的声音："走慢点，小心摔了。"

　　郭悦回神，头顶飞过一片乌鸦，边狠狠地咬牙瞪他，边甩开的手，愤愤地向座位走去，打心底暗骂：你才是增加我摔倒风险的祸害！

　　电影采取的是倒叙的方式，一开场主角们就吻上了，在暧昧的气息的渲染下，周围的小情侣们蠢蠢欲动，不由自主地凑到了一起。郭悦的脸微微发热，前面、左右的小情侣凑到一起时不知道视线要往哪搁，一阵尴尬。以前看电影时也不是没遇到过这样的场面，但这次跟常亮一起来，她浑身都不自在，想假装专心看电影，又怕掩耳盗铃，常亮看出她的小心思。

　　在听到旁边热烈拥吻的小情侣传出令人遐想联翩的声音时，她的脸唰地一下红得好似一只熟透的西红柿，整个一撞见少儿不宜画面、不知所措的懵懂少女。

　　常亮看着她懵懂的模样，全然没想到郭悦这么纯情，犹豫了几秒，一个伸手，稍稍用点劲将郭悦的脑袋按在了自己的肩上，然后用宽大的手掌微微挡住了她的视线，头稍稍往她的头顶靠。

　　一阵温热的鼻息扑向额头，郭悦的心咯噔了一下，嘴巴微张，一脸茫然。

怎么回事，发生了什么？

郭悦惶恐不安，想推开常亮的手，又不太敢动，常亮靠得这么近，怕自己动作幅度过大，一挣扎，要是一不小心贴到他的唇，算不算接吻？

郭悦的脑子里浮现各种乱七八糟的想法，心怦怦怦的，被一只叫作常亮的小鹿撞得乱了秩序，就连呼吸也不再由她左右，时而急促，时而缓慢。

常亮的头稍稍向她的头靠近了些，在她耳边细语："别动，越是挣扎就越容易引起别人注意。"他的声音轻而缓，犹如一根羽毛一下又一下抚过郭悦的心尖，他说完郭悦果然不动了，安静地靠在他的肩膀上。

郭悦的皮肤很好，水嫩水嫩的，睫毛又浓又密，她一眨眼睛，常亮的掌心就痒痒的，手掌一侧是软绵绵的触感，掌心的位置却是痒痒的，这两种奇怪的感觉汇聚到一起，他感觉自己整个人都要飘了，眼珠子一转，视线落到郭悦娇艳水润的唇上，渐渐涨红了脸，下巴又往郭悦的额头靠近了些。郭悦感觉到温热的鼻息越来越强烈，又不知道常亮接下来要做什么，不由瞪大眼睛，所有的神经都紧绷到一起，小心脏怦怦怦的，擂起战鼓，仿佛只要她张开嘴巴，心脏就会跳出来。

正当常亮的唇要贴在郭悦的额头的片刻，郭悦透过他的指缝忽然看到前两排有个熟悉的背影，她猛然推开常亮的手，直起身子，视线落在那个扎着丸子头，脖子上系着一条印花真丝丝巾的女孩的身上。

她的动作幅度太过突然，吓了常亮一跳，回神后回想起自己刚刚荒唐的举动，惶恐不安地捏了捏自己的手，低声道："对不起。"他不是故意要靠上去的，原本只是想帮她挡一下视线，没想到差点做了冲动的事……

"啊？"郭悦的心思全然不在他的道歉上，扭头迷蒙地看了他一眼，正要问他说了什么，她刚刚关注的那个熟悉的背影却和旁边的锅盖头越靠越近，她看到了什么？那两个人……不，一个长得像田娇娇，一个长得像钟硕，这两个人居然吻到了一起！

郭悦努力压制内心的震惊，盯着常亮的眼睛，略带迟疑地问："那个……是田娇娇和钟硕吗？"她用纤细的手指颤抖地指了指前方，语气里全是不确定和震惊。

常亮惊讶地啊了一声，迅速扭头看向郭悦所指的位置，目光落在正疯狂掠夺、吻得意乱情迷的两人身上。

他怔了怔，那个熟悉的锅盖头隔空狠狠地给了他一棒，差点晕厥过去，根本无法想象这火爆场面的肇事者竟然是自以为是清纯奶油小生的助理……

常亮的脸迅速涨得通红，活脱脱一只蒸熟了的大闸蟹，扭头朝郭悦认真地点点头，极不好意思地呢喃："好……好像是。"看不出来啊，平时看上去纯良又无害，没想到奔放起来，竟然让他这个老司机不得不甘拜下风！

郭悦认定二人身份之后，整个电影播放期间都心不在焉的，视线时不时落在那两个熟悉的身影上，满脑子都是"他俩什么时候在一起的"这个严肃的问题。

田娇娇也不知道自己为何会如此冲动忽然一手搂住钟硕的脖子，一手按住他的后脑勺，来势汹汹地吻了上去。那瞬间，钟硕只感觉自己心跳加速，思维变得迟钝，唯一的反应就是伸出双手揽住田娇娇的肩膀，笨拙又热烈地回应田娇娇的热情。

过了许久，钟硕才缓缓放开她，眉开眼笑地凑到她的耳朵旁哈了哈气，撒娇道："你要对我负责哟。"反正我的初吻被你夺走了。

田娇娇冷不丁地挺直身子，心底的小恶魔早就把钟硕骂了千万遍。

负责你个大头鬼，我是女生，我比较吃亏好不好？

我都没有开口让你负责，你竟然还敢提！

田娇娇恼羞成怒地瞪钟硕，却对上了他满是笑意和柔情的眸子，她一下子就虚了，很没底气地扭过头去，假装专心看电影，紧拽衣角。

在这昏暗的影院里，钟硕都能看见田娇娇的脸颊有明显的绯红，可想而知她有多害羞。但在他看来，田娇娇气急败坏，气鼓鼓的样子竟然有点儿可爱，忍不住伸手揉了揉她柔软的头发，戏谑地补充："没事，我会对你负责哒。"

"谁让你负责。"田娇娇没好气地横了他一句，明明是自己冲动犯了错，却把所有的责任都推到钟硕的身上，差点没伺候他祖宗十八代。

"那怎么办，我就想对你负责，一定要对你负责，要不你去告我吧？"钟硕嬉皮笑脸地朝她眨巴眼睛，笑吟吟地说。

见过贱人，田娇娇还真没见过这么贱的，还撒娇卖萌？真可耻。

她瞪他，压着嗓子怒喝："你等着！"

不对，告他不就等于把自己强吻了他的事公布于世了吗？

好一个看上去纯良无害的小伙子，她活了这么多年算是长见识了！还是从一个小自己四岁的小弟弟身上！

瞥见钟硕一脸坏笑，贱贱的，田娇娇气不过，愤怒地抬脚狠狠地踩了他一脚，疼得他差点从位置上蹦了起来，转而用可怜兮兮的眼神望着田娇娇，极其委屈地撇撇嘴。

"哼。"田娇娇朝他哼了一声，心里有些小得意。

让你撒娇，让你卖萌，让你装可怜！

Chapter2 是不是那谁欺负你了

　　郭悦比田娇娇回去得早一些，因为不想撞见尴尬，电影还没放完，她就走了。常亮见她心思不在电影上，看上去还有些闷闷不乐的，暂时放下另一个小计划，送她回家。

　　"你不是一直都想撮合他俩在一起吗？"常亮不太明白郭悦的小情绪。之前她还故意给两个人制造单独相处的机会，现在两个人在一起了，她倒不开心了。

　　郭悦上了车就一直看着窗外，眼神有些空洞。

　　对，她之前是努力撮合他俩，他俩在一起了，她确实也开心，但也很郁闷。她一直把田娇娇当成自己的好朋友，甚至是亲姐姐，几乎是无话不说的那种关系。她以为田娇娇也把她当成很重要的人，她们之间不会有秘密。

　　可现在看来，她错了。田娇娇也有自己的秘密，甚至连和钟硕在一起了，这么重要的事情都没告诉她，亏她之前为了深入了解钟硕还厚着脸皮问常亮。

　　平日里她看似对谁都满不在乎，事实上她也有在乎的东西，也正是因为看上去对什么都满不在乎，才会对某些东西有着偏执拗的在乎。

　　郭悦一言不发，实在让常亮难受，女人的心思他算是见识到了，悄悄叹了口气，不再说话。

　　田娇娇到家时发现家里灯没开，她原以为郭悦还没回家，正要给她打电话，却发现她已经躺在床上，似乎睡着了。

她不太确定，走到床边轻轻唤了郭悦两声，郭悦没搭话假装没听见，继续装睡。

田娇娇叹了口气，替她扯了扯被子，关掉照明灯，只留下床头灯，拿着睡衣去浴室洗澡。

第二天，郭悦一大早就起床，原本想做点早餐，看见田娇娇又想起昨晚的事，没什么心情，干脆洗了把脸，换上运动鞋到小区附近的小公园跑步，发泄心中的郁闷。

若不是她努力控制自己的情绪，没准就像常亮那天一样，跑个五分之一马拉松。

但在这件事上她根本没办法装作不在意，也就跑了十多分钟，烦躁得不行，就地往回走了。

田娇娇睡得不错，醒来时发现郭悦不在，还以为她去哪里了，正要给她打电话，就听见开门的声音，然后看见黑着脸，一脸心事重重的郭悦拎着包子、豆浆、煎饼走进来。

"咦，你吃煎饼不怕吐？"田娇娇好奇地问。她还清楚地记得，郭悦刚刚毕业那会，两个人因为起晚了来不及做早饭，在路边买了点煎饼果子，也不知道路边摊用的什么油，郭悦吃完就吐，嘴巴里一天都是那个味道，一整天都无精打采的。所以，从那以后她们宁愿少睡十分钟，也要起来做简单的早餐。

"不碍事。"郭悦努力让自己没什么异样，但一开口小情绪就暴露了。她将早餐放在桌子上后就往房间走去，田娇娇以为她去换衣服，可是她吃完她带回来的早餐，也不见她出来，疑惑地喊了她两声，没人应她就更郁闷了，走到房间看到她又躺下了，担忧地开口："你怎么了？是不是吃了煎饼不舒服，还是病了？"

郭悦背对着她，摇摇头。

"那是常亮欺负你了？"田娇娇有些郁闷，也完全没想到郭悦昨晚撞见她和钟硕接吻才会闹小情绪，猜来猜去也就只能将目标锁定在常亮身上。

"没有，就是最近太累了。"郭悦还是没办法直接说出口，在等田娇娇跟她坦白。但是想想，每个人都有自己的空间，都有自己的小秘密，田娇娇不说，她就不应该问这么多。

田娇娇不知道要说点什么好时，郭悦又说："我再睡会。"

田娇娇说："那你睡吧，我一会去买菜，有想吃的吗？"

"没有。"郭悦甚至连"买你想吃的就好"都懒得说，就扯了扯被子，盖住脑袋。

田娇娇一阵无奈，感觉郭悦变了很多，至少她以前不会耍小性子，也不会让情绪出现在脸上。

她简单收拾了一下就出门买菜，她一边走一边给钟硕发微信，简单问候了一下。

不想常亮却忽然给她发了消息，问她郭悦在不在。

田娇娇有些蒙，找郭悦干吗不直接给她发消息，找她做什么？难道两个人真的闹别扭了？

想到郭悦似乎在发脾气，心情不太好，她立马给他回了一句：你对郭悦做了什么？她现在很生气。

这话常亮看了哭笑不得，好心提醒她，昨晚他们也去了西单大悦城看了《触及真心》的电影。

田娇娇看到这句话，脑袋轰的一声，立马调头朝家里奔去。

难怪昨晚回去家里黑漆漆的，郭悦早早就睡了。

难怪今天早上起来看不到郭悦，她还很反常地买了楼下小摊的煎饼。

难怪她说话怪怪的，一副心事重重的模样……

原来是昨晚撞见了她和钟硕在一起！

田娇娇在飞奔的过程中没忍住尖叫了一声，骂了一句该死的。

她大胆地猜测，郭悦这么生气应该不止看到她和钟硕在一起这么简单，莫非……

田娇娇的脑子里忽然冒出昨晚接吻的激情画面，脚步神奇地停了下来，小心脏咯噔了一下，低声呢喃："不是吧……"当时自己只不过是在那样暧昧的氛围下，一冲动吻了钟硕，没想到却被郭悦撞见了……

"啊啊啊啊啊，要疯了！钟硕都怪你！！"田娇娇疯子一般夸张地甩自己的脑袋，不知道接下来会发生什么事，她又抬脚快速向家的方向跑去。

田娇娇跑得太快，因为太过着急，开门时有些暴力，哐哐哐的，硬是把郭悦吓了一跳，正要爬起来看看发生了什么事，田娇娇就冲了进来，弯腰扶着膝盖，气喘吁吁地说：“郭悦，我们谈谈……”

郭悦没动，却感觉到床的一侧在往下凹陷，田娇娇缓了缓，小心翼翼地开口：“你昨晚是不是看到我和钟硕……在一起了？”她的语气有些不确定，因为不知道郭悦看到了什么，也不知道她是不是因为这件事才生气的，更重要的是，她还没做好心理准备要将自己和钟硕的事告诉大家，不管怎么说自己都比钟硕大好几岁，估计会有很多人反对。

她问完好一会，郭悦都没有说话，她伸手去碰碰郭悦的肩膀，郭悦却往床里挪了挪，连头都懒得回。

田娇娇心里有了答案，叹了口气：“其实，我是害怕……”

郭悦忽然疑问地嗯了一声，转过身来看着她。

对上视线的瞬间，田娇娇越发心虚，结结巴巴地向郭悦道歉，一点一点将心中的顾虑告诉了郭悦，郭悦听完猛地从床上蹦起来，狠狠地拍了拍她的肩膀，怒气冲冲地说：“你是不是傻，我要是反对的话怎么会给你们制造机会？”

田娇娇有些委屈地撇撇嘴，可怜兮兮地吸了吸鼻子，弱弱地说：“我这不是……”因为害怕妈妈不同意，潜意识就不敢对任何人说了。

她还没说完，郭悦就无情地打断了她的话，没好气地说：“我知道，恋爱中的女人都是傻子。”

“是是是，你说的都对。”现在细细一想，她还真觉得自己的智商下降了，要不然怎么会瞒着郭悦，还惹她生气呢？

“要不是常亮提醒我，估计你要被我气死了。”田娇娇惶恐不安地捏自己的手指，她太了解郭悦了，心事都憋在心里，恨不得就这样烂在肚子里。她无法想象要是自己不来认错，或者常亮没提醒她，郭悦会不会就一直憋着，然后对她爱答不理。

“你说什么？是常亮告诉你的？”郭悦全然没想到事情的真相是这样的，惊讶地望着她。

田娇娇木木地点点头，常亮不仅告诉了她郭悦撞见他们在一起，还把郭悦之前找他了解钟硕的为人等事都告诉了她。所以她才会这么自责，心里很惭愧，在郭悦生气之前一把抱住她，下巴抵在她的肩膀上，在她耳边求饶："我错了，我不应该瞒着你，不要生气了好不好，我的好悦悦。"她一边说，一边揽着郭悦的肩膀轻轻晃动，奶声奶气的，就怕郭悦又不理她。

"没生气。"郭悦冷冷地回了一句，脸拉得老长，不管是她的语气还是神态都在表明她很气。怕田娇娇误解，郭悦又说："我不生你的气，但不代表我不生别人的气。"

不用明说，田娇娇也知道郭悦口中的这个别人是指常亮，但就目前的情形和她对郭悦的了解，最好还是不要细问，于是，她又说："那你再休息会，我去买菜。"然后将郭悦按回床上替她盖上被子，冲她笑了笑，拉上遮光窗帘溜了出去，偷偷给常亮发了个微信，告诉他，郭悦好像在生他的气，除了他提醒她的事情之外，可能还有别的原因。

一直以来，她对常亮都是中立的看法，经过这些日子的相处，她又发现常亮人还不错，也挺会照顾人的，如果郭悦能和他在一起那是最好的，只不过现在的郭悦并不是随便就能征服的，她祝福常亮的同时，也替常亮捏了把汗，希望郭悦不要太折磨长得这么好看，这么优秀的小哥哥。

常亮看到消息，心头顿时生出一股不祥的预感，愣了半晌，果断换衣服往郭悦家赶去，同时给田娇娇发了微信，告诉她，他现在去找郭悦解释。

Chapter3 喜欢需要理由吗

常亮明明听见自己敲门之后屋子里传来了脚步声，可却郭悦却迟迟不开门，他给她打电话，她不接，发微信也不理，他确定郭悦就在家里，只是在生他的气不搭理他。

"郭悦，你开门，我知道你在家。"常亮站在门口，边敲，边说。他站在那里自言自语了好一会，郭悦都没动静，纠结郁闷，却拿郭悦没办法。隔壁家买菜回来的阿姨看到他还好奇地问他找谁。

阿姨看看紧闭的大门，又看看纠结无奈的他，忽然想到了什么，关切地问："小伙子，那个姑娘是你女朋友吧？怎么把女朋友惹生气了？"

现在的阿姨都这么热情吗？常亮一脸茫然，阿姨又苦口婆心地说："哎呀，我跟你说，女朋友都是用来宠的，不是用来生气的，人啊，这一生不长，把喜欢的人给惹生气了，不仅伤感情还伤身，好好过日子……"

常亮听着有理，灵机一动，忽然大声应和："是是是，您说的都对。"他点头哈腰，稍稍向门的那侧转了转，冲着门口大声喊："郭悦，我真的知道错了，你开下门好不好，我给你带了吃的，生气归生气，你虐待自己我心疼，曾经你说我是你的全世界，现在我要把全世界送给你，你快开门好不好？"幸亏他过来的时候买了一袋水果，要不然谎言也不会编得这么顺利。

阿姨也是性情中人，听着常亮忽然扯出两句类似情诗的句子，阿姨敛了敛脸上的不满，用手拍了拍他的肩膀："这才差不多，好好给女朋友……""道歉"两个字还没说出口，门忽然开了，郭悦站在门口朝阿姨礼貌地点了点头，打了声招呼，然后又黑着脸对常亮厉声说："你给我进来。"

要不是她耳尖，听到了阿姨的声音，出来制止，也不知道常亮这个最擅长骗取别人同情心的混蛋，编着编着，没准她就成了已婚妇女，因为赌气丢下孩子什么什么的。

什么他是她的全世界，她的世界什么时候变得这么恶心，她什么时候说过这么肉麻的话了？

这点小情话骗骗小姑娘还好，骗她简直不自量力！

阿姨感受到来自郭悦的怒意，又插了一句："小吵小闹有助于增加感情，但过了就不好了，有什么问题坐下来好好聊。"

增进什么感情，我们不是情侣好吗？郭悦打心底暗暗反驳，要不是顾及自己的形象，怕越描越黑，她必定好好跟热心过头的阿姨好好解释，扒一扒常亮的真面目。

她清了清嗓子，朝阿姨礼貌地笑笑，然后伸手一把抓住常亮的手腕，看似亲密，实则用中指和拇指捏常亮的肉，将他拽进来，然后哐当一下关上门。

"这样做很好玩吗？"郭悦坐在沙发上，率先开口，声音不大，可该传递的愤怒，丝毫不少。

"不好。"常亮敛了敛吃痛的表情，目光闪烁不定，心虚地别过头去。他也不想骗人的，但没办法，要不这么说，估计在外面站一天他也进不来。

呵呵。郭悦冷笑，她还是现在才知道，常亮不仅能演戏，还爱管闲事。

她的视线在他身上转了几个圈，然后淡漠地开口："你走吧，我不想听你解释。"她早早就对自己说，这种人离得越远越好，虽然和他相处的这些日子，他确实做了一些让她小感动的事，比如说花茶，又比如说奶奶过生日时他做的糕点，但她到底对他的印象不太好，这个人太擅长演戏，博取别人的欢心，到目前为止，她甚至不能分辨哪些是虚情假意，哪些是真心诚意。

常亮微微一怔，看着她一副爱答不理，还有些嫌弃的模样，手不自觉搋成拳头，忽然开口大声道："你能不能别老摆出一副拒人千里的模样？把所有关心你的人都想得那么不堪？你知不知道，你这样做会伤害关心你的人，有什么不满，折磨自己就好了，干吗折磨关心你的人？"

因为是忽然爆发的情绪，常亮没控制好自己的音量，也不知道自己的话有没有什么不妥，会不会引起歧义，脸部的线条也跟着僵硬了几分，整一个怒不可遏的可怕模样。

郭悦先是一惊，随后眸底漫上不悦，在常亮话音落下的瞬间，漫不经心地反驳："我爱怎么做关你什么事？我要你关心了吗？我折磨你了吗？"这人怕是自恋过头了吧，她闲得慌不去睡觉还有功夫揣测他的心思？

郭悦顿了顿，又补充："难道随便一个人关心我，我都要去回应？我是不是太闲了？"

常亮简直要被她这副拽上天的模样给气炸了，根本没反应过来刚刚自己的语气有多不好，瞪着满是怒火的眼睛，嚷嚷道："对，不关你的事，你没折磨我，全是我自找的行了吧。"他愤怒地拍了拍胸口，气得脸都红了，太阳穴突突地跳。

这句话成功点燃了郭悦的怒火，她噌地一下从沙发上站了起来，双手叉腰，脸上瞬间蒙上一层戾气："你现在才知道啊，我和田娇娇的事什么时候轮到你来管了？你凭什么告诉她一切，你是在可怜我吗，我不需要你的可怜，请你别这么自以为是好不好？"

郭悦嫌弃地瞪他。她不允许任何人插入她和田娇娇之间。对她来说田娇娇是很重要很重要的人，她既希望有人能照顾她一辈子，对她好，同时也很害怕有人抢走她在田娇娇心目中的地位，但这并不表示她希望有人提醒田娇娇要多关心她一点。

她也不需要这种施舍来的关心和温暖。

"不，我不是这个意思。"常亮原本只是想告诉她，他很在乎她，之前骗她是不得已，但他的心是诚挚的，没有想到郭悦会曲解成这样。

"不是这个意思是什么意思？"郭悦咬牙反问，冷冽的声线里全是怒意，"难道你还想说你一开始就没有说谎吗？不是带着目的接近我的吗？"郭悦鲜少跟人吵架，也鲜少像现在这样不理智。

常亮越听越窝火，他气自己不但没把事情解释清楚，反而把事情搞得越来越复杂，愤怒强行霸占了他的理智，没控制好自己的情绪，一下子将憋在肚子里的话全部脱口而出："对，我承认，我一开始是带着目的接近你，但我并没有做伤害你的事情，我之所以把一切都告诉田娇娇，是怕你想不开，我在担心你，你明白吗？我怕你出事，怕你不开心，我也不知道自己什么时候变成这样的，不知道自己为什么会喜欢上你……"

霎时间，前一秒还剑拔弩张的两人一下子静了下来，两个人你看看我，我看看你，四目对视的那一刹那，心不由咯噔一下，不知所措地转移视线。

郭悦比常亮矮了一个多头，她低头看着跟前穿着小白鞋的两只大脚出了神。

他竟然说出来了。

他竟然把这句话说出来了……

郭悦咬咬唇，心跳有些乱，她也不笨，常亮对自己的小心思虽然表现不明显，但她还是能感觉到一些，只不过和田娇娇一样，她一直不敢承认，甚至她要比田娇娇更坏一些，不仅不敢承认，还否定了一切，不断往常亮身上抹黑，极力否定他，妄图断了自己心头那一丝丝不受她控制的妄想。

常亮也没料到自己藏在心里的话，会在这种情况毫无保留地说出来，他稍稍挪了挪视线，落在眼前这张被散披的长发半遮住的脸上，嘴角抽了抽，欲言又止。

说出来了也好，至少不用再纠结，即便被拒绝也不怕。常亮打心底自我安慰，然后缓缓抬起手，按在了郭悦单薄的肩膀上，吓了郭悦一跳，他能明显感觉到那副小小的身体在微微发颤。

这种被人忽然按住的感觉非常不舒服，郭悦想挣扎，又不太敢，她很讨厌这样懦弱的自己，却又不知道要怎么办。

"郭悦，我喜欢你是真的，这次不带任何目的。"常亮想，既然都开口了，那就把话说个明白吧，省得郭悦被吓到后逃跑，他再也没机会把话说明白。

眼前这颗黑乎乎的脑袋依旧没反应，常亮努力让自己平静下来，又继续说："可能之前我做了很多荒唐的事，让你觉得我是一个靠不住的人，甚至压根没考虑过要跟我这样的人在一起，但我只想把我的想法，我的感觉告诉你……"

不，不是这样的，我不是没考虑过，是害怕。

郭悦很想开口辩驳，可最终那些话还是卡在了喉咙，一个字也说不出来。

常亮稍稍弯腰，与郭悦的视线齐平，朝她扯了扯嘴角，柔声道："希望你过得开心，不要有心理负担，我先走了……"说完双手依依不舍地从郭悦的肩膀挪开，正要转身又假装一脸轻松地说："对了，如果你想清楚了……就是觉得我可靠，我们也可以试着……"

他没把话说全，脸上浮现一片不太正常的绯红。

郭悦本来就不自在，看似波澜不惊，其实内心早已风起云涌，因为常亮这句话她再次陷入慌张中。一切都来得太快，太突然，她心中有太多顾虑，有太多不安，明明心里有渴望的答案，一开口却对常亮冷漠地说："你走吧。"她的语气坚决又果断，说完她自己都惊了。

Chapter4 现在知道害怕了

按照计划，周一常亮要给老总和公司其他高层分享单人餐厅的策划案，但因为前一天太过冲动跑去找郭悦说明一切，还得不到确切的答案，从郭悦家出来后，他约朋友喝酒。

虽然他酒量不错，但许久没有海喝，第二天起来头疼得厉害，自然上班迟到了，到了公司钟硕见到他，火急火燎地跑到他跟前问他发生了什么事，手机打不通，老总他们还在等着他开会。

常亮一阵头大，差点忘记了这么重要的事情，他缓了缓情绪，假装云淡风轻地说没事，然后让钟硕去打印资料发给各位高管，他随后就到。

单人餐厅的计划原本就很有新意，加上后期找郭悦帮忙出谋划策，她提出来的类似于私人定制的菜单，无疑是给方案锦上添花。

在向大家讲这个策划时，常亮毫不遮掩地坦白，说策划案不少点子是郭悦提出来的。

"不错，不愧是送39°出来的人。"老总听完常亮的分析不由称赞，尽管他今天迟到了，而且看上去还有些心不在焉，也没有阻挡原本属于他的光芒。

许是忽然提到了郭悦，常亮的思绪又不由陷入了沉思，他发言之后也没注意老总还有其他高管在说什么。

"那常总觉得这个餐厅大概什么时候能上线试营业？"市场部的总监忽然问。

常亮全然不知道有人在问自己话，大家等了好一会没听见他回话，纷纷朝他投去好奇的目光。比起大家的好奇，最紧张的人是钟硕，他就坐在常亮的旁边，想提醒他，又不好明着来，灵机一动，他忽然踹了他一脚，常亮这才回神，迷蒙地环视了一周正在盯着他的高层。

"看来常总最近比较累啊，黑眼圈这么重。"市场部的总监给了他一个台阶下，很委婉地再次提到刚刚的问题。

常亮一早就想好了，如果是重新找一个地方开一家餐厅的话不仅费时，还费钱，他想从士林里挑一家营业额比较差的来做试验，在原来的基础上做改造……

常常将自己的想法一一告诉大家，很快就得到了大家的认可，一群人对他称赞不绝。

"亮哥，你怎么了，脸色这么差，昨晚没睡好？"散会后，钟硕边帮忙收拾资料，边问。

"嗯。"常亮淡淡应了声。他几乎一个晚上都没睡，好不容易睡着了，早上起来头还疼得厉害。

"怎么了？"钟硕绕到常亮的旁边，关切地问。

"没事。"

"……"钟硕不太明白常亮绕来绕去的话，一会肯定，一会否定。

什么时候他家亮哥也跟女生一样善变了？

"你跟田娇娇怎么样了？"常亮忽然关心起他和田娇娇来，这让钟硕有些惶恐，结结巴巴地说："挺……挺好的。"

常亮轻轻嗯了一声，没再说话。心想，他俩好好的，郭悦应该就没这么烦了，田娇娇不管怎么说都是她的好朋友，她都向她道歉了，应该不生气了吧。

钟硕越发觉得常亮很奇怪，心里虽然不安，但还是不敢多问，直到晚上下班，和田娇娇一起去吃饭，才知道常亮昨天去找了郭悦，以及郭悦撞见他们在电影院接吻的事。

"不是吧……"钟硕一阵心慌，有种做了坏事被人抓包的事情。

"怎么，现在知道害怕了？"田娇娇翻白眼没好气地反问。

"没，没有。"钟硕结结巴巴地解释，"那悦悦昨晚有提亮哥去找她的事吗？"估计能让常亮魂不守舍、上班迟到、买醉的人就只有郭悦了。

"没有。"田娇娇塞了一嘴炒年糕，声音有些模糊不清。钟硕怕她噎着，贴心地给她递了一杯水，又叮嘱她吃慢点。

昨天看到常亮给自己发微信，她特意绕了很久菜市场，几乎到了十二点才回家，想着给两个人腾空间，让他们把话说清楚。然而，她回到家不仅没看见常亮，连郭悦都不见了，直到下午才回来，她问她什么时候出门的，有没有遇见常亮之类的问题，她也懒得回答，就说她出门没多久就出去了。

"好吧。"钟硕越发担心，他鲜少看到常亮这副模样，担忧地补充，"也不知道他们怎么了，一个两个都怪怪的，尤其是亮哥，心事重重的。"

"郭悦还不是一样？"想起郭悦那张毫无表情的脸，田娇娇也开启吐槽模式，这几天回到家总是能感觉到很明显的低气压，她都快抑郁了："算了算了，让他们折腾去吧。"反正就她对郭悦的了解，她是最讨厌别人对她指手画脚的，至于她什么时候想通，什么时候走出来，就看她自己吧，只要不做出荒唐的举动就行。

接下来的一周里，常亮都没见过郭悦。也不知道是存心躲着他，避开他，还是因为自己太过想念她，总忍不住胡思乱想。

不过，后来常亮听到市场部的同事说起杏林苑联合郭悦做的纪念商品快要上线了，他又大胆地猜测，郭悦确实是在躲着他，他犹豫了一会，决定找钟硕帮忙。

"亮哥，你找我？"接到电话的钟硕马不停蹄地跑到常亮的办公室。

"嗯。"伏案审阅数据的常亮应了一声，客气地让钟硕坐。

钟硕受宠若惊，神色讪讪，不过还是按照吩咐坐在了之前郭悦坐的位置，问他怎么了。

常亮放下手里的文件，从座位上站了起来，整了整衬衫的领子，双手插在黑色的西裤上，若是不去看略显憔悴苍白的脸，清俊又挺拔的样子确实还是曾经那个让千万女性着迷的常经理。

他走到钟硕的跟前，看了他一眼，摸了摸自己的下巴问："你觉得我怎么样？"

"啊？"这个问题太过无厘头，钟硕简直不知道要怎么回答，只能含糊地说，"挺好的。"

"嗯。"常亮深沉地应了一声。这个回答确实挑不出毛病，但不是他想要的答案，他略做沉思，突然盯着他的眼睛又问："如果作为交往对象呢？"

他的话音刚落下，钟硕惊慌地从位置上站了起来，往后退了两步，惶恐地用双手护着自己的身体，战战兢兢地问："亮……亮哥，我……我是异性恋。"他一边说，一边用眼角的余光估量从现在站的地方到门口有多远，他需要多长时间才能从这里逃出去，万一他家亮哥忽然来硬的……

常亮看见他一副惶恐畏惧的模样，上下打量了他一番，不禁皱眉，满头黑线，问："你干吗？我性取向正常。"他问的问题有这么容易产生歧义吗？

"哦哦。"钟硕这才缓过神来，有些歉意地看着他，讪讪道，"很多女生都喜欢你呀，你忘了之前在39°时，一群女生为了见你，享受你的服务，特意排老长时间的队来用餐吗？"那时候不仅钟硕羡慕他，公司里几乎所有人都羡慕他是少女收割机。

钟硕还清楚地记得，他刚刚加入39°时，还有一个中学的女生拿着交资料费的钱跑到餐厅用餐，指明了要常亮服务，当时常亮见她一个人来，年纪又小小的，还惊讶地问她是不是要等家长来了再点菜。然而小女生却撒谎说她过生日，爸爸妈妈不在，她一个人过生日。常亮觉得她可怜，还送了她一块39°的招牌巧克力。

不过后来，全班只剩下小姑娘一个人没交资料费，打电话给家长，在家长的盘问下才得知小姑娘为了见常亮把钱花了的事。

"那她为什么不喜欢我？"常亮很纳闷，看向窗外也不知道是在自言自语还是问钟硕。

"不行，你帮我问问她在哪里，我要去找她。"他扭头看向钟硕，一副委以重任的模样，吓得钟硕刚刚放下的心又悬在了半空，诚惶诚恐地问："亮哥你要跟踪悦悦？"他应该没理解错吧。

常亮气得差点吐了一口血，明明是让他帮忙问问郭悦在哪里，怎么就变成跟踪了呢？他有这么变态吗？

若不是最近他跟田娇娇变成了小情侣，田娇娇又对郭悦的行程比较了解，他绝对不会把他找过来，让他帮忙，给自己添堵。

瞥见正用一种能杀人的眼神盯着自己，钟硕紧张地用手捂着嘴巴，含糊不清地说："我错了，我这就去问。"然后风一般溜出了常亮的办公室，去找田娇娇问郭悦在哪里。

常亮想，他应该是中了郭悦的毒，要不然怎么会做出这么多荒唐的事情了。之前为了找郭悦谈合作，他就用过假装巧遇的招数，没想到兜兜转转，这回又得用这个烂招。

从钟硕那里得知郭悦大概是在她家附近的超市买菜，常亮给领导扯了一个理由，外出再做个市场调查，就匆匆离开了公司，向郭悦家附近最大的超市赶去。

过来的路上他还没想好要怎么拦下郭悦，把话说清楚，到了超市看见商场里在做珠宝活动，给女性送玫瑰，他灵机一动，向商家求得无偿帮忙送花的名额，换上工装，提着小篮子在商场到处走，就为逮住郭悦。

"钻石恒久远，一颗永流传。漂亮的小姐，送您一朵鲜花。"郭悦拎着大包小包从超市里出来，忽然眼前蹿出一个穿着天蓝色西装，高大挺拔的男生，拦住了她的去路。

第十一章

时光是他的谎言

Chapter1 欲擒故纵啊

娇艳的玫瑰毫无预兆地闯入郭悦的视线，她一阵皱眉，心想，难道没看见我拿的东西多吗？搞推销也不挑个机灵点的人，不怕引起消费者反感吗？

她不想接玫瑰，也没有手接，索性连头都懒得抬，欲绕过男生从旁边走过去，没想到男生却挡住了她的去路，她往哪边走，他也往哪边走。

干吗干吗，搞个推销还来硬的了？

她恼羞成怒地抬起头，正要破口大骂，忽然就对上了那双熟悉的，满是笑意的眼睛，随后那张让万千少女着迷的脸就这样闯入了郭悦的脑海里。

难怪敢拦她的路。郭悦微微一怔，嘴巴微张，反应过来之后立刻换上冷漠的表情。

正要离开，常亮竟弯下腰将玫瑰稳稳当当地插在其中一个袋子里，然后笑嘻嘻地说："祝您有个愉快的晚上。"之后面带微笑地走到另一个年轻的女性旁边，说着同样的话，绅士一般递给对方一枝玫瑰，看上去并没有因为她是郭悦而对她有多余的感情。

这个珠宝品牌跟他有什么关系，不在士林好好干活，跑到这里来做推销员？实在想不明白他在玩什么花样，郭悦一脸嫌弃，可是看到他对别的女生点头微笑，竟莫名有些恼火，好在，理智告诉她不要生气，不要生气，跟你没关系。

她悄悄做了几个深呼吸，努力让自己平静下来，然后拎着东西气呼呼地走了。

郭悦以为他晚上会给自己一个解释，时不时看看手机，手机一点动静都没有，她就越发烦躁不安，打心底把常亮骂了千万遍，却又不想承认自己在想念他，最后抱着田娇娇的枕头又打又踹，差点被田娇娇以为中邪了。

次日，她给自己找了一个理由，去问问市场部的同事，联合礼盒商品的进展，去了一趟公司。常亮的办公室在最尽头，而市场部的办公区域在另一头，明明她从前台过去就能找到自己要找的人，非得绕了个圈，从常亮办公室门口经过，再绕到市场部的办公区域。

走到常亮的办公室门口前，她惊讶地发现，常亮的办公室门开着，她有点担心，要是她走过时，常亮忽然走出来，撞见了怎么办？

于是她猫着腰，扶着门框的一侧，悄悄往里探脑袋，竟然看到，常亮不仅没注意到她存在，还一直低着头，不知道在看什么看得很入迷，还时不时露出傻傻的笑容。

郭悦一脸茫然，又将身子探出了些，像是故意让常亮发觉有人在偷看他，然而，常亮还是无动于衷。

说什么喜欢她都是假的，她这么大一个人站在这呢，还看不到，那天离开之后也没再找她，还说什么心里有她，都是屁话。

郭悦恼怒地咬了咬唇，抬起脚，愤愤地从他门口走过，特意弄出很大的声响，妄图引起他的注意。

可惜，她失败了……

其实早在她猫着腰，扶着门框时，他就注意她了，只是一直假装没发现，看看她会不会直接冲进来找他吵架，冲动之下像他那天一样说出心里话而已。

虽然结果不在他的预想之内，不过，她已经生气了，因为他而生气。

这样一想，常亮还有点小得意，心想：郭悦，你完了，我吃定你了。

某个周末，常亮去郭悦家蹲点，想着再来个巧遇，岂料遇见了那天的阿姨，他们正在为小区附属的幼儿园举办文艺汇演招募活动，鼓励大家积极参与到活动中来。

常亮趁机问阿姨一些问题，例如，早上有没有见到郭悦，这个小区有几个出口之类的话。

阿姨见他长得仪表堂堂，穿着打扮也挺有品位，不像什么坏人，就将自己知道的全盘托出。常亮一阵欣喜，为了表示感谢阿姨，还说要帮她一起做招募活动。

没想到，最后真的等来了郭悦。

这回是她从楼上下来，正要出门溜达。

常亮见到她，立刻笑吟吟地迎了上去，礼貌地告诉她，他们正在做文艺汇演招募活动，欢迎小区住户参与，然后把活动气球送给她。

常亮似乎把她当成陌生人，嬉皮笑脸的，郭悦看着就莫名上火，冷冷回了一句："不用，没兴趣。"然后将气球推到一边，气呼呼地走了。

常亮没追上去，走回桌子旁，阿姨不停朝他使眼色，示意他赶紧去追。常亮无动于衷，还拿起充气筒，若无其事地吹气球，阿姨无奈地摇摇头，实在不明白现在的年轻人想什么。

走出小区后，郭悦好几次想回头看看常亮有没有跟上来，但又怕一回头撞见常亮，暴露自己的小心思，就一直忍着，还故意放慢了脚步，想着让常亮追上自己。可惜，她几乎要停下来了，也没见常亮追上来，气愤地回头，看见人群里并没有自己期待的人，气急败坏地跺脚，不悦地骂："常亮你个混蛋！"

"你叫我啊？"忽然一个性感而迷离的声音从背后传来，郭悦吓得紧张地捂着胸口，还惊慌地往后退了两步，不停地顺气。

常亮不知道从哪里窜出来，看清他的脸，郭悦先是一阵欣喜，然后又板着脸，嫌弃地瞪了他一眼，口是心非地说："你跟着我干吗？"

常亮亮晶晶的眸子盛满了笑意，恍如此刻明媚的阳光，他盯着她因为生气涨红的小脸，饶有兴趣地说："刚刚听到有人在骂我。"他顿了顿，用手摸了摸下巴，"我想找那个人算账。"

郭悦轻轻哼了哼气，双手抱臂："常总得罪了这么多人，被骂不是挺正常的吗？好心提醒一句，以后少出门，要不然就不是被人骂这么简单了。"

常亮不但没半点要生气的迹象，反而眸子里的笑意更浓了，懒洋洋地说："我可以理解为你在关心吗？"

断章取义也不带这样的。郭悦的脸立刻红透了，咬牙切齿地说："谁关心你？自恋。"然后转过身去，避开常亮过分灼热的目光，但她没想到，常亮也跟着转过去，而且一直盯着她的脸不放，丝毫不给她逃避的机会。

"你呀，不是你在骂我，一直惦记着我吗？"郭悦正要辩驳，常亮又不依不饶地说："那天也不知道谁在我办公室门口偷偷摸摸的，最近公司还出现了失窃的情况。哎呀，怎么办，我忽然有点害怕，要不回头我找行政同事把监控调出来看看好了。"

"原来你都看到了！！"竟然假装没看到，这个大骗子！郭悦愤然擂起拳头，毫无预兆地往常亮身上砸，可她得手了一次，手就被常亮牢牢抓住了，她猛然抬头，对上了常亮满是坏笑的眸子，然后听见他痞痞的声音在空气里回荡："抓住咯，这回可是你送上门来的哟，郭悦，不要再想逃了。"不给郭悦辩驳的机会，用另一只手捏着她尖细的下巴，稍稍附身，轻轻啄了啄那粉嫩的唇瓣，觉得味道不错，也不顾她还没闭上眼睛，用灵巧的舌尖将她的唇扫了个遍。

经过这些日子的相处，常亮早就发现，郭悦看上去文文静静的，温柔可人，实际上脾气倔得很，只要多逗几下就会变成龇牙咧嘴、乱挥爪子的小野猫，只有以强制强，才能把她驯服。

郭悦只感觉脑袋天旋地转，晶莹的琉璃般的瞳孔里倒映着某张五官深刻明朗的脸，心头一阵慌乱，甚至忘记了现在是在大街上，要推开常亮，目光呆滞，思维短路。

直到某人的手机震动，她才有机会呼吸新鲜空气，趁着他接电话的片刻，用手胡乱擦自己的唇，打心底把这个光天化日之下，强吻她的混蛋骂得狗血淋头。

常亮简单说了几句就挂了电话，他本来心情就不错，但这个电话来得不是时候，不过是个好消息，也就没怎么影响他的心情。

"走吧，陪你溜达。"常亮紧拽着郭悦的手腕，她太瘦了，手腕细得跟小竹竿一样，还有点硌。

"谁要你陪了。"回过神来的郭悦狠狠地甩手腕，妄图甩掉这块讨人厌的牛皮糖，可惜她力气再大，也没有成天往健身房跑的常亮大。两个人，矮的在甩，高的在拽，有种拐卖儿童的既视感。

挣扎无果，郭悦用另一只手不断拍打常亮抓住她的手，一边走，一边恼怒地喊："放手，你给我放手！"活了这么多年，还没见过有谁敢这样对她的，不发威就把她当病猫！

"你再不放手我喊人了！"郭悦气得七窍生烟，说着还故意喊了一嗓子，"拐卖儿童啦……"常亮果然停了下来，松开手，抿着唇，笑得眉眼弯弯的双眼在她干瘪的身材上来回扫荡。

嗯……确实有点发育不良，得好好补补才行。

"看什么，看什么！"注意到常亮不怀好意的眼神，郭悦紧张地用手护在自己的胸前，警惕地往后退了两步，用食指指着他，色厉内荏地说，"你以为这样做老娘就答应和你在一起了吗，我告诉，常亮……"

"告诉我什么，你说，听着呢。"常亮笑眯眯的，上前一步，抓住她纤细，却有些粗糙的手指，一副玩世不恭的调戏模样。

郭悦想往后缩，不想常亮却伸手搂住她纤细的腰肢，随后她猛然抬头，冲他粲然一笑，古灵精怪地说："你成功了。"

Chapter2 咸甜豆腐脑大战

"我去，你俩真在一起了？"田娇娇从外面回来，注意到郭悦的嘴巴破了一层皮，那个地方怎么看都不像自己能咬到的，再三逼问下，郭悦终于供出了罪魁祸首常亮。

郭悦的目光闪烁不定，故意低头看手机，躲开田娇娇有些咄咄逼人的小眼神。

"可以啊，郭悦，老实说，你们发展到哪一步了？"田娇娇可不给她逃避的机会，双手按在她的肩膀上，微微弯下腰，不怀好意地在她耳边哈了哈气，轻声道："是不是已经……"

郭悦听到田娇娇十分暧昧的后几个字，耳珠红得滴血，一阵脸红心跳。

怎么说她也还算是一个纯情少女，就谈了一次恋爱，她认识的田娇娇也是，虽然追求者很多，但真真切切地谈过的，也就一个，她着实想不通，就比她大一点的田娇娇，是怎么做到脸不红、心不跳谈论少儿不宜的话题的。

郭悦打心底感慨，社会就是一个大染缸，她所认识的那个清纯可爱的娇姐已经被岁月的杀猪刀削掉了清纯的模样。

缓了缓神，郭悦转而伸手去够田娇娇的头，想打她，却尴尬地连她的脸都够不着，便恼羞成怒地瞪她，霍霍磨牙："脑子里成天装乱七八糟的东西，不学好，阿姨知道吗？"

田娇娇松开她，绕过沙发的一侧，在她旁边坐下来："哪有不学好，这是正常的生理需求啊。"之前她就一直觉得郭悦看上去文绉绉的，整天粗布麻衣，衣服颜色也是清一色的高级灰，明明很年轻，很活泼，非得把自己装成清心寡欲的样子，她感到十分不顺眼。

没想到经过这些年污染，她不但没改变，反而越发的佛系了，甚至差点她也变得清心寡欲了……

"小心我告诉阿姨你的真面目。"见她说个没完没了，郭悦故作嚣张地威胁道。要是不阻止她，一会指不定还能说出更荒唐的话来，她可做不到像她一样，脸不红心不跳地谈论少儿不宜的话题。

田娇娇一听到郭悦拿自己的老妈来吓唬自己，又想到钟硕这个令她头疼的家伙，一下子就蔫了，很没底气地说："你说要是我妈不同意怎么办？你会站在我这边吗？"不知不觉，她的脑袋就靠在了郭悦的肩膀上，前一刻还疯疯癫癫的她，现在一脸忧伤。

"呦呵，不说小黄话，知道担心了？"郭悦稍稍扭过头去，看了看那张心事重重的脸。

"你站不站我这边？"田娇娇问了两个问题，最关心的是后面那个，然而郭悦居然直接跳过！要是连郭悦都不帮她的话，她就真的没有信心能和钟硕走到最后了。

郭悦想了想，平静地说："不知道。"

田娇娇一听，急了，噌地一下挺直身子，一副"你说什么，再说一遍"的严厉模样看着她。

郭悦讪讪地往旁边挪了挪，她就知道她会是这样的反应，咽了咽口水，一本正经地解释："我说的是事实，你们才交往没多久，我不确定他是不是真的对你好，我现在就给你回复的话，万一将来有变动怎么办？"郭悦的话虽然不好听，但也不是没有道理，田娇娇咂咂嘴，哦了一声，脑袋又沉沉地砸在了郭悦的肩膀上，开启下一轮吐槽模式，悄悄把话题转回她和常亮身上。

为了避开闲话，郭悦向常亮提了几个要求，还冠冕堂皇地给了他一个一切都是为了工作和她的人身安全的理由。

郭悦说，不能公开他们正在交往的消息，不能动不动就跑去她家，最重要的，不能像以前一样骗取她的关心、同情心……

常亮一口答应，照单全收，相应地，他也给郭悦提了一些要求。

不能和别的男生走太近，粉丝也不可以。

不能什么事情都憋在心里，遇到困难尽量找人帮忙，别死扛。

不能为了减肥不吃饭。

"切，你这算什么要求。"郭悦双手抱臂，切了一声，表示不满，感情她谈个恋爱什么都没捞到，尽给自己找麻烦。

粉丝这种东西，是她能左右的吗？再说了，人家求合影，又没做什么，这要求也不过分啊，毕竟她现在是靠着粉丝的支持才有饭吃的。

"我不管。"常亮走到她后面，抱着她，嘟着嘴，忽然撒起娇来。

郭悦慌张地挣扎，常亮却越抱越紧，死活不放手，隐约听见办公室外面有脚步声，她整个心都在颤抖，一边用手掰常亮的手，一边低声骂："一会被人看到怎么办，刚刚说完就不听话了？"她可不想成为公司里大家八卦的对象，再说了，她跟士林的合作还没完呢，这个点爆出点什么流言蜚语来，就完了。

脚步声越来越近，常亮却丝毫没有松开手的意思，郭悦急得手心溢出了一层冷汗，反复掰他的手无果，忽然提起脚狠狠地踩了他一脚，疼得他啊了一声，立刻松开手，也就是那一瞬间，忽然传来一阵敲门声，常亮顾不上处理有明显脚印的鞋面，应了一声让人进来。

门开的瞬间，郭悦一阵心虚，看看进来的人，瞥见对方正用一种奇怪的眼神打量着自己，立刻心虚地转过身去，假装整理衣服。

前台的小姑娘看看她，又看看常亮，感觉到办公室的气氛有些诡异，微微有些出神，直到常亮问她有什么事，才回过神来，结结巴巴地开口："常总，这是您的文件。"小姑娘怯怯地递上文件，在常亮点头说谢谢之后，识相地退出了办公室。

被前台小姑娘这样一打断，郭悦慌得忘记了刚刚常亮提的不合理的要求，在小姑娘离开没多久之后也离开了。现在两个人为了避嫌，连午饭都不一起吃了，即便是在公司的餐厅里遇见，郭悦也躲得远远的。

有一天，常亮和钟硕吃饭，正巧看见郭悦，端着餐盘就往她那边去，没想到郭悦看见他，却往另一个方向走去，常亮十分懊恼，问钟硕："公开的后果真这么严重吗？"他不觉得有郭悦说得这么严重，尤其是看到偶尔田娇娇过来找钟硕，两个人手牵手一起下班去吃饭那种幸福的画面，他心里真是又气又恼，更多的是羡慕嫉妒。

他俩相差好几岁都不怕，他不明白郭悦为何这么多顾虑。

钟硕轻笑，绕起弯子来："说不严重吧，也有些严重，说严重吧，也不是那么严重。"

什么说严重又不严重，绕口令呢？

常亮没好气白了他一眼："你这不是废话吗？"

钟硕贱贱地赔笑，说，回头让田娇娇帮忙问问，到底郭悦在顾虑什么。

事实上他觉得，这个问题没这么严重，主要还是看当事人怎么看。

上次单人餐厅的会议之后，经过大家一起完善，这个项目很快就进入施行阶段。首先市场部的同事经过调查，从士林里面挑了一个营业额不太好，快要被淘汰掉的餐厅作为改造对象，重新找了设计师对餐厅的布局做了设计。

为了凸显餐厅的个性，按照郭悦说的，每个餐桌之间的距离间隔比一般餐厅的间隔都要大，这样既可以给顾客足够的空间，也可以给他们足够的私密感，避免尴尬。

再者，针对女性客户，他们还专门准备了可爱的娃娃，放在两人桌的其中一个椅子上。此外，餐厅营业之后还可以在前台准备鲜花，送给每一个来店里消费的客人，尤其是女性。

毕竟在这个项目上，郭悦也有参与，常亮也在会议上明确地告诉大家，郭悦为方案出了不少力。老总自然是开心的，不管怎么说郭悦都是一个自带流量的人，有她在，餐厅开起来的概率非常大。

然而，当进入到菜单设置环节时，一直都配合默契的郭悦和常亮竟然因为一碗豆腐脑争得面红耳赤，着实让钟硕开了眼界。

　　"豆腐脑就是甜的啊，白白的豆腐脑上面加几勺白糖或者浇点糖水，冷藏风味更佳！"为了让自己的说辞更有说服力，郭悦还快速用手机搜了一篇某个粤菜大师推荐的广式豆腐脑，朝常亮扬了扬手机屏幕，得意地抬下巴。

　　"你在北方这么多年就没吃过咸豆腐脑吗？加麻酱、酱油、虾皮、榨菜、木耳、海带丝的才好吃。"常亮一边说一边勾手指头，也不是说他没吃过甜的豆腐脑，当年在39°就尝试过，但也就是吃了一次，他再也不敢碰了，根本不敢想象南方人为什么会发明这种甜不拉几的豆腐脑，更要命的是，在此之前，他一直觉得豆腐脑只有咸的。

　　初来北京上学时，郭悦有幸在食堂里吃过一次豆腐脑，当时是因为水土不服，在不知道北方的豆腐脑是咸的情况下，看着阿姨往白白的豆腐脑上加刚刚常亮说的那堆乱七八糟的东西时，她整个人都蒙了，惊讶地问阿姨，她是不是搞错了，她要的是豆腐脑，不是打卤面。

　　"拜托，不是每个人都能接受咸口豆腐脑的好不好？"郭悦彻底被常亮狭隘的见识，不太讲理的态度给气到了，为了让自己看上去气场更大，与常亮视线齐平，她踮了踮脚尖，一跃坐在了桌子上。

　　"拜托，不是每个人都能接受甜口豆腐脑的好不好？"常亮扬了扬眉峰，学她傲慢的语气。

　　郭悦：……

　　得，这个坎过不去了，咱也别凑一起了，免得日后分歧多！

Chapter3 背着男友去相亲

站在一旁观战的钟硕，夹在两个剑拔弩张的人之间，一刻也不敢放松警惕，生怕二人分不出高下动手，动手都不怕，伤及无辜就不好了。

开口之前，他悄悄往后缩了缩，尽量退到安全区，咽了咽口水，战战兢兢地说："那个啥……能不能听我说一句。"

面红耳赤的两个人同时扭头看向他，异口同声地问："有什么好说的？"

被他们这样一看，钟硕只感觉自己瞬间变成了铁板上已经烤好的五花肉，随时都有可能被灭掉，他赶忙用手捂了捂不停颤抖的小心脏，故作镇定道："豆腐脑确实有甜口和咸口之分，咱店里咸口和甜口都做不就完了？"事情本来就很简单，钟硕实在搞不懂这两人最近怎么了，看上去也不傻，怎么就卡死在这种拉低智商的事情上了呢？

见二人又打算开口反驳，有把矛头指向他的预兆，他又特意提高了声调，继续往下说："首先，我们餐厅周围不仅有商场，还有办公楼，出入的人群不一定都是北方人，也不一定都是南方人，我们不知道顾客想吃什么，但不管是咸口还是甜口，都有自己的特性，既然这样，那为何不两种口味都做呢？说不定原来爱吃甜口的会喜欢上咸口，原来爱吃咸口的会喜欢上甜口……"钟硕深信这种可能性非常大，毕竟他家亮哥原本对郭悦就不感冒，藐视她"网红"这一身份，现在不也是倒在了她的麻布裙下？

二人一听，气氛稍稍缓和了些，不过郭悦心底还是不服气，甜口的豆腐脑对她来说有着深刻的意义，她第一次吃的豆腐脑就是外婆做的，在甜口和咸口哪个好吃的问题上，她毫无疑问站在甜口这边："哼，一定甜口的销量最好。"

常亮见她小嘴噘得老高，一副不服气的模样气笑了。他还是第一次看到郭悦这么拼命地跟自己辩解，动了动唇，还想说点什么，却被钟硕拦住了，朝他使了个眼神，仿佛在说"亮哥，再吵一会女朋友就变成前女友了"，他才识相地闭嘴。

晚上，郭悦回到家就跟田娇娇开启吐槽模式，不仅吐槽常亮，还细致地描述了当年自己第一次吃到咸口豆腐脑时的诡异心情。

"得了吧，没事别在我面前撒狗粮啊，我不吃，拒绝。"田娇娇双手交叠在胸前做了个叉，在她看来，因为豆腐脑口味吵吵闹闹的两个人，纯属变相秀恩爱。就像钟硕说的那样，咸口和甜口都做不就行了，非得看看谁先低头，真没劲。

郭悦翻了个白眼，没好气地说："这算什么狗粮啊。"她决定这几天都不理常亮了，任他自生自灭，别人谈恋爱都是风花雪月，她谈恋爱恨不得天天抄家伙，吵个没完了。

田娇娇懒得搭理她，这几天她烦得不行，她家皇太后见她太久没回家，给她打了好几次电话让她回家，还有意无意说同一个小区里的谁谁谁，比她小，前几天生了个大胖儿子。

这言外之意无疑是她太久没去相亲，再不抓紧又要老一岁了。

田娇娇恍惚间才反应过来，今年已经过了大半。

"我这周周末回趟家，你跟我去吗？"田娇娇忽然说。她没少在自己母亲面前提起郭悦，没准她跟自己回去，皇太后会放松警惕。

郭悦一听，注意力立刻转移到田娇娇的身上，噌地一下从沙发上站起来，朝田娇娇眨巴眼睛，一脸羡慕："哇，是带钟硕去见家长吗？"怕阿姨不答应，找她去当说客。

田娇娇说："想多了，才在一起多久，我妈非得吓死不可。"要是她妈妈知道钟硕的存在，不知道他比自己小的话，估计也不会这么着急让她回去，还说要给她做炖牛腩、炖猪蹄，也不知道见面之后会不会有心思吃，没准她多说两句，两个人会吵起来。

郭悦想到了点什么，用手指点了点唇，试探性地问："那你自己回去？"

"你要不去的话，我只能自己回去啊。"田娇娇耸耸肩，一副漫不经心的模样，"昨天我妈说，娇娇啊，你都三个月没回家了你知道吗？再不回来没准连家门口的方向都找不到了。"田娇娇原原本本地把皇太后的话搬出来，还照搬了当时妈妈说话时苦口婆心的语气。

"哈哈哈哈，阿姨真逗。"田娇娇学得有模有样的，郭悦当即笑出了声，"话说，阿姨该不会给你安排了相亲吧？"

"估计是。"活了这么多年也没摸透皇太后的脾气，田娇娇觉得自己真是够失败的。

"啊？"郭悦惊讶地张大嘴巴，不可思议地看着田娇娇。

如果她没理解错的话，田娇娇是要背着钟硕去相亲！！

这……也太刺激了吧。

"钟硕知道吗？"郭悦问。

"能让他知道？"田娇娇翻了个白眼，不答反问。

郭悦不禁点点头。也是，要是钟硕知道了，估计要气得跳脚了，明明是有对象的人，居然要去跟别人相亲，不知道的，还以为他有多差劲，只有当备胎的资格呢。

"不对啊，要是他知道了怎么办？"郭悦一个激灵，忽然开口。怎么说钟硕也跟了常亮这么多年，平时里也是一个机灵鬼，他会看不出半点猫腻？她不信。

原本田娇娇就心情不太好，郭悦还这样吓唬她，她就更加不乐意了："胡说，你不说，我不说，我再装得像一点，他怎么会知道啊？"

事实证明，郭悦的担心并没有错，周五那天，田娇娇下了班，准备去北京南站，不想，从办公室下来又看见了那辆熟悉的车。钟硕虽然平时看上去像个还没长大的孩子，车却是极其稳重的黑色。

"你怎么来了？"田娇娇明明记得他前几天跟他说过，今天下班直接回家的。

"来接你啊。"钟硕兴冲冲地朝她招招手，"快上来，今天车多，再不走一会后面的人该开骂了。"

田娇娇一扭头，果然看见后面排了长长一列车，已经有不耐烦的车主开始按喇叭了，她只能硬着头皮上了车："送我到南站就行，票我已经买好了。"反正也就半个小时的车程，比自己开车强多了。

钟硕嘴上应和，待车子一发动，就开始软磨硬泡，甜言蜜语说个没完，一会风花，一会雪月，把送她回去的想法融入甜言蜜语中，田娇娇也不知道中了什么邪，居然被说动了，由着钟硕耍性子，任他胡来，从北京开车到了天津。期间她家皇太后给她打了几次电话，问她到哪了，她只能硬着头皮说临时加班，改车票了，田妈妈见女儿这么辛苦，加完班还要赶回来，就没说什么，叮嘱她注意安全，实在不行让她爸去接她也行。

田娇娇果断拒绝，老爸来的话，离露馅就不远了，她不敢想象自己被两个老人围着，死死地盯着她，把她当罪犯一样审问会是什么样的场面。

田娇娇回家，郭悦一个人待在家里无聊，就去翻微博，跟粉丝互动，发现常亮几个小时前给自己点了个赞，她好奇心起，进入了常亮的主页，又发现他在给自己点赞之后还去给另外一个人点了赞。

她是看照片和文字，才知道他今天去参加同学聚会。

常亮也是早上起来接了班长的电话才知道要聚会，而且和郭悦一样，都很好奇为什么聚会地点选在北京，而不是学校。

他原本只想着趁着周末好好跟郭悦去郊区溜达溜达，散散心，也委婉地说了拒绝的话，但班长忽然告诉他当年带他的导师也在，他才答应过去。

可没想到陈欣怡也在，常亮在包厢就看见她穿着紧身的小裙子，跟一群人聊得热火朝天，不知道的，没准还以为他们是同学，而非学妹学长的关系。

人群里不知道谁喊了常亮一声，陈欣怡立刻扭过头去，微笑地朝他招了招手，甜甜地说："常学长。"

常亮怔了怔，朝她点点头，然后走到导师旁边跟他打招呼。

当年导师对他不错，得知导师已经退休，他又忍不住多聊了几句，陈欣怡早在他走到导师旁边时也跟着挪了位置，就在他不远的地方和学长学姐们聊天，时不时用眼角的余光观察常亮，看上去似乎在等某个机会。

在导师去卫生间的片刻，某个同学忽然用手肘捅了捅他，凑到他耳边，贼贼地说："听说这次聚会是陈欣怡学妹提议举办的，你说她这么大费周章，是不是为了见见你？"

常亮一怔，白了他一眼，一手推开他的脸，一本正经地说："别胡说。"他可是有对象的人，虽然没有公开。

"这可说不准啊，毕竟当年你们在一起过。"男生勾了勾唇角，就连眼神也颇有深意，仿佛在说"你们是有故事的学长学妹"。

当年除了常亮本人，其他人并不知道陈欣怡跟他在一起的同时还有一个异地恋男友，很多人都以为他们是发生了矛盾后分开，然后陈欣怡的前任又乘虚而入。

现在想想，常亮还真觉得陈欣怡够可以的，不管什么时候都能保护好自己清纯无辜的形象，和她比起来，同样清纯却有些高冷的郭悦要比她真实很多。

他就喜欢她那样的。

Chapter4 有故事的男女同学

常亮兴致不高，过来纯属想见见导师，现在导师见到了，就想找个借口离开，可是借口没想出来，陈欣怡竟端着酒杯，笑吟吟地给他敬酒，他的心底不由生出一丝抵触。

上回他之所以见她，不过是放下曾经的一切，给她一个朋友的面子，并不知道她有别的目的。

一条火红的紧身裙，将陈欣怡凹凸有致的线条展现得淋漓尽致，不少男生从她进来的那一瞬间开始，就直勾勾盯着她两条雪白的大长腿。

"之前一直没有机会好好跟学长道歉，借这个机会我想跟学长说声对不起。"她递给常亮一杯酒，常亮迟迟没接过，眼神平淡地看着她，看不出情绪。陈欣怡微微有些尴尬，勉强挤出一丝笑容，晃了晃左手的杯子，笑着说："我干了，你随意。"然后将杯中的酒，一口饮尽。

她的音量控制得极好，除了常亮听见外，站在他旁边的八卦同学也听见了，好奇地凑过来围着他俩，吹着口哨一阵唏嘘："哇，我们美女校花是要重新开启追求我们的小亮哥了吗？快来说说，你们到底有什么误会。"

陈欣怡小心翼翼地看了看周围的人，视线转到常亮时，她看上去有些慌张，故作腼腆地掩了掩绯红的脸颊，她这一动作，在围观的群众看来是被猜中了心事而害羞，成功勾起大家的好奇心。于是，大家又起哄："就是嘛，这次聚会这么突然，原来是学妹为了见我们的小亮哥。"

人群中不知道谁又撞了撞常亮，他一个踉跄，险些撞到陈欣怡的怀里，随后又听见有人说："小亮哥，你表个态啊，让人家姑娘主动开口，多不好意思啊。"

"就是就是。"

常亮目光沉沉，淡淡地望了陈欣怡一眼，张了张嘴，正要开口辩解，就听见有些不知所措的陈欣怡柔声道："大家玩得开心就好。"她抬头，小心翼翼地看了常亮一眼，双手紧张地拽着裙子，一脸羞涩地往下说："嗯……我和常学长一切随缘。"这种看似没有什么深意的话，在大家看来更是遐想联翩，大家你看看我，我看看你，然后一起将目光转到二人身上，不怀好意地哄笑。

"当红娘之前也不问问小亮哥有没有对象，你们这样乱牵红线，不怕被人家对象知道吗？"人群远处忽然传来一个格格不入、略显冷冽且笃定的声音，那个声音落下的瞬间，刚刚起哄八卦的那一群人都愣了，一起看向常亮，瞪大眼睛，有些恍惚。

好像，还真没有人问过他有没有对象。

良久，陈欣怡才从震惊中反应过来，惊愕地问："学长有对象了？"

常亮的视线在一片热烈的目光中转了个圈，然后云淡风轻地点了点头，嗯了一声。话音刚落周围又是一片喧哗，大家纷纷转身去看刚刚发言的人，好奇地问对方怎么知道。

发言人是常亮他们班里的一个女同学，他清楚地记得，毕业之后就没有联系过，他和大家一样很好奇，她怎么会知道他有女朋友。

某女同学清了清嗓子，看着大家一脸期待，不紧不慢地掏出手机，早在听见他们起哄时，她就做好了准备，倒不是说她对常亮怀着什么想法，而是，她是郭悦的粉丝之一，她不能容忍有人挖她女神的墙脚。

起初她并不知道郭悦和自己的同学常亮有这么一层暧昧的关系，后来发现常亮经常给郭悦点赞，常亮又出现在郭悦的视频里，两个人被粉丝们揣测是情侣关系也没有站出来解释。于是，她就当二人是默认，没想到今天还真能听见常亮承认，虽然没明着说出郭悦的名字，但凭感觉，十有八九，要不然谁会在女生发微博之后第一时间给她点赞？

女同学什么也没说，直接亮出一张照片。

"天啊！小亮哥这是真的吗？"八卦之人从女同学手里拿过手机，硬是将截图放大了好几倍，瞪大眼睛观察照片里的人的五官，然后又缩小，甚至还夸张地绕着常亮转，拿着图对比，找到照片上常亮侧脸的角度。

"妈呀，果然是！"某人惊呼，一手拿着手机，一手捂着因为惊讶而张得老大的嘴巴，满是震惊地看着他。

陈欣怡连忙从惊呼的人手中夺过手机，瞪着眼睛看着屏幕上的人，又看了看常亮。

那段视频，在网民揣测二人关系，上热搜时她有看过，只是没想到这一切都是真的。

看着截图上郎才女貌的两人，她的眼睛像是燃起了一团火，眼珠子红彤彤的，胸腔那团还在不断膨胀发酵的气也在嗡嗡作响。

天知道，她多么想大声告诉大家，不是的，常亮和郭悦不过是合作关系，她和常亮旧情复燃，早就和好了……

可惜，她不能拿自己的形象开玩笑，也做不到。

曾经她多么努力地让自己看上去温柔贤淑，好不容易成为大家心目中的女神，完美的对象，直到现在，大家也还是觉得她是毫无瑕疵的美玉……只是，常亮却不再像以前一样喜欢她。

因为强行忍着心中的怒火，她的脸憋得通红，还扯着嘴角让自己看上去笑容得体，故作轻松愉悦地说："大家就别拿常学长开玩笑了，一会让常学长的女朋友误会了就不好了。"

"唉，还以为我们的小美女学妹这次这么积极帮忙筹办聚会，是跟常亮好事将近，要给我们发喜糖呢。"人群中有人发出遗憾的声音，然后又有人拍了拍常亮的肩膀，惋惜地说："常亮，不是我说你，你看学妹明明就……"他顿了顿，眸子里满是为难和怜惜："学妹多好呀，品学兼优，温柔漂亮你又不是不知道。"

她这么好，你怎么不追她？常亮很想反驳他，但他终究不是那种什么事都做得出的人，毕竟陈欣怡是女孩子，脸皮薄，也就没搭话，端起刚刚她递给自己的酒，一口饮尽，算是给她一个台阶下。

闹得不太愉快后，常亮随便找了一个喝多了的借口顺利离开。过来时就考虑到会喝酒，他没开车，出了酒店就上了出租车，也不知道他是真的醉了还是灵魂出窍，司机问他去哪里，他直接报了郭悦的小区，还不跟她打招呼就狂敲她家的门。

郭悦上午看到常亮去参加同学聚会，没告诉她，吃完饭后就睡午觉去了，没想到一觉睡到了下午六点多，要不是常亮狂敲门，没准她要睡到晚上八点。

她睡得昏昏沉沉的，又听见有人狂敲门，就更加烦躁不安，气呼呼地从床上爬起来，边走，边不耐烦地问："谁啊！"这是敲门吗，比拆门还猖狂。

当她从猫眼看见那张令自己烦躁不安，但又很想念的脸时，火气直飚脑门，砰的一下开了门，单手叉腰，怒气冲冲地指着常亮大骂："你干什么？拆门呢。"她没找他呢，他倒自己找上门来了。

常亮微微低着头，眼神有些迷离，因为喝酒的缘故，脸颊有一片不太正常的绯红，听见郭悦的声音之后，缓缓抬头，懵懵懂懂地看着她，撇了撇嘴，什么也不说，一把上前抱住郭悦，下巴抵在她的肩膀上乱蹭。

"喂喂喂，干什么干什么！"面对突如其来的拥抱，郭悦惊慌失措地往后退，可惜常亮的手臂太长，早早就把她捞进自己的怀里。这回她才闻到常亮的身上散发出强烈的酒味，她皱眉，不悦地问："喝酒了？"常亮不出声。

郭悦恼羞成怒，喝酒了之后跑到她这里来发疯？真是厉害啊。

尽管郭悦心里很不愉快，还是扶着常亮跟跟跄跄往屋里走，她的身高只到常亮的腋下，而他又喝了酒，整个重心都压在郭悦的身上，郭悦每走一步都极其艰难。

她原本想将他安置在沙发，但他个子太高，无奈之下只能将他扶去卧室，将他安置好后，甩了甩酸痛酸痛的手臂，看到他睡得香甜，无名火越烧越烈，不解气地踹了他两脚。

忽然想到什么，郭悦坏坏地勾了勾唇角，随手从化妆台上拿过一支口红，轻手轻脚地在那张让万千女性着迷的脸上"画画"，左边一个圈，右边一个圈，然后用手指将口红晕开，再画个大红唇……

看着自己的杰作，某张俊美如斯的脸跟古代媒婆的脸有几分神似，郭悦心情稍稍好了些，只是想到要是田娇娇晚上要是跟她视频，或者她星期天回来发现常亮有来过并留宿的痕迹，那她就完蛋了。

这样一想，郭悦发现自己得把床单洗洗，省得一会惹出不必要的麻烦。

估计把恋爱谈得这么麻烦的，也就她一个了。

郭悦今天都没出门买菜，现在捡了一个酒鬼回家，想到他可能一会醒来会饿，她看了看冰箱，发现就剩下几个速冻水饺，最后还是决定下楼买点菜，不给醉鬼吃，自己吃也好。

怕常亮会在自己出门之后醒来，她又细心地在床头贴了一张便利贴，告诉他，她去买菜了，一会回来。

之后又将房间的窗帘拉上，开了空调，又给他盖了薄被。

搞完这些，郭悦发现自己像是变成了一个保姆。明明一个人的时候根本用不着为这些事情费心，也不会因为谁谁谁不理自己而闷闷不乐，更不会明明看着某个人很生气，看着他喝醉难受的样子又很心疼。

郭悦不敢直视这样矛盾的自己，简直要崩溃了，发誓等常亮醒来，非得好好收拾把她变成这样的罪魁祸首不可。

第十二章

喜欢你，有光芒

Chapter1 你你你，你要干吗

郭悦做了两人份的晚餐，但是直到她吃完，房间里睡着的某个妖孽也没有醒来，好几次郭悦进房间，瞥见熟睡得像个婴儿的常亮，微不可闻地叹了口气，心情万分复杂。

也不知道喝了多少，竟然这么能睡，难道真的要在这里过夜，孤男寡女？郭悦不禁打了个寒战，被脑子里乱七八糟的想法吓了一跳。

原本她还想着等他醒来，让他回去的，现在看这状况是不行了。

她又气又恼地抬手戳了戳那张棱角分明的脸，指腹传来的软绵绵的感觉，竟出奇的舒服，她有些惊讶，又情不自禁地捏了捏，手感出奇的好。

她好奇地盯着他的脸，想，平日里看着他就感觉皮肤好得让女生都自惭形秽，没想到还真是，也不知道每个月往脸上花多少钱。

她的思绪渐渐偏离了原来的轨道，用手指在某张妖魅的脸的上方，用手指比划他的五官。

嗯……难怪这么多女生喜欢，这五官简直就是黄金比例嘛！比艺术品还精雕细琢。郭悦自顾自下定论，手肘抵在床沿上，撑着下巴，看着常亮出了神。

不过，这个好看的人，现在是她的男朋友，在一起两周了……

郭悦沉浸在自己的遐想中无法自拔，根本没注意到常亮忽然睁开眼睛，笑眯眯地看着她，传出性感声线的薄唇倾出一个放荡不羁的弧度："好看吗？"

霎时间，一股强烈的危险气息扑向郭悦，她一怔，吓得尖叫了一声，整个人毫无预兆地向后倾倒，她一慌张，条件反射地伸出手抓住常亮的手臂，晶莹的瞳孔里满是惊慌。

千钧一发之际，常亮一只手抓住郭悦伸出的手，另一只手直接搂在她纤细的腰肢上，稍稍一用力，将她整个人搂进自己的怀里："咚"的一下，撞在了某人宽敞结实的胸膛上，耳边传来真切、强有力的心跳声，咚咚咚……

炽热的感觉和着醇香的酒味透过薄薄的衣服从郭悦的脸颊，一点一点向四肢蔓延，她紧张地瞪大眼睛，听见他越发急促却又极其性感的呼吸声，双手紧紧地揪在一起，一动也不敢动。

感觉到郭悦的身体在微微颤抖，常亮皱了皱眉，一把把她整个人捞了上来，长腿一跨，将她压住，满是笑意的乌黑眸子邪气满满，他愉悦地勾了勾唇角，调侃道："你在怕我？"他伸出骨节分明的手指，将郭悦鬓间的发丝轻轻地别到耳际。

"什，什么……"郭悦慌张地躲开常亮过分炽热的眼神，下意识舔了舔因为紧张而干涩的唇瓣，妄图从床上爬起来，逃离这个危险的地方。岂料，连动都动不了，也不知道是她手软脚软，还是因为被常亮压着动弹不得。

常亮将她的小动作全部尽收眼底，突然危险地眯了眯眼睛，修长的手指捏住了郭悦尖尖的下巴，戏谑地笑了笑，缓缓地向郭悦的朱唇靠近。

平日里觉得她挺强大的，就像长满刺的仙人掌，没想到还有这么可爱的一面。

郭悦的心脏倏地一下提到了嗓子眼，她甚至能听见自己犹如拨浪鼓一般剧烈的心跳声。她想躲，脑袋往左边侧了侧，却发现自己被钳得死死的，根本无处可逃！

"你看，还说不怕我。"在即将碰到郭悦的唇瓣，感觉到她双手紧紧地揪在一起时，常亮忽然停了下来，深邃的眸子里流淌的全是玩味。

郭悦这才反应过来自己被某人戏弄了，恼羞成怒地吼："常亮，你混蛋！"开什么玩笑不好，偏偏开这种少儿不宜的玩笑，简直无聊透了！

郭悦屈了屈腿，想狠狠地踹他一脚，发泄心中的不满，但脚还没抬起来，就被一股力量强行压了回去，随后，她感觉某个宽大的身体直接压在她身上，眼前一花，唇边传来一片柔软的触感，那一瞬间，她感觉时间仿佛凝滞了，除了唇上柔软的触感，其他一切都感觉不到。

常亮并没有过分掠夺，只是尝了尝味道，便松开她，摸了摸她红扑扑的脸颊，怕太着急会吓到她，得不偿失，又佯装一脸轻松地打趣道："我是混蛋你不是照样喜欢我吗？"

这人怎么可以这么自恋！

郭悦抬手揉揉太阳穴，故作镇定地鄙夷道："胡说，明明是你追着我不放。谁喜欢你了，谁喜欢你了？起开。"郭悦推了推因为她的气话前一秒还嬉皮笑脸，此刻板着一张苦瓜脸的常亮。

她以为他生气，抱着破罐破摔的念头，又继续刺激他："也不知道谁连粉丝的醋都吃，哎呀，前几天有个小粉丝说要给我送花，说鲜花不易保存，打算送我亲手晾晒的干花……"她一边故作轻松地说，一边用眼角的余光观察常亮的神色，发觉他的脸臭得不行，心里有些小得意。

让你欺负我！

"我……"郭悦还想说点什么，不料，话还没出口，余音就被某人用唇堵住，活生生地憋回喉咙里。常亮端着她的脸，柔软而灵巧的舌尖滑入口中，像是在贪婪地攫取，占有，又像是在惩罚她刚刚不负责任的话。

明明他一个大活人就在她旁边呢，她还敢用这么暧昧的声音提别人，虽然他不清楚这个人是男是女，但他还是做不到坦然地接受。

"没有人告诉你，激怒男人很危险吗？"松开她后，常亮一瞬不瞬地盯着她的眸子，语气里还稍稍透着点生气。

郭悦的小心脏扑通扑通的，木木地摇摇头，又点点头，一脸迷蒙，看起来傻傻的，还有些可爱。

常亮气笑了，看着被自己折腾得红肿的双唇，又有些心疼，用指腹轻轻地抚了抚，迷离而充斥着危险的声线又响起："下次还敢吗？"

郭悦红着脸，快速地摇摇头。要是她早知道，激怒他会是这样的后果，打死她也不说！

　　常亮满意地点点头，松开她，愉悦地揉了揉她的头发："这才乖。"这才是他的小猫咪。

　　"我，我……去洗澡了。"郭悦恍恍惚惚地从床上爬起来，低眉顺眼地撂下一句，一溜烟，飞速逃离这个危险的地方。

　　真是偷鸡不成蚀把米。

　　单人餐厅在改造，还没正式营业，常亮就联合市场、运营两个部门的同事做了很多类似于"一个人吃饭，你未曾体验过的好"预热话题活动，此外，还让郭悦也建了一个话题，让大家分享自己吃饭的时候吃什么，晒图片，参与话题和她互动有机会获得杏林苑和她联合推出的神秘礼盒。

　　郭悦的用意明显准确，在这个大家都很讨厌推销的时代里，粉丝对她的活动还是乐在其中。更有粉丝大胆地提出，要是抽到了，会不会给签名之类的要求。郭悦的回答是肯定的，再度将粉丝的热情和期待推向爆点。

　　所有的反响都还不错，但郭悦总觉得还差点什么，一天和田娇娇一起逛街吃晚饭时，忽然看到旁边的客人一边吃饭一边拿着手机录制视频，扬扬得意地说："妈，我吃饭咯，给你看看今天的菜，还不错是不是，我不知道结婚之后的生活会变成什么样，但我现在过得很快乐呀，所以你就不要再为我结不结婚的事情操心了，要知道，能过上快乐的日子很珍贵。"

　　小姑娘一席话，让郭悦茅塞顿开。

　　为了让单人餐厅引起大家的注意，他们是做了很多话题等活动，但并没有把周围真实的例子整合成一个集合，让大家知道其实除了自己，还有很多人和他们一样，虽然孤独，但过得很快乐。

　　郭悦灵机一动，简单向田娇娇陈述了自己的想法，她想拍一组身边单身的人的生活状况，想了解他们内心真正的想法，不管是对生活、工作、家人，还是未来。

　　这就好比很多大牌化妆品，做广告的时候并不是一上来就告诉消费者，他们的产品有多好多好，而是从不同的角度展现女性，展现她们的生活，她们的自信，她们的想法，从不同角度阐述他们的产品立意，又隐约在传达你用我们的产品也能像她们一样自信与魅力。

她也想这样做，通过来自身边的例子，告诉大家，一个人生活也很美好，也能很有品质，而他们的单人餐厅会成为他们提高品质的一部分。

田娇娇细细地琢磨郭悦的话，觉得有点道理，想法不错，感情牌打得很好，便同意了。

她没料到郭悦给她挖了个坑，郭悦挑中的第一个拍摄对象就是她。

"喂喂喂，我可没答应你要做你的拍摄对象。"田娇娇一手挡在郭悦的镜头前，阻止她拍摄："再说了，我也不是单身人群，你这样做有欺骗消费者的嫌疑。我不做，我不做。"为了不让郭悦拍自己，田娇娇甚至连钟硕都搬出来了，这可一点都不像她。

郭悦看着她滑稽的举动，不由笑出了声，将相机放一边，双手抱臂，眯着眼睛，不怀好意地打量着她。感觉到一股危险来势汹汹地朝自己袭来，田娇娇情不自禁往后退了两步，双手抱胸，战战兢兢地开口："你，你干吗！"

Chapter2 从现在开始冷静冷静

郭悦故作笑得很猥琐，让自己看起来像十分有把握能吃掉眼前的小白兔的大灰狼，意味深长地开口："老实交代，上周回你妈那，你和钟硕发生了什么？"郭悦斜视着她，一脸"你想骗我，我可没这么好骗"的傲娇表情。

田娇娇当即被她满是威胁性的笑容给吓住了，忍不住咽了咽口水，在老实交代和敷衍之间权衡了一下，最后还是让自己看起来十分淡定，假装若无其事地开口："能发生什么，他送完我就回北京了啊。"为了不露馅，田娇娇还故意将视线转到别的地方，避开郭悦过分犀利的目光。

"真的？"郭悦显然不信。这几天去公司她没少见到钟硕，但总感觉他好像变了一个人，以前总是嘻嘻哈哈的，现在几乎不怎么说话，还有些心不在焉的，跟灵魂出窍了似的。最重要的，之前一周起码一次吃一顿饭的两个人，这一周都没有见面，郭悦也没看到他们两个有通电话。

这些乱七八糟的信号告诉郭悦，这两个人肯定发生了点什么。

"真的啊。"田娇娇不以为然地说。她怎么可能会告诉她，那天钟硕送她回家之后，不仅没有立刻回家，还偷偷跟着她去相亲，差点被她家皇太后发现！

一想到这个，田娇娇就头疼。明明送她回家的路上，她就跟他说好了，现在还不是时候见家长，再等等，等到她探探父母的口风，看看他们对她找了一个比她小四岁的男生会是什么反应，之后再有针对性地发出进攻，给他们洗脑。

可钟硕呢，面上答应了，而且那天送她到小区附近之后，确实也离开了，可田娇娇没想到，他会折回，还在她家小区附近的酒店住下了，第二天偷偷跟着她去相亲。

田娇娇不知道有多后悔在冲动之下告诉了钟硕自己要去相亲这件事，她说得很清楚，这是她家皇太后的意思，不管怎么说皇太后也是爱她的，她得给她这个面子，但她心里的那个人是他。

她都把话说得这么清楚了，钟硕还是以服务员的身份出现在她相亲的餐厅里。

当时钟硕拿着菜单出现时，田娇娇被吓了一跳，惊讶过度的她，还险些暴露了两人的关系，被她家皇太后的同学的儿子、她此次的相亲对象发现。

好不容易装作什么事都没发生点完菜，钟硕还一直站在他们不远的地方，一直看着他们，幸好没有做出更夸张的举动来。

但他到底身份特殊，田娇娇和相亲对象一起吃饭，每一分钟都觉得很煎熬。后来，那个男的也发现了她的异样，又感觉钟硕的举动有些怪异，很委婉地问她是不是不舒服，要不要换到别家。

田娇娇善于言辞，并没有让对方起疑心。结账时，田娇娇提出AA，却被另一个服务员告知他们是今天的幸运宾客，本次用餐免费，田娇娇一下子就猜到是钟硕搞的鬼，但是还是硬撑着装什么都不知道，强颜欢笑地扯出一句"我们真幸运"，然后和相亲对象离开，送走他后又折回来，找自作主张的钟硕算账。

"你为什么会出现在这里？"田娇娇把钟硕生拖硬拽到餐厅附近的小公园，冷冷地质问。

"我不太放心。"钟硕如实说道。

但他的话还没有说完，还没解释自己为什么不放心，不放心什么，田娇娇忽然勃然大怒，大声反驳："你什么意思？我不是跟你解释得很清楚了吗？我只是按照我妈的意思过来见见人家，并没有下一步发展的打算。而且，你不也是答应了我要回去的吗，可你不但没回去，还出现在餐厅里，你是不相信我，还是什么？难道你对我就这么不信任吗，就不能给我一点私人空间吗？"田娇娇几乎是一口气吐完心中的不快，一双红彤彤的眼睛愤怒地瞪着垂着脑袋的钟硕。

"我……不是这样的，娇娇我只是……"钟硕有些理亏，他承认，一开始自己是有私心的，并没料到因为自己不太理智的举动会让田娇娇这么生气，双手刚要碰到田娇娇的手臂却被她灵巧地躲开了，她正用一种厌恶的眼神看着他。钟硕的双手尴尬地置在半空，一动不动，良久才缓缓放下。

面对强势，还在气头上的田娇娇，一阵无力感涌上心头，他有些恍惚，正要说点什么，就听见田娇娇再次淡漠地开口："你回去吧，我想一个人静静，哦，不，我们都静静吧，也许……"田娇娇哽了哽，抬头轻飘飘地看了他一眼，并没有继续说下去，但钟硕很清楚她噎回去的话十有八九是"我们可能不合适"这种比较伤感的话。

"娇娇，我……"钟硕再次无力地抬起手想抓住田娇娇的手臂，可田娇娇却猛然抬头，对上了他的视线，一字一顿地警告："我说了我想静静。"他从未见过如此冷漠的田娇娇，心像是被什么东西狠狠地扎了一下，无助地垂下头，看着她的脚尖发呆。

田娇娇见他不走，想也没想就抬脚随便朝一个方向走去。钟硕猛然抬头，想跟上去，看着那个孤傲、冷酷的背影渐渐消失在自己的视线里，却迈不开半个步子……

"那最近你俩怎么不见面，也不一起吃饭？"郭悦清楚地记得，当时田娇娇答应和钟硕在一起的时候，钟硕兴冲冲地跑来告诉她，要跟田娇娇吃遍北京的餐厅。这话虽然有些夸张，不过钟硕这样说时，兴奋激动得好似容易满足的孩子。

"我说你是不是太闲了啊，视频不拍了？"因为她忽然提起钟硕，田娇娇比较烦躁，双手抱臂白了她一眼："这种态度对待你的工作就不怕丢了工作要上街乞讨？"田娇娇的语气听上去有点严厉，她平时对工作就很看重，尤其当了领导之后，更看不惯对工作不上心的人。

郭悦也懒得跟她计较，她不说，改天问钟硕不就得了，干吗要现在自己找虐。

"算了算了，懒得理你们，我出门了。"原来是打算从田娇娇入手，但她不愿意，郭悦也就不勉强她，拿着相机打算去找常亮，没准常亮能帮上她的忙。

　　说起来，郭悦还是第一次去常亮家，常亮家离她家还是有点距离的，不过她家离地铁口近，坐地铁不用倒车也还算方便。

　　郭悦约了常亮五点，但她第一次过来，拿捏不好时间，四点半就到了，站在门口按了好一会门铃也没有人开门，导致她都以为自己是不是敲错门了，拿着手机打开微信对了对常亮给自己发的消息，又看了看门牌号，是1015没错。

　　郭悦十分懊恼，更郁闷的是，给某人打电话，还没有人接。

　　她正犹豫要不要离开，门忽然开了，随即一股水汽朝她扑来，蕴得她睁不开眼睛，朦朦胧胧地看见一个宽肩窄腰、线条匀称的男人裹着浴巾出现在她的视线里，男人的头发还湿漉漉的，水珠顺着他脸部的轮廓滑到喉结的瞬间，他咽了咽口水，喉结上下滑动，好不性感。

　　郭悦几乎失去了控制能力，视线紧紧盯着眼前过分诱人的美色，不禁咽了咽口水。

　　常亮轻笑一声，慵懒沙哑的声线响起："好看吗？"他倚在门框上，饶有兴致地盯着看上去有点傻的郭悦。

　　郭悦立即回神，慌张地别过头去，结结巴巴地问："你怎么不穿衣服？"这能怪她吗？明明是他色诱她好不好，大白天的，明明知道她要过来还这样子，简直就是犯罪！

　　"刚运动完，洗了个澡。"常亮愉悦地勾了勾唇角，话语间没什么不妥，他把门完全敞开："进来吧。"

　　郭悦的脚小心翼翼迈了进去，门哐当一声关上时，她的小心脏咯噔了一声，有种进了大灰狼的狼窝，即将要被吃掉的错觉。

　　果不其然，她还没走两步，身后的人，长臂一伸，轻而易举将她捞进怀里，双手紧紧箍着她的细腰，随即慵懒迷离的声线在她头顶响起："不是说五点过来吗，怎么四点半就过来了，嗯？"他的尾音微微上扬，听上去性感中又透着一丝放荡不羁，钻入郭悦的耳朵里，她不由打了个寒战，结结巴巴地说："怕……怕找不到地方，提前出门了。"她的后脑勺紧紧地贴在某人赤裸着、微微发热的胸膛上，沐浴露的芳香直窜她的鼻腔，刺激着她敏感而紧张的神经。

常亮不知道什么时候绕到了郭悦的前面，面对面时才发现她面若潮红，水润的眸子泛着淡淡的涟漪，他不由觉得自己浑身都在发烫，搂着郭悦的双手不由加大力度，仿佛是要将眼前的可人儿揉进自己的骨血里。

郭悦被他滚烫的皮肤吓得一动也不敢动，浓烈的男性气息将她团团围住，她紧张地握紧拳头，良久才战战兢兢地说："那个……"

她的话还没说完，常亮就伸出颀长的食指，按在她的薄唇上，嘴角噙着笑意，低头一瞬不瞬地望着她的眸子，痞痞地开口："私事比较重要。"然后，猝不及防地在她的薄唇上印上一吻，在暖融融的夕阳的映衬下，画面美好得恍如童话故事里温馨唯美的插画……

Chapter3 别被人拐跑了

事后，郭悦不禁打心底骂了常亮千遍百遍。她还记得之前有谁跟自己说过，常亮是禁欲系男神的，要不是顾及自己的面子，她非得告诉大家，什么禁欲系男神，他比谁都容易……

疯了疯了。

更要命的是，这个混蛋，亲完了之后还一脸饥渴地舔舔唇，说什么"好像没吃饱"类似这种欠扁的话。

不过，幸亏他没有继续做更过分的事，要不然郭悦也不敢确定自己着急上火会不会暴跳如雷，打他一顿！

为了防止自己再次被美色诱惑，郭悦声色并厉地让常亮先把头发吹干，穿好衣服。

常亮见她不太敢看自己，却又强行让自己看起来很凶的样子，偷偷笑了笑，抬手欲戳一戳她那鼓起来像河豚一样的腮帮子，却被她恶狠狠地瞪了一眼，像是在说"你想找死吗？"，常亮的小心脏不禁抖了抖，扯着嘴角嬉皮笑脸地说："好好好，马上去，你等我会。"

郭悦连应都没应，倔倔地哼了一声，双手抱臂将视线转到别的地方，待常亮回卧房换衣服，才转过头来环视了一周客厅，然而，除了简单的家具，生活必需品外，她并没有发现多余的物品，若不是垃圾桶里有几块柚子皮，还有点生活气息，郭悦没准就以为这房子根本没有人住。

穿戴整齐出来的常亮给郭悦倒了一杯水，这会他倒没再戏弄郭悦，坐在她的旁边，直接进入正题，问："你想拍几个人？"他所认识的人中单身的倒还不少，就不知道能不能入郭悦的眼而已。

郭悦想了想，认真地说："怎么也得三五个吧，然后一个人怎么也得说个半分钟以上吧。"她的想法是，最好这些人都来自不同的行业，初期的话士林内部的员工就算了，免得让消费者觉得他们的采访有水分。

"嗯，这倒没什么问题，我给朋友打个电话，问问他有没有空，如果有空的话现在就可以过去了。"

"这么快？"郭悦惊讶地望着常亮，显然没料到进展会这么速度，还好，她出门的时候连相机也一并带过来了。

"你不是着急嘛，快点也好。"常亮的话说得毫无破绽，郭悦找不出能吐槽的点，点了点头。她不知道，其实，常亮是这样想的，她忙完了，他们才能有更多单独相处的时间。

"诶，不对。"郭悦总觉得有些地方不对劲，咬了咬唇，陷入了纠结中。

"怎么了？"正要给朋友打电话的常亮一脸好奇。

"不对啊。什么叫我着急，这项目是你的好不好，虽然我后面加入了你的队伍里，但这个项目最大的受益者是你，怎么感觉现在努力的人只有我一个？"郭悦皱着眉头，一脸不悦，"说，你是不是一开始就打算坑我？"亏得她比较机灵，要不然就让他给糊弄过去了。现在什么事情都丢给她，她忙得晕头转向的，他倒好，就知道动不动耍流氓，占她便宜。

不服，严重不服！

"哪有，我这不是也在帮你嘛，再说了，公司不也给你开了工资嘛。"常亮赶忙伸手揉揉某只要发飙的小猫的小脑袋，轻哄道："装修的事情不也一直是我在忙嘛，你要觉得我占的便宜比较多，那你把银行账号给我，我把工资分你一半，反正我的迟早都是你的。"常亮这样一说，客厅里的气氛又瞬间变得暧昧，像是有什么东西在蠢蠢欲动。

郭悦立刻涨红了脸："谁……谁要你的钱了。"她根本就不是在埋怨钱多钱少的问题好吗？

郭悦算是发现了，常亮的思维要比她快半拍，黑的也能让他说成白的。

"算了算了，赶紧问，要是能拍早点拍。"拍完好回家，她感觉自己要是再待在这里，迟早会被吃得骨头都不剩。

常亮的朋友也正好有空，常亮立刻驱车带着郭悦前往和朋友约定好的地方。

郭悦从来没想到，常亮的这个男性朋友，居然是花店的老板，被常亮带到那家装修文艺复古的花店时，她还以为他要给对方买花，心里还有一个不太爽快的声音在说：哼，正牌女友还没收到过花呢，竟然敢光明正大地给别的女人买花，是不是不想活了？

她跟在常亮后面，冲着身姿挺拔的常亮做鬼脸，还很幼稚地踩他的影子，仿佛是拿影子发泄内心的不满。

她只顾着踩他的影子泄愤，完全没想到常亮会忽然停下来，一不小心差点撞得鼻梁都歪了，郭悦疼得"啊"了一声，下意识伸手揉被撞得生疼的鼻子，埋怨道："干吗忽然停下来！"

常亮扭头，好笑地看着她："走路不看路，你在后面嘀咕什么？"

"呃？"郭悦猛然抬头，有点心虚，心想：难道刚刚自己把心里话说出来了吗？不是吧……

常亮叹了口气，也不知道他的小野猫这几天怎么了，总是走神。他往后退了一步，牵起郭悦的手，满是宠溺地说："别老走神，要是被别人拐跑了怎么办？"

郭悦一怔，什么话，明明拐跑她的，正是常某人好吗！！

"你……"正在修剪花枝的沈正鑫听见有脚步声没抬头就开口，可隐约感觉不止一个人，又及时收口，抬头看向门口，不巧常亮拉着郭悦朝他走来的一幕正好被他撞见，他顿时像发现新大陆一般，惊讶地瞪大嘴巴，顾不上打招呼，连忙确认他们的关系："这是？"沈正鑫一直觉得自己和常亮的关系不错，但他竟然不知道这小子已经有对象了！

是女朋友没错吧……沈正鑫放下手里的剪刀，身子往后倾了倾，眯着眼睛，视线在穿着类似改良汉服交叠领的白色亚麻长裙，头发盘成一个髻，宛如从森林里走出来的精灵一般的郭悦的身上来来回回转了好几次，才看向常亮，不确定地开口："女朋友？"

常亮点点头，嗯了一声，然后十分自然地向郭悦介绍沈正鑫："我朋友，沈正鑫。"他看向沈正鑫："我女朋友，郭悦。"

"你好。"郭悦朝他微笑点点头。

"你……你好。"沈正鑫还没从震惊中回过神来，一直盯着郭悦看，觉得好像在哪里见过她，却又想不起来："啊啊啊，你是网上那个粉丝很多的美食博主？"沈正鑫似乎不敢相信自己的眼睛。那可是千万网民的女神啊，没想到竟然被常亮给拐走了。

被人认出身份，郭悦有些不好意思地笑笑，谦虚地说："没有没有，就幸运而已。"

谁知道，沈正鑫竟然激动地上前握住了郭悦另一只手，忽然开玩笑说："本人比照片、视频里的更好看了，对了，常亮这个浑小子对你怎么样，不怎么样对吧？我跟你说他就这样，但我绝对比他靠谱……"

他几乎不给人插嘴的机会，拍了拍自己的胸膛，兴奋得完全没有注意到还拉着郭悦的常亮已经有了变脸的迹象，一股无形的危险迅速地朝他扑去，常亮冷冷地开口："干吗，干吗，当着兄弟的面，挖兄弟的墙脚，是不是不想当兄弟了？"

沈正鑫不好意思地收回手，怯怯地挠挠头："哪有哪有，开玩笑的。我还想多活几年呢……"他和常亮也是同学，只不过他当年是以交换生的身份在他们班里待了一年，但还是幸运地看到了常亮坠入爱河的一幕。

想起曾经常亮和陈欣怡的过去，被甩了之后，常亮一蹶不振，他还以为陈欣怡会是常亮一辈子过不去的坎，没想到多年之后，常亮身边居然站了一个比陈欣怡更优秀的女人。

一想到自己还单身，他就觉得自己很可怜。

怎么优秀好看的女人都看上了常亮，就没有一个看上他的呢?

"你们先坐，我给客人包束花，人家一会过来拿。"沈正鑫敛了脸上的玩味，一本正经地说，又朝放在店里最里侧的小茶几指了指："里面有点心和茶水，随意用。"

许是因为沈正鑫刚刚玩笑开得有点过，常亮没好气地哼了一声，没好气地说："不用，谁知道吃了会不会拉肚子。"

沈正鑫一听，没有生气，反倒是乐得哈哈大笑，一边修剪手里的玫瑰，一边长叹道："都这么多年了，长了年纪，吃了不少的苦，脾气倒是一点都没改啊。"在他的印象里，常亮就只有一个模样——动不动就炸毛。

"诶，你废话怎么这多，是不是不想拍了?"常亮的语气带着一丝不耐烦和暴力。

"拍拍拍，我不说了行了吧。"沈正鑫笑着朝他做了一个拉锁的动作，转而低头摆弄手里的鲜花。那可是帮全民女神郭悦的忙，别人想拍还不一定有这个机会，他怎么会放弃这大好的机会。

这两人你一言，我一句，着实让郭悦大开眼界，这就是常总求人的态度?换作是她，早就翻脸不干了。

一开始她看见沈正鑫，还以为他是那种很随便的人，现在才发现自己错得很离谱，在自己身边那个叫作常亮的人才是最危险的存在!

Chapter4 离我女朋友远点

沈正鑫包花的技术不是盖的，三下两下，几枝娇艳欲滴的玫瑰加上几枝配草，在他灵巧的双手下就变成了一束别具一格的花束，看得郭悦眼睛都直了。

与别的花店不同，他家的花束除了好看之外，材料都是环保可回收利用的，而且底部采用的是独立包装的鲜花营养液，普通花店的鲜花能放一周，他们家的最少可以放两周。

沈正鑫说，一开始并没有想过要做鲜花，父母也始终对他上不了台面的职业不待见，一直有让他回家考公务员，或当老师的念头。

沈正鑫虽然不知道自己能做什么，但他很清楚，那种一成不变的生活并不是他想要的。

一次偶然，他听见公司的女同事生活压力大，想买点鲜花装点居家环境又觉得太贵，最多一周就得换，太费钱。他就想，能不能延长鲜花的保鲜期，价格不贵，大众都能消费得起。

之后经过一番折腾，他找到了不错的保鲜剂和营养液，亲自跑到我国最大的鲜花市场云南，做实地调查，这才有了现在的花店。

"哇，你这简直就是一个典型的创业史成功案例啊。"郭悦听了沈正鑫的话，忍不住竖起大拇指。这年头，一个男生，比女生还手巧，又长得这么好看，这么优秀的男生还单身，不管怎么看都有点奇怪。

于是，郭悦又问他对自己现在的生活状态什么看法。

"像很多人一样，我的父母也替我的感情烦恼，尤其是我妈，隔三岔五就跟我说谁谁谁家儿子结婚了，谁谁谁家女儿生二胎了，反正就是变着法子告诉我，再不结婚生孩子，就咋咋滴，说来说去也就那几句话，那几个意思。"沈正鑫顿了顿，"其实也不是没有去相亲过，但是她们知道我是开花店的，紧接着就问我在北京有没有房子，我说没有，她们就有些尴尬地点点头，之后就不了了之了。"

"但我从没告诉过他们，我这花店虽小，但收入并不差，现在人对生活质量要求高，我正好满足了他们的部分需求，而且我这边有稳定的供货商，我家的鲜花比别家要便宜，而且还新鲜，薄利多销你知道吧？"说到这，沈正鑫有些小得意，眼睛扑闪扑闪的，看得出，现在的他过得很快乐。

"对我来说，单身只是一种状态，就像著名的舞蹈家杨丽萍说的那样，一棵树可以是我的儿子，一朵花可以是我的女儿，我每天和鲜花生活在一起，还能给人带来开心和幸福，我自己很满足。"

郭悦听完他一席话，瞬间觉得自己找对人了，对沈正鑫的兴趣越发浓烈，她简单把刚刚他说的话做了个概述，然后在店里找了一个比较好看的场景，打算放一张凳子，让沈正鑫再一次把刚刚自己说的话跟大家分享。

完全陷入工作状态之后，常亮像个闲人一样，想帮忙也不知道自己能帮什么忙，倒是看着自己的女朋友和朋友聊得这么欢，心里又很不是滋味，尤其是回想起刚刚郭悦听完沈正鑫阐述自己的过去，那种钦佩的表情，他简直要疯了。

都说想要一个女人对自己死心塌地，首先得用人格征服她。他努力了这么久，好不容易在一起了，并没有发现郭悦对自己有半点钦佩之情。

所以，当郭悦在拍摄过程中，指导沈正鑫发生肢体接触时，他感觉自己变成了教导主任，最后强行找了个"帮忙"的理由，加入他们中间，找存在感。

拍摄过程还算比较顺利，除了有几个镜头重新录了几次外，其他镜头都是一遍过，差一点郭悦就以为他是表演系毕业的，而沈正鑫也差点以为郭悦是摄影专业毕业的，拿着相机颇有大师的风范。

"谢谢你啊，沈先生。"第一个拍摄任务算是完成了，不管是片子还是人，她都比较满意。

沈正鑫笑笑，很不客气地接话："要感谢的话，就直接在我家订送给顾客的花吧。"他的声音清脆悦耳，加上那双桃花眼扑闪扑闪的，怎么看都赏心悦目。

郭悦情不自禁看向常亮："这个主意不错，你觉得呢？"在拍摄之前，常亮就简单和沈正鑫说明了单人餐厅的方案，而郭悦则向他解释了拍摄视频的目的，沈正鑫觉得他们想法不错，很有市场，加上跟常亮又是朋友，就答应了。

不过，郭悦跟沈正鑫聊得这么来，明明是第一次见面，却跟认识了很久的老朋友一样，即便是兄弟，常亮心里也难免会有不悦，他咂咂嘴，漫不经心地说："都行。"话都说到这份上了，他还有什么好拒绝的？

"那就谢谢常总咯。"沈正鑫笑嘻嘻地握上了常亮的手，又拍了拍他的肩膀，拍一个视频换来了一单生意，还是很划算的。

常亮扯着嘴角嘿嘿两声，其实心头早就愤怒，心想：离我家郭悦远一点，其他的都好说。

郭悦想请沈正鑫吃饭表示感谢，但常亮从进了花店开始，就十分古怪，沈正鑫什么都知道，他虽然很欣赏郭悦，却不会做对不起兄弟的事，于是借口要给顾客送花，婉言拒绝了郭悦的一番好意。

送二人出门后，趁着常亮去取车，沈正鑫悄悄在郭悦身边小声感叹："郭小姐真幸福啊。"他虽然单身，觉得自己过得不错，但也很羡慕像常亮这种有对象，同样很幸福的人，他并不排斥找对象，只是他的运气要比常亮差一些，还没遇见让他心动的那个姑娘。

他说话时，不巧马路上正好有车摁了喇叭，郭悦听不太清，一脸茫然地扭头看向他，好奇地问："你刚刚说什么，我没听清。"

沈正鑫脸上的笑容依旧如沐春风，他想了想，轻松地说："没事，就让你有空多给我介绍点顾客，哈哈哈。"

"哈哈哈哈，你放心，有需要的话一定给你介绍。"

上了车，郭悦就低头看刚刚拍的片子，她很喜欢沈正鑫风格别致的花店，在看到装花的花桶外面还套了一个竹编的小篓子，并用风干的藤蔓缠绕装点，她就知道这花店是经过精心设计的，每一个小细节无不在展示店家的品位。

她看得太专心，都没注意常亮把车开往哪里，直到常亮喊她下车，才发现自己来到了一家餐厅前。

郭悦下了车才问："呃，怎么来餐厅了？"

"吃饭啊。"来餐厅除了吃饭还能干什么？常亮无奈地耸耸肩，嫌她问题太多，直接抓过她的手腕，把她拖进餐厅，按在座位上。

"喂喂喂……"郭悦不满他这种粗鲁的行为，怎么说她也是个女生，这也太暴力了吧。

"看看吃什么。"常亮直接把菜单递到她跟前，瞥见她正瞪着自己，叹了口气，好声好气地说："再怎么忙也要吃饭啊，人是铁，饭是钢。"他顿了顿，朝郭悦靠近了些，郭悦以为他要做什么，警惕地往后缩了缩。

常亮早就料到她会是这样的反应，伸手按住了她的肩膀，小声解释："既然要做餐饮，当然得来别人家的餐厅窥视敌情啊。"郭悦这才安静下来，打心里鄙视他这个理由，但又不想承认这是在约会。

"跟我说说沈正鑫的故事呗。"吃着吃着，郭悦忽然来了一句，她的声音里还有几分期待，常亮听着，脸色又凝重了几分，放下筷子，一本正经地警告道："不许红杏出墙。"从见到沈正鑫开始，常亮就觉得郭悦的视线和注意力都在他身上，好不容易吃个饭，还提到他，他开始后悔当时带郭悦去见他了。

郭悦有些愕然，这算哪门子红杏出墙啊，正纠结着要不要怼回去，就发觉气氛不太对劲，顿了顿，放下筷子，伸手试探性地戳了戳常亮的脸，见他哼了哼，一副"我生气了，哄不好的那种生气"的模样忽然笑出了声，单手撑着下巴，很认真地看着他的眼睛问："你生气啦？"明明是有点严肃的话题，从她那带笑的嘴角说出来，硬是有点调侃的味道。

见某人依旧板着脸，跟谁欠了他百八十万似的，郭悦又调皮地戳了戳，身子微微向前倾，试探性问道："吃醋了？"这也能吃醋的话，她实在不知道说什么好了。

常亮斜视了她一眼，身子往后缩了缩，既不承认也不否认。

郭悦还是第一次看到常亮跟个倔小孩一样，不由地感叹，谈个恋爱，还给自己增加了一个哄小孩的活。唉……

想了想，最后她还是极不情愿地从位置上站了起来，走到常亮的身边，厚着脸皮把他往里面挤："往里面坐点，带我来吃牛排也不给我切一下，我要吃你的。"说着，直接拿起常亮的餐具，叉了一块他切好的牛排，吧唧吧唧地嚼起来，偷偷用眼角的余光观察他的神色。

情况不太乐观，郭悦皱了皱眉头，重新叉了一块牛排，递到常亮的嘴边："啊……尝一块，味道还不错。"

当然，我选的餐厅能差吗？常亮不屑地白了她一眼，面上依旧无动于衷。

郭悦苦恼地拍了拍自己的脑袋，一声哀叹，忽然脑子里闪过电视剧里的画面，她似乎看到了曙光，眼睛亮晶晶的，放下餐具，猝不及防地吧唧了一口常亮的侧脸，迅速离开，假装若无其事地说："这么好吃的牛排，不吃白不吃咯。"然后回到自己的位置上，自顾自切牛排，自我安慰狂跳的小心脏：先给一巴掌，再给一颗糖。你教我的，哄不好，也没办法。

第十三章

你的名字，我的心事

Chapter1 亮哥居然害羞

常亮整个人都蒙了，眼神空洞，一怔一怔的，似乎不敢相信郭悦主动亲了自己这个事实。正如田娇娇所说，郭悦看上去就像那种清心寡欲的人，没点毅力还真是个折磨。

尝了点甜头，缓过神来后，常亮很没骨气地把自己知道的和沈正鑫有关的事情都告诉了郭悦，就差没在脸上写上"快夸我吧"几个大字。

"哇，没想到他竟然这么厉害。"本来就很佩服他的郭悦，听完常亮的话之后就跟听到某个伟人的光辉历史一样，越发崇拜他，心想：跟这样聪明又积极的人在一起，不变优秀都很难。

常亮悄悄切了一声，面上却违心地说："是是是，很厉害。"其实早在心里吐槽了千万遍：我也很厉害啊，只是不告诉你而已。

常亮说，沈正鑫也是从类似陵水这样的小县城出来，上大学的时候成绩非常突出，就被选中成为他们学校的交换生，他们这才有幸结识，成为了关系不错的朋友。

沈正鑫一直以来都是很有志向的人，并不甘于毕业后回家找一份稳定的工作，于是一边承受着来自父母的压力，一边努力地在北京寻找机会。经过一番努力才有了今天的成就。

常亮几乎是用三言两语就把沈正鑫这些年的努力给概括完了，用他的话来说，就四个词：时代、坚持、理想与机遇。

郭悦笑笑，她懂，常人往往只能看到表面，至于光鲜亮丽的背后藏着多少汗水，只有当事人才知道。

就像她当年从北京回家，找不到合适的工作，每天就跟着外婆到地里忙活，要不是田娇娇忽然给了她开土特产店的提议，没准她也就只能像陵水大多数妇女一样，生活围绕家庭、孩子、农田而展开。

幸好，老天对她足够眷顾，给了她一碗网红的饭吃，网店也经营得不错。

记得当年她提出想要做网店时，外婆是反对的。外婆活了一辈子，从没离开过陵水，对外面飞速发展的世界一概不知，更不了解生活在一线城市的人随着收入的增加，对生活品质的要求。

郭悦要拿出自己所有的存款先收购农民手里的土特产，好不容易说服了外婆，满怀期待，结果网店的销售却没有她想象中的好，而田娇娇工作比较忙，只能帮她在朋友圈里做推荐，时不时有几个单子，能让她保证日常的开销。

后来，她也试着像别的店家一样，找大V帮忙推荐，推荐时效果还可以，推荐期过后销量又掉下去了。

她不得不重新回头审视自己的店，同时也在不断观察那些销量特别好的店。

之后才发现，最大的问题是她的土特产店和其他的店家没有什么区别，不足以吸引大众的眼球。

网店就是这样，价格过高没人光顾，价格太低，成本又摆在那里，还容易引起消费者怀疑是不是次品。

经过一番深思，她把目光锁定在一线城市的人最关注的"养生""绿色""健康""纯天然""野生"这些点上。围绕着这几个词，对店铺重新做了调整，结合自己的喜好与产品的特点，有把店面改成古风的想法，经过和店铺设计师沟通，最终定下了现在的风格。

再后来，她的视频火了之后，店铺的销量就噌噌地往上涨，从原来的好几天一单，变成了现在的月销过万。但她并没有停止学习，凭着喜好看了不少古籍，尤其是养生这块，根据古籍里的记载还原了不少古方分享给大家。

久而久之，她成为大家心心念念的小仙女，一致认为她跟别的网红不一样，她是一个有智慧、有能力的姑娘。

晚饭过后，常亮送郭悦回家。看着车驶向熟悉的小区，郭悦一边拿起放在座椅旁边的相机，一边愉悦地说："今天辛苦你啦，改天给你做好吃的。"

"要是太累的话，明天就别去拍了，先休息休息。"常亮早就见识过郭悦对工作的狂热态度，生怕她用劲过猛，把自己累垮了。

郭悦想也没想就说："唔，还好吧，不累，早点拍完早点剪。"

常亮就知道，自己又说了废话。

最近北京天气比较热，在外面待一小会就会大汗淋漓，郭悦早就嫌弃自己身上一股汗味，还黏糊糊的，有点恶心，恨不得回家放下东西就立刻洗个舒服的澡。车还没停稳，她就把自己的东西拿好了，一副迫不及待的样子。

别人谈恋爱，分开时总要折腾一会，互相倾诉一下不舍，郭悦倒好，恨不得马上分开，然后她就自由了。常亮眼角的余光瞥见她那副小表情，心里很不是滋味，正要埋怨几句，郭悦像是忽然想到了点什么，突然开口问："对了，你知道钟硕和田娇娇发生什么了吗？这几天感觉他俩挺奇怪的。"白天从田娇娇那里套话失败，又忙了好一会，她差点就把这事给忘了。

常亮不满地哼了哼，他也没完全消气啊，也不见关心他有没有怎么样。

"你这是什么表情？"郭悦完全不懂常亮几个意思，难道她说的话有问题？

常亮微不可闻地叹了口气，努力扬了扬嘴角："没，我也不知道，回头问问，赶紧上去休息吧。"

"好的。"郭悦有些遗憾，利索地开门下车，忽然又停下来，弯腰，靠在车窗上，冲着常亮叮嘱："路上小心。"她顿了顿，潜意识咬了咬唇，有些腼腆地说："可以的话，到家给我发个消息。"她逆着光，常亮隐隐约约瞥见她的脸颊微微泛红，目光躲躲闪闪，不敢看他的眼睛，笑着朝她挥挥手："行，你先上去我再走。"

郭悦点点头，转身朝单元门走去。路灯将她娇小的身影拉得老长，长到离常亮越来越远，要消失在他的视线里，却又感觉她在不断挠自己的心，酥酥的，痒痒的。

细细回想两个人在一起，说来还有些奇怪，那次不小心说出自己的心里话之后，常亮就在找各种方法引起郭悦的注意，妄图让她也像自己一样，因为她，夜不能寐，但很奇怪，他死缠烂打郭悦也无动于衷，最后那次在小区楼下逮住她，一开始她还很抗拒，也不知道怎么了忽然就同意了。

在一起都快一个月了，常亮也不明白郭悦到底在想什么。说她也喜欢他吧，不能说不是，也不能说完全是。

说是吧，郭悦又不像其他陷入恋爱的女生一样，总会缠着男生，撒撒娇，会有说不完的话题。

说不是吧，她也有关心自己，就像刚刚，忽然回头来一句让他到家给自己报个平安，说那话的时候，还有些害羞……

认识大半年了，郭悦在他心里仍然像谜一样。

后来，实在想不通的常亮给了自己这样一个答案：郭悦在玩欲擒故纵。

郭悦为了视频的事三天两头往常亮的办公室跑，每次从里面出来都眉开眼笑的，有八卦的同事在私底下悄悄议论他俩是不是已经在一起了。更有八卦的人又翻出之前两个人的绯闻的截图和微博。霎时间，两个人的关系成了办公室里茶余饭后的必聊话题。

郭悦全程假装不知道，该干什么还是做什么。在她看来，事情本来就是真的，只是她还不想公开，解释无疑会变成掩饰。

但终究，纸还是包不住火，郭悦的视频发布出去之后，激起了不少单身人士的共鸣，他们创建的话题成为了大家热议的话题，单人餐厅这一概念也慢慢渗透到目标消费人群的思想中，不少人表示对餐厅很是期待，希望餐厅早日营业。

为了庆祝取得的成就，老总特意安排了团建。郭悦和常亮理所当然成为大家敬酒的对象，郭悦的酒量再好也没办法应对整个公司好几百号人一人一杯，常亮担心郭悦喝醉之后会难受，多次替她挡酒，之后市场部某个眼尖的老干部就半开玩笑，半正经地问，他们是不是在谈恋爱。

话音刚落，周围的人纷纷向他们行注目礼。其实不仅市场部的人想知道，整个士林的员工都想知道，只是不知道怎么开口而已。

郭悦微微一怔，看了眼常亮，又环视了一周正看着自己的人，抿了抿唇，云淡风轻地开口："是。"

常亮："不是。"

霎时间，整个会场因为两个当事人不同的答案炸开了锅，纷纷和周围的人窃窃私语。就连常亮也露出了惊讶的神色，怔怔地望着她，欲言又止。他以为郭悦给的眼神是在暗示她要撇清关系，没想到……

早就做好心理准备的郭悦除了因为常亮否定的回答有点惊讶之外，很快就回过神来，落落大方地挽上常亮的手，面带微笑，从容不迫地解释："他……害羞。"

啊哈？这什么情况？

常亮根本没料到剧情会是这样发展，目瞪口呆地看着郭悦，不由红了脸，就连眼珠子都红了。他只感觉自己浑身的血液都在沸腾，太阳穴突突突地跳着，许是太过震惊，都没有注意到郭悦亮晶晶的眸子闪过一抹奸计得逞的亮光。

而那群八卦的人听到这个振奋人心的消息，根本没有心思去揣测常亮是因为害羞脸红还是生气脸红。

常亮看上去是禁欲男神，其实是名副其实的害羞。

这一消息在郭悦承认她和常亮关系的那天，在公司里传开了。

Chapter2 希望你多依赖我

那天之后，公司里的人看郭悦的眼神就怪怪的，但和他们看常亮的眼神比起来，郭悦还是比较幸运的，尤其是听见有小姑娘八卦常亮到底是不是害羞，对他先前阳光治愈的形象产生怀疑时，她心里甭提多得意。

这叫先下手为强，她就喜欢看他措手不及，慌张却又无可奈何的样子。

哎呀，曾经那个器宇轩昂的少年啊，一去不复返咯。

一开始，常亮并不适应大家议论自己从"男神"、"暖男"变成害羞，每次遇见员工，他们看到他，欲言又止的模样，就让他浑身不舒服。

但后来他想开了，不管他如何，不也一样把大家心目中的女神拿下了不是吗？要是早点把结婚证弄下来，来个官宣，塞他们一嘴狗粮，断了所有人的念头，更痛快不是？

常亮光想着自己痛快，忽略了一个很严重的问题。郭悦之所以会再次回到北京，主要还是因为外婆一而再再而三让她珍惜机会。

起初，郭悦压根没想到自己接了广告合作的活后，还会跟常亮一起做单人餐厅的项目。某一天，她忽然收到某个粉丝给自己发的私信，说好想看看现在陵水的风光，问她什么时候更新视频。

郭悦还没回复，对方又很遗憾地回了一句：我都忘了小姐姐最近不在陵水，在北京……

那句话似乎一下子戳中郭悦的心，她当即拿起手机给外婆打电话，问她近况。

幸好，外婆一切都好，还告诉她，杨秋山很照顾自己，每天都会来她们家看看她，前些日子还帮忙把被子翻出来晒。

郭悦听了鼻子微微泛酸，自己忽然离开，把照顾外婆的重任交给了多年的好同学，不管怎么说，都有些说不过去。

曾经的她，恨不得自己一天二十四个小时，忙上十二个小时，剩下的时间洗洗睡。但当她的父亲去世，这个世界上她仅剩下外婆一个亲人时，她又恨不得一整天都陪在外婆身边，还祈求老天，让外婆老得慢一点，再慢一点……

一直以来，她总给人一种不好亲近的感觉，眼神冷冷的，性情也冷冷的，只有她自己清楚地知道，她不过是不想和太多人产生交集，故意让自己看上去有强烈的疏离感罢了。

她原以为这样的生活状态会一直持续下去，不料被常亮破坏了平衡。

一天，常亮在跟她描绘未来的蓝图，说将来等存够了钱，要在北京买房子，然后和她一起开餐厅时，她想到了外婆，沉默了。

"你怎么了？"常亮兴致勃勃地说完自己的心里话，可怀里的人，连个声都不吱，反倒脸色越来越凝重。

常亮努力回想因为兴奋过度，滔滔不绝，不知道自己说错了什么，惹得郭悦不高兴。

郭悦哽了哽，摇摇头，勉强挤出一丝笑意，说："没事。"

她不知道要怎么和他坦白心中的顾虑，也不想给他增添烦恼，更不想他因为自己放弃梦想——北京拥有一家餐厅，但她又放不下外婆，那毕竟是她在这个世上唯一的亲人。

客厅的气氛霎时间窜出一丝压抑，郭悦瞥见客厅墙壁上挂着的时钟，忽然挣脱了常亮的怀抱，故作若无其事，扯开话题："哇，都这个点了，我去做饭，你吃完再回去吧。"没等常亮回过神来，就穿上鞋欲往厨房走。

可她没走两步，常亮就抓住了她的手腕，她一怔，扭头对上了常亮幽深的眸子，心脏微微一颤，问："怎么了？"

常亮就那样静静地盯着她的眸子看了好一会，看得她心底发虚，再次问怎么了，他才缓缓开口，沙哑的声线里夹着沉重，连名带姓地喊她："郭悦，从下定决心和你在一起开始，我就把你当成家人，如果你遇到了什么困难，我希望你能和我说，不要憋在心里一个人默默承受……"

郭悦微微一怔，缓了缓心底复杂的情绪，忽然像什么事也没有一样，笑着拍了拍常亮的肩膀，说："我能有什么事啊，还不是你那单人餐厅太烦人，总给我加活，也不见给我加工资。"说到最后，她的声音透着嫌弃和鄙夷。

常亮顺势说："回头给你补上。"他顿了顿，忽然嬉皮笑脸地纠正，"不对，我就要克扣你工钱，有钱也不还，但我可以用一辈子还呀。"

面对突如其来的情话，郭悦很没骨气地红了脸，就连耳根也微微发热起来，她故作镇静地顺了顺气，白了常亮一眼，一字一顿地喷他："不要脸！"然后，猛然甩开常亮的手，向厨房走去。

她哪里不知道，常亮这是故意逗她，让她开心，换一种方式告诉她，不管怎么样，他都会在她身边。

殊不知，常亮越是这样，她心里就越难受。她甚至后悔当初给了常亮接近自己的机会，以至于现在他这般了解自己的脾性，哪怕她只是一个眼神，他也能猜到她几分的心思。

郭悦简单做了几个菜，吃饱喝足后常亮主动收拾碗筷，担心他一个人整理不过来，郭悦就去厨房帮忙。她是双手沾了洗涤剂，搓出一堆泡泡才注意到没把头发扎起来，她一低头，头发就往脸上糊，往后面甩了几次，还是不管用，就让在一旁擦碗的常亮去房间给她拿一个橡皮筋系起来。

常亮还从来没扎过头发，拿着橡皮筋在手里撑了撑，看看橡皮筋，又看看眼前乌黑发亮的长发不知如何下手，硬着头皮小声问："要怎么扎？"

郭悦在认真地洗碗，也没扭头去看常亮，不知道此刻他正一脸茫然，随口说："随便扎就行。"

随便扎是什么扎法啊？常亮表示头大，微不可闻地叹了口气，又不想承认自己不会扎头发，战战兢兢地伸手将郭悦的长发拨到一起，冰凉的手指略过郭悦颀长细腻、微微发热的颈脖，霎时间像是有一股电流从他的指尖快速涌入他的身体，猝不及防地汇聚到他的心脏，他只感觉自己所有的细胞都在颤抖，身子一下就热了起来，情不自禁低头吻了吻郭悦的脖子，在她耳边呓语般叫唤她的名字。

郭悦吓得险些摔了手里的盘子，潜意识挺直身子，一动也不敢动，过了好一会，才假装平静地开口，冷声问："干吗？"没事亲她干什么，没看见她在洗碗吗？

许是见她除了语气比较冷淡，并没有其他生气的迹象，常亮又放大了胆子，直勾勾地盯着柔软的长发下若隐若现的白皙的脖子，舔了舔唇，干脆不扎了，双手环上她的细腰，下巴抵在她的肩膀上："我很喜欢你，不知道为什么会这么喜欢你。"

说巧不巧，那天郭悦正好穿了一字领的上衣，形状接近完美的锁骨犹如出自国画大师下笔起伏平缓的丘陵，清淡、柔和又不失韵味，就像她人一样，恬恬淡淡的，却又回味无穷。

郭悦不禁皱眉，不得不扭头看向他，很纳闷今天这人到底是怎么了，动不动就说情话。

正要发牢骚，质问他能不能换个时间，换个地点发情，或者别动不动就老发情，又听见常亮软着调子，在她耳边呢喃，像是在撒娇，又像是在隐约透露着什么："可能是因为现在太幸福了，每天醒来都害怕自己是在做梦……"

郭悦特别想吐槽，常大哥，能不能别发完情就在一旁装可怜，不知道的，还以为你的过去有多凄惨呢！

但是想想，似乎她对他的过去还真不了解，她只知道他以前在39°工作，之后因为情人节活动方案的事被扫地出门，再后来加入了士林，并去陵水找她。

关于他的家庭环境什么的，她一概不知。

莫非童年过得比她还惨？

"喂喂喂，你能不能别动不动就胡思乱想？世界很美好的行不？"郭悦实在说不出好听的安慰人的话："行了行了，差不多就够了啊，碗还没洗完呢。"她挣扎了几下，示意常亮放开她，不料这人丝毫没有松手的意思，不仅紧抱着不放，还得寸进尺地咬了咬她圆润的耳垂，顿时一阵酥酥痒痒的感觉席卷全身，郭悦忍不住颤抖。

"我……"加完班回来，一身疲倦的田娇娇没想到一开门会撞见让人脸红心跳、少儿不宜的画面，那句"我回来了"的话还没说完，就下意识捂着眼睛，转过身去，低声叨念"我什么都没看见，你们继续"，然后溜进房间，关上门，用被子盖住自己的脑袋。缓了好久都不敢相信自己的眼睛。

郭悦原本是要转身去揪常亮的耳朵，惩罚他的，不料常亮却趁机小啄了她的唇，更没想到这一幕被忽然开门的田娇娇看见……

常亮过来之前说什么来着？到她家找她聊聊菜单定价的事，这定价的事没聊，倒是往她身上抹了不少黑。

一阵尴尬过后，郭悦十分不客气地警告常亮，再跟动物一样乱发情，就把他大卸八块！

Chapter3 天呐，小悦悦你变了

晚上，和田娇娇一起躺在床上，田娇娇用手戳了戳郭悦，问："喂，你俩打算啥时候结婚？"她发现，和常亮在一起后，郭悦变得不一样了，以前对谁都是冷冷淡淡的，现在和常亮总有说不完的话，喜怒全写在脸上，撒起娇来，十足小女人。

这一点都不像她印象里那个高冷，让人捉摸不透的郭悦。

爱情指南上说，如果一个人因为另一个人发生改变，那那个改变对方的那个人，一定在被改变的人的心里有着举足轻重的地位。

"说什么呢，谁要结婚了。"郭悦打心底对田娇娇这无厘头的问题一阵吐槽。

田娇娇翻了翻身，和郭悦面对面，惊讶地看着她："你没打算结婚？"听这语气，这表情，应该没错。

郭悦很认真地想了想，点点头。

"我看你俩整天腻歪在一起，我以为你已经做好了好结婚的准备了。"田娇娇不以为然地说。她记得很清楚，一开始是她和钟硕走得特别近，几乎每天见一次，就像常亮想的那样，每次钟硕送她回来，两个人都要在楼下腻歪好一阵子，难舍难分。但郭悦和常亮不一样，郭悦几乎不太愿意和常亮长时间待在一起，当时郭悦还很好奇地问她，天天和钟硕在一起腻不腻。

郭悦想，她已经过了那个对爱情婚姻很憧憬的年纪了，尤其是想到结婚之后的种种责任，她就头疼，她不敢确定将来的自己能照顾好孩子和家庭，毕竟她从小就

不知道完整的家庭是什么样的，一个母亲要怎么做。

田娇娇汗颜，没好气地喷了郭悦一句："不以结婚为目的的恋爱都是耍流氓。"

郭悦不气反笑："那你呢？"她一开始跟钟硕这么好，可自从上次回家之后，两个人就变得奇奇怪怪的，见面的次数也不多，也不打电话不聊天，感觉热恋没多久，就凉了。

田娇娇装傻，故作一脸迷茫，小声嘟哝："不懂你说什么。"然后翻过身去，背对着她，打心底暗骂：真讨厌。

郭悦压根不给她逃避的机会，用手强行把她按成平躺，目光咄咄逼人，做好了今天非得问个明白的心理准备："说你和钟硕啊，最近你俩怎么了？互相不搭理？闹别扭了？"郭悦一连丢出三个问题，上回问她她不说，后来在公司里遇见过钟硕几次，也都忙得不可开交，没顾上问，而常亮似乎也问不出个所以然来。

"哎呀，你怎么这么八卦。"田娇娇烦躁地缩了缩肩膀，妄图逃离她的魔爪。

"哎哎哎，你说你这个人，小小的，力气怎么这么大，你是吃菠菜长大的吗？"挣扎未果，田娇娇幽怨地瞪着她，没好气地说。

郭悦作势屈了屈手臂，故意朝她秀了秀看着纤细，却很结实的肱二头肌，扬扬得意地说："怎么样，专治各种不服，别逼我出绝招。"说着，还坏坏地从被窝里坐起来，举着两只手，坏笑着朝田娇娇伸去。

"停！"田娇娇立刻举手投降，她可不想再尝试一下郭悦挠痒痒的神功了，她哀叹一声："我说还不行。"反正说来说去就那点破事，没什么好遮掩的。

上回回家，在小公园里和钟硕闹完别扭之后，田娇娇很冷静地想过，也许当时自己是在气头上才说了比较重的话，但后来，她有找过钟硕，也跟他道了歉，她试着理解他，也试着给钟硕更多的安全感。但，问题却越来越大。

她发现，他们之间有很多观念不一样。

钟硕很喜欢小朋友，希望家里至少能有两个小可爱，但她却觉得有了孩子就不能专心地工作，结婚之后三五年内不打算要孩子。

钟硕不知道从哪里听来的，生理期不能碰冷水，上回她来大姨妈，肚子疼得厉害，他确实是很细心地照顾她，不想，后来却演变成对她的生活指手画脚，给她一个劲地科普生理期的禁忌。

她在工作上很严谨，力求完美，在生活上却没这么多要求，尤其是这段时间加班加得厉害，大多数时候晚上订外卖，钟硕非得跟她说外卖多不健康，不卫生，致癌，说得她感觉自己再吃几次就会死掉似的。

工作本来就累，还有人唠唠叨叨，不来脾气才怪。

郭悦听得目瞪口呆，万万没想到钟硕是这样的人，她动了动唇，想说点什么，又憋了回去。想到之前田娇娇问自己，要是她父母反对，她会不会站在自己这边，当时她并没有给肯定的回答，就是害怕自己对钟硕了解不够。

田娇娇叹了口气，吐完心里的不快，心情似乎好了些。

"那你就这样放弃了吗？"郭悦问。

自从被章佩纶骗了之后，她对爱情就没有什么奢望，即便是和常亮在一起，也时时刻刻提醒自己，要随时保持清醒，不要轻易陷进去。可田娇娇毕竟是自己的好姐妹，她不忍心看着她郁郁寡欢的。

"不知道。"田娇娇如实道，"再看吧，现在不想想这么多，烦……"现代人谈恋爱讲究三观一致，起初她并没有想到钟硕隐藏的性格里面会有这么多和自己相差甚远的观念。她对自己的生活本来就很随性，怎么舒服怎么来，要是忽然有人对她指手画脚，长期下去，大概会抑郁。

"总感觉，他虽然年纪比我小，但思想太老成了。"田娇娇又补充。一开始她就是被他那懵懂的小眼神，遇到问题惊慌失措的模样给吸引住的，但也不是说他什么都不会，就是她看着他，萌萌的，像极了温顺的金毛，治愈得很。

御姐和小奶狗？这种组合看着不错，但谁都没想到小奶狗其实比更年期妇女还烦人。

郭悦微微一怔，轻轻拍了拍她的肩膀，以示安慰："别想了，睡觉睡觉，明天睡到自然醒。"

"嗯。"田娇娇扯了扯被子，熄灯闭目养神。

……

第二天，常亮一大早就给郭悦发来问候，问几点见面再讨论一下菜单定价的事。

郭悦想也没想就拒绝了他，说自己今天要休息，工作的事情上班再说。

她态度坚决，不管常亮多么努力地展示自己撒娇的本领。

郭悦想起了之前在陵水，常亮为了说服自己，一哭二闹三上吊，说什么家里上有五十岁的老母要养的狗血戏码。

"还挺能演。"郭悦小声嘟哝，把常亮后来发的消息都看完就把手机放一边，不打算跟他扯这种无聊的话题，准备和田娇娇下楼走走，散散心，逛逛菜市场，没准看到菜市场里鲜活的鱼虾，水灵灵的蔬菜，她的心情会好点。

"郭悦，你怎么又上热搜了！"在房间里化妆的田娇娇忽然惊呼，声音大到在客厅里边哼小曲，边扫地的郭悦都听得一清二楚。

郭悦还没反应过来，又听见田娇娇提高了声调，十分震惊地补充："还是和常亮！"

"啊？"郭悦一阵茫然，扫地的动作顿了顿，反应过来之后立马拿起放在沙发上的手机，快速进入微博，翻热搜，那几个"古风美食博主郭悦恋情曝光"字眼分外刺眼。

"我的天，这什么情况？"郭悦瞥见那小标题后面那个深红色的"爆"字，一脸惊愕。

郭悦好奇地点了进去，惊讶地发现里面有几张她和常亮的照片，其中一张是之前闹过流言的视屏截图，剩下几张是上次单人餐厅宣传期后的庆功宴，不知道谁拍的照片。

1楼：哇哇哇，好劲爆啊，之前就怀疑小姐姐跟男神有猫腻，没想到是真的！！

2楼：这狗粮，够甜，够齁！

……

10楼：天啊，我还没表白，就失恋了，呜呜，小姐姐你要幸福，我去厕所哭一会。

11楼：难怪小姐姐会忽然出现在杏林苑，又参与到士林单人餐厅的项目来，原来两个人有这层关系啊。不过可不可以理解为单人餐厅是小姐姐安抚我这种单身狗的惊喜呢？

12楼：小哥哥是不是用了什么撩妹绝招，快分享分享拯救单身多年的我吧。

……

100楼：史上最完美的结合，为小姐姐打call！

101楼：难怪小姐姐最近都没有更新，原来是去谈恋爱了……

郭悦回过神来，发觉大家就着这个话题展开无限讨论，吃狗粮的吃狗粮，祝福的祝福，好不热闹。同时屏幕下方不断提醒她有私信，她小心翼翼地切换到私信页面，顿时上千条私信就蹦出来了，她草草瞄了一眼，几乎都是祝福语，她有点小激动，又有点郁闷、苦恼。

明明她都没有公布自己恋爱的事情，怎么忽然就上了头条了？

"田娇娇是不是你发的？"郭悦也不知道哪根筋不对，拿着扫把跑进房间，奇怪地问。

田娇娇画眉毛的动作顿了顿，借着镜子朝郭悦翻了个白眼，为她的智商感到着急，没好气地说："开什么玩笑？"她看起来像是蠢到会做掩耳盗铃这种事的人吗？

"不是你吗？"郭悦微微一怔，纠结地咬了咬唇，自言自语道，"也是，怎么可能会是你。"

Chapter4 小船说翻就翻

　　田娇娇叹了口气，好心提醒道："照我看，不是常亮，就是你们公司里八卦的同事，你看我像那种没事就去蹭别人家庆功宴的人吗？"

　　说的也是。除了那张视频截图，其他三张都是那天庆功宴的现场，一张她从常亮的车下来，一张她挽着常亮的手臂，还有一张是常亮搂着她的腰离开会场。可以说，这个人从始至终都在注意她的一举一动。

　　这样一想，郭悦忽然发觉自己好像是被人监视，突然生出一丝恐慌来。

　　看着她一脸纠结、苦恼不堪的样子，田娇娇又忍不住多说了一句："反正你不是都承认了吗，被粉丝们知道又怎样？"莫非她家郭悦还想学花心的男生，明明有对象却假装单身，撩男生？

　　不不不。田娇娇猛然摇摇头，妄图甩掉脑子里不可思议的想法，却不小心把心里话说了出来，正苦恼不堪的郭悦，再次躺枪，幽怨地看着她，埋怨道："你看我像那人吗？"明明她担心的是自己的人身安全。

　　田娇娇点点头，又摇摇头，然后又点点头。换作是以前的话，她会毫不犹豫地摇头，现在，不敢了。

　　郭悦被她这一反应气得脸都绿了！说好的好姐妹呢？姐妹的小船说翻就翻。

　　"反正你们都谈恋爱了，何必纠结这个。"田娇娇敛了敛嘴角的玩味，一本正经地说。而且，常亮也不是绯闻男主，用不着担心会有人写八卦，对她的形象产生不良影响。

她顿了顿，又忽然调侃起郭悦来："不过……我说郭小悦，我好心提醒你啊，再不正常更新，粉丝迟早会忘记你的，到时候就再也不用担心会不会有什么不良影响啦。"尽管她也知道郭悦很忙，之前也为杏林苑拍了一期视频，但她还是觉得郭悦更适合出现在有山有水的地方。她观察过，郭悦出现在山清水秀的地方时眼睛总是扑闪扑闪的，但在北京，即便是在装修古香古色，颇有韵味的杏林苑，还是难以展现她纯真烂漫的天性。

大抵郭悦只有在民风淳朴，没有钩心斗角的地方才能活得快乐吧。

这话听着怎么这么刺耳？郭悦凶巴巴地瞪了她一眼："喂喂喂，我说娇姐到底是视频重要还是我重要啊。"都这种时候了，不关心她就算了，还在背后补刀。

田娇娇笑了笑，耸耸肩，解释道："我的意思是，你得多为自己的未来着想，不要被别人左右你的想法，懂吗？"想想很多年前，刚刚认识郭悦的时候，她就发现，她是一个很有主张，很有想法的人。总是想着法子让自己开心快乐，她看着她，总有说不完的羡慕。

很多年后，郭悦回想起田娇娇这番看上去像是调侃开玩笑的话，其实别有深意，只是当时，她没好好琢磨，没能及时领悟田娇娇的好意罢了。

"我的天！亮哥，那天是有狗仔混进我们的会场了吗？这照片怎么回事？"由于餐厅装修的材料单需要常亮签字，所以大周末的，钟硕不得不牺牲休息时间，跑到常亮家，不想进门没多久，就瞥见手机屏幕跳出了微博推送。

常亮正为郭悦不搭理自己烦恼，完全不知道自己跟郭悦上了热搜。他懒洋洋地抬头看向钟硕，漫不经心地问："什么？"

"你自己看。"钟硕将手机递给常亮。他以为常亮会像自己一样震惊，然后让他去查一下到底是怎么回事。结果，常亮只是轻笑一声，勾了勾唇角，若无其事地把手机还给他。

就这样就完事了？钟硕惊得差点下巴都掉了，心想：他家亮哥真坐得住啊，之前威胁他说不能跟任何人说漏嘴，现在这样一闹，估计只要是郭悦的粉丝，关注他的人都知道这事了。

霎时间，钟硕想起了当初他家亮哥因为39°情人节的活动被黑，也是这种不以为然的态度，还真是作风一致啊。

"那个……"钟硕犹豫了一会，还是觉得不妥。

常亮像是知道他要说什么，他还没说完就开口截住了他接下来的话，轻松愉悦地说："反正他们说的都是事实，有什么好解释的？"

天呐，连说辞都差不多。不得了了，不得了了。

不过，当事人说没事就没事，他也懒得瞎操心，还是想想自己吧，他的娇娇已经快一周没搭理他了，不忙的时候脑子里全是她，但给她发消息，她连个声也不吱，好几次在她公司楼下等她，等了一个多小时也没看见熟悉的身影出现。也不知道田娇娇是存心躲着自己，还是他们连曾经的一点默契都没有了。

他苦恼不堪，每天都过得无比煎熬，用现代特别流行的话来说就是"感觉身体都被掏空了"。

之前常亮有问过他，是不是和田娇娇发生了什么，当时为了自己的面子，他否定了，现在想想，常亮经验这么丰富，没准能帮他一把，他犹豫了一会，像是在说什么难以启齿的话题，小声问："亮哥……"

他顿了好久也没有下文，常亮最受不了这种挤牙膏似的对话，微微蹙眉，抬头看了他一眼，像是在说"不想说就闭嘴"，他才咬牙继续说下去："娇娇……她不理我好几天了，怎……怎么办？"

就这点事？常亮的额头爬满了黑线，再怎么要走可爱路线，该干脆的时候也得干脆利落，有点气势啊。

这种扭捏的态度，一点都不像很着急。

"能怎么办？凉拌呗。"常亮白了他一眼，不以为然地说。

"可是，亮哥……我是真的喜欢娇姐。"钟硕咬了咬唇，像极了犯了错，不知所措的孩子。

这几天他也在冷静，努力回想自己到底哪里做错了，但想来想去，除了那次送田娇娇回家，偷偷跑去她相亲的餐厅，当服务员之外并不知道自己还做错了什么。

常亮听了他的陈述，不禁皱眉，恋爱中，最大的禁忌就是互相猜忌，他真没想到钟硕会错得这么离谱，即便是不放心想跟踪，也可以偷偷地，非得蠢到光明正大撞枪口上。

虽然他对田娇娇不是特别了解，但一看她行事的作风，就可以看出，她是一个个性比较强的人，简单来说就是个人意识很强，一不小心很有可能好意就变成不尊重对方。

但就目前从钟硕的话里了解到的情况来看，田娇娇生气应该不止是因为他出现在她的相亲上。

"你还做了什么？"常亮问。

"啊？"钟硕不太明白，一脸茫然地看向常亮。常亮汗颜，对他的木头脑袋佩服得五体投地，叹了口气，一脸无奈地跟他说了自己的见解："田娇娇一看就是那种要强、很有想法的人，你是不是踩了什么雷点，对人家指手画脚了？"

钟硕张了张口，欲否定，常亮又说："好好想想。"跟他身边这么久，连自己喜欢的人的脾性都摸不透，常亮也是服了他了。

不过想想也正常，毕竟谈恋爱之后，正常人的智商都会下降。

钟硕实在想不通自己有哪些事情做得不妥，又苦恼于怎么把田娇娇哄回来，于是，将自己和田娇娇甜蜜开始，到闹别扭的过程一字不落地告诉了常亮，最后收到了常亮一个鄙夷、嫌弃的眼神。

明明以前在39°，他帮客人忙，制定方案时，也会叫上钟硕一起，每次都提醒客人到哪个哪个点就可以了，千万要把握好度，小学生都知道"适可而止，过犹不及"，都跟了他这么久，居然连最基本的都没把握，活该被嫌弃。

常亮一点都不心疼他的遭遇，满是无奈和鄙夷，不过到底还是看在他第一次谈恋爱的份上，给他上了一节恋爱指南课，就像曾经指导客人一样。

"我不过是想把所有的关心和爱都给她……"被常亮这样一说，钟硕总算回过神来了。因为太过迫切想向田娇娇展现自己的真心，就恨不得把全世界的好都给她，殊不知，田娇娇不仅没接受，还让她觉得他控制欲强，什么都管。

"那我现在要怎么办啊？"冒着被常亮嫌弃、嘲笑的风险，钟硕再次无助地问。他也不知道为什么自己第一次谈恋爱，居然会陷得这么深，不仅茶不思，饭不想，差点就要自暴自弃了。

"凉拌。"常亮没有半点同情他的意思。

"亮哥……不带着这样对待你的小可爱的。"钟硕耷拉着脑袋，苦苦哀求，就差没拽着他的手臂使劲摇了。

"得了得了。"常亮最受不了他这样了，好端端的，要撒娇跟田娇娇撒娇去啊，跟他撒什么娇，两个大男人，像什么样？

"下周一早点下班，去她公司找她……"怕再不帮他，会被烦得不行，常亮想了想，给钟硕提了一点建议，那认真的态度像极了曾经接待客人时，要是能收点费用就更完美了。

"亮哥……这个真的没问题吗？"听完常亮的方案，钟硕表示怀疑，不禁多看了常亮两眼。怎么看，这个方法都是在耍人。

等等，这个法子不是和之前用在郭悦身上的一模一样吗？

他家亮哥让他用一个失败的方法去挽回他心爱的娇娇？

常亮没好气地哼了一声，满不在乎地说："爱试不试，反正跟我没什么关系。"

糟糕，

是心动的感觉

下册

梓榆
ZIYU WORKS

著

台海出版社

Contents

Contents

第十四章

来自岁月的告白

Chapter1 要跟土豆打一架吗

"你不找常亮问问？"也不知道郭悦哪根筋不对，一开始对网上传她和常亮的恋情慌慌张张的，现在又跟个没事人一样，拉着她在菜市场里四处乱窜，简直比池子里的鱼还鲜活，田娇娇越来越摸不透她了。

郭悦要了半只乌鸡，又让老板帮忙剁好，才不紧不慢地对田娇娇说："你不也说不用遮遮掩掩的吗？"

对啊，我是这么说啊，那你刚刚为什么一顿纠结，冤枉我？田娇娇总算是见识到某人变脸比小孩还快了，不由翻了个白眼。

郭悦并没有把她的小情绪放在心上，愉悦地说："什么事都没有吃好喝好重要，走走走，再去那边买点。"说着，她拉起田娇娇的手腕，朝另一个小摊走去，跟老奶奶要了几根铁根山药。老奶奶始终都是笑眯眯的，目光和蔼，一口一个姑娘，郭悦听着心里甭提多开心，又多挑了几根。

要知道，这要是换成是在陵水，那些闲着没事干就知道说闲话打发时间的无聊妇女们，在背后议论她时，不知道叫了她几次"老姑婆"。

半个小时下来，郭悦几乎把菜市场走了个遍，两只手提了大大小小好几个袋子不止，就连田娇娇手里也拎了好几个。

田娇娇以前在家都是母亲给准备好饭菜，是受到郭悦的影响才学会了做菜，但还真没一下子买过这么多，她虽长得高挑，体力却没郭悦好，拎着东西跟在郭悦后面，很快就不行了，一边喘着粗气，一边冲着快要淡出自己视线的郭悦说：

"我……我不行了，郭悦等会。"她累得不行，果断放下手里的东西，抖抖快勒断的手："我说你，这是要做宴席，还是准备几天不出门啊。"就她和郭悦的食量，就那几颗大白菜和那一袋排骨就够她们吃一周，非得买什么乌鸡、山药，增加负担。

郭悦也觉得自己很奇怪，不知道怎么了忽然心情特别好，往回走时还哼了小曲，要不是田娇娇喊她，她都没发觉自己走这么快。她顿了顿，把东西放在走道的一侧，往回走，问："很沉吗？"郭悦伸手掂量了下田娇娇手里的东西。

"不沉才怪！"田娇娇咬牙切齿地说，"本来我们家就离菜市场很近啊，干吗一下子买这么多？"

"可能接下来这一周都会很忙，先把能做的都做好，省得到时候连做饭的时间都没有。"郭悦一想到菜单定价、食材采购的事情就头疼。她就这样，只要开始了某件事，就一定会做到最好："这大白菜是用来做辣白菜的，多做点，能分点给人。"

现在这个社会这么发达，一个手机就能把吃饭问题解决了，田娇娇实在不知道要吐槽些什么，不耐烦地摆摆手，说："走吧走吧。快要晒死了。"

她不知道，其实郭悦联合了常亮，要帮钟硕一把。

早在出门之前，郭悦就接到了常亮的消息，一开始他是跟自己解释热搜的事，后来就提到了钟硕，跟她说，其实钟硕人还不错，就是用力过猛，希望她能帮帮忙，让他俩重归旧好。

郭悦一开始是不愿意的，因为比起钟硕，她跟田娇娇更熟，也更相信田娇娇说的，他们可能在三观上有些不相符的地方，担心恋爱的劲一过，矛盾不断，凑合在一起，终究会耽误两个人的幸福。

她把自己的顾虑向常亮坦白，常亮告诉她，有些东西还是得当事人自己去谈，田娇娇一直躲着不给钟硕解释的机会，就否定他的话，对他来说也不公平。而且，他们什么都不需要做，只要给两个当事人制造机会就可以了。

郭悦想想，似乎也有点道理，也就同意了，就当再做一次红娘吧，她也不希望田娇娇每天都郁郁寡欢的，不把话说明白，迟早要憋出病来。

买了这么多菜，完全是为了一会演戏。因为常亮告诉她，他原本是让钟硕下周一去田娇娇的公司楼下等她下班，结果钟硕等不及，餐厅菜单定价的事还没商量完，就嚷嚷着要跑去找田娇娇。

郭悦猜，钟硕估计会直接来小区找田娇娇。

所以，走着走着，郭悦故意放慢了脚步，跟在田娇娇后面一阵啰唆，眼看着就要到小区了，她故作忽然"哎哟"一声，随即手里的东西"哐当"一下掉了一地。田娇娇闻声，果然迅速回头，慌张问："怎么了？"刚刚不是腿脚挺利索吗，怎么摔了？

郭悦皱着眉，向田娇娇摆摆手，看上去十分难受，出门没涂口红，阳光一照，肤色有些苍白，却又勉强地说："没事，就忽然有点晕，可能有点低血糖了，你先上去吧，我坐这休息会。"她了解田娇娇的性子，肯定不会丢下她一个人先上去。

果不其然，田娇娇皱着眉头，一脸担忧地向她走来："你真没事？怎么会忽然低血糖了呢？"

废话，这当然是装的啊。郭悦咽了咽口水，挤出一丝笑容，支支吾吾："可能最近太累了，你先上去吧，我没事的。"一会还有好戏等着她呢。

"那怎么行，咱往回走吧，你去社区医院看看。"

一听要去医院，郭悦就慌了，不停地摆手说不，这一去医院，好戏就没戏了。

田娇娇死死地盯着一脸慌张的她，蹲下身子，细细地审视着她的眼睛，再次问："你真没事？"

要说没事，是不是就露馅了？要说有事，是不是她就非得送自己去医院了？

怕田娇娇发觉她有些古怪，她硬撑着不敢躲开田娇娇过分锐利的目光，强行微笑着说："没事，我……"她的话还没说完，手机就响了，掏出手机一看，是救星，她立刻就按下接听键："喂，你过来了？好吧，我在路口这边，嗯，有点头晕，好的。"

就凭她这几句简单的话，再加上她欣喜的表情和柔了好几个度的声音，田娇娇就猜到了对方是常亮，也大致猜到了对话的内容。

郭悦挂了电话，正要开口，田娇娇就说："我上去了，你在这等他吧。"她叹了口气，然后把散落一地的食材捡回袋子里，一起拎走。

Bingo！这正是郭悦想要的，为了不暴露目的，她又假惺惺地说："你能拎得动吗，我一会让常亮拎上去吧。"

田娇娇头也不回："不想当电灯泡。"再说了，她拿的都是肉！她的最爱，要是一会常亮把郭悦拐跑，去兜个风什么的，午餐她岂不是要吃素了？不划算不划算。

"那你慢着点。"见她没起疑，郭悦悬着的心，总算回到了正常的位置，抬手抹了抹额头的虚汗，等田娇娇完全消失在自己的视线里，她才从地上站起来，左右看看，忽然不知道要去哪里，而且就带了手机。

犹豫了半晌，正要抬脚向公园走去，忽然有人拍了拍她的肩膀，吓得她"啊"了一声，不禁缩了缩肩膀，瞪大眼睛，一扭头看到是常亮，立马皱着眉埋怨："你干吗吓唬我？"她一边说，一边垒起拳头狠狠地砸向某人的胸膛，发出"咚咚"的声音，疼得常亮原本那张阳光明媚、一脸笑意的脸稍稍有些扭曲。

觉得哪里不对劲，郭悦猛然抬头，好奇地问："诶，不对，你怎么来了？"刚刚看到他的电话，没等他开口，她就自导自演，假装常亮要过来找她，而且快到了，让田娇娇先回家。

没想到，他还真的来了！

常亮那双天生就带着笑意的眼睛在郭悦的身上转了一圈，然后耸了耸肩，打趣道："怕你当电灯泡太痛苦，我来缓解一下你的苦。"说着还变戏法般从口袋里掏出一颗糖，递给郭悦，他知道郭悦不会吃类似于商场里卖的精制糖果，在她还没开口拒绝之前，又解释说："云南的手工玫瑰红糖球，好像里面还有姜汁。反正适合你们女生吃，尤其是你，整天露腿。"

郭悦先是一怔，然后有些不满，一把夺过他手里的糖果，拨开糖果纸，往嘴里塞。

送颗糖而已，屁话这么多。郭悦打心底一阵嫌弃，一句话也不说就往小公园的方向走去。

田娇娇一个人拎着一堆东西，走走停停，累得上气不接下气，好不容易走到小区门口，谁知道忽然窜出一辆车，吓得她魂飞魄散，手里的东西撒了一地，更要命的是那几个圆滚滚的土豆，跟撒欢似的，滚得到处都是！

她弯着腰，滑稽地追着一只土豆跑，好不容易快追上了，正要伸手去抓住它，一双锃亮的皮鞋突然闯进她的视线，那只表皮带着泥的土豆，撞了一下那只皮鞋，留下一个刺眼的印记之后反弹了一下，总算停了下来。

随即一只骨节分明、白得让她无地自容的手，轻轻抓住了土豆，递给她。

她微微一怔，正要抬头说谢谢，一个清脆富有磁性的声音在她头顶上方响起："你的土豆。"他顿了顿，声音像转了个弯，多了几分戏谑的味道，"弄脏了我的鞋……"

这个声音？！田娇娇皱着眉头，接土豆的手顿了顿，一抬头，视线就被钟硕那张笑嘻嘻的、欠扁的脸完全霸占。

她咬了咬唇，敛了敛惊讶的神色，收回手，从地上站起来，与他视线齐平，云淡风轻地说："所以呢？你要土豆以身相许，还是跟它打一架？"

Chapter2 爱马仕变成地摊货

钟硕顿了顿，剧情的发展有些出乎他的意料，他敛了敛嘴角的笑意，看上去神情多了几分淡漠，可天生就向上翘起一个弧度的嘴角，硬是让他的淡漠增添了几分滑稽。

明明走的是可爱路线，非得让自己变成高冷范的霸道总裁。

田娇娇的眼睛瞪得圆溜溜的，未等他接话，她又一字一顿地补充："你做梦！"这土豆也得一块钱呢，又不是她的错，干吗跟土豆过不去。

随即，她伸出修长灵巧的手指，指尖稍稍弯曲，像大闸蟹的大螯一样，轻而易举夹住土豆，一把夺了回来，得意地朝他哼了哼，一个漂亮地转身，趾高气扬地走了。

钟硕的嘴角不自觉地抽了抽，他家亮哥说得没错，跟田娇娇比气势，比应变能力，就他现在的脑子，十有八九是输的。

但没办法啊，那个人他喜欢！

原先常亮建议他周一去她公司楼下等她，后来找了郭悦，又临时改变了主意。要知道，当他听到常亮说的法子时，他整个人腿都软了，刚刚也是硬撑着的，明明知道会是这个结果，常亮还是让他鸡蛋碰石头。

按照常亮的吩咐，田娇娇生气走了之后，他就要追上去，充当一下绅士，可她刚刚看他的眼神实在是太凶了，他气势上也弱了一大截。等回缓过来，田娇娇已经快要到单元门了，他赶紧跟了上去，三步两步向她靠近，猝不及防地夺过她手里的东西，笑得一脸明媚："我帮你拎。"

感觉手上一空，那个让自己生气的人又出现在自己跟前，田娇娇下意识停下脚步，板着脸，冷冷地命令："你干吗？把东西还我！"

"我……"钟硕就这样，一紧张就容易结巴，看着田娇娇脸上的怒气越发浓烈，他的心就跟打鼓一样，不听使唤地狂跳："娇娇，我们谈谈好吗，给我一个解释的机会。"来之前常亮提醒过他，在田娇娇面前出现一下就行，不要做太多让她生气的举动，可他看到她，就忍不住了，总想着一下子把心里的话都说出来。

"我现在不想听你解释，我累了，请你让开。"田娇娇面无表情地说，努力控制激动的情绪。

"娇娇，我……"田娇娇警告的目光太过锐利，钟硕刚开口，声音就弱下去了，他顿了顿，又鼓起勇气说："我真的很喜欢你，虽然不知道自己做错了什么事惹你生气，但我这几天一直回想，想到第一次在郭悦的老家见到你，想到你当时有点小坏却暖融融的笑容我就很安心，可一回到现实，想到你还在生我的气，我又很彷徨，这段时间，我过得非常不好……"

田娇娇听不下去了，忍不住打断："你过得不好跟我有什么关系？自己过得不好就来打扰我？你是不是心理变态？"她连他的名字都不愿意喊，一连几句话都用的人称代词。

钟硕动了动唇，眼圈一点一点泛红，他想把没说完的话说完，田娇娇却又冷冷地补充："三观不合，喜欢有什么用？钟硕，我们还是算了吧，不合适。"

钟硕万万没想到自己的名字从田娇娇嘴里蹦出来，竟然是这样的结果，瞳孔陡然放大，他惊慌失措地抓了田娇娇的手腕，另一只手的东西猝不及防掉了一地，惶恐地开口："娇娇，我觉得我们挺好的啊，你说三观不合，是指哪方面，你说出来，我可以改的，求你别这样……"钟硕从来没想过自己有一天会变得这么卑微，和田娇娇在一起的时间并不长，可酸甜苦辣他都体会到了，也做不到像别人一样说放下就放下，又或者说，他从来就不是果断的人。

田娇娇最怕死缠烂打，她恼羞成怒地吼："你冷静点好吗？三观这种东西，是你说能改就能改的吗？我不打算这么早要孩子，但你呢，我们才在一起多久啊，就说希望生两个，关心归关心，凭什么不让我做这，不让我做那啊？说得好听点是关心，说得不好听就是控制欲强，希望能活成你喜欢，你理想中的样子！"平日里她鲜少对人大发脾气，原本打算烂在肚子里的话，忽然一下全吼了出来，就像是忽然爆发的火山，砰的一下，岩浆四溢。

钟硕怔怔地望着双眼冒火的田娇娇，双手无力地垂下，空洞无神的双眼，灰蒙蒙的，仿佛对这个世界失去了期盼，他艰难地咽了咽口水，小声地说："对不起，我不知道自己给你带来了这么多困扰……"

还真像常亮说的那样，用力过猛，太过心急表现自己的心意未必是件好事。

"喂，你说他们俩怎么样了？"在小公园转了一圈，郭悦忽然问安详地坐在长椅上晒太阳，用一张绿色的大叶子盖住眼睛的常亮。

"不知道。"常亮懒洋洋地说，靠着椅背的姿势舒服极了。

郭悦蹙了蹙眉，一手掀掉那张碍眼的叶子，有点生气地说："你给钟硕出了点子，难道都没点谱的吗？"她不信。

常亮微微睁开眼睛，阳光刺得他头晕目眩，他果断直起身子，一本正经地说："有谱啊，但我不敢保证钟硕冲动之下不会做出离谱的事啊。"他摊了摊手，一副很无奈的样子。

郭悦一听，立刻黑脸。

这跟没谱有什么区别？明知道会发生意外状况，还这么镇定？

她气得说不出话来，转身想往家里跑，不料常亮却抓住了她的手腕，说："别去。"郭悦不太明白他的意思。

"如果没发生意外，我们需要给两个人空间，如果出了意外，我们需要给田娇娇空间，她应该不想你看到她伤心难过的样子。"常亮解释道。

郭悦觉得有点道理，不过，还是很着急："那到底哪个情况比较有可能啊？"

常亮用手摸了摸下巴，若有所思："一半一半吧。"话音刚落，便收到了郭悦的白眼。她随即便挣脱了常亮的手，飞快地向家里跑去，不过，最后还是在单元门前停了下来，望着关关合合的电梯门发了会呆，叹了口气，一转身就看见常亮站在自己后面，神情认真而专注地看着她。

"走吧，请我吃饭。"郭悦主动开口。她想，常亮说得对，不管什么情况，都要给他们一点空间，其他的事，之后再说吧。

这个世界上最复杂的东西莫过于感情，旁人不一定看得很清楚，而当事人也不一定清楚。

郭悦是差不多晚上才回家的。因为昨天讨论菜单定价的事情没搞完，中午吃完饭，郭悦又跟着常亮去了他家附近的咖啡厅里继续这事。

郭悦不喝咖啡，常亮回家拿电脑和资料时，特意从家里带了点花茶过去，到了店里自己点了一杯咖啡，然后麻烦服务员帮忙泡点花茶。

起初服务员一脸茫然，在听见常亮那句"我女朋友不喝花茶以外的饮料，麻烦你了"满是溺爱的话后，满是震惊和羡慕。

常亮说完，还朝坐在自己对面的郭悦笑了笑，服务员潜意识转头看了看郭悦，郭悦的脸上立刻蒙上一层不正常的绯红，勉强挤出一丝笑意，对服务员说了句客气话。

她就知道，常亮不会就这样放过拒绝去他家谈工作的她。

他家就是一个狼窝，她早就见识到了，作为一只单纯没有缚鸡之力的小白兔，她还没蠢到自己送上门去。

后来，在讨论别的餐厅的定价特点时，郭悦又隐隐约约听到有人在低声议论她，似乎还认出了她美食博主这一身份，又说常亮刚刚的举动有多体贴体贴。

听了一堆，郭悦做了一个总结：得不到的永远在骚动，得不到的总是最好的。

郭悦翻阅了几份资料，也听了常亮的想法，她越听，眉头皱得越深，最后完全否定了常亮的想法。

瞬间刚刚羡煞众人的两人，忽然变脸，常亮拿着一支笔，在一张白纸上一边画着什么，一边说："菜单的定价可以体现出一个餐厅的定位，士林的餐厅品级当然不能差，所以价格肯定是要跟同级别的餐厅相当的，我们做的是品质和服务，不是廉价的小摊小贩。你看，这是同品级餐厅的定价，撇开材料成本、人力成本、餐厅租金等等，只有这个定价，才能凸显餐厅的档次。"

咖啡厅分了几个区域，郭悦和常亮坐在最里面的位置，但常亮说话的音量还是引起了大家的注意。

注意到大家的目光，他顿了顿，压低了声音说："反正我觉得价格低未必是什么好事。"

郭悦不以为然地撇撇嘴，好笑地反问："那你的意思是用钱来给人群划分高低贵贱咯？明明开这个餐厅的目的是在于分享，是给生活在一线城市里，孤独的人寻找属于家乡的味道，定价过高，就代表着有很大一部分人群品尝不到，那分享的意义何在？"

常亮不屑地哼了哼气，对于郭悦太过无理的辩解一脸无奈，不甘示弱地反驳："人生来就是不平等的，有的人拥有十个，甚至更多爱马仕包，有的人就是一辈子也买不起。我们本来就是在做商业活动，以营利为目的，要是人人都买得起爱马仕包，失去了划分人等级的意义，那爱马仕跟地摊货有什么区别？"

Chapter3 拆门还是入室抢劫

常亮锐利的双眼定定地看着郭悦，一点儿都没有退让，给郭悦面子的意思。

周围的气氛霎时间变得紧张，微妙，火药味若隐若现。

郭悦被他盯得浑身的细胞都在颤抖，一股无名火涌上心头，她气极反笑。

这都什么歪理，餐厅是用来吃饭的，又不是炫耀的工具，如果是用来炫耀，那单人餐厅就失去了本身的意义。

"你以为每个人都像你这样啊，吃个饭还想炫耀，提升一下虚荣心。"郭悦不禁翻了个白眼，咬牙切齿地讽刺。她穿的衣服大多数都是用自己家种的剑麻，经过一系列工序制作出来，也没牌子，她也不觉得自己做的衣服比大牌逊色。

"不说了，你爱怎么定就怎么定吧，反正……跟我也没太大关系。"郭悦敛了敛脾气，从位置上站了起来。简单整理了一下桌子上的资料，放平整，放在了常亮的面前，满不在乎地说："我走了。"再杠下去，估计明天又要上热搜了。

今天是恋情曝光，甜蜜相恋，没准明天就是性格不合，大打出手了。

他不要脸，她还得靠这张脸吃饭呢。

常亮一言不发，脸阴沉沉的，坐在位置上一动不动，冰冷的目光直到郭悦完全消失在他的视线里才收回来，然后又看着刚刚郭悦坐的地方发了会呆。

他清楚地知道郭悦已经牢牢抓住他的心，也很清楚要让着女朋友这个道理，但是，他总是控制不了自己的情绪，要么容易激动，要么就会变得很偏激，一较真起来，才不管你是女朋友还是亲妈。

钟硕不止一次吐槽他，这臭脾气，迟早都伤害到在乎自己的人，最后吃亏的人是自己。

细细回想，似乎他们在生活中鲜少发生分歧，但在工作上却没少闹不快，上次是定方案，这次是定菜单价格。

真是神奇。

郭悦回到家里，田娇娇已经把摔坏了的菜处理掉了，看不出什么情绪。

什么都不问吧，不太好。

问吧，又怕听到坏消息，再次揭开田娇娇的伤疤。

挣扎了好一会，郭悦还是假装什么都不知道，惊讶地问她怎么菜都摔坏了。

田娇娇头也没抬："拎太多，摔了一地。"平静的语气里听不出情绪。

"啊？那你没事吧？"郭悦一脸惊慌失措地跑到田娇娇面前，细细地看着她的眼睛，言语里全是担忧。

其实，她这话有两层意思，一层是身体有没有事，另一层是跟钟硕怎么了。

田娇娇扯了扯嘴角，看着她，淡淡地反问："我能有什么事？"

郭悦晕，这不等于她担心的问题没有结果吗？

"那……那就行。"田娇娇的目光太过逼人，郭悦没两秒就心虚地转过头去，生怕被她看穿了小心思。要是让田娇娇知道，今天和钟硕的偶然相遇是她和常亮一手安排的，今晚没准她就睡沙发了。

事实上，郭悦不说，田娇娇也能猜到几分，只是，她不想自己和钟硕的事给郭悦他们增添麻烦罢了。

郭悦和常亮杠完后，临睡前收到常亮问她到家没有的微信也懒得回。心想，她都走了好几个小时了，现在才问她到没到家。她真要遇到什么危险，估计早就错过了最佳的拯救时机了。

虚情假意。

郭悦不满地给常亮下了一个定论，将手机丢到一边，就熄灯睡觉，打算明天也不去公司了，反正没她什么事。

周一习惯是开周例会，常亮向老板汇报了一下项目的进展，就目前的情况来看，餐厅月底就能改造完，再散散味就可以正式营业了。

他打算还用士林原来合作的食材提供商，这样可以省去很多不必要的环节，食材的新鲜度也有保证。老板听了表示同意。

常亮想了想，目前剩下的最大的问题就是定价了。一开始这个餐厅的宣传方案涉及郭悦，后来他们又默契地达成某种协议，要是现在自己贸然定价，不尊重郭悦的想法的话好像也不太好。

常亮发言完毕，老板才发现没见到郭悦，随口就问："怎么没见到小悦？"他潜意识转头看向常亮。

常亮愣了愣，发现大家都在等着他回话，他不得不硬着头皮撒谎，说郭悦不太舒服，请假了。

老板轻轻地叹了口气，看着常亮的目光和蔼了些，以一个过来人的身份好心提醒道："不管多忙都得多关心关心爱人，小亮，有需要可以给你放假，或者多给你找个助理，毕竟你们刚刚在一起，需要多点相处时间。"

常亮点点头，感激地说了谢谢。

散会后又发觉钟硕整个人都心不在焉的，才想起来昨天他去见了田娇娇，看这表情，常亮已经猜到了结果，微不可闻地叹了口气，走到魂不守舍的钟硕身边，意味深长地拍了拍他的肩膀，说："我来吧，你去休息吧，放你半天假。"

昨晚钟硕不仅没睡好，还委屈巴巴地哭了，肿得像核桃一般的双眼下是黑肿发青的黑眼圈。他现在还没缓过神来，昨天田娇娇跟他提了分手。

也不知道怎么了，最近一不顺，两个人都不顺，当初钟硕和田娇娇在一起后，没多久，他也和郭悦在一起了。

这样一想，常亮甭提多心慌，多后悔。

昨天怎么莫名就跟她吵起来了呢？常亮很是懊恼，按了按手机屏幕，没看到郭悦给自己回消息，心里很不踏实。

该不会下一个被判死刑的就是他吧！

"去吧，放你半天假。"见钟硕一动不动，常亮又说。自己抱着一堆资料，打算放好之后去郭悦家找她。

钟硕点点头，嗯了一声，拖着疲倦的身躯慢腾腾地离开。

常亮没吃饭，放好东西就给沈正鑫打了个电话，让他帮忙准备一束花，说要送给郭悦，道歉用。

沈正鑫还没回过神来，正想问他发生了什么事，常亮就说自己要开车，就挂了电话，搞得他一脸茫然。

上回见他俩还好好的，虽然不似别的小情侣你侬我侬，但他能看得出两人眼里互相有着对方。

这才几天，就闹别扭了？

沈正鑫无奈地摇摇头，一边挑选花材，一边打心里感叹：还是一个人好啊，至少不会因为对方生气这种琐事烦恼。

沈正鑫原本挑了几枝玫瑰，脑子里忽然出现郭悦那张巴掌大的清秀小脸，又将玫瑰放回了原处，重新挑了几枝不同颜色的小雏菊和水晶草。

小雏菊有天真、和平、藏在心底的爱的意思。他想，比起看上去有些雍容娇艳的玫瑰，清新脱俗的小雏菊更适合郭悦的有些清冷、恬淡的性格。

他家花店回头客多，除了鲜花保质期长外，最重要的是他能根据顾客的需求，收花者的秉性，搭配出适合对方的花束。这一点跟常亮给顾客订制追求对象方案有异曲同工之处。

半个小时后，常亮拿到那束包好的小雏菊怔了怔，刚要说谢谢，沈正鑫就笑眯眯地说："等你把人哄好了再谢我吧。"

常亮轻笑一声，大大咧咧地用拳头捶了捶他的胸膛："兄弟，等我消息。"

沈正鑫嘴角噙着笑意，忽然不正经起来，笑里透着狡黠，双手抱臂，吊儿郎当地补充："要哄不回来我就下手咯，反正我挺喜欢的。"

刚松懈下来的常亮立刻黑着脸，狠狠地捶了他一下，骂了他一句"混蛋"，气急败坏地离开，向郭悦家赶去。

田娇娇去了公司，郭悦吃完饭正要午休，就听见门铃不停地响，对方似乎很不耐烦，一连按了好几下，就连门铃也透露着急躁的信息，搞得郭悦也不耐烦起来，一边走，一边烦躁地呵斥："谁啊？"没见过这么没礼貌的。

透过猫眼看见常亮那张讨厌的脸，郭悦眉头一皱，不禁咬了咬牙，心底的不耐烦一下子就幻化成怒火，砰的一下打开门，冲着他怒吼："你干吗，拆门还是入室抢劫啊？"若不是考虑到让他继续待在外面会让邻居误解，即便是他把门铃按短路，她也不会开门。

发完飚，郭悦才注意到常亮抱着的那一束色彩搭配和谐，经过精心包扎的新鲜小雏菊。

郭悦正要闭门，对面的住户却忽然开门，探出头来的正是之前的阿姨，她好奇地看了看他们，惊讶地说："哎呀，小伙子，你又来看女朋友了啊。"

郭悦扯了扯嘴角，笑嘻嘻地打了声招呼，又向人家十分诚恳地道歉："抱歉，阿姨打扰到您休息了。"她微微朝对方鞠了个躬，直起身的瞬间又狠狠地瞪了常亮一眼，假装很开心地接过常亮手里的花束，说了声谢谢。

阿姨看着甜蜜的两个人，欣喜地笑笑："没有的事，你们聊，我休息去了。"

郭悦点点头，故作亲密地拽着常亮进门，门一关上，立马嫌弃地松开手，走到一边。

"郭悦，对不起，昨天是我冲动了。"常亮率先开口道歉。郭悦一副爱答不理的模样，一屁股坐在沙发上，假装低头刷手机，连看都不看他一眼。

常亮自顾自在郭悦旁边坐了下来，然后又说了自己的新想法，大体就是，菜单定价的事情可以再斟酌斟酌，他之前考虑得不够周到。

可郭悦并没有耐心听他的废话，皱着眉，也顾不上礼貌不礼貌，索性表明自己的立场，面无表情地说："这是你的项目，跟我没什么关系，你想怎么来就怎么来。"

郭悦想，当初她一定是脑抽了才会答应要和他一起做项目，给自己增添烦恼，还让自己受气。

Chapter4 有异性没人性

再这样下去，事情只会越来越严重，常亮抿了抿唇，看着她，努力让自己看上去十分平静，轻声道："郭悦，不要耍小脾气好不好？"

郭悦不理他，将视线转到一边。

常亮微不可闻地叹了口气，然后板直身子，继续说："我知道，一开始是我考虑不够周全，但我们现在能不能放下之前的种种，好好把话说完，嗯？"他故意稍稍侧着身子，看着郭悦的眼睛，微微上扬的尾音有几分魅惑的感觉。

"有什么好说的？"郭悦毫不避讳地瞪了他一眼，不客气地说。

反正一开始他就想好了要怎么做，问她显然是多此一举。

"悦悦。"常亮忽然用酥酥的、柔柔的调子喊她的名字，郭悦极不适应地往后倾了倾身子，用复杂的眼神看着他，薄唇轻启："你干吗？"干吗用这种奇怪的语气叫我。明明自己没做什么亏心事，可是听着这声音，再加上常亮那让人难以捉摸的表情，郭悦总感觉接下来会有什么可怕的事情发生。

常亮长臂一伸，一把将郭悦捞进自己的怀里，目不转睛地凝视着她的小脸，轻笑问："你为什么这么有个性？"

郭悦无语，大哥，你这话题也跳脱得太快了吧！

"还挺害怕有一天招架不住你的。"对他而言，郭悦是他遇见过的，最特别的姑娘，有自己的想法，还很固执，曾经他觉得自己脾气已经够臭的了。没想到郭悦比他高一个级别，生气几乎不会和你发生正面冲突，光是那冷冰冰的小眼神，就足以占上风。

郭悦完全不明白常亮是在自言自语还是在表达什么更深层次的意思，在他说话期间，翻了无数个白眼，心想：我就这样静静地看着你，看看你到底要耍什么花招。

果不其然，一番感叹之后，常亮又绕回了定价的问题上，他说自己算了一笔账，大致包含了店面的租金、食材购买、餐厅服务人员的开支，以及各类税务，加起来数目还真不少。而租金和员工工资，即便没有人来消费也是需要支付的，所以，菜品的定价除了考虑是否在消费者能接受的范围之外，还有考虑这些固定的条件。

此外，他还特地强调，士林是一个商业集团，肯定是以营利为目的的，但并不是说他们对公益事业无动于衷，据目前的消息，老板有意在9月开学之后到偏远地区的小学做公益活动。

郭悦打心底呵呵两声，论绕弯，她还真比不上常亮。

可是那又能怎么办？他这样轻声细语地跟她理论，明明是要干仗的，最后听着听着，她的脑子里慢慢地已经没有了之前的抵触情绪。

还是他高明，耍得一手好套路。

"那你说吧，要定多高？"郭悦几乎已经没了脾气，平静地问。

她倒是想看看，他变成吸血鬼之后有多可怕。

"就你拿你之前说的豆腐脑来说吧，大概……"一听到重点，郭悦立刻挺了挺身子，眼睛扑闪扑闪的，一脸期待地看着他，而常亮，像是故意在吊她胃口，故意在关键的地方顿了顿，假装思考，视线从始至终都没放过观摩她脸上细微的表情变化。

他顿了很久，郭悦隐约瞥见他如墨一般深邃的眸子里藏着的玩味，蹙了蹙眉，猛地用肩膀撞了撞他的胸膛，气呼呼地说："能不能别老在关键时刻吊人胃口？"

完蛋，他家小兔子要变成河豚了。常亮不禁勾了勾唇角，揉揉她细软的长发，说："五块到八块左右怎么样？大概比小巷子里卖的贵几块钱。"他印象里上次回老家吃过一次，就是两块钱。

"真的？"郭悦简直不敢相信自己的耳朵，欣喜地望着他。她之前还以为他要定十多块，甚至更高呢。

"真的啊。"常亮得意地摸了摸下巴，他就知道这个价格会让郭悦满意："而且，其他菜款的价格也会跟豆腐脑在一个水平线上，就按你之前说的，咸、甜口味都有。"他的语气还是柔柔的，望着郭悦的眼神越发温柔。

郭悦一听，兴奋地亲了一下常亮的侧脸，然后搂着他的脖子眉开眼笑地说："这才差不多。"

幸福来得太过突然，常亮回过神来后想再占点便宜，没想到郭悦却一掌捂住了他即将贴上来的嘴，黑着脸警告："差不多就得了，别太过分，小心我削了你。"说着，郭悦还腾出一只手，目光里流露出一抹杀意，干脆利落地做了一个抹脖子的动作以示警告，常亮果然乖乖不动了，脸拉得老长，小眼神委屈巴巴的，恨不得立刻挤出两滴泪水来。

郭悦立刻昂了昂弧度优美的下巴，轻哼一声，像是在说"再装试试看，我弄死你"。

郭悦那天穿了白色的吊带裙，V领的设计完好地凸显出她颀长犹如天鹅一般精致的颈脖。尽管常亮很清楚郭悦的意思，视线还是忍不住往下挪，直勾勾地盯着她，忍不住咽了咽口水。

可惜，豆腐没吃到，郭悦就给了他狠狠的一记暴栗，骂他流氓。

后来，常亮总算安分下来了，郭悦心平气和地说了自己对菜单的想法，两个人再对比一下数据，大体算了一下预估的营业额以及各类开销，很快定价就有了不错的结果。

郭悦有午睡的习惯，因为常亮忽然到访，定完价格，一松懈下来，她就开始打哈欠，双眼蒙上了一层水光，水润水润的，加上又有些疲惫，常亮看着甚是心疼，搂着她的肩膀呢喃："对不起啊，要不是我那天太冲动，你就不会这么累了，睡会吧。"他轻轻将她按在自己的怀里，像是哄孩子一样轻轻拍她的后背。

原本睡意蒙眬的郭悦，动了动，忽然笑出了声，枕着常亮的双腿，笑着看他："你这样我更睡不着了。"她几乎没有在别人怀里睡觉的记忆，更不知道在母亲怀里是什么感觉，不过现在这样被常亮抱着，哄着，她很享受这种感觉，就像是有人在对她温柔地说，睡吧，宝贝，我护着你。

"我回房间睡吧。"郭悦说。

"不行，我就想抱着你。"常亮毫不犹豫地拒绝，"乖，睡一会，我给你做饭，尝尝我的手艺。"

听起来不错，郭悦看着他，眼睛亮晶晶的："你说的哦，不许反悔。"

常亮认真地点头："嗯，快睡。"

大概是太累了，郭悦没一会就睡着了，常亮一直低头凝视着她的小脸，他从来没这么近距离地看她。眉毛细细的，偏向棕色，睫毛浓密细长嵌在那张白皙的脸上，像是芭比娃娃。他最爱的，还是她那张小嘴，嘴唇薄薄的，红红的，润润的，一看就很健康。

他很好奇郭悦是长得像妈妈还是像爸爸。

应该是像爸爸的，据说长得像爸爸的女孩子长大了都很有出息。

他看得出神，全然没发现自己盯着郭悦看了一个多小时，直到田娇娇下班回家，一开门，被她吓了一跳才回过神来，潜意识朝她做了一个噤声的动作。

田娇娇立马捂住嘴，尴尬地笑笑，瞥见郭悦没被吵醒才安心，换好拖鞋，拎着包，小心翼翼地往房间走去，直到郭悦醒来，也没从房间里出来。

郭悦不知道她回来，醒来之后，忽然向常亮撒娇，轻声细语地说："我醒了，快去做饭，我要吃水蒸蛋、醋熘大白菜，唔……还有清蒸排骨。快去快去，我饿了，要吃饭饭。"

一直待在房间里的田娇娇，听见她的声音，忽然笑出了声，郭悦才意识到问题的严重性，瞪大了眼睛，一惊一乍地问："娇姐回来了？"妈呀，她刚刚都做了什么见不得人的事，还要吃饭饭？

常亮强行忍着笑意，认真地点点头。

郭悦简直要疯了，抓住自己的头发，一副"我不活了"的崩溃模样，低声埋怨了句："你怎么不告诉我？"

"你也没问我。"常亮理直气壮地接话，下一秒就收到了郭悦的白眼。但这并没有影响到他的好心情。

之前他一直以为，郭悦是那种不管是内在还是外在都是性情寡淡的姑娘，没想到她居然还会撒娇，撒起娇来还这么可爱。

到底，他还是为自己的洋洋得意付出了代价，不仅没能献殷勤给郭悦做饭，还被郭悦赶了出去，被警告不要再来家里找她。

那天晚上，郭悦想了想，如果她和常亮照这样发展下去的话，之后见面的次数会越来越多，没准会给田娇娇带来很大的不便，最重要的是，常亮一出现，她就会莫名觉得三个人待在一起很尴尬！

于是，她萌生了搬出去的念头。

"你说你要搬出去？"忙了一天，睡意正浓的田娇娇听见她这话瞬间变得无比清醒，翻了个身和郭悦面对面，惊讶地开口。

"我……"田娇娇的目光有些瘆人，看得郭悦的小心脏直颤抖，连忙辩解："我就在你家附近租一间。"

田娇娇眉头一紧，咬牙切齿地吐出两个字："再见！"然后气呼呼地转过身去，一把扯过被子盖住自己的脑袋，打心底暗骂：有异性没人性的家伙！

第十五章

小欢喜逆风而来

Chapter1 不许你再离开我

尽管郭悦比自己要小几岁，不过，郭悦属于沉着冷静型，而自己的话看上去很成熟，很冷静，实际上也会冲动，偶尔还有些小幼稚。所以和郭悦在一起这么长时间，田娇娇已经适应了，如今，她竟然提出要搬出去，她能不生气吗？

因为这件事，田娇娇一连好几天都没搭理郭悦，想让她好好冷静冷静，是不是真的要搬出去。

郭悦为此也很懊恼，一开始，她自以为自己是站在田娇娇的角度，为她着想，毕竟，以后常亮要是老往她们家跑的话也不太好。

"我看这事还是缓缓吧，她现在需要你。"常亮听了郭悦的倾诉，仔细想了想才安慰道。郭悦看上去不太明白他的意思，他又说："钟硕说，娇娇跟他提了分手。"他猜郭悦应该还不知道这个消息。

"啊？"郭悦惊讶地捂住嘴巴，那天她看田娇娇确实有些奇怪，最近也在拼命地加班，但她万万没想到，事情已经到了不可挽回的地步了。

"嗯，有你陪陪她的话估计会好点。"常亮拍了拍她的肩膀。

"不是……"许是太过震惊，郭悦有点不知所措，脑子里乱糟糟的，说话也不利索，瞬间觉得自己这个姐妹当得太失败了："没有回旋余地了吗？"在她看来，钟硕的人品并不差，只是用力过度，而田娇娇又是那种个性比较要强，自我意识过分鲜明的人。

两人都有点倔，难免会闹不快。

常亮犹豫了片刻，摇摇头："这得看他们吧，没事，时间是最好的良药。"当年他也以为自己会一辈子活在陈欣怡的阴影下，后来还是走出来了。

他相信，命运自由安排，人的一生中会遇见很多很多人，人与人之间的结果不重要，重要的是，认识这些人之后自己学会了什么。他想，慢慢地，不管是钟硕还是田娇娇，都会明白这个道理。

当然，他不希望自己有一天会跟郭悦分开。不过，如果她提出要离开，而且离开他会过得更幸福，那他也会祝福她。

"好吧。"郭悦似懂非懂地点点头。

就像田娇娇拼命让自己忙起来一样，钟硕也在不断想办法让自己忙起来，单人餐厅快要正式营业，他自己包揽了开业当天所有的装饰安排，又是跑花店找人设计花篮，又是找老师傅测算良辰吉日。

他在用工作麻痹自己，常亮和郭悦都心知肚明，莫名觉得他和田娇娇很像，就连麻痹自己的方式都一模一样。

餐厅正式开业是八月十六号，那天正好是七夕情人节，钟硕说，他找了好几个师傅，都说这个日子不错，适合开业，于是他们就这样愉快地定了下来。

北京五环以内是不可以燃烧鞭炮的，不过因为餐厅所处的地段本来就是商场，此外周围还有不少写字楼，加上先前各种预热宣传，餐厅一开业就迎来了一大波客人，不少人在餐厅里见到郭悦和常亮站在一起，异常兴奋，向郭悦求签名，求合照，好不热闹。

答应了男粉丝之后，郭悦才想起来之前常亮提出来的变态的要求，不允许她和他以外的异性有太过近距离的接触，本来这个要求就不合理，很幼稚，郭悦只是犹豫了几秒，还是很开心地和对方合照。

不料，这一幕被站在门口迎宾的常亮看见了，他立马黑了脸，毫不客气，也不顾现在什么场合，向郭悦和那个男粉丝投去警告的眼神，郭悦自然是看见的，但她假装什么都没看见，眼角的余光瞥见他那小表情，越发得意。她就是喜欢看他着急上火却又拿她没办法的怂样。

而过度兴奋的男粉丝就更加没注意了，头和身子微微向郭悦那边倾斜，冲着镜头开心做表情，一连按了好几次快门，直到常亮走到他们跟前，面无表情地看着他，他才感觉到情况不妙，又想起了常亮是郭悦的男朋友，才恋恋不舍地离开……

一直憋着的郭悦，在粉丝离开之后不禁笑出了声，走到死人脸常亮面前，用握成拳头的手撞了撞他的胸膛，笑得眉眼弯弯问："你干吗露出这么可怕的表情，人家除了拍照之外也没做什么。"其实她想吐槽，都这么大个人了，还乱发脾气，幼稚。

常亮二话不说就抓住了郭悦的手腕，眼底满是不悦，像是生气，又像是吃醋，说："不许你再离开我。"今天人多，他还真担心自己一不小心把她给弄丢了。

郭悦微微露出惊讶的神色。

今天是开业，他要她一直跟着她？那餐厅谁来打理？

耍脾气也不带这么不讲理的。

郭悦一阵无语，任由他拉着自己向门口走去，很矛盾的是，即便常亮的举动不太妥，既霸道，幼稚又不讲理，她的心却无端地生出奇怪的感觉，期待、欣喜又纠结。

今天来了不少集团的领导，看得出，集团对这个颇有新意的餐厅很是看好。

剪彩仪式过后，集团的领导以及部分员工就离开了，餐厅陆续迎来了过来消费的客人。不过，出乎大家意料的是，除了他们预料之内的单身人群外，不少顾客是和自己的朋友过来的，说是看到餐厅的主题很有新意，想和朋友一起分享。

餐厅的厨师是根据菜色从士林里挑选的，每个人擅长的菜色不太一样，尽管郭悦是后期才加入到这个项目来的，她对餐厅的各种事也比较上心。

为了"逃离"常亮的掌控，去后厨看看，关心关心客人的用餐感受，她不得不出卖自己，在休息间里猝不及防地吻了下常亮的唇，在他还没反应过来之前，踮着脚尖，双手搂住他的脖子，柔声道："我去看看他们好不好？"怕常亮会拒绝，她又可爱地嘟了嘟嘴，一本正经地说："我保证，绝对不会让其他人有占我便宜的机会。"

常亮眯了眯眼睛，双手自然搂住郭悦的腰肢，略做思忖，粲然一笑："可以，不过……就一个吻是不够的。"

得寸进尺！

郭悦不满的心声越来越大，撇了撇嘴："那你想要几个？"

常亮唇角的笑意越来越浓，沁入闪着亮光的眸子后，莫名幻化出一丝不怀好意的韵味，他略微附身，稍稍低头，在郭悦耳边哈了哈气，低声说了几个字。

瞬间，郭悦瞪大了眼睛，脸颊刷的一下红了个透，浑身都热起来……

鲜红的唇瓣被她咬得发白，她努力让自己看起来镇定自若，然后愤愤地抬起脚，几乎使尽浑身的力量狠狠地踩了常亮一脚，在听见某人吃痛的尖叫后，得意地哼了哼气，恼羞成怒地警告："让你得寸进尺！"然后一扭头，快速逃离了某人的控制，向厨房奔去。

尽管郭悦看上去凶巴巴的，常亮还是能看到她的神情和语气里藏着的恐慌，想到她刚刚害羞的模样，眸底的玩味渐渐变成宠溺和欣慰。

他越来越觉得郭悦是个很有意思的姑娘，隐隐约约中有种魔力，能勾起异性的注意。

说白了，就像一只小妖精，迷人，又让人琢磨不透。

他不禁笑了笑，忽然又觉得很头疼，他家小姑娘这么迷人，万一哪天来一个比他更强大的竞争对手怎么办？不行，他必须做好监护人的职责！

意识到问题的严重性，他又慌慌张张跟了出去。

餐厅里安排了三十多个餐位，但今天客人出乎意料的多，服务员小姑娘告诉郭悦，现在有十多个人在排号。

餐厅的工作人员很大一部分是从士林别的餐厅调过来的，个个都是熟练的老手，在客人安排上郭悦很放心。

小姑娘临时想上卫生间，就让郭悦帮忙照看一会，郭悦没犹豫，同意了，拿着排队的表看了看，正好广播里喊39号客人用餐，郭悦就随手拿起一支笔，站在门口四处张望。

按照安排，如果客人五分钟内不出现，就会喊下一桌。

正当她要喊40号时，忽然一个身材高挑，穿着白色蕾丝连衣裙的女人拿着号码牌出现了。

女人本来就很高，还穿了一双高跟鞋，站在郭悦的跟前，她还没说话，郭悦就感觉到前所未有的压迫感，她咽了咽口水，笑吟吟地开口："您好，欢迎您来用餐，请跟我来。"郭悦的身子微微向前倾，礼貌地做了一个请的姿势。

陈欣怡垂眸，细细地凝视着郭悦的小脸，在认出她的身份后有些惊讶地张了张嘴，但长期的业务培训，让她很快从惊讶中回过神来，弯了弯唇角露出一抹大方得体的笑容，轻声说了句谢谢。

郭悦并不知道她的身份，带着她穿过一排餐位，来到刚刚收拾出来的桌子，让她就座，然后跑到收银台拿了一份菜单，又挑了一朵包扎精美的香槟色玫瑰，递给陈欣怡，笑着解释："您先看菜单，鲜花是送您的，有需要叫我。"

常亮只不过是跟着郭悦出来时忽然被厨师长叫住，没想到再次出来时，郭悦会在招呼客人，目光锁定在那个熟悉的身影后，他皱着眉头快步走到她的跟前，还没开口，坐在位置上的陈欣怡就故作惊愕地开口："常学长？"

没错，她是特意来找他的。即便清楚地知道郭悦的身份，当着她的面，还是毫不避讳地向常亮传递自己内心的炽热。

Chapter2 你别这么幼稚

即便此刻是餐厅用餐人数最多、最嘈杂的时刻，这个熟悉而又极具危险性的声音，仍然非常准确无误地传入常亮的耳朵里，他明显怔了怔，视线情不自禁地转向声源处，正好对上了陈欣怡盛满笑意的，犹如泉水般清透给人一种纯真无辜错觉的双眸。

这过分明显的诧异让站在一旁的郭悦小心脏咯噔了一下。

未等他开口，陈欣怡又笑着继续往下说："没想到这么巧，吃个饭也能遇见你，上次聚会之后都没来得及跟你道别，最近还好吗？"她面带腼腆，有意无意地用眼角的余光扫了眼郭悦，听似嘘寒问暖的话无不在向郭悦暗示自己和常亮的关系。

郭悦记得很清楚，前不久常亮去参加了同学聚会，那次还喝醉了，跑到她家大闹。

原来是跟她一起聚会。

莫名其妙地，郭悦忍不住多看了眼前这个长相甜美，一颦一笑像极了社会名媛的陈欣怡，不知道要用什么词语来形容此刻复杂的心情。

上回常亮就见识到了陈欣怡惹人胡思乱想的功力，这会回过神来，已经错过了最好的阻止她乱讲话的时机，他的脸上没有半点笑意，语气刻薄又疏离："你怎么来了。"

"刚刚下飞机，来吃个饭，没想到会遇见你。"陈欣怡不是没听出常亮的声音带着不悦，嘴角的笑容依旧温柔得体，给人一种两个人很熟，关系非常好的错觉。

郭悦站在一旁，敏感地嗅到空气中尴尬的味道越来越浓烈，她不知道要找什么借口离开这个空气逼仄的地方，双手不自觉地抓住衣角，悄悄地咬了咬唇。

"啊，不好意思，小悦姐，我回来了。"接待的小姑娘跟跟跄跄地跑回来找郭悦，感觉自己的举动太过突然，像是打扰了旁边的客人，她又连忙向周围的客人鞠了个躬小声道歉。

郭悦仿佛是找到了救星，扯出一抹笑容："没事，"然后又朝陈欣怡鞠了个躬，恭敬礼貌地说："女士，点餐的时候可以按下呼唤铃。"她一刻也不想待在这里，转而向餐厅的职工休息室走去。

小姑娘全然不知道这期间发生了什么事，不过看到常亮也在，似乎感觉到自己是多余的，也立马识相地退下。

陈欣怡若无其事地环绕了一周这个装潢不华丽，几近朴实自然的餐厅，视线最后落在常亮的身上，饶有兴致地问："这就是你最近一直在忙的项目吗？"

常亮自然没给她好脸色看，明明上次聚会时她就见过郭悦和他的合照，还做一些让人误解的举动，他冷冷地看着她，很没耐性地问："闹够了没有？"他不信她没有认出郭悦来。

面对态度这般冷漠的常亮，陈欣怡面露惊讶，微微张了张嘴，妆容精致的脸稍稍有些挂不住，十分勉强地接话："没太明白学长的意思，我真的就是过来吃个饭。"

从机场到这边起码得两个小时，无端端的，谁会吃个饭跑这么远？

说谎也不打草稿。

常亮冷笑一声，眸子里全是厌恶的神色，他努力让自己看起来没有什么情绪变化，扯出一抹笑容，礼貌地说："那我就不打扰你吃饭了，有需要可以叫服务员。"然后转身向休息室走去。

陈欣怡望着那个冷漠的背影，迟迟没收回视线，心里很不是滋味，全然没注意深深嵌入掌心的指甲已经将掌心扎出一道道鲜红的印记。

其实她昨天就已经到了北京，为了过来看常亮，给他贺喜，她故意在抵达北京的晚上吃了很多生冷的东西，以至于她拉了一个晚上的肚子，大晚上的故意做出很大的动静去了趟医院，今天用生病的理由跟领导请了假。

她不惜用自己的身体做代价，百般折腾自己，不过就是想在餐厅开业的当天来看看他。原本她还想给他送花，后来想想那样太招摇，被人误会她倒是不在意，最怕的是常亮不接受，就像上次聚会，差点连她递的酒都不喝。

她还特意化了精致的妆容，又担心气色不够好，进餐厅之前，特地补了腮红。

没想到最先见到的居然是郭悦。

她一直不愿意承认常亮已经有了新的女朋友这个残酷的事实，所以，见到郭悦的瞬间并没立刻想起她的身份，后来想起来，就情不自禁地说一些意味深长的话。

郭悦正在休息室里闭目养神，因为开业这事，她这几天都很累，但是一闭上眼睛脑子里就会浮现陈欣怡看着常亮欣喜又羞涩的神色。她是女生，也曾谈过恋爱，很清楚这种眼神意味着什么。

常亮进来看到她闭着眼睛靠在躺椅上，纠结了很久都不知道要怎么开口，只能直接叫她的名字："郭悦……"

郭悦微微睁开眼睛，瞥了常亮一眼，又爱答不理地闭上，嗯了一声，以示应和。

常亮径直走到郭悦的身边，在她旁边坐下："她是我的前任。"想来想去，似乎没有比直接坦白更适合的方式，他也就不再绕弯子。

郭悦只是怔了一下，回应常亮的，又是一声听不出情绪的嗯。

对于他的过去，她还真的一点不了解，她早就意识到这个问题，却久久没开口。因为在她看来，这种事情，要是对方不说，那就不要多问，加上她也不是那种爱八卦、会死死抓住对方过去不放的人。

既然开了口，常亮没犹豫，简单用几句话就将自己和陈欣怡的过去告诉了郭悦，还保证，以后绝对不会跟陈欣怡见面。

郭悦是那种喜怒不形于色的人，尽管她到底还是在意他们两个人之间的种种，还是淡淡地嗯了一声。

大学是最好的年华，这是大家公认的。在最好的年华，在一起过的对象也是最好的吧。郭悦想。

常亮又断断续续说了些什么，郭悦的思维完全不在线上，闭着眼睛，神游一般。

常亮也似乎感觉到了郭悦的异样，手轻轻搭在郭悦的肩膀上，正要开口问她怎么了，郭悦却忽然睁开眼睛，灵巧地躲开，下一秒视线就被常亮那只稍稍弯曲、尴尬地置在离她肩膀不远的地方的手给怔住了，十分牵强地扯了扯嘴角，说："没事，我没生气。"

常亮不止一次跟郭悦说过，要是她有哪里不舒服，可以说出来，他不愿意看到的就是郭悦现在这个样子，明明很不乐意，却装作什么都不在乎，独自一个人难受。

他什么都不怕，就怕她想不开，折腾自己，就怕有一天他琢磨不透她的心思，误解她会做出伤害她的举动来。

"郭悦，你别这样好不好？"常亮收回自己的手，眉毛轻拧，低沉的声音里带着一丝无可奈何。

郭悦顿了顿，故作轻松地接话："我没怎么样呀。"到底有没有怎么样，她自己也不清楚，就心里有点不太舒服，不太清楚这种不舒服在常亮看来是不是很严重的问题。许是习惯了这种处事的态度，她一开口就是那种听不出不满的轻松语气。

看着她满不在乎的态度，常亮眉头紧锁。他多么希望郭悦大声地告诉他，她心里很不舒服，很难受，可她没有，就连一句发脾气的话，一个带着生气韵味的表情都没有。他有些控制不住自己的情绪，一开口，话里就带着几分责怪和责问的意思："你明明心里不舒服为什么不表现出来？"霎时间，本来就不大的休息室立刻被紧张的气氛包围。

郭悦的心脏倏地一下紧缩到一起，眼神却还是轻飘飘的，云淡风轻地说："听不懂你在说什么，我休息好了，出去看看。"她向来讨厌把时间浪费在一些没有意义的事情上。说着从沙发上站了起来，准备往外走时，常亮又一把抓住她的手腕，腾地一下站了起来，嘴角微微抽搐，目光咄咄逼人。

他最看不惯她这种态度，若不是他确信郭悦心里有自己，没准他就真的以为郭悦一点都不在乎自己，他在她心里一点地位都没有。

　　和郭悦在一起之后，他总是变得患得患失，神经兮兮的。他把自己这种变化简单做了个总结，认为最大的原因是郭悦没有像别人一样，很直接地表达出对他的爱意。哪怕刚刚，当着陈欣怡的面，她说一句带点质问他和陈欣怡关系的话，也能代表她是在乎的。

　　可她，什么都没有做。

　　"看到陈欣怡的时候明明很不痛快，为什么不直接告诉我？"常亮急需一个答案安抚自己惶恐不安的心，死死地盯着她的眼睛，生怕自己一不小心就错过自己期待已久的，藏在郭悦眼睛里的答案。

　　郭悦怔怔地望着他，又看了看快要被捏碎似的，生疼的手腕，薄唇倾出一个讽刺的弧度，似笑非笑地说："难道你要我当着这么多客人的面像泼妇，或者是神经病一样质问你和陈欣怡是不是有不能说的秘密？你要我在开业当天闹这种不理智的情绪，以证明你在我心里多重要？"郭悦死死盯着他的眼睛，眸子里全是讽刺和不屑，好笑地反问："常亮，你到底有多幼稚？"

Chapter3 你怎么这么讨厌

  过分理智的郭悦一连丢出几个问题，仿佛狠狠地甩了常亮几个耳光，与此同时也将他的情绪推向了崩溃的边缘，他的眸子瞬间变得暗沉，这是他暴怒的预兆，郭悦已经很熟悉了。

  果不其然，常亮猝不及防地搂住郭悦的腰，将她死死地禁锢在自己的怀里，随后腾出抓住她手腕的手，快速钳住她的下巴，一个低头，疯狂地撕咬她的嘴唇，不带任何情欲，像是妄图用这种极端的行为驱散心中的不安。

  郭悦拼命地挣扎着，可她的力气到底抵不过高她一个多头，四肢健壮的成年男子，她感觉自己现在像是受了很大的屈辱，挣扎未果，倒映着常亮疯狂扭曲的脸的双眸不禁蒙上了一层水雾，没多久，好似有什么东西缓缓从眼角往下淌，渐渐地，一股咸涩带着鲜血咸腥的味道在他的口腔里快速蔓延。

  他微微一怔，松开了郭悦，不敢置信地望着被泪水弄花了妆容的郭悦，欲言又止。

  郭悦快速抬手擦掉脸上的泪水，喉咙像是被什么东西哽住了一样，凹陷无神的双眼尽是比痛苦更甚的愤怒。

  她什么也没说，只是听见有一个声音在提醒她，郭悦，冷静，要冷静。

  然后转身向门口走去。

  不想，常亮又抓住了她的手腕，她面无表情地回头看了他一眼，一言不发。常亮只能透过她红彤彤的眸子，有泪痕的脸颊猜测她的情绪，万分自责，后悔地开口："对不起，郭悦我……"他也不知道自己为何忽然变成这样子，做出这些疯狂的举动来，胸口一缩，自责和内疚让他连一句道歉的话都说不完整。

常亮你真是混蛋。他打心底狠狠地骂自己。

不过是想亲耳听见郭悦说一句在乎自己的话，没想到却变成现在这个样子。

换句话，要是郭悦真的不在乎自己，从她口中说出来的话有这么重要吗？常亮被自己愚蠢至极的行为搞得头昏脑涨，连向郭悦解释都弄不清楚。

郭悦昂了昂头，努力把新溢出来的泪水憋回眼眶里，波澜不惊地说："你不用解释，我们先好好冷静。"说完她用另一只手一根一根掰开常亮的手指，最后头也不回地走了。

后来，钟硕找不到常亮，跑来问郭悦有没有见到他，郭悦反而问他不在休息室吗？

钟硕摇摇头，找不到，不知道去哪里了。

郭悦又说那她就不知道了。

钟硕隐隐约约感觉郭悦有些古怪，就多嘴问了她一句是不是发生矛盾了。

郭悦摇摇头说没有。

于她而已，矛盾这种东西不存在的。她自以为自己是个非常理智的成年人，矛盾只有不理智的人，又或是小孩子才有。

曾经她一度觉得自己是生命的旁观者，她来这个世上纯粹是为了观摩别人的戏剧人生，看遍人间冷暖。

她不想去改变谁，也不想被谁改变，如若常亮想要的真的是那种挂在嘴边的甜言蜜语，她没办法满足他的要求，只能说明他们不合适。

若是真的分开，会不会伤心？

郭悦想，大抵会吧。

但，那又怎样，如果两个人性格不合的话。

田娇娇是下了班才过来找郭悦的，因为常亮临时离开，郭悦在店里待的时间要比预计的长，慕名而来的粉丝还不少，拿到了餐厅开业的纪念品纷纷找郭悦签名。

一圈下来，不知不觉已经到了下午六点半，田娇娇一进来就往人最多的地方走。过来之前她特意刷了一下微博，果然看到郭悦在她预料之内上了热搜，一并的，还有餐厅的名字"时间简史"。

一开始郭悦是在收银台给有需要的顾客签名，后来，顾客越来越多，收银台又在进门的地方，队伍太长妨碍进去，工作人员就干脆在餐厅最里面搭了一个临时的小台子，给郭悦做了一个临时签名的地方。

田娇娇从服务员手里拿过一张开业纪念明信片，走到了队伍最后头。排队期间，她左顾右盼，环视了一周店铺，又听见了郭悦的粉丝控制不住内心的激动，不断地向郭悦表达内心的喜悦，她忽然很羡慕她。

有这么多崇拜她的粉丝。

有这么多支持她的人。

日子还过得这么惬意。

"您好。"郭悦刚开口，一抬头，田娇娇的脸就准确无误地闯入她的视线，她愣了愣，收回了即将脱口而出的那句客套话，惊讶地问："你怎么来了，不是加班吗？"之前田娇娇跟她说，接下来的一周内都会加班，她忽然这个点出现在自己面前，着实让郭悦大吃一惊。

田娇娇自然地将明信片递给她，肉麻兮兮地说："来看你呀。"她还没见过她在粉丝面前的样子呢。

郭悦不禁起了一身鸡皮疙瘩，耸了耸肩，快速在明信片上给她签了名，然后又用只有她们能听到的声音说："等我一会，马上就完事了。"她把明信片递给她，又朝旁边的空餐位昂了昂下巴，示意她去那里坐会等她。

田娇娇撇了撇身后还在排队的十多个人，点了点头。

算了，看在有这么多粉丝的面子上就不捣乱了。

她家小悦悦出糗，只能她一个人看到。

田娇娇乖巧地坐在位置上，兴味索然地拿着手机打发时间。一会刷刷微博，一会看看工作群里的微信，第一次觉得等待这么煎熬，尤其是看到她家小悦悦被一群人围着，被很多人撩，表达内心的激动，她就越发觉得不悦。

"您好，女士需要点餐吗？"忽然，一个清脆的声音钻入田娇娇的耳朵，将她从神游中拉了回来，她猛然抬头，面色憔悴的钟硕猝不及防地闯进她的视线里，她惊讶地张了张嘴巴，看清楚他的脸之后，周围的空气也一点一点沉了下去，田娇娇的手情不自禁握成了拳头。

只顾着过来看郭悦，没想起钟硕、常亮和这餐厅的关系，确实是她的失误。

钟硕也震惊眼前的人是田娇娇，心脏倏地紧缩，硬是看着她出神了半晌，久久说不出话来，顿时陷入一阵尴尬。

他没想到分开之后两个人会以这种方式再见面。

田娇娇咬了咬唇，婉言拒绝，她努力让自己看起来情绪没有什么变化，又平静地补充了一句："我等郭悦。"

钟硕会意地点点头，曾有千言万语，可面对面时，一句也说不出来。他努力扬了扬嘴角，身子微微上前倾，故作平静地说了句"好的"缓缓退下。他很想问她最近好不好，身体怎么样，又害怕自己的问题会给田娇娇带来困扰，几近落荒而逃向休息室走去，边走边小心翼翼用手安抚狂跳、不听使唤的心。

"喂，你怎么了？想什么呢？"郭悦忙完过来，发现田娇娇正看着什么出了神，她喊了她两声也没动，好奇地顺着她的视线往前看了看，什么也没有，就更郁闷了，疑惑地拍了拍她的肩膀，没想到还把她吓了一跳。

"你忙完啦。"田娇娇尴尬地敛了敛神色，左顾右盼，发觉排队的人已经没有了。

"算是吧，忙不完也得走了，累死了。"郭悦一边捶酸痛的肩膀，一边哀叹埋怨。她明明不是这个餐厅的负责人，却比负责人还累。

想想就觉得自己很可怜。

"你要吃点什么不，我请你吧。"郭悦想了想又说，她猜她已经遇到钟硕了。

田娇娇想了想，忽然笑嘻嘻地恭维她："不吃了，谁做的都没你做得好吃，我们回家吧。"说着，从位置上站了起来，一手拎包，一手抓住郭悦的手腕，欲往外走。

事实上，她不过是害怕会再次见到钟硕，到底是担心尴尬，还是怕再待下去会控制不住情绪，自乱阵脚，她也不清楚，也觉得没搞清楚的必要。

回家路上郭悦问她想吃什么，田娇娇又说随便都可以，郭悦表示很头疼，最后随便在菜市场里买了点火锅材料，几罐啤酒，两个人到家就在茶几上架了一个电磁炉，就这样打发了一顿。

　　"你说，人为什么要谈恋爱？"郭悦闷头灌了自己一口酒，毫无预兆地问。

　　田娇娇微微一怔，夹丸子的手顿了顿，隔着蒸腾的水汽目光带着几分疑惑，不紧不慢地开口："怎么，又吵架了？"忽然冒出这样的问题，田娇娇用脚趾头也能猜到郭悦十有八九是闹矛盾了。

　　郭悦嘴角里噙出一抹苦笑，摇摇头，声线有些含糊不清："不懂，他前任忽然找来？"郭悦有些恍惚，脸颊微红，有种微醺感，脑子里忽然蹦出陈欣怡那张笑脸，心想是前任没错吧。

　　"算了算了，咱俩都一样。"未等田娇娇接话，她又烦躁地摆摆手，又猛地灌了一口酒。

　　田娇娇看着她颓废的样子，轻轻叹了口气，没打算阻止，一醉方休吧，她也开了灌啤酒，咕噜咕噜地灌。两个人认识多年，好不容易谈个恋爱，没想到看上的人也互相认识，在一起的时间差不多，闹别扭的时间也差不多。她实在不知道要用什么词语来概括这一狗血的默契。

　　大概，这就是传说中的同病相怜吧。

　　田娇娇自我安慰，看着眼前不断升腾的白色水汽，恍惚看到了某张熟悉，写着生气的脸，像是因为此刻她不爱惜自己的身体而生气。

　　田娇娇烦躁地伸出手在水汽上方晃了晃，嘴里不满地嘟哝："真讨厌，钟硕，你怎么这么讨厌……"

　　那一晚，两个人喝到最后，一个人起码喝了四五罐啤酒，最后实在是累得不行，碗筷都没收拾，就相互搀着对方，躺床上去了。

Chapter4 好好说话，别撩我

次日一大早，郭悦醒来，田娇娇就告诉她一个惊天动地的消息，那会郭悦还睡眼蒙眬，听到田娇娇的话时还恍惚了好一会，嗯了一声，回过神来后，不得了了，一惊一乍地按住田娇娇的肩膀，不敢置信地问："等等，你说什么，你周末又要回家见相亲对象？"郭悦的眼睛瞪得老大，绞尽脑汁回想刚刚田娇娇说话的表情。

是很轻松没错吧？

不久前她不是才见了一个相亲对象吗？这才多久又见一个？

"干吗，反应这么大？"田娇娇一脸嫌弃地打掉郭悦的手，一骨碌下了床，边找衣服边说："相个亲而已，有什么好大惊小怪的？"那表情，像是在说，我去相亲很奇怪吗？

"你该不会是因为昨天忽然遇到了钟硕，受了什么刺激了吧？"郭悦实在不敢相信这话出自曾经信誓旦旦地发誓，说即便是自己孤独终老，也不会把自己丢到菜市场去任人挑选的田娇娇。

明明这个人几个月前为了逃相亲还跑去陵水找她……

"不对，是不是钟硕另寻新欢，你……"不甘示弱啊？郭悦战战兢兢地盯着她的小脸，妄图从她的脸上找到最准确的答案。

田娇娇手一怔，没好气地白了她一眼，嫌弃地说："郭悦，你不去写小说真是浪费了这想象力。"然后快速换好衣服去刷牙洗脸，留下郭悦一个人坐在床上发呆神游。

吃早饭的时候，郭悦仍然没放过继续追问田娇娇的机会，鼓起勇气又问："你真决定要去相亲？"看那劲是跟这个问题杠上了，非得问出个所以然来不可。

田娇娇用一种看白痴的眼神，看着郭悦，极力忍耐内心的不悦："没错，我是要去相亲，怎么了？我现在连相亲的资格都没有了吗？那我必须得抓住这个机会啊，过了这个村就没这个店了，万一嫁不出去，我家那些老祖宗估计得爬出来骂我给他们丢脸了。"

相个亲而已，至于这么大惊小怪吗？

田娇娇越是不以为意，郭悦就越怀疑："真的不是为了忘记钟硕跑去相亲？"

那些所谓的恋爱专家说，要忘记一段情，忘记一个人，最快速的方法就是找一个新欢。

田娇娇忽然说要相亲，郭悦难免会往那个方向想。

"郭悦，你都快比我妈还要唠叨了。"田娇娇放下筷子，不满地瞪她，显然耐性已经消磨殆尽了。

郭悦委屈地撇了撇嘴，小声嘟哝："明明是关心你，干吗这么凶我。"不说就不说嘛！

因为昨天的不愉快，到了公司之后郭悦没有去常亮的办公室，她算是编外人员，跟领导打了个招呼，领导没给她安排别的任务，闲得慌，她没多停留就往餐厅那边跑。不巧，她到的时候正好遇见来送花，和店里的小姑娘低声交代什么的沈正鑫。

郭悦礼貌地朝他点点头，走到他身边，好奇地问："没找帮手啊，还亲自跑一趟？"

沈正鑫抿了抿唇，细细地打量着一袭白色交领改良汉服的郭悦，视线微微一滞，从花束里拣了一枝白中带绿的洋桔梗，挑着那双乱放电的桃花眼，笑吟吟地递给她："上次见面后，总是情不自禁在梦里和你相遇，醒来又见不到你，实在煎熬，所以来碰碰运气，以解相思之苦。"

这年头，长得好看的男生都这么会说话吗？

郭悦扑哧笑出了声，光是听着这清脆悦耳的声音，心情就好了不少，脑腆地接过与自己气质相符的洋桔梗，说了声谢谢，转而又打趣道："喜欢沈先生的女生很多吧，嘴巴这么甜。"

沈正鑫用手指点了点下巴，略做思考，良久，一本正经地回话："挺多的，不过……"他顿了顿，看向郭悦时，嘴角不经意露出一丝温柔到让人没有防御能力的笑意，从容不迫地说："令我魂牵梦绕的，就你一个。"

郭悦顿住，整颗心酥酥的，痒痒的，被沈正鑫几句让人浮想联翩的话哄得心花怒放。

她低了低头，敛了敛脸上羞怯的神色，手指潜意识捏了捏裙摆，快速调整自己的情绪，冲着沈正鑫弯了弯狭长的双眼，像是看到了沈正鑫隐藏笑意背后的端倪，也跟着不正经起来："沈先生好好说话，别撩我。"

沈正鑫登时就乐了，摸了摸下巴，调侃道："没想到郭小姐这么经撩。"

"彼此彼此。"郭悦笑着点点头，"叫我郭悦就行。"

沈正鑫会意，却自作主张喊她悦悦，学着她的语气："叫我正鑫就行。"

和沈正鑫接触不多，也不算熟，郭悦从简单的对话中在脑子里给他贴了几个标签，长得好看，身长腿长，脑子灵活，说话好听，品位不错。

最重要的，三句话有两句在撩人！

沈正鑫放完花束，从口袋里抽出一张单子，想了想递给郭悦："悦悦签个字呗。"

"这是什么？"郭悦一边问，一边接过三联单子，仔细一看，又说："这个你该找常亮签吧。"她不过是个外援，签单子和钱的事，她从来不管。

沈正鑫明知道常亮不在，还左顾右盼，假装什么都不知道，问收银台的小姑娘："你们家常总在吗？"

小姑娘摇摇头，沈正鑫很是满意，朝郭悦耸耸肩，摊了摊手："只能找你了。"

"但是我不管这块啊，到时候他们不认账怎么办？"毕竟涉及钱，不得不小心。又因为昨天和常亮发生了不愉快的事，她也不想给他打电话。

"没事，你签的话，我就当送给你了，钱不重要。"沈正鑫一脸轻松，快速从收银台上拿了一支笔，递给郭悦，朝她扬了扬下巴，示意她放心签。

这话说得，感情这钱跟大风刮来似的。

郭悦犹豫了片刻，接过笔，悄悄叹了口气，正要下笔，又不太放心地问小姑娘："我签真的没事吗？"

小姑娘点点头，郭悦这才放心下笔，迅速在单子上签下自己的名字，抽走其中一联，剩下两联还给沈正鑫："辛苦你了。"

"一点都不辛苦。"沈正鑫拿到了有郭悦签名的单子，看着上面清秀的字迹，眉开眼笑的，夸张地亲了亲她的字迹，笑嘻嘻地说，"我决定时刻把这张单子放在身上，想你的时候就拿出来看一看。"郭悦登时起了一身鸡皮疙瘩，不禁瞪大眼睛，倒吸了一口凉气，木木地望着他。

行啊，不愧是常亮的朋友，一开口就让人神魂颠倒。

郭悦打心底暗暗给他点了个赞。

最后，沈正鑫还来了个自来熟，让郭悦请他吃点东西，郭悦没拒绝，强烈推荐他尝尝甜口的豆腐脑。

沈正鑫是北方人，听着郭悦天花乱坠的介绍，毫不犹豫地点点头。

"怎么样，还可以吧？"沈正鑫刚刚尝了一口，郭悦就迫不及待地问。

沈正鑫像是在品尝什么美味珍馐，一脸专注表情，细细地品味嘴里细滑的豆花。甜丝丝味道加上柔软细滑的触感在口腔里蔓延，沈正鑫感觉所有的细胞都活了起来，眼睛亮晶晶的，兴奋地说："太好吃了！"

郭悦很满意他的反应，转而想到上次因为口味的事跟常亮吵了一架，又觉得很没劲，嘟哝了一句："估计也就只有常亮觉得难吃了。"

她的声音虽小，沈正鑫却一字不落收到心里，宽慰道："他性子就那样，有时候非常偏执拗，你不用太在意。"

郭悦漫不经心地嗯了声，又听见沈正鑫说到常亮和陈欣怡的事。

他说，年少的时候谁都有过疯狂的时候，尽管陈欣怡做了很多离谱的事，但因为她，常亮才变成现在优秀的模样。事情都过去很多年，常亮也不是那种朝三暮四的人，大概只是把陈欣怡当成朋友。

他还说，导致常亮的性格有些偏执拗，看上去没什么，其实内心很敏感的原因大概是家庭影响。父母关系不太好，常亮的母亲常年独居，以至于他对家庭的温暖很渴望，同时又很畏惧自己没办法给喜欢的人足够的安全感……

他的语气时缓时急，时而忧伤，时而惋惜，像是在演说什么感人的故事。

郭悦听得有些犯迷糊，隐约觉得不太对劲，在沈正鑫离开之后才回过神来。

什么嘛，沈正鑫哪里是来送花，明明是来当常亮的说客的！

郭悦气得不行，掏出手机愤怒地删掉了常亮的微信，心想：有什么话不自己说，非得找个小兵过来，兜这么大的圈子。

沈正鑫走出店门没多久，得意扬扬地给常亮发了微信，向他邀功，还拍胸膛把自己夸了一番，说只要他出马，没有解决不了的问题。

常亮很真诚地向他道谢，说改天请他吃饭，喜糖给他发双份。

看到那个喜糖盒子的表情，沈正鑫给他回了一个大哭的表情，还特别委屈地说，拒绝任何形式的狗粮。

常亮做梦都没想到沈正鑫不仅没有帮上忙，还帮了倒忙，他兴冲冲地给郭悦发微信，消息刚刚发出去，就发现文案后面出现了一个红色的感叹号，此外，还有一排小字"对方开启了好友验证、需先加为好友"。

常亮登时目瞪口呆，一脸不敢置信，转而给沈正鑫发了一条语音：沈正鑫你到底跟郭悦说了什么！？

他想，他一定是疯了才找他帮忙，要不然怎么会忘记他上次还当着他的面挖郭悦墙脚？

第十六章

穿越人潮拥抱你

Chapter1 搞好前任再来找我

按捺不住的常亮又火急火燎地给郭悦打了电话，果然如他所料，号码也被拉黑了。

他继续坐着不是，跑去找郭悦也不是，陷入一顿纠结的他，如坐针毡。

钟硕进来看他神色很诡异，一边把刚刚打印出来的文件递给他，一边小心翼翼地打量着他，战战兢兢地问："亮哥，你……怎么了？"

常亮抬头看了他一眼，目光冷冰冰的，如果目光能杀人，估计他已经千疮百孔了。钟硕不禁往后退了两步，保持安全距离。

常亮犹豫了片刻，最后还是什么都没说，本来还想着让他找田娇娇帮忙调解一下，猛然想起来他跟田娇娇已经分道扬镳了，就转而问他："这是什么？"他朝他扬了扬下巴，视线在文件上停留了一秒，又看向钟硕。

"哦，截止今天早上八点为止，大家对餐厅的看法。"钟硕解释。

餐厅开业之前，在网上做了一个类似于投票的活动，主要是关于大家对餐厅的看法，以及体验的感受。按照正常的程序，大家对餐厅看法这种问题应该是在开业之前，乃至这个方案产生时做的调查，他们之所以现在才回头看，主要是相信郭悦的影响力，以及年轻一族对新概念事务的好奇心。

常亮点点头，翻了翻不算太厚的文件，看着上面出彩的数据，有点欣慰。

"那之前说的，让悦悦订制一份私人订制的菜单的事情什么时候落实？"钟硕又问。

"这个先放放吧。"常亮想也没想就接话。现在关系这么紧张，他也不好去跟她谈乱七八糟的事，而且，郭悦也不见得会跟他聊。

把钟硕打发走，常亮最终还是没坐住，打着去餐厅看看的借口，跑去找郭悦。

这件事一天不解决，他就不能安心。

郭悦很是郁闷，明明餐厅才开业第二天，这个餐厅的管理人竟然一个上午都没出现！下面的员工一顿找他，找不到他就来麻烦她。

这一上午下来，她也不知道自己签了多少单子，反正等她回过神来时，脖子手腕只有酸痛的感觉。

后来，钟硕又在微信里找她，说之前做的微信抽奖活动名单已经出来了，按照当时的想法，需要她在订制的礼物上盖上自己的印章，或者签个名。

累得不行的郭悦当即问他需要签名的多不多。得知是十份时，她脑子轰的一下，整个人瘫在座椅上，傻愣愣地看着天花板，又暗自庆幸不是一百份。

钱没拿多少，过得也不自由，反倒是被折腾得疲惫不堪。

郭悦感觉没有人比她更痛苦的了，叹了口气，给钟硕回了个消息，说她晚点再过去签，没想到刚回来，店里的服务员小姑娘就跑来找她，说有人找。

郭悦很是好奇，随口问了句谁，小姑娘摇摇头说不认识，是一个漂亮的女士。

郭悦就更好奇了，起身整了整衣服，跟着小姑娘出去，全然没想到陈欣怡会来找自己。

陈欣怡依旧穿了一袭长裙，酒红色的，腰部绑了一条皮带，将她腰肢纤细的弧度很好地呈现出来，光是站在那里，就让人忍不住多看两眼。

不能说很意外，也不能说不意外，郭悦回过神来后，礼貌地朝她点了点头，客气地问："陈小姐，您找谁？"她的名字，还是早上沈正鑫再次提到她，她才记住的。

尽管时间还没到饭点，餐厅的人也不少，陈欣怡细细打量着来往的人群，最后视线回到郭悦身上，朝她莞尔一笑，轻声细语地说："我来找您，郭小姐。"

郭悦微怔，有点惊讶，视线在她身上扫了一周。陈欣怡要比她高很多，她要对上她的视线得稍稍昂起头，莫名地，气势就比她弱了一大截。

好在，她向来不喜与人交谈，用常亮的话来说，看着她就莫名觉得冷飕飕的，会忍不住往后退两步，尤其是她不说话的时候，整个人就跟冰块一样，眼神更是瘆得慌。

"不知道您现在有没有时间。"见郭悦久久未吱声，陈欣怡杵在那有点尴尬，又笑着补充了句，"据说附近有一家点心是云南某个著名的厨师开的，想和你去试试。"

我跟你已经熟到能一起去吃点心的地步了吗？

郭悦打心底不屑地哼了声，用一种质疑的眼神瞥了她一眼。

她想，眼前这个好看的女人肯定是个厉害、聪明的角色，找借口让她去别的地方，不过怕被熟悉的人看到，担心破坏形象罢了。

果不其然，她跟着陈欣怡到了所谓的点心店，对方就直接进入正题："很抱歉啊，昨天突然出现，没给你和常学长增添麻烦吧？"她的声音有些低沉，加上那双迷蒙的大眼睛，看上去还真有几分愧疚的神色："虽然我们之前是情侣，但关系不像你想象中的复杂，我们现在只是朋友，上一次去雍和宫，已经都把话说明白了……"

郭悦一言不发，就那样静静地坐在位置上听她演讲。

陈欣怡一边说，一边细细地打量着郭悦的神色，她每一句话都尽可能透露自己和常亮的关系，妄图引起郭悦胡思乱想，惹她生气。

不要脸的前任或者小三找上门这种事，郭悦早在实习时就从爱八卦的女同事口中听说过。只不过从没想过这种狗血的事情竟然会发生在自己身上，从陈欣怡开始找自己，她就做好了心理准备，不断提醒自己，不管对方说什么，都要冷静！

陈欣怡顿了顿，小心翼翼地看着郭悦："不知道是不是我的错觉，我总感觉常学长看我的眼神有些心疼……郭小姐你不介意吧？"她的眸子里全是惴惴不安，不知情的，没准就以为是郭悦在欺负她。

郭悦挑着眉角瞟了瞟，视线不愿意在她身上多停留，低头吹了吹还冒着热气的开水，慢悠悠地抿了口，润润嗓子，云淡风轻地说："不介意，你那多半是错觉。"她的声音干脆利落，不带任何起伏。

顿时，陈欣怡感觉心脏被什么东西狠狠抽了一下，拿着舀蛋糕勺子的手明显顿了顿，似乎没料到面前这个看上弱不禁风的姑娘抗击能力这么好。

　　看来，她还是小看她了。

　　"郭小姐真是心胸开阔。"陈欣怡的下颌线明显有了紧绷的迹象，她牵强地扯出一丝笑意。

　　郭悦笑笑，抬头一瞬不瞬地盯着她的眼睛，波澜不惊地接话："那也得看是谁，像那种连自己几斤几两都不知道的人，放在心上就是浪费时间和精力，你说是不是？"

　　啊哈？她是说她不知天高地厚，是小看她的意思没错吧？

　　陈欣怡一怔一怔的，兀地瞪得老大的眼睛倒映着的全是郭悦得意扬扬的笑容，双手不禁握成拳头，极力隐忍的情绪在郭悦那句"没事的话，我就先走了"彻底被点燃。

　　她腾地一下从位置上站了起来，气急败坏地指着郭悦，恼羞成怒地说："你怎么这么不要脸，我给你台阶下，让你知道学长心里还有我，别这么死皮赖脸地黏着他，你还不识抬举？"陈欣怡顺势拿起桌子上的水杯，郭悦见状，敏捷地伸手按住了她的手。

　　霎时间，店里的顾客纷纷向她们投来好奇的目光，郭悦漫不经心地勾了勾唇角，笑着对陈欣怡小声说："陈小姐确定要在这里发牢骚？"周围的人在窃窃私语，似乎还有人认出了郭悦的身份。

　　再闹下去的话，没准会有八卦之人助她们上热搜。

　　她什么都没做，倒不担心流言蜚语。

　　正在气头上的陈欣怡愣了很久，才明白郭悦意味深长的话，愤怒地放下已经握在手里，即将泼向郭悦的水杯，咬牙切齿地说："不要脸！"搞了老半天，准备了这么久，最后丑小鸭居然是自己？

　　陈欣怡显然没料到会是这样的结果，踩着高跟鞋，昂着头，一副"你给我等着"的凶狠模样，极不情愿地离开。

　　直到她完全消失在自己的视线，郭悦才舒了口气，整个身子往后靠，微微闭上眼睛，缓解忐忑不安的心。

　　似乎感觉有个黑影打落在自己的脸上，郭悦猛然睁开眼睛，随即常亮看不出情绪的脸便闯入了她的视线里。

　　未等她开口，就听见常亮说："为什么要来见她？"他看着她，一动不动，眸子里有一丝质问的意思。

　　郭悦看着十分不爽，轻轻哼了哼，嘴角划过一丝不屑，好笑地反问："你以为我想吗？"都找到店里来了，她还能躲不成？再说了，她也没做什么见不得人的事，为什么就不能见了？

　　低头看她有点累，常亮干脆在她旁边坐下来，张了张嘴，正要解释，郭悦又冷漠地开口："如果你是来说教的话，那很抱歉，我没这个心情。"

　　常亮愕然，他的本意不是这个，他从公司过来，到店里找不到她，问了工作人员才知道陈欣怡来找了她，担心陈欣怡发疯会伤害郭悦，马不停蹄地赶过来，不巧却神奇地看到他家小兔子发威了，把陈欣怡气得不行。瞬间为自己昨天不理智的行为感到惭愧，本想跟她道歉，没想到还没开口，就被郭悦堵得一句话都说不出来。

Chapter2 老佛爷来也没用

郭悦随手拿起放在桌上的手机，从座位的另一侧离开。

见状，常亮也跟着站了起来，快步追上她，一把抓住她的手腕："郭悦，我们谈谈。"

郭悦被一股力量强行往后拽，一个趔趄，险些跌倒，幸亏常亮反应灵敏，一侧身，稳稳当当地将郭悦拦进自己的怀里。

一股熟悉的馨香蹿入鼻腔，郭悦愣了愣，脑子里关于某个东西的记忆迅速被挑起，她望着他，惊讶又意外地开口："你……"怎么会，他身上怎么会有那种味道？

"外婆在哪？"郭悦挣扎了一下，挣脱了他的怀抱，慌忙问。

光凭那个味道，她不太确定，但又不敢完全否定。

常亮："我家。"

郭悦蓦地瞪大眼睛，一脸不敢置信，没想到他竟然把外婆接过来了，还不提前告诉她！

是不是有点太过分了？

郭悦顾不上这么多乱七八糟的，立刻让常亮带自己去见外婆。从陵水到北京，飞机最少也得三个半小时，首都机场到常亮家又一个多小时，外婆年纪大了，经不起折腾，对于常亮轻率的行为她气得牙痒痒，但想到自己这么久没回去看望老人家，也很不像样，只能咬牙切齿地骂了常亮几句，威胁他说事后再好好收拾他，就没说别的。

赶到常亮家，郭悦果然惊喜地看到外婆还有一个她不认识的人。

那个人见到她和常亮，礼貌地打个招呼，说要是没什么事的话他就先走了。

常亮点点头，说了辛苦了。郭悦这才知道那人是常亮派去接外婆的。

"外婆，你怎么过来也不先告诉我一声？"郭悦握着老人的手，既欣喜又担忧。

外婆笑得很和蔼，不紧不慢地说："小亮不让我说，要给你一个惊喜。"她的视线在两人间来回流转，特别欣慰，尤其是知道常亮对郭悦很好，她就更放心了。

"外婆，你偏心啊，我让你过来的时候你怎么不来？"郭悦不满地娇嗔。

要知道，之前她一直想带外婆出来走走，谁知道外婆想都不想就拒绝了她，而且，还老是用年纪大了这一理由敷衍她。

郭悦在陵水时，常常习惯把各种花草收集起来制成香料熏衣服，后来觉得麻烦，索性丢在柜子里当成空气清新剂使用。因为是自己调制的东西，在市场上没有销售，刚刚在常亮怀里闻到那股熟悉的香味，她还以为自己嗅觉出现了问题，没想到外婆竟然真的来了。

两个人嘘寒问暖期间，常亮去泡了茶，招呼二人坐下，然后又跑去洗水果，比在老家时积极多了。

后来，郭悦才知道，常亮明明派了人去接外婆，最后还是亲自去机场接人，这才沾上了熏香的味道。

原本郭悦打算把外婆接回自己家，常亮非得献殷勤说要给外婆做顿饭，把外婆哄得乐呵呵的，也不再跟他客气，欣然答应。

知道外婆有高血压，常亮特地买了鲜活的深海鱼和牛肉，打算清蒸和红烧。郭悦见他这么勤快，又想起当初他跑去陵水忽悠自己，贿赂她不成，最后就从外婆身上下手。

难道这次是因为她不理他，才把外婆请过来的？

郭悦啧啧两声，不得不佩服常亮这小心机。

"我警告你，别在外婆面前胡说八道。"不太放心的郭悦找了个借口，特意跑到厨房威胁正在处理活鱼的常亮。

不料，却被常亮杀鱼的动作给吸引住了。只见他把鱼敲晕后，动作麻利地在鱼肚子上划了一刀，成功将内脏清理出来，快速用水清洗血水。

郭悦不禁想，要是穿上厨师服，戴上厨师帽的话还真有几分星级餐厅大厨的模样。

"我什么也没说，就是见你这么久没见到她，就去接她过来了，就这么简单。"常亮的神情没有半点虚假的成分，郭悦差点就信了，回神之后，幽怨地瞪着他，一脸不满："外婆年纪都这么大了，你还折腾她，要见她也是我回去，你还真是爱管闲事。"幸亏外婆好好的，要不然她非得剥了他的皮不可。

未等常亮解释，她又挥着小拳头，那双深邃的眼睛忽现一抹满是威胁的亮光："我告诉你，不要想着向外婆告状，我跟你的事不会因为外婆插手我就原谅你。"她尽可能让自己的语气听上去很严厉，却不知道，她这样吓唬人的样子，在常亮看来就像一只被逼急了，在乱窜的小兔子，甭提多可爱。

常亮不知道从哪里来的自信，干脆利落地在鱼上划了几道刀花，然后转身从柜子里拿出一个鱼碟，把鱼装好，洗干净手，神情忽然变得严肃认真，有种婚礼上宣读誓言的既视感，一本正经地和她解释："你放心，我不会让外婆担心，因为我跟陈欣怡真的没什么，我的心里、脑子里都是你。"

呃？这人明着说不会让外婆插手，但是！他还是在提到外婆的时候撇清自己和陈欣怡的关系，还让她找不到反驳的理由。

太坏了。

郭悦原来住的房子是一居室，又不是周末，田娇娇还没回老家，把外婆安顿在自己家不太合适，再三考虑下，郭悦只能陪着外婆一起住酒店。

常亮却借机让郭悦住在自己家附近的酒店，或者她和外婆住他家，他去住酒店。各种各样的建议和举动无一不在凸显他的孝心和体贴，惹得外婆动不动就夸他懂事，让郭悦很是嫉妒，越发觉得他就是故意在这个节骨眼上把外婆请过来当挡箭牌的。

之后那几天，常亮向领导请了假，打算开车带外婆四处转转。

八月的北京天气比较炎热，考虑到老人的身体，最后他决定带外婆去密云水库那边玩住几天。

常亮把行程安排得妥妥当当的，并没有让郭悦费心的地方，外婆也玩得很开心，慢慢地，郭悦也就忘了之前不愉快的事情。

行程的最后一天，郭悦又意外接到了林淑媛的电话。

电话里，林淑媛还是像以前一样凶巴巴的，像是郭悦欠了百八十万似的，很强势地找郭悦要钱，气得郭悦二话不说就挂了电话。

不料，对方跟着了魔一般，不折不挠地给她打，搞得她心烦意乱，不得不把手机关了。

郭悦万万没想到，林淑媛不但人品差，搞事的能力也一流，被郭悦拉近黑名单之后，发誓一定要她付出代价。

从密云回来的第二天，外婆就回了陵水，郭悦原本想送她回去，但公司把单人餐厅关于私人订制的事提上了日程，同时，根据这段时间餐厅的营业情况要对经营模式做调整。

郭悦只能让原来接外婆过来的小伙子把外婆送回去。

担心林淑媛会去找外婆麻烦，她又给杨秋山打了电话，拜托他帮忙照顾一下外婆。

那天之后，郭悦终于肯心平气和地和常亮聊之前遗留下来的问题。

她一上来就表明自己的态度，第一次坦然地告诉常亮，其实她多少有点在乎陈欣怡，只不过和很多人一样，她一直不敢承认。之后看到他无微不至地照顾外婆，她又很细致地想了想，其实，她和他之间最重要的问题所在并不是陈欣怡，而是外婆。

她不可能一直都在外面，把外婆一个人晾在家里，麻烦杨秋山。

她说这些的时候语气平缓，清澈的眼睛里没有波澜，并没有明显的不良情绪。

谁知道，郭悦还没有说完，常亮就忍不住把她拥在怀里，像是听到了什么激动人心的消息，呼吸一下轻，一下重的，郭悦贴在他的胸膛上，清晰地听到他强有力的心脏在发出咚咚咚的响声，一阵迷惘。

良久，才听到常亮沙哑低沉，像是有些哽咽的声音在头顶上响起："郭悦，你知道吗？你能把心里的话说出来我真的很高兴，我不害怕将来会有多少困难在等着我们，就怕你把心事都憋在心里，我真的很害怕有一天我要是猜不透你的心思，曲解了你的意思，我们就这样错过……"他哽了哽，双眼蒙上了薄薄的水雾，视线里的东西越发不真切，他抱着郭悦的手明显加了几分力度，仿佛是要将郭悦牢牢地禁锢在自己的怀里。

"我知道……"常亮正要继续往下说，郭悦就伸出纤细，却有点粗糙的手指按住了他的唇瓣，眸子里的深情瞬间集合到一起汇聚成温柔的光，朱唇轻启："是我不好，让你多想了，很幸运脾气古怪的我，并没有吓跑温柔体贴的你……"

就像很多人说的那样，谈恋爱时和对象闹矛盾，时间久了之后要么不记得之前因为什么事情闹不快，要么就是冷静下来后发觉闹矛盾的点很幼稚。

郭悦挣扎了一下，欲勾住常亮的脖子，无奈她身高受限，双手搭到常亮的肩膀后，根本找不到舒适的姿势，十分懊恼地皱了皱眉头，像是在埋怨常亮长太高，又像是气自己长得不够高。

常亮就那样看着她踮起脚尖，滑稽的举动不禁笑出了声，一把把她抱到桌子上，额头贴她的额头，深情款款地凝视着她的眼睛。

郭悦的唇瓣正要贴上去的瞬间，放在口袋里的手机不适时地响了，郭悦原本要挂掉，看见是田娇娇的电话，还是按下了接听键。

"什么？好端端的，怎么搞到派出所去了？"郭悦只是听见田娇娇说她在派出所，没听完下面的话就忍不住惊呼，整个人从桌子上滑了下来。

Chapter3 来呀，互相伤害呀

　　郭悦和常亮赶到派出所时，在工作人员的指引下见到了钟硕、田娇娇还有一个他们都不认识的男的。

　　钟硕和那个男的脸上都挂了彩，那男的眼角的瘀青尤为明显，挂着干涸血迹的嘴角稍稍往上噘起，弯成一个凶狠凌厉的弧度，若不是警察在一边看着，没准会扑向钟硕将他生吞活剥。

　　郭悦从警方那里了解到大致的情况，大概就是钟硕和那个叫作王钊的男人因为感情纠葛在田娇娇楼下打架。

　　"感情纠葛"这个字眼落入郭悦的耳朵里，她蓦地抬头，惊讶地看着田娇娇，久久没从惊讶中缓过神来。

　　这种堪比玛丽苏小说一般狗血的情节，竟然在现实生活中上演了？

　　而且，其中一个主角还是她敬佩崇拜的娇姐？

　　郭悦不禁打心底佩服起钟硕和田娇娇来。尤其是田娇娇，刚刚认识她的时候，郭悦就觉得她是一个危险的存在，长相、身材自然不用说，勾一勾眼睛，挑一挑嘴角，就跟个妖精似的，没想到还真有男人甘愿为她流血流泪。

　　听到田娇娇跟郭悦说让她帮忙保释，王钊猛然跳起来，恼羞成怒地指着钟硕大吼："你个小白脸，我告诉你，即便保释出去我也要告你故意伤害罪。"他的眼睛猩红，俨然一头怒火中烧的熊。

　　他的话还没说完，田娇娇就愤怒地指着他厉声说道："你再说一句试试，我告你骚扰！"田娇娇脸颊的红晕越发清晰，很明显是气的。

见田娇娇这么维护钟硕，王钊的怒火瞬间被击爆，瞪着发狠的双眼，握起拳头欲揍钟硕，幸亏警察同志反应快，一把拽住了他，怒斥："都给我住口，你们当这什么地方？菜市场吗，我告诉你们，谁要是再大吵大闹，就蹲个十天八天，冷静冷静再回去。"

仔细想想，郭悦还真是第一次看到这种紧张的场面，小心脏不禁抖了抖，唇色微微发白。许是常亮发现了她的异样，细心地抓住她的手，随后又跟警察同志说了一番好话，交了保释金，才安全把二人带走。

常亮开了车，欲先送郭悦和田娇娇回去，车刚开出派出所，田娇娇叹了口气，问："能不能先去医院？"钟硕伤得不轻，脸上都是抓痕，跟被猫挠了似的，气愤地咒了句"王钊这个畜生"。

声音不大，坐在她旁边的钟硕却听得清清楚楚，不禁羞愧地咬了咬唇，可怜兮兮地望着田娇娇，轻声说："不用了，我回家擦点消毒水就行，没这么严重。"身为一个男人，保护不好自己喜欢的女人，说出去还挺没面子的。

"那个神经病没准有狂犬病，难道你打算让我照顾你一辈子吗？"田娇娇没好气地瞪了他一眼。明明很关心，很在乎钟硕，田娇娇就是拉不下脸，言语间带着明显的狠劲和嫌弃。

钟硕瞬间很没底气地红了脸，安安静静地坐在位置上一动不动。

常亮和郭悦全程没搭话，老老实实把两位祖宗送到医院，又在外面等他们处理完伤口，最后逐一送回家。

这样一折腾下来，郭悦洗完澡，躺下，已经晚上十点多。

"说说呗，怎么回事？"翻来覆去睡不着的郭悦用手肘捅了捅背对着自己的田娇娇。

田娇娇知道郭悦指的是什么，咬了咬唇，深吸了一口气，才缓缓开口："那个叫王钊的，就是我最近的相亲对象，之前参加朋友的婚礼认识的，后来找我朋友加了我微信。最近我朋友问起，无意间透露王钊当初找她要我的微信先问了我做什么，收入多少，后面又跟她说对我的工作感兴趣，我隐隐约约觉得不对劲。仔细一想，翻了聊天记录，觉得这个人不靠谱，就跟他把话说开了，说我们不合适。之后他一个劲在那里啰里啰唆，我听着烦就把他拉黑了，没想到这个有狂犬病的神经病竟然跑到我公司楼下堵我，要不是钟硕及时出现，没准我就被他拽上车，拉到荒郊野外去了……"田娇娇略微颤抖的声音在漆黑的房间里回响，郭悦听得心惊胆战的，心想，要是钟硕没有及时出现，后果不堪设想。

事实上，田娇娇下班时隐约在窗户里看到楼下有个熟悉的人影，她故意晚了一个多小时走，没想到王钊那个神经病等不到她后就躲在暗处，一直盯着办公楼的旋转门，看见田娇娇出来，快要走进地铁口就冲了上去，把她拽住。

再后来，就发生了钟硕和王钊打架的事，田娇娇正好看到巡逻的民警，就报了警。

"好了好了，别想了，都过去了，这几天下班的时候小心点，我让常亮去接你。"郭悦轻轻拍抚着发抖的田娇娇："再来，我们就让他在监狱里蹲成神经病。"

在她印象里，田娇娇是个天不怕地不怕的人，她给自己打电话的时候，郭悦清楚地听到她的声音在颤抖，可见，王钊真的吓到她了。

第二天，郭悦让常亮过来接自己上班，他们公司和田娇娇的公司不顺道，出于安全考虑，郭悦执意要先送田娇娇过去，又叮嘱她，中午吃饭什么的，最好坐停车场的电梯，别从正门出。

田娇娇休息了一晚上，情绪已经好了很多，看着郭悦那小样，跟她家的皇太后的啰唆劲没差几分，忍不住笑出了声，嫌她啰唆，不过还是打心底很感激体贴入微的郭悦。

郭悦和常亮到公司晚了点，大家已经在会议室里等着他们来开会。

这次会议的主题是单人餐厅开业到现在，差不多一个月的营业情况。钟硕一大早就来整理数据，做成图表发给大家。

常、郭二人还没到之前，大家看到钟硕脸上的伤都感觉很奇怪，问他发生了什么事，他挠挠头，脸上浮现一脸羞怯，又想起昨晚在医院，医生说注意事项时，把田娇娇称为他的女朋友，田娇娇没有反驳，有几分默认的意思，他的心里瞬间乐开了花，支支吾吾老半天，只吐出了一句"没事，不小心摔的"。

摔的伤口还能是一棱一棱的？

钟硕的回答让大家瞠目结舌，好奇地将钟硕反反复复打量了好几遍，恨不得把他盯出个洞来，解开他们心中的谜团。

不过，谜团没解开，郭悦和常亮就来了。

"就目前的情况来看，咱们店里四种菜色，即清淡系的粤菜、辛辣系的湘菜、味道醇厚的徽菜以及具有本土特色的京菜，销量差不多都在一个水平线上。"钟硕一边翻阅文件，一边向大家解释："为了能快速在市场上立足，除了要在口味上有所保证之外，舆论、热点、话题的制造也很重要。"

说着，他又站了起来，给大家解释早就打开的PPT："这是这段时间网民在微博平台对我们餐厅的评价，以及跟我们餐厅有关的话题归类……"

其实大家心里都很清楚，除了菜品的口味，这个贴着新标签的餐厅能快速成长起来，主要还是因为郭悦的影响力，所以，私人订制是迟早的事。

待钟硕说完，常亮又做了简单的总结，大致意思就是，私人订制的事可以上线了。

然而，他说完没多久，下面就有质疑的声音。

市场部的A经理看着郭悦，问："请问郭小姐擅长什么菜系呢？"他的声音很平静，大家根本不知道他是想了解情况，还是想找碴。

郭悦顿了顿，不太明白A经理的话里是不是有更深层次的意思。

她会的不过是些家常菜，说不上属于哪个菜系，但是又跨越了很多个地区，她想了想，从容不迫地说："家常菜吧。"

"味道怎么样？"A经理迫不及待地问，然后未等郭悦回话，又环视了一周在座的十多个人："大家有尝过郭小姐做的菜吗？如果味道比我们自己家的厨师做的差的话，会不会把餐厅的水平拉低？"这回，大家可算是明白了，A经理是来拆郭悦的台的。

大家你看看我，我看看你，低声议论几句并没有正面回答他的问题。

A经理的嘴角划过一丝得意，看着郭悦似笑非笑地说："不过，毕竟郭小姐长得好看，没准会有人为您的容颜买单。"这听似夸郭悦的话，实则满是讽刺，说郭悦只有一张好看的脸，能充当花瓶，但没有什么实质，她之所以这么红，除了好看，没有别的原因。

常亮听着，瞬间黑着脸，若不是郭悦及时伸手按住他，没准他就要当着大家的面，为了维护她，暴露脾气暴躁的一面了。

有人诋毁自己，郭悦自然是生气的，但她想了很久，都没想起来自己哪里得罪了A经理，在众人疑惑、不安的视线下，她慢条斯理地开口："还是经理考虑得比较周全，在座的各位确实没有品尝过我做的菜肴。不过呢，不知道大家有没有印象，上次在杏林苑录制完豆腐脑的视频后，当天豆腐脑脱销了，有点遗憾没能让大家品尝到我的手艺，要不这样吧，回头公司团建的时候，我给大家做几道菜，让大家尝尝。"说完，她莞尔一笑，微微上扬的眼睛闪烁着灵动的光，好似一只得意的小妖精。

大家纷纷点点头，小声议论。

确实，上次的豆腐脑是她做的，而且来品尝的食客也说味道跟老师傅做的一样。

见形势不太对，A经理的脸有些挂不住，硬着头皮扯了一句"哦，事情太多，都忘记这事了"，妄图敷衍过去。

散会后，郭悦把自己的文件整理好准备离开却发现常亮一瞬不瞬地盯着自己，她摸了摸脸，皱着眉，疑惑地问："怎么，我脸上有脏东西吗？"

常亮愉悦地勾了勾唇角，摇摇头："没有，我只是发现你比我想象中的要厉害。"上次是怼陈欣怡，这次是怼A经理。他原以为她只是看起来比较淡漠，没想到怼起人来，堪比见血的战斗。

他家小兔子啊，果然不是一般人。

Chapter4 再发呆我就亲你了

王钊那事之后，田娇娇缓了很久才缓过来，起初常亮接郭悦会送送她，后来变成钟硕每天接送。

想想她也算因祸得福，她家皇太后知道她险些被人掳走后用很难听的话把王钊骂了一顿，也不再积极地给她张罗相亲，开始觉得她家女儿这么优秀，单身也未必不是好事，至少不会被王钊这种变态男折腾。

田娇娇学着她家皇太后的语气，把皇太后和她说的，给郭悦重复一遍之后，郭悦好奇地问："这么说，你跟钟硕算是和好咯？"如果这都没能打动她那颗钢铁心的话，郭悦真的不知道说什么好了。

田娇娇没点头，也没摇头，盯着一个地方在想，算是和好了吗？那天他忽然出现把自己护在身后的样子真的很好看呀，即便是在那种危急时刻，眼神依旧坚定如山。

虽然他的小身板根本没办法跟王钊比，明知道会受伤，还是义不容辞，她差点就要感动到哭了。那瞬间，甚至觉得自己很混蛋。

明明这个男人很爱很爱自己，比这个世界上任何一个人，乃至自己都要爱她，她还这么冷血无情地要跟人家分手……

幸好，她的小男友还没走远，她还能追上。

"算是吧。"田娇娇咬咬唇，慢悠悠地回话。

"哦哦，那你妈那里你打算什么时候说？"郭悦想，经过了这次，这两个人的感情应该会更稳定，但是，长辈这一关还是得过。

田娇娇顿了顿，幽怨地看着她，像是在埋怨她哪壶不开提哪壶："再等等，等我妈生日的时候再坦白。"

郭悦点点头，眼里满是羡慕，又有种老母亲的欣慰。

"对了，我看你们餐厅顾客挺多的啊，你是打算一直留在北京了吗？"田娇娇忽然问。

"应该不会吧，我不能一直把外婆丢在陵水，她一个人我不放心。"尽管上次外婆跟她说让她好好干，她身体很好，一个人也过得很好，郭悦还是不放心，但又很纠结，如果她离开，是不是意味着要和常亮结束。

"那你干吗不自己回陵水开餐厅？"田娇娇很是疑惑，"是因为常亮吗？"她大胆猜测。以前的郭悦做事绝不会像现在这样犹犹豫豫的。她忽然想起了郭悦以前跟她说的话，一个人没有牵挂才好，有牵挂就会犹豫，就会有很多烦恼。

看郭悦现在这个样子，多半是有了牵挂，一个在陵水，一个在北京。

"呀呀呀，我还没想好呢。"这个问题她一直没有勇气去面对，想着走一步看一步。

田娇娇恨铁不成钢地用食指戳了戳她的脑袋，"切"了她一声。

田娇娇下午要去约会，吃完早饭在房间里花了很长时间打扮，衣服换了一套又一套。郭悦则在打扫卫生，擦地擦玻璃，好不勤快。

直到田娇娇出了门，家里的洗衣机也停止运转，她晾完衣服，窝在沙发上刷手机才发觉有点寂寞，根本不知道手机屏幕上跳动的是什么东西，直到门铃叮叮叮地响，她才回过神来，一开始还以为是田娇娇忘了拿东西，鞋也不穿，应了一声"来啦"就屁颠屁颠地跑去开门。

"你怎么来了？"门刚刚裂开一条缝，熟悉的五官就窜入她的视线里，思维没反应过来就率先开口。

"来看你。"常亮毫不掩饰自己对郭悦的思念，径直推开门一把将郭悦拥入怀里，低头吻了吻她光洁的额头。

郭悦不禁皱起眉头，"喊"了他一声，满是不屑。

昨晚她给某人发微信，问他明天有没有时间，某人很不解风情地告诉她，估计没时间，得加班。

现在又说来看她，那昨晚是故意耍她咯？

郭悦不知不觉陷入了自我纠结的旋涡里，对着常亮霍霍磨牙，一把推开他，没好气地说："不是说要加班吗？我这里可不是办公的地方。"常亮带了花束，不过郭悦对他的小惊喜一点都不感冒，嘟着嘴，微微上扬的下巴满是傲气与不满。

"你就是我加班的理由呀。"常亮像是早就料到了郭悦会是这副反应，心里并没有一丝不快，反而好心情地拉过她细白的手腕，轻轻捏了捏。

"哟，你这是嫌弃我麻烦，让你加班的意思咯？"郭悦猛然抽回手，嘴角抽了下，坚决抵制甜言蜜语。

"嗯？"常亮摸了摸下巴，看来他家小兔子长进了，已经不能用几句甜言蜜语就能打发了，真是头疼啊，不过也好，这样他就不用担心她被人骗走了。

他愉悦地弯了弯眉眼，笑嘻嘻地揽过她的肩膀，深情凝视着她琉璃色双瞳："要是时时刻刻能和你腻在一起，再麻烦也不算麻烦。"

哟呵，这是跟她玩绕弯是吗？不愧是老司机，说话一套一套的。

郭悦蹙着眉，心里有点儿甜甜的，但又有些不快，噘着嘴说："以前哄陈欣怡也是这样吗？"她原本想说，以前教客户也是这样么，没想到一开口思维竟然不受大脑控制了。

说完她自己也很震惊，双眼不禁大了一圈，想说点什么掩饰过去，常亮的嘴角忽然显现一抹邪魅的笑意，低头笑得眉眼弯弯，邪里邪气地问："你这是吃醋了吗？"他轻轻捏了捏她柔软的脸颊，眸子里全是得意。

"谁……谁说的？"常亮的目光太过炽热，郭悦慌忙别过头去，不料常亮却用手钳住她的下巴，嘴角的邪魅越来越浓烈，郭悦想躲，竟然发现腰也被他箍得死死的，她望着他，惊慌失措地张了张嘴："干……干吗？"

常亮离她又近了些，霸道地霸占了她全部的视线，笑吟吟的，答非所问："你躲什么？"

"我……我哪有？"下巴被迫抬起，眼看着这个人就要贴上来了，自己却动弹不得，郭悦感觉自己的心都要跳到嗓子眼了。

明明，常亮不是第一次逗她，她还是经受不住这种挑逗，每一次都脸红心跳，像个不谙世事的孩子，又像情窦初开的腼腆少女。

常亮被她一脸紧张又局促的表情给逗笑了，但他并没有就此放过她，反而离她更近了些，额头贴着额头，鼻尖碰着鼻尖，挑着眉角，低声呢喃她的名字："悦悦……"他像是故意拉长了尾音，低沉又迷离，毫无预兆地钻入郭悦的耳朵里，她不禁打了个寒战。常亮这样温柔地看着她，用这种语气喊她的名字，她真的经受不住啊。

郭悦就怔怔地站在那里，一动也不敢动，良久，常亮又紧紧地盯着她的眼睛，说："你就这么诚实，嗯？"他好笑地看着她，微微上扬一个调的鼻音带着几分魅惑的韵味，加上嘴角那抹邪魅的弧度，整个人看上去吊儿郎当的，彻底扰乱了郭悦的心神。情急之下郭悦突然踮起脚尖，狠狠地咬了一口常亮的嘴唇，连眼睛都懒得闭上，就那样定定地看着常亮的双眼，亲眼看到他从惊慌失措变成吃痛，眼圈微微发红蒙上一层水雾……

若不是那股咸腥咸腥的味道不好闻，郭悦没准就活生生地把常亮的嘴唇给咬下来了。

"哼！"瞥见常亮吃痛地捂着还在流血的嘴角，郭悦得意地哼了哼，扬了扬弧度优美的下巴，那小表情像是在说，活该！

郭悦站离常亮远了些，确定距离安全了之后又警告道："老虎不发威，你当我病猫啊，我告诉你，别有没有事逗我，再惹毛我，下次就不是嘴破了这么简单了。"其实，除了咬嘴她还真不知道能干点啥，要比力气没常亮力气大，身高也没什么优势，逞口舌之快吧，最后还是得付出代价，这次占了便宜，纯属意外。

常亮极其委屈地撇撇嘴，耷拉着脑袋，走到了郭悦的旁边，正要向她撒娇，郭悦立马就后怕地抱着自己的身体，仿佛担心某人要报复自己。

要知道，这家里现在就他俩，常亮要是发起威来，肯定不用费啥劲就可以把她吃干抹净，所以，她刚刚为什么要不计后果咬人？

见她一脸防备的模样，常亮不禁弯了弯嘴角。

原来是狐假虎威。

"你……你又要干吗？"郭悦看不透他想做什么，心惊胆战的，说话极不利索。

常亮极其无奈地摇摇头，他是魔鬼吗？吓成这样？

"好啦，不逗你了。"常亮敛了敛嘴角的邪魅，伸手摸了摸她柔软的头发，不知道从哪里掏出一个小本子，递给她："来看看他们拟的私人定制菜单，你看看有没有需要调整的地方。"

郭悦的心思完全没有在私人定制上，疑惑地皱眉，就这样放过她，不跟她计较了？

她看着常亮，久久未接过本子，紧咬着的双唇，反复琢磨常亮的心思。直到常亮吓唬她，再发呆就要亲她了，她才迅速接过本子，低头假装很专心地看。

本子上写的是好多网红餐厅的招牌菜，相应的菜品名字下面还贴了好看的图片，看上去还真挺诱人，郭悦忍不住咽了咽口水，但下一秒细长的眉毛就拧在了一起，她合上本子，疑惑地看着常亮，语气带着几分质问的意思："让我按照这个菜单做私人定制？"她特别想吐槽，这叫什么私人定制。

如果她没猜错的话，这个主意应该是上次拆台的A经理提出来的。

第十七章

同你如隔万里舟

Chapter1 不是你想的那样

　　常亮一看她的反应就知道她不会接受这样的提议，果不其然，他还没解释，郭悦又严肃开口："如果是这样的话，还叫什么私人定制，直接叫网红菜品集合算了。"她摊了摊手，看似不以为意，实则是生气的迹象。

　　尽管很多人也把她称作"网红"，可她始终觉得自己和那些真正的网红有着很大的区别。至少一开始她不是为了红，只是纯粹想记录自己的生活，红起来完全不在她的预料之内。

　　再者，她也没有特意迎合市场，而是用自己的角度去呈现关于各个不同地区，不同人群的饮食文化。

　　常亮被她噎得无言以对，他早就料到会是这样的结果，还是拿来给郭悦看，也不知道该说他没用脑子细想还是说他见郭悦心切。

　　"反正如果执意要做这些菜的话，很抱歉，我不会。"郭悦毫不犹豫地合上小本子，递给常亮。

　　"那你的想法是？"常亮想，要是郭悦的想法更好的话，没准能说服那群老顽固们。说来也奇怪，以前市场部的人对郭悦并没有这么多乱七八糟的看法，但是最近他总能听见有人在背后说郭悦坏话，他听得最多的，就是郭悦是被某个大佬捧红的，类似娱乐圈里某个女明星为了红，做了很多龌龊的事。

　　"我的想法很重要吗？"郭悦抬头，轻飘飘地看了他一眼，不答反问。要是她的想法真的这么重要，市场部的人就不会直接丢给她一份菜单了。

常亮略显尴尬，顿了顿，安慰道："别想这么多，事情不想你想的这样。"

"我哪样啊？"明明我什么都没说。郭悦今天像是吃了炸弹一样，常亮说一句，她怼一句。

"好了好了，我们不说这个，要不去买菜做点饭？"常亮将本子丢到一边，伸手拍拍她的肩膀，轻哄道。

就目前这种情况，继续聊下去也不会有好结果，还不如干点能培养感情的事情。

然而，郭悦却没领情，不顾形象地把拖鞋一甩，双脚一伸，霸占了整张沙发，找了个舒适的姿势躺下，没好气地说："没心情。"

常亮表示头大，微不可闻地叹了口气，万分后悔没有斟酌一下，就向郭悦传递了市场部的想法。

郭悦用抱枕捂住自己的脑袋，像一只把脑袋插进沙子里的鸵鸟。她面上看上去什么都不在乎，其实，闭着眼睛都在想刚刚自己看到的菜单名。

越想她就越觉得神奇，之前市场部的同事可喜欢她了，每次她去公司，总有一群人热情地邀请她一起吃饭，只不过那时候她还真挺忙，好像，还真没和钟硕、常亮以外的人吃过饭。

"那个A经理是新来的吗？"她忽然挪开抱枕，扭头看着常亮问。虽然来士林不久，不过市场部的同事她很经常见，但那个经理她想了老半天也没想起来什么时候见过。

"你也觉得那个人有问题？"常亮立刻就悟出了郭悦话里更深层次的意义。

面对突如其来的默契，郭悦微微一愣，点点头："算是吧。总感觉，什么事情都冲着我来，就拿上次来说……"现在仔细回想那天开会，郭悦还觉得挺神奇。

那天钟硕说完，常亮做了个简单的总结，之后A经理先是对单人餐厅的业绩做了肯定，而且还是那种非常好的评价，然而，当话题转到郭悦身上时，味道立马就变成了质疑她的能力，一开始，大家都还不明白他的意思，直到他当着大家的面问她会做哪些菜，众人才恍然大悟。

常亮听着觉得很有道理，细细回想还真对这个A经理没什么印象："市场部的总监最近在出差，据说是部门里的事情暂时都归A经理管。"他顿了顿，又不太确定地补充："好像是新入职的。"

"会不会是39°那边派过来的卧底？"郭悦忽然起了调侃的兴致，似笑非笑地看着他。一想到她答应加入士林之后，钟硕就悄悄跟她说了常亮之前在39°被人黑，差点"名节不保"的事。大抵是钟硕跟她说的时候稍稍把过程修饰了一下，硬是把一个很伤感，很容易博取别人同情心的故事说成了画风奇特的笑话。郭悦听完，脑子不由自主地跳出常亮当时扭曲的表情，每想起一次，就忍不住乐一次，仿佛前一秒的烦恼根本不复存在。

常亮的额头瞬间爬满了黑线。

果然是阴晴不定的家伙，都什么时候了还有心情开他玩笑？也不知道刚刚谁板着一张死人脸。

常亮一脸嫌弃地看着她，冷声否定。

39°怎么说都是一个集名气、信誉于一身的高端餐饮集团，他不信曾经的雇主会做出这种龌龊的事情来。再者也没有必要，因为士林现在的主要业务是单人餐厅和中国传统美食，而39°走的是海外路线。

但不管怎么说，现在那个人在盯着自己的女朋友，作为男朋友，常亮觉得有必要彻底查查这件事，如果真的像郭悦说的那样是39°派过来的卧底，那得及时处理掉。如果是冲着郭悦来的，那就更要早点处理掉了，省得哪天不理智，做出点荒唐的举动来，伤害到郭悦就不好了。

于是，他给钟硕打了电话，然而，钟硕和田娇娇去了商场购物，他给他打电话时，钟硕的手里拎着大包小包，累得上气不接下气，还得跟上田娇娇的脚步，根本没注意到手机响。

"居然敢不接我电话。"常亮有点生气地收回手机。

"谁，钟硕？"郭悦自问自答，"他跟娇姐出去了，估计没空搭理你。"

被看穿小心思，又想到此刻自己处境的常亮，常亮顿时觉得很丧，长叹了一口气。

郭悦懒得搭理他，自顾自拿起手机刷微博。

她已经有很长一段时间没有更新视频了，虽然还在跟粉丝们互动，但大家还是表示对视频很期待，还说能看到陵水的山水和她仙气的模样能缓解工作带来的疲惫。

郭悦很是欣慰，同时又有些愧疚。就目前的情况，也不知道什么时候才能恢复正常更新。

大家除了对新视频表示期待，也很关心她的状况，给她发来问候的私信，能回复的郭悦大多数都会回复，有时候回复不过来，就做个总结，发个微博表示已经收到了大家的问候，她很好。

郭悦忽然感觉被别人牵挂的感觉真好，心里暖暖的，嘴角情不自禁向上翘起一个愉悦的弧度。

然而，画风一转，郭悦猛然瞪大眼睛，手指微微颤抖，似乎不敢相信自己的眼睛。

"这么红，被别人包养了吧，装什么清纯啊！"

"喂，睡一晚多少钱啊？"

"我这边有个视频要录，一个小时两万要不要来试试啊，衣服少穿点，最好是不穿的那种，我看你挺合适的。"

……

她有很长一段时间没有一一看私信，压根不知道前不久有几个人给自己发了一堆带着辱骂性质的私信。她看着那些肮脏的词汇，以及那几张像是用血，又像是用红油漆写的让她去死的图片，双眼倏地一下瞪得老大，满是恐慌，握成拳头的手背上青筋显而易见，她紧紧地咬着牙，任由指甲深深地嵌入掌心，呼吸越发不规律。

"你怎么了？"常亮听到她急促的呼吸声猛然抬头，视线立马被郭悦那张发白的小脸霸占，他担忧地握住了她的手，惊讶地发现，大夏天的，她的手指竟然是冰冷冰冷的，一点温度都没有："发生什么事了？"常亮惊恐地望着她。

"没……没事。"郭悦悄悄按了锁屏键，摇摇头，努力挤出一丝笑容。

"可是，你的脸色很不好。"常亮伸手摸了摸她的额头。

"我没事。"郭悦推开他的手，转而换了一副轻松的语气："估计是低血糖又犯了，你不是说要给我做饭么，快去吧，我饿了。"

"你真的有低血糖？"上次他还以为她是为了演戏才胡说的。

"喂喂喂，非得我饿晕了你才信吗？做不做啊，不做我叫外卖了。"郭悦提高了嗓音，一脸不满地戳了戳某人的心窝。常亮的脑子比她灵活，再问下去没准就要露馅了。

"不是，那你休息会，我就去做。"常亮矢口否定，还是觉得郭悦刚刚的表情很不对劲，但又说不出哪里不对劲，带着疑惑，从冰箱里找了点食材去做饭。

他一进厨房，郭悦又重新打开微博，翻到刚刚看到的那几条私信，咬着牙仔细看了遍。她很好奇对方的身份，从头像点进对方的主页却发现里面什么都没有，注册时间是最近一个月，而给她发私信的时间都是最近一周。

郭悦大胆地猜想，这几个号都是小号。

她猜很有可能是竞争对手眼红她红了这么久，嫉妒她才发这些乱七八糟的泄愤。

人红是非多。郭悦自我安慰，没有过多深究，犹豫了几秒就把消息清空了。

正所谓眼不见为净。

然而，她万万没想到，这种辱骂性的私信只是她平静生活的一个开始。眼红她的人不少，想毁掉她的，早就从她回到北京，加入士林开始，一直在暗中寻找机会。

Chapter2 妈呀，非礼勿视

田娇娇买了不少东西，自己拎不动，就让钟硕帮忙拎上楼，不巧，一开门又撞见了少儿不宜的画面，硬是被炸得外焦里嫩。

郭悦的嘴角沾了酱料，一直没擦中，常亮实在看不过去，就伸手想帮她擦，可指腹碰到她那柔软细滑的皮肤时，脑子轰的一下，血液直冲脑门，鬼使神差地站了起来，一手撑着餐桌，一手假装要帮郭悦擦酱料，却在趁她不注意，吧唧了一口她的嘴角，将她嘴角的酱料一点不剩地吃到了肚子里。

郭悦连害羞的时间都没有，田娇娇就这样开门进来了，撞见这一幕的，还有拎着大包小包的钟硕，许是震惊过度，手里的东西"哐当"一声，毫无预兆散了一地，瞬间，四双眼睛互相对望，强大的尴尬气息瞬间扩散，将被昏黄的灯光映得暧昧的客厅团团包裹住。

田娇娇最先反应过来，用穿着高跟鞋的脚狠狠地踢了还在发呆，看着郭悦和常亮一动不动的钟硕，很不礼貌地踹了钟硕两脚，凶巴巴地瞪他，像是在嫌弃他笨，这种时候就应该捂住眼睛啊，非礼勿视！

然后，她快速弯腰将地上的东西捡起来，转身"哐当"一声将门关上，搞得钟硕一愣一愣的，要不是田娇娇把他推了出来，也不知道要盯着他们看多久。

罪魁祸首常亮自然不会想到田娇娇和钟硕会忽然回来，窘迫地挠挠头，然后假装若无其事低头吃饭。

郭悦回过神来后，简直气炸了。

这种时候了，不站出来解释还有心情吃饭！

郭悦气得能清晰地感觉到胸脯因为呼吸急促而上下起伏，明明上回被田娇娇撞见，她就警告过他，不准乱来。

谁知道，这一转眼，又被撞个正着。

郭悦觉得自己跳进黄河也洗不清了。

她清纯天真的形象啊，碎得连渣渣都不剩。

那晚，气愤地把常亮赶走后，郭悦再次向田娇娇提出要搬出去。她一上来就跟田娇娇说会在这个小区找，保证不会离太远。

这回田娇娇没有反对，只是说，她会帮忙留意周围的租房消息。

因为她忽然想明白，这样长久下去也不是办法，毕竟有了对象之后，总会有些地方不太方便。

"你没生气吧？"郭悦小心翼翼地戳了戳田娇娇的后背，她看不到她的表情，但是很清晰地听到她轻笑了一声，不知道是取笑还是冷笑。

她还没琢磨透，田娇娇又鼓着腮帮子，提高了一个调，毫不掩饰自己的小情绪："生气啊，怎么不生气。"说着她还往外挪了挪，像是故意要离郭悦远些。

郭悦立马就伸手抱住她，额头贴在她的后背，忽然撒起娇来，问："要怎样你才不生气？"

"嗯……"田娇娇的鼻音拖得老长，郭悦整颗心忽上忽下的，堪比坐上了不知道终点在何方的过山车。良久，才听见田娇娇憋着笑，声音十分古怪地说："生个小可爱给我玩玩，我就不生气了。"

郭悦蓦地瞪大眼睛。

什么鬼，好好的，怎么扯到生孩子上去了！

郭悦几乎把田娇娇所在的小区的单元都跑了个遍，都没有找到空房子，垂头丧气地和田娇娇吐槽，北京的房子实在是太难找了。

田娇娇一脸不以为然，丝毫没有安慰她的意思，挑着眉，回了她一句："你以为呢？现不少外地的学生到这边实习，房子自然会紧缺。"

"那怎么办？"郭悦哭丧着脸。说起来她都没有亲自去找过房子，当年毕业之后在田娇娇的怂恿下，没多久就搬进了她家，也就是她现在住的房子。

　　没有经历过找房，自然不会知道好的房源有多难找。

　　"凉拌呗。"田娇娇耸耸肩，"你慢慢吃，我去上班了，找不到就老老实实在我这待着，要是控制不住，嗯……"她顿了顿，抿了抿涂着复古红、好不性感的嘴唇，不怀好意地朝郭悦笑了笑。

　　郭悦被她搞得有些莫名其妙，直到田娇娇忽然凑到她耳边，压低了声音，有些暧昧地说："和常亮同居，也不是不可以的。"说完，飞速朝门口的方向奔去，待郭悦回过神来，冲着她吼"你个坏女人"时，她已经砰地一下，得意地关上门了，留下郭悦一个人在自言自语："才不是你想的那样……"

　　最后还是常亮帮她找到了房子，不过，不和田娇娇在同一个小区，而在她的小区隔壁。

　　搬完家，坐在沙发上，常亮忍不住捉弄郭悦，抱着还在给植物修剪枝条的郭悦，下巴抵在她的颈窝，慵懒散漫的神情里隐约透露着几分戏谑，似调侃，又似很正经地问："坦白讲，这么着急搬出来，是不是因为我？"

　　郭悦背着他，他看不到她的表情，但是他话音一落，她修剪枝条的手还是很明显顿了下，瞬间常亮心里就有了满意的答案，忍不住轻笑一声。

　　"美得你。"郭悦非得口是心非地补一句，略做挣扎，妄图挣脱他的怀抱。

　　事实上她心里很清楚，若不是因为她和田娇娇都谈了恋爱，而且关系很稳定，担心会影响到彼此，她还真不想搬出来。

　　想想，常亮说的那句是不是因为他才搬出来的，也没有什么不合理的。

　　但是，她到底是女孩子啊，这种事情怎么可以明着承认。

　　"怎么办，我好像越来越离不开你了。"常亮搂着她不放，忽然感慨。

　　郭悦猛然想起上回就是在这种情况下，某人偷吃了自己的豆腐。这会她一点都不敢松懈，凶巴巴地吼："喂喂喂，干吗，大白天的发什么情，赶紧松开，别妨碍我干活。"说着还把剪刀丢一边，用手掰某人的手，只可惜，掰了老半天，那两只爪子像是被502胶水黏住了一样，任凭她怎么掰都掰不开。

"常亮。"郭悦有些恼怒，阴沉着脸，沉声喊他的名字。

"嗯？"常亮脸上散漫的神情越发浓烈，从喉咙里钻出来浑厚的声音莫名带着几分性感，郭悦隐约感觉到他并没有就此收敛的意思，但完全没料到常亮接下来的话会让她吐血。

常亮兴致极好地用下巴蹭了蹭她的头发，优哉游哉地问："怎么了，你是想今晚让我留下来陪你是不是，没问题的。"

瞬间，郭悦想起来田娇娇那天那个不怀好意的眼神，脸涨得通红，跟熟透的虾似的，两只眼睛瞪得大大的，怎么也没想到自己竟然会被某人赤裸裸地调戏！

良久，回过神来后，郭悦咬着牙，猝不及防地抬脚准确无误地踩了某人一脚，听见某人吃痛地尖叫，甬提心里多痛快，得意地看着他，幸灾乐祸地说："活该！让你有事没事就调戏我，不正经！"

从那以后，常亮总算长了记性，虽然有时候还挺想捉弄郭悦的，但每每想起先前的惨痛教训，也就只能忍了。

谁让他家小兔子不仅急了会咬人，而且还是一只冰山大冷兔。

因为郭悦在会议上当场否定了大家提出来的网红菜品做他们餐厅私人定制的菜单后，市场部的员工对她的成见越来越大了。

有人说她没什么经验，就靠着自己有一群粉丝的支持就摆架子。

也有人说单人餐厅业绩之所以这么好，不过是因为这个概念好，打着士林的旗号。

更有人说她那点小伎俩，只能在网上糊弄糊弄人，现实生活里不堪一击，长得这么好看，会做饭根本不现实。

……

慢慢地，郭悦出现在公司里，不仅市场部的员工对她指指点点，就连其他员工也开始议论纷纷。

好在，她心理素质还是可以，并没有把这些乱七八糟的东西放在心上，除了上次那几个披着小号辱骂她的人，发过来的图片有点瘆人，让她至今还心有余悸之外。

她不放在心上，不代表常亮能忍受，若不是郭悦及时制止他，他早就和那些乱嚼舌根的人发生冲突了。

"你怎么这么耐不住性子？"办公室里，郭悦双手抱臂，好笑地看着常亮问。

"你还笑得出来？"常亮实在不能理解她的心情。

郭悦摊了摊手，不以为然地说："有什么不能的，又不是第一次听到闲话。"看上去还真有几分像常亮当初被网民揣测他被39° 赶出来的模样。

嗯……不错，越来越有"夫妻相"了。

"不过，话说回来，A经理那人有问题吗？"上回让钟硕查过了，这人背景还是挺干净的，但郭悦还是觉得哪里不对劲。

说到这个，常亮就犯愁，眉头不觉皱到一起，摇摇头说没有。

郭悦轻轻叹了口气，视线看向窗外："算了，不管他了，我下午得去一下店里，就不和你吃饭了。"她忽然想起来，前几天和沈正鑫订了一批绿植，今天应该到了。

"我送你过去吧。"

"不用，又不是很远，我坐地铁过去就可以了，你还是好好想想怎么查一查那个经理吧，总感觉这个人会捅出大娄子。"郭悦用手揉了揉太阳穴，神色有些疲倦。

然而，不等常亮给她答案，她在下午去店里的路上就自己找到了答案。在离公司有点距离的小公园里，看到那两个熟悉的身影在熟络地交谈，她心中的谜团一下就解开了。

忽然想到点什么，她掏出手机，"咔嚓"一下，将两个人站在大树下面愉快交谈，女人给男人钱的画面拍了下来，发给了常亮。

Chapter3 小宇宙爆发啦

发现和A经理一起站在大树后面的是陈欣怡那瞬间，郭悦整个人都轻松了。

如果说是因为陈欣怡，A经理才针对她的话，那所有的谜团也就不再是谜团。只是，她从来没想过，长得如花似玉，条件良好的陈欣怡竟然会为了一个男人，做出这种龌龊的事情来。

到底是为爱痴狂，还是为了满足自己的虚荣心，郭悦就不晓得了。

盛夏时节的北京堪比烤炉，走在柏油路上，热气蒸腾，没多久就汗流浃背，郭悦感觉此刻自己就像一只行走的鸭子，被烤得滋滋冒油，目测离餐桌上色香味俱全的鸭子不远了。

"今天心情很好呀？"沈正鑫一盆一盆地把绿植从车上搬下来，郭悦也在帮忙，一边哼着小曲，一边将绿植摆到相应的位置。

"很明显吗？"郭悦怔了怔，扭头看他。

没这么明显吧。她伸手摸了摸自己的脸颊。

沈正鑫轻笑，一字一顿地说："非常明显。"就差没拿个喇叭告诉全世界的人，她很开心了。

"跟我分享一下呗，什么事情这么开心。"沈正鑫凑到郭悦的身边，用肩膀撞了撞她的肩膀，朝她挤眉弄眼，又自顾自小声说，"我猜，跟常亮有关？"

郭悦"喊"了他一声，不否定也不肯定。

事实上她也不知道这是不是一件值得开心的事情，毕竟这事不仅跟常亮有关，还跟他的前任有关。

前任啊，永远都是一个最容易让人乱阵脚的存在。

"你还好意思说，也不反省一下上回自作聪明做了什么好事。"郭悦冷冷地横了他一眼，特意提起上次的事，堵他的嘴。

未等他开口解释，郭悦的眸子里又飘过一抹戏谑："快说，为了忽悠我，练了多少次剧本？"她可是没忘记之前找他拍视频，他表现出来的专业素养。

沈正鑫尴尬地打哈哈，心虚得一点底气都没有："哪有，还不是……"还不是被常亮威胁的。

虽然郭悦第一次出现就引起了他的注意，但他也很清楚"朋友妻，不可欺"这个道理。面上多次调侃常亮，他心底还真不敢对郭悦下手。

"不是什么不是？"郭悦摆出一副咄咄逼人的模样，装起凶狠来，还真是有模有样的，看着沈正鑫一脸委屈的模样，她有些小得意。

"哎哟，小悦悦啊，你别用这种眼神看我，我害怕。"端着绿植的沈正鑫正好对上了郭悦冰冷的目光，小心脏倏地一下紧缩，吓得他不得不腾出一只手安抚惊慌失措的小心脏。

"哼，要收买我也不是不可以。"郭悦抬手摸了摸下巴，眸子里闪着灵动的光，整一个古灵精怪的小姑娘要出大招的调皮模样，"告诉我，你知道关于常亮的全部。"她想知道他的过去很久了，却一直没有机会，也不知道找谁了解，反正常亮本人就算了。

几乎是那种他不说，她不问的状态。

可是，人到底都有好奇心啊，而且，他们都在一起这么久了，他还跟个谜一样。

她早就心痒痒了。

"我……我怕我说了亮哥会打我。"沈正鑫故作惶恐地往后躲，目光闪烁不定。

殊不知，他越是这样，郭悦就越想欺负他。

朝他靠近了些，扬起尖细的下巴，挑起眉角，一瞬不瞬地盯着他的眼睛，似笑非笑地开口："你确定，嗯？"她抬了抬下巴，稍稍上扬的尾音隐约透着几分不可言喻的威胁。

沈正鑫还是输给了她，向她低头，将自己知道的都告诉了郭悦。

他说常亮父母的关系不是很好，他当年上大学时，成绩是他唯一的光彩，是因为被陈欣怡嫌弃后，才变得这么优秀的。

他用三言两语就概括完常亮的过去，一如常亮当初向郭悦提到自己。

"就这些？"郭悦不太敢相信，"跟上次你演戏的台词没什么区别啊。"她拧着细眉，脸上写着不耐，反复质疑沈正鑫刚刚那套跟上次一模一样的说辞。

"我没骗你啊，一开始就没骗你。"沈正鑫耸耸肩。只不过他上次说得有点夸张，稍加修饰了一下，听起来更像电视剧里狗血桥段罢了。

"好吧……"郭悦长长地应了一声，思绪飘得老远，根本没有注意后来沈正鑫还跟他说了什么。

她在想，常亮的妈妈会是什么样的人，一个人还能把他培养得这么优秀。

基因很强大吧，要不然那张脸怎么会这么好看。

穿白衬衫的样子真的很迷人啊，明明都快三十了，香樟树下一站，还跟个青葱少年似的。

常亮看到郭悦发来的照片之后，亲自去了一趟公司附近的小公园，只可惜那两个人已经先后离开。

他望着那棵树发了一会呆，怎么也不敢相信，陈欣怡已经疯狂到这个地步，但他心中更多的是懊悔，懊悔自己没处理好他和她之间的事，导致郭悦受到影响。

火辣辣的太阳炙烤着他的皮肤，很快他就有些受不住了，转身打算往回走，忽然有人拍了拍他的背，还没转身，一个清脆悦耳，犹如炎炎夏日里一阵清凉的微风般令人愉悦的声音在他耳边响起："常学长。"

陈欣怡绕到常亮跟前，抿着唇，礼貌含蓄地向他打招呼。

常亮一看是她，眉心立马浮现浅浅的"川"字。

不愧是陈欣怡，还有脸出现在他面前。

一阵厌恶从常亮的心里蔓延到脸上，他冷冷地望着她。质疑、冷冽的目光来回在陈欣怡身上流转，感觉到不对劲，她的心倏地一下紧缩，不由往后退了两步，不知所措地张了张嘴："怎……怎么了？"因为刚刚和曾经追求过自己的Alxe见完面，常亮就用这种眼神看着自己，她难免胡思乱想。

常亮一言不发，就那样冷冷地看着她，她越发心虚，在太阳的炙烤下，手心沁出一层冷汗，极其勉强地扯出一抹笑意："好……好巧啊，学长准备去哪啊？"如果她没记错的话，这边不是停车场。

巧？一点都不巧。

常亮冷哼一声，淡漠的神情犹如冬日结了冰的湖面，浑身上下散发着瘆人的气息。

若不是郭悦提醒他先不要轻举妄动，没准他现在就把陈欣怡拖回公司，拉上A经理一起对峙了。

常亮敛了敛脸上的生气，面无表情地说："随便走走，我先上去了。"他一刻也不想跟这个让他家小兔子陷入流言蜚语的可恶女人在一起。

"诶……"好不容易才跟他单独见面，即便心有不安，陈欣怡还是不想放弃这个单独相处的机会，潜意识伸手拉住了常亮的手腕。

常亮顿住，低头看了看抓住自己手腕的修长纤细的手指，掩藏不住厌恶，猛然一甩，全然不顾踩着高跟鞋的陈欣怡会不会站不稳摔倒，甩下一句"我还有事，先走了"就快步离开。

原本他是想要是能撞见她和A经理在一起，逮个正好就不用再解释这么多了，他错过了，自然不会想和她有过多的接触。

约莫着郭悦忙完店里的事需要多长时间，常亮掐着点给她打电话，那会郭悦已经在回来的路上，因为刚刚把心头的疑惑解决了，她心情还算愉悦，临时决定回趟公司和常亮好好谈谈怎么揭穿A经理的真面目。

郭悦向常亮讲述了当时的情景，平静的语气足以证明她当时看到二人在秘密交谈时，有多冷静。常亮不由为她点了个赞，然后又调侃道："你这么正大光明地拍，不怕他们灭口啊？"

郭悦不禁翻了个白眼："怕，怎么不怕。"不管是陈欣怡还是A经理都比她高一个多头呢，她这么弱小，真要是干起来，没准三下两下就被人制服了。

她顿了顿，细细打量着眼前这个笑容欠扁的人，没好气地补充："我要是被灭了口，每天晚上都会来找你报仇。"她被人骚扰，被人针对，可全都是因为他。这点她可没忘记。

常亮顿时乐得哈哈大笑，没想到他家小兔子都学会恐吓人了。

他愉悦地勾了勾唇角，吊儿郎当地说："如果女鬼是你的话，求之不得。"

呵呵，男人，就知道油嘴滑舌。

郭悦懒得跟他鬼扯，板着一张死人脸，郑重其事地告诉他，要是再不把A经理解决掉，她就让他好看。

看着她气鼓鼓的样子，常亮一直忍着不让自己笑出来，生怕她会衍生出一堆让他哑口无言的说辞，到时候再来个冷战，就得不偿失了。

"据观察，A经理喜欢贪便宜，回头给他弄点巴豆放饮料里怎么样？"常亮一脸坏笑，用肩膀撞了撞郭悦。

郭悦看着他那不正经的模样，气得差点没吐血。

她的本意明明不是跟小朋友玩整蛊游戏，巴豆，我还大黄呢！

郭悦双手抱臂，没好气地瞪着他，厉声警告："我说你能不能认真点，巴豆能永绝后患吗？"真是的，都什么时候还有心思开玩笑。

常亮神色微囧，尴尬地扯了扯嘴角，连忙讨好他的小兔子："知道啦，保证一周内解决。"

谁让他家小兔子这么可爱，尤其是气鼓鼓的样子，真的很萌啊。

下回他一定要试试掐一掐，看看什么感觉。

Chapter4 职场里没有朋友

常亮并不是这么不靠谱的人，虽然特别喜欢逗郭悦，但心里早有了数。既然A经理喜欢贪小便宜，又爱面子，就让他当着大家的面出个大糗，回头灰溜溜提离职，完美。

说干就干。周一例会前，常亮早早安排了人在楼底下等A经理，当他走进来时故意不小心撞了他一下，洒了他一点水，然后用被猫薄荷熏过的毛巾帮他擦拭，让他的衣服沾上了猫薄荷的味道。

一开始，郭悦听到常亮的法子时，还愁去哪里找猫，没想到田娇娇隔壁家的阿姨要去照顾生产的女儿，临时将两只爱吃的橘猫交付给她，郭悦就顺势带去了公司，本来是借口带去医院，没想到这两只小可爱一到公司就博得了一群女同事的喜爱，把它们从笼子里抱了出来，又摸又亲。

常亮让钟硕调查A经理时，发现他好几次偷偷把公司分给员工的生日蛋糕剩下的那部分自己偷偷吃掉，后来又发现他把公司给员工准备的，放在茶水间的茶叶偷偷带回家。

郭悦假装去茶水间接水，故意拿了很多杯子，站在门口等A经理上来，看见他之后立刻迎上去跟他打招呼，之后又假装忘记拿放在茶水间的点心，让他帮忙拿。

按照A经理的脾性，听到有吃的，绝对不会拒绝，所以在回头拿点心时，他悄悄吃了一块，殊不知，那夹着小鱼干的曲奇饼是给橘猫准备的小甜点。他一出来，两只猫闻到猫薄荷的味道，一下子就从女同事的怀里窜了出来，直冲A经理怀里去。

沾染了猫薄荷味道的地方正好是裤子拉锁的地方，两只小可爱闻到那股味道跟疯了一样，冲着裤子又撕又咬。拿着猫点心的A经理还没来得及把猫甩开就被吓得狼狈地跌倒在地，还硬生生把散落在地面的曲奇饼给坐碎了。

收到郭悦微信的常亮，立刻端着一杯泡过猫薄荷的水从办公室走过来，假装让大家去开会，一个不小心，踩到提前洒在地上的油上，滑向跌倒在地的A经理，一边尖叫，一边喊闪开，最后人是被郭悦拽住了，水却硬生生地浇到了A经理的脸上，两只猫咪簇拥而上，将目标转移到他的脸上……

站在旁边的人一脸不知所措地看着狼狈不堪的A经理，等他们反应过来要把猫和人分开时，A经理的裤子已经被咬得不成样子，吓得女同事立刻转身，羞涩地捂住眼睛。

这场闹剧结束之后，郭悦率先站出来道歉，说自己不应该把猫带过来，那诚恳的态度，大家都有目共睹，纵使A经理气得想把她生吞活剥，也只能咬碎了牙，憋着。

早上有个玩过猫的女同事却觉得猫没错，很可爱，还调侃A经理，问他是不是偷吃了猫粮，要不然猫咪怎么会粘着他不放。

然而，大家都没想到，A经理想也没想，目瞪口呆地问："那个点心是猫粮？"

郭悦假装一怔，吞吞吐吐的，一脸为难地问："经理是问茶水间的小点心吗？"她故作小心翼翼地看了他一眼，"是啊，那是给花卷和馒头准备的……"

她话一出，A经理顿时目瞪口呆，整个人跟活吞苍蝇了一般，瞬间大家就明白了他表情底下隐藏的，更深层次的意思。

一切如常亮所料，A经理很快就成了大家茶余饭后的八卦对象，大家也渐渐地发觉他好看的皮囊下劣质的本性，开始对他爱答不理，甚至有些排斥。

后来，又因为餐厅里的员工反映他顺走了客人落在卫生间里的手表，被监控记录下来，他最终被高层劝退。

这回大家才知道，原来那个看上去很厉害的经理不过是个品行不端的人渣，也不知道怎么混进来的。

那天，郭悦和常亮心里那是一个爽快。下了班郭悦还破例和常亮去吃烧烤，小酌了几杯，郭悦想了想，拍了几张照片打算跟粉丝们分享一下，让他们见识一下他们一直不知道的另一面。

她心情很好地修了几张图，然而，登录微博时看到消息提醒的图标有新消息提醒，许是因为上次收到辱骂私信的影响，她的心很明显漏了一拍，做了个深呼吸才敢切换到消息提醒页面，果然一上来就看到令她不寒而栗的留言和图片。

"你怎么还不去死，这么不要脸地活着，我都替你外婆感到羞耻！"

辱骂的话下面还是附带了一张似红油漆，又似鲜血地写着她名字，血腥恐怖的图。

郭悦吓得险些叫出了声，手机没握住，直接掉在了地面发出啪的一声，像是心中紧绷的那根弦被什么撞了一下，鸡皮疙瘩迅速爬满了她的身体，眸子里全是惶恐的神色。

"怎么了？"低头翻动烤串的常亮猛然抬头，看向脸色发白的郭悦。

郭悦张了张嘴，想说自己没事，却发现自己害怕到喉咙里发不出一丝声音，只能勉强扯着嘴角，摇摇头，然后弯腰去捡手机。

常亮眉头一皱，隐约看出了郭悦眸子里的异常，直接站起来，走到她的旁边，一把抓住她骨头突出的手腕，惊讶地发现她在发抖："出什么事了？"他把她拽起来，一瞬不瞬地盯着，这回总算看清了她毫无血色面孔里的张皇与无措。

"没，没事，就是忽然有点头晕。"郭悦努力让自己镇定下来，可一开口又结结巴巴的，脑子里反复出现那张写着她名字，隔着屏幕都能闻到血腥味的图。

"要不去医院看看？"

郭悦一听，连忙推脱："不用了，我休息会就好，估计是最近太累了。"

"真的？"常亮半信半疑。和她认识这么久，他都没见她感冒发烧过，他还以为她体质挺好的。

"真的啊，哪来那么多废话，赶紧吃，我要回家睡觉了。"郭悦推了推他，为了让他信服还故意提高声调，有点生气地说。

"好吧，"常亮拿她没辙，只能乖乖坐回自己的位置，心里的担忧始终放不下，又忍不住多啰唆了几句："要是还不舒服一定要去医院，别硬撑着。"

"嗯嗯。"郭悦点点头。晚餐没吃多少，现在也完全没有胃口，一块羊肉嚼得都没有味道了，还咽不下去，甚至嚼着嚼着忽然涌出一股腥味，她想到那血淋淋的图片，猝不及防发出呕吐的声音。常亮再次骤然站了起来，焦急地握着郭悦冰冷的手："怎么回事，不是说只是头晕吗？"

"我……"郭悦一抬头，常亮眉头紧拧的样子就嵌入了她的瞳孔里。

最终，常亮还是强行把郭悦带去了医院，做了检查，没检查出问题来，医生只是叮嘱她要好好休息，别太劳累。

这个结果显然不能让常亮信服，反复问了好几次医生诊断会不会有误差。

太疲倦想吐这个说法，怎么看都很奇怪。

"我真没事。"郭悦扯了扯眉头紧锁，还想继续质疑医生判断的常亮，"走吧。"再查下去也不会有结果，因为她是被惊吓才这样的。

她还没有做好心理准备，不知道要怎么向常亮解释，见他一动不动，不太想走，她稍稍用了点力，拽了拽他的手臂，再次小声说道："走吧，送我回去。"

常亮低头看了她一眼，犹豫片刻，最终无奈地叹了口气，揽着她的肩膀离开了医院。

那一晚，郭悦回到家，草草洗了个澡，就钻进被窝里，然后数数，从1数到10000也没睡着，心里总是惦记着那破事。

最后她还是忍不住打开了手机，去看那个人给自己发来的私信。

她咬着牙，手指在距离屏幕不到一厘米的地方停顿了很久，借着屏幕微弱的亮光，她可以清晰地看到自己的手指在不住颤抖，一下一下的，根本不受她的控制。

她深深地吸了口气，战战兢兢地把那张血腥的图删掉，再次点了那个人的头像，进入了对方的微博首页。

对方的首页依旧什么都没有，也没有给人点赞评论的痕迹。

她大胆的猜想，这个人会不会是陈欣怡，又或者A经理的小号。陈欣怡能做得出让人到公司里来捣鬼的事，同样也能搞个小号恐吓她。

再说A经理因为她出糗，最后还被解雇，没准早就对她怀恨在心，再加上陈欣怡的教唆，对她进行报复也不是不可能的。

于是，她想了想，给对方回了一条私信：如果你觉得这样吓唬我，你很开心的话你就继续这样做吧，心情好的时候我懒得理你，心情不好的时候派出所里走一趟，跟警察叔叔反馈一下，找点乐子也不麻烦。

她的言语间透露着明显的、毫不在乎的韵味，又隐约透露出不畏惧的讯息，打算先打一场心理战。

她之所以不告诉常亮，还是考虑到如果对方真的是陈欣怡，那常亮知道后，肯定会去找她。

她不想事情变得这么复杂，而且，她也相信自己能战胜陈欣怡，光明正大地站在常亮的身边。

也不知道常亮将来要是知道了事情的真相会不会有点感动。

毕竟他一直觉得她的爱意太过含蓄。

A经理被解雇后，私人订制的事情进展很顺利，这次郭悦提出来的，私人订制围绕八大菜系展开的想法得到了大家的肯定。

与此同时，大家对郭悦的看法似乎又有了乐观的改变，变化最明显的就是郭悦每每出现在公司里，总有那么一群人会跑过来献殷勤，更有人提到A经理说她这不好那不好。

郭悦没当回事，一笑而过。

尽管她没在职场里混太久，也很清楚职场里没有朋友这个道理。

第十八章

岁月与安生是你

Chapter1 你我的百年好合汤

郭悦从八大菜系里每个菜系挑了最经典的两道菜，部分菜品她以前在视频里展示过，她记得很清楚，当时视频发出去之后不少粉丝来向她要更详细的做法。

现在回想起来，似乎那些粉丝除了冲着家乡的味道，为情感寄托而来，还可以从侧面看出大家都是吃货一枚，吃货的市场巨大无比。

郭悦在私人订制二次会议上提出用这16道菜做私人订制备选菜单，客人可以进入"时间简史"的微信公众号预约，然后回答一些问题，类似于性格测试以及口味调查，完成之后厨师就可以根据这个客人的喜好准备菜肴了。

当然，如果客人觉得麻烦，也可以不做调查，由餐厅准备惊喜菜品，既新鲜，又充满期待感。

会议上大家仅是提出了一些完善方案的建议，例如备份菜单，此外并没有反对的声音，一切都比较顺利。

考虑到餐厅里的厨师比自己专业，郭悦觉得还是餐厅里的厨师掌勺比较好，她去打个下手什么的，也不是不可以。如果客人备注要求她做的话也可以。

常亮始终担心郭悦太累，只要知道她要去餐厅，如果不是临时被安排去做别的事情，都会跟着她一起去，生怕她在那边忙这忙那，累着。

这种过度保护在钟硕看来很扎眼，还扎心。他也想让自己形象强大起来，保护自己的小可爱呀！

遗憾的是，他家小娇娇光有一个柔美的名字，骨子里比他都要刚，简直就是女强人中的战斗机，仿佛这个世界上没有什么事情是她一个人完成不了的，除了生孩子。

私人订制上线之后，单人餐厅这个项目组的员工比以前更忙了，虽然常亮总是叮嘱郭悦不要太累，她还是不好意思大家都在忙活，自己偷懒。有时候甚至在餐厅待上一整天，跟着服务员们一起下班，常亮知道后狠狠地训了她一顿，她看上去很诚恳地道歉，挥着线条匀称，没有一点赘肉的小手臂向常亮证明自己不累，心里不知道把常亮骂了多少次。

有一天，常亮去外地出差，知道郭悦又在餐厅里待到晚上十点多，虽然很生气，恨不得立刻就回到北京把她拎到小黑屋去，但终究还是没忍心，在她回家的时候给她打了很久的电话，直到郭悦手机没电关机。

郭悦所在的小区与之前和田娇娇一起住的小区相比要老很多，一条老巷子隔开，有种现代的富人区和贫民区的感觉。

当初郭悦执意要找离田娇娇近的房子，说偶尔还可以去她家蹭饭。常亮费了不小劲，才找到了这个小区，告知郭悦后，他就后悔了。

那老小区里，设施什么的都跟不上，最重要的是，要进小区，还得走那条小巷子，白天还好，晚上安静的时候总感觉很诡异。

看着屏幕黑了的手机，郭悦顿了顿，叹了口气，向家的方向走去。

巷子比较破旧，小小的路灯隔得老远，在漆黑的夜晚显得有些昏暗。

平日里郭悦并不是胆小的人，在陵水的时候常常一个人上山，但今天不知道怎么了，走在已经熟悉到不能再熟悉的巷子里，她总感觉心里毛毛的，仿佛有人在跟着自己，在她看不到的地方一直注视着她。

她咬了咬牙，犹豫着要不要往后看，很迫切地想知道是不是自己太累了出现幻觉，又很担心要是真的有人在跟踪自己，万一对方暴露了，会不会像电影演的那样，对方会对她下手。

她的小心脏紧缩到一起，好不容易刮起一阵凉爽的晚风，她却感觉自己像是掉进了冰窟窿，瘆得她浑身都在颤抖，双腿不听使唤地狂奔起来。

跑到角门口时，因为太过慌张，拿着钥匙的手颤抖得厉害，一直没把钥匙插进钥匙孔里。

背后响起一个声音的同时，郭悦被谁拍了一下肩膀，吓得她一边尖叫，一边蹦了起来，根本没听到隔壁家倒完垃圾回来的阿姨那句"小郭这么晚才回来啊"。

"是我，周阿姨，你怎么了？"周阿姨一脸惊愕，没想到自己轻轻一拍会把人吓成这样。

幸亏她搬过来那天周阿姨还帮她打扫了一下，两个人聊了不少，郭悦对声音又比较敏感，要不然估计她就要抄起旁边的家伙打人了。

"周阿姨……"郭悦心有余悸，一开口，声音里透露着强烈的委屈和恐惧，就连视线也在不知不觉中变得朦胧起来。

"哎哟，这是怎么了？"小姑娘一脸委屈的样子着实把周阿姨吓了一跳，连忙拉起她的手，惊讶地发现她的手冰凉冰凉的，"发生什么事了，来跟阿姨说说。"热心的周阿姨一边安抚她，一边把她往家里拉。

夜已深，郭悦不好打扰别人，摇摇头，说了句没事，然后又问阿姨刚刚上来有没有看到可疑的人。

周阿姨更加震惊了，瞪大了眼睛看着郭悦开口："没有啊，遇到坏人了？"平日里郭悦还挺热心，每每遇见她拎着一堆东西都会帮忙，也不像什么不三不四的人。此刻见她这副后怕、红着眼圈的模样，难免会忍不住怜惜。

郭悦摇摇头。

不是否定的回答，而是不敢确认。

她刚刚拔腿就跑的时候，很明显感觉到有一双眼睛在盯着自己，就像魔鬼一样，散发着瘆人的光芒。当时她太害怕了，没敢仔细看。

周阿姨说没发现可疑的人，她稍稍安心了些，敛了敛脸上惶恐的神色，扯着嘴角对周阿姨客气地说没事，又说了声谢谢，就开门走进自己家。

那一晚，她辗转难眠，思来想去也没搞清楚是自己出现了错觉，太累看花了眼，还是真的就有人在跟踪自己。

翻来覆去，几乎要天亮了，她才眯了会，等到太阳完全出来，就醒了。

常亮还没回来，钟硕也跟着去了，她想了想最后给田娇娇打了电话，说去她那住几天。但她并没有告诉田娇娇昨晚的事，还打心底自我安慰，希望是她太累想多了。

她原本今天不太想去店里，却被店里的服务员告知今天有客人指明了要吃她做的菜，小姑娘昨天忘记告诉她了。

没办法，最后郭悦还是顶着明显的熊猫眼，去了店里。

她天生皮肤就比一般人白皙，被惊吓，没睡好，黑眼圈自然要比一般人明显。

她特意挑了一条粉色交领亚麻长裙，让自己看起来肤色好点，不那么憔悴。然而到了店里，员工见到她之后还是一阵惊讶，关心她是不是没睡好，还说客人下午才过来，她可以先回家休息。

郭悦礼貌地说了谢谢，让小姑娘别担心，后来就去休息室里休息，想再睡会，却睡不着。

猛然想起之前的恐吓私信，她又翻出手机看了看微博。

幸运的是，这次并没有看到恐吓私信，倒是收到了不少粉丝的问候。

她想，大概给她发这些的人就是陈欣怡，被她识破之后就没再敢乱来了。

指定郭悦掌勺的客人指定了一份菜单，在她休息的时候负责这块的小姑娘把菜单印了出来，看到她在睡觉，就放在了她旁边的桌子上。

一觉醒来，伸了个懒腰，郭悦就注意到了旁边的菜单，随手拿起来看了一下，看见是自己以前做过，还比较有把握的菜，她顿时松了一口气。

粉蒸肉、清炒生菜、荷塘小炒、百年好合汤。

嗯……分量不算大，但是一个人吃也有点儿多，除非是一个特别能吃的男生。

郭悦细细地揣酌了一下，猛然再看了一眼菜单。

妈呀，百年好合汤？

一个人来吃饭，点个百年好合汤。看到这个字眼她就忍不住开始浮想联翩，心想对方是不是刚刚失恋，是不是想借这碗汤找个对象……她的设想很多，乱七八糟的，唯独没有一个是跟家乡情怀有关的。

百年好合汤和粉蒸肉都需要提前准备，郭悦只是放飞了下自己，就去厨房把银耳、莲子、百合泡上。

时间比较仓促，一般情况用冷水泡发，今天郭悦用了温水。

之后就找了一块上好的带皮五花肉，用火稍稍将皮烧了下，烧成微微金黄，洗净，切成均匀小块。她刚下刀切了一块，眼角的余光瞥见放在一旁、已经切成小块的芋头，灵机一动，打算做一个芋头粉蒸肉。

虽然蒸肉粉能将五花肉的油脂吸收掉，调制的配料也可以很好地提香，但郭悦总感觉如果有了荔浦芋头的加入，味道会更好。

于是，在腌制五花肉时，郭悦比以往少放了一半的蒸肉粉，在调制腌制酱料时，又往里面添加了江浙一带很出名的红曲，不仅能给五花肉去腥，还能很好地染色。

剩下的两个菜都比较好处理，等到客人到了再炒就行了。所以，郭悦把粉蒸肉和百年好合汤的材料都准备好后就去休息了一会，掐好时间点分别将它们放进蒸笼和炖盅，等待时间和蒸汽带来的神奇转变。

服务员小姑娘通知郭悦客人到了时，她应了一声，正要去厨房，好奇心突发，她突然想去看看这个这么有个性，冲着自己来的客人是何方神圣。

见到所谓的客人时，郭悦再次为自己的第六感感到骄傲。

这位尊贵的客人可真神圣啊！

Chapter2 办公室恋情还这么高调

郭悦盯着常亮定定看了一分钟，旁边的服务员早就识相的，悄悄溜走了。这两个人不仅是情侣，还是他们的领导，要是在公众场合，当着领导的面八卦他们就不对了。

"你怎么来了？"郭悦不悦地皱了皱眉，低头审视着V领白衬衫让那张棱角分明的脸多了几分妖娆气息的人。

常亮微微靠在椅背上，昂着头用那种隐藏着暧昧的慵懒小眼神带笑看着郭悦，还没开口说话，就让郭悦有种回到初中时代，看见喜欢的白衣少年，不由春心荡漾的感觉。

当然，所有的好感都是在郭悦还没联想到眼前的人是不是在戏弄自己之前。

"来吃饭呀。"常亮笑笑说。出差几天他都快想死她了，忽然心血来潮就在自己家的微信号上预约了私人订制，指明了要郭悦做。

来吃饭呀？那就是客人咯。

郭悦理所当然地想。

好吧，既然是客人，那就用接待客人的姿态来对待他就好咯。反正有钱收。

郭悦敛了敛脸上的不悦，双手交叠在前，恭恭敬敬地朝常亮弯了弯腰，露出一个标准微笑，轻声细语地说："好的，尊贵的客人，请您稍等，您的餐马上就来。"

常亮微微一怔。真把他当客人啊？为了见她，他可是马不停蹄地从外地赶回来的，下了飞机直接就到店里了，还带着行李箱。

按理说，此时此刻不应该是上演那种一日不见如隔三秋的感人戏码吗？

望着郭悦拐了几个弯，最后在厨房门消失的身影，常亮有些失神。

他家小兔子，从来都不按套路出牌啊。

很快，服务员就将他的菜陆陆续续端上桌，荔浦芋头粉蒸肉的五花肉肥而不腻，和芋头一块入口，和着芋头特殊的芳香，让这道菜的味道明显提升了一个档次。

清炒生菜和荷塘小炒都比较清淡，在淡淡的咸味的烘托下，食材本身清甜爽口的特点被衬托得淋漓尽致。

而用特殊炖盅盛着的百年好合汤，颜色透明，在几颗红色的枸杞的点缀下，在灯光的照耀下，宛如一块透明的琥珀。

甜汤本来是在餐后食用，可是菜品一上齐，常亮就忍不住把所有的菜都尝了一遍，根本顾不上什么顺序不顺序。

他吃得津津有味，脑子里还浮现了温馨的家庭生活画面，忽然身边有服务员走过，想到了点什么，就把人家叫住："郭悦呢？"他点这么多菜，可不是为了一个人独享，只不过菜的味道真的很棒啦，一不小心就忘记了最初的目的。

"好像还在厨房。"小姑娘不太确定地说。

"还有人指定她掌勺？"常亮疑惑地看着小姑娘。

小姑娘想了想："今天没有了。"

常亮不由蹙了蹙眉，不禁想：不做菜的话窝在厨房里占位置不会妨碍别的厨师吗？

越想越觉得不对劲，他干脆放下筷子和小姑娘说了声谢谢，亲自跑了趟后厨。

那可是他为他俩点的百年好合汤，另一个主角不在的话，这道菜就失去了存在的意义。

郭悦是故意躲在厨房里的，隐约听见有熟悉的脚步声，她心一慌，左顾右盼，以最快的速度跑到了清洗蔬菜的水池，随便拿起一把蔬菜假装正在清洗。

为什么要躲起来，郭悦没想明白，大概是觉得常亮的举动太过高调，她不想一群认识的人看他们撒狗粮，又或者是她在生他回来也不告诉她一声的气。

总之，不管什么原因，她就是不想跟他在自己家的餐厅里，当着这么多员工的面吃饭就对了。

　　厨房里的师傅见到常亮纷纷亲切地向他打招呼，喊了他一声"常总"，只有郭悦头也不抬，仿佛洗菜洗得入了魔，出了神，就连常亮走到她身边，她也懒得扭头看一眼。

　　太过专心反而有种欲盖弥彰的意思。常亮愉悦地弯了弯唇角，柔声喊她的名字："悦悦。"

　　郭悦假装很惊讶地扭头看他，扯着嘴角笑了笑，客气地说："哦，吃完啦，常先生可还满意？"

　　常亮握成拳头的手抵在下巴，若有所思，随后轻轻皱眉，郭悦见他这副神色，心想：完蛋，这人又要作妖了。能不能正常点啊，周围都是最熟悉不过的员工呢！她可不想成为别人茶余饭后的闲聊对象。

　　她正打算开口说点什么，常亮抢先一步开口，那张俊朗的脸比之前多了几分严肃，郭悦看着小心脏咯噔了一下。

　　完蛋了。她想。

　　"不太满意。"原本要两个人一起吃的饭，他一个人吃，另一个躲在厨房里，他能满意吗？

　　他的话音刚落，郭悦就暗骂了句混蛋。

　　"那我给你重新做吧，常先生，厨房重地闲人免进哟。"郭悦伸出纤细到不可思议的手，指了指门帘上一排小字。心头上仿佛有万马狂奔，但郭悦还是反复提醒自己，眼前的妖怪今天是客人，顾客就是上帝，不能生气，不能生气。

　　郭悦想转身向厨台走去，常亮却猝不及防地伸手，一把按在料理台上，挡住了她的去路，深邃的眸子瞬间染上放荡不羁的气息，似笑非笑地看着她，性感的唇瓣微微张了张，带着调侃意味的声音迅速窜进郭悦的耳朵里："你都不问我哪里不满意的吗？要怎么重新做？"

　　也对哦，忘记重点了。郭悦恍然一怔，只顾着提醒自己不要栽坑里，都忽略关键了。

　　她咽了咽口水，昂起小脑袋，对上他的视线，好脾气地问："那常先生，你倒是说说，哪里不满意。"说不上来你就死定了，郭悦默默地打心底补充一句。极力掩饰心中不快，强颜欢笑的她嘴角的笑意有些诡异。

"哪有人把男朋友晾一边，自己躲在厨房里不出来的？"常亮丝毫不顾及周围还有熟人员工，也不再顾忌自己的形象，嘴角那抹痞痞的笑容，反而让周围的人觉得他很有魅力，尤其年轻一点的小姑娘，都顾不上手里的活，满眼都是粉红色的小桃心，露出一副花痴的模样。

真该死。郭悦不满地打心底咒骂。

特别想怼他，是谁刚刚说自己是来吃饭的，来吃饭不就是客人吗？

郭悦觉得自己的理解没有错，只能怪自己不够聪明，没有提前把他说的话录下来。

"走走走，出去。"郭悦深深叹了口气，不断提醒自己要淡定，一群人看着呢。要收拾也回家，或者找个没有熟人的地方。然后拽着常亮，一脸不耐地在众目睽睽之下，拽着常亮走出了后厨，有种落荒而逃的既视感。

郭悦看似老老实实地坐在常亮的对面，跟他有说有笑的，其实只有常亮听到，她一边笑，一边责问自己想干什么。

常亮倒也不生气，一边吃着美味的菜肴，一边笑吟吟地解释："我一个人喝百年好合汤多没意思，还是和你一起喝比较好。"

郭悦不禁翻了个白眼，她总算看透了，不管黑的白的，到了常亮嘴里总能变成白的。

厉害，实在是厉害。

"我跟你说，要是在餐厅里乱来，我就弄死你。"郭悦夹了一片莲藕，一边吃，一边咬牙切齿地恐吓笑得如沐春风的常亮，心想：这个世界怎么会有这么可恶的人，最要命的是，这个可恶的人还把自己吃得死死的。

周围的工作人员时不时在朝他们看看，郭悦原本借口厨房里还有活要等着她忙，谁知道常亮一点面子都不给她，直接叫来了负责餐厅工作安排的经理，问他是不是给郭悦安排了活。

郭悦一直不停朝对方使眼色，可惜，餐厅经理只是礼貌地朝她笑笑，转而看向常亮时，一本正经地告诉他没有，郭悦瞬间满头黑线。

经理又不是傻子，怎么会不知道常亮的意思，怎么说他的工资都是从常亮这边出的，即便郭悦再好，他也不会糊涂到跟发工资的领导唱反调。

郭悦不满地拿着筷子胡乱在餐盘里挑来挑去，发出不太和谐的声音，十分牵强地扯了一句："我就给大家分担一下工作，最近大家都太累了。"

常亮嘴角的得体的笑意从始至终都没落下，朝经理摆了摆手，示意他可以去忙了，然后又冲着郭悦嬉皮笑脸说："真是好领导啊，你说，要是他们知道这个月的工资因为你帮忙少发了，他们会怎样？"

郭悦登时目瞪口呆，不由呵呵冷笑两声。

老司机不愧是老司机啊，杀人都不见血。

她狠狠地咬着牙，怒目圆瞪，打心底骂了句"常亮算你狠"，然后拿起筷子一点儿也不顾及形象，大口大口吃自己做的菜。还自我安慰，不吃白不吃，反正是她做的，绝对不会拉肚子，钱又不用她出。

晚上，田娇娇下班没见到郭悦，给她打个电话才知道她和常亮在一起不过来了。田娇娇气呼呼地骂了她一句"有异性没人性"就挂了电话。

郭悦倒也没在意，反正离得近，改天串门，给她做点好吃的，哄两下，完事！

常亮送完她回家，在楼底下待了一小会。驱车回到自己家，衣服没换就掏出手机发微博。

早在郭悦过来之前，他就提前拍了几张今天郭悦做的菜，他还特意摆了一下菜品的方位，将百年好合汤放在最显眼的地方，之后又趁郭悦低头吃饭不注意，拍了一张她吃饭的照片。

把几张照片稍稍修饰，他编了一段文字：*和你一起食用才配得上"百年好合汤"这个名字*。随后圈了郭悦。

恍惚间，深夜收到狗粮的粉丝们全炸起来了，简直比参加马拉松还要热血沸腾。

Chapter3 拒绝一切狗粮

早在情人节时，就有人问过郭悦会给哪个小哥哥做百年好合汤，当时郭悦没有回复。

后来大家揣测郭悦和常亮的关系时，又有人猜常亮是不是就是情人节喝到郭悦做的百年好合汤的小哥哥。这次，郭悦依旧没有回复。

郭悦比较累，回到家洗漱完毕就睡了，根本不知道粉丝们因为常亮发的跟自己有关的微博激动得睡不着，纷纷加入八卦大队伍，一群睡不着的人聊着聊着，竟然把话题扯到了二人什么时候结婚。

101楼：看这势头发展下去，小姐姐年底就要成为别人家的糟糠了。

102楼：去去去，楼上说什么呢，我们小姐姐这么漂亮，才不是糟糠呢！

103楼：对对对，我们的小悦悦是小仙女，才不是什么糟糠。

……

121楼：哎呀，小姐姐总是时不时发狗粮，我怎么这么可怜？不过，我还是会祝福小仙女的@郭小悦的小天地。【其实，本人早就哭晕在厕所】

122楼：怎么办，我好像病了，既希望小姐姐领个结婚证，又很害怕再吃一次狗粮，我的小心脏承受不住……哇！

123楼：楼上你确实病了，快吃药。【胶囊】

……

郭悦不知道自己又上了热搜，但是她有一个比她本人更在意她的好姐妹——田娇娇。

大半夜的，田娇娇睡不着，本来想聊骚钟硕，却情不自禁刷了微博，猛然发现了常亮发微博，圈了郭悦撒狗粮这档事。

"哈，我说呢，早上委屈巴巴说要来我家，转眼又说不来了，原来是这么回事。"田娇娇盯着常亮发的那两张图片，不由地磨起牙齿来，凶狠的小眼神犹如盯上了猎物的狼一般锐利。

她本想耐着性子把帖子都翻一遍，无奈楼层太多，她看了几眼就快速地刷到底，可以大致把大家的言论总结为"粉丝们舍不得郭悦结婚，又很期待郭悦结婚"这一很矛盾的心理。

在退出页面之前，她想了想，干脆参与到讨论中去。

1010楼：小姐姐，你欠我们一个解释！！！

她连续用了三个感叹号，可见心底有多不爽。

发送完毕之后，田娇娇哼了哼气，自顾自，不满地嘀咕："郭悦，你欠我一个解释。"然后将手机丢一边，扯过被子，蒙头大睡。

谁都没想到，郭悦第二天起来带着手机去洗脸刷牙，手机很不幸地掉水里了，她不仅没看到微博上的热议，就连田娇娇后面给她单独发的微信都没看到。

常亮原本想打电话告诉她，累的话就在家休息，无奈电话打了十多通，只是听到一个冰冷的女声不断重复那句让他心慌慌的话："对不起，您所拨打的用户已关机。"

常亮站在阳台上，隐约觉得有些不对劲，又想起早上起来刷微博，果然又看见郭悦上了热搜。

难道是八卦的媒体记者已经疯狂到给她打电话询问情况了？常亮大胆地猜想。

但是细细一想又觉得不太可能，虽然郭悦很红，但她不是女星，媒体还不至于这么疯狂。

于是又给田娇娇打电话，想着要是她不忙，还可以过去看看是不是发生了什么。

"电话不通？"田娇娇接到常亮的电话时正准备出门，不禁皱了皱眉，眸子里闪过一抹震惊。

撂了电话，田娇娇还是往郭悦家跑了一趟，一边走，一边打心里把郭悦骂了个百八十遍。

下午有高层会议，田娇娇的着装比较正式，穿了高跟鞋，担心郭悦真的出了什么事，她几乎是用跑的。

一边骂郭悦要是没出事，随便关机让人担心就把她训一顿，但很矛盾的是，她又真的很担心郭悦出事，乱七八糟的想法霸占了她的思维，她看上去既着急，又烦躁。

"郭悦，开门。"这个老小区不大，田娇娇没费什么劲就找到了，只不过，特别不幸的是，她走到单元门口时，竟然看到电梯门口贴了一张公告，说是电梯今天维修……

脾气再好的人看到这个都会疯，更不用说本来脾气就不好的田娇娇了。

郭悦在悠闲地吃早饭，听到门外传来熟悉的声音，还以为自己幻听了，直到门再次被敲响，郭悦一个激灵，连鞋都顾不上穿就噌噌地跑去开门。

门刚刚裂开一条缝，田娇娇那双被气愤的怒火霸占了的眼睛就快速攻占了她的视线。

"娇姐，你怎么来了？"

"在里面生蛋呢，这么慢？"

两个人异口同声，郭悦一脸震惊，田娇娇则毫不客气地宣泄心中的不满，白了她一眼，将自己的担心全部转换成对郭悦的不满。

不过，也幸亏她没事。

郭悦一头雾水，拉着田娇娇进屋，但田娇娇还赶着去上班，也就没多停留，直截了当地告诉她，她的手机关机，常亮已经疯了。

郭悦这才恍然大悟，一脸尴尬，告诉田娇娇手机掉水里的事。

田娇娇的额头瞬间爬满了黑线，她就知道，郭悦这么强悍的姑娘是不会有事的，可常亮呢，软磨硬泡，非得让她过来看看，还把事情说得很严重，提到了上次郭悦干呕的事。

"没事就好，我先走了，你自己多注意点。"田娇娇也懒得跟她计较，反正人安全就行。

"嗯嗯，那你路上小心。"因为自己的不小心给大家增添了麻烦，郭悦十分不好意思，忽然想起早上起来做了南瓜豆沙包，又迅速往厨房里跑，一边把南瓜豆沙包装袋子里，一边让她等会。

田娇娇许久没吃到郭悦做的东西，看到还冒着热气，金黄金黄的豆沙包，火气似乎没这么大了，下了楼，一边往公司赶，一边给常亮打电话，说明情况。

等到手机修好，郭悦才知道昨晚常亮做的好事。

差点她就去找常亮发牢骚了，因为她总觉得秀恩爱，死得快。但想想，这不过是一个男人最常见的表现。

他们通常占有欲很强，会通过各种各样的方式宣誓自己的主权。

这样一想，郭悦又觉得常亮有点可爱，也就没跟他计较，还转了他昨晚的微博，说，回头酿一坛女儿红。

她这简短的几个字，再次给粉丝们带来冲击，让粉丝们振奋。不少粉丝猜测，郭悦这是在间接回答她和常亮什么时候结婚这一问题。

她转完微博，进入消息提醒页面，打算处理掉私信。她受不了消息提醒下面那个小红点提醒自己有多少消息没看，必须将消息清空才行。

她是差不多拉到页面最底下，才看见上回给自己发来恐吓私信的人又发来了消息。

这回她看上去没之前慌张，害怕，皱着眉头，轻轻咬着唇打开了对方的对话框。

"真不要脸，脏成这样还敢勾搭男人，一股子骚味，改天裸着出境没准会有大佬包养你。"

一段脏话下面，附带的照样是一张用红油漆写着她的名字，让她去死的图。

原以为这个人好几天没找她，这事就这样过了，没想到对方跟疯狗一样。郭悦也不知道哪里得罪了对方，对方竟然这么有毅力时不时给她发一些恐吓她的话。

郭悦好笑地想，难道这个人已经为爱冲昏头脑，忘记了微博现在是实名制的吗？

只要她去公安局立个案，拿着这些证据去，用不了多久他就会落网。

后来郭悦又想，陈欣怡并不是那种愚蠢的人，不会不知道微博实名制，当然也不排除真的就是因为爱情冲昏了头脑。

她很郁闷，会不会那个人并不是陈欣怡，或者是这个事跟陈欣怡有关？毕竟她为了让常亮回心转意，连士林的员工都敢收买。又或者这些猜测都不对，而是另有其人呢？

原本郭悦并不想将一切告诉常亮，但又担心对方如果真的是陈欣怡，她贸然去报案的话，估计常亮会难堪。

她没想好要怎么处理，时不时看到这种消息也影响心情，最后就将对方拉入黑名单，拒绝收到对方的消息。

说巧不巧，当天郭悦下班之后去商场给田娇娇挑生日礼物，竟然在店里偶然遇见了陈欣怡。郭悦原本不想跟她有交集，连打招呼都觉得没必要，但想起微博私信的事，她犹豫了一会，还是很平静地和陈欣怡说找个地方聊聊。

这同样让陈欣怡感到惊讶，不过，最后还是同意了。

郭悦并没有绕弯子，咖啡厅里一坐，就开门见山，让她不要再发乱七八糟的恐吓私信，再闹下去，她就去报警。

她的话让陈欣怡感到莫名其妙，细细琢磨她的话，像是想到了点什么，涂着跟鲜血一般鲜艳的口红的嘴唇抿了抿，发出一声冷笑，嘲讽道："郭小姐还真有趣，人这么聪明，把我想得这么蠢，也不知道是真聪明还是假聪明。"之前那个针对郭悦的A经理，原本是她父亲公司里的员工，因为搞砸了一大笔生意，被免职了，后来阴差阳错进了士林集团。她知道后就跟他做了一场交易，原本是让他针对郭悦，没想到最后反而让常亮对自己更加反感。

因为A经理的暴露，陈欣怡最近这段时间歇班也没敢贸然去找常亮，生怕自己一个不小心，常亮会更讨厌自己。

郭悦皱眉，反复斟酌着陈欣怡这番别有深意的话，再次不确定地开口："真不是你？"

陈欣怡嘴角讽刺意味的笑意更浓了，双手抱臂，慵懒地往椅背上靠，漫不经心地说："郭小姐再问下去的话，我估计会怀疑你根本配不上常学长了，智商堪忧，孩子会受影响的。"说完她就从位置上站了起来，甩下一句"我还有事，就不揭穿郭小姐的智商了"，头也不回地离开了。

　　尽管郭悦觉得自己受到了侮辱，但眼下最重要的还是要尽快弄清楚到底是谁在恐吓自己。

　　如果不是陈欣怡的话，那事情就复杂了。

Chapter4 居然被求婚了

因为这些乱七八糟的事郭悦最近都没什么精神，实在扛不住了，最后郭悦很委婉地和田娇娇聊起了心事。

"怎么，还有人敢恐吓你？"田娇娇一边嚼着郭悦刚刚烤好的羊排，一边惊讶地问。

郭悦犹豫了几秒，连忙否定："我就问问，前几天有个粉丝给我留言，说有人用小号攻击他，让我帮他分析分析。"纠结了老半天，没猜到对方是谁，一点头绪都没有，郭悦趁着来田娇娇家做饭，想让她也分析分析。

田娇娇长长地哦了声，有一段时间没吃到郭悦做的菜，这会她只顾着吃，压根没精力想太多。

"也是，怎么可能会有人敢恐吓你。"田娇娇没心没肺地说。

郭悦轻笑一声，哭笑不得，不知道的，还以为她有多厉害呢。

她有点后悔刚刚说话方式不对，就应该直接告诉她，那个被恐吓的人就是她自己，看看田娇娇有什么反应。

田娇娇擦了擦嘴上的油渍，忽然又问："你那粉丝是做什么的？该不会遇到什么竞争对手了吧。"

竞争对手？对啊，她怎么没想到？郭悦的眼睛倏地一下，发出异常的亮光，为了不引起田娇娇怀疑，她又急急忙忙回话："不知道啊，没问。"

"好吧。"田娇娇总感觉今天的郭悦有些奇怪，但也说不出来到底哪里不对劲，忍不住多看了她两眼，见她看着窗外发呆，轻轻皱了皱眉，田娇娇想也没想，用肩膀撞了撞她："想什么，别神游了，快点做啦，我快饿死了。"田娇娇的视线落在郭悦搭在排骨上，一动不动的手上，朝她昂了昂下巴，没忍住又嫌弃地补充了一句："排骨都要被你的手温捂熟了。"

郭悦这才回过神来，尴尬地扯出一抹笑容，嘴上却没饶人的意思："羊排还不够你吃吗，吃这么多肉，小心长胖。"

"喂喂喂，不做就不做，别给自己的懒找借口。"田娇娇没好气地白了她一眼，狠狠地咬了一口手里的羊排，仿佛是把她当成自己口中美味的羊排。

郭悦轻笑一声，嘴角划过一丝揶揄，可不打算就这样放过她，连忙补刀，贼兮兮地说："小心，你家小男友嫌弃你。"

田娇娇这才明白她的意思，心里总算有了底气，挑着细长的眉毛，没有不悦反而有些得意："这就不用担心了，努力挣钱给我准备红包就对了。"她家小男友，她还不了解吗？

郭悦有点蒙，再次停下搅拌排骨的手，迟疑了一会，最终还是大胆说出了不太敢确定的猜测："他跟你求婚了？"不是吧，这么快。而且一点动静都没有，以钟硕的性子应该是恨不得全世界的人都知道才对。

田娇娇莞尔一笑，不答反问："你觉得呢？"

郭悦摇摇头，又点点头，再次摇摇头。

她就是不知道才问的啊。

"求了，我没答应。"田娇娇又咬了一口羊排，云淡风轻地说。

"啊！！！"这什么情况？郭悦瞪大眼睛，一脸不可思议地看着她。硬是愣了很久才缓过来，难怪没听钟硕提，原来是没成功。

那另外一个主角干吗一副"我俩快发喜帖了"的自信模样？郭悦不禁翻了个白眼。

"话说，你带他见家长了？"郭悦敛了脸上复杂的神色，一本正经地问。

"见了，前两周见的。"至今回想起那天的场景，二老像是审犯人一般审问钟硕，田娇娇还心有余悸，不由替钟硕感到恐惧。

这话再次让郭悦陷入混沌中。

这么重要的事情她居然半个字都不跟自己提！厉害了，厉害了！

郭悦刻意憋着好奇心，不以为意地哦了声，然后将排骨放到蒸饭的锅里，和米饭一起蒸煮。

"你不好奇那场面吗？"看着郭悦这么平静，田娇娇一点成就感都没有。说好的好姐妹呢？这么重要的事情，某人还一副漠不关心的样子，典型的塑料姐妹花啊！

听到她这话，郭悦就知道自己赢了，她慢悠悠地把手洗干净，又擦干净手，才轻飘飘地说："你不说，我不听。"

"噢，天啊！"田娇娇摊了摊手，明明很生气，却又拿郭悦没办法，她简直要被她这种态度气炸了。平时她也是这态度对待常亮的吗？

如果是的话，她还挺佩服常亮的心态的。

最后，田娇娇还是彻底败给了郭悦强大的心理素质，自己把那天惊心动魄的情景从头到尾给郭悦说了一遍。

田娇娇在带钟硕回去前一天告诉了她家皇太后。起初可把她家皇太后给高兴坏了，后来又想起上回田娇娇说的那个去公司楼下堵她，闹到派出所的变态，又很担心女儿的安全，问了很多有关钟硕的问题，类似对方做什么的，靠谱吗，你们在一起多久了。

田妈妈记得很清楚，自己的女儿从来没跟自己说过有对象这等事，就特别好奇两个人是怎么认识的，更好奇钟硕是什么样的人，竟然在这么短的时间内让死活不愿意相亲，还把她气得半死的田娇娇带他过来见二老。

后来田妈妈又听到隔壁家闲着没事做的妇女闲聊，说现在光棍很多，那些个男人为了讨媳妇，专门去学撩女孩子的方法，迷惑女孩子。

说得田妈妈心慌慌的，二话不说又给田娇娇打电话询问情况，差点没让田娇娇去扒一扒钟硕的祖宗十八代。

"那你怎么说的？"郭悦没忍住打断了她的话。

"我就说在加班，给挂了。"田娇娇说这话的时候还是一脸不耐，看得出是真的对田妈妈超级无语的。

但钟硕逃得了一时，逃不了一世，丑媳妇总得见公婆。虽然说钟硕要长相有长相，要能力能力也不错，家世也过得去，但是这并不代表，他就是田家二老心目中的理想女婿。

那天，到了田家，在还没被问多大之前，钟硕的表现还是挺令二老满意的，后来，知道他比田娇娇小，一阵惊讶之后就不说话了，一副"比我女儿小，你怎么照顾我女儿"的质疑模样。

后来，田妈妈趁着做饭的空隙，把田娇娇拉到厨房，一脸严肃地问她，是不是认真的，还是就玩玩，田妈妈还说姐弟恋不靠谱，男人都喜欢看脸，说她现在还年轻看不出来，等到她老点就知道了。

田娇娇一字不漏地把自己家皇太后的话告诉了钟硕，问他会不会这样。

没想到钟硕不气反笑，调侃她是对他没信心还是对自己没信心。

田娇娇被他这种不正经的态度气得吹胡子瞪眼，差点就觉得田妈妈的顾虑是对的。直到吃饭的时候，钟硕忽然掏出一个本子，一本正经地和二老说，他出来工作不久，但将来会更努力地给田娇娇创造更好的条件，现在的话就只能暂时给她这个。

二老看着那个小本子微微一怔，一眼就看出了那是房产证，相互看了一眼对方，颤颤巍巍地接过小本子，忐忑不安地打开，果然看到了他们女儿的名字，二老异口同声开口："这……"二老一脸茫然，田娇娇看见父母这番表情，连忙接过房产证，看到自己的名字时，手明显抖了一下，缓了片刻，严肃地问："这怎么回事？"他什么时候买了房子，办了房产证，写她的名字，她一点儿都不知道。

钟硕有些惭愧地挠挠头，腼腆承认："给你的惊喜。"尽管天津的房子比北京的要便宜很多，但这一套下来也得个一二百万，而钟硕这房子竟然是全款买的，不仅把田娇娇给惊呆了，就连二老也大吃一惊。

后来，二人回北京时，田爸爸单独找钟硕谈话，明着告诉他，不要妄想用一套房子就把他们收买了，田娇娇在他们心里是无价之宝。

田爸爸说话时虽然很严肃，但看上去已经比之前态度好很多。

钟硕连忙点点头，承诺说不会让他们失望。

他很清楚，女儿是爸爸的小情人，现在他把老人的小情人拐跑了，老人心里肯定不舒服。

田娇娇说完这段忽然停了下来，郭悦迫不及待地问："后来呢？"

田娇娇耸耸肩，说没有后来，郭悦一阵迷蒙，也许是因为自己不是当事人，所以她听着并没感觉有多惊心动魄，大概等到将来自己有了女儿，女儿要出嫁的时候，她才能理解这种心情吧，也不知道到时候常亮会是什么样的反应。

呸呸呸，什么女儿不女儿，八字都没一撇呢，就想着女儿。

郭悦猛然回神，为自己乱七八糟的想法感到郁闷，狠狠地拍了拍自己的脑袋。

后来，郭悦回到自己家，静静地躺在床上，四下静得连自己的呼吸声都能听到，瞬间又很怀念跟田娇娇斗嘴，也很羡慕她和钟硕勇敢地走出了一大步。

又想，什么时候她和常亮才能走出那一步。可很矛盾，她很担心那天到来之后会引来更多的问题。诸如，外婆怎么办，常亮的事业怎么办……

带着一堆乱七八糟的问题，郭悦缓缓进入睡眠，但她睡得极不踏实，翻来覆去的，还做了好几个梦，梦境里竟然都出现了一个人——她那渣前任章佩伦。

以往郭悦做梦鲜少第二天还记得，但这次梦到章佩伦，梦境里的东西她全都记住了。

她梦见章佩伦变成了一个可怕的人，跟魔鬼一样缠着她，还说要她付出代价……

郭悦一阵莫名其妙，衣服被冷汗浸了个透，贴在后背上，极不舒服，郭悦顾不上多想这些梦是不是有什么更深层次的预言，就拿着衣服去洗澡。

第十九章

一年一夏一星夜

Chapter1 替小姐姐接受惩罚

也不知道是不是因为那天常亮发了微博，后续私人订制的单子指名要郭悦来做的顾客越来越多，甚至连周末都排满了，若不是后台做了限制，估计她就得一天都在厨房里待着了。

常亮也不害怕公司里有流言，传他给郭悦开后门，光明正大地要求技术部门做了一个时间上的调整，规定郭悦不接待晚上八点以后的客人。

他这一贴心的举动在很多女同事看来既霸道又令她们羡慕，茶余饭后都在聊，为什么这样的男人她们没有遇到。

一阵歆羡过后，每每见到郭悦，大家总是忍不住八卦他们什么时候结婚。

郭悦笑笑，没回话。

结婚这种事，是她一个人说了算吗？

而且，现在她真的一点都不想结婚，一想到结婚之后围着孩子、家人转，她就头疼，一个人单身，或者说是恋爱没结婚时有多愉快，结婚之后就有多痛苦。

但她很好奇，钟硕到底用了什么法子，把跟她一样恐惧婚姻的田娇娇给骗走了，竟然还让她成为了向她炫耀的工具。

不得了，了不得啊……

餐厅运行三个月后，就各个数据来看表现都还不错，不管是私人订制还是传统菜单，营业额都要比预期好很多，为此，公司多给单人餐厅项目组的员工多发了一个月的工资，这可把其他项目组的员工给羡慕的，遇到单人餐厅项目组的同事就一顿羡慕，说什么时候他们项目组再有新项目，必须得去竞争一把。

开玩笑的话钻入上层的耳朵里，几个和常亮平级的经理每次看到常亮得到嘉奖，心里都很不舒服，甚至还有人明着恭维他这样下去，他很快就升职了，背地里却说他靠女人上位。

钟硕听了这些乱七八糟的，气呼呼地跑来向常亮吐槽。

没想到常亮不仅没搭理，还让他好好干活，别想着偷懒。

每天累成狗的钟硕，心情那是一个复杂。不过也对，如果常亮太过在意这些琐事的话，就不像他家亮哥了。

公司的运营部门还特地为单人餐厅建立了话题，鼓励大家积极分享餐后感受，也可以对他们的服务或者餐厅的建设提出建议或者意见，之后餐厅管理人员还会抽出幸运免单用户。

这一举措引来了消费者的积极参与，几轮下来后，餐厅不管是服务，还是环境都做了相应的调整，消费者对餐厅的评价也越来越好。

单人餐厅的厨师都是一流厨师，每个人都有自己擅长的菜品，原本菜谱走的是国内名菜路线，渐渐地，又有人在话题里提出希望可以增加西式点心，弥补餐后甜点菜品单一的缺陷。

经过内部讨论，最后菜谱上还真的添加了几款有特色的西点，类似马卡龙、提拉米苏之类的。

再后来，又有顾客提出要是能提供外卖服务就更好了。

常亮再三考虑，最后也同意了这个提议，只是这期间市场部又有人提出了反对意见。

"上外卖渠道的话，感觉餐厅的档次又下降了。"市场部的总监说。

常亮皱眉，这确实是个问题，他在39°待了多年，还真没发现跟他们一个档次的餐厅会选择外卖渠道的。一般来说，像那种高级餐厅除了菜品，餐厅的服务也很重要，换句话来说，来餐厅里消费的，吃饭只是其中一个目的，最重要的是享受服务。

就在常亮烦恼要怎么说服市场总监时，郭悦忽然开口："首先，我们的单人餐厅定位是追求时尚、个性的年轻一族，但也并不是说我们餐厅的档次很低，我国现下基本国情是贫富差距大，但中间人群也占了不少比例，我们做的是大多数人都能消费的餐厅，一个品牌要长久立足，就应该抓住大多数消费者，而不是单纯地考虑档次问题。"

市场部的同事瞬间有些尴尬，他们都知道郭悦是一个很有想法，很有头脑的人，只是没料到，她的胆子竟然大到当着大家的面直接否定他们总监的看法。

一股微妙的气息慢慢在会议室里扩散，大家你看看我，我看看你，似乎不知道要怎么接话，让总监顺利下台。

常亮若有所思，怔了半天，才想到一席两全其美的话："要不这样，回头我们在微信号上设置一个调查问卷，看看对外卖需求的顾客多不多，如果多的话我们可以考虑，如果太少的话那就算了。"他几乎是一口气说完，生怕说慢了市场总监会对郭悦的意见越来越多，他又有些无奈，因为郭悦的冲动和不分场合。

好在，市场总监并不像之前在39°黑他的那些人这么可恶，也还算是个明事理的人，没再说什么，直接跳过问卷不走，答应了试行，说是如果试行效果不错就会考虑长久上渠道。

起初加入外卖渠道，为了吸引顾客，做的满减活动力度非常大，菜品质量和分量依旧和店里的一样多，上线一周，餐厅就出现了盈利下降，差点还出现了负增长的情况。

郭悦一下子就被推上了风口浪尖，在算周营业额时，市场部的总结直接把盈利下降的原因归结在外卖上，搞得常亮也很尴尬。

"这确实是一个严重的问题，但我不认为外卖对我们一点好处都没有，大家可以去看看主流几个外卖渠道的销量排行，在东城这一片区域里，我们上线时间虽然短，但销量比很多餐厅都要好。"常亮看了几个表格，确实挺头疼的，好不容易瞥见了位居第一的销售单数就抓住不放。他要是不站在郭悦这边的话，估计问题会越来越麻烦，但他又不能表现得太明显。

"但是常经理，这样下去的话会影响业绩的，餐厅本来就是一种商业活动……"市场部某个小员工偷偷瞄了瞄常亮，小声说。

常亮沉默不语，小心翼翼地瞥了郭悦一眼，发现她脸色也不太好，似乎最近都没怎么见她笑过，也不知道是工作压力太大，还是有别的心事。他微不可闻地叹了口气，然后说："先这样吧，满减活动力度做一个调整，再观察一周，如果还是出现亏损的话，咱们就把外卖渠道停掉，不过，我觉得外卖渠道也算是我们的一个宣传渠道，如果可以保证不亏损的情况下，对我们的品牌宣传有帮助的话也还是有价值的。"

　　常亮的话很有道理，大家陆续点点头，后来又有市场部的员工说，餐厅的总体营业额虽然下降了，但是实体店的营业额还是在持续上涨的，如果后期能稳定外卖渠道的收入，那营业额还是很可观的。

　　散会后，待一群人离去，郭悦软趴趴地趴在桌子上，无精打采地叹了口气，声音不大，却很清晰地落入了常亮的耳中，他微微蹙眉，停下手里收拾文件的动作，走到郭悦身边，关切地问："怎么了？"他伸手揉揉她柔软的长发，弯下身子，凑近她的脸，细细地看着她的眼睛。

　　郭悦慵懒地抬起视线看了他一眼，又是一阵唉声叹气，他明明知道她愁什么。

　　"下回我还是不要发言了，没啥经验，只会把大家往坑里带。"她气馁地说。常亮一直在帮她说话，外人都能看出来，更不用说她本人了。

　　"这就泄气啦？"常亮拖开她旁边的凳子，直接坐了下来，长臂一伸，搂过她的肩膀，宽慰道："有我撑着怕什么？"他拍了拍她的肩膀，又说："没有谁的方案一上来就是成功的，得不断地试。成功是好事，失败嘛，我给你扛着，要是哪天干不下去了，离职就是了。"

　　他把事情似乎说得很轻松，把问题也想得很简单，可他嬉皮笑脸的样子，却无形给了郭悦更大的压力，她还真不敢想象，万一将来某一天常亮真的为了自己离职，放弃了大好的前程，她还真不知道是该高兴还是郁闷。

　　进入十月之后，北京的天气比七八月的时候凉快很多，郭悦住的老小区里种了好几棵银杏树，还有几棵红叶，出门的时候郭悦从那几棵树底下经过，恍然发现有些叶子红了，没忍住掏出手机拍了几张照片，简单做了一下修整，然后发了个微博，跟粉丝们分享。

不料粉丝们看到郭悦的动态，越发想念她录制的视频，又纷纷发来催更评论，大概是大家知道直接催郭悦没啥用，也不知道从哪里学来的委婉的催更，说："哇，要是小姐姐在这背景下拍一期视频，做一道应季菜，肯定很不错，期待期待……"

郭悦有些哭笑不得，但那个小可爱发出评论之后，一堆人就跟着她发了一排同样的话，同样的评论居然发了一百多条，没有人破坏队形！

郭悦再次体验到粉丝的强大，再三考虑下，给了大家一个肯定的回答，说是努力挤时间更新。

这可把粉丝们乐坏了，说是要给郭悦立个flag，由常亮小哥哥监督，要是没在规定期限内完成，小哥哥就替郭悦接受惩罚。

他们特地在微博上圈了常亮，常亮看到之后找郭悦抱怨，说她的粉丝这是在埋怨他，耽误她更新！

郭悦看着他幽怨的小眼神，乐得捧腹大笑，说，粉丝的眼睛都是雪亮雪亮的。

要不是他把她从陵水拽过来，她肯定按时更新啊。

Chapter2 小兔子发威咯

郭悦不断收到粉丝催更的私信，她顺势把话题引到常亮身上，动不动发一张和常亮在一起的照片。有时候是吃饭，有时候是工作，有时候是一起去菜市场。

明明是来催更的，却硬生生被塞了一嘴狗粮。

郭悦的粉丝纷纷跑去骚扰常亮，给他发私信，问他到底要霸占小姐姐到什么时候。什么时候小姐姐才恢复更新，再不恢复更新的话，他们就跑去堵小姐姐了……

常亮看着粉丝们没有威胁力的威胁，哭笑不得。又大胆地猜想，估计就是因为有这些粉丝陪着，郭悦在陵水才不寂寞吧。

一天在店里，忙完私人订制之后，常亮把郭悦拉到休息室，一本正经地问她，什么时候去拍新一期视频。

郭悦猜到粉丝们去骚扰他了，一脸淡然地耸耸肩，丢出一句很不负责的话："不知道啊。"

"那怎么行，这周末就去吧，咱再去一次密云，找个风景优美的酒店，在花园里拍一期。"他可不想每天都被粉丝们叨念了。叨念一次打一个喷嚏，迟早要感冒的。

"看心情啦。"郭悦憋笑，一脸镇定地坐在了沙发上，慵懒地往后靠。

"郭悦……"常亮一脸幽怨地看着她。

"干吗？"郭悦头也不抬。

"赶紧想想做什么菜，我好准备材料。"听粉丝的吩咐，他要监督偷懒的小姐姐。

"不想做怎么办？"

"我吻你。"说着常亮忽然就凑了过来，一张大脸毫无预兆地霸占了郭悦的视线，吓得她潜意识往后缩，结果没躲成，脑袋却硬生生撞在了沙发边缘上，发出"咚"的一声。

"你干吗？"郭悦一手捂着生疼的地方，一手愤愤地按在那张欠扁的脸上，恼羞成怒地说，"脑子天天装些乱七八糟的，外卖的事情解决了吗？"虽然一开始是她提出来要做外卖的，但是，作为一个新人，她不觉得自己要把整个锅扛下来，而且，她也不想下周开会再次成为大家争论的对象了。

"撞疼了吧？"常亮直接绕过郭悦的问题，用手指轻轻揉了揉郭悦捂着的地方，又直起身子，轻轻吹了吹。

一阵清凉的感觉从后脑勺慢慢散开，郭悦不禁好脾气嗯了声，良久才醒悟过来自己又被常亮带偏了，一把抓住他的手，严肃认真地看着他："跟你说正经事呢。"她发现，常亮转移话题的能力越来越强了，再这样下去，她感觉自己迟早会被某人吃得骨头都不剩。

"我听着呢。"常亮戳了戳她气鼓鼓的脸颊，嘴角的笑意越来越浓，甚至思想还飘得老远，在想，要是将来他们有了女儿，小姑娘会不会像郭悦一样，连生气都这么可爱。

郭悦气得咬牙切齿："我跟你说，你再这样下去我就跟你……""分手"两个字还没说出来，反应敏捷地常亮就用嘴堵住了今天有些聒噪的唇。

郭悦的眼睛瞪得老大，双瞳硬生生地被那张收割了一大波迷妹的脸强行霸占。

说巧不巧，正好店里的一个小服务员进来拿水杯，撞见了让人脸红心跳的一幕。小姑娘差点喊出了声，好在反应及时，她速度捂住自己的眼睛，悄悄逃离现场。

"没人告诉你接吻的时候要闭上眼睛吗？"常亮并没打算在这里干坏事，只是想小小惩罚一下她不听话，这会看着郭悦的脸涨红得像只熟透的虾，嘴角划过一丝揶揄，修长的手指轻轻抚了抚郭悦鲜红的唇瓣。

恍然回神的郭悦强行控制快要气炸了的自己，朝常亮笑笑，她趁他放松警惕的时候，一掌拍在他的脑袋上，气愤地吼："吻你个头啊。"刚刚说完要正经点，正经点，结果呢？

常亮疼得"啊"了一声，显然没想到郭悦会这么暴力，皱了皱眉，可怜兮兮地看着她："干吗这么凶？"

偷吃豆腐，占了她便宜还埋怨她？

郭悦气愤地握起小拳头："我告诉你，我还暴力呢！"然后气呼呼地走出了休息室，一出来就听到几个年轻的服务员小姑娘在小声讨论着什么，隐隐约约听到一些词汇，感觉他们在说自己，再靠近些，听到了"接吻"这词，郭悦的脸瞬间红透了。

当天，下班之后郭悦招呼也没打就自己回家了。

常亮以为她去了卫生间，店里的员工几乎都走完了，剩下一个打扫卫生的，看见他还没走的意思，好奇地问了几句，常亮这才知道郭悦早就走了，不禁叹了口气。

他又把他家小兔子惹毛咯。

洗完澡，卸完妆，郭悦躺在床上刷微博，粉丝们催得太紧，田娇娇又恐吓她，再这样下去要掉粉了，她再三考虑，告诉大家这个月内一定会更新。

这可把粉丝们给乐坏了。

田娇娇说得没错，在北京可不比在陵水，她要是掉粉掉得厉害，没准有一天会惨到要上街乞讨。

北京就是这么一个残酷的城市，不努力，过不了多久就会被淘汰。

更新微博发出后，郭悦又陆陆续续收到了大家的评论，她没有一一去看，大致浏览了一下就退出了页面，正准备睡觉，不想私信栏里的消息提醒却引起了她的注意。

"你这种贱货也配获得爱情？快认清现实吧，别祸害人了。"

"能不能有点自知之明，长成这样还当网红。"

"去死吧，别玷污大家的视线，跟你呼吸一样的空气很恶心。"

郭悦瞥了瞥对方的ID，依旧是之前辱骂、恐吓她的人。

郭悦咬了咬牙，看上去比前几次要平静很多。

田娇娇跟她说过，很有可能是竞争对手。如果是这样的话，她觉得她根本就不用搭理对方，直接拉黑就完了。

可也不知道是错觉还是什么，每每看到对方发来的消息，她的心总有一丝不安，很难忽略。

想了想，给对方回了条消息：你想怎样？

郭悦再次收到对方的消息是第二天在公司楼下和常亮一起吃中午饭时，对方只说了一句话：你去死。

她实在想不出谁跟自己有过过节或者说深仇大恨。因为一直都惦记着这事，收到回复之前反复拿出手机刷微博。

这一异常的举动在常亮看来很是奇怪，直起身子想看看她在看什么。不料郭悦却迅速收起手机，低头吃饭，还很生硬地扯了一句"今天发饭真好吃"，颇有掩耳盗铃的意思。

常亮半开玩笑，半正经地问："做了什么亏心事不想让我知道？"没等郭悦回话，他又自顾自调侃："该不会是背着我勾搭谁了吧？"

嘴里含着汤的郭悦听到这句话差点被呛到，好不容易才缓过来，没好气地怼他："是又怎样？"

常亮信以为真，倏地一下放下筷子，摆出一副严肃正经的姿态，一字一顿地说："告诉我，是哪个不要命的，我去找他单挑。"竟然敢对他的小兔子虎视眈眈，不证明一下实力，还以为他是病猫啊。

"连我都不知道对方是谁。"郭悦顺势接了句，说完才知道自己说错话了，刚夹起鸡块在半空怔了怔，转而放入常亮的碗里，不耐烦地催促："赶紧吃饭，哪来这么多废话，下午帮我联系一下风景好点的酒店，周末去拍视频。"

"真哒！"常亮的眼睛忽然变成亮晶晶的，一脸期待地看着郭悦。

"是啊，怕某人被粉丝烦死了，要我偿命。"

"哈哈哈哈，我可舍不得你去死，即便是为了我。"

郭悦不由干笑两声，这该死的大长腿，说起情话来越来越顺口了，几乎到了信口拈来的地步，最要命的是，她竟然不知道要怎么反驳！

常亮原本是要按照郭悦的要求找一个有银杏树、枫树的酒店，在酒店的花园里拍摄。但是，他联系酒店之前，沈正鑫忽然发了朋友圈，是他重新装修了店铺的，已经新到货的一批鲜花的照片，被郭悦看到之后，她立马改了主意，打算以他的花店为主场景，至于粉丝很期待的金秋北京，她打算去小公园里拍摄，取景。

沈正鑫听到这个消息，立刻给郭悦打了电话，问她需要准备些什么，搞得郭悦很不好意思，更重要的是，常亮还当着她的面，警告沈正鑫不要妄图挖郭悦的墙脚，恨不得把郭悦的手机抢过来把沈正鑫拉入黑名单。

郭悦尴尬的，恨不得找个地缝钻进去，或者和常亮划清界限。

北京的秋天又干又燥，郭悦想了想去决定做一份清热降噪的绿豆糕。

而且做绿豆糕需要的工具比较简单，一个蒸笼，一个锅，几个盘子，一个筛子就差不多了。

如果是在陵水的话，她还可以用家里的石磨手工磨绿豆，这边没这条件，相对比较麻烦。好在，她想起了外婆之前试过不用石磨做绿豆糕，她决定用那个方法试试。

于是，沈正鑫早早就为她准备好了绿豆、芝麻油、白糖、蜂蜜等材料。还提前把要入镜的小桌子搬了出来，又是清洗，又是重新铺上藤编垫子，比平时打理店铺，给顾客包花都要认真。

Chapter3 吃点绿豆糕降火

许是再次受到匿名人恐吓私信的影响，去拍摄现场，也就是沈正鑫的花店当天，下了楼，闻到空气中飘浮着的一丝桂花香，郭悦才想起来忘记带从陵水带过来的糖制桂花，又跑回去拿。

这来回一折腾，浪费了不少时间，在小区门外等了郭悦好一会的常亮还以为她睡过头了，就给她打电话。

"最近怎么了，气色这么差？"郭悦坐好，系好安全带，常亮发动车子后顺带放了轻快的轻音乐，一边开车，一边问。

"有吗？"郭悦微微露出惊讶的神色，摸了摸自己的脸颊。

常亮扭头看了她一眼，点点头。

"大概是没睡好吧。"郭悦还是没勇气把事情的真相告诉他，随口扯了一个理由，用手拍了拍脸颊："这样好点了吗？"她扭头看向常亮，没想到常亮瞅了她一眼，忽然笑出了声："你傻不傻，还打自己，不是有腮红吗，补点不就行了？"

郭悦一怔，好像还真是。

不过，细细一琢磨，她忽然又发现了新的点，忽然感叹："你还知道腮红啊！"要知道，很多男生对女生的化妆品就像女生对男生为什么喜欢看球赛一样迷茫，没想到她家小哥哥还真有两下子，郭悦嘟了嘟嘴，又问："坦白从宽，以前给陈欣怡送了多少化妆品？"她想身为一个男生，对美妆有一定了解的，肯定是曾经给女生送过相关的礼物。

常亮嗤笑一声："怎么你吃醋啦？"从她口中听见陈欣怡的名字，常亮有些惊讶。

"吃你个头。"郭悦没好气地白了他一眼，身体靠在座椅后背上，开始闭目养神，一点都不想看那个给点颜色就得意到要开染坊的家伙。

那天收到恐吓者回复的私信后，她一直没有回复，就这样晾了几天，她忽然有了新的头绪。

她想，对方肯定不是竞争对手，也不是黑粉，很有可能是身边的人。她绞尽脑汁，把周围的人都回忆了一遍，最后脑子里蹦出了林淑媛的面孔。

论过节，论厌恶，大概也就只有林淑媛了。

可能真的是因为上次她找她要钱，她没给，之后她也没去找林淑媛，还特意拜托杨秋山，让他帮忙照看外婆，避免有些人图谋不轨。

"啊，小悦悦，你可算来了。"常亮的车刚刚停在沈正鑫的花店门前，他就跑过来敲车窗，看上去就像动物园里的猴子，而郭悦就是那串诱人的香蕉。

想问题想得有点入神的郭悦有点被吓到，透过车窗看清沈正鑫的脸后，勉强挤出一丝笑容，朝他笑笑，啪嗒一下，开了车门。

"走走走，快去看看我布置的场地。"沈正鑫有多开心，常亮的脸就有多臭。刚刚他还以为是一只不知死活的苍蝇撞他车窗上了，他连忙跟上二人的脚步。

"喂喂喂，沈正鑫，你是不是不想活了？"常亮快步追上他，一把按住他的肩膀。

沈正鑫微微一怔，停下脚步，头稍稍向右侧偏，视线落在了常亮那只骨节分明的手上："想活啊，要死的话如果是和小悦悦一起，我倒是没什么意见。"他嬉皮笑脸的，也不知道是想跟常亮宣战还是就纯属逗他玩。

"你……"常亮气得咬牙切齿。

郭悦却在这时忍不住笑出了声，愉悦地开口："我说你俩能不能别闹了，不知道的，还以为你俩……"郭悦看看常亮，又看看沈正鑫，明亮的双眼划过一丝狡黠，低低补充了两个字，"是同性恋。"

顿时两人都顿住了，猛然回神，又相互白了彼此一眼，异口同声说："谁跟他是同性恋！"

"哈哈哈哈，还挺有默契。"郭悦似笑非笑地摸了摸下巴，眸子里那抹嘲弄的亮光，越发明朗。

郭悦把从家里带过来的，前一天晚上泡好的绿豆倒进沈正鑫准备好的日式粗陶碗后，先取了几个绿豆泡好的镜头，然后又支起三脚架，架着相机，将镜头调到相应的取景位置，反复搓泡圆润的绿豆，慢慢地，绿豆就脱掉绿色的外衣，露出有些偏黄的豆荚。

如果不讲究的话可以连皮一起上石磨，但是这层皮的口感不好，而且这边没有石磨，靠蒸煮的话根本没有办法让它们变成粉末。

取完这个镜头，郭悦又稍稍将相机做了个位置上的调整，对准了放在一旁的蒸笼。随后只见她用纤细，手背骨骼明显的手一点一点将碗里去干净皮的绿豆捞进放了纱布的竹编蒸笼里，铺平，放进提前准备好的电磁炉里。

这过程，看上去很简单，郭悦却来来回回调整了好几次，几乎每个动作都拍了三四遍。

为了不影响郭悦拍摄，常亮和沈正鑫都站在门口外面，两个人以一种奇怪的姿势倚在门框上往里探脑袋，猛地一看，有种小朋友偷看妈妈做饭，看着桌上的菜直流口水，想趁妈妈不注意偷吃的既视感。

"她一直这样拍吗？"沈正鑫好奇地问。他看过郭悦的视频，坦白讲，挺佩服她的剪辑手法的，拍摄画面也不错，随便截一张图，好像都可以拿来当壁纸。他还挺佩服她的，现如今亲眼看到拍摄过程，郭悦在他心目中的形象越发高大起来。

"好像是吧。"

沈正鑫皱眉，想也没想就怼了他一句："你就这样当人家男朋友的啊？"这句话既是疑问句，又是反问句。沈正鑫实在为郭悦的眼光堪忧，明明他比常亮好好几倍啊，不管是身高还是学历。

"你以为我想啊。"常亮听出了沈正鑫话里的讽刺意味，挑了挑眉，看向他的目光变得严肃，"我告诉你，别打她的主意，她是我的。"

"你们结婚了吗？"沈正鑫一点都不在乎，吊儿郎当地说："而且，现在离婚率这么高……"后面的话他还没说完，常亮就不客气地拍了他胸膛一掌，打断了他的话："兄弟还要不要做了？"真是的，人见得多了，这样挖墙脚，不讲义气的，还是第一次遇到。

"我……"

"你俩能不能安静会？"好不容易等到蒸笼上气，郭悦挪动了几次三脚架的位置都没把这画面拍好，心里有些烦躁，又听见门外两人声音越来越大，没控制好情绪，不满地吼了一句。

两人果然安静下来了，像是做错事，被训斥的小朋友，有点委屈，却又没怎么放在心上，朝对方挤眉弄眼。

摄影器具都比较贵，郭悦至今也就买了些简单的，平时拍一些特殊的画面时，会自己动脑筋在现有的器材上做调整，就比如说这次她要拍一个镜头绕着蒸笼转的画面，手端着相机拍，画面会抖，后来她就在三脚架上装了几个小轮子，自己摆了轨道，推着三脚架拍摄自己想要的画面。

这一举动着实让沈正鑫大开眼界，他看得目瞪口呆，待郭悦拍完这个画面，看着常亮不由发出感叹："还有这波操作？"简直太给力了。

虽然常亮不知道他是不是在问自己，还是很得意地回了他一句："要不然呢？"那傲娇的小表情，仿佛在说"我家小兔子就这么优秀，怎么看不惯吗？打我呀"。

郭悦回头看完刚刚拍的镜头，整体来说还可以，就继续往下操作，把蒸好的绿豆倒进大碗里，拿着铁勺反复研磨。她微微垂着脑袋，耳际两边的头发搭在脸颊两侧，让她脸部的弧度看上去更加柔美，一袭水绿色的裙子外套了一件白色针织小外套，精致又大方。

为了让画面看上去更和谐，她用来绑头发的发饰也挑了绿色的，绿中还带了一点粉，猛地一看，宛如被绿叶烘托的粉玫瑰。

这次的场景和之前拍摄的风格区别很大，之前拍的更倾向于自然风光，这次的就像是日本街头装修古朴的小店，弥漫着小清新气息，是不少文艺青年喜欢的。

沈正鑫为郭悦临时搭建的小桌子以原木色为主，桌子本身就是没有经过雕刻更具有原始的气息，而用来装食材的碗碟也是他为了配合周围的场景以及餐桌精心准备的。所有的东西看上去不是特别精致，融在摆放着各种鲜花的场景里却又别有一番韵味。

郭悦提前准备了几个小模子，洗干净，擦干，就将已经捻成粉末用芝麻油、蜂蜜，加上糖制桂花搅拌均匀的绿豆粉装进模子里，填平又用勺子按实，然后拿起木质饼模，左右两边轻轻敲了敲桌子，右手反拿着模子，左手轻轻托住，一扣，一块圆形，印着花纹，柠黄色的绿豆糕就稳稳当当地落在水蓝色冰裂的瓷盘里。

"哇，这样太好看了吧！"绿豆糕刚落在盘子里，沈正鑫就忍不住冲到桌子跟前，弯腰一动不动地盯着那块绿豆糕，咽了咽口水。

郭悦看着他夸张的表情，笑出了声，说："等我拍完最后的镜头就给你吃。"说着又拿起放在桌子另一侧的几朵风干了的可食用玫瑰花，掰了几瓣花瓣，轻轻一捻，随性地洒在绿豆糕上，像极了国画创作手法里的泼墨。

Chapter4 饿死鬼转世啊

郭悦准备的材料不多，做成成品之后就只有六块，圆圆的小糕点摆放在盘子里，常亮和沈正鑫一直虎视眈眈，郭悦却一直在不紧不慢地取镜头，也不知道是故意在逗二人，还是镜头真的没拍好，最后一个全景镜头，她竟然拍了半个多小时，盘子换了好几个角度，看得二人口水都要流出来了，甚至郭悦还能听见他们咽口水的声音。

郭悦放下相机说了一声辛苦了，二人就开始瓜分她的绿豆糕，狼吞虎咽的，左右两只手，一边拿一块："你俩饿死鬼转世啊。"

郭悦在把芝麻油加入碾碎的绿豆粉之前有稍稍用锅加热过，使芝麻油的香气更加醇厚，芝麻纯天然的香气在糕点中若隐若现，和着绿豆淳朴的味道，桂花的香甜，一点一点在口腔里化开，刺激着每一个味蕾，常亮和沈正鑫感觉自己像是一瞬间穿越到了民风古朴，铺满青石板的清幽小巷子里。

两个"饿死鬼"一下子就把先占有的绿豆糕给吃完了，尤其是沈正鑫，吃完之后还意犹未尽地舔了舔唇，亮晶晶的眼睛忽然就转移到剩下的两块糕点上，硬是盯着糕点愣了好一会，之后缓缓抬起右手，伸向糕点。

不料，手还没碰到糕点，就被眼尖的常亮狠狠地拍了下，瞬间，沈正鑫白皙的手背浮现一片红晕，伴着吃痛的声音响起，常亮不满地开口："喂喂喂，老师没告诉过你，抢食物不礼貌啊？都吃了两块了，阿悦还没吃呢。"他不满地瞪他，像是在批斗一个什么都不懂的小屁孩。

郭悦"扑哧"笑出了声，赶忙安抚两个幼稚鬼："改天再给你们做可以了吧，我吃一块，剩下一块留给娇姐。"要让田娇娇知道，做了糕点不给她留，估计她就要杀到她家去，问她是不是不想活了，那种场面想想就很可怕。

　　在沈正鑫花店里取景的片段整体看上去还不错，郭悦反反复复地看了好几次，有点小开心，也不知道粉丝看到之后会不会跟她一样喜欢。

　　后来，郭悦又去录制了一段北京秋天的画面，特意和常亮跑了一趟玉渊潭，说巧不巧，拍摄的当天风和日丽，天空湛蓝湛蓝的，四下的银杏树一片金黄，嵌在蔚蓝的天空里，好似蓝色绸子上散落的上乘蜜蜡。

　　恰逢工作日，公园里的人并不多，郭悦在湖边见到那群不怕人的鸳鸯，激动地拍常亮的肩膀，让他看几只调皮的在戏水的鸳鸯。

　　常亮没想到郭悦除了喜欢植物，对小动物也这么喜欢，笑笑说："等我们老了养只狗，每天一起遛，应该很不错。"

　　"什么狗，金毛吗？小柯基也不错，只要不是哈士奇就行。"郭悦几乎想都没想，心里的话就脱口而出。想养小动物很长一段时间了，无奈担心自己出差或者太忙的时候没人照顾，活活饿死，她一直不敢下手。

　　常亮只是随口一说，没想到郭悦这么激动，想到了点什么，心里喜滋滋的，又说："金毛不错，挺暖的，柯基也还行，就是有点小。"

　　郭悦的脑子里忽然浮现高大魁梧的常亮带着一只小柯基遛弯的搞笑画面，忽然笑出了声："哈哈哈，你带柯基，我带金毛。"

　　"那咱明天就去买。"常亮没够着郭悦的笑点。不过只要跟郭悦在一起，即便是静静地坐在长椅上，也不会觉得无聊。

　　郭悦微微一怔，以为他又要开玩笑逗她了，赶紧转移话题："行了行了，我要继续了。"不给常亮辩驳的机会，她就重启了相机，熟练地架在三脚架上，调整色温，光圈，对焦，一气呵成。

　　常亮识相地站在一边，静静地看着她，一句话也不敢说，生怕自己打扰到她。

　　十月底的北京有了很明显的凉意，和煦的阳光暖融融地洒在穿着墨绿色长裙套着毛衣小外搭的郭悦身上，常亮站在一旁，能看见她头顶有些淘气、不服帖的头发迎着微风轻轻飘动。

　　郭悦取景的地方地面不太平整，没法像在沈正鑫的店里一样直接推着三脚架，她来回试了好几次，没拍到想要的画面，干脆把相机从三脚架上拆下来，然后自己端着相机走了一小段路，脑子里全是画面呈现的效果。

　　常亮看着她微微出了神，都没注意到一个小朋友跑得太快，一下子撞到了他的跟前，扑在他的大腿上，他潜意识伸手抱住跟前这个软乎乎的小东西，惊慌过后朝小家伙笑了笑，亲切地问他有没有事。

　　小家伙眼睛睁得大大的，清透的目光宛如被阳光照射的湖面，泛起的淡淡涟漪，满是纯真和无邪，他咬了咬唇，摇摇头说没有。

　　郭悦不禁扭头看了常亮两眼，注意到那个小家伙，不禁转过身，走到他们跟前，蹲下身子，轻声细语地问："小朋友你妈妈呢？"话音刚落下，伴着一个着急的女声，一个年轻的女子出现在她的跟前："小豆子，不要妈妈了吗，跑这么快。"女人蹲下身子爱怜地揉了揉小家伙的脑袋，看得出很着急，意识到忽略了点什么，又朝常亮和郭悦抱歉地笑了笑："抱歉，给你们添麻烦了。"

　　郭悦微微一笑，说没事，看着小家伙的神情全是温柔。

　　不知为何，那瞬间她忽然想到自己的母亲，尽管关于母亲的记忆她一点都没有，也从来不知道母爱是什么感觉，可就在刚刚，看到年轻女子揉着小家伙既着急又欣慰的矛盾表情，她的心像是被什么东西戳了一下，变得很柔，很软。

　　大抵，那就是母爱吧。她想。

　　常亮微微一怔，不由陷入郭悦那温柔得像此刻吹着的风似的笑容，心微微一颤。他从来都不知道，郭悦还会这样笑，笑得这么柔，这么软，似羽毛上的小细毛，又似洁白的棉花团……

　　常亮思来想去，大致把郭悦刚刚的小表情归结为母性的力量，思绪不知不觉飘到了很多年后，郭悦带宝宝的情形。

　　待他回过神来，郭悦已经再次进入了拍摄状态，他潜意识摸了摸放在口袋里的手机，犹豫了两秒，忽然掏出手机，叫了郭悦一声。

　　郭悦猛然回头，一边惊讶地看向他，一边好奇地开口："怎么了？"

话音还没落下，就听见"咔擦"一声，按快门的声音在空气里传播开来。郭悦急了，立马蹦到常亮跟前，不太情愿地问："你干吗，偷拍啊。"她想伸手去抢手机，常亮却使坏把手机紧紧地渥在手里，举得高高的，看着郭悦又蹦又跳，一脸生气的滑稽模样乐得嘴角不由露出一抹坏笑。

"常亮。"郭悦几近恼羞成怒，连名带姓地喊他。

"嗯？"常亮高高举着手机，低头俯视着她，从喉咙里钻出来的声音因为脸上那抹狡黠的笑意隐约透着几分吊儿郎当的气息。

"快给我删掉，丑死了。"郭悦最不能接受别人帮她拍照，自认为别人拍照一般会把自己拍得很丑。

她不能接受这样的自己，就更不能让照片留下。

"不丑，挺好看的。"常亮笑嘻嘻地说。

事实上也是，刚刚郭悦扭头看向他的瞬间，阳光正好打在她的脸上，白皙细嫩的皮肤在阳光的照射下披上淡淡的金光，加上湖光水色倒映着蓝天的背景，小姑娘宛如从画卷里走来的异国风情女子。

感觉自己的威胁好像没什么用，某人还仗着身高欺负自己，郭悦一脸不乐意，停止抢手机的动作，将相机挂在自己的肩膀上，单手叉着腰，指着他说："你删不删？"

常亮笑着，毫不犹豫地摇摇头，紧接着就听见小姑娘重重地哼了哼气，愤愤地转过身去，继续拍摄。

常亮这样做的后果是，回去的路上郭悦一句话也不说，他又一次发现了郭悦极度爱美的小秘密。

一开始觉得她整个人都冷冰冰的，不好说话，后来又觉得她是很严肃的人，现在他忽然又发现其实她很可爱，尤其是生气的时候，简直可爱爆了。

视频是在一周后才上线，因为制作绿豆糕的场景跟她拍的外景画面风格不是一个风格，所以剪辑的时候她费了不少功夫，前后换了好几种手法，让画面转变的时候，不同风格的场景衔接不至于生硬。

视频上线之后，郭悦不出所料再次上了热搜，只不过，这次跟她一起上热搜的还有玉渊潭那群可爱的鸳鸯。

1楼："天啊，北京的秋天好漂亮，好想去北京看看小鸳鸯。"

2楼："强烈求给小鸳鸯建立微博。"

3楼："要是北京不雾霾就好咯。"

……

302楼："小姐姐什么时候再去玉渊潭给小鸳鸯专门拍一组啊，好可爱！"

303楼："来来来，组团去看小鸳鸯。"

304楼："哇都长这么大了，四月的时候这群小家伙还毛茸茸的，长这样【图片】【图片】。"

……

郭悦看着热火朝天的评论，纠结地撇了撇嘴，自言自语道："我怎么感觉我要掉粉了呢？"

"因为你高冷哈哈哈哈。"常亮情不自禁接了一句，话音还没落下就结结实实受了郭悦一拳，随后一个带着生气，略显尖锐的声音响起："你去死。"

第二十章

此去经年过海棠

Chapter1 鱼儿上钩了

　　也不知道是不是受到郭悦新上线的视频的影响，单人餐厅的外卖营业额居然奇迹地出现了反转，从原来的亏损变成现在的每日往上增长。

　　郭悦悬着的心总算回归到正常位置，开会的时候市场部的人也不再针对她。

　　倘若郭悦心大一点的话，大可不在乎这些乱七八糟的言论，毕竟她是以外援的身份加入这个项目组，责任不能全算她头上，再则，要是受不了，也不想解释，大不了退出项目组就算了，不必跟这些人计较。

　　郭悦输就输在太过有责任心，对自己太过苛刻，只要是接手了的事情，就力求做到最好。

　　一天，午饭过后，她在办公室里小憩，忽然接到了杨秋山的电话，她睡得迷迷糊糊，听到有声震动的声音还有些不耐烦，这种厌烦感在她看清手机屏幕跳动的是杨秋山的手机号时消失得无影无踪。

　　"秋山哥。"杨秋山比她大一岁，现在又帮她照顾外婆和网店，这一声哥，他还是承受得住的。

　　"在午休呢？"杨秋山听郭悦的声音有点鼻音，猜她是刚睡醒。

　　"已经醒了。"郭悦一手握着手机，一手顺了顺头发："怎么了？"杨秋山没什么事的话鲜少打电话给她，一来是怕打扰她工作，二来又不知道要跟她说什么，他是一个不善于言辞的人。

　　大概也就是这个原因，他才一直没勇气，也不知道要怎么向郭悦坦白自己的心声。

"没什么事，就想跟你说一下最近店铺销售的情况。"其实在给郭悦打电话之前，有些话他自己练习了无数遍，可一听到郭悦的声音，不知什么原因，那些话就猝不及防地憋回肚子里了。

郭悦这才想起来自己最近一直忙着餐厅和视频的事，竟然忘记了要给杨秋山结算酬劳。当初郭悦向他承诺过，店铺的营业额五五分，杨秋山觉得分成太多，他们又是老熟人，谈钱太伤感情，就说让她意思意思就行了，五五分没必要。

他就是这憨厚老实的人，清楚地知道，郭悦的小店之所以销量这么好，她做了不少努力，而他，不过是她的一个帮手罢了。

郭悦肯给他发工资已经不错了。

郭悦向来不喜欢欠别人东西，即便是跟杨秋山很熟，该算的账，该给的钱一点都不少给。在她的坚持下，杨秋山最终还是接受了刨除成本和各项运营，快递等费用，五五分。

杨秋山并不是来催债的，听她这样一说，立刻就不好意思了，用了一大堆话解释，郭悦听着，忍不住笑出了声，解释道："秋山哥，我明白你的意思，不过还是谢谢你，如果没有你的话，我还真不知道自己会乱成什么样。"尤其是有他在，能帮忙照看照看外婆，她在北京也心安。

提到了外婆，郭悦又顺势提到了林淑媛，问他最近有没有看到林淑媛往她们家跑。

杨秋山每天都要去郭悦家的库房里取货，每天都能见到外婆，细细想来好像就见过一次，不过那次并没有发生冲突，林淑媛只是出现了一下就走了。

郭悦听着越发觉得不可思议。按照她对林淑媛的了解，她出现不大闹一顿是不会死心的。

她还是有些不放心，挂电话之前再次拜托杨秋山帮忙照看外婆，之后又跟常亮说想休几天家，回趟陵水。

林淑媛这个人，达不到目的是不会罢休的。她担心外婆一个人应付不过来。

常亮也想跟她一起回去，她没反对，不过最后常亮还是被老板安排去跟农户谈食材供应的事，无奈之下只能放弃这个念头，老老实实地去见农户。

郭悦的航班是早上，她回陵水的当天也正好是常亮要去见农户的日子，郭悦原本想自己去机场，常亮死活都不愿意，非得亲自送她到机场，再去见农户。所以，他起了个大早，赶到郭悦家帮她拎行李。尽管早起很困，在亲口吃到郭悦做的热乎乎的早饭后，所有的疲倦都消失了，整个人被幸福和温馨团团包裹住。即便是在11月，寒意已经非常明显的季节里，他依旧觉得这是最正确的举动。

郭悦就拿了个小行李箱，里面装着几件给外婆买的大衣，打了登机牌，常亮送她到安检口，郭悦正要说再见，常亮却猝不及防地将她拥在怀里，下巴埋在她的颈窝，良久也没说一句话。

郭悦有些恍然，听着他浅浅的呼吸声心一点一点软下来，双手轻轻环上他的腰，低声呢喃："过几天就回来啦。"也不知道什么原因，这原本安慰的话，从郭悦嘴里说出来，钻进常亮的耳朵里，硬是听出了她有几分嘲笑矫情的他的味道。

常亮也不管，把她搂得更紧，撒娇道："我不管，回来你要补偿我。"他要一周见不到她啊，即便是现在通信技术这么发达，能打电话，也能视频，常亮还是觉得缓解思念，最能拉近彼此距离的方式是拥抱。

郭悦皱眉："行了行了，我要安检了，回来再说。"她嫌弃地推了推他，某人却丝毫没有松手的意思："赶不上飞机怎么办？"

"好嘛好嘛，到了给我打电话。"常亮恋恋不舍地松开她。

郭悦嗯了一声，推着登机行李箱走进了安检通道，在等待的时候发现常亮还站在原来的地方，又朝他摆摆手，示意他快走。

不知为何，常亮忽然感觉眼睛酸酸涩涩的，他不自觉地咬了咬唇，抬起右手在空中停顿了几秒，才朝她挥了挥，做了一个"知道了"的口型，倒退着走。

那瞬间，他的脑子里忽然蹦出一句话：一日不见如隔三秋。

曾经和陈欣怡在一起的时候，他从来没想到这辈子还会遇见一个比陈欣怡更让他惦记的人。郭悦就像是荆棘丛里浑身是刺的藤蔓，从他遇见她开始，就一点一点在他心里扎根，之后又围绕他的心一圈一圈地缠绕。

在常亮向自己挥手之后，郭悦就转过身去不再看他，不是因为不想多看两眼，厌烦他，而是跟常亮一样，她的眼里竟然有了液体涌动的感觉，害怕常亮看到自己掉眼泪，她不得不转身掩饰自己的情绪。

待她调整好情绪，再次转身看向人群时，只能看见常亮有些模糊的背影，在慢慢消失，心里全是无奈。

无奈似乎是生活在这个城里的人的一种通病。明明很嫌弃这个城市，对大清早挤地铁不满，对房价很无语，很多时候又找不到倾诉的对象……

明明心里有很多个不愉快的声音，但是为了生活，为了赚钱，渐渐适应了这种无奈，又在这种无奈中挣扎。

郭悦想，这大抵就是所谓的成人的世界。

登机之前，郭悦忽然想到点什么，掏出手机拍了一张登机牌的照片，遮盖了部分重要的信息，然后发了一条微博，说她今天回陵水，还加了机场的定位。

大致浏览了一下私信里的内容，并没有发现上次恐吓自己的人再给自己发私信，然后关机登机。

她想，要是对方是林淑媛的话，说不定知道她要回去，为了钱，一定会跑去她家找她，即便最后还是没拿到钱，也会给她找点麻烦，添堵。

她做好了一切心理准备，心想，面对的时候应该会冷静一些。

陵水四季并不分明，年平均气温均在15℃以上，十一月正是旅游旺季，不少北方人会到那边过冬，又或者一些有钱人看上陵水的空气和环境，会到这边疗养。

郭悦再次回来时，猛然发现镇子上新建了不少小别墅，据说是用来做民宿的。

一踏上熟悉的路，郭悦忍不住对着和煦的阳光做了几个深呼吸，自言自语道："还是家里舒服。"在没遇到常亮之前，在父亲离开人世之后，她就想着要一辈子待在山美水美的陵水，可惜啊，常亮的出现，打破了她原本安逸宁静的生活。

也不知道，常亮要是知道她回来之后不想回去，会不会急得做出一些荒唐的举动来。

外婆并不知道郭悦回来，一大早去了趟菜地，郭悦不在家这些日子，她一个人打理菜地，还把一院子的花打理得很好。

郭悦一推开院门，便看见高大的柿子树上高处的地方还挂着一些熟透了的，红彤彤的柿子，院里的山茶花红一朵，白一朵，黄一朵，争相斗艳，美不胜收。

"外婆。"她喊了一声，屋里静悄悄的，回应她的只有小水池潺潺的流水声。

猜到了外婆可能在菜地，她把行李带进屋里后，看了看时间，就去厨房把米饭做了。

郭悦一边哼着小曲，一边把米饭放到锅里蒸煮，家里没有煤气，是老旧的土灶，得用木柴，许久没用这些东西，但她用起来一点都不生疏，反而心里多了几分踏实的感觉。

城市里几乎已经没有这种土灶，郭悦想了想，掏出手机拍了一段小视频，发给了常亮，话还没说上，就听到了屋外传来一个尖锐的声音："郭悦，你舍得回来了，怎么，被包养你的男人抛弃了？"声音离她越来越近，她不自觉地抿了抿唇，嘴角划过一抹高深莫测的笑意。

还真跟她预想中的一样呢。

Chapter2 被吃得死死的

郭悦一副爱答不理的样子，悠闲地往灶里增添柴火，锅刚刚烧开，这回正冒着热气，隔着蒸腾的水汽，郭悦看见那张狰狞的，仿佛她欠她百八十万似的，令她万分讨厌的脸。

林淑媛看到她这副淡漠的样子，肚子里的怒火噌的一下，上升到了暴怒，粗鲁地踢开放在路中间的木凳子，哐当一声撞到了墙根，郭悦忍不住笑出声了。

林淑媛隐约感觉到了讽刺意味，瞪大眼睛，暴怒似的吼："笑什么笑，你这个贱人。"

郭悦丝毫不把她的脏话放在心上，记得很清楚，有个明星说过：那些不断咆哮，妄图用激进的举动让你臣服，让你害怕的人心里多少没什么底。他们之所以这样，不过是内心空虚，嚣张起来引起他人的注意，博得存在感罢了。

见她不理自己，林淑媛气得眼睛都红了，愤怒地将立在一边，成捆的木柴推到。眼看着一捆柴向自己砸过来，郭悦猛然站了起来，身子一转，轻松地避开了那捆木柴，不耐烦地开口："你想怎样？"曾经对她不好就不说了，跟她父亲在一起也纯属利用。这种人，她实在不知道要怎么对她好。

"我想怎样？"林淑媛瞪着双眼，误以为郭悦这是要放弃挣扎的意思，心里有点儿得意，气势汹汹地说："我辛辛苦苦养了你这么多年，现在弟弟有病，你居然一点钱都不给，你这样做对得起自己的良心吗？"

郭悦并没想到她还有脸说这种话，嘴角讽刺意味的笑纹越来越大，不紧不慢地开口："抱歉，我没有良心，所以，你可以走了吗？我还要做饭呢。"

"你！"林淑媛愤怒地伸出食指指着她，气结了。

中午那会，她听到邻居说看见郭悦回来了，她把儿子安顿好，就立马赶过来找她，不为别的，就想要点钱。

"我什么我？"郭悦挑着眉，眉开眼笑地反问。

不等林淑媛开口，她又说："首先你和我爸确实是在一起过，但是，当年我给你转的钱，是给我爸治病用的，你却私吞了，我这边还有转账记录，家里的医保账户也能查到我爸当时在医院花了多少钱，需要我找出来跟你对一下账目吗？"

林淑媛显然没料到郭悦变聪明了，长着一副清纯小白兔、不谙世事的模样，其实比谁都了解这个世界上的险恶。

她目瞪口呆地望着她，久久说不出一句话，更气自己没能从她身上捞到半点好处。

"哦，对了，也不要再给我发什么恐吓消息了，现在不管是什么社交账号，都和手机号一样是实名制的。我开心的时候，假装没看见，我要是不开心的话，"郭悦顿了顿，抬头意味深长地看了她一眼，云淡风轻地补充，"去警察叔叔那里报个案什么的，也不是不可能。"

先前像疯狗一样的林淑媛，此刻眸子全是恐慌，站在原地一动不动，怔怔地望着她，出现了错觉，眼前这个人，根本就是一个魔鬼！

郭悦很满意她此刻的表情，勾着唇角，伸出纤细的食指，戳了戳她心脏的位置，一字一顿地说："趁我还没发怒之前，赶紧滚。"

林淑媛吓得脸色发白，尖叫了一声，慌张地跑出了郭家的院子，一边跑，一边喊："郭悦，你个疯子。"

郭悦轻笑，也不知道谁才是疯子。

她没过多去追究，心想接下来的日子应该平静了，便好心情地收拾厨房，把倒下的柴重新扶正，担心外婆回来后看见一片狼藉，胡思乱想。

林淑媛确实是因为上次她找郭悦要钱没要到，就用微博恐吓过她，没想到郭悦早就看透了一切，等着她自投罗网认罪，还受到她一阵羞辱和恐吓。

她怎么也没想到今天的郭悦会变得这么恐怖，一点都不像小时候那个蠢蠢的，受了委屈，哭都不敢哭的死丫头。

　　收拾完厨房，郭悦在小院子摘了点菜，又拿了一块挂在厨房天花板上，整天被烟火熏制的腊肉，打算做一份荷兰豆炒腊肉。

　　挂在厨房上方的腊肉是去年做的，经过一年烟熏，满是烟火的气息，还有一股浓郁的风干腌制的醇香味道，和新鲜的时蔬是不错的搭配。

　　待她收拾完，把饭菜端上桌，外婆正好从菜地赶回来，一进门，看见石桌上摆着几盘菜，还以为杨秋山又来给她做午饭了。放下手里的竹编篮子和锄头，她径直走向厨房，边走边说："秋山啊，你又来啦。"

　　郭悦听见，还真以为杨秋山来了，用手捋了捋头发，从房间里出来，好奇地问："外婆，秋山哥来了？"然后左右看看，并没有发现杨秋山的身影。

　　外婆听见她的声音，这才反应过来菜是她做的，笑得合不拢嘴："阿妹你怎么回来了，我以为是秋山又过来做饭了。"

　　郭悦上前一把抱住外婆，在她的脖子上蹭了蹭，柔柔地喊了一声外婆，像极了小朋友撒娇。

　　"回来怎么也不跟我说一声。"外婆的声音透着一点埋怨的意思，心中的欣喜又难以隐藏，拉着她的手坐到石桌前。

　　从外婆的话里，郭悦惊讶地知道杨秋山时不时就会过来和外婆一起吃饭，偶尔还会和她聊聊天，对她的态度，就像对待自己的家人一样，郭悦越听越觉得不好意思。

　　吃完饭后收拾厨房，也没休息，就从厨房的横梁上拿下几块腊肉朝杨秋山家走去。

　　不去感谢人家，她总觉得不好意思。

　　她心情不错，送完腊肉之后把中午拍的图稍稍修了一下，又拍了几张自家院子盛开的山茶花和挂满枝头的柚子树，和仅剩高处没摘掉的柿子树，发了个微博，告诉粉丝们，她要做回馈活动了，小雪节气当天开奖，被抽中的用户可以获得柚子、腊肉、柿饼干等小礼品。

粉丝们收到消息之后，纷纷参与到活动中来，还说郭悦的院子很漂亮，希望自己老了之后也能在这么漂亮的院子里安度晚年。

郭悦看到那条消息，在心中沉静许久的那个关于晚年之后安详地在自家院子里，做着喜欢的事的画面又重新浮现在脑海里。

她犹豫了很久，都没向常亮坦白心中最真实的想法。

闲着无事可做，郭悦干脆去镇里的菜市场买了将近二十斤的猪肉，打算再做点腊肉，然后把旧的带一部分回北京，分田娇娇一点。

郭悦把切成长条，宽约五六厘米的猪肉清洗干净后加入盐、料酒、酱油、花椒、蜂蜜、磨成粉的桂皮、草果、肉蔻、香叶、柠檬叶，撒在猪肉上均匀涂抹。

根据镇上一位名气不错的厨师传授的经验，郭悦用的是生盐，借着生盐的颗粒感，不断反复摩擦猪肉，使猪肉入味，然后将它们统一放在一个瓦缸里存放，整整腌制了一晚上，才拿出来用竹篾串起来，白天放在阳光下晾晒，晚上拿回厨房里用烟火熏制。

那几天，郭悦生火做饭时，特地往火里加了些橙皮，生的松枝，让这些具有油性挥发物质的植物给腊肉增加风味。

回来之前，她并没打算做腊肉，不过既然做了，她也就拍了几张照片，稍稍写了点步骤，方便喜欢的人可以跟着做。

解决了林淑媛，而外婆虽然舍不得她，还是在她待了几天之后就开始催她回去好好工作。但她还是在老家待了一周才回的北京。这一周里，常亮每天给她打无数个电话，睡前必须和她视频，殊不知，看得到人，听得见声音，触摸不到竟会加重思念，他特别夸张地向郭悦诉苦，说自己害了很严重的相思病，需要很多很多爱才能治愈。

郭悦为他装可怜的举动感到可耻，并没有安慰他的意思，就连回到北京那天也没有去找他，而是带着腊肉去了田娇娇家，做了一顿丰盛的晚餐，又让田娇娇叫上钟硕，钟硕以为郭悦早早就通知了常亮，谁知道要不是他打电话问常亮什么时候过去，常亮还不知道这回事。

一开始，他像个孩子一样，幼稚地闹小脾气说不去，钟硕也拿他没辙，毕竟他家亮哥决定了的事，没有人能改变，所以没放在心上，就说那他自己去了。

然而，令他没想到的是，那个幼稚鬼居然比他还早到，郭悦还没做完菜，就开始缠着她，一点都不避嫌地句郭悦撒娇，搞得田娇娇躲在房间里一直没好意思出来。

到底，常亮还是被郭悦吃得死死的，在郭悦嫌弃他烦，被吼了一声之后，幼稚鬼果然安分了。老老实实地待在一旁，给郭悦打下手。

可惜，他变得乖巧，完全是因为当着大家面，不好出手。四个人吃完饭，常亮就提议送郭悦回去，他态度坚决，郭悦最后还是同意了，却万万没想到，这是一个引狼入室的举动。

郭悦刚刚打开家门，灯还没开，常亮就跟着走了进去，一手禁锢着郭悦的腰，将她圈在怀里，一手就捏着她的下巴，她还反应过来，带着强烈的占有、惩罚韵味的吻铺天盖地地袭来，她整个人陷入了惊慌失措中，挣扎无果后，缓缓瘫软在常亮的怀里。

从门口，到沙发，再到卧房，最后栽进柔软的床铺上时，她才恍然发现自己的长裙已经褪去大半，露出圆滑的肩头……

Chapter3 就你话最多

　　常亮的身体越来越热，滚烫滚烫的，贴在郭悦的身上，那种感觉让她感到害怕，潜意识里吐出几个不太清晰的字："不可以……"

　　她妄图翻过身去，伸手勾了勾床沿，不想常亮竟然纹丝不动地将她压住。面对犹如野兽一般的常亮，郭悦感到无比恐惧，隐约感觉到，她现在还不能接受的事情很有可能下一秒就发生，她几近尖叫一般，颤抖地喊出了常亮的名字："常亮，不可以……"

　　常亮猛然一顿，直到在郭悦的颈窝里舔到一丝泪水，咸涩的味道，整个人都愣了，一动不动地压着郭悦，听见她轻微的抽泣声，一种叫自责和惭愧的东西毫无预兆爬满了他的心房。

　　他翻到一边，动作轻柔地揽过郭悦的肩膀，将她的头按在自己的胸膛前，低声喃喃："对不起，我……"他没想到自己差点做了对不起郭悦的事情，心脏的地方像是被浑身带刺的东西狠狠地抽了一鞭子一样，生疼生疼的。

　　这件事之后，直接导致了后来很长一段时间里，他想抱抱郭悦，一开始很兴奋，可一想到那次他把她弄哭了，心里又满是愧疚，双手置在离郭悦不到十厘米的地方，尴尬地停下来，在郭悦看来心里也很不舒服。

　　"还真没想到你这么保守。"郭悦太过郁闷，跟田娇娇吐槽这事，没想到反而被她取笑，用一种很奇怪的眼神打量着她。

　　"我……"尽管郭悦已经快三十岁了，对于某些事情她还是难以启齿，尤其是被自己的好姐妹嘲笑之后，她越发有种无地自容的感觉。

郭悦故作生气别过头去，掩饰自己的不自在。

田娇娇看着她欲盖弥彰的样子，心里甭提多开心，伸手戳了戳她气鼓鼓的脸颊，调侃道："我要是常亮啊，在那种关键的时刻被推开，就跟你分手。"

不料，郭悦想也没想就哼了她一句："分就分。"她就是不能接受婚前关系太复杂，又怎样？不能接受就分手啊，观念不一样，迟早都会出问题，长痛不如短痛。

"那你倒是去啊。"田娇娇脸上丝毫没有生气的痕迹，圆溜溜的眼睛转来转去的，满是玩味。

"你……"郭悦感觉自己快被气死了。她肯定是疯了才会跟某人吐槽，给自己添堵。

"算了算了，不跟你说了，睡觉。"郭悦拍了拍自己的胸膛，顺了顺气，一把扯过田娇娇的被子，她打算今晚霸占她的床，她的被子，让她没事就知道欺负她！

她想，田娇娇大概是被钟硕给惯坏了，要不然怎么会变得这么讨厌！

"哈哈，你竟然在逃避。"田娇娇没心没肺地补了一刀，从床上爬起来，去柜子里多拿了一张被子，重新躺回床上之后又说："现在这个社会没几个姑娘像你这么矜持的了。"她顿了顿："太过矜持会被认为是保守和娇情，哈哈哈哈。"

见郭悦还是不理她，她又朝她靠近了些，忍着笑意，轻声在她耳边补充了一句："张爱玲说，通往……"

田娇娇的话还没说完，郭悦的身子不由地绷紧，脑子轰的一下，蹿出那句很多人认同，她却始终不能接受的话，脸噌地一下红了，局促不安地说："你还睡不睡了，话这么多，小心长皱纹。"

田娇娇的额头瞬间爬满黑线，她明明是好心提醒她，不要太娇情，反而被某人扯来扯去，扯到年龄和皱纹上去了，果然是个狠角色。

哼。

尽管和田娇娇吐槽完心情稍好了些，不过问题终究还是没解决，尤其是撞见常亮的时候，郭悦总感觉心像是被什么东西压着一样，很不好受，她想不在意都很难。

最后，她实在憋不住了，趁着某天两人都在公司里，待公司的员工都下班回家，她便忐忑不安地跑到了常亮的办公室。

在靠近常亮的办公室时，她的脚步不由自主地变慢，从一小步一小步慢慢变成鞋底跟沾了502胶水一样，寸步难行。

更搞笑的是，她明明走到了办公室门口却始终不敢进去，而是倚在门框上，像小贼一样，偷偷往里窥探。

说巧不巧，那天常亮用的是笔记本办公，桌子上的台式电脑没有开，向着门口的屏幕反光，原本一直在专心看数据对比的常亮隐约感觉有一束强烈的目光像是在看着自己，他正要抬头确认，眼角的余光就被反光的电脑屏幕上那张不太清晰的脸给吸引住，不由抿了抿唇，露出浅浅的笑意。

不等郭悦进门，他就低着头闷闷地说："帮我拿杯咖啡。"

许是郭悦倚在门框上太久，思绪飘得有点儿远，听到常亮的声音之后，她竟然站了出来，屁颠屁颠地朝茶水间的方向走去，磨完咖啡才回过神来，为自己荒唐的举动感到郁闷，低声咒骂了句："什么鬼？"她看看咖啡，又看看玻璃上倒映着的自己，一阵迷茫。

这么说常亮是早就看到自己咯？

还是他根本没看到，这话是对钟硕说的？

郭悦陷入一顿纠结，她根本不知道常亮一开始有没有看到自己，不过，她敢肯定，刚刚他开口说话的时候，她从门的一侧走出来，她肯定被他看见了！

啊啊啊啊，郭悦感觉自己要疯了，心底有个小魔鬼在呐喊，极不情愿地端着咖啡往常亮的办公室走，然后将咖啡重重地放在他的面前，没好气地说："你的咖啡。"她甚至嫌弃到不去看看常亮的眼睛里究竟有没有戏弄的成分。

"你是不是有什么话要跟我说？"常亮顺势牵过她的手，抬头笑吟吟地看了她一眼。

"什么？"郭悦假装很惊讶，不明所以。

是有话要说，但她又不知道要怎么说，她已经快被那个问题烦死了。

她装傻，常亮也懒得揭穿她，索性松开她的手："你先坐会，我看完数据送你回去。"钟硕说的，把人逼得太急，只会适得其反，现在他要做的，就是让郭悦放下戒心。

郭悦哦了声，刚抬起脚，欲往沙发那边走，又收回脚，低头瞥了瞥他的电脑，问："是餐厅的数据么，最近怎么样？"餐厅的事情她还是很关心的。

常亮抿了口咖啡，润了润干得快要冒烟的嗓子："还行，比预期要好。"原先开这家餐厅时，他预算最快得四五个月才能收回房租成本，现在才过去不到两个月，房租成本已经收回百分之九十，如果是按月缴纳的话，他们这个项目组已经能自己养活自己了。

郭悦欣喜地点点头，对这一结果感到非常意外，忍不住夸赞道："看来我们的师傅做菜确实很好吃，我觉得有必要给他们加工资。"她用食指点了点嘴唇，看上去很认真。

"那我呢？"常亮指了指自己。他可是为了这个餐厅付出最多的人，从餐厅方案，到餐厅选址，装修，再到各种食材的购买，几乎没有他不参与的环节，怎么说也算个功臣吧。

常亮可怜巴巴地看着郭悦，不停眨眼睛，那小眼神仿佛在说，我也很厉害，很辛苦，快夸我呀。

可惜，郭悦偏偏不顺他的意，双手抱臂，满不在乎地说："你要不发话，不指挥我们都会感谢你。"郭悦至今都没忘记，当初餐厅装修的时候，常亮让钟硕去买壁纸，他给了钟硕一张图，之后钟硕就跑建材市场，壁纸图案是对了，他却说壁纸的质感不对，他要的是磨砂质感，而钟硕买回来的是光面……还当着工人的面，把钟硕骂了一顿。再后来，他们讨论菜单价格的时候，没少发生冲突……

就这人，把他们折磨得死去活来，现在还敢向她邀功？

做梦去吧！

常亮一怔，也不知道郭悦的话是不是代表了大部分员工的心声，斟酌了会，又开始讨好郭悦："那现在给你一个机会，随便使唤我。"

郭悦皱眉，不禁用一种质疑的眼神打量着他，心想：又想玩什么鬼花招？

迄今为止，常亮是她见过的，花招最多的人。

不过她也不是傻子，犹豫了半晌，心想，不管他的话是真的，还是假的，不如借着这个机会把心里的话说明白。

她甚至做了最坏的打算，要是真的不合适，或者她把话表明之后，常亮后续还是忍不住做出她没有办法接受的举动，那只能说明，他并不是真的在乎自己。

她清了清嗓子，摆出一副严肃正经的表情："有件事，我必须跟你说明白。"常亮瞥见她这神色，有点懵，慢慢地，发现郭悦的脸颊有点红，目光闪烁不定，似乎又猜到了几分，只是，她的神情实在是太严肃了，以至于连他都忍不住板直身子，摆出一副听班主任宣布重要事宜的正经模样。

"我不能接受……"后面那五个字，几乎是从她牙缝里挤出来的，她明明很害羞，却又强行让自己看起来很严肃的样子有点儿滑稽，这换作是说别的事，常亮没准就笑得前俯后仰了，但在这件事情上，他丝毫不敢露出散漫的神色，微微一怔，便从位置上站了起来，将郭悦拥入怀里，诚恳地说："对不起，以后不会了。"

常亮感到很自责，也很高兴。

自责是因为郭悦是个好女孩，他差点把这个犹如钻石一般珍贵的女孩给吓坏了。

高兴是因为郭悦很坦诚说出心里话，他要的，就是这样的她。

Chapter4 腊肉豆角馅饺子

北方除了端午节和元宵节外，几乎大大小小的节日都喜欢吃饺子，小雪那天，郭悦在微博上开了一轮抽奖，一共抽取了十名粉丝做了回馈活动，送出了她上次说的柚子、柿饼、腊肉等小礼物。

礼物不贵重，被抽到的粉丝还是很兴奋，郭悦也是后面才发现自己居然抽到了一名特殊的用户——常亮！

她万万没想到常亮也参与到活动中来。眼尖的粉丝发现了中奖用户里有常亮后，纷纷怀疑常亮是不是走了后门，或者说，郭悦给常亮开了后门。

郭悦一顿茫然。就在她纠结着要怎么解释才最能避嫌时，常亮竟然发了中奖微博，还特意艾特了郭悦，说什么你我果然是命中注定，那种酸溜溜的话，引来了一群粉丝起哄，从原来逗她说是不是开了后门呢，变成他们这是变相秀恩爱。

就连田娇娇也这么认为。

这是什么鬼，她什么都没有做好吗？这明明是微博抽取的，跟她有什么关系！？

郭悦简直是欲哭无泪，有种跳进黄河都洗不清的感觉。

"所以说，下次抽奖什么的，记得指定一下中奖用户，记得把我的名字放在第一位，把常亮拉进黑名单。"田娇娇给她支了个招，那神情，那语气，郭悦并没有感到她在帮自己排忧解难的意思，愤愤地白了她一眼，警告道："你再说，我一会就给你包一个放一包盐的饺子。"

田娇娇果然不开玩笑了，笑嘻嘻地用手肘捅了捅她的手臂，狗腿地讨好："哎呀，我这不是说反话嘛。"瞥见郭悦手里那只饺子有一大勺肉，她的眼睛雪亮雪亮的，见肉眼开，连忙转移话题："多肉那个做一下记号啊，一会留给我。"

郭悦轻蔑地嗤笑一声，漫不经心地说："行，一会再补一勺盐。"田娇娇脸上的笑容瞬间凝固，膝盖像是中了千万箭，打心底一阵苦恼，她家小悦悦怎么变得这么腹黑了呢？

"哼，我自己给自己包。"田娇娇很不服气地小声嘟哝。

"快给钟硕打个电话，问他们到哪里了。"郭悦直接跨越这个话题，让田娇娇去打电话。不是她不给包饺子的机会，而是她的速度实在是太慢了，她都包三个了，她一个都没包完……

"行了行了，知道了。记得给我包几个多肉的。"田娇娇其不情愿放下手里的饺子皮，看着蒸笼上那只明显要比其他饺子大一倍，却特别丑的饺子，实在不知道怎么形容心中的无奈，叹了口气，拿手机给钟硕打电话。

郭悦今天也去了店里，不过她待到了下午，常亮就让她先下班。郭悦原来不想走，因为今天是小雪，店里临时做了个决定，前来消费的顾客都可以凭着小票换一小份水饺。于是餐厅的后厨要比平时忙很多。

常亮担心她累，坚持让她先回去休息，然后又临时从总部调来了几个人帮忙，郭悦这才愿意回家，恰逢田娇娇休年假，她就把郭悦拉到自己家包饺子，还整了好几种馅。

亏得郭悦手脚麻利，换作是别人，剁个馅料估计也得剁上一个多小时。

常亮从店里出来时，外面已是一片灯光璀璨，尽管还有一个多月才跨年，长安街上竟然早早就挂上了红彤彤的灯笼，在一片璀璨的灯光中，融在夜色里，看着就让人莫名觉得温馨。

今年的北京天气相对暖和，进入十一月底，没下雪，也没怎么刮风，倒是有几次雾霾，让人憋得慌。

时值下班高峰期，街上比较堵，四十分钟的路程常亮竟开了一个多小时。钟硕可怜巴巴地趴在窗户上，看着外面如蚂蚁一般慢慢移动的车流，想到田娇娇发来的催促短信，心底那是一个无奈。

"早知道坐地铁好了。"身心备受煎熬的钟硕小声嘟哝了一句。毕业多年，他仍然深深地记得老师多年前说过一句话：在北京啊，能坐地铁就别坐公交，能走地下就别走地面。

现在一想，别说，还真有点道理。

握着方向盘的常亮想到郭悦做了饺子，一直没吃上，看上去比钟硕还要烦躁，没好气地接了句："前面路口放你下车。"

又是这种让人没有反驳机会的肯定语气，钟硕一怔，隐隐约约从玻璃上看到了常亮那张冷冰冰的脸，连忙打哈哈，缓和紧张的气氛："开玩笑啦，娇娇跟我说还没做好，让我们慢点也没事，安全第一。"他特地强调了最后一句，要知道，他家亮哥发起疯来，即便惹恼他的是一头狮子，没准他也会上去搏斗一番，泄愤。

常亮没再搭话，看着前头缓缓移动的车辆真想把车丢一边，骑自行车走。

田娇娇等得人都烦躁了，也不见常亮和钟硕过来。看着蒸笼上一个个精致小巧的饺子，她咽了无数次口水，软着，硬着跟郭悦说了好几次，她先去煮几个，尝尝味道。然而，郭悦油盐不入，每次都用同一个理由拒绝她，说，人还没到齐，让她再等等。

田娇娇很无奈，只能不断给钟硕发微信，问他到哪了。

这要是换作是平时，钟硕肯定很高兴田娇娇这么勤奋给自己发消息，可这一次，他真的高兴不起来。每打一个字都是小心翼翼的，隔着屏幕都能想到田娇娇看着饺子口水直流，却因为他和他家亮哥还没到位不能吃的凶狠模样。

田娇娇依在阳台栏杆上，往下探了好几回脑袋也没见到熟悉的车驶进小区，失望极了，垂头丧气地转身就听见郭悦说："哎呀，我忘记拍个小视频了，你帮我拍一下呗。"现在没办法准时更新，粉丝一个个跟如饥似渴的小狼狗一样，恨不得她不眠不休地拍摄，剪辑，发布。

为了缓解这一情况，她忽然想到用手机拍小视频，小视频虽然没有她平日拍的视频正规，不过用工具修复一下，也还算美观，最重要的是，那是她拍的，粉丝们对这些小甜头也还算喜欢。

帮郭悦拍完就能下锅，这对田娇娇来说太有诱惑力了！她果然乖乖拿起手机，按照郭悦说的拍起了小视频。

也不知道该说郭悦要求高，还是她天生就对这种东西不感冒，手笨得不行，拍得郭悦都急躁了："别光顾着拍馅料，给手部一些镜头。"郭悦故意放慢了手上的动作，好让镜头清晰一些。

感觉时间差不多了，郭悦又凑到田娇娇跟前，看着屏幕说："回放我看看。"

田娇娇为了镜头能达到郭悦的要求，好几个镜头都是蹲着拍的，那姿势，简直比蹲马桶还要难看，更要命的是，蹲马桶还有马桶圈能支撑，她这单靠两条腿，没多久就受不了了。若不是为了这锅饺子，她早就甩手不干了！

田娇娇望着那用腊肉和豆角做馅料的饺子，再次咽了咽口水，耳朵反复出现一个声音：忍了！

郭悦看到那个包饺子的画面时，忍不住皱了皱眉："不行啊，这个镜头再来一次，有点糊了，你拿着手机别动，我来动就行。"

田娇娇觉得挺好的，郭悦的手指本来就是那种又细又长的类型，虽然说因为常年做菜，手指看上去有点粗糙，不过拿着饺子皮，利索包饺子的模样真的很好看啊。

为了饺子，忍！

田娇娇反复提醒自己："是这样吗？"为了让镜头不抖，田娇娇干脆搬来几本书，叠起来，双手将手机固定在书面上，自己则跪在地上，那姿势，堪比酷刑！

"对的，孺子可教也。"郭悦先是看了一下镜头取景的画面，然后移动了放饺子皮和馅料的盘子，再找了一个让画面看起来很平衡的位置，双手就在那个地方重复包饺子的动作。

一番辛苦下来，田娇娇总算如愿以偿，在常亮他们过来之前吃到了热腾腾的腊肉豆角馅饺子。

郭悦从陵水回来的那天，她尝到了腊肉炒荷兰豆后，就对腊肉的味道念念不忘。郭悦家的腊肉跟一般腊肉还不太一样，集广式腊味的香甜，川式腊味的醇厚以及湘式腊味的烟熏于一体，仿佛只要吃一块就能把所有腊味收进嘴里。

待常亮和钟硕到来，郭悦正好把一整锅饺子煮好。几种馅料分了好几种形状，能辨别出口味，田娇娇反复问他们什么馅料好吃，二人也是第一次吃到腊肉豆角口味的，虽然入口时口味有点奇怪，不过，随着味道慢慢在口腔蔓延，味蕾像是被激活了，就连灵魂也都在跳跃，一致认为腊肉豆角的最好吃。

郭悦也一点都不谦虚："那是，就它。"她指了指那个饺子，"费了我多少功夫，又泡，又剁又炒，又冷藏。"别的馅料基本切碎后搅拌加调料就可以了，唯独腊肉制作工序复杂，一来二去，她手脚都酸了。

好在，看到大家吃得津津有味，她也就没什么可埋怨的。

田娇娇也不知道哪根筋不对，忘记了吃人家的嘴短拿人家的手软这道理，竟然跟常亮告状，说郭悦欺负她，压榨她，把刚刚她使唤自己拍小视频，魔鬼一般折磨她的过程全都说了出来。

本以为他会埋怨郭悦几句，没想到就连钟硕也没帮她，还说了句风凉话："拿个手机支架固定一下就好了，干吗要跪着？"郭悦一听，忍不住笑出了声。

田娇娇瞬间回过神来，她竟然被耍了！

第二十一章

想你是最心动的甜

Chapter1 真醉了还是装的啊

不出郭悦所料，钟硕最后还是为自己的不长心付出了惨痛的代价，遭到田娇娇一顿毒打，躲在常亮后面认怂。

几个人闹腾的，一点都不像成年人，欢闹声在严冬里回响，让人有种忽然穿越回到童年的错觉。

也不知道四个人中谁忽然起哄说天气冷，能喝点酒暖暖身子就好了。

说巧不巧，田娇娇之前负责的项目正好是给一款高端酒做广告，合作顺利，后来对方给田娇娇送了不少礼品，其中就有他们的酒。

田娇娇不擅长喝酒，正愁这些酒怎么处理掉，既然有人要喝，她感激还来不及。

咔咔两下，茶几上摆上几个杯子，郭悦又不知道从哪里找来一袋咸花生和四个毯子，围着小茶几一坐，还真有几分东北人上炕喝酒的感觉。

四个人除了常亮酒量好点，其他都是菜鸟，郭悦相对来说比田娇娇好点，至于钟硕，也能喝点，不过，大概是因为想在田娇娇面前表现，一不小心就喝大了，等到三人反应过来，他的脸颊已经红扑扑的，像只树袋熊一样，死死抱着田娇娇的手臂不放，在她怀里蹭啊蹭。

那瞬间，田娇娇后悔得恨不得挖个坑，把钟硕埋进去，来个眼不见为净。

发觉钟硕喝大了之后，常亮想把他送回家，但是他抓着田娇娇死活不松手，田娇娇吼了好几回，他还是一动不动，牛皮糖一样。

最后三人拿他没辙，只能让他在田娇娇家休息，常亮则送郭悦回去。

常亮把郭悦安全送回家，郭悦给他倒了杯水，两个人在沙发上静静地坐着，也不知道是喝了酒还是屋里的暖气太热，她的脸红扑扑的，有些局促地抓了抓衣角，张了张口："你……"

常亮喝了酒，她还挺担心他不能开车回去，但是主动开口让他留下来，好像把她衬得太热情，说得不好听就是不矜持。

常亮见她老半天没把剩下的事情说下去，扭头好奇地看着她。

郭悦不小心对上了那看似迷茫，在她看来很焦灼的目光浑身有种被火烧的灼热感，心脏一紧缩，心虚地撇过头去，不想，这一扭头，正好让常亮看见她红得跟烤乳猪一般，红彤彤的耳朵，更加不解了，挪了挪身子，离郭悦更近些，轻声问："你怎么啦？脸这么红，耳朵这么红？"说着，常亮一手摸她的额头，一手摸自己的额头，对比温度。

"跟我的差不多啊。"常亮有些懊恼，好一会才反应过来，嘴角噙着一抹坏笑，侧了侧脑袋，紧盯着她的小脸，调侃道："你，该不会……"

他后面的话还没说出口，郭悦像是忽然被电了一下，腾地一下，心虚地从位置上站了起来，慌慌张张地说："你说什么，我没听懂。"

她越是心虚，常亮就越肯定她有事，也猜到了是因为什么，嘴角那抹坏坏的笑意越看越明显，也跟着站了起来，绕到了她的跟前，贼兮兮的，笑着反问："我什么也没说呀，你紧张什么？"

"我……"郭悦紧张地拽紧衣角，目光闪烁不定，耳朵里有两个声音在回响，一个让她主动挽留，毕竟他们是热恋中的小情侣，常亮会理解的。另一个提醒她要矜持，如果她主动了，无疑是给常亮很多暗示。

两种对立的声音在她耳朵里反复回响，激烈得跟辩论赛一样。

"呼，有点热，我去窗台透透气。"实在顶不住常亮过分炙热目光的郭悦冷不丁冒出一句，然后飞速推开小阳台的门，倚在栏杆上，大口大口吸着寒意很明显的空气。在她努力调整自己呼吸的同时，她还听到了一个鄙视的声音：郭悦，你怎么这么没出息，又不是第一次跟常亮单独相处……

常亮看着她那小小的背影，双臂撑在栏杆上，捧着脸颊，不禁笑了笑，也跟着走了出去，站在她身后，给她批了条披肩，不小心碰到她裸露在外面，滚烫的皮肤，手指轻轻一颤，不禁咽了咽口水，喉结上下滑动的声音清晰钻入郭悦的耳朵里，她浑身的神经都绷得紧紧的，像是能预料到接下来会发生什么。

常亮的手指在那块皮肤上停滞了好一会，感觉到自己的呼吸不太正常，又隐约发现郭悦在紧张，咬了咬牙，小声说："快进去吧，要冻感冒了。"

郭悦木木地点点头，转身欲往客厅走时，却一头栽进了常亮的胸膛里，撞得鼻子生疼，皱着鼻子快嘴骂："你干吗？"好端端的，非得挡路。

常亮不气反笑，学着古代风流书生的模样，用食指挑起郭悦的下巴，调笑道："这么急着投怀送抱啊，来，给爷笑一个。"

可惜，这么美好的画面只维持了三秒，郭悦就握起拳头狠狠地砸向他的胸膛，骂了句"去你大爷的投怀送抱"。她明明很矜持好吗？

还能跟她斗嘴，说明没醉，在常亮说要回去的时候，她也没说挽留的话，他一出门就重重地关上门，连句"再见"都懒得说。

这让常亮再次对那句意味深长的话"女人心，海底针"有了更深层次的感悟。

郭悦离开陵水后，有定期给外婆的账户汇款的习惯。但外婆过惯了节俭的生活，很不舍得花钱，为此，郭悦常常在网上买些她能想到的，外婆需要的东西。

这一切看起来都没有什么奇怪的地方，让郭悦感到疑惑的是，最近她总是频繁收到银行取款的短信。当初给外婆办理银行卡时，留的是她的号码，后来虽然给外婆买了手机，却一直没去柜台更换号码。

按照自己对外婆的了解，她不能一周之内跑三次银行，而且取款数额均在一万以上。一开始，郭悦没想这么多，收到取款短信没多久，就重新往卡里转了钱，直到第三次收到取款短信才觉得奇怪。

她隐隐有些不安，想要给外婆打电话，斟酌了片刻，又放弃了，转而深夜给杨秋山打。

"她身体挺好的呀，每天都精神抖擞。"郭悦用最简单的语言向杨秋山说明了情况，怀疑外婆是不是身体出了什么问题。杨秋山几乎每天都会去郭悦家，都能见到外婆，并没有发现什么异常。

这让郭悦更加郁闷了，尽管觉得麻烦杨秋山不太好意思，还是不得不那样做。

"秋山哥，你说外婆是不是遇到坏人了，类似被什么人威胁这种？"郭悦心里惴惴不安，脑子里浮现电视剧里各种绑架、恐吓场面。

"不行，我看我明天还是回去一趟吧。"外婆是她唯一的亲人，容不得半点闪失。

电话一端的杨秋山不禁眉头紧蹙，他从未见过如此慌张的郭悦："悦悦，你先别慌，这几天不要往卡里打钱，既然外婆取的是现金，那就很有可能是见面给对方，我观察看看有没有可疑的人，再者，你收到取款短信，记得告诉我。"

他的方法不是不可行，只是郭悦不太想麻烦他，犹豫了很久，又想不出比这个更好的法子，她也就只能同意了。

杨秋山在郭悦家蹲点了三天都没什么发现，他猜，对方是不是对他出现在郭家的时间点了如指掌，故意避开，又或者是外婆根本就没有受到威胁，取钱纯属为了自己花。

但是，郭悦坚持说外婆不可能一下花这么多钱，杨秋山仔细想想觉得也是，在陵水这种小城，即便是所有吃的喝的，一个月花个四五千就能过得很滋润，更何况是一个月三四万。

于是，他决定换个时间点去郭家。

功夫不负有心人，杨秋山终于在某个阴沉沉，即将下雨的早上，在暗处见到了一个熟悉的身影往郭悦家的小院走去。

陵水一年四季温度变化不大，树木常青，即便是在冬天，郭悦的小院子依旧是一片生机勃勃。在那个熟悉的身影从小院进入屋里后，杨秋山敏捷地翻过了一排栅栏，俯低身子，嗖嗖嗖地从花丛中穿过，躲在窗户一侧，窥探屋里的动静。

"就这么点吗？郭悦一年能赚个几十万吧，就拿这点打发我？亏我当年为了把她养大，这么辛苦。"林淑媛手里捏着一叠钱，嘴上满是不乐意，数钱的时候比谁都精神。

尽管外婆上了岁数，在外人面前，威严感一点都不少，瞥见林淑媛尖酸刻薄的模样，毫不畏惧地说："嫌少的话就还给我。"她一年也花不到三四万呢，要不是为了不让她去找郭悦的麻烦，她才不会傻到给她钱。

"这是最后一次，要是再找阿妹的麻烦，你一毛也拿不到。"外婆中气十足地补充："还有，别忘了我跟你的约定。"上回郭悦回来，林淑媛找上门来，她并不知情，后来是听别人闲聊才知道的，再后来，林淑媛又跑来家里找过她一次，竟说些难听的话。其实她大可不用忍，但考虑到郭悦的名声，抱着拿钱消灾的态度，决定给她点钱，打发她。

林淑媛见钱眼开，天生脸皮厚，也害怕真的再说点什么，眼前的老不死真的把钱收回去，那就得不偿失了。

拿了钱，连句谢谢都不说，就夹着尾巴走了。

Chapter2 冬至吃汤圆还是饺子

杨秋山躲在窗户后面，把这一幕幕都拍了下来，几乎没有犹豫，就给郭悦发了过去。

郭悦看到林淑媛的脸，气得七窍生烟，狠狠地拍了下桌子，猛然站起来，她真没想到她竟然还有脸去找外婆。

坐在她对面，正讨论这个月营业额的常亮和钟硕被她突如其来的举动给吓住了，愣是盯着她怔了好一会，才惶恐开口，异口同声问："怎么了？"

"没……没事。"郭悦稳了稳情绪，坐回位置上。很庆幸办公室里除了他们三，没有其他人。

钟硕欲开口往下追问，却被常亮拦住了，他很清楚，郭悦要是不想说，再问一万遍也不会有结果，于是问她需不需要休息会，下午再继续对账。

郭悦摇摇头，拒绝了。临近年终，各个项目组都忙着做总结，做个漂亮的成绩单拿年终奖，要明年的预算。

他们的单人餐厅虽然说是九月才营业，到目前也就两个多月，但各个方面的表现都还不错，他们也想深入地算一下是真的不错，还是表面上不错。

钟硕缓了缓神，从文件夹里抽出一份不算薄的文件，上面罗列着各项大大小小的开支，递给了常亮："这份是我们筹备这个项目时涉及的一些花销明细。"

常亮点点头，起初建立这个项目时，他们就做过初步的预算，现在对了数目，实际开销和预算几乎是一致的。

钟硕顿了顿，又递上一份新的文件，这回脸上已经没有了之前那种得意的小神情："扣掉各项开支，含员工工资、店面租金等，我们的余额就十多万。"他小心翼翼地用眼光的余光瞥了瞥常亮的神色，以为他会跟他一样感到很有压力，不料，他却神色淡然地说："还行，在我的预料之内，现在我们也算是能自给自足了，要有信心，下个月不是有圣诞节和冬至嘛，国外的节日照过，冬至可以借用一下传统文化这方面。"

郭悦一听，立马竖起了耳朵，双眼冒着金光，连忙称赞："冬至这个好。不仅冬至，其实其他节气我们也可以做，弘扬传统文化不管从哪个角度来看都是满满的正能量。"

"那就这样定了，回头把思路捋一捋，跟市场部的同事讨论讨论。"难得听见郭悦夸自己，常亮接话接得爽快。

钟硕莫名嗅到一股强行塞狗粮的气息，不由皱了皱眉头，可怜巴巴地说："亮哥，我们真要对完数据才吃饭吗？"他忙了一上午，一上午都没给田娇娇发微信，也不知道她吃饭了没有。

"你饿了吗？"常亮抬头，看着郭悦问。

明明是钟硕问的他，他非得看着自己问话。郭悦先是一阵迷惘，之后才反应过来他这是把火烧到她身上。

正当她想怎么绕开这个问题时，钟硕一脸幽怨地开口："亮哥，是我饿了。"常亮瞬间抬头对上了钟硕那双可怜兮兮的眼睛，顿时办公室里浮现一股尴尬的气息，郭悦看看常亮，又看看钟硕，不由叹了口气，这两个人，还真是幼稚啊，她实在不明白，要不要现在去吃饭这个问题到底有什么好纠结的。

她犹豫了几秒，试探性开口："要不现在去吧，快十二点了，早上吃完回来趴一会，下午继续。"钟硕一听，感激地看了她一眼，在常亮松口后，就迫不及待掏出手机给田娇娇发微信，嘘寒问暖。

遗憾的是，田娇娇一个早上都在跟部门的同事在会议室为新的项目——一个汽车品牌的户外广告做头脑风暴，压根没时间看手机。

部门不大十多个人，但是创意组就四个人，加上她一个统筹的，五个人坐在会议室里，整整想了一个早上也没得出满意的方案，会议室早就笼罩在了低气压之下。

再加上小员工们本来就害怕田娇娇，现在想不出来让她满意的点子，即便是到了吃饭的点，一个个都饥肠辘辘的，也没人敢提出来要去吃饭，如坐针毡般围着田娇娇。

钟硕从来都没见过田娇娇这副模样，和郭悦他们吃完饭，餐厅那边的工作人员又忽然打来电话，说有一张单据出了点问题。常亮大致了解情况之后，就让钟硕过去看看。

钟硕去了才知道其实也没什么事，就是之前有员工离职，交接不到位，导致有一张单据的金额开错了给食材提供方，而财务那边登记的是正确的金额，跟单据上写的不一致，对不上数目。

最后钟硕亲自跑去和食材提供方协商，少了的金额下个月补上，说了不少好话，才把事情缓下来。

解决完这事，钟硕又给田娇娇发了微信，不过还是得不到回复，回公司的路上从她公司楼下路过，他竟不由自主地停下了车，犹豫了几秒，上了楼。

那会田娇娇还在会议室里，其他人都去吃饭了。前台的小姑娘跑来找她，说有人找她，她还很好奇，出来看见钟硕，一脸惊愕："你怎么来了？"

公司里的员工自然是不知道他们的关系的，他没打招呼就跑过来看她，一下子就引起大家的注意，紧盯着穿着毛呢大衣，一身英伦风打扮的钟硕，纷纷露出一副花痴相，还有女同事低声说："天啊，这个小弟弟真可爱！"

田娇娇瞬间有种她家白菜被坏人盯上了的感觉，不禁蹙了蹙眉，迟疑了几秒，有点严肃地对钟硕说："你跟我来。"她的语气不太好，钟硕的小心脏咯噔了一下，没犹豫跟着她进了一间接待室，顺手把门关上。

聊了几句，钟硕才知道她还没吃饭，责备了她几句，就拽着她下楼吃饭，引来了一群八卦员工热议，有人猜钟硕是田娇娇的弟弟，也有人说他们长得一点都不像，更像是情侣。但又有人觉得田娇娇这么强势，钟硕这种小弟弟，根本不是她喜欢的类型。

田娇娇听到了不少，但她没有解释。对她来说也没有必要。郭悦在办公室里小憩一会，醒来之后看见常亮没在办公室，又想起早上杨秋山说起外婆的事，就给外婆打了电话。

外婆完全没想到郭悦会知道这件事。

她一开始，只是想着给郭悦解决部分烦恼，没想到最后还是被郭悦知道了，也就没再隐瞒下去的想法，把林淑媛拿郭悦来威胁她，从她那里要了不少钱的事告诉了郭悦。

按理说，到了花甲之年，外婆什么人都见过，她明明知道林淑媛不能拿郭悦怎么样，还是很担心她，最后才会做出傻事。

郭悦听着听着，鼻子不知不觉泛酸，心里很不是滋味。外婆现在这个年纪，本该是享福的时候，却无时无刻不在替她担心，让她觉得自己很不孝。

她想，不能再让外婆一个人待在老家了，要么接过来，要么她回去，至于常亮，如果她会拖累他，那她愿意做一个了断，尽管，那样会很痛苦……

常亮端着泡好的红糖姜茶进来时，郭悦正好撂了电话："醒了？"常亮把杯子递给她。

郭悦点点头，缓缓接过还冒着热气的姜茶，想到刚刚自己妄自下的决定，心像是被什么东西狠狠扎了一下，暗骂一句：郭悦，你怎么可以这么狠心。

常亮觉得她脸色不太好，还没问她是不是有心事，钟硕就回来了，于是三人继续对数据，数据处理完，又就着早上说的圣诞节和冬至做了一些方案的设想。

年轻人一直热衷于国外各种节日，所以这个节日的活动相对比较好做，不管是到店消费还是外卖，都送个平安果准没错。

至于冬至，就相对困难一些。

随着时代的发展，很多人对冬至的了解仅限于"一年中最后一个节气""昼短夜长""冬至吃饺子"，这些层面上。

实际上，冬至在我国古代，有着非凡的意义，甚至还有"冬至大过年"的说法。而且，冬至当天并不是所有的地区都吃饺子，例如山东滕州地区习惯喝羊汤，江苏地区习惯煮酒酿圆子，而潮汕闽南一带更喜欢煮汤圆，广西中部和南部地区更喜欢打糍粑……

　　所以，郭悦的想法是做一些地区特色的食物进行售卖，但考虑到每个地区都做的话类型会很多，所以，她觉得可以挑几个有代表性的，比如说江苏地区吃的酒酿圆子，浙江台州地区的擂圆跟汤圆可以归结为同一类型的食物，只做汤圆就可以，同时也可以准备一些芝麻花生粉，把煮熟的汤圆放在里面滚一滚，就成了台州地区吃的擂圆了。

　　至于饺子和羊肉汤，店里的菜单上原来就有，不需要再做计划。

　　三个人一番讨论之后，就定下了饺子和汤圆的结论。两种食物虽然简单，但是他们要利用这两种再平常不过的食物做文章，不管是从传统文化层面入手，还是从民间故事，又或者是地区习俗，反正要的就是让年轻人感兴趣，在了解节气的同时，还能提高品牌形象。

　　夜里，回到家，郭悦躺在床上缓解一天的疲惫。忽然想起上次拍的包饺子的小视频，剪好了之后没发，又跑去发微博。

　　发完微博，又习惯性地看看私信，从头浏览到最后，挑了一些做了回复，她疲倦地打了个哈欠，正要退出，手机忽然发出"叮"的一声，私信栏里出现了新消息提醒。

　　她本以为是刚刚自己回复的粉丝回复了消息，没想到划到上面竟然看见那个沉寂了一段时间，之前发了一波恐吓消息的人，又出现了。

　　"你妈不得安宁，你爸不得安宁，你外婆不得好死。"这句话窜入郭悦的视线里，她尖叫了一声，手机"啪"地一下，掉在了地上。

Chapter3 一碗汤圆一份圆满

"林淑媛，拿了钱就给我安分点，别太过分，你发的这些乱七八糟的，我都有存起来，哪天不高兴就去派出所走一趟，请你过来喝茶。"郭悦气得全身颤抖，打字不利索，干脆用语音输入。

她完完全全没想到林淑媛刻薄就算了，还这么不要脸，刚刚从外婆那里拿了钱，竟然还跑来她这撒野。

她发完这段警告的话，等了很久对方也没再回她消息。

她想，大概林淑媛没想到她会知道她找外婆要钱的事，又或者说，从外婆那里拿了钱之后又觉得她是软柿子，所以再次跑来吓唬她，想拿更多的钱。

"上次我已经警告过你了，要是再来撒野，就法庭上见。"郭悦气不过，又补了一句，然后将手机丢到一边。

原本困得不行的她，因为这事又完全没了睡意，在床上翻来覆去，到了深夜也没能睡个踏实的觉，好几次拿起手机，想给常亮打电话，又担心打扰到他，折腾来，折腾去，几乎没睡，又起床去公司了。

按照计划，今天要跟市场部的同事一起讨论圣诞节和冬至的活动方案。因为睡眠不足，她在地铁上眯了一小会，差点坐过站，去了公司不停打哈欠，有点扛不住，最后去茶水间泡了杯咖啡。

钟硕到茶水间拿饮料去会议室，嗅到一阵咖啡的香味，扭头一看，发现郭悦微微倚着墙，向窗外看，走进了才发现她正喝咖啡，好奇地问："咦，悦悦，你也喝咖啡？"他清楚地记得，当初他家亮哥为了讨好她，可是费了不小的劲，托人买了陵水特有的花茶。

郭悦微微一怔，神情有些木讷，像是不知道要怎么解释，最后牵强地说："咖啡也挺好喝的，以前我就经常喝。"瞥见他手里拿着一堆饮料，她立刻转移话题："用我帮你拿吗？"

"不用不用，我自己能拿。"钟硕快速摇摇头拒绝。

郭悦化了妆，特意挑了显气色的橙色腮红，一般人很难看出她昨晚没睡好。

"那辛苦你了，我去拿点资料，一会就过去。"郭悦笑了笑。

"好的。"

会议还算顺利，大家也都觉得利用冬至提高品牌形象，而从传统文化和民间故事，再加上地域美食这个点非常好。一番讨论下来，他们打算先在官方微博发起讨论性的话题，比如先向大家介绍我国各个地区的冬至习俗，然后创建话题，让大家说说自己家乡冬至的习俗，再结合当下特别流行的锦鲤，参与互动就有机会获得餐厅的节气大礼包等。

大概是提到家乡风俗这个点，勾起了大家对家的思念和某些情怀，这次的会议比以往任何一次气氛都要好，每个人都有发言，说出自己的想法。

会议的最后不仅方案出来了，就连任务分配也完成了。

正当常亮要宣布散会时，运营组的同事忽然开口："常常看到有顾客说餐厅的饭菜很好吃，连晚饭都想点外卖，但又觉得不太健康。"

在场的大家都表示理解，他们公司还好，至少有食堂，饭菜不管是营养还是安全，都不会有问题，他们家的餐厅也一样，但这不代表别的商家跟他们一样高标准。

常亮略做思忖，说："品牌是需要时间建立的，大家一定要用最高的标准要求自己，把餐厅做到最好，不要辜负了顾客对我们的信任。"

一片异口同声的应和后，大家渐渐散去，郭悦却坐在位置上一动不动，若有所思。

"灵魂飘哪了？"常亮冲她打了个响指，她猛然回神，惊慌失措地对上了常亮含笑的眼睛，解释道："没什么，就在想如果把菜品做成半成品，准备好酱料什么的，保证卫生的情况下，不知道会不会有市场。"刚刚听了运营小伙伴的发言，她忽然想到这个。

很多在北京打拼的年轻人都面对着同样的问题：平时工作很忙，三餐几乎都靠外卖，深知外卖不健康，但又很无奈。

她想，要是能把菜品做成半成品，像配送外卖一样送到指定的地点，顾客只要回家开火就能吃上是不是能一定程度上解决外卖不健康，没有时间去菜市场买菜的问题。

常亮单手撑着下巴，细细斟酌郭悦的话，隐约觉得好像有点道理："这个想法不错，回头我们可以好好研究一下。现在首要的任务是下楼吃饭，然后想想汤圆找哪个师傅来做，做什么馅料。"说着他把郭悦面前的本子和笔收走，把她从位置上拽了起来。

"哎呀，我自己会走。"郭悦不满地推开他。

常亮比她高一个多头，每每他拽着自己的时候，她都有种被当成小鸡拎起来的感觉，既可耻又羞愧。

常亮把东西拿回办公室，想着先去泡壶花茶，等会吃完饭回来可以喝，拿茶壶的时候不巧看见郭悦的杯子里还剩了点深棕色的液体，好奇地端起杯子嗅了嗅，竟然发现是咖啡，他不由紧皱眉头。

"走呀……"郭悦的话还没说完，常亮就打断了她："你喝咖啡了？"他转身过来，惊诧地看着她。

郭悦一脸茫然，这表情跟钟硕的也太像了吧。不愧是雇主和助理的关系。

"怎么了，我喝咖啡很奇怪吗？"郭悦不答反问。

常亮的眉头皱得更深，没有回答她的问题，又问："昨晚没睡好？"

郭悦一怔，有点犹豫。

那件事她一直没告诉他。

"有点吧，隔壁家的小朋友有点吵。"为了防止常亮继续问下去，郭悦找了一个最不容易被反驳的理由。

常亮心疼地拍了拍郭悦的头，揽过她的肩："走吧，早点吃完饭上来休息，下午别去店里了，让钟硕自己去就好。"

"好。"郭悦乖巧地点点头，让自己看起来没什么异常。

其实，她一直在纠结，到底要怎么做才能让林淑媛永远闭嘴。她实在不想把时间和精力浪费在这些事情上。

尽管她说了狠话，但她多少也是有所顾忌，不管怎么说，她毕竟也曾是自己的养母，她并不想让问题变复杂，也不想让外人看笑话。

后来，经历了一堆事情，郭悦才明白，有的人天生就不考虑你是否有恩于他，更不会考虑面子问题，太过善良的人，终究要吃过亏，才会醒悟。

吃完饭回来，郭悦在办公室里小憩了会，也不知道常亮什么时候准备了毯子，正当她要趴下时，常亮忽然拿进来直接盖在她身上，未等她开口，他就说："盖上毯子，要不然容易感冒。"他顿了顿，又补充了一句："那是我新买的，刚洗过。"他知道她有洁癖，一般人的东西都不会用。

郭悦的眼睛莫名微微发酸，有一股暖流缓缓从心尖上淌过，她轻轻地嗯了声，便安心地睡了过去。

在没有遇见常亮之前，被前任章佩伦深深地伤害之后，她曾以为自己不会再相信任何一个男人，也时时刻刻提醒自己，不要被男人的甜言蜜语蒙骗。

她总是小心翼翼的，可偏偏还是栽进了常亮的漩涡里。

她做了一个梦，梦里是初次和常亮相遇的搞笑场景，在古朴的古巷里，他急匆匆朝自己跑来，找不到话题，很搞笑地问她附近有没有客栈，却没发现身后就是一家客栈。

梦里她几乎把他们从认识到现在的点滴都回顾了一遍，慢慢地，画面进入未来，她本以为他们会是甜蜜的一对，完全没想到有一天常亮会抛弃自己……

梦境最后一个画面是常亮甩下一句"我们分手吧"就离去，待她反应过来，她立刻追了上去，但不知道为何，四周忽然飘来一片白雾，挡住了视线，她看不到路，常亮也渐渐消失在她的视线里，她惊慌失措地往前跑，眼看着常亮就要消失了，她大声喊道："常亮……"

伏在办公桌看文件的常亮一惊，立刻从位置上站了起来，朝郭悦走去："怎么了？做噩梦了？"他轻轻用手拍抚郭悦的后背，郭悦紧紧地握着他的另一只手，瞪大眼睛看着他，有些失神，又像是受到了严重的惊吓。

他将她拥进怀里，将她的头按在胸口的位置，下巴抵在她的头顶，轻声安慰："别怕，我在呢，一直都在。"

郭悦木木的，后背一片冷汗，在听见常亮强有力的心跳声，闻到熟悉的味道后慢慢缓过神来，反抱着他，沙哑的声音响起："我做了个梦，梦见你不要我了……"她用头蹭了蹭他的胸口，像是在撒娇，也像是在寻找安全感。

常亮轻笑，轻轻拍扶她的后背："说什么傻话呢，我不是在呢嘛。"

"乖，梦和现实是相反的，不用怕。"郭悦鲜少露出这副恐惧的模样，常亮没有去细问她到底梦见了什么，但他很清楚，让她怕成这样，说明她受到了不小的惊吓。

陵水有个传说，说是青年男女在一起后，一起吃汤圆有圆满的意思，也就是能白头到老。

尽管那只是一个梦，郭悦也始终放不下心。本来下午说好了不去餐厅的，最后郭悦寻了私心，找了个很官方的理由——去做几种口味的汤圆，看看哪种好吃，受欢迎，冬至的时候就推出什么口味。硬是拽着常亮去了趟餐厅，然后做了好几种口味的汤圆，两个人你一口，我一口，腻歪到不行。

被莫名塞了一嘴狗粮的钟硕偷偷拍了几张照片，发给了田娇娇，原本是想装可怜，没想到田娇娇竟然把图发到了网上，还圈了郭悦和常亮。

瞬间，粉丝们又炸开锅了。

Chapter4 来我家坐坐呗

在粉丝们沸腾起来后，市场部的同事又抓住时机，让运营组的小伙伴在官方微博上创建冬至是吃饺子还是汤圆的话题，顺带圈了常亮和郭悦。

郭悦顺手转了微博，提到了给常亮做汤圆的事，很快他们创建的超级话题就聚集了一大波粉丝，大家纷纷在微博上分享自己家乡的，或者知道的冬至的风俗。

不少网友感叹，在此之前，还真的以为冬至就该吃饺子，还真不知道南方有一部分地区也不单纯吃汤圆，还会做糍粑、圆子、糯米饭，甚至还有一些用普通话叫不出名字的特色小吃。

再后来，官方微博又给大家再次科普，说冬至不仅有吃饺子，吃汤圆等食物的习俗，有些地区还会进行祭祖，那隆重的场面堪比过年。

再之后官方微博又给大家解释了"冬至大过年"这个说法的来历，还让运营组特意找了集团的设计师画了一组生动形象的漫画，博得大家喜爱的同时，也加深了他们对士林，对餐厅的印象和好感，以至于冬至那天，来单人餐厅用餐的客人超乎了所有工作人员的想象，最后，提前给到店消费满额的顾客准备的订制日历都送完了。

郭悦和常亮还有钟硕待到了餐厅打烊，又和工作人员把餐厅收拾干净，才回家，三个人终于体会到什么叫作累成狗。

回去太晚，常亮不太放心郭悦，想送她回去，但郭悦说坐地铁，可惜后来发现地铁已经停运了，只能让常亮送。

把郭悦送到家，已经差不多晚上十二点。郭悦下了车，没走几步又回头找常亮，咬了咬牙，犹豫地开口："要不……"她顿了顿，借着微弱的路灯亮光，常亮惊讶地发现她的脸红彤彤的，好似熟透的虾，好奇地问："怎么了？"

　　"有点晚了。"她说，"要不在我这凑合一晚上吧。"郭悦也不知道自己怎么把后面那句话说完的，只记得自己说完之后耳朵火热，跟被放在炉子上烤一样。

　　常亮很惊讶听到郭悦说这样的话，望着她愣了好一会，才回过神来开门下来，牵起她的手，捏了捏掌心，笑着说："没事，现在路上车少，回去挺快的，你赶紧上去休息吧，累的话明天早上晚点去公司也没事的。"

　　"可是……"郭悦明明想好了怎么接话，一开口又结巴了，凝视着他的眼睛不知不觉泛着一抹亮光，闪闪的，很是迷人。

　　要是把话说得太直接，郭悦又担心常亮觉得自己是那种很轻浮的女孩，不说吧，又担心常亮回去不安全，她不放心。纠结来，纠结去，她那小眼神全都被常亮收进眼里，索性挑着眉角，嘴角的笑容透着一丝不羁，打趣道："真让我上去？"

　　郭悦顿了顿，看清了他眸子里那抹玩味，瞬间没了好脾气，说："不来拉倒，我上去。"说着转身朝单元门口走去。

　　最终常亮就站在那里静静地看着郭悦进了单元门，再进电梯，直到看见她家亮起灯光才离去。

　　他不是不想和郭悦待在一块，只是不想给她压力，又怕像上次那样，最后得不偿失的是自己。这是赔本的买卖，他可不做。

　　单人餐厅在最后一个月里做出了漂亮的成绩，为这一年交上了不错的答卷。领导给常亮他们那个项目组发了惊人的奖金，羡煞了其他项目组的员工。

　　但常亮并没有因此就沾沾自喜，表彰之后又进入了新一轮规划中，把之前郭悦提的，提供半成品菜品的想法提上了日程。

　　元旦三天假，因为常亮说要做这个方案，一直往郭悦家跑，郭悦都没休息，而田娇娇带着钟硕回了天津老家，两个人白天去瓷房子，晚上坐摩天轮，同时发朋友圈，郭悦第一次体验到被好朋友强行塞狗粮的苦楚。

　　"不行，我累死了，不干了，要出去透透气。"郭悦手一摊，把手上的资料丢到一边，靠在沙发后背上感慨："别人都在休假，我却在苦逼地加班，还没有工资，为啥啊。"这话是说给常亮听的，她原本计划好了，趁着假期去趟颐和园，滑滑冰什么的，被常亮这样一搞，计划全泡汤了。

常亮也不知道是看资料看得太入神还是故意不理她，等了很久都没听到某人回话，郭悦愤愤甩掉鞋子，一脚踹向常亮，不想却被反应灵敏的常亮一把抓住了脚腕，朝她坏笑道："也不看看自己踢的那里，踢伤了，你要负责养我一辈子吗？"

他的语气十分暧昧，郭悦隐约想到了点什么，微微一怔，猛然直起身子看向常亮，惊讶地发现自己的脚现在所处的位置十分尴尬，脸倏地一下，红透了。

伴着她的脸变得烧红，小客厅的气氛越发暧昧，常亮松开她的脚腕，坐到了郭悦的旁边，一把将郭悦揽进怀里，调侃道："你还没回答我的问题呢。"

"什……什么。"郭悦装傻，别过头去，不敢看常亮的眼睛。

她想躲，常亮却没给她机会，长臂一伸，将她牢牢禁锢在自己的怀里，一张俊俏的脸，慢慢向郭悦靠近，眼看着某人的脸就要贴上来了，温热的呼吸全洒在自己的脸上，郭悦的心紧紧地缩在一起，提到了嗓子眼，支支吾吾地说："你干吗，大白天的。"

常亮笑，故意曲解她的意思，不正经地说："你的意思是晚上可以咯？"他的尾音微微有点上扬，带着几分得意，经不起调戏的郭悦心扑通扑通的，根本不受控制。

见她说不出话来，常亮又朝她逼近了几分，直勾勾地盯着她的目光闪烁不定的眼睛，嘴角邪魅的笑纹越来越大。

"常亮，你不要脸。"郭悦实在想不出什么高明的话，只能骂了他一句，双手抵在他的胸膛，妄图推开他。

可惜，男强女弱，常亮的力气可不是郭悦想挡就能挡的。

他说："有你就够了，脸不重要。"

"你……"郭悦气结，不太喜欢油嘴滑舌的常亮，但也说不出讨厌。

常亮趁着她不敢动，低头轻轻小啄了她的薄唇，之后就心满意足地将她按在怀里，说让她休息会，晚上他亲自下厨，给她做好吃的。

"真哒？"幸福来得有点突然，郭悦有点不敢相信，昂起脑袋好奇地问。

常亮愉悦地嗯了声，再次将她按回怀里。

和她在一起之后，他明白了一个道理，过犹不及。凡事都得有个度，即便是他再爱郭悦，也不能给她过大的压力，让她难受。

窝在常亮怀里没多久，郭悦就沉沉地睡了过去，她已经有很长一段时间没睡个好觉了，尤其是上次梦见常亮要离开她，她总是睡得不踏实，常常在夜里醒来。

再后来，又常常梦见章佩纶那个混蛋，他在梦里嚣张地说她毁了他的一切，他也要彻底毁掉她。

她已经有很长时间没有见过章佩纶了，自从田娇娇揭穿了他的恶劣的品性之后。

最近总是莫名其妙梦见他，郭悦心里很不踏实。

等她再次醒来时，郭悦惊讶地发现自己躺在床上，而外面已经黑天了。

北京的冬天黑得早，五点多外面就一片黑漆漆的，郭悦推开窗户，深深地吸了几口清冷的空气让自己彻底清醒，又捋了捋头发，才从房间里出来。听见厨房传来切菜的声音，就往厨房走去，惊讶地看见常亮正系着她的粉色围裙有模有样地切大葱。

模样倒是挺养眼的，只不过一个身材高大的男人，系着粉色的小围裙切菜这个画面怎么看都很滑稽，郭悦不禁笑出了声，常亮才发现她的存在，扭头温柔地看了她一眼说："醒啦？要不先去洗个澡，饭一会就好。"常亮深知郭悦冬天也有每天洗澡的习惯，又说："水应该已经烧好了。"

郭悦哦了一声，憋着笑说了好的，就转身，但她没走几步又走回来，倚在门框上，笑嘻嘻地看着还在切菜的常亮，忽然调皮地冒出一句："亮哥，你这个样子好像女仆。"话还没说完，郭悦就笑岔气了。

常亮也是琢磨了很久，才分辨出郭悦刚刚那不清晰的话说的是什么，瞬间黑了脸。想把郭悦拽过来好好惩罚一下，某人已经溜进了卫生间，把门反锁，在里面笑弯了腰。

常亮举着菜刀追到了卫生间门口，黑着脸敲了敲门，清了清嗓子，从容不迫地说："除非你一直待在卫生间里不出来，要不然你就完蛋了。"小姑娘肯定是欠调教，刚刚就不应该就这样放过她。

他也不是没领教过小姑娘的淘气，只是没想到她能这么皮，取笑完就算了，洗完澡出来还一脸认真地跟他道歉，甚至还主动亲了他一口。

他就这样放松了警惕，完全没料到小姑娘偷偷拍了一张照片发了朋友圈，说他是女仆。

那天之后，关于常亮的传言又多了一个常亮爱扮女仆。

第二十二章

你是漫长一场余生

Chapter1 你个没良心的小东西

元旦假期之后，集团开了年会，但年会举办的地点有点特殊，去的夏威夷。

集团内部员工就好几百号人，加上餐厅的工作人员，差不多上千人，考虑到餐厅要继续营业，最后集团决定大家伙分成四五个批次去，在保证餐厅正常营业的情况下，大家还能玩得开心。

当然，也有一些特殊人群主动放弃机会的，比如说郭悦。

她本身就是外聘人员，加上实在对一群人一起出行没什么兴趣，就跟老板说能不能换成假期。

这若是换成是别人，没准老板会觉得这员工矫情，不团结，搞特例。可郭悦的性子和为人，包括能力他是了解的，也就没说什么，同意了。

郭悦不去，常亮一个人去也没意思，而且他和郭悦一样，对一群人一起出行有点儿抵触，得知消息后，他也跑去找老板，只是，他还没开口，老板就知道他要说什么，直接准了。这倒是让常亮有点不好意思。

再后来，钟硕也跑过来跟老板请示。老板不禁感叹，常亮底下的人，个个都这么有个性。

临近春节，大家的心思也都不怎么在工作上，忙完上一年度的工作，到了这个时间点，难免会有些松懈。常亮也没说什么，就让他那个组的人好好玩，说是休息够了，才有精力再战。

尽管常亮很多时候表现出来的都是一副很严肃的姿态，不过大家对他的感觉还是很好的，尤其是遇到问题做决断的时候，那是一个快准狠。用能力征服员工的同时，时不时地关心和问候也让员工感到很亲切。

所以，当大家知道他和郭悦、钟硕都不去时，难免有些失望。也有员工提出来说，要跟常亮一起留下来，餐厅事情多，估计他忙不过来。

员工的好心，常亮表示感谢，并没有接受。

一群人出发之后，常亮和郭悦他们变得更忙了，一来帮手没了，很多事情他们得亲力亲为，二来，常亮还在惦记着给顾客提供半成品菜品的事。

还好，渐渐临近小年，餐厅的顾客渐渐少了些，他们也就没这么忙了。

北京就这样，外来人口多，越接近过年，人越少，就连平日里堵个水泄不通的二环都顺畅了。

"亮哥，我们晚上吃烧烤怎么样？"有点儿疲惫的钟硕坐在餐厅的等候沙发上，慵懒地说。这几天大大小小的食材供应单子都是他在审核，尽管顾客少了，但每天需要准备的食材种类却没有减少，一种一种地核对，他每天至少要花一个小时，更要命的是，食材提供方要么一大早六七点这样子送过来，要么就大晚上，餐厅打烊了之后才送过来。

"行，你决定就好。"常亮并没有这么讲究，想了想，又问："去哪儿吃？"

"嗯……"钟硕嗯了很长时间，像是思考了很久，眼睛忽然一亮，直起身子，一脸期待地说："要不咱买材料去娇娇家吧，她家有个小炉子可以自己烤，比外面的卫生。"

厨房里的师傅们做了新菜品，邀请郭悦品尝，她尝完出来只听见钟硕说的后半句，好奇地问："你们在说什么，烤什么？"

"在说晚上去娇娇家烧烤。"见到郭悦，钟硕显得越发欣喜，因为他很清楚，只要郭悦点头，常亮肯定不会拒绝，这就是所谓的软肋。

果不其然，郭悦点头之后，常亮再也没说拒绝的话，钟硕屁颠屁颠地拿着小本子在上面列要买的食材，之后又给田娇娇打电话，告诉她大家的决定。

当他们要走时，沈正鑫忽然来了，抱着一大把花，说是明天要给一个客户做大花篮，一大早要送去，怕没时间给他们送，就提前送过来了。

大家也都挺熟的，郭悦就邀请他一起吃烧烤，常亮听到，想起之前沈正鑫挖墙脚的事，黑着脸："忙的话就算了，耽误了客户不好。"为了阻止他，他连拒绝的理由都替他想好了。

　　沈正鑫就是那种"明知山有虎，偏向虎山行"的人。看着常亮不乐意，他可高兴坏了，乐呵呵地说："有时间啊，悦悦邀请，随时都有时间。"常亮听着，气得脸都绿了，直接把郭悦拽上车，把她按在副驾驶上，扬长而去。

　　钟硕目睹整个过程，明显嗅到空气中有明显的陈醋味，常亮带着郭悦离开后，他又瞅了瞅沈正鑫，打心底那是一个佩服他，敢明着跟他家亮哥抢女人，他还是头一回见到常亮这么没有自信。

　　在去菜市场的路上，常亮一句话也不说，郭悦坐在副驾驶上，隐隐约约能看见他那张臭脸，下颌紧绷，感觉下一秒就要喷火似的。郭悦忍不住笑出了声，常亮也没掩饰自己的情绪，板着脸，看了看幸灾乐祸的郭悦，说："你还好意思笑。"要不是她太有气质和个性，他用得着天天提心吊胆吗？

　　郭悦也不想逗他，知道他在生闷气，也就努力憋着不笑。可惜，越憋越想笑，最后她还是笑得肚子都疼了。

　　实在没想到，常亮会有这么可爱的一面。

　　不过这种玩笑开过了也就算了，郭悦调整好自己的情绪，一本正经地解释："我们只是朋友，别想太多，他人挺好玩的。"她顿了顿，有点儿羞涩地说："和他之间，和你那种感觉不一样。"

　　常亮一听，来劲了，连忙问："哪里不一样？"

　　是啊，哪里不一样呢？郭悦若有所思，思绪陷入了漫长的回忆中，然后小声说："有时候看到你烦，我也挺烦的，上次回陵水，忽然分开还有点不太习惯，我发现我竟然会有点儿想你……"

　　她话还没说完，常亮忽然来了个急刹车，郭悦的身子猛然往前倾，吓得尖叫了一声，以为发生了什么事，幸亏有安全带护着，她才没撞到玻璃上，待她回过神来，她慌张地看向常亮，担忧地问："怎么了？你没事吧？"

　　郭悦前后左右看了看，既没看到忽然窜出来的行人，也没看见有车祸之类的事故，一脸懵懂。

常亮摇摇头，说："有事啊，怎么没事了，我这么想你，你才有点儿想我，你这没良心的东西。"他的语调听上去透着几分生气，心底却早就乐开了花。

这是郭悦第一次承认她会想念自己，尽管只有一点点，同时他也为自己的情商感到着急，那会儿竟然没发觉郭悦的情愫。

郭悦细细琢磨常亮的话，怎么想都觉得不对劲，猛然听到后面传来一阵急促的喇叭声，她才反应过来，很生气地捶了常亮几下，嚷嚷道："你神经病吧，就因为这个忽然刹车，万一出事了怎么办。"她看上去凶巴巴的，但常亮若是真的出了什么事，估计她会是伤心难过得要死，毕竟这个人啊，不知道什么时候在她心里扎了很深的根……

后来，钟硕给郭悦发了微信，问她需不需要一起去买菜，郭悦让他把清单发来，她和常亮去买就行，然后让他和沈正鑫回家准备。

五个人围在长茶几上席地而坐时，田娇娇家的客厅忽然变得有些拥挤。

沈正鑫长得还不错，田娇娇一上来就小声问郭悦那是谁，而不直接问他本人。

郭悦没有什么遮掩，大大方方地告诉她是常亮的同学，也是她的朋友。

田娇娇向来眼尖，她话音刚落，就用手肘撞了撞她的肩膀，不怀好意地笑："是不是冲着你来的，别说不是，我不信。"

谁知道，郭悦还没解释，她们的对话就被常亮听见了，挤到她们中间，不客气地宣示自己的主权："我们明年要结婚了，大家准备好红包。"

瞬间，在场的其他三个人都懵了，你看看我，我看看你，最后一起看向常亮和郭悦。钟硕最先从惊讶中反应过来，问："亮哥，你是认真的吗？"然后又看了看郭悦，发现她一脸茫然，那表情完全就是不知情的表现。

常亮黑着脸，抬起手戳了戳钟硕的榆木脑袋："你看我的样子像开玩笑吗？"

"打住！"郭悦回过神来，她一开口大家的目光又齐刷刷看向她："谁说我要跟你结婚了？考验还没结束呢。"

她话音落下，沈正鑫就笑趴了，指着常亮幸灾乐祸地说："原来是自作多情，哈哈哈，看来我还有机会。"说着向郭悦抛了几个媚眼，郭悦尴尬地打哈哈，不知道要怎么转移话题就拿起夹子翻肉，很生硬地扯了一句："来来来，快动筷子，要饿死了。"

向来无肉不欢的田娇娇这会没跟大家一起动筷子，让郭悦觉得有点奇怪，好奇地问："娇娇怎么不吃？"

田娇娇清了清嗓子，板直身体，表情有些严肃，看上去像是有什么重要的事情要宣布。

郭悦这样一说，钟硕像是领会到了什么，也跟着放下筷子，严肃的表情和田娇娇的如出一辙。

郭悦顿时感觉到他们有猫腻，可未等她开口问，二人就主动坦白了。

"我们今年要结婚了。"

郭悦扶了扶额，漫不经心地说："哎，我还以为你们要说什么呢。"她夹了一块肉，放进嘴角，嚼了嚼，猛然站了起来："什么，你们要结婚了！"

Chapter2 小兔子乖乖把门开开

这消息一点预兆都没有，郭悦还没缓过神来，看看田娇娇又看看钟硕：
"认……认真的吗？"

一开始，钟硕并没有想到田娇娇是要说这事，这会，喜悦和激动正冲击着他的
脑袋，人有点蒙。

"你看我像开玩笑的吗？"田娇娇翻了个白眼，瞥见钟硕跟傻子一样，不满地
推了推他："你倒是说句话啊。"要结婚这种事由女生宣布，想想，她觉得自己脸
皮还挺厚的，不知道的，还以为她是结婚狂，逼着钟硕跟自己结婚呢！

"咳咳。"钟硕清了清嗓子，敛了脸上茫然的神色，一本正经地说："是的，
我们今年要结婚了，大概在国庆节。"

"我们的新家还没装修，到时候欢迎大家送家具。"田娇娇一点儿也不客气：
"来来来，吃饭吃饭。"一群喊饿的人，看着烤熟的肉不动，气氛还挺诡异的。

知道大家都好奇他们为什么会忽然宣布要结婚的，田娇娇一边吃，一边解释：
"自从上次去了我家之后，我妈三天两头催，催得我脑袋都疼了，就同意了，反正
我也不吃亏。"

田娇娇说得轻松，其实没告诉大家，钟硕为了把丈母娘收服，花了多少心思，
背着田娇娇隔三岔五给丈母娘买东西，又是按摩椅，又是颈椎仪，田娇娇也是后来
回家看到家里多了一堆陌生的东西才知道的。

丈母娘被搞定了，岳父那自然就轻松多了。

元旦的时候，钟硕跟田娇娇再次拜访二老，这回二老态度好多了，钟硕就带着田娇娇去见了自己的父母，回头就跟她求婚了。

求婚仪式并不像小说电视剧里这么盛大，但戒指还是很有诚意的。钟硕早早就找朋友设计了一款独一无二的款式，根据款式买了一颗裸钻，最后成品还不错。

但最感动田娇娇的不是戒指，而是钟硕提前准备的录像带，关于他们之前的点滴，还有未来展望和承诺。

田娇娇看完才反应过来，他们之间竟然有了这么多回忆。想到那次她姨妈痛，某人给自己买了一堆东西就不禁觉得好笑。

在她看来，钟硕有时候很黏人，让她有点烦，但很多时候都像一个大男孩，暖暖的。渐渐的，她也就习惯了每天晚上听他说完晚安才睡，来姨妈时脑子里会浮现他的叮嘱……

酒足饭饱后，钟硕和常亮主动提出洗碗，郭悦和田娇娇就收拾客厅，沈正鑫丢垃圾，一切都井然有序。

"亮哥你加油。"人逢喜事精神爽，钟硕连刷碗都是笑着的。

常亮嗯了声，并没有后话，反而看上去心事重重的。

他不禁打心底感叹，钟硕这小子也不知道什么时候跑到他前面去了，他比他早追郭悦，他却比自己先和田娇娇在一起。现在还比他早结婚。

真是越想挫败感越浓烈，他深深地叹了口气。

收拾完后，大家在客厅里喝了会茶，郭悦兴奋地和田娇娇聊到婚纱，看上去比准新娘还兴奋。

忽然传来一阵手机铃声，聊着天的几个人忽然就安静下来了，你看看我，我看看你，没反应过来是谁的手机。

钟硕摸了摸自己的口袋，发现不是自己的，又用手肘捅了捅常亮的手臂，提醒道："亮哥，你的电话。"

常亮这才反应过来，急急忙忙掏出手机，看见屏幕上跳动的号码，一下子下颌的弧度就紧了。

郭悦看见他明显愣了一下，好奇地凑过去，一边看屏幕，一边问："谁啊？"

问完她就后悔了，顿了顿，又平静地说："接吧，万一有什么事呢？"

她这样一说，钟硕也凑了过来，瞥见"陈欣怡"三个字，也明显愣了一下。

"再不接就要挂了。"郭悦缓了缓神，提醒道。

常亮这才站起来，按下接听键，往小阳台走去，顺手带上小阳台的门。

郭悦的神色平静得有些诡异，知情的钟硕如坐针毡，刚刚还跟常亮说让他抓紧时间，这回前女友就找上门来了，任谁心里也不会好受。

他拍了拍郭悦的肩膀，安慰道："别担心，可能是需要帮忙。"

郭悦嗯了声，笑了笑，故作轻松地解释："我没这么敏感好嘛，真是的，不知道的还以为我多小气呢，来来来，继续聊你们的婚礼。"可她话音刚落，就听见阳台外传来一阵清冷低沉的声音："抱歉，我不方便，你找别人吧，她朋友很多。"常亮干脆利落地挂了电话，推开门时，正好对上了郭悦空洞的眼神，两束目光交汇的瞬间，郭悦的神经像是被什么狠狠地拽了一下，她不自然地别过头去。

"怎么了，她找你干吗？"钟硕问。

"没，是一个酒吧打过来的，说是喝醉了，让人领走。"常亮坐回自己的位置，淡淡地说。

没有人接话，客厅里是一阵诡异的安静，许久，郭悦才说："去吧。"如果两个人之间真的没什么，帮个忙在她看来并不会怎样。

常亮惊愕地看向她，也不知道是太过震惊还是没听懂郭悦的话，他看着她很久都没有说话，郭悦又说："万一出了什么事怎么办？"她就是这样一个心软的人，在安全与某些理不清的关系面前，她觉得安全更重要。而且，她也相信常亮心里那个人，是自己。

后来，常亮真的去见了陈欣怡，陈欣怡整个人醉成一摊烂泥，他到三里屯酒吧的时候，还看见有几个图谋不轨的男士围着她，顿时他的火气就上来了，气势汹汹地把人拎走，塞进车里，开了好久才在一家酒店门口停下，将她安顿在酒店里。

常亮离开后，田娇娇他们没多久就散了，这个小插曲来的不太是时候，后面大家都没什么话说。钟硕提议送郭悦回去，郭悦用自己家很近的理由拒绝了，让他陪田娇娇。

钟硕和田娇娇都拗不过她，最后就没说什么。送她和沈正鑫到电梯门口，目送他们下楼。

"一起走会？"出了单元门，沈正鑫冷不丁地来了句。

进入寒冬的北京天气寒意很明显，凛冽的风吹得脸生疼，郭悦拢了拢围巾，点了点头。

"其实你没必要这样做。"沈正鑫的意思是她不需要为陈欣怡着想。

郭悦懂他的意思，忽然笑了笑："我也没别的意思，少一分怨恨，多一分自在。"她就是这么随性的人，并不想和谁僵持。

她想，要是常亮真的和陈欣怡还有点什么，那这次也是一个不错的看清他面孔的机会。

沈正鑫也笑："你心真大。"在他的印象里，郭悦本来就看上去很文艺，眉眼间透着一股清透的气息，淳朴得好似一块没经过渲染的原色麻布。按理说，那种人应该心思很细腻，没想到，郭悦在某些事情面前这么看得开。

"要是什么事情都放在心上，多累啊，我还想多活两年呢。"郭悦的语气很轻松，给人一种看淡世俗的感觉，可真实是什么样的，只有她自己最清楚。

两个人有一搭，没一搭地聊着，很快就到了郭悦家门口，她挥手跟沈正鑫说再见，沈正鑫也挥手跟她说再见，凝视她走进单元门，他忽然又开口叫住她。

郭悦懵懂地回头："怎么了？"

沈正鑫摇摇头，整个人嵌在夜色里，暖黄色的路灯将他高大的轮廓勾勒得很温柔，他朝她淡淡一笑，说："常亮是个值得信任的人。"

郭悦有些意外，领悟到话里更深层次的意思后嘴角完成轻松的弧度，冲着他说了句谢谢，又催促他快点回家。

郭悦洗漱完，准备睡觉前看了看手机，常亮并没有给她发任何消息，说不难受是假的。

随后脑子里出现了一堆乱七八糟的想法，万一他们两个真的和好了怎么办？万一陈欣怡缠着常亮不放怎么办？

和好就和好了，没了他，我还不信自己活不下去了。

哼，也不见他有多好，反正是我嫌弃的，爱怎么着就怎么着吧。

……

乱七八糟的东西浮现在脑子里，郭悦一阵烦躁，把手机丢一边，一把扯过被子蒙住头。

能睡着是假的，她在床上翻来覆去，好一会后，骂了句"常亮你个混蛋，你个没良心的东西"。

站在郭悦家门口，正准备敲门的常亮连续打了两个喷嚏，他揉了揉鼻子，才敲门。

"谁啊？"郭悦不确定自己是不是误听，大晚上竟然还有人敲自己家门。

连续不断的敲门声传来，郭悦从床上爬了起来，一边走一边反复问是谁。

可惜外面的人连声都不吱，郭悦就更好奇了，手握着门把手，犹豫了很久都没开，直到常亮又敲了敲门，她咬着牙，迟疑了几秒，最终还是打开了防盗锁。

常亮听见开锁的声音，眉心紧拧，门刚裂开一条缝，他就推开门一把把郭悦拥入怀里，又气又恼地说："你个小笨蛋，这么轻易就开门，万一是大灰狼怎么办？"

郭悦一怔，看见是熟悉的人，鼻子一酸，紧抱着他一句话也说不出来。

她还以为，他不要她了。

Chapter3 我跟你回家过年呀

宿醉的结果是头痛欲裂，陈欣怡醒来的时候已经是第二天的中午，昨晚朦朦胧胧中她有看到那个熟悉的身影，未睁开眼睛之前呢喃了常亮的名字，可惜叫了好几声，没有人回应，她才缓缓睁开眼睛，发觉自己在一个陌生的地方，身上的衣服还有浓烈的酒味，冲得让她恶心。

她掀开被子下床，揉了揉太阳穴，去卫生间洗了个澡，头脑清晰了才开始回想昨晚的事，随后又翻了手机，发现手机里果然有拨通过常亮号码的记录，一阵哀叹后，不知如何形容自己的心情。

她原本并没有找常亮的计划，把对他的思念都藏在心里，时间久了，积压太多，只能借着买醉的方式发泄，没想到最后还是把事情变得复杂。

退房时，她特意向前台的工作人员询问昨晚是谁带她过来的。

小姑娘用手比画着："目测有一米八，长得可帅了……"小姑娘实在想不出什么词能很准确地概括出常亮的容貌，用了普通的词似乎觉得没有特点，又一顿纠结。

陈欣怡干脆掏出手机，在相册里找到了一张照片，递给小姑娘看："是不是他？"

"啊，对对对，就是这位先生。"看清常亮的脸，小姑娘有些激动。昨晚常亮扛着陈欣怡过来办入住时，几个女生看着他一动不动，他一消失在她们的视线里，几个人又凑到一起不亦乐乎地聊他的美颜。

陈欣怡收了手机，心情很矛盾。

常亮去接她，某种程度上可以说是关心她，她很高兴。

但他接到她，又把她一个人丢在酒店里，让她很惆怅。

"他是您的男朋友吗？"激动的小姑娘快嘴多问了一句不应该问的话，说完她就后悔了，诚惶诚恐地望着陈欣怡。

陈欣怡没答，看了她一眼就转身向门外走去。没走几步，又扭过头，冲着小姑娘微微一笑，说："前男友。"随后走出酒店门，消失在人潮里。

常亮昨晚回头找郭悦后，郭悦没让他走。

去夏威夷度假的员工还没回来，又临近年关，公司和店里的事相对少一些，两个人就没按着上班点起床。

常亮醒得比郭悦早一些，起来后又去买了点菜，动手做了早饭。可惜，早饭都凉了，郭悦也没醒。

常亮回房间里看了她好几次，小丫头像个孩子一样蜷着身子，缩成小小的一团，只露眼睛以上的面部在外面。

他怕她憋得难受，稍稍把被子往下扯一些，露出整张小脸。

小丫头的睫毛动了动，常亮笑了笑，柔声道："把你弄醒啦？"在她缓缓睁开眼睛之际，用手刮了刮她挺拔的鼻梁。

"是啊，怎么办，你赔我的美容觉。"郭悦伸了伸懒腰，故意鼓着腮帮子，没好气地说。

常亮若有所思，下一秒欣然地笑笑，一手掀开被子："好呀。"他边说边爬上床，笑眯眯地看着郭悦："陪你睡觉。"

郭悦思维一顿，本能地护住自己的身体，又缩成一小团，惊恐地开口："你……你干吗！"她说的是赔偿的赔，不是陪同的陪。

自己理清楚后，她才明白常亮曲解了自己的意思，又想到某些不可描述的画面，瞬间脸又红了，那双水汪汪的眼睛，嵌在那张小脸上，怎么看都惹人怜爱。

常亮可管不着这么多，利索地钻进被窝里，长腿长臂一伸，轻松地将她禁锢在自己的怀里，还故意发出不怀好意的笑声，说："当然是陪你睡觉呀，你的需求我怎么敢拒绝。"

他的手搂着她纤细的腰，本来睡衣的质地就偏薄，被他那宽厚有力的手掌压着的那块皮肤变得越来越热，郭悦很不自然地扭了扭，两个人本来就身体贴着身体，她这样一动，对常亮来说更像是温柔的抚摸，不知不觉间呼吸变得急促，太阳穴突突地跳着，身体紧紧地绷着，一动不动注视着怀里的可人儿。

郭悦也似乎感觉到他的异样，一抬头就对上他那双浸满欲望的眸子，心脏陡然漏掉一拍："你……"

"别动，让我抱会。"低沉浑厚的声音敲击着耳膜，郭悦果然不动了，任由常亮抱着。

郭悦的头发里还有一丝洗发水的清香，淡淡的，若有似无，撩得常亮的心乱了节拍，他慢慢地往下挪了挪，埋头在她的颈窝里，贪婪地汲取来自她身上独特的芳香，有些控制不住地吻了吻她脖子上大动脉，舌尖的温热带着男人的粗糙感迅速在那一小片皮肤快速向四肢蔓延，郭悦不禁颤了颤，不由地发出一声低吟："常亮……"

她不出声还好，一出声下一秒常亮就控制不住，直接抬起她的下巴，熟稔地撬开她的牙齿，像只顽皮的猴子一样撩拨她的舌尖……

阳光隔着亚麻质地的窗帘洒下来，在房间里洒下一片浅浅的碎片，让屋里重叠的两个影子越发暧昧，令人遐想。

郭悦和常亮是下午才去的店里，两个人到店时，眼尖的钟硕一眼就看出了他们的不自在，而且常亮的嘴角上有很明显的伤痕，那种伤口，除了被人咬，他还真想不到别的造成原因。

但他还是憋着笑，假装关心常亮问："亮哥，你的嘴怎么了？"他就那样直勾勾地盯着他看，不给他逃避的机会。

常亮微微蹙眉，下意识用手摸了摸伤口的地方，淡淡地说："没什么，被猫挠的。"对，他家小兔子变成小野猫了，趁他陷入温柔乡时，狠狠地咬了他一口，美其名曰，饿了。

听到那话时，常亮整个人都蒙了，没反应过来，小野猫就得意地溜进了休息室。

站在离常亮不远的郭悦听到他这话，忍不住转过身去捂了捂快要憋不住笑出声的嘴。

"这样啊，去打疫苗没，狂犬病一爆发的话，会很麻烦的。"钟硕抿着唇，好不容易逮住机会逗逗常亮，他可不想浪费。

常亮瞥了他一眼，又悄悄看了看憋着笑、双肩颤抖的郭悦，忽然想到了什么，清了清嗓子，一本正经地说："没事，我打算咬回去，要死一起死。"

郭悦的笑容顿时僵住了，转身愤愤瞪常亮，却看到他小人得志的傲娇模样，不由地把怒气转移到罪魁祸首钟硕的身上，说："钟硕，这个单子有错误。"

钟硕一听，连忙跑过去："啊，哪里？"他拿过单子看了一眼，又对了对本子上的数字："没有啊。"

"啊，抱歉，我好像看错行了。"郭悦扯出一抹笑容，尴尬地挠挠头，趁着钟硕不注意，她又扭过头去冲着常亮做了个口型——你给我等着。

常亮照单全收，一点都不畏惧，嘴角得意的笑纹越来越大，乐开了花。

越接近年，餐厅里的客人越少，大家也见怪不怪，常亮询问了一圈员工的时间安排，想了解一下他们大概什么时候请假回家，他也好做下一步的安排。

统计好时间后，他又让钟硕做了一个排班。

有几个厨师和服务员把父母接了过来，在这边过年，也不打算请假，常亮就给他们安排了节日津贴，发三倍工资。

一圈下来后，常亮又问郭悦什么时候回家。

郭悦本来就没什么事，坐在休息室的小沙发百无聊赖地刷微博，想了很久才回答他的问题："小年吧。"外婆还在家里，小年在陵水也是比较重要的节日，长辈在哪，她就去哪。

常亮点点头，又说："那我送你回去，然后再回家。"

郭悦一听，当即黑了脸，没好气地说："常总这是钱多没处花啊，春运的票多难买你又不是不知道。"

"花在你身上我一点都不心疼。"常亮把本子一合，笑吟吟地看着她。

郭悦喊了声，在胸前做了个叉："别动不动说这种肉麻兮兮的话，我有免疫。"其实，她是不想常亮折腾来折腾去，花钱不说，还很累，大过年，相信他的家人也在等着他回家团圆。

"可是，我想和你一起过年。"往年过年，他几乎都是除夕当天才回家，和父母吃顿饭，初四这样子就回公司，他一个人负责的东西比较多，走开太久也不放心，但今年不一样了，他有了牵挂的人，想和她一起倒数，一起辞旧迎新，许下新年美好的愿望。

"你没开玩笑吧？"郭悦木木地看着眸子里挑不出半点开玩笑韵味的常亮，小心脏一颤。

"你看我像开玩笑的样子吗？"常亮将脑袋往郭悦面前凑得更近些，让她看清楚自己的表情。

郭悦嫌弃地推开他，又很正经地说："行了，玩笑开过了就算了，早点安排好回家陪你妈。"这算是拒绝了他的提议，郭悦想，常妈妈要是知道自己的儿子因为她不回家过年，不知道会不会像别的妈妈一样觉得她抢了她儿子。

她不是那种贪心的人，就像现在，有他在身边，她就已经很满足了。

常亮的脸色不太好，郭悦暂时也没想到要怎么转移话题，收银台的小姑娘就跑进来说，有人找常亮，是位女士，姓陈。

陈欣怡的名字瞬间从脑子里跳出来，郭悦的脊背不由挺了挺。

Chapter4 人见人爱花见花开

陈欣怡坐在餐位上，位置靠着窗，细碎的阳光从窗户洒下来，落在她身上，让她的脸色看上去没这么苍白。

郭悦随在常亮的后面出来，但没走过去，让服务员给她上了柠檬水，转身就进厨房忙了。

陈欣怡不是第一次找到店里来，八卦的小姑娘早就默默关注三人，还小声议论起来。

"哇，我们常总真受欢迎啊，悦悦姐喜欢他，那位陈小姐好像也喜欢啊。"服务员A说。

"我们常总就是少女收割机啊，我也喜欢，就没这个胆。"服务员B先是一阵骄傲，随后又有点遗憾。毕竟自己要优秀没郭悦优秀，要美貌没陈欣怡美貌，像常亮这种要颜值有颜值，要才华有才华的人，铁定看不上她这样的人。

"诶，这是明着过来向悦悦姐下挑战书吗？当着悦悦姐的面诶，真可怕。"服务员A无奈地摇摇头。

"安啦安啦，我觉得悦悦姐必胜。"服务员B拍拍小伙伴的肩膀。

服务员A一阵长叹："那可不一定啊，感觉我们的悦悦姐不够热情啦，有点冷冰冰的，男人啊，大多数都喜欢温温柔柔的姑娘。"

"切，我看我们常总不一样。"服务员B表示不满。

……

两个人谈个不停，都没注意到郭悦端着果盘出现在她们后面。

"你们谁把果盘送一下。"她平静地开口。

两个姑娘吓了一跳，情不自禁用手捂住胸口的位置，反应过来后，手不约而同伸向果盘，说："我去。"

郭悦看了看两人，最后朝服务员A抬了抬下巴："你去吧，麻烦你了。"然后又走回了休息室。

小姑娘端着果盘走过来，只听见陈欣怡在说："希望你对我不要有偏见。"瞬间小姑娘就开始胡思乱想，猜陈欣怡的意思是要跟郭悦公平竞争，还是别的意思，注意到常亮的目光才慌慌张张开口："悦悦姐准备的果盘。"放下就走。

她一回到收银台旁，另一个小姑娘就问她："在聊什么？"

小姑娘略作思考，也就听到一句，不知道什么意思就说不知道。

郭悦和常亮对员工都很好，不确定的事情，她可不敢乱说，开玩笑的话也要有个度。

郭悦躺在休息室的躺椅上，闭目养神，许是太累，躺着躺着，她竟然睡着了，还做了个甜蜜的梦，梦见未来的家跟陵水老家的院子一样，种满了花花草草，瓜果蔬菜，梦里还出现了一个调皮的孩子，摘了一大把她种的花，她把孩子骂了一顿，却被常亮骂回去，说不许她欺负他的小情人。

郭悦还没骂回去，忽然被放在一旁的手机震醒了。

过来店里的路上她有刷微博，没退出账号，这会提醒她有新消息。

是私信。

"郭悦你个贱人，下班回家小心，千万别出意外。"

郭悦盯着那句话，唇色变得苍白，握成拳头的手，背部凸起的青筋看上去有些瘆人。

她实在不明白，林淑媛拿了钱，为何还要阴魂不散。

她早就警告过她，再发恐吓消息，就报警！

难道她一点都不怕？

还是，恐吓她的人，另有其人？

郭悦头疼得厉害，跟炸裂了似的，她将手机丢到一边，用手按了按突突狂跳的太阳穴，心里是一阵惶恐。

她缓了缓神，拨打了林淑媛的号码，一上来就开门见山。

"我听不懂你在说什么。"林淑媛冷声道。

呵！郭悦轻笑，努力克制自己的情绪："你听好了，现在坦白我不会追究，但是，你要不说，我就只能拿着证据去报案了，到时候事情变得更复杂，别怪我无情。"若不是被逼到了绝点，她也懒得跟她废话这么多。她也怕麻烦，事情能简化就简化。

"老娘我是清白的，你爱怎么着怎么着，我还不信警察还能给我随便安罪名？你有证据吗？你怎么确定那个人是我？搞笑。"林淑媛被她搞得很不耐烦，她确实缺钱，但她未曾想到这样的方法："早知道这样能拿到你的钱，我也这样做好咯。"

林淑媛的声音本身就比一般人的要尖锐，被她这样一吼，郭悦就更头疼了："真不是你？"她又问。

除了她，她还真想不到谁会这么大费周章。

"不是，你要我说几遍啊，烦不烦啊，难道不知道自己虚伪的样子很容易招人恨吗？"林淑媛吼完，"啪"的一下不耐烦地挂了电话。

郭悦的脑子还有点懵，握着手机愣了好一会。

她虚伪吗？

还招人恨？

后来，郭悦有问过常亮，在他眼里，她是什么样的人。

常亮说了一大堆，都是好的。郭悦又问他，她是不是很虚伪，很招人恨。

常亮愣了好一会，才回过神来说，确实是优秀到招人恨。

和陈欣怡聊完，常亮就跑进来找郭悦，发觉她脸色不太好，眼神有些空洞，以为她因为陈欣怡找上门来生气，立刻解释："她是来道歉的，为昨晚的事。"

陈欣怡说她翻看了郭悦所有的视频，用心平气和的态度去看的，看完后她忽然明白他为什么会喜欢上她。

从郭悦的眼神里，她看到了纯真和质朴，那种发自内心和灵魂深处的东西让她无论是出现在山间地头，还是高楼大厦前都那样的引人注目。

而她，虽然也很优秀，但欲望太多，太乱，也从未好好地听过自己的心声，好好问问自己最想要的是什么。

正如当年上大学时一样，重新遇见他之后，她心里最想的，还是通过优秀的他，彰显自己的魅力，获取虚荣心，实际上，从未喜欢过。

这段日子，她想了很多，尤其是她和自己父亲公司里被开除的员工做了一场交易，并且被常亮他们揭穿之后。再后来，她无意间翻到了以前的日记本，里面记录着一些关于追求过自己的男孩的事，以及她当时对那些男孩的看法，才发现无论喜欢过她的男孩有多优秀，她都从未喜欢过。至于变优秀了的常亮，她顶多是心有不甘。

所以，她这次来找常亮是来告别的，希望日后再见面时，能以一个全新的面貌出现在大家的面前。

常亮因为着急向郭悦解释，额头沁出一层冷汗，说话还语无伦次的，说完还可怜巴巴地望着郭悦，像只小奶狗一样，委屈巴巴地说："真的，她想开了，以后不会再来打扰你了。"

郭悦憋了很久，最后还是忍不住笑出了声，用手弹了弹他的额头，嬉皮笑脸地问："我什么时候生气了？"

"那你刚刚？"明明他进来的时候就看见她的表情很可怕好嘛。

郭悦顿了顿："没事，就刚刚睡醒，我有起床气了。"不是陈欣怡，也不是林淑媛，事情似乎越来越复杂了，她没有头绪，但是又不太想和常亮说。

"真的？"常亮显然不信。

郭悦"扑哧"笑出了声，解释道："假的。"

常亮的额头蓦地爬满了黑线，又气又恼地抬手刮了刮她的鼻子，说："你啊，真是越来越调皮了，快说，瞒了我什么？"他把她拉到一边坐下，自己坐在对面，俨然一副要审问到底的架势。

郭悦有点想笑，但还是被常亮过分严肃的表情给压下去了。

行吧，既然他想听，那她就说好了。

她一本正经地清了清嗓子，问："你有没有想过以后？"她很早之前就想问问他对未来的想法，也想告诉他，她放不下外婆，终有一天她会回到外婆的身边，回到陵水。

常亮怔了怔，眸子里的情绪有点儿复杂，也不知道是这个问题让他为难，还是他担心自己最真实的想法与郭悦所想的不一致。

"那你有什么想法？"常亮问。

"我先问你的，你先回答我的问题。"她怕他会受到自己的影响，如果不是出于心甘情愿，她总觉得两个人在一起，自己会很有压力。虽然小说电视剧里常常有那种为了爱情，可以为对方放弃一切的情节，她还是不想这种桥段发生在自己身上。

因为即便是再浓烈的爱，最后都会变成平淡的生活。如若对生活不喜欢，没有激情，那这一辈子是过得极其悲惨的。

"这些年我在想，在大城市里打拼虽然钱很多，但我也失去了很多，比如说陪家人的时间，又比如说好好享受阳光的惬意，再比如说，倾听自己心声的时间。人啊，就这样，永远都在羡慕得不到的东西，但后来我又想，有没有一种既能挣钱，又能享受时光的选择，想了很久，我发现还是有的，那就是我来做老板啊，那样就不会受任何人约束了……"他全程没提郭悦，听起来更像是向别人袒露自己的心声，怕的就是郭悦会有压力。

郭悦不知道什么时候眼睛变得热热的，常亮在她的视线里越发模糊。

常亮发现了她的异常，依旧笑眯眯地看着她，阴阳怪气地问："也不知道郭小姐，愿不愿意当我们家店的老板娘。"

郭悦顿时被他的语气逗笑了，翻了个白眼，学着他的语气说："那就得看某人的表现咯。"

常亮顿住，郭悦的回答在意料之中，又在意料之外，他沉默了一小会，忽然站起来，走到郭悦的面前，俯身，低头，吻住柔软润泽的薄唇，动作一气呵成，郭悦根本没有反应的时间。

常亮只是浅尝辄止，没一会就放开郭悦，又挑着眉角，吊儿郎当地问："你看我这表现如何？"

话音刚落下，某人就给了他重重一捶，耳畔反复回响两个字——流氓。

第二十三章

天涯海角路漫漫

Chapter1 郭大婶是谁

郭悦死活不愿意让常亮跟自己回陵水过年，还威胁他说，要是敢乱来，不听话，就废了他。

郭悦说这话的时候钟硕也在，硬是忍不住发出了嘲笑的声音，险些被常亮的眼神杀死。

但他也只能拿钟硕出出气，最后还是没能如愿以偿地跟郭悦回陵水。

不过他买了跟郭悦同一天的机票，航班比郭悦的晚三个多小时，却跟她一起到机场，陪她办理手续时，工作人员发现他的航班时间，以为他看错了自己的航班时间，好心提醒道："先生，您的航班是下午三点十五分，现在才十一点。"

常亮不知工作人员何意，也没多想，说："我知道啊，但我女朋友的航班很快就起飞了，麻烦您快一点。"

工作人员这才注意到站在常亮身后，戴着墨镜的郭悦，陷入尴尬中。

两个人的登机口一个在西侧一个在东侧，相距十多分钟的路程，常亮非得把郭悦送到登机口，和她一起等待登机。

"你不累啊，还拖着行李箱，来回半个多小时。"郭悦瞥了瞥和自己肩并肩的小尾巴，笑嘻嘻地问。

"不累，一点都不累。"常亮特别认真地强调。

郭悦给外婆带了很多东西，拿了个二十四寸的行李箱，办登机手续时，已经拿去托运了，这会手里就拎着一个包。

郭悦还不知道怎么接常亮这茬话，常亮又说："我得抓住机会多表现表现。让你记住我的好，最好是一离开我，就茶饭不思。"

说完，他得意地朝郭悦笑。

郭悦默默地翻了个白眼："随便你。"即便是拉上钟硕和田娇娇一起软磨硬泡，她也不会这么快就同意结婚的。

毕竟，人生这么长，潇洒的日子她还没过够呢。

常亮并没有气馁，迈着长腿跟上郭悦的脚步，又想起了钟硕之前说的，光看脸，就知道郭悦很难搞定。

这不，在钟硕的怂恿和炫耀双重刺激下，公司放假前，他精心准备了一大束玫瑰花，又买了戒指，又求田娇娇将郭悦带到广场上，在灯火璀璨下，当着很多人的面求婚，却被拒绝了！

丢了好大的脸不说，还被前来凑热闹的沈正鑫给取笑了一番，落得个很没面子。

郭悦拒绝他的时候并没有说委婉的说辞，只是简单明了地告诉他，自己还没想好。

常亮无疑是难过的，但他很快收拾好自己的情绪，告诫自己，一定要坚持，所以，他才会抓住机会就表现，恨不得把郭悦宠到天上去，把所有的好都给她。

二人在登机口等了没多久，广播就通知登机。郭悦拎着包，加入了排队的行列，想了想，又冲常亮说："得了得了，送到这就行了，赶紧去你的登机口等着。"她的语气里听不出留恋的味道，倒是看上去有些嫌弃和不耐烦。

她向来喜欢隐藏情绪，又不喜说矫情的话。

常亮没动，依旧站在那里笑着看她，举动看上去不奇怪，还是引起了很多人的注意，排在她后面的阿姨，没忍住，一脸羡慕地说："小姑娘你的男朋友真不错啊，又高又帅，还这么体贴，现在这个社会这种男人很少咯，你真幸运。"

郭悦不由红了脸，朝阿姨不好意思地笑笑，上了飞机才发现两个人是邻座，阿姨甚是欢喜地拉开了话匣子，聊了好长一段时间。

她下了飞机，常亮才登机，给他报了平安，辗转出了机场她就往陵水最大的综合市场赶去，拖着行李箱，还去买了一堆年货，大包小包的，全一个人拎着，跟个女汉子似的。

杨秋山也正好来这边采购，大老远的，看见一个人很夸张地拎着一堆东西，不由多看了两眼，越看越觉得眼熟，情不自禁冲着那个背影不确定地喊："悦悦。"没想到对方还真的停下来了，扭头看向他。

"真的是你啊。"看清郭悦的脸，杨秋山小跑着向郭悦奔去，也没多说什么，直接拎过她手里的东西，责怪道："拎这么多东西，不知道分次拿啊，万一被碰到怎么办？"这会正是大家忙着采购年货的小高峰，车多人多，他还真是为她捏了把汗。

郭悦有些不好意思地笑笑："哪有这么脆弱。"注意到杨秋山手里也拎着几个袋子，她又问："秋山哥，你也买年货啊。"

"是啊，再买点，我妈等我姐回来让她拿点。"

郭悦点点头，表示明白。

"我开了车，送你回去吧。"

"不用不用，我自己坐车就行。"郭悦连忙拒绝，想摆摆手，却发现自己的手都拿着东西，不巧杨秋山又注意到了她的小动作，抿着唇笑了笑，郭悦顿时有些尴尬，不再说什么，拿着东西跟在杨秋山后面。

陵水过年的习俗跟别的地方一样，准备的吃的，大多的都是带着美好寓意的，比如金玉满堂、年年有余、发财就手等等。

金玉满堂其实是一个蔬菜和坚果组合到一起的混搭菜，里面有甜玉米、腰果、蚕豆、青豆、胡萝卜等等，算是年菜里口感比较丰富的菜品。

而年年有余其实就是鱼，不管是清蒸，还是红烧都无所谓，取了鱼的谐音，注入了对来年的美好期盼。

至于发财就手就是猪蹄和发菜的组合，猪蹄口感肥而不腻，而发菜吸收了猪蹄多余的油脂也别有一番风味。

类似这样的菜还有很多很多，一般大家庭可能会准备二十多道，而郭悦家就她和外婆，两个人吃不了这么多，就做了五个，郭悦还给起了个好听的名字——五福临门。

郭悦在制作这些菜肴时，还顺便架了相机，一边拍一边做，但她的注意力主要还是在准备年夜饭上，一开始还以为这种随意的拍法片子出来不会好到哪里去，吃完饭，用最快的速度剪完回头一看，感觉又很不错。

因为菜色比较多，这个片子相对以往的来说要长很多。发出去之后，粉丝们纷纷表示这份跨年大礼包来得很及时，很给力。

常亮听到微博消息提醒时在和母亲看春晚，尽管现在大家对春晚都没浓厚兴趣，他还是坚持陪着母亲，珍惜短暂的相处时间。

他就坐在常妈妈的旁边，聊聊家常，谈谈心。

可听到微博提醒声后，他就开始埋头看手机，一边笑，一边打字，虽然也有在和母亲聊天，常妈妈还是看出了异样，忽然冒出一句"和女朋友聊天呢"，吓得常亮以为母亲看到了评论的内容，连忙把手机屏幕翻过来。

他这一反应，常妈妈心里已经有了准确的答案，又佯装生气地说："你这什么表情？我又没说不准你们来往，又没对你怎样。"常妈妈一脸嫌弃，又说："什么时候带回来给我看看？"跟常亮年纪差不多的，他们小区里的男的，二胎都有了，就常亮还单着，常妈妈虽然面上不说什么，心里那是一个着急啊，可她又很清楚儿子的个性，越是希望他做的事情，他就越是不做，这反调跟她唱了二十多年，人都快三十岁了，还是没变。

因为这事，还有邻居私底下说了不少闲话，说单亲的孩子想娶媳妇，就一个字，难。

常亮有点尴尬，挠挠头："再等等。"不是他不急，而是急不来。

常妈妈"喊"了声，絮絮叨叨又说了几句，然后起身向厨房走去，边接水边说："要是明年还不带回来，就别回来过年了。"谈了恋爱也不跟她说，常妈妈觉得自己要被气死了。

她并不是那种觉得儿媳妇会和自己抢儿子的人，相反，她还真希望儿媳妇早点把儿子带走，这样她就不用担心他在外没有好好吃饭，说这么多废话了。

常亮笑着应了声："知道啦。不让我回来，我就去陪她。"

常妈妈一怔，冷声反问："那你今年怎么不去？"

常亮呼了口气，哭笑不得，他倒是想啊，但是郭悦不愿意啊。

他把情况简单告诉了母亲，常妈妈不仅没安慰他，还嫌弃他无能。

"人家不让你去，你就不去啊？"常妈妈没好气地说。

"妈……"被亲妈嫌弃，常亮委屈到不行，哭丧着脸，摇了摇母亲的手臂。

谁知常妈妈看都不看他一眼，抽回自己的手，理直气壮地说："一点都不像我儿子。"话虽这么说，心里却控制不住对郭悦的好奇，很想知道她是一个什么样的女孩，能把自己儿子吃得死死的。

于是，把常亮催去洗澡之后，她偷偷翻了常亮的手机，在通讯录里找了一圈，也没找到看起来比较像女朋友的备注。

常妈妈很纠结，脑洞一开，乱七八糟的想法就涌了上来。

妈呀，我儿子该不会是个gay吧！常妈妈被自己的想法吓了一跳，惊讶地捂住嘴巴。

常妈妈显然不信，又翻了一圈，最后把目标锁定在备注叫作"郭大婶"的号码上。

什么郭大婶，她不记得有姓郭的亲戚。

她盯了好一会，心里那是一个不得劲，比起跟一个大婶在一起，还不如是个gay呢！

常妈妈犹豫了一会，悄悄把号码写在手上，溜进房间，关好门，拨通了"郭大婶"的电话。

Chapter2 榴莲皮伺候

电话响时，郭悦正和外婆检查家里供桌上的物品。相对别的地方来说，陵水这个地方佛教文化盛行，而过年又是大事，家家户户都会在自家的供桌上摆放丰富的东西祭拜祖先，大年初一的早上还习惯到西山上上香，乞求新年大吉。

手机屏幕上显示号码的归属地是H市，郭悦最先想到的是推销，心想，大过年的还打电话推销挺敬业的，也就好脾气地接了电话："您好。"

常妈妈听到这个清脆的女声显然怔了几秒，清了清嗓子，直接开门见山："郭……"常妈妈哽了哽，"大婶"两个字到底还是憋了回去，变成了"小姐"。

郭悦没搞清楚对方身份，有点蒙，问："请问您是？"她实在辨别不出来这是谁的声音。

"我是常亮的妈妈。"常妈妈也懒得绕弯。

这一身份显然不在郭悦的预料之内，她嘴巴微张，露出惊讶的神色好一会才反应过来："伯母，您好。"

一开始，常妈妈只是想知道自己儿子是不是跟一个大婶在谈恋爱，现在，郭悦的声音告诉她，这是一个很年轻的姑娘，她又不知道要问点什么好，短暂的尴尬后，她又说："很抱歉啊，这么晚还打扰你，我没别的意思，就是想邀请你有空的时候到家里坐坐，常亮这个臭小子，什么事都不告诉我，还给你备注了一个'郭大婶'不让我发现……"

常妈妈又断断续续说了一些关于常亮的不是，可惜，郭悦听见那三个字的称呼后额头早就爬满了黑线。

她就这么丢人吗？

还郭大婶。

郭悦心里满是埋怨，心想，等回北京，她得好好收拾一番才行，要不然怎么对得起粉丝们一口一个小仙女？

常亮洗完澡出来，发现客厅里一个人都没有，他的头发还湿着，擦了两下就回房间找吹风机，在自己的房间找不到，又跑去了母亲的房间，正要敲门，就听见母亲在讲电话："悦悦啊，我们家常亮啊，缺点很多，也真是辛苦你了……"两个人没聊几句，常妈妈就亲切地喊她悦悦。这多少让郭悦有些不好意思，又从她的言语间隐约感觉到她很会说话，不管说什么都很动听，这让她莫名想起了常亮，说话也一套一套的，总能把人哄得心花怒放。

原来，这也是遗传。

"妈，你……"在门外站了好一会的常亮一开始还以为自己的母亲在给谁打电话，后来隐约听到那个熟悉的名字还不敢确定，以为对方是同名同姓，直到母亲揭自己的短，他才忍不住推门进来。

常亮的忽然出现吓了常妈妈一跳，反应过来后直接对着电话说："哎哟，我不跟你说了，小魔鬼来了。"

郭悦一听这称呼，当场就乐了，礼貌地说了再见。她还真没想到，常亮在亲妈眼里竟然是魔鬼。

从短暂的聊天中，感觉到常妈妈是个好说话的人，脾性也不错，郭悦莫名地放心了些。和外婆检查完供桌，她就回到自己的房间。

距离零点还有一个多小时，窗外的烟花却接连不断，无一不在显示着大家对新年的期待。郭悦躺在床上睡不着，就爬起来拍了一张烟花绽放的照片，然后发了个微博，之后才看见常亮评论了自己前一条微博，他说：从今年开始往后的每一年，我都要和你一起守岁。

他这一评论勾起了一大波粉丝的好奇心，大家伙纷纷猜测她是不是去常亮家过年了，也有可爱的粉丝说，肯定是小姐姐把小哥哥拐跑啦，毕竟小姐姐这么优秀，只有别人跟着她，没有她跟着别人。

郭悦看完莫名笑出了声，思考着要怎么回复评论，常亮的电话就打了过来。

"你怎么还没睡？"问完郭悦就后悔，现在她家这种小城市都烟花璀璨，更不要说H市了，不过也不一定，大城市对环境管理控制严格，没准连烟花都不能放呢。

"想你睡不着怎么办？"常亮顺着郭悦的问题往下延展。

郭悦蹙眉，鄙夷道："少来，都这么大个人了，还油嘴滑舌的，没个定性。"这话可是常妈妈刚刚跟她说的。

"不信你来看看我，想你都快瘦了一大圈了。"常亮逗她的劲丝毫没减。

郭悦嗤笑："说梦话呢你，才分开多久就瘦一大圈，这么好的瘦身方法不拿出来分享真是浪费。"

"你不来我就去找你。"

郭悦一听，声调立马拔高了："你敢！"

常亮笑笑，没接这茬话。他还真敢，刚刚买了机票，初三到陵水。

"好啦，不说这个了，刚刚我妈跟你说什么了，没吓着吧？"他更关心这个问题，就怕自己的母亲乱说话，把他家小兔子吓着了。

他也试着问过母亲，可惜，她什么都不说，爱答不理地丢给他一句，想知道打电话问你女朋友啊。

郭悦细细回想，沉默了好一会才说："没什么啊。"就随便聊了几句关于她，关于常亮，严格来说，真没什么。

"真的？"常亮不知道母亲是不是从自己洗澡开始就给郭悦打电话，如果是的话，这么长的时间没聊什么，显然不科学，再者，偷听的时候，明显听到母亲的声音透着喜悦。

"不信你问你妈啊。"

常亮瞬间感觉自己被抛弃了，这两个人，还没见过面就这么合拍，那要是结了婚，将来是不是都没有他立足的地方了？

再继续这个话题下去，常亮觉得自己会被气死，机智地转移了话题，问："今晚吃的什么？"

"你不是看了我的微博吗，就上面那一堆，诶，准备起来可麻烦了。"郭悦扯了扯被子，稍稍盖住自己的脑袋，躲在被窝里打电话，声音有点闷闷的。

常亮"哦"了声："你怎么不问我吃什么？"

"饺子呗。"郭悦想也没想就说。

"你怎么知道？"常亮惊呼。

郭悦无语地翻了个白眼："你们北方人不都是这样吗？不管什么节日都喜欢吃饺子。"常亮听着这话隐约觉得里面有鄙视的意思，连忙反驳："也不是啊，元宵节还是吃汤圆的。"不过和陵水比起来，他们家的节日的食物种类确实要少很多。

两个人有一搭没一搭地聊了好一会，郭悦频频打哈欠，常亮听出她的声音带着倦意，也就没再继续说不完的话，催她去睡觉。

"嗯，你也早点休息。"郭悦说。

常亮应了声，郭悦正要挂电话，他又喊了声她的名字："郭悦。"

"嗯？"倦意涌上来，郭悦有点懵。

伴着常亮那句"我爱你"，窗外"砰"的一声，一朵硕大的烟花悄然绽放，郭悦根本没听清他说了什么："你说了什么，刚刚有点吵，没听清。"

常亮微微一怔，平静地解释："没事，让你早点睡，做个好梦。"

郭悦长长地哦了声，两个人互相说了晚安就挂了电话。

次日一大清早，郭悦还是在一阵鞭炮声中醒来的，陵水的人们对过年显得特别积极，天还没亮就有人起来烧香放鞭炮，一大早，郭悦推开窗被一阵浓烈的硫黄味呛得喉咙都辣了，不过，心底还是流淌着喜悦，毕竟是过年，不管上一年过得怎么样，都要用一个新面貌迎接新一年。

郭悦是在和外婆一起祭拜完祖先才看的手机，发现零点的时候常亮给自己发了祝福语和红包，再后来才发现田娇娇把自己拉进了一个群，群里就他们四个。田娇娇在群里最活跃，零点的时候说了一堆祝福的话，而钟硕，几乎田娇娇说完之后他都会接一句，两个人有种夫唱妇随的感觉。

郭悦先回了常亮的消息，然后才到群里跟大家打招呼，说太累，睡得太早，零点的时候放鞭炮都没把她吵醒。

她刚说完，钟硕就跳出来了。

"新年快乐呀，悦悦你们家还能放鞭炮啊，诶，我们家只有五环以外的地方才能放，我家在三环，鞭炮声只能在音响里听到。"

这点郭悦是知道的，但她却回了一句：炫富可耻！

紧接着常亮也冒了出来，直接复制她的话：炫富可耻！

郭悦隔着屏幕，不由笑出了声。

钟硕一紧张就开始胡乱解释，在群里说了一堆，语无伦次的，一会说不仅是他们家，别的城市也限制，一会又说他没有炫富的意思。总之，说来说去，就那几个意思，郭悦却来了个"解释就是掩饰"，让他欲哭无泪，只能艾特田娇娇，跟她诉苦。

联合常亮逗了钟硕好一会，郭悦听见外婆喊自己，就没再继续闹。

昨晚说好了，吃完早饭要和外婆一起上西山上香，年初一人比较多，她们要早点去，错开高峰。

外婆年纪大，走路相对慢一些，两个人走了一个多小时的阶梯才爬到坐落在半山腰的寺庙，上完香，外婆又拉着郭悦去求签，解签的人还是之前和常亮一起来时，见到的老师傅。

老师傅还记得她，见她还亲切地打了招呼。

郭悦对这些东西不太感冒，但在外婆的催促下，她还是抽了一支，递给老师傅，师傅递给她一张小纸条，上面写着几句诗，其中有一句是说她感情不太顺利，需要耐心和对方沟通，才能圆满。

Chapter3 你不来看我我就来找你咯

常亮没将自己来陵水的消息透露给郭悦，上飞机之前还在群里和田娇娇他们聊骚。郭悦趁着休息的时间想拍点素材，粉丝们因为她喜欢上了陵水。离开的这段时间，视频没更几个，她多少有些愧对粉丝的厚爱。

许是因为陵水冬天较暖和，加上假期的缘故，过来游玩的人比以往多很多。她一大早上山取了一个晨光景，下山之后又跑到古巷那边。

今年的春节没有受到冷空气影响，天气预报说春节期间都是晴天，适合探亲访友。

这些年，陵水政府也在大力发展旅游业，还申请到了全国旅游城市，来这边旅游度假的人越来越多。

古巷今年挂了不少红灯笼，一排排的，在白墙和黑瓦间影影绰绰，瞬间有种穿越回到古代的错觉。

郭悦举着相机，拍了几个小片段，无奈角度没找好，片子不太满意。

后来好不容易找到了合适的角度，手却抖了，画面有点糊。她叹了口气，只能重新再来。

郭悦想避开人群，只拍墙头和红灯笼的画面，只可惜，人越来越多，古巷越来越热闹，离她想要的，幽寂的古巷里，灯笼在白墙黑瓦间那种诗情画意的景象越来越远。

她在巷口站了好一会，最后还是决定先回家，明天一大早过来拍。

他们家亲戚比较少，父亲是独子，而母亲这边只剩下外婆，她又和外婆住在一起，外婆年纪大了，多年没回过曾外婆家，就没这么多讲究。

"外婆……"郭悦到家一推开院子门，发现石桌上摆了茶壶和茶杯，旁边是两个喜庆的纸箱，她猜家里来客人了，但猜不到是谁，心急如焚地往客厅走去，没发现人，又听见厨房传来一阵窸窸窣窣的声音，就往厨房奔去。

"外婆，悦悦她小时候可爱吗？"常亮拿着锅铲，不断翻动锅里的腊肉。

未等外婆回话，郭悦就说："不可爱，她很凶。"

听到熟悉的声音，常亮一怔，惊讶地回头看向她："你不是去拍素材了吗？"他到的时候，外婆告诉他郭悦出门了，带着相机，他就猜到她是拍素材了。

"你怎么来了？"郭悦懒得回答他的问题，更想知道他怎么会忽然到访，还不说一声。

"想你了。"常亮也不害羞，当着外婆的面坦白心里话，脸不红，心不跳的，看上去十足的老司机。

外婆轻笑，把用来夹柴火的火夹递给郭悦，说她要去收拾一下桌子。

二人都明白老人是在给他们腾空间。

外婆走后，郭悦继续责罚常亮，说他搞突然袭击，又说他不害臊，两个人扯了老半天，根本不知道杨秋山会在这个时候到访。

"哎呀，外婆不用跟我客气，我都是老熟人啦。"杨秋山从家里带来了几个柚子，又买了几斤肉，说是来看看外婆，实际上是想见见郭悦，谁知道外婆一上来就给他红包。

"拿着拿着，顺顺利利。"过年讲究好意头，外婆很坚持，再推脱就显得矫情了，杨秋山只能收下，之后才知道常亮来了。

常亮把菜做好之后郭悦帮着一起端出去，看见杨秋山微微有些惊讶："秋山哥，你怎么来了，快坐快坐。"郭悦放下菜，招呼他。

杨秋山微笑着点点头，落座后才注意到后出来的常亮。

外婆说，郭悦的男朋友来了。

杨秋山确认了常亮的身份朝他颔首，客气地打招呼，心里却有点不得劲。

常亮生得高大，肤色又白，却不显女气，土黄色的毛衣外套了一件墨绿色的西装领毛呢，硬是让看上去像广告里的男模特。

不管是从气质还是外貌，都把他甩得老远。而和郭悦在一起，也这么登对，难怪，郭悦会喜欢他。

外婆留了杨秋山吃饭，郭悦坐在外婆和常亮的中间，而杨秋山和常亮面对面，四目对望的瞬间，周围的气氛变得微妙，两个人都不说话，但眼神与眼神中间流动着硝烟，又似在用眼神做一场对弈。

郭悦一边吃一边给外婆夹菜，全然没注意到常亮和杨秋山的异样。

酒足饭饱后，郭悦自个收拾碗筷，外婆也来帮忙，作为客人的杨秋山和常亮想帮忙被郭悦给拒绝了，只能在客厅里喝茶。

两个人坐在客厅的沙发里，气氛越来越诡异。郭悦从来没跟杨秋山说过自己交了男朋友，杨秋山觉得自己配不上她，只要远远地看着就满足，但是看到郭悦对着常亮笑时，他心里又很不舒服。

他们从小就一起长大，一起上学，他自我感觉对郭悦的了解多很多，只是太过怯弱。

"对她好一点，她小时候很可怜。"沉默了许久，杨秋山说。

坦白讲，常亮听到这话其实是很不开心的，他面无表情地看了杨秋山好一会才接话："有我在，其他人就不会有伤害，或者从我身边抢走她的机会。"这话听上去很幼稚，可那也是他心里的真实写照。在喜欢的人面前，面子似乎不那么重要。

郭悦洗完碗筷，又洗了一盘水果，那都是院子里种的，相比市场上卖的要好吃。

外婆坐在他们中间，时不时说几句话，大家乐呵呵的，杨秋山越发觉得自己是多余的，最后找了个借口，垂头丧气地离开。

再后来，隔壁家的老奶奶来找外婆，说是镇长请来了戏班子，问她要不要一起去看看。外婆同意了，最后常亮就陪郭悦在院子里荡秋千。

"再高点啦，你没吃饭啊，有气无力的。"秋千慢得跟下一秒就要停下来似的，郭悦很不开心。

常亮轻笑："你这么瘦，我怕摔着你。"此前他还不知道郭悦这么爱玩，跟个孩子似的，非得荡到飞起来。

他始终不敢离她太远，怕她不小心摔着。

"呸呸呸，大吉大利，说什么话呢你。"郭悦回头瞪了他一眼，常亮干脆伸手抓住秋千的绳子，秋千慢慢停下来，郭悦以为他要用力推她一把，等了很久，秋千都停下来了，常亮也没动手，不满地嚷嚷："喂喂喂，你干吗，不推，还不许我玩啊？"她扭头，一不小心对上了常亮漆黑深邃、过分平静的眸子，心脏咯噔了一下。

"怎……怎么了？"她疑惑地开口。

常亮没有避开郭悦的视线，毫不避讳地说："他喜欢你。"

郭悦微微一怔，良久才反应过来常亮说的是杨秋山，然后淡淡嗯了声。

她早就知道了，只是一直装傻。毕竟认识这么多年了，有些话要是说开了相处起来会尴尬，还不如装作什么都不知道，又或者找个机会把话说明白。

郭悦以为他会生气，没想到某人反而笑了，很得意地说："看来还是我魅力比较大，你眼光不错。"说着还低头吻了吻郭悦的额头，然后笑嘻嘻地说："奖励你一枚么么哒。"郭悦惊得眼珠子都快掉了。

"常亮，你能不能不这么自恋！"

常亮莞尔一笑："我不自恋啊，是爱上你之后变得越来越自信。"他说话的语气很轻松，一点都看不出来内心是慌乱的。

郭悦吐了一口老血，从秋千上站了起来，欲给常亮一记爆栗，却被他轻松地躲开了，她愤愤地追在他后面，满院子地跑，边跑边喊："你给我站住，看看我不打你！"

常亮在郭悦家一直待到初七，才和郭悦一起回的北京。期间郭悦催了他不少次，让他回家，某人却死皮赖脸地跟外婆告状说郭悦赶他走。

外婆对常亮有好感，很喜欢他，因为这事还被外婆说了几句，说大过年的，哪有赶客人的理。

郭悦在外婆那里吃的瘪，后来都一一还给了常亮，没少在饭菜里整蛊他。

郭悦买机票时特地挑了下午六点多到北京的，谁知道北京天气不好了，下了大雪，航班理所当然地延误了，抵达首都机场时，已经是晚上九点多。

因为第二天还要上班，常亮的电脑、资料什么的都在家里，郭悦就没让他送，让他直接回家，明天一大早公司见。

郭悦态度坚决，常亮只能同意，最后两个人一起上了机场快线，在三元桥的地方分开走，到家已经差不多十一点半。

住在郭悦对面的阿姨也是外地人，她回老家的时候阿姨就跟她说今年去女儿家过年，看着大门紧闭，一点光线都没有，郭悦猜阿姨还没有回来。

郭悦开了门，注意到消防箱上面有个小盒子，也不知道是不是看走眼，她恍惚觉得上面写的是自己的名字，于是放好行李，又拿起那个小盒子看了看，发现快递单上真的写着自己的名字，她有点好奇，不知道是谁给自己寄的，看到姓名、电话都写着自己的就拿进家里，边拆，边回想自己什么时候买了东西。

打开小纸盒后，里面还有一层一层黑色的包装纸。郭悦捏了捏，发现东西软软的，又嫌弃一张一张地撕开包装纸太麻烦就拿剪刀小心翼翼地剪开。

谁知道！一个不留神，剪刀最尖锐的地方刺到了包裹在里面的东西，她一慌，手一用力，一股红色的液体喷涌而出，滋了她一脸，她看着手上红得像血一样的东西，恐惧地尖叫出声，慌张丢掉手里的东西，脸色煞白。

Chapter4 送入虎口不如送我这

"乖，悦悦不怕。"田娇娇接到郭悦的电话时，她连句完整的话都说不出来。她慌慌张张的，衣服都没换，直接在睡衣外面套了一件大衣就跑到郭悦家。

郭悦战战兢兢地缩在田娇娇的怀里，脸上苍白得没有半点血色。

铺着白色地板砖的地面还有跟血液很像的红色液体，猛地一看像是发生了什么惨案一样瘆人。

郭悦平日里为人正直，也没跟谁发生过冲突，想来想去，田娇娇猜不到谁会做这种缺德事。郭悦情绪不太好，她也不敢问太多，简单给郭悦找了件外套，就把她带回自己家，担心她在这边睡不着。

田娇娇原本想给常亮打电话，但郭悦不让，说太晚了，倒不是田娇娇觉得这样自己会很麻烦，而是常亮的身份不一样，这种时候应该帮到她更多。

但郭悦执意说不用，田娇娇也就不勉强，像以前一样，郭悦睡里面，她睡外面。

那一晚，郭悦睡得极不踏实，朦朦胧胧的，脑子里总浮现血液一样的东西喷在自己的脸上，还有人找她索命，吓得她第二天醒来后背汗涔涔的，睡衣都湿透了。

第二天早上，郭悦一大早就醒了，田娇娇请了假，给她做了小米南瓜粥，又亲手包了包子，打算等她情绪稳定一点再问问情况。

"这种事情你怎么可以瞒着我？"田娇娇听了郭悦的解释才知道，之前她说的那个收到恐吓私信的人就是她自己。

田娇娇的脸上写满了不高兴与无奈，实在不知道说她什么好，又说："那你觉得这次收到的东西可能跟这个人有关咯？"郭悦的圈子本来就不大，而且几乎她都认识，她昨晚想了一晚都没想出个所以然，现在听她这样一说，又瞬间有了头绪。

"大概吧。"郭悦用勺子搅动碗里的粥，胃口不大。

田娇娇拍了拍额头，一副恨铁不成钢的样子："那你为什么一开始不去报案？"早点报案的话不就没有这些乱七八糟的事了。

郭悦撇撇嘴。一开始她根本没想到事情会发展成今天这样子，而且，她一直都以为是林淑媛在背后捣鬼。

田娇娇揉揉太阳穴："算了算了，事情已经发生了，你这几天别回你那破茅屋了，要么在我这，要么去常亮家，别怪我不提醒你啊，你要再这么固执，再发生什么，给我打电话我也不会去的。"话说开了，她就干脆把难听的话说完，不吓唬吓唬郭悦，没准她还真以为这个世界上所有人都是好人。

想想昨晚那个场面还挺可怕的，郭悦也就没说什么，跟田娇娇一起也好，省得真的发生什么，再吓到，她真不知道自己能不能扛过去。

两个人吃过早饭，田娇娇就带着她去附近的派出所报案，反正现在微博什么的都是实名制，她就不信不能把这个在背后捣鬼的人揪出来。

去派出所之前，田娇娇还陪着郭悦回了一趟家，把昨晚那个吓人的东西拍照，又拿塑料袋装起来，一起拿去派出所。

大过年，正月十五还没过就去派出所，感觉还挺晦气的。

好在派出所的叔叔阿姨人还挺好，又看到她是个小姑娘，受到这种惊吓纷纷安慰了她一番，一边安慰，一边问她一些问题，做笔录。

"情况我们大概了解了，回头会做进一步调查，下回再收到莫名的包裹不要拆，直接拿过来，晚上回家小心点，最好是找个男生陪着。"聊了将近半个小时，警察叔叔终于把情况了解透彻，看着郭悦小小的，又因受到惊吓黑眼圈超级重，心疼得不得了。

"好的，谢谢您。"郭悦舒了口气，向警察叔叔恭恭敬敬地鞠了个躬。

二人从派出所出来，常亮正好赶到，一上来就问郭悦："怎么样啊，有没有伤到哪？"郭悦都没回过神来，怔了好一会才开口："你怎么来了？"问完她就后悔了，肯定是田娇娇告诉他的，不用问。

田娇娇早就自动缩在一边，对上郭悦的视线时，皮笑肉不笑地说："这种时候是考验男朋友及不及格的时候。"她话音刚落，常亮的下颌线就紧了紧，慌张伸手揽过郭悦的肩膀，说："什么事都瞒着我，晚上再找你算账。"

大致的情况田娇娇已经在微信里向常亮说明了，他就没问郭悦，带着郭悦回家收拾了几套衣服，也不问她想法，就把她带回自己家。

这是郭悦一个人第二次来他家，站在门口她有点紧张，总有种送入虎口的感觉，常亮早就把她的东西拎了进去，回头发现她还站在玄关处不动，疑惑地问："怎么了？"

郭悦摇摇头，慢悠悠地走进去。不敢直接问他是不是要对她图谋不轨这种话。

别看常亮是个男人，生活比她这个女生还讲究，一进门她就闻到了熟悉的香薰味，跟平日里常亮身上的香水味很类似，清清爽爽的，像夏天的风一样，很容易让人放松警惕。

"喝点水。"二月底的北京冬天的寒意还很明显，常亮给她倒了一杯热水，蒸腾的水汽让她的视线变得有些模糊。

郭悦轻轻接过，常亮就在她身边坐下来，爱怜般揉了揉她柔软的长发，安慰道："今天就在家休息吧，或者你有想去的地方就告诉我，我陪你去。"他原本一大早就去了公司，但凳子还没坐热，就收到了田娇娇的微信，也不管下午要跟领导开会，二话不说就开车到派出所。

"你不上班吗？"郭悦喝了几口热水，感觉身体暖和了些。

"你比较重要。"见她放下杯子，常亮干脆把她按在自己的怀里。

"我没事，挺好的。"

"都去派出所了还说没事，那你说什么叫作有事？"常亮有点控制不住自己的情绪，声调里带着几分生气。要知道，他知道昨晚上发生了这么恐怖的事后，第一反应就是当时应该坚持送她回家，那样的话这事就不会发生了。

事实证明，以后有些事情还是不能按照郭悦的意愿来，他家小兔子太单纯了，没准哪天被人卖了还帮别人数钱。

他不放心，一万个不放心。

郭悦撇撇嘴，被堵得说不出话来。

曾几何时，她有这样害怕，这样委屈过啊。

"不听话我就告诉外婆去。"常亮吓唬她。

她一听，猛地抬起头，讨好说："别别别，我在家休息还不行嘛，别告诉外婆。"要是外婆知道了，没准就跑过来了，她年纪大了，她可不敢让她担心。

"这才乖。"常亮轻轻抚了抚她的后背，像哄孩子一样。

之后那几天，郭悦都很听话，和常亮一起去公司，然后和常亮一起回家。不少员工发现他们成双入对地出现，就八卦他俩是不是同居了。

听到"同居"一词时，郭悦心里咯噔了一下，想解释，好像又没什么能说服大家的理由，干脆就不说了，反过来跟常亮发牢骚，问他有没有听到流言蜚语。

常亮自然是听到的，即便他没听到，八卦的钟硕也会听到。他没有逃避，很坦诚地告诉郭悦说知道。

郭悦兀地瞪大眼睛，知道还这么淡定，不愧是亮哥！

常亮知道她想说什么，又解释说，人家说的也没错，他们现在的状态就是同居。

瞬间郭悦就跟吞了一颗巨大的鸡蛋一样，一副卡在喉咙里吐不出，咽不下的可怜模样。

更要命的是，最后她竟然吃了常亮"解释就是掩饰，掩饰就是确有其事"的套。

派出所那边很快就有了新的进展，警察叔叔说，他们通过微博实名验证找到了一个人，还查到了这个微博账户经常登录的地方是贵州，但对方声称自己从来没有做过这样的事，而且注册微博账号，所关联的那个号码很早之前就因为没有实名被废掉了，现在的话就只有一个身份证实名，对方不承认，说不认识郭悦，还说自己一直在北京，没去过贵州。

至于快递包裹，不管是寄件人的号码还是地址，都是假的。

这一结果再次让郭悦陷入惶恐之中。

"会不会是对方的信息被窃取了？"郭悦大胆猜测。现在的个人信息花点钱就能买到，没准这个幕后黑手一开始就做好了周密的准备。

这样一想，郭悦更加惶恐了。

常亮一直握着郭悦的手，发现她的手越来越凉，放在嘴边哈了哈气，安慰她说："别怕，有我在。"郭悦点点头，常亮又转而问警察叔叔："那接下来怎么办？"如果就这样不了了之的话，郭悦肯定不会安心，他也不放心。

"我们会继续追查，如果您这边有新的证据记得及时向我们提供。"

常亮点点头，表示理解。没有证据，警察也不能随便抓人，也就只能继续观察。

"要不，我回家住几天诱他出来？"回到家，郭悦忽然提议。

常亮蓦地黑了脸，盯着她看到她头皮发麻才说："你觉得我会同意吗？"送入他怀里还差不多！他家小兔子明明就吃过一回亏，还不警醒，他得好好教育她才行。

第二十四章

情歌与花共璀璨

Chapter1 她是我的，只能是我的

郭悦在常亮家的这些日子，常亮时不时就去一趟郭悦家，看看周围有没有可疑的人，或者是她家门口有没有奇怪的包裹。

可惜，他来回跑了不下十次，就是没有新发现。

"可能真的是黑粉。"郭悦说。

"黑粉要吓唬你还聪明到用别人的身份证？"常亮觉得匪夷所思。总觉得对方早就把一切想好了："最近有没有收到私信？"他指的是恐吓私信，郭悦知道。

"没有诶，不知道什么情况，你说他是不是猜到我们会去报警？"郭悦又问。这事不管怎么想，很多地方都有疑点，比如说对方每次辱骂她，都是说让她去死之类的话，还说她害了他。又比如说，对方的微博常登陆地是贵州，但包裹却寄到了她家……

她想来想去也没想出一个合理的解释。

难道对方真的就是为了吓唬她，特意跑了一趟北京，找到她的住处，回到贵州再给她寄快递？

唉……常亮深深地叹了口气，说："下回再遇到这种事别瞒着我好吗？"他的语气里带着恳求的意思。要知道，这次他差点就吓死了。

郭悦读懂了他无奈之下的真心，乖巧地点点头。

也许，她一开始就告诉他的话，现在就不会有这么多事了。

因为她的事，之前提到的向顾客提供半成品食材的项目稍稍受到了影响。不

过好在年前常亮和钟硕就把方案过了一次，现在就差一个市场调研，需要市场部门协助。

一周后的周一例会上，常亮就把原来单人餐厅项目组的人都叫到了一起，这算是年后第一个全体人员的例会，大家假期休息得不错，个个看上去精神饱满。

会议开始之前，大家是一贯的相互嘘寒问暖。年后很多人都只见过一次郭悦，后来又听说她病了，现在看到她，大家的注意力也都在她的身上，常亮还没过来之前几个人围着她，又是问她身体怎么样了，又是问她假期去哪儿玩了，还有更离谱的，问她和常亮什么时候结婚。

前两个都好说，最后一个问题郭悦支支吾吾老半天，话没说出口，常亮就出现了。一身正装打扮，看上去沉稳又严厉。大家不由脊背一挺，目光随着他的脚步移动而转动。

似乎，今天的常总看上去和往日不太一样？

常亮一上来就先做了一个简单的关于上一年度的总结，紧接着就说出了今年第一季度的首要任务，保证餐厅营业额的同时还要开展新的业务——半成品食材配送。

他没有一上来就说新业务有多好多好，而是让市场部的同事围绕这个去做一个市场调查，了解一下到底有多少人想自己做饭，却又碍于时间等因素的影响，没有办法在忙碌之后犒劳自己的胃。

此外，他还说，让大家想想，他们的半成品食材怎么和超市里的做区分。

这算是新一年的第一个大任务，大家听得一点都不马虎，还拿着小本本一点一点记下来。

他说完之后，钟硕又给大家发了一些资料。关于这个项目的想法还有他们初步了解到的一些信息。

散会之后，三人又匆匆忙忙赶去餐厅。

钟硕开的车，常亮和郭悦坐在后面，担心郭悦会累，一上车他就把她往自己怀里按，一点都不忌讳钟硕在看着。

"要不你回去休息。"常亮提议。反正接下来的事也不是很重要，而且她也帮不上忙。

郭悦乖巧地靠在他的怀里，轻轻摇摇头："没事，我不累，老在家憋着会闷。"

钟硕是知道郭悦的遭遇的，趁着这个片刻插了一句："还没找到幕后的人吗？"

"没有。"常亮说。提到这事，他的眉头不由地蹙到一起。

钟硕微不可闻地叹了口气，转而又安慰道："会不会真的是黑粉啊，前几天我还在微博上看到有的黑粉还真挺恶心的。"

"都有可能，我想了很久也没想出来谁这么恨我。"不是林淑媛，也不是陈欣怡，那黑粉的可能性还是很大的。

"那你最近还是小心点比较好。"

"嗯嗯。"郭悦点点头，不太想继续这个话题，又问他和田娇娇的婚礼准备得怎么样了，过年田娇娇有没有跟他一起去见父母。

"有啊，初三那天见的。"钟硕含笑着说。看得出双方见面还算愉快。

一开始，钟家二老知道钟硕交了对象，要登门拜访可高兴坏了，但知道田娇娇比钟硕大好几岁，钟妈妈的脸色当即变了个样，拉着儿子的手坐在一边，像别的家长知道自己的儿子交了一个年纪大的女朋友一样开始盘问他。

好在，钟妈妈并不像别的家长一样什么都不听就反对，听完钟硕的诉说之后开始对田娇娇感兴趣。

钟妈妈年轻的时候就是一个很厉害的角色，能入厨房，能谈合作，家庭事业两不误。但和儿子的女朋友比起来，似乎自己还没她厉害？

见面之后，钟妈妈果然对田娇娇喜欢得不得了，不说她的能力，就凭她这直来直去的个性，就和钟妈妈很合拍，加上田娇娇肤色白，和自己儿子站一块，根本看不出来年纪，两个人没聊几句就把钟硕丢一边，搞得他可怜兮兮的，只能跑去厨房和爸爸一起做饭。

后来，回来上班，钟妈妈更是隔三岔五就给田娇娇打电话，钟硕怕自家母亲太热情会妨碍到田娇娇工作，私底下还说了她好几次。谁料到，钟妈妈却把钟硕跟自己说的话原原本本地说给田娇娇听。

乐得田娇娇事后好几天，想起来时还是忍不住笑。

"真没想到娇姐看上去酷酷的，原来这么讨长辈喜欢啊。"郭悦不禁感叹，莫名又想起常亮的母亲给自己打电话，想到点什么，她忽然直起身来："把你手机借我一下。"她看着常亮说。

常亮微微露出惊讶的神色，不过还是乖乖交出了手机。

反正他没做亏心事，自然不怕查手机。

常亮的手机没有设置密码，郭悦看见时还有点惊讶，低着头进入手机页面，好奇的常亮就凑了过来，郭悦看见那不太清晰的影子，猛地抬头，凶巴巴地瞪他："你干吗？"那眼神，那语气，分明是在问，你是不是做了什么亏心事。

常亮当即就怂了，怯怯地缩回脑袋。

钟硕从后视镜里瞧见常亮吃瘪的模样，不厚道地笑了笑。

原来，他家亮哥也有了软肋。

郭悦侧着身子，完完全全避开常亮的视线在他的通讯录里一顿翻，翻了很久也没发现她的名字，也没有发现对女朋友的大众的称呼，一通乱翻下来，她果然看到了"郭大婶"三个字，她不由干笑了两声，皮笑肉不笑地说："好样的！常亮你居然还没改备注！"

点开那个"郭大婶"的备注，郭悦果然看到了自己的号码，惊讶间她恼怒地站了起来，脑袋一下子撞到了车顶，发出"咚"的一声，然后郭悦又"扑通"一下坐回了位置上，咬牙切齿地瞪着他："你最好解释一下。"

郭大婶，她有这么老吗？

明明粉丝都叫她小姐姐的，一口一个亲热地叫。

常亮这才知道郭悦翻自己手机的目的，似乎这个比手机里有别的女生的照片更让郭悦生气，开着车的钟硕最终还是忍不住笑出了声，硬生生接了常亮一个白眼。

钟硕也不怕他，唇角的弧度越来越大，似在挑衅，又似让他自求多福。

郭悦一直死死地盯着常亮，那犀利的小眼神，看得常亮硬是出了一身冷汗，打心底反反复复组织语言，确定自己开口之后不会引起新的歧义，又能平息郭悦的怒火。

他牵起郭悦的手，微笑着解释："这不一开始不是怕别人发现我们的关系嘛，取个像长辈一样的备注不容易发现……"

郭悦呵呵干笑两声，常妈妈不就是因为这个过分特殊的称呼发现了她的存在的吗？这种谎话亏得说得出来。

她一冷脸，常亮的谎话就编不下去了，只能将心里的话全都说出来。

"大婶这个称呼不是在说你的年纪啦，我就是希望我们能一起变老，变成大叔大婶的时候我的身边依然是你，你的身边依然是我。"常亮言辞诚恳，郭悦还真听不来他的话是真是假。

郭悦的笑纹更加明显了。

能把一个糟糕的称呼解释得这么甜蜜完美，不愧是常亮。

看在他这么努力，废了这么多脑力的分上，郭悦也就松了口，换了别的话题，反正某人都已经为了这事在她身上花费了力气，总的来说也都还是因为她，这就够了。

郭悦就这样放过常亮，再次让钟硕开了眼界。他想，估计能这么快就讨好一个火冒三丈的女生的人，估计也就他家亮哥了。只可惜，他这些招数在田娇娇身上都不怎么受用，要不然他还想向他请教请教……

春节过后的两周就是情人节，常亮并没有打算去凑这个热闹，一来是他们经营的是单人餐厅，二来是这些年商家凑节日热闹，做的活动已经够多的了，大部分消费者已经很疲惫，失去了花钱的激情。

不过，他们还是针对元宵节做了个小规模的活动，像上回冬至一样，给大家做了民俗文化的科普，意外收到了很多好评。尤其是郭悦推出的那款彩色汤圆，顾客吃完还向她讨教做法。

美食的意义本身就在于分享，郭悦毫不犹豫就把做法分享给了需要的人。一开始，常亮没什么意见，直到有一天，微博上出现了一条向郭悦告白的头条。

一个男人按照郭悦的做法做了五彩汤圆，然后发微博说，去年的百年好合汤，今年的五彩汤圆，其实都是为你而准备。

男人还配了两张图，一张百年好合汤，一张汤圆，还圈了郭悦。

粉丝没有炸，常亮就先炸了，霸气十足地在男人的微博下留下一条评论：郭悦是我的。

Chapter2 一辈子都栽在你这里

郭悦对于微博一事并不知情，那天她下班早，在餐厅里清点完单子就回去休息了，而常亮则在公司和市场部的同事开会到下班，后来趁着休息的片刻，看了手机才知道这事。

回复完微博，常亮什么也没说，黑着脸拿起车钥匙就走了。钟硕收拾完会议室回来看见办公室里一个人也没有，还以为他去了卫生间，傻乎乎地在办公室里等了半个小时，最后还跑去卫生间找他。

许是工作上进展比较顺利，郭悦的心思也都在工作上，上回收到恐吓快件的事情没有人提，渐渐地，她也就忘记了。

而且，也没有再收到恐吓私信。

回家早，她好心情地去菜市场买了一堆新鲜的食材，打算晚上好好做顿饭，缓解忙碌的日子以来没能好好犒劳的胃。

莫名其妙的，心情很好，她连处理食材都哼着小曲儿。

常亮家的厨房比她家的厨房要宽敞很多，跟别的男生家不太一样，他家的厨房用品很齐全，家里的装修虽然很简洁，但绿植等小物品的摆放都很讲究，四处都充满生活的气息，与第一次来他家时已经截然不同。

恰逢下班高峰期，常亮把车开了出来，被堵在路中间才醒悟不应该开车，地铁更快。看着前面如蚂蚁爬行一般缓慢移动的车辆他彻底没了耐心，烦躁地拍打方向盘，之后又被自己搞笑又气恼的样子给逗笑了。

明明郭悦什么都没做，自己却紧张成这样，跟丢了魂似的。

这样一想，他又觉得应该把婚礼提上日程来，这样才能安心。

已经快进入三月，北京依旧没有半点春天的气息，风一吹，冻得人直哆嗦。

为了让自己更清醒些，他开了车窗，冷风直灌，吹得他脸颊冰凉。他望着远处昏黄的路灯微微出了神。

去年大概也是这个时候，他带着任务去了陵水，信誓旦旦地去，却碰了一鼻子的灰，想起郭悦当时那种冷冰冰的模样，他不禁弯了弯唇角。

被拒绝多次后，他甚至做梦都是在和她吵架，甚至还在背后骂她巫婆、冰山。

后来，深入了解后，他又发现其实郭悦是个很善良的姑娘，表面看上去冷冰冰的，内心纯净得像玻璃，穿梭在山间地头，像个小精灵一般。但回到北京之后，她又很快速融入了新的环境了，在工作上展露出成熟理智的一面。

她很聪明，又很有想法。

常亮不止一次想，如果不是自己当初跑到陵水去找她，费尽心思把她拽到北京来，现在她应该还穿梭在山间地头，时而安静得像山涧缓缓的溪流，时而像调皮的孩童，不需要担心尔虞我诈，更不需要因为别人而委屈自己……

郭悦知道常亮在开会，不太确定他什么时候回来，怕他还在开会，做完菜放进柜子后也没给他打电话，闻到自己身上一股油烟味，又跑去洗了个澡。

陵水年平均气温在十五摄氏度以上，郭悦在来北京之前冬天几乎不用穿太厚的衣服，一开始只想着跑远点，并没有考虑过北京的气候自己能不能承受，到了这边才意识到这个问题。

不过好在这边冬天有暖气，不外出的话也就没什么事。

常亮家的暖气给得足，在屋里待着都能穿半袖，郭悦洗完澡出来直接换了吊带睡裙，长到膝盖，露出纤细匀称的小腿肚。

听见钥匙插进锁里的声音，还在擦头发的她赶紧从柜子里拿来一双拖鞋，放到玄关的位置，常亮一开门，正好看见她直起来。

"你回来啦。"郭悦拍拍手，朝他笑得眉眼弯弯。

她的身上带着一股沐浴后的清香，看着她，常亮不禁咽了咽口水，灼热的视线看得郭悦越发不自在，她抿了抿殷红的唇，有点紧张地开口："怎……怎么了？"她很不适地转过头去，却被常亮一把拥进怀里，还没反应过来，唇就被常亮封住了。

与以往浅尝辄止的吻不太一样，这个时候的常亮带着很强烈的攻击性。温热而急促的呼吸和着男人的粗粝感，郭悦的心瞬间紧缩到一起，皮肤微微发热，挣扎没有得逞后，正想环住他的腰，双脚却忽然离地，她一慌，不得不搂住他的脖子，任由他轻车熟路地往房间的方向走。

"常亮……"宽厚有温度的手掌在背后游离，郭悦有期待，但是又有些恐惧，意识已经不太清晰的她含糊地吐出两个字。

"嗯？"男人低沉迷离的嗓音带着蛊惑人心的魔力，看着眼前双眼泛着水光，肌肤白里透红的可人儿，他的脑子里有很多想法。

他俯身压在郭悦的身上，咬了咬她圆润的耳珠，轻声呢喃："我饿了……"郭悦吓了一激灵，双手拽进床单，隐约猜到他话里更深层次的意思。

正当她在想要怎么做选择时，忽然手机响了，两个人愣了一会，一脸潮红的郭悦推了推他："好像……好像是你的电话。"常亮恍然一怔，这才松开郭悦，胡乱摸口袋，掏出手机。

郭悦趁机从床上溜了下来，跑到厨房用微波炉加热已经做好的饭菜。

"妈……"这个电话来得极不是时候，又看见是自己母亲的电话，常亮耍了小性子，语气不太好。

常妈妈一听，不由皱了皱眉，问："怎么，你在忙？"她是特意挑了这个点给他打的："还在公司啊？"

常亮调整了下情绪："没有，已经到家了。"但是，他在做比上班还重要的事！

若不是怕被打，他还真想问问老太太是不是不想抱孙子。

"哦，那你吃饭没啊，我就想跟你说一下，给你寄了点人参，朋友送的，你看看怎么把它炖了好好补补身体。"怕他有压力，常妈妈没敢直接说是要给郭悦的，但常亮也不傻，能明白母亲的苦心，应了一声好，还说了谢谢，然后又跟母亲说要去吃饭，晚点再打给她。

常妈妈得知儿子还没吃饭，连忙催促他去吃饭，还说不用回复电话了。

郭悦做了清蒸的鲈鱼，没放什么调料，很好地保留了鱼肉本身的鲜味，一热上，香味立刻飘满整间屋子，常亮一闻到，肚子咕噜咕噜地叫了几声，有点尴尬地摸了摸肚子，自言自语道："还真是饿了啊。"

郭悦没去揣测他话里更深层的意思，直接应了句"马上就好"。

郭悦虽然没有系统学过厨艺，但很有天赋，做出来的菜味道都不错，常亮本身就饿，菜一上齐就开始狼吞虎咽，跟饿了好几天似的，郭悦看着不由发出嘲笑的声音。

常亮也不在乎，吃饱了再跟她算账。

"记得上次向你讨教汤圆怎么做的那个男的吗？"常亮的神色比较严肃，郭悦的心咯噔了一下，点点头，好奇地问："记得，怎么了？"那天正好是元宵节，那个客人是餐厅快要打烊的时候才来的，郭悦当时也在，对方说想学，郭悦就带他进了后厨。

"他在微博上向你表白。"尽管不愿意承认，常亮还是把话说了出来，声音跟从牙缝里挤出来的一样，很明显是生气的。

郭悦不以为然，并不觉得这是什么大事，面色平静地抬头看了他一眼，轻飘飘地说："所以呢？"

所以呢？常亮蓦地瞪大眼睛，有人觊觎他家小姑娘，当事人却一点都不在乎。常亮愤愤地从位置上站了起来，心想，一定是刚刚的教训还不足以让她铭记她是有对象的人。

等郭悦反应过来时已经晚了，常亮已经把她抱了起来，顾不上她还在吃饭，气急败坏地说："得做点什么，让你印象深刻才行。"

这回，郭悦才恍然大悟，难怪刚刚回到家，某人那张脸黑成那样，还跟饿狼一样，想到某些羞涩的画面，她慌张地开口解释："我什么都不知道啊，也没做什么，消消气，我心里只有你啦。"要是不能把某人的毛捋顺了，看他这反应，估计她要吃苦头了。

常亮什么也不听，哼了哼气。

郭悦一慌，胡乱蹬小腿，好几次踹到了常亮结实的胸肌，他眉头紧紧地蹙到一起。

他家小兔子真是越来越不听话了，不过看着她一副担惊受怕的模样，他似乎又不太忍心将她吃干抹净。

郭悦趁机坐了起来，撒娇般解释："真的啦，我都没上微博，也不知道发生了什么。"说着，她还抱上了他的手臂，嘟着小嘴，在他脸上吧唧了一口："乖啦，别生气，我真不知道。"

常亮气笑了，抬头溺爱地刮了刮她的鼻子："你啊，真是……诶，完了完了，我这一辈子都要栽在你这了，郭悦，你得对我负责，不负责，我告你。"

郭悦连声应好，耐着性子安抚他，心想，住在虎穴里，早晚会被吃掉!

次日一大早，郭悦跟常亮一起去了公司，说是高层领导想听听半成品菜品提供的方案，二人一点也不敢马虎，尤其是常亮，踏入办公室后跟变了一个人似的，严谨又庄重，跟昨晚那个不正经的常亮完全不是一个人!

Chapter3 好好说话，别开玩笑

郭悦进了会议室，好一会后常亮才进来，随后是钟硕，大家都以为会议要开始了，谁知道集团的老总也出现了，幸亏他的表情是笑眯眯的，要不然大家还真以为最近他们的项目组出了什么问题，要挨训了。

老总一上来就跟大家问好，说了几句通俗的问候话，之后才说半成品菜品提供的事，稍稍表明自己的期待，就让常亮把详细的方案和大家分享。

常亮解释，半成品菜品的目标消费者就是那一群在一线城市里工作，很忙，对生活品质有一定要求，但又碍于时间、工作等因素的影响，没有办法吃上营养又健康的正餐。

而他们所提供的半成品菜品正好解决了这一问题。

顾客只要在网上下好订单，配送员就会在约定的时间，送到指定的地点，顾客下了班，回家只需要花少量的时间就可以吃上热腾腾的健康的饭菜。

相比下了班去超市买，会节省很多时间，而且，他们还可以提供营养订制，根据个人的身体情况，配制营养餐。

老总听完他的方案以及市场分析，很是欣慰，当场表扬了整个团队，表示对他们很是期待。更加自豪的是，自己挑人的眼光不错，亏得去年大概这个时候他及时向常亮抛出了橄榄枝。

老总离开后，常亮又就着目前的方案像上次做单人餐厅的方案时一样，划分了小组，把任务分配下去。

对于食材采购，质量的把控就交给市场部，再由市场部的经理进行下一步细分，而宣传以及运作，就交给了运营部门。

剩下的杂七杂八的，就留给他们三人。

散会后，郭悦总算松了口气，瘫坐在椅子上，常亮见她一副无精打采的样子，关切地问："怎么了？不舒服吗？"他伸手摸了摸她的额头。

"没事，我就是在想啊，这新项目看着不大，内容还挺多的，又是采购，又是宣传，后期还涉及配送、站点等问题，想想就头疼。"说着，她抬头揉了揉眉心："万一，我说万一啊，没做起来，还亏本了怎么办？"这是现实问题，这个想法是她提出来的，要是最后没做成，担子都压她身上，她不确定自己能扛起来。

常亮"扑哧"笑出了声，反问道："我们才刚刚开始，你就说这样的话，郭悦你就对我这么没有信心吗？"

郭悦咂咂嘴，若有所思，半晌才慢悠悠地说："谁知道呢。"这话硬是让在一旁收拾东西的钟硕笑出了声，搞得常亮下一秒就黑着脸瞪他。

由于新开启的项目涉及的食材品类比较多，常亮的想法是重新和农户谈，降低成本的同时还要保证食材的品质。

这个想法郭悦是同意的，但她不参与这个，中午吃了饭就去餐厅，一来是想看看餐厅里什么菜色最受消费者欢迎，二来再琢磨琢磨定价的事。

常亮则亲自跑了一趟大兴，去跟农户洽谈，原本钟硕也要跟着去的，但是常亮知道郭悦今天晚上要和厨师们讨论一下菜品及菜品配方，提供哪些调料的问题，回家会晚，他不确定自己什么时候能赶回来，就让钟硕跟着，好晚上送她回家。

最终郭悦和餐厅里的师傅们讨论出来的结果是，配料我们可以给消费者配好，然后用单独的容器装起来，尽管这个会增加成本，但他们家的菜品很多配料都是秘制的，也就是说，少了这些配料，很有可能，做出来菜品的味道就会大相径庭。

此外，菜品方面，除了餐厅里销量比较高的几个之外，他们还推荐了一些家常菜，毕竟是要吃出温馨的感觉，家常菜是个不错的选择。

一番讨论下来，很多问题都有了答案。几个师傅平时工作都挺累，有的家里还有孩子，郭悦也不好耽误人家太长时间，差不多了就让大家下班。

"其实你不用送我，我可以直接回去的。"钟硕一直在餐厅里等郭悦，郭悦忙完之后看见他还在，挺不好意思的。

"没事，开车用不了多久。"而且，这是他家亮哥交代的任务，必须得完成啊。

"走吧。"钟硕朝她扬了扬手里的车钥匙。

郭悦嗯了声，拿了包就跟了出去。餐厅里还剩下几个打扫卫生的阿姨，他们已经习惯了最后一个走。

郭悦走的时候他们还在很努力地清理垃圾，看着他们在夜灯下忙碌的身影，郭悦忽然感慨：这个社会真的很不公平，有钱的人很有钱，没钱的人，穷得连烟都没有，为了生活不得不付出比一般人更多的努力。后来有的人，改变了生活，可很大一部分人的改善却微乎其微。

和他们一比，郭悦忽然觉得自己还是很幸福的，至少老天赏她饭吃。

这些日子，郭悦都住在常亮家，送她到单元楼下，目送她上楼，钟硕才离开。

那会常亮还没回来，郭悦稍作休息就洗漱，之后给常亮打了个电话，得知他快到了，才安心。

在等待他回来的间隙，郭悦又上了微博，特意去看私信，没有看到之前恐吓内容，又稍稍放心了些。

自从那次报警之后，那个人就跟消失了一样，忙起来的时候她没在意，闲下来之后心里还是慌慌的，毕竟仔细想想，能把快递准确送到她家，那就意味着，她被人跟踪了，这次是寄快件，下次不知道会做出什么事来。

这又让她想起之前有一次回家，被人跟踪的事。当时还惊动了隔壁家的阿姨，但阿姨表示并没有看到可疑的人，比较郁闷的是那个老小区监控力度不足，她后来确实也去看过监控，却没有收获。

半成品菜品是在一周后上线，除了和美团等各大外卖平台一起合作外，他们还利用自家微信公众号做了一番宣传，此外还增加了小程序。

因为这个项目是试营业，配送区域并没有覆盖整个北京。不过上线第一天，售卖出去的菜品还真不少，高达一千多份。

当天营业结束，项目组的全体人员就开了总结会议，也提出了不少遇到的问题。

市场部分析，销售量高除了宣传和品牌的影响外，还因为上线的第一天，所有产品都是半价出售，不过成本还在控制的范围内。

此外，还因为订单数量超出他们的预料之外，配送方面安排得不够好。对此，常亮的想法是，先看看明天消费者的反应，鼓励他们对菜品进行评价，并且在评价之后可以获得抽奖机会，把链接分享给朋友，还可以多获得一次抽奖机会。

常亮说得很明白，这样是为了通过朋友与朋友之间的互动，扩大传播。

忙碌了一天，大家都很疲惫，常亮也不敢开太长时间的会议，一句废话都没有说，在半个小时内把总结做完，对提出来的问题做了解答，之后就让大家下班回家。

因为是新项目，忙，早就在大家的预料之内，而且他们都很相信常亮的能力，尽管再累，也没有发出半点埋怨的声音，常亮感到很欣慰。

郭悦和常亮回到家，用最快的速度洗完澡就躺在床上，郭悦问常亮："你还行吗？"

常亮默了默，翻了个身，对着郭悦粲然一笑，说："试试不就知道了？"

郭悦有点懵，她的意思是他累不累，能不能抗住，他丢来一句试试不就知道了，是什么意思，她没深入思考，直截了当地问："试什么？"

她的眼神懵懵懂懂的，像个不谙世事的孩子，常亮嘴角的笑纹越发邪魅，就连眼神也变得坏坏的，郭悦的心脏咯噔一下，瞬间读懂了他的意思，很没骨气地红了脸，想翻过身去，不去看某人那张欠扁的脸，却被常亮一把按住，吊儿郎当地说："不是不知道吗，来试试呀。"他的语调轻飘飘的，加上那小表情，整个人显得很轻浮。

"不知道你说什么。"郭悦撇撇嘴，板起脸，整个"我很正经，没事别调戏我"的严肃模样。

"所以，我说试了就知道呀。"说着，硬是压在了郭悦的身上，笑吟吟地看着目光躲躲闪闪的她。

郭悦愤愤地推他，发现根本推不动，又说："喂，有完没完啊，累死了，要睡觉。"

"我在上面，你不累的。"常亮没了正经的样，看着眼前的可人儿脸蛋越来越红，心中的小魔鬼越发放肆。

郭悦简直不知道要怎么接他这露骨的话，气得直接闭上了眼睛，不去看某人欠揍的脸，来个眼不见为净。

谁知道，她一闭上眼睛，常亮就故意曲解她的意思，一个俯身，吻上了柔软的唇瓣。

细密柔软的吻，铺天盖地袭来郭悦整个人都酥软了，心想：这什么人啊，明明累了一天，要死要活的，到了床上竟然又活过来了，跟战斗机一样，说崛起就崛起。

他一定是在员工面前装累！

郭悦狠毒地想，明天让小员工们多给他丢点难题，累死他才好！

Chapter4 谅你也不敢对我怎么样

半成品食材提供项目上线一周后，收到了不少网友的建议，关于包装，关于配送等都有。常亮那个项目组的成员为了处理这些问题，那段时间几乎没好好休息。好在，这期间并没有一个人喊苦喊累，大家上下一心，很快项目就步入正轨，两周后收支平衡，第三周开始盈利。

这一现象打破了士林集团这么多年来任何一家餐厅，任何一个项目回本的纪录。

老总再次对项目组人员进行了嘉奖，还专门设置了晚宴。

那晚，郭悦和常亮理所当然成为宴会的主角，被敬了不少酒，郭悦酒品还可以，但项目组的同事加上大大小小领导，一群人折腾下来，胃还是很难受，回到家时还吐了。

常亮看着心疼不已，又是煮解酒汤，又是煮小米粥，一番照顾下来，郭悦总算好受了，头枕着常亮的大腿，睁着那双因为身体不太舒服而有些迷蒙的眼睛笑着对他说："谢谢。"

常亮莞尔一笑，拨了拨她额前的碎发，想责怪她一番，谁知道一开口调子又忍不住软了下去："你啊，不能喝还喝这么多，不知道躲我后面吗？"明明是个女孩子，却比一个男孩子还豪放，今天他在场，万一哪天他不在场，喝成这样被某些图谋不轨的人盯上怎么办？

郭悦没料到他会说这个，"扑哧"笑出了声，瞅见某人因为自己不正经黑了脸才敛了笑意，顺了他的意："知道啦，没有下次。"这回如果不是为了他的面子，她才不会喝这么多呢。

不过还好，她的酒品没这么差，也就有点难受。

但也因为这样，发现常亮不一样的一面。想想一开始，她还以为他不过是一个虚有好看的外表，接触久了之后，她才发现，他也有柔软的体贴的一面。

有时候，她甚至想，要是安安静静地躺在他怀里就是一辈子多好。

"等我忙完这段时间，我们出去玩吧。"常亮忽然说。从去年到现在，整整一年多，他都没好好休假，项目一个接着一个，自己累也就算了，还让原来过着悠闲生活的郭悦也跟着变得忙碌。

"你有假？"郭悦第一反应不是去哪里，而是担心起他的假期来。就目前这情况来看，她还真不指望他能有假期陪自己出去玩，周末能逛逛公园就不错了。

上回老总开总结的时候，她就感觉到，老总话里饱含了对常亮的期待，就那架势，估计他很快就能升职，工作只会越来越忙，陪她出去玩，是指望不上了。

常亮没个正经地回了她两个字："逃班。"

郭悦脸上的惊愕立刻变成了鄙视："没个正经的。"

"冤枉啊，是老板要放我假，让我努力追你。"常亮做了个可怜状。老总早就跟他说过了，让他早点结婚，别让这么好的姑娘溜走了。

·老板的命令，他怎么会不听？

呃……郭悦不知道说什么好。

现在的老板连员工的私人生活也管了吗？

"有没有想去的地方？"常亮又问。他猜郭悦应该对那种高楼耸立的城市不太感冒，想带她去文化底蕴浓厚，能玩得开心，又能有一定感悟的地方。

最重要的，他要在那个地方做出承诺一生的举动，所以他想听听她的想法。

郭悦并没有猜到常亮的目的，没多想，就说："不知道诶，现在只想睡觉。"她快累死了，加上不舒服，现在只想好好睡一觉。

常亮微微一怔，勾了勾唇角，直接把她抱了起来。

感觉身体腾空，郭悦慌忙搂住他的脖子，惊慌失措地开口："你要干吗？"上回她已经真切感受到，这个人不管工作多累，回到家，都会变一个人。

常亮顿了顿，低头笑眯眯地看着怀里受了惊吓的人儿，流里流气地说："不是说要睡觉吗，当然是去睡觉啊。"说着把她抱进卧室，动作轻柔地放在床上，郭悦立刻往床的最里侧滚去，然后一把扯过被子，把自己盖得个严严实实。

常亮被她的举动逗笑了，也跟着爬上床，在她旁边躺下，某人见状，还想往里面再缩，可惜，她已经缩到了墙边，无处可躲，干脆把自己缩成一小团，跟只刺猬一样。

"睡吧，我不动你。"常亮想，要是他不这样说的话，他家小兔子估计一个晚上都没办法好好睡了。

郭悦咬咬唇，朝他哼了哼气，一副"谅你也不敢对老娘怎么样"的警告表情，稍稍放松了些，平躺了下来。

常亮到底还是个正人君子，说不动她就真的不动她。

小姑娘渐渐进入睡眠，睡着睡着就不停往外挤，挤不动了就把腿和手搭在常亮身上，翻身的时候还打了常亮一巴掌，常亮以为发生了什么，猛然惊醒，还开了小夜灯，却看见身旁的人睡得安稳，呼吸均匀，就是手都露在了外面。

灯光不算亮，但他还是能清晰地看见她纤细浓密的睫毛在白皙细腻的肌肤上洒下一小片阴影。这样安详而美好的画面，让他的思绪一下子就飘远了，他想，要是将来女儿长得像她多好……

三月底的北京渐渐有了春天的气息，郭悦有很长一段时间没回过租的房子里，她那些稍稍薄一点的衣服都在以前的出租屋里，想回去拿。常亮知道后，非得陪她一起回去，甚至还说反正那里也不安全，环境又不怎么样，让她不要续租了，干脆借这个机会把东西都搬到他那得了。

郭悦犹豫了，当初和常亮住一起，是出于安全考虑，让她真正搬出自己的小房子，住进常亮家，她还真有点为难。

后来，是田娇娇那句"你觉得现在跟同居有什么区别"戳醒了她，不再续约，不过是把大部分东西都搬到了田娇娇家。

"你说你，当初就好好跟我一起得了，还非得搬出去自己住，还搞得大家为你担心。"帮郭悦收拾东西的田娇娇忍不住埋怨。

郭悦嘿嘿地笑，说不出半句反驳她的话来。

当初是看到她和钟硕关系稳定，而常亮又时常跑来找自己，几个人凑到一起，总有不方便的地方，她想了很多，唯独没想过会有人针对自己，至今还不知道对方是谁，抱着什么目的。

"还是你这舒服。"收拾完，郭悦一点都不顾忌，躺在床上翻来覆去。田娇娇看着气笑了，轻轻踹了她两下，以示惩罚："真是个能折腾的主。"

郭悦没说话，蒙在被子里，咯咯笑。

早上过来的时候她就跟常亮说好了，要在这边住几天，她是有点儿害怕常亮控制不住自己把她吃干抹净，故意找了一个帮田娇娇参谋参谋婚纱的理由。

有了田娇娇做挡箭牌，常亮自然不好说什么，也就同意了。

想到这事，郭悦又特意看了看微博，没发现对方再来恐吓自己，也就没再把这事放在心上，好心情地陪田娇娇去逛商场，正好商场里有婚庆公司在做宣传，她就拉着田娇娇去了解，看上去比准新娘还要高兴。

两个人最终也没买什么，逛了一天不想回家做饭就在外面吃了点。

郭悦累得不行，几乎倒床就睡，可惜，杨秋山忽然打来的电话让她没了睡意。

"你说我们的产品检测出农药含量超标？"郭悦简直不敢相信自己的耳朵。之前她收购农产品的几家农户几乎都是固定的，而且那几家人都是老实人，那些农产品几乎都是自己吃的，存在农药残留超标几乎是不可能的事。

惊讶之余，郭悦很快就恢复了镇定，又问："对方想怎么样？"她确信自己的产品没有问题，而且，刚刚杨秋山也说他收购的农户还是那几家，他亲自去检查过，并没有问题，可顾客一口咬定是从他们店里买的，拍了照片，还说去做了检测。

最要命的是，他做了一个很愚蠢的举动，在对方写了差评之后他去找对方，问了情况，一上来就被对方的气势给吓住了，然后主动提出让对方删除评论，可以免单。

谁知道，对方根本不吃他这一套，还说他是黑心卖家，见钱眼开，不顾及消费者的身体健康。

总之对方就是站在消费者的角度，把他骂了一顿，还彰显自己是为大众着想。

"后来我再找他，他不说话了，联系不上。"杨秋山的声音里满是歉意，他也没想到事情会搞成这样。找对方，对方不搭理之后，很快他又收到了其他买家发来要退货的消息，再之后，之前的顾客也找上门来，骂他黑心。

杨秋山觉得这事情有点奇怪，最后才发现，那个顾客把旺旺聊天内容发到了网上，还说明是在郭悦的店里买的。

对方没说一句脏话，完完全全是站在消费者的角度，以一个揭发黑心商家的姿态把矛头指向了郭悦。

瞬间，微博就炸了，大家纷纷指责郭悦，长着一张清纯可人的脸，心却是黑的。

郭悦完全没有料到事情会变成这样，安慰了杨秋山几句就挂了电话，上了微博。果然看见好多骂自己的私信。

再打开搜索栏，不出意料地上了热搜。

事态发展的速度、影响，早就超出了她的预料。

第二十五章

从此山水不相逢

Chapter1 不是冲你就是冲我来的

事情发生没多久，常亮就给郭悦打了电话。

"别慌，你也别急着去解释什么，先把事情了解清楚再采取措施。"临睡前，常亮打开微博就看到了郭悦上了好几个热搜，再跑到她的微博主页，发现不少人在底下骂她。

他也不管钟硕睡没睡，当即给他打了电话，让他去联系公关部门，毕竟郭悦是他们的外聘人员，也可以说是他们单人餐厅、半成品菜品项目的一张王牌，也是这些项目的形象代表。

而这次的事情还跟食品有关，搞不好他们的项目会受到影响。

郭悦深吸了口气，平静的语气里听不出情绪，她说："我没慌，在想办法。"

"乖，什么都不要想，好好休息，没准明天醒来就有转机了。"常亮实在说不出好听的安慰人的话，只能督促郭悦去睡觉。

郭悦轻轻嗯了声，两个人互相道了晚安，就挂电话。

郭悦是睡不着的，不停刷微博，看着网上那些乱七八糟的舆论脑袋疼。田娇娇知道后当即断定对方是故意的。

"店开这么久都没出现过问题，那个人是第一次在你们家买东西吧？"现在这个社会眼红别人过得好，嫉妒人家的人多得去了。

"是吧。哎……"郭悦烦躁地抓了抓头发，重重地叹了口气。

田娇娇动作轻柔地揽过她的肩，安慰道："没事，咱光明磊落，就不信那些人还能把白的说成黑的。"她猜对方八成是竞争对手，这年头，不正当竞争的人多得去了。

她分析了一大堆，郭悦听进去一半，考虑到她明天还要上班，她假装自己没放在心上，关灯睡觉。

那一晚，郭悦几乎没睡，待田娇娇睡着，传来均匀的呼吸声后她再次忍不住拿起手机反复看差评截图，杨秋山跟对方的聊天截图。

可惜看了老半天也没看出点猫腻。对方不过是站在一般消费者的角度说这件事，对方说，一开始收到竹笋干时，一打开就闻到浓烈的硫黄味，再之后是一阵刺鼻的药水味，感觉不对劲，对方第二天就拿去相关部门做了检测，果然发现这竹笋不仅硫黄含量超标，还存在农药残留，卫生更是达不到标准。

郭悦清楚地记得，之前自己去收购竹笋的农户他们都是自己做的，主要是自己吃，多余的部分会少量出售，都是采用纯手工制作，自然风干，根本不会存在硫黄这种东西。再者，竹笋在生长过程中不需要打农药，顶多就施点肥。

根本不可能存在硫黄，除非……杨秋山收的这批笋干有问题。

想到这里，郭悦被自己的想法吓了一跳。杨秋山的为人她是知道的，老实憨厚，他没有理由做这种事。

排除掉货源的问题、杨秋山的问题，那只剩下一个可能，就像田娇娇说的那样，是竞争对手在背后捣鬼。

次日，郭悦一大早就去了公司，一进门，见到她的人个个面露惊色。好在，她向来善于隐藏自己的感情，面色平静地走向自己和常亮的办公室，期间经过茶水间，还听到了八卦员工的对话。

"你看微博了吗，常总部门的郭悦，就那个网红啦，卖的东西不合格，据说农药残留超标。看她长得不错，没想到心这么黑，吃的东西都敢……哎，估计常总要受牵连了，早上过来撞见老板，脸色非常差。"女员工A说。

"看到啦，不过我觉得郭悦不像那种人，会不会是误会？"女员工B说。

女员工A不屑地说："你看过坏人往自己脸上写'我是坏人'几个字吗？"

"这……"女员工B哑然。

"我看啊，她这么红，肯定是那啥……"女员工A顿了顿，朝女员工B靠近了些，小声补充："被人包养了。"

郭悦从她们旁边走过时，正好听到这话，公司里铺了很厚的消音地毯，两个人根本不知道郭悦走到了她们的旁边，其中一个眼角的余光不小心扫见郭悦那沉稳的酒红色外套，猛然抬起后，惊慌失措地开口："郭……姐。"

郭悦扫了扫两人，淡淡嗯了声，假装什么都没听见，径直往办公室的方向走。身后两个被吓到的人互相握着对方的手，女员工A心虚地说："完蛋了，她不会去告状吧……"

"应该不会吧。"女员工B也不太确定。

常亮比郭悦早到公司，郭悦一进去就看见常亮正蹙着眉翻看网上的舆论。

有人骂郭悦，出了事就知道躲着，连个脸都不露。

也有人站在郭悦这边，说他们家小姐姐不是那种人，自己经常在他们家店里购买东西，从来没出现过问题。

明明是帮郭悦说话，却被骂是郭悦花钱雇来的水军。

还有更甚的，竟然扒到了郭悦的后妈林淑媛，说郭悦对后妈和弟弟不管不顾，冷血歹毒，还放出了一段之前郭悦跟林淑媛吵架的录音。

听见开门的声音，常亮猛然抬头，看见是郭悦，立刻按掉手机屏幕，把手机收到一边，扯着嘴角说："你来了。"

郭悦点点头。

"还好吗？"常亮从位置上站了起来，走到郭悦的身边，握住她的手才发现她的手冷冰冰的，一点温度都没有，他立刻将她的手放在嘴边哈了哈气，看见她进来时，脸色不差，走近了才知道，妆容化得太好。

"还好。"郭悦简洁地回话，"我觉得可能是竞争对手。"她慢慢地把自己想到的，说给常亮听，又做了几个假设。

假设他们的产品真的有问题，像对方说的那样，硫黄味很重，那杨秋山应该是第一个发现的人，然后阻止这批产品流入市场。

假设他们的产品真的有问题，对方检测完之后应该是去工商局投诉，而不是拿着检测单跟杨秋山沟通完之后直接把聊天截图发到网上。

"你的想法和我一样，我也猜对方是蓄意，就是不知道他是冲着你来，还是我们的餐厅，又或者是半成品菜品提供。"还记得当初为了捉弄郭悦，他自己在他们家店里还夹了一包竹笋，寄给了姑姑，姑姑还说很好吃。他不信，经过郭悦严格挑选的产品质量会存在这么严重的问题。

"你的意思是……"郭悦惊愕地看向常亮，一开始她只是以为对方是冲着自己来的，现在听常亮这样一说，范围又扩大了。

常亮懂她的意思，点点头："有可能是冲你来，也有可能是冲我来的。"毕竟他跳到了士林之后，39° 很快就后悔了，有人来找过他，但他没搭理。再者，最近他们的这些新项目在经济不景气的时代里还能快速回本，惹人眼红很正常。

只是，他没料到，那些虎视眈眈的人会选择郭悦下手。

事情发展迅速，两个人还没把事情完完整整捋清楚，就有顾客闹到餐厅去，吵着要把之前预定了一个月的半成品菜品的菜单退掉。后来，老板就召开了紧急会议，指明郭悦必须到场。

"没事，有我在。"进会议室之前，常亮拍了拍郭悦的肩膀，以示安慰。

"发生了这么严重的事情怎么不上报？"老总一上来就责问，"是不是打算一直瞒着我，又或是等人都闹到餐厅、公司来才说。"他目光犀利，不动声色地扫了一圈在座的所有人——常亮带的整个项目组，目光转到郭悦身上时，脸色又沉了几分，看着她问："郭小姐你能解释一下吗？"因为这事，公司的股票创下上市以来新低。

郭悦动了动唇，语言还没组织好，就听见常亮说："齐总，事情还很有可能是我们的竞争对手使的损招，先从郭悦身上下手。"

听见他着急辩护，老板的目光自然而然挪到了他的身上："什么可以证明？"

事情还在调查中，这只是假设，常亮并没有证据，一下子接不上话，会议室陷入一阵沉默的死寂，小心翼翼的呼吸声像是断气之前微弱的喘息。

沉默了半晌，老总再次发话，直接把目标转到郭悦身上，他说："事情由郭小姐引起，目前事态发展不乐观，我们先终止和郭小姐的一切合作，发个声明……"

这是在撇清关系，郭悦懂的。她记得，上次老板表扬他们团队时还亲切地叫她小悦，现在一口一个郭小姐，可见商人的眼里大多数都只有利益。

常亮想替郭悦再说点什么，却被郭悦拦下了，她说："我知道了，齐总，我会按照你说的做。"她不能让常亮因为自己丢了工作，丢了梦想。她本来就不想待在大城市里，以前拍视频不过是为了记录生活，她也没有靠这个吃一辈子饭的打算，如今发生这样的事，又提醒了她，一切回归原点，不要忘记初心。

老板嗯了声，之后又吩咐公关团队在最短时间内拿出最有效的方案，将公司的损失降到最低。话没说完，又找了理由把郭悦支走，那举动像是怀疑郭悦是不是别的公司派来的奸细，生怕公关方案从她那里泄露消息。

纵使心里有千万个不愿意，最后郭悦还是忍下了这口怨气，离开了会议室，去了常亮的办公室。

常亮知道她难受，欲言又止，话没说出口，就被郭悦的眼神给堵回去了。

Chapter2 我和他是清白的

尽管郭悦原本就对公司没什么兴趣，当初过来也是顺了外婆的意，多出来走走，怕她心里有负担。但如今，莫名其妙就这样背了一个黑锅，遭受别人的冷脸，再坦然，她心里还是不得劲。

坐在常亮办公室的沙发上，如坐针毡。后来想了想又给杨秋山打了电话。

事态的发展杨秋山是知道的，但有了上一次的教训后，他不敢再轻举妄动，生怕自己一不小心就给郭悦增添麻烦。

可这件事到底是因为自己言辞不谨慎造成的，看着满天飞的流言，他惭愧到一连好几天都没睡好。

"对方没有再回复我的消息，发微博那个账号我也看了，发完之后就再也没有出现过。"杨秋山如实把自己发现的都告诉了郭悦。

"那收货地址是哪儿？"要是能电话联系的话，没准会有转机。

电话联系的方式一开始杨秋山也尝试过，但后来对方把自己的号码拉入了黑名单，再后来，换别的手机打发现是关机。总之对方的种种迹象都在表明不想进一步沟通。

"地址是贵州。"杨秋山说。

贵州？郭悦莫名想到之前给自己寄恐吓包裹的人，心想，这两者之间会不会有什么联系？

"悦悦，你有在听吗？"郭悦想得有点入神，后面杨秋山再说什么她都没有听进去。

"啊，有的，一会你把用户的收货地址截图发我一下。"她想，如果是贵州的话，是不是可以给警方再提供新的线索。

散了会，常亮一脸惆怅，待大家陆陆续续散开，钟硕才敢开口："亮哥，要是老板真要和悦悦解约怎么办？"看刚刚老板的意思是要彻底和郭悦划清界限。

常亮沉默半晌才缓缓开口，低沉沙哑的声音透着无助："她不在乎合作，我比较担心网上的舆论。"这一瞬间，他忽然后悔当初把郭悦带到士林来，要不是他，估计她也不用承受这么多舆论和压力。

两个人收拾好东西就回办公室，那会郭悦还在和杨秋山打电话。

"秋山哥，你别自责，我相信你。"郭悦说。

常亮正好走到门口听见她说这句，瞥见她那一副很坚定的表情，心莫名咯噔了一下，转而往回走，对钟硕小声说："去调查一下杨秋山。"

钟硕蓦地瞪大眼睛，不敢置信地开口："你怀疑是他？"杨秋山这个人他听郭悦提过，说是好多年的同学，现在在帮郭悦照顾外婆，这样的人怎么看都不像会做出这种卑劣事情的人。

"我现在任何一个人都不相信，还是去查一下比较好。"常亮眸色沉沉，杨秋山对郭悦什么想法他还是知道的，不管是出于私心还是什么，这个人都得查。

钟硕犹豫了几秒就应下来了。

然而，常亮和钟硕都没料到，这事竟然被郭悦发现了。

本来就心浮气躁的郭悦知道后当即找常亮对峙："你什么意思，竟然怀疑秋山哥？"

都这种时候了，她还袒护一个外人，因为一个外人和自己发生冲突，常亮不悦地皱了皱眉，淡漠地开口："如果他没有问题的话，查一下不就证明清白了吗？"自己的女人在为别的男人说话，作为一个正常的男人都会生气。

"不可理喻，常亮你能不能撇开你那些该死的私心，我跟你说过，我和他只是同学。"即便是被他点燃了怒火，郭悦依旧吐字清晰，嘴角那抹冷嗤让她看上去有些狰狞。

"是，我承认我有私心，不过那不是很正常吗，我喜欢你，我爱你，就不容许别人觊觎你，但撇开这些，你想想自己打理店铺的时候，有出现过问题吗？现在出了这么大的问题就应该彻底调查不是吗？你袒护他，难道不是私心？"常亮也不知道自己怎么了，思维控制不住自己的嘴巴，也不知道自己说的是气话还是心里话，整个人看上去冷冰冰的，宛如一头在风雪里放肆的狼。

郭悦冷笑，良久都没接话，像是不想解释又像是不知道要怎么解释，初春的阳光透过窗户洒下来，笼罩着小小的她，地面上那团小小的阴影宛如她心里的惆怅，化不开，挥不去。

一边是她喜欢的人，一边是她认识多年，帮了她很多的好友。

沉默了半晌，郭悦淡淡地丢出一句："我想我们还是冷静冷静吧。"说完就转身向门外走，可惜没走两步，常亮就一把拽住她的手腕，力道过大，她一个踉跄，摔在了常亮的怀里，一抬头，对上了他那双布满红血丝、愤怒到了极点的眸子，他说："什么意思？冷静冷静？你竟然为了别人让我冷静冷静？"他是害怕失去她的，可一张口，这话就变了味道。

郭悦冷哼，奋力挣扎，妄图挣脱常亮的禁锢，挣扎未果，她又冷声呵斥："放手。"她瞪着他，只丢出两个字。

常亮蓦然一怔，下一秒竟然真的松开手，郭悦就这样气呼呼地离开了他的办公室，从窗户看到她离开公司大厦时那个孤傲冷漠的背影，他的心被狠狠扎了一下。

公司去不了，也不想和常亮待在一块，郭悦在大街上漫无目的地转了好一会，全身都被带着寒气的风吹得失去了知觉，在过斑马线时，不知道从哪里窜出一辆送外卖的摩托车，差点撞到了她，大哥蛮不讲理地骂："找死啊，走路不看路！"

郭悦猛然一怔，抬头看了看前面的红绿灯，上面显示的是行人指示灯，她很没脾气地说了句道歉的话，对方才重新发动车子离开。

原来的房子已经退掉了，忽然发现自己除了田娇娇那没有地方可以去，郭悦也不怕阳光刺眼，昂起头定定地看着太阳，直到头晕眼花才混混沌沌地走向田娇娇家，进了家门倒床就睡。

田娇娇下了班回家一开灯看到床上躺着的那坨，吓了一跳，走近掀开被子，才舒了口气，拍拍郭悦的肩："起来吃饭了。"

郭悦这才懵懵懂懂睁开眼睛，因为极不适应屋内强烈的光线，她连忙用手挡住眼睛。

田娇娇一边换衣服，一边问："你该不会睡了一天吧？"早上听她说去公司的，不过看她睡成这样子，很明显是睡了一下午。

郭悦支起身子，淡淡嗯了一声，田娇娇惊到差点下巴都掉了。

看这情况似乎不太乐观，她动了动唇，想说点什么，最终还是咽了回去，问："吃点什么？"

"随便吧。"郭悦一点胃口都没有，脑袋还昏昏沉沉的，一副无精打采的样子让田娇娇很是担心，她上前摸了摸她的额头："你没生病吧？"

"应该没有吧。"她问什么郭悦都一一回答。

田娇娇舒了口气："那你去洗澡吧，我来做。"

郭悦应了声，就拿着衣服去浴室。

田娇娇趁着她不在的空当，关上房间门给钟硕打了电话，询问情况。

两人吵架的事钟硕是知道的，还一五一十地告诉了田娇娇。

田娇娇知道他们去调查了杨秋山之后当即骂了钟硕一顿，说常亮没脑子就算了，他也跟着没脑子，杨秋山和郭悦一直都是清清白白的，怀疑什么不好，非得怀疑郭悦跟他的关系，简直就是混蛋。

田娇娇气得不轻，说话都打岔了，最后很严肃地告诉钟硕，这事她是不会帮常亮说话的，自己犯的错，自己想办法。

她不帮忙说话的同时还不让钟硕帮忙，这倒是给钟硕出了一道大难题，见他犹豫，田娇娇就在电话一端哼了两声，下一秒他就点头同意了。

事情发生没多久，田娇娇就联系了在媒体工作的记者朋友，想让他们帮忙发一些明星的新闻，妄图转移网民的注意力，谁知道明星的消息根本没有办法压住他们对郭悦的谴责，这让她很是伤脑筋。

一时半会想不出什么更好的办法，吃完饭田娇娇就对郭悦说："要不你回陵水待几天？看不到，听不见总会好受点。"她的话有两重意思，一个是让她和常亮暂时分开，缓缓关系；二是，陵水相对清净些，少点纷扰，还可以更好地和杨秋山沟通一下具体情况。

郭悦沉默了一会，才嗯了一声。她看上去很憔悴，白炽灯笼罩在脑袋上，她整张脸都嵌在阴影里，越看越让人心疼。

第二天，郭悦就简单收拾了行李。她不确定自己还会不会回来，把很大一部分东西都带走了，剩下的，都是田娇娇日常也可以用的。

田娇娇因为忙着去竞标，没能送她去机场。她也没觉得有什么，还安慰了田娇娇说自己又不是第一次出远门，而且她这是回家。

她的航班是中午十二点，原本可以赖床，她却早早起来做了早餐和田娇娇一起吃。

吃着吃着，田娇娇竟然觉得现在的场景有点像生离死别，控制不住抽泣了几声，被郭悦强行取笑了一番。

常亮是田娇娇和钟硕聊天说漏嘴才知道郭悦离开的消息的，他二话不说就拿起车钥匙向机场飞奔而去。

遗憾的是，他刚到机场，飞机就起飞了。

Chapter3 与山水为伴

下午，钟硕见到常亮，发觉他脸色不好，就猜到他和郭悦不太愉快，要么是没见着人，要么就是两个人在机场里发生了争执，他犹犹豫豫的，不知道怎么开口。

"还有事？"常亮吩咐他配合运营部门、公关部门想办法把事情镇压下来，将影响降到最低，有必要的话，可以召开记者招待会。

"没……没有。"钟硕摇摇头，瞥见他神色不太好，不敢再问下去，怯怯地离开办公室，去找公关部门继续商量对策。

常亮嗯了声，没抬头，继续处理手头上的文件。虽然事情已经过去了好几天，但食品安全毕竟关系到大家的身体健康，所以热议不断。

谴责郭悦的，否定士林的，无所不有。

好在后来集团陆陆续续发了官方声明，即士林集团旗下任何一家餐厅都符合国家卫生标准，而食材方面也是每日由固定合作农户送到餐厅，再由餐厅工作人员进行清洗处理，每个环节都有人把控，卫生安全问题绝对有保证。

后面还附录了各类机构的检测结果。

再后来，士林的官网微博还放了一段旗下各大餐厅的监控，均为厨房内部监控。

网民这才消停点。

只是，他们对郭悦就没有这么友好了。舆论过激，她的网店被强行关掉了，而她也没有发出对这件事任何的解释说明，被网民们指责她敢做不敢当。

常亮很是担心她的情绪，好几次拿起手机给她打电话，犹豫半天也没打过去。

外婆并不知道网络上这些事，只是看到郭悦忽然回来觉得奇怪，问她怎么忽然休假了。她只是说太累，就休了，之后又扯到别的话题上，根本不给她细问的机会。

田娇娇给她打了好几次电话，劝她放宽心，再者去发条微博，告诉大家，他们家的产品是有质量保证的，至于那个特殊的顾客指出来的竹笋干有浓烈的硫黄味，以及农药残留超标不是他们家的产品，类似这种话。

郭悦犹豫了老半天，才去发了一条，但不像田娇娇说的那么生硬，她先向大家道歉，之后才去说明产品质量的问题。

她的态度诚恳，只是因为晚了几天才出现，又被一大波好事网民钻牛角尖，指责她不是第一时间站出来解释，现在才出现，难听的话全用到骂她的身上。

常亮一直关注着她的动态，看到那些抨击她的人，气得牙痒痒，钟硕发现后很是懊恼，最终还是没憋住心里的话，问："亮哥，你既然这么关心悦悦，为什么不给她打电话，把话说明白？"

为什么？常亮怔了怔。

集团的股票等不良影响确实是由于郭悦的事才产生的，虽然此前他也怀疑是不是有人在针对自己，但后来，他又仔细看了钟硕收集的资料，发现给予差评，并且在网上大肆宣传的人疑点重重，最重要的是，这跟上次郭悦受到恐吓的事隐约有某种联系，他就大胆猜测，这次的事，很有可能是那个人在背后捣鬼。

和郭悦一样，他猜不到对方和他家小兔子有什么深仇大恨，但不把这个人揪出来，他的心一天都不得安宁。

至于他那天为什么要惹恼郭悦，初衷是出于保护她。

她在公司里的话，肯定会听到员工各种议论，但如果她不在公司的话情况就不一样了。只是，他没想到自己竟然用了最愚蠢的方法把她赶走，最后还发展成不辞而别。

"我的天……"钟硕听完常亮的解释，发出惊讶的呼声，崇拜地看着他："亮哥，你也太牛了吧！"藏得这么深，差点他就以为他是真的怀疑郭悦和杨秋山有着什么不可公开的关系呢。

常亮面色如常，淡淡地看了他一样。

"可是，亮哥，你再不解释的话，会不会悦悦就真的以为你那啥，然后那个杨秋山乘虚而入怎么办？"到时候就变成假戏真做也不是没有可能。

这话说得常亮不爱听，猛然抬头瞪了他一眼，凶巴巴的样子，吓得钟硕不禁抖了抖，低声喃喃道："我说的可都是真话，为你着想。"即便常亮要判他死刑，他也要表示自己从头到尾都是站在他这边的，没有背叛他！

常亮盯着他看了半晌，才沉声开口："你跑趟贵州，去找一下上面那个收货地址，先打听，看看对方是什么人。"

事情已经发展到这个地步，花再多财力物力，他也没有顾忌，最主要的是，能让郭悦洗白。

为了不让自己有太多时间胡思乱想，郭悦又重新拿起了相机。

四月的陵水正是山花烂漫的季节，漫山遍野喊不出来名字的小野花，红的，紫的，黄的，橙的，一片一片的，光是看着就让人心旷神怡。

郭悦穿了一身亚麻长裙，是前年她用自家的亚麻布亲手缝制的，又用了院里的花把裙子染了淡淡的粉色，穿梭在山间地头，宛如一朵会行走的淡粉色桃花。

一开始，她并没有想好自己要拍什么，拿着相机漫无目的地把自己看到的，觉得还不错的都拍了下来，后来下山来到小溪里忽然发现有个老伯在起虾笼，灵机一动，就打算做一期醉虾。

小溪两边是山，风景不错，清凉的山风拂过脸颊柔柔的，轻轻的，加上潺潺溪流时不时发出咚咚的声音，光是站在石头上，郭悦就感觉前所未有的放松。

恍惚发觉，她已经有很长一段时间没有静下来听听自己的心声了。

若是当初没有离开，也许就不会发生这么多事情了吧。她想。

以往的视频，几乎只有郭悦一个人出镜，顶多就做好菜品和外婆一起品尝，出下镜。为此她忽然想，试着做一期她和外婆以外的人出现在镜头里。

于是和老伯做了简单的沟通，得到允许后拍了几个大伯捞虾、起虾笼的镜头。

后来又从老伯那里买了一斤多虾，回到家架好相机，就开始制作醉虾。

她把虾先放在盆子里清洗，由于虾是刚刚捞上来的，还活蹦乱跳，跟顽皮的猴似的。

紧接着，把去掉虾须和虾脚虾枪的虾放进一个可以密封的玻璃罐里，开始切葱、姜、蒜、红辣椒、芫荽，之后放进一个大碗里，再依次倒入高度数的白酒、黄酒，生抽，少许香油、盐、冰糖等日常做菜会用到的调料。

搅拌均匀后，将酱汁倒进玻璃罐子里，密封直至里面的虾不再跳动，就用筷子将它们夹出来，依次摆在印有青蓝色花纹的白色盘子上。

为了让画面看上去更生动，郭悦最后还补了一个她和外婆一起品尝醉虾的场景，在做后期处理时，还特意保留了一小段两个人吃饭聊天，以及碗筷相互碰撞时发出的声音，最后整个视频充满了生活气息，隔着屏幕看都有一种置身其中的奇妙之感。

她特意让自己变得很忙，所以拍完的当天就连夜把片子剪了出来，并且发布到微博上，之后实在困得不行，才去睡觉。

常亮是第二天起床才看到视频的，画面很美，延续了她以往的清新复古的风格，画面最后一个镜头看上去其乐融融，外婆的微笑和蔼，而郭悦清新脱俗。

他忍不住抿了抿唇，手指轻轻抚过郭悦的脸颊。看到她安好，他也就放心了。

然而，当他退出视频，打算写评论时却发现底下一堆人在骂她。

土豆妖精：哈，居然还有心情拍视频，出事的时候怎么没见你这么积极？

南国：真是黑心啊，也不见关心一下买到有问题的竹笋的小可怜。

绿野仙：妈呀，我要转黑粉了，真的好失望啊……

竹青马梅：真残忍啊，居然做了禁菜，活活把虾憋死，难怪会卖不合格的产品。

……

大家七嘴八舌的，言论以骂郭悦的为主，常亮看着，额头的青筋暴起，唇被咬得发白，当即拨通了钟硕的电话，让他看看能不能联系上微博的负责人，让他们帮忙清理这些恶意评论。

钟硕人在贵州，电话联系也需要一定的时间，而且他觉得如果采取这样的方式镇压舆论的话没准会适得其反，毕竟手机有截图功能，指不定那些闲着没事的网民又拿删评论这事开炮。

他的话并不是没有道理，常亮冷静下来之后又问："那怎么办？"他看着这些评论就很生气。

钟硕想不出什么好主意来，最后只说让他等等，看看郭悦什么反应。

常亮那边沉默了许久才嗯了声，挂了电话，他终于按捺不住主动给郭悦打了电话。

那会郭悦在菜地里和外婆一起翻土，打算种一片小油菜。

看到手机屏幕上跳动的号码，她明显愣了几秒，缓了好一会才按了接听键。

"喂……"她的声音低沉沙哑，狠狠地扎了下常亮的心。

"你还好吗？"郭悦回到陵水一周多，两个人都没有联系，常亮一开口竟然不知道要说什么。

郭悦"嗯"了声，并没有太多的话。聊了几句，常亮就提到微博的事，郭悦却很坦然说自己不在乎，说那只是一个记录生活的工具。后来，又很生硬地说自己很好，那边似乎不知道怎么接话，一阵尴尬之后便挂了电话。

她怎么也没想到，家里有一群八卦的记者正等着她应付。

Chapter4 原来是他啊

郭悦发完微博并没有去看评论，凭第六感，加上常亮的电话，她多少能猜到些。不能去改变什么，她只能接受，反复提醒自己，过好自己就行，别人怎么样她管不着。

然而，她万万没想到有人又利用林淑媛生事。发了一堆她和林淑媛发生争执，扭打到一起的照片。

又因为上回被爆出对骂录音的事郭悦没有解释，这次看到那些照片，总有那么一些人喜欢揣测，扬言她是默认了自己没有善待养母和弟弟，一来二去，议论的人多了，大家也就默认了这个说法。

再加上昨天士林集团出了一份声明，说是此前已经和郭悦达成解约协议，对于她到底有没有售卖不合格的农副产品，士林集团完全不知情，让对一直支持他们的消费者失望，他们感到很抱歉。

这无疑是撇清和郭悦的关系，让大家把目标都转到她身上。

郭悦再次感到这个社会的无情。想想当初齐总觉得她有价值对她的好，和现在真是天差地别。

好在，她从来没对谁抱有希望，自然也不会失望，只是有一点点难过。

在地里忙完，和外婆一起回家，在距离家门口还有二百多米的地方看见一群人围在自己家门口，前行的脚步不由顿了顿，紧张地拉着外婆。

她正想和外婆说从后门进去，谁知道，有个眼尖的记者看到了她，激动地发出尖叫,指着她那个方向喊:"郭悦在那。"下一秒,那群记者就朝她飞奔而来。

考虑到外婆年纪大,跑不动,郭悦就没跑,把外婆护在自己的身后,小声说:"外婆,你从后门进去,不管发生什么都不要开门出来。"他们毕竟是冲自己来的,她不想外婆受到惊吓,也希望那群疯子敬业的同时也素质不会太差。

外婆看了看郭悦,又看了看蜂拥而来的记者,没多问就拐到田埂,绕了一大圈从后门进屋。

"郭小姐,士林集团的声明你有看到吗?"

"对于士林集团在这种时刻抛弃你,你什么感受?"

"据说郭小姐此前和士林集团的常经理是恋人,请问你们现在还在一起吗?"

"网上说郭小姐表里不一,没有善待养母是真的吗?"

……

一群记者七嘴八舌的,谁也不让谁,纷纷抛出自己提前准备好的问题,不顾郭悦的感受,疯狂地展示他们对记者这一职业的敬业态度。

郭悦没有跑,也没有回答,视线绕着那群人转了一圈,最后轻飘飘地落在远方,像在思考,又像是忽视这群聒噪的人。

僵持了好一会后,忽然有人又说:"郭小姐,你不回答是默认吗?"

郭悦轻笑,心想:既然你都有答案了,还问我做什么?

她就那样站着,不说话也不动,看他们到底要折腾到什么时候。

不知道的,没准还以为她是大明星,被这么一群记者包围,还连续好几天霸占热搜。

一群人就这样跟着郭悦站了将近一个小时,交头接耳,小声议论一番后终于有人待不住,离开了。再后来,陆陆续续的,其他人也跟着离开了。

可郭悦不说话,并不代表他们没有内容可写。

当天下午,就有人发了一篇稿子,说郭悦装高冷,让记者们陪着自己站了一个多小时,一句话都不说。

田娇娇看到又气又恼又想笑。

估计这些记者们还是第一次遇见像郭悦这样难搞的人,换成别人的话发怒的发怒，想办法逃跑的逃跑，就从没见过让人家陪着自己站到不愿意站为止的。

第二天，郭悦接到了沈正鑫的电话，问她家在哪里，方不方便过去坐坐。

郭悦甚是惊讶，还没回过神来，沈正鑫又说他正好来这边出差，听说她回来了，想四处转转。

郭悦没当即戳穿他的拙劣的谎言，问他需不需要她过去接他。

沈正鑫拒绝了，只要了地址，没多久就打车过来了。

郭悦提前准备好茶水和水果在院子里坐着等他。

这个季节正是绣球花盛开的季节，去年种下的那片绣球花被外婆照顾得极好，枝繁叶茂的，加上蓝的，粉的，红的，紫的，几种颜色的花以团状落在大片的绿叶上，微风一吹，轻轻摇晃，光是看着就足以赏心悦目。

沈正鑫也有看过郭悦的视频，大老远的，在出租车上看见眼熟的院落，激动地跟师傅说："那，那，那，就是那。"这边相对北京来说标志物少些，尽管郭悦是直接给他发了定位，师傅也不太确定郭悦家是哪间房子。

"小悦悦，我来啦。"沈正鑫一下车就蹦蹦跳跳地往郭悦家奔去，进了院门，一副刘姥姥进大观园的模样，细细打量郭悦别致的小院。

"快来喝茶。"郭悦招呼他。

沈正鑫被眼前的繁花似锦勾了魂，看看这朵花又看看那朵花，明明自己也是一个懂花之人，到了郭悦这跟进入了神奇世界一样，对周围的花花草草充满了好奇。

沈正鑫打量了好一会，听见郭悦发出笑声，才向她走去，边走边说："行啊，还是你会享受。"

郭悦笑笑："闲着无聊罢了。"

沈正鑫喊了声："你告诉我，谁信？"

"我信啊。"郭悦给他倒了茶，"尝尝，我觉得你应该会喜欢的。"

沈正鑫也不跟她客气，端起茶杯，轻轻品尝。看到她过得还不错，他也就放心了，但还是忍不住问："你打算怎么办？"

郭悦知道他指的是什么，略作思忖，给出两个字"凉拌"。

沈正鑫听到，夸张地喷了一地水，激动地开口："常亮也不管了？那我是不是有机会了？"

郭悦的眸子沉了沉，用手拍了拍他。明明是关心她和常亮，却常常说一些让人浮想联翩的话，缓解尴尬的气氛。

"是他让你来的吧。"郭悦没有回答他的问题，平静而轻缓的语气听上去更像是心里早就有了答案。

沈正鑫端着茶杯微微怔了怔，最后还是跟她坦白了一切。

他说是常亮去找他，让他过来看看她，说常亮最近不太好，被公司压着，一堆乱七八糟的事等着他处理，不过，很快就会有结果了，让她再等等。

郭悦的心微微一紧，转而开口时却把重点转移到他的身上，她瞪着他，没好气地说："他不开口你就不来看我咯？没良心的，亏我还给你泡了这么好的茶。"

沈正鑫懵了，连忙解释："怎么可能，我这不是怕有人说我挖墙脚嘛。"

郭悦啧啧两声，站了起来说要去做饭。

沈正鑫一听她要下厨，在她离开后悄悄给常亮发了两个字：安好。

然后跟进了厨房。

那会常亮正在看钟硕发来的，在贵州查到的资料。

据多方资料显示，钟硕根据上回查到的IP，找到了当地的公安局，向他们说明事情来龙去脉，建立了档案之后，警方根据IP地址找到了一个嫌疑人，并且在证据充足的情况下将嫌疑人逮捕。

很快对方就招供了一切。

常亮看到这些事，整个人都怔了。

谁都没料到这个兜兜转转，挖了这么多坑，做了这么多坏事的人竟然会是郭悦的前男友——章佩纶。

章佩纶在交代犯罪事实的过程中说，当年郭悦和田娇娇当着公司的面揭穿了他同时和几个人交往的事实，之后和郭悦一样被章佩纶欺骗的几个女生随后也站了出来，在网上发表了谴责他的舆论。

没多久公司便以他的行为严重影响了公司的声誉，给公司抹黑的名义开除了他。他原本想着被开除了就被开除了，此处不留爷，自有留爷处。

然而，相对有一点名气的企业，得知他之前的所作所为纷纷拒绝了他。再后来，他好不容易加入了一家小企业，可惜经济不景气，小企业很快倒闭了，还拖欠了他好几个月的工资。

走投无路之后他有向郭悦道歉，祈求原谅，但郭悦不搭理他。

他就对郭悦产生了仇恨，认为自己今天的遭遇都是郭悦造成的，要不是她和田娇娇揭穿自己，他也不会被解雇，也不会找不到工作被房东赶出去，最后不得不回到老家。

再后来，无意间在网上看见郭悦的视频，知道她火了，就开始谋划怎么毁掉她，让她也尝尝落魄的滋味。

于是，他先是在微博上对郭悦进行恐吓，慢慢地，给她寄包裹，吓唬她。之后又找到了跟她有过节的林淑媛，在金钱的诱惑下拿到了两人不和的资料。再后来就在她家网店买了竹笋，自己用硫黄熏，还用农药泡，制造了郭悦兜售的竹笋有问题的假象。

他很聪明，给郭悦寄快递的时候匿名了，用来验证微博的身份证是以前公司里实习的同事。甚至已经想好了要怎么继续吓唬郭悦，恰好前几天又看见郭悦发的新视频，知道她已经回到陵水。警察找到他时，他正准备前往陵水，去找郭悦，联合林淑媛一起算计她。

幸亏钟硕盯得紧，对他登录微博的IP进行了多次排查，才阻止了他继续伤害郭悦，做出更多荒唐的事情来。

钟硕给常亮发完资料，又征询了常亮的意见，问他要不要给郭悦也发一份。

常亮同意了。至少她是受害者，有权利知道这一切。

第二十六章

故人再见如初识

Chapter1 我现在要追你

郭悦怔了，完全没想到兜了一大圈，罪魁祸首竟然是自己的渣男前任。

难怪有一段时间经常梦到他，原来一切都是有预示的，只不过当时她没在意罢了。

好在，她早就离开了这个人渣，除了心灵上受到一点创伤，并没有外伤。

她跟钟硕说了谢谢。钟硕紧接着又问她回不回北京。

郭悦想了想，最后没有回答他这个问题。

这件事后，她想了很多，也发现了很多问题。在这个残酷而又现实的社会里，她似乎更适合陵水这样的小镇子，没有钩心斗角，没有尔虞我诈，更不用接受假象的好，上一秒待你如亲闺女，下一秒把你骂得连狗都不如。

年少的时候总是雄心勃勃，想着飞得更高，跑得更远，要有一番作为，后来被社会磨掉棱角，又开始觉得生活总归平淡。

所以当沈正鑫要返回北京时，再次问了郭悦先前钟硕问她的问题，她的反应和当时如出一辙。虽然和她认识没多久，她的脾性，沈正鑫还是知道一些的，所以也就没有追问。

钟硕回到北京后给常亮发了一段视频，是当时在派出所里章佩纶交代犯罪事实的视频。后来经过一番讨论，他们决定公开视频，一来洗白郭悦的冤情；二来也可以很好地挽回士林集团的形象。

果不其然，视频一发出去，网民们的风向就变了，原来指责郭悦的人现在竟然开始转粉，开始轰炸章佩纶，甚至一连几天微博上都出现了跟渣男有关的热搜，此外，还有一小部分人谴责士林，没有查清楚实情，就丢弃了郭悦。

看着情况好转，常亮也放心了些。

钟硕看着他最近似乎一直在忙工作，跟郭悦的联系几乎没有，他还挺担心两个人的关系，硬着头皮问："亮哥，那个悦悦……"开了口之后忽然又不知道要怎么说，加上常亮忽然看着他的眼睛，他就更没勇气了。

他老半天没把话说完，但常亮知道他想说什么，沉默了一会儿说："我过两天去找她。"最近他一直在考虑一件事，跟他和郭悦的未来有关。

郭悦不在身边的这些日子，他越发容易睹物思人，夜里猛然惊醒，总是想起之前郭悦在被窝里和他抢被子，要么就是踢被子，跟个孩子似的。后来他又想，大概这辈子都没办法离开她了，所以他在想一个除了结婚以外，永远在一起的方法。

当天下午，常亮正要去找齐总，齐总就亲自过来找他，笑容满面的，常亮看着却发怵。

果不其然，齐总绕了老半天圈子，说了一堆好话，又是表扬他的工作能力，又是暗示要给他升职加薪，最后才进入正题。

"小亮啊，你和郭悦的事情怎么样了？什么时候结婚啊？"

常亮怔了怔，平静地说："分了。"虽然这话有说谎的成分，他们不过是暂时给对方空间，给对方好好思考的机会，但因为上次他当着大家的面指责郭悦，之后又做出了撇清关系的举动，让常亮十分不舒服，也就觉得没有必要向他坦白。

齐总微微一愕，有点惋惜地说："哎呀，是我对不起你们啊，郭悦是个好姑娘，我给你放几天假，你去找她吧，年纪不小了，大度点，多让着她一些。"

常亮轻笑，眸子里闪烁着奇异的光。这话是完完全全把锅甩到他身上的意思吗？

未等他开口，齐总又说："你看啊，她之前在的时候咱的餐厅各个方面的盈利都有提升，你啊就去好好安抚安抚，也帮帮我的忙，看看她愿不愿意回来，咱可以给她签正式的合约。"

常亮压根没料到对方会说出这种话，更没想到眼前这个人是当时在他被赶出

39° 时，向他抛出橄榄枝的人，到底，商人眼里都是利益。

他轻笑一声，又说："齐总，我也有事想跟您聊聊。"

"哦？"齐总惊愕地看着他，转而又笑吟吟地说，"你说吧。"他以为常亮会借着这个机会要求提工资，完全没想到他根本对工资不感兴趣。

"是这样的。"他清了清嗓子，神情平静，像是早就想好了一切，"感谢您给我机会让我在集团成长，这期间也犯了不少错，给您增添了烦恼，我想我可能还是不太能令您满意，想去别的地方多锻炼锻炼，日后有机会再回来给士林做贡献。"

学他说一堆好话才进入正题？齐总震惊地望着他，久久说不出话来。

"那个，你确定要走？"他不觉得自己给他开的工资很低。

常亮点点头。

齐总看上去波澜不惊，内心早已风起云涌，这么一个大好的人才要走了，会给公司带来什么样的影响他是知道的。

他极力隐藏内心的慌张，笑着说："我说小亮啊，这事我就当没听到，你再考虑考虑，你要是觉得对公司哪里不满意，尽管跟我说，工资不够咱提，职位不满意，升职也不是那么难，人员配备任你挑。"只要你不离开。

他把自己能想到的，常亮可能需要的，他都说出来了，然后起身拍拍常亮的肩膀，意味深长地说："你还年轻，要好好抓住机会才行。"这话的言外之意是别因为之前的不愉快放弃了大好前程。

说完，他就离开了，随后悄悄找了钟硕问话，了解情况。

钟硕这才知道他想离开。

"亮哥，你真要离开？"尽管从老板那里听到了这个消息，老板还有意让他帮忙挽留，他开口时，也只剩下惊讶。

常亮神色平淡地抬头，嗯了声。

"为了悦悦？"钟硕朝他靠近了些，一动不动地盯着他的脸看。

常亮没躲，又是轻轻地嗯了声。

钟硕猜到他会为郭悦做点什么，只是没想到他会离职。

他跟了他好几年了，虽然只是一个小助理，但他很清楚，常亮并没有把他当成真正意义上的助理，教会他很多的同时还把他当成哥们。

"那我也跟你一起。"这话打心底憋了老半天，钟硕最后还是说出来了。

可常亮一听竟然笑出了声，神情也不似之前那么严肃，调侃道："还没长大啊，跟了我这么久，感情都没长脑子。"他顿了顿，又说："都是一个快结婚的人了，这么没有定性，田娇娇知道吗？"他离开纯属为了郭悦，就像钟硕说的那样，他要是再不去找她，没准就要被抢走了。

"好好干，我相信你是可以的。"常亮别有深意地拍了拍他的肩膀，像委以重任，又像是一个老父亲在鼓励自己的儿子。

"可是……"一时之间，钟硕还是不能接受接下来没有常亮的日子。

"没有可是。"常亮神情严肃地拒绝，下一秒又换了一张嬉皮笑脸的模样，"你是不是打算拖我后腿啊，我跟你说，别妨碍我追求我家小兔子，好好干你的活，该怎么过就怎么过。"他故意让自己的语气听上去很是嫌弃，实则是不希望钟硕太过悲伤。

钟硕明白他的良苦用心，但还是很煽情地吸了吸鼻子。

两天后，常亮再次去找齐总说明自己的想法，即便齐总有再多不情愿，但也没有不放行的理由。

一周后，常亮交接好工作，直接买了去陵水的机票。

一如当初第一次到陵水，他就拿了一个行李箱，下了飞机就直奔郭悦家对面的小房子。

来之前他已经跟房东打过招呼了，要租下来，房东还很热情地帮他收拾了一番。

那天郭悦也看到了房东婆婆来收拾，还很好奇地问她是不是要回来住。

婆婆说不是，是有一个小伙子要租下来。

郭悦当即想到了常亮，细问婆婆，婆婆却什么都没说。

之后那几天，郭悦每每出门，总是情不自禁抬头看看那个小房子，心里有期待，却又不是很期待。

微博那档事落下帷幕之后，没几天她就发了微博表态，说暂停更新，也有可能不再恢复更新，谢谢大家的支持。

这一消息一发出去，微博又炸了，有人说郭悦是因为受到了伤害，太过伤心，才不更新的。

也有人说她可能需要时间调整自己。

还有人给郭悦发私信，安慰了她一番，让她不要难过，他们永远都支持她。

郭悦都看了，但都没回复。

红和火并不是她的初衷，这件事之后她就越发明白自己想要的是什么。所有的光环财富都是过眼云烟，人活着最重要的是开心。

常亮抵达时，郭悦去了菜园，摘了一大把水灵灵的蔬菜。最近天气暖和，蔬菜疯长，郭悦和外婆两个人吃不完，郭悦就把一部分送给附近的留守老人，在外面晃荡了很久，才回家做饭。

她一推开院门就看见常亮坐在织布机前，在外婆的指导下笨拙地拿着梭子穿来穿去。

"阿妹回来啦。"外婆最先发现她的存在，笑眯眯地看着她，"小亮来看你啦。"

郭悦点点头，这么大个人，她还不至于看不到。

她平静地看了他一眼，动了动唇，最终什么也没说就拎着菜篮子走到小水池边，蹲下开始清洗蔬菜，外婆似乎猜到些什么，随便扯了个借口就进了屋，把空间留给他们。

常亮见状，向郭悦走去，在她旁边蹲下，帮忙清理蔬菜，直到清洗完，郭悦也没跟他说一句话，完完全全把他当成空气。

见郭悦站了起来，拎着篮子欲往厨房走，常亮连忙抓住她的手腕。

"放手，先生我们认识吗？"气话从郭悦口中脱口而出。

常亮微微一怔，莞尔一笑，吊儿郎当地说："那郭小姐，我们重新认识一下吧。"

郭悦嗤笑："没兴趣。"说着甩开他的手，往厨房去。

"可是，我感兴趣啊，我要追你。"常亮跟上她的脚步，穷追不舍。

Chapter2 那个谁你给我出来

郭悦很快就把饭菜做好，三个人围在院子的石桌上吃饭。

常亮还是和以前一样，边吃边和外婆聊天，其乐融融的样子看上去倒是惬意。只有郭悦一个人打心底嘀咕，要怎么样才能把这个烦人精赶走。

她可不想外婆再被当成说服她的工具了。

"外婆，你喜欢小朋友嘛？"常亮乖巧地给外婆夹菜，忽然问了一个奇怪的问题。

外婆看看他，眉眼间的笑意看着很暖心："喜欢啊，像阿妹小时候就很讨人喜欢。"外婆看着她，笑得合不拢嘴，知道常亮的言外之意是什么。

她倒是希望有生之年能看见小外曾孙，不过她不会催郭悦。她妈妈的一辈子已经够苦了，她不希望郭悦再走她妈妈的老路，只希望她开开心心的，做什么开心就去做什么。

"是嘛，真可惜小时候我没住隔壁，要是有照片就好咯。"常亮感慨。郭悦长得清秀，额头饱满，加上那双水灵灵的眼睛，一看就是个清新出落的小美女，小时候必定很可爱。

这样一想，他脑子里竟然浮现他女儿的模样。

两个人由这个点展开了无数话题，而郭悦全程都插不上话，莫名心里生出点恼怒，最重要的，他们是在谈论自己，她就坐在那，居然一句话都插不上，这叫什么啊。

郭悦心里有气，收拾起餐盘来都重手重脚的，也不知道是在故意引起他们的注意还是用这种方式宣示内心的不满。一遭下来，腮帮子鼓得跟河豚似的。

她收拾完出来，院子里只剩下常亮一个人，不想和他说话，又有点担心，琢磨老半天才憋出一句"外婆人呢？"

"出去了。"常亮笑吟吟地看着她，整个人慵懒地靠在墙的一侧。

郭悦哦了一声，自顾自地把放在罐子里的花拿出来修剪枝条，忍不住又问："你什么时候回去？"她可不想每天起来都看见他。

"不回去。"

"哈？"郭悦的手一顿，不太明白他的意思。

常亮笑笑，又解释道："我把工作辞了，现在是无业游民啊。"后面那半句话字面意思挺伤感的，可从他嘴里说出来硬是有种散漫且得意的味道，郭悦就更加震惊了，望着他发了好一会呆，才平淡地哦了声。

看上去从容淡漠，其实内心早已按捺不住，很想问他一句是不是因为自己。只是碍于现在两个人的关系很尴尬，尽管此前她期待他的出现，如今面对面时，心里还是有种奇怪的感觉。

良久，她又多余地补充一句："跟我没关系。"

"有关系啊，我在追你。"常亮毫不掩饰自己的情绪，看着郭悦的眸子充满了爱意。

郭悦视线一怔，狠狠地剜了他一眼，像是在说：能不能别提这茬。

下午，郭悦以要睡午觉为由，让常亮离开。

常亮犹豫片刻，就拖着行李箱，可怜兮兮地向小房子走去了。郭悦目送他离开，恍惚间觉得眼前这人有点可怜，这么高大一个人，拖着小小的行李箱，被她赶了出去。

但很快她又想起了中午吃饭他贿赂、讨好外婆的场景，朝他消失的那个方向哼了哼，砰地一下关上门，回房间睡觉，还一觉睡到下午。

若不是外婆回来问起常亮去哪儿了，郭悦还差点就把这茬事给忘了。

"估计回家了吧。"郭悦倒了杯水，润润干燥的嗓子才说，然后拉了拉手腕上的橡皮筋，干脆利落地把头发扎成马尾，正要问外婆晚上吃什么，就听见门外有脚步声传来。

几乎不用猜，郭悦就知道进来的人是谁，黑着脸，一把敞开门，凶巴巴地看着那个高大的男人，问："你又来干吗？"她一点都不想见到他。

常亮知道她心里有气，有点儿委屈地挠挠头，小声征询意见："我那啥，刚刚到这边，家里的锅碗瓢盆什么都没有，晚上能在你家蹭饭吗？"他看着她的小眼神，小心翼翼地，像极了受到惊吓的小狗狗。

郭悦愕然，好气又好笑地看着他。

来了来了，又来这种鬼把戏，上回他给她打电话，说他家里上有老母的话她还记得呢。

她冷哼一声，正要拒绝，外婆却答应了，说家里菜多得都吃不完，浪费了也是浪费，多一个人多双筷子而已。

常亮立即笑逐颜开地挽上外婆的手，跟着外婆到院子里清洗蔬菜，然后还去厨房拿了她今年做的腊肉，有模有样地切，说是要做个腊肉炒芥蓝。

郭悦没搭理他，却对这菜有点期待。

不想看见他，郭悦就回屋里坐着，百无聊赖地拿出手机刷微博。上次发完那条说不再更新的微博之后她就没再上过微博，这会儿一打开，发现私信和评论爆满了。

原本想直接忽略，手机屏幕暗下去之后，她又重新打开手机，还是看了私信和评论。

出乎她的意料，竟然有一群小可爱来安慰她，最让她感动的是，有个小可爱还给她写了长长一封私信，把自己无意间看到她的视频，到慢慢喜欢上她，变成看了她的视屏就必须得学着做她做的菜，她做的小工艺品，到最后因为她改变了原本对生活失去信心的事全都融在文字里。

郭悦看着那将近一千多字的私信，很没骨气地红了眼圈。她并不是煽情的人，也很能隐藏自己的情绪，可看见这个之后，情绪十分复杂，从没想过自己最初不过是发了点小视频，却拯救了一条快要抑郁的生命。

常亮进来时看见她红着眼圈，紧张兮兮地问："怎么了？发生什么事了？"

郭悦摇摇头，不好意思把真相告诉他，吸了吸鼻子："没事……"

常亮点点头，又说："饭一会就好，你休息吧。"

郭悦嗯了声，回房间调整情绪。

一个晚上之后，她得出一个结论：当初自己拍视频纯属为了记录生活，后来无意间走红，给很多人带来了欢乐，当然也有一部分人看她不爽，但撇开这些，她还是开心的。

虽然后来又因为视频受了伤。不过严格意义上来说，罪魁祸首是章佩纶。

但到底她还是开心的。所以，她又决定继续拍视频，希望给大家带来欢乐，当然也不勉强那些不喜欢她的人喜欢她。

微博一发出，粉丝们又沸腾了，大家纷纷猜测是不是小哥哥发了功，把小姐姐哄回来了。迟迟得不到常亮的回复，大家干脆发微博圈了常亮。这一切的一切根本不在郭悦的预料之内。

等她反应过来，某个欠扁的人，已经先于她站出来了。

常亮转了微博，说，他现在正在重新追求大家的小姐姐，不过小姐姐好像对他很冷漠，希望大家帮忙支招。

末了，某人还在微博后面加了几个可怜兮兮的表情，瞬间勾起了一大波粉丝的同情心，纷纷在郭悦的微博下评论，问她小哥哥犯了什么错；小哥哥已经知错了，希望小姐姐早日原谅小哥哥。

当然也有调皮的小可爱，问郭悦，需不需要榴莲皮，可以免费寄过去。

郭悦又气又笑，拿着手机哭笑不得地跑到常亮家，愤愤地敲他的家门，扯着嗓子喊："你给我出来，在网上胡说些什么！"

常亮早就醒了，起来上了一次卫生间后又跑回窝里乐呵呵地回复粉丝们的消息，没想到这么快就被郭悦发现了，他一个鲤鱼打挺，从床上蹦了起来，屁颠屁颠跑去开门，一开门就被郭悦责怪。

常亮佯装害怕，身子稍稍藏在门的一边，郭悦却霸气地踹开了门，雄赳赳，气昂昂地说："我们谈谈。"

常亮又缩了缩，一副被逮住的小奶狗的恐惧模样："谈……谈什么？"他忽然有种玩大了的感觉。

郭悦危险地眯着眼睛冷笑，反问："装傻是吧？"

常亮畏畏缩缩地摇摇头，结结巴巴地开口："是真的不知道。"他不过是在向大家询问怎么追回女朋友的事而已。

"你还装！"郭悦愤怒地握起拳头，狠狠地往他胸口一砸，正要开骂，常亮却一把把她搂进怀里，一手拦住她的腰，一手钳住她的下巴，一个俯身，堵住某人还要继续发飙的嘴。

郭悦蓦地瞪大眼睛，瞳孔里被某张既欠扁又轮廓俊美的脸霸占。

在她愣神的片刻，常亮肆意攫取她身上的气息，她的唇，她的齿，她的舌头，一个不落盖下专属的印记。

她离开他的那些日子，他过得极其艰难，好几次面对一桌丰盛的佳肴，吃着吃着忽然想到她不在，心里空空的，忽然一点胃口都没有，想给她打电话，又怕她不接，想跑过来看她，又怕她躲着自己……

后来，是在柜子里找到了一罐之前她做的辣白菜，心里才有了明确的答案——他可以放弃很多东西，金钱、地位、名誉，但如果这些跟郭悦都没了关系，那都是浮云。

所以他才下定决心要离开士林，要陪郭悦一起看云舒云卷，去过平凡而朴实的生活。

就像现在，他搂着她，一起沐浴晨光。

Chapter3 都是月亮惹的祸

郭悦感觉常亮就是玉皇大帝派来锻炼她的猴子，细细地回想两个人相遇的各种搞笑场面，她不禁笑出了声。

就是这么一个帅气，又捣蛋的男人悄悄霸占了她的心。等她反应过来时，已经晚了，某人已经深入她的骨髓了。

"不生气了吧？"常亮松开怀里的人儿，笑眯眯地问。

不问还好，一问被吻晕了的郭悦又蓦然板着脸，想说点什么，最后什么也没说，忽然抬起脚狠狠地踩了他一脚，也不顾他发出杀猪一般的叫声，就飞快地跑回自己家，还顺势把院门关上了。

常亮又气又笑，冲着她的背影喊："你跑啊，跑再快我也能追上你。"

两家隔得不远，郭悦没回头，但是大声回了他的话："你来啊，你来啊，累死你，哼。"

某人一听果然来了，郭悦心一慌，果断把内屋的门上了锁，感情后面追过来的人是土匪。

第二天，郭悦一大早就起床，收拾好心情准备拍新一期视频，常亮早就在院子外蹲点了，听见她开门的声音，猛然站了起来，一颗脑袋正好冲着郭悦，郭悦吓得"啊"了一声，下一秒看清常亮的脸，又敛了敛脸上的恐惧，不屑地哼了哼，就从旁边绕过去。

常亮被她这气呼呼的模样逗笑了，神情愉悦地跟上了郭悦的脚步。

郭悦知道他跟在后面，却假装什么都不知道，哼着小曲，自顾自地走向山的那边。

她打算今天要去上回爬上去的那座小山，去拍山涧的植物，上回听老伯说这山里有兰花，幸运的话会遇见，虽然在花鸟市场上见过不少兰花，她还是想去山里碰碰运气，看看能不能见到野生的。

常亮并不知道她要去这么远的地方，装备什么的都没有，走到那种几乎没有路的山里，很快就跟不上郭悦了。

郭悦知道他在后面，时不时扭头看看他，心里有担心，看向他时却是板着脸。直到常亮不小心滑了一跤，扑通一下，摔了个跟头，她才慌慌张张往回走，扶了他一把，担忧地问："你没事吧？"

摔倒的时候常亮的手正好按在了比较尖锐的石头上，本来就没干过什么活，他的手掌虽宽厚，皮却很薄，这回已经被戳破了。

郭悦看着他擦破皮，鲜血不断往外冒的手掌，不禁皱了皱眉，低头吹了吹："疼吗？"

"不疼。"常亮笑着摇摇头。

郭悦一脸不悦，冷声呵斥："都这样了，还笑。"真是个奇葩。

"因为你紧张我呀。"常亮低沉富有磁性的声音带着喜悦，听上去很暖人心窝。

郭悦一怔，脸上的红晕蔓到了耳根，火辣辣的，很不自然地别过头去，小声埋怨："跟屁虫啊。"

"对啊。"常亮愉悦地接话。

郭悦敛了脸上尴尬的神色，踢了踢他的脚，没好气地说："走了。"说着往回走。

常亮有点懵，好奇地问："不拍了吗？"那是往回走的路，他记得。

郭悦顿住，停下脚步，扭头幽怨地看着他："都受伤了还拍什么拍啊。"她的语气带着不悦，视线在他身上巡睃一圈，最后落在他脚上那双泥泞的皮鞋上，嘲笑道："你行吗？"

然后没心没肺地笑起来，整个山涧都是她那魔性的笑声。常亮硬是愣了老半天，才回过神来自己被取笑和轻视了，连跑带跳地追上她，本着摔倒也要证明自己是有实力的决心，猝不及防地将郭悦搂进怀里，二话不说就来了一个强吻。

一阵天旋地转，郭悦整个人都懵了，这荒郊野外的，要是常亮真的爆发起来，不知道会对她做出什么，她开始后悔刚刚自己调侃的话了，想说话，想辩解，折腾老半天，却只发出呜呜的声音。

羞死人了要！

良久，感觉到怀里的小兔子终于安分了，常亮才松开她，一副调教小宠物的语气："要听话知道吗？"

郭悦已经不敢再戏弄他了，乖巧地点点头。

常亮很满意她的表现，伸手爱怜地揉了揉她的头发，呢喃道："真乖。"

一周之后，郭悦又发了新的视频，这次的视频风格和以前一样复古清新，画面大气，五月的陵水天气已经比较炎热，郭悦穿了一身正红的长裙，穿梭在山间小道里，宛如从古代穿越到现代，行走在山涧的古典美人。

令粉丝们最意外的是，这次常亮竟然出现在了视频里，穿着极具贵族特色的短衫和长裤，和郭悦站在一起，竟然有种才子佳人的感觉，最重要的是，他们两个人竟然一起做了喜糕。

瞬间，粉丝们就看出了他们的猫腻，纷纷发来祝贺，说小姐姐终于逮住大长腿啦，大长腿终于跑不掉啦之类的话。

郭悦发出视频没多久，常亮就转了微博，之后粉丝们就一致认为这是属于他们的另类的官宣。

没多久，田娇娇的电话就打过来了，责怪她这么重要的事都不告诉她。

郭悦边笑边反击："上回你跟钟硕还不是一样？"她都记得呢。

田娇娇哽住了，竟然想不出反驳她的话来，只能咬牙切齿地喊她的名字，把郭悦逗得直接笑趴了，好一会才解释："行了，行了，给你发喜帖，快来，就在下个月。"

霎时间，田娇娇整个人都蒙了。

这两人是坐火箭吗？吵完架，闹完别扭就直接发喜帖了？不带这样玩的。

田娇娇揉了揉太阳穴，努力让自己镇定下来，说："郭悦，老实说，你是不是怀了？"这个年代，未婚先孕的事情多得去了，她并不是不能接受，就是比较关心她。

郭悦有点懵，皱了皱眉，不确定地开口："娇姐，你想什么呢？我的意思是你有时间来参加我的餐厅的开业仪式，怎么扯到怀孕上去了？"

电话那边"啊"了一声。田娇娇硬是消化了很久才回话："不是怀了啊，我以为怀了呢。"她的语气变化太大，一会惊讶，一会失落，一会又欣慰的，郭悦不明白她到底想表达什么："你要没时间可以不来。"毕竟要结婚了，她猜她应该会很忙。

"去的去的。"田娇娇连声应和。这么好的事，她怎么可能不去，免费蹭吃蹭喝啊。

在拍摄新一期视频时，常亮每天都陪在郭悦的身边，他说想和她一起开餐厅，这几年陵水发展越来越好，来旅游的人会越来越多。所以在景区，或者镇子上交通相对方便的地方开餐厅很有市场。

郭悦早早就想拥有自己的餐厅了，听到常亮的话，直接回了他一句，常先生，你是我肚子里的蛔虫吧。

常亮笑而不语。

再后来，两个人挑了西山脚下一家小店，打算开一家小餐厅。

常亮说，他们不打算设置菜单，主厨是郭悦，他给她打下手，什么菜能让她开心，就做什么菜。

郭悦笑，这么任性，没有客人的话，会不会连房租都赚不回来，会不会买来的食材全浪费了？

常亮耸耸肩，说怎么可能，没有人吃的话他就都吃掉，房租的话他可以想办法赚，再不济去挖煤，或者去海边给渔民当苦力都行，只要她开心。

郭悦听了之后笑得乐不可支，好一会后眼眶却红了，含着泪，一头栽进常亮的怀里，闷声责问他为什么要对她这么好。

是啊，为什么会对她这么好？常亮搂着她，打心底默默地问自己。

大概是被她那双清澈有神的眼睛吸引住了吧，又或是，命中注定。

但不管什么原因，他这辈子，赖定她了。

餐厅开业的那天，沈正鑫、田娇娇、钟硕等一群人都来了。因为此前郭悦有在微博上说要开餐厅，还征求了大家的意见，店名取什么好，郭悦收到了一堆评论，最后统计的时候惊讶地发现"都是月亮惹的祸"这个名字支持的人最多。

与此同时，提这个名字的小可爱也火了一把，说，这个名字灵感来源于郭悦和常亮的名字，加上他们的相遇本来就是偶然，走到一起原来是个错误，所以，就有了这个名字。

这位热心的小粉丝，甚至连他们的孩子的小名都想好了，就叫小月亮。

常亮看到时，乐得手舞足蹈，夸张地说要给这位可爱的粉丝颁发最佳粉丝奖。

两人并没有很努力地为餐厅做宣传，因为郭悦手艺确实不错，加上原本就有一群固定的粉丝，很快餐厅就爆红了。

常亮担心她太累，后来就采取了预定模式，每天接待的人数固定，确保郭悦有充足的休息时间。他这一举动，被网友们戏称护妻心切，再后来，还有人把他们在餐厅里温馨的画面发到网上，两个人不断霸占热搜。

那年的微博网络红人大会上，两人都被邀请出席晚会，主办方还为二人做了一段小采访。

主持人一段官方的问候之后，直接进入正题，问了几个关于他们相遇相知到在一起的问题后话锋忽然一转，笑吟吟地看着他们："听说现在名气还不错的单人餐厅二位都有参与，请问这个想法最初是谁先提出来的呢？"

两人互相看了对方一眼，异口同声地说："我。"说完两个人都愣了，郭悦撇撇嘴，小声说了句"明明是我"，不小心落在常亮的耳朵里，他动作轻柔地牵起郭悦的手，冲着台下一脸震惊的观众莞尔一笑，解释说："是我家悦悦。"他看着郭悦深情款款，在场的人群敏感地嗅到甜丝丝的味道，不由尖叫起来。

于是，当天采访结束后，微博上一条名为"本年度最甜牙的狗粮"以末尾带着一个红色"爆"字，窜入大家的视线，在喧闹中陪各大单身狗们一起跨年。

郭悦和常亮纷纷转了微博，心有灵犀发了一样的内容——祝大家新年快乐。

　　殊不知，有一大波单身狗已经哭晕在厕所，却又默默地祝福他们早生贵子，生个小月亮!

（正文完）

番外：我的尽头是你身旁

郭悦和常亮的婚礼是在中秋节，并没有很隆重，两个人宴请了最亲近的亲戚和朋友，在就在陵水举办了一个小型的婚礼，婚礼的礼数走的是陵水的传统风格。

郭悦有一半的少数民族血统，又是外婆唯一的外孙女，她早早就为她准备了一套少数民族传统的结婚礼服。纯手工缝制费时，没办法给常亮也做一套，为了风格统一，最后只能找当地的裁缝店买了一套男款。

常亮是天生的衣架子，穿什么款式都好看，衣服一换，和郭悦站在一起，怎么看都顺眼。

田娇娇和钟硕是婚礼当天才到的，原本他们计划提前一两天，谁知道，出发前一天田娇娇忽然晕倒了，钟硕急急忙忙把人送去医院，却被医生埋怨了一顿，说他这个丈夫当得不称职，妻子怀孕了都不知道。

钟硕完全没反应过来，倒是醒过来的田娇娇镇定地问了医生一些专业的问题。

离开医院时，钟硕一直搀扶着田娇娇，整个人看上去懵懵懂懂的，跟没睡醒似的。走到停车场的时候，他忽然停下来，不敢置信地问："娇娇，我真要当爸爸了吗？"他看着她，一脸迷茫。

田娇娇黑着脸，狠狠地揪了揪钟硕的脸颊，没好气地问："你是不是不打算承认啊。"这话都问好几回了，跟个傻子一样。

钟硕慌张摆摆手，连忙解释："不不不。"那可是他的宝宝，怎么会不承认。

田娇娇轻轻哼了哼，径直走向自己的车，人还没钻进去，就被钟硕拉住："我来开。都是要当妈妈的人了，还这么大大咧咧的。"

"你什么意思？"田娇娇不满地瞪了他一眼，硬是把关心她的话曲解成歧视孕妇。

"没，没，没，好啦好啦，乖乖坐好，回家休息会，明天再去悦悦家。"钟硕替她系好安全带，小心翼翼地退出车位。

都说怀孕的女人脾气会变得暴躁，钟硕总算见识到了。他记得，田娇娇虽然以前也风风火火的，但并不会随便发脾气，然而，最近她总是动不动就发脾气，仿佛看什么都不顺眼。

当时他就觉得挺不对劲的，没想到竟然是怀孕了。

人逢喜事精神爽，钟硕给常亮打电话说明情况时声音格外愉悦，并没有半点惭愧的成分。一开始常亮还挺为他开心的，谁知道某人嘴贱非得说明情况之后补了一刀，说，亮哥，我好像又比你快一步耶，其实我也不想超越你的，但是……

他的但是还没说完，那边就无情地挂了电话。

正巧郭悦进来，看见他黑着脸，好奇地问他怎么了。

他低声嘟哝一句没事，后又絮絮叨叨、絮絮叨叨地把心里话说了出来，说钟硕怎么怎么欺负他。

面对幼稚的常亮，郭悦简直哭笑不得，打趣说，都要结婚的人了，还这么幼稚，她有必要再考虑考虑要不要结这个婚。

说完还装出一副很严肃的模样，吓得常亮当即跑过来一把抱住她，她一慌，连忙挣扎，没想到两个人重心不稳，砰地一下栽倒在柔软的床上，常亮重重地压在了郭悦的身上，温热的鼻息酥酥痒痒地洒在顾长的颈脖上，郭悦不禁绷紧身子，缩了缩。

她不动还好，一动常亮身体里某种神经就被勾起来了，望着眼前脸颊微红的人儿，不禁咽了咽口水，呼吸渐渐加重。

郭悦目光躲闪，知道情况不太妙，小心翼翼地用手指戳了戳某人结实的胸膛，小声说："沉死了，快起来。"某人不动，她又稍稍用了点劲，推了推。

某人动了，却是把她搂得更紧，忽然想到孩子的事又不是他一个人的事，现在要是有了的话，还能把差距缩小，于是，低头舔了舔郭悦弧度完美的锁骨。

郭悦的心倏地一下提到嗓子眼，一股奇怪的感觉像是电流一般瞬间席卷全身，她潜意识紧拽着床单，支支吾吾地说："明……明天还要办婚礼，会很累。"言外之意就是，要是现在折腾坏了，明天没准就没力气办婚礼了。

常亮一怔，一瞬不瞬地盯着郭悦那张满是慌张和无措的小脸，忍不住笑出了声，抬头刮了刮她的鼻子："假老虎。"她逗他的时候常常把自己伪装成凶狠的老虎，等到真的上了战场她就跟只小鹿似的，没开始就投降了。

感觉到身上一轻，郭悦迅速爬起来，躲得远远的，生怕某人反悔现在就把她吃干抹净。

两个人婚礼结束没几天，就到了钟硕和田娇娇的婚礼。很多地方都有新婚不到一个月的夫妻不能参加别人的婚礼，怕撞了喜这种说法。

好在，郭悦和田娇娇关系比较好，两个人对外婆来说就跟亲外孙女一样，外婆也就跟郭悦说不用顾忌这么多，一辈子就结一次婚，怎么开心怎么来。

所以，郭悦和常亮婚礼之后没几天又跑了趟北京。和他们的婚礼相对，田娇娇和钟硕的婚礼算是很隆重的，宴席在中国大饭店，亲朋好友摆了好几十桌，热热闹闹的，气氛还真不错。

考虑到田娇娇已经怀孕，双方父母担心她太累，迎宾的时候也没让她一直站着，郭悦也比较担心她，所以一直陪在她的左右。

看着田娇娇在父亲的牵领下走向钟硕时，郭悦竟然很煽情地哭了，搞得常亮一脸不知所措，紧张兮兮地问她怎么了。

低声抽泣老半天，她才从牙缝里挤出几个字——太感动了。

她这样一说，常亮仿佛又看到了将来自己女儿出嫁的场面，心倏地一下紧缩到一起。他希望是个女儿，像郭悦一样，但想到将来有一天女儿被猪拱了，又满是不舍。

婚后第二天，常亮和郭悦直接从北京去了巴厘岛度蜜月，原本田娇娇也想跟着去，却被两家父母阻止了，说她现在怀着孕，还是在家好好养胎比较好。

田娇娇当着父母的面表示理解，回头到家逮住钟硕就一番责怪，说他坏，这么早就搞出人命。

她摸着肚子，隐约想起之前自己做的人生规划，说好了等到三十岁之后才考虑要孩子，现在竟然整整提前了两年！

她身边不乏已经结了婚生了孩子的朋友，男的还好，女的十个有八个天天晒自己的孩子，几乎都没有自己的时间和世界。

她盯着天花板，一阵长叹，不敢想象十个月之后自己的生活会变成什么样子，她明明是要做一个潇洒的，说走就走的老少女的，居然被钟硕给骗了。

她打心底呐喊：请问现在下车还来得及么！

郭悦常亮从巴厘岛回来之后没多久就被查出怀孕，这可把常亮给乐坏了，分享好消息，他不是最先给母亲打电话，而是给钟硕打，特神气地告诉他，他们家小兔子怀的是双胞胎，一年抱俩，完胜。

他给钟硕打电话时，不巧被郭悦听见，郭悦再次被他幼稚的举动给逗得哭笑不得，实在不明白有什么好比的。

好像结婚之后，常亮比以前更幼稚了。

自从郭悦怀孕，就开始嗜睡，白天睡，晚上也睡。常亮比较担心她的身体，餐厅这边暂时就由他掌勺，郭悦偶尔给他打下手，偶尔还嫌弃常亮的厨艺没自己的好，非得自己来。

有一天餐厅里来了位特殊的客人，彼时店里还多了一个十多岁的少年，那是郭悦没有血缘的弟弟，叫林翰。章佩纶被警方带走后，林淑媛因为和章佩纶合伙恐吓郭悦，受到了法律制裁。被警方带走时，林淑媛悔恨地向郭悦祈求原谅，还祈求她帮忙照顾得了白血病的林翰。

虽然郭悦曾不少次狠心地想和她划清界限，最后还是承担起照顾林翰的重任。后来，林翰遇到了捐献了骨髓的志愿者，并成功匹配，休养了很长一段时间后，病情终于得到缓解。

林淑媛出狱后，到了广东的工厂工作，而林翰留在了陵水，在郭悦曾经就读的中学就读，但每逢周末他都来店里帮郭悦的忙，尽管他知道郭悦不会让他做什么，他还是怀着一颗感恩的心做一些力所能及的事。

特殊的客人出现在店里时，郭悦在店里清理食材，常亮则到镇上买肉，林翰则在餐厅外面的院子打扫卫生。已经快到冬天，郭悦穿了条长裙，因为是双胞胎，三个月这样子，肚子已经有点明显了。

现在餐厅还是根据预约牌排餐，只不过，她万万没想到那天来的客人竟然是陈欣怡。

好像陈欣怡也没想到她是这间店的老板娘，两个人见面时，还惊讶了一番。

但陈欣怡很快就注意到她的肚子，朝她微微一笑，说是有一位夏衍先生订了位置，郭悦这才回过神来。

她已经有很长一段时间没见过陈欣怡了，这次见她发现她的眼神已经温和了许多，不似以前那般凌厉，有种陷入恋爱了的小女生的感觉。

陈欣怡在位置上坐了好一会，夏衍才出现。

一开始陈欣怡并不知道这餐厅是郭悦和常亮开的。那次和常亮道别之后，她辞了职，去了西班牙留学，夏衍便是她在那边认识的学长。

初到西班牙，她有很多地方不适应，是在夏衍的帮助下，她才慢慢适应了那边的生活。一切发展都符合情理，夏衍对她照顾有加，于是两个人就这样产生了感情。

夏衍也是陵水人，这次趁着假期带陈欣怡过来玩玩，听说老家这边新开了新餐厅，口碑还不错，就约了时间，没想到陈欣怡居然和老板、老板娘都认识。

常亮回来看到陈欣怡，和郭悦一样意外，看到郭悦还好好的，才安心。之后又像招待其他客人一样招待他们。

夏衍是个聪明人，隐约能感觉到三人的关系，但他并不在乎那些。很直接地跟陈欣怡说明自己的心意，还开导了她一番。

陈欣怡忽然就热泪盈眶了。

这些年来，她没好好谈过一场恋爱，重新遇见常亮，以为自己还爱着常亮，离开他之后又感觉自己像是丢了魂一样。

她坦白，一开始选择去西班牙留学是因为那是一个相对小众的国家。说是去留学，实际上是逃避。好在，她在那边遇见了夏衍，并发现当一个人真的喜欢一个人时，不是占有，而是让他舒服，过得开心。

渐渐地，她就对夏衍上了心，也彻底从过去解脱出来。

后来，夏衍找了个借口在餐厅外面的小花园转转，把空间留给了常亮和陈欣怡。

他知道，她应该有很多话要跟常亮说，做个了结。

郭悦也不好在场，也就提着小桶去给花浇水。

餐厅里只剩下常亮和陈欣怡后，陈欣怡很正式地开口："学长，对不起，之前我太任性了。"

正在泡茶的常亮明显愣了下，沉默许久才轻声说："都过去了。"都过去了，现在的他很幸福，结了婚，有自己的小店，最重要的，即将成为爸爸，未来是一家其乐融融的景象。对他而言，陈欣怡不过是让他更清楚地认识到郭悦的重要性的人。

如果硬要把东西划分清楚的话，他觉得自己应该和陈欣怡说声谢谢。

人的一生分为很多个阶段，每个阶段都会遇见不同的人，每个人都会有不同的作用，或是让你开心，或是让你学会什么……

但不管是什么，正确看待最重要。

把话说开之后，陈欣怡总算放下了心，临走之前把自己从西班牙带回来的明信片送给了常亮，还祝他和郭悦和和美美。

后来，郭悦亲自把这些明信片钉在餐厅一面木质的墙上，十多张大小一致的明信片钉在上面，有的是景物，有的是留言，好几次有客人来店里用餐，还以为他们去过西班牙。

每逢此时，郭悦总是笑着告诉客人，他们有一个朋友，很好的朋友在西班牙，老是给他们寄西班牙的东西，然后骄傲地指了指收银台上大大小小的摆件，一脸愉悦。